BASTEI
LÜBBE

JERRY COTTON
JUBILÄUM

Kein Lösegeld für Präsidenten

Seine letzte Affäre

Ein ganz besonderer Mord

Drei Kriminalromane

BASTEI LÜBBE

BASTEI LÜBBE TASCHENBUCH
Band 31 917

Erste Auflage: Oktober 1998

KEIN LÖSEGELD FÜR PRÄSIDENTEN
SEINE LETZTE AFFÄRE
EIN GANZ BESONDERER MORD

Lektorat: Rainer Delfs
Titelbild: Bastei-Archiv
Umschlaggestaltung: QuadroGrafik, Bensberg
Satz: Fotosatz Steckstor, Rösrath
Druck und Verarbeitung: 43736
Groupe Hérissey, Évreux, Frankreich
Printed in France
ISBN 3-404-31917-6

Der Preis dieses Bandes versteht sich einschließlich der gesetzlichen Mehrwertsteuer

Kein Lösegeld für Präsidenten

»Wir sollten umkehren, Señor Wester.« Der einheimische Führer beschattete die Augen mit der Hand. »In zwei Stunden geht die Sonne unter!«

»Ich will diesen verdammten Vogel finden«, antwortete Matthew Wester. »Weiter!«

Am frühen Morgen hatte Wester den Kondor geschossen. Sich überschlagend, mit schlappenden Flügeln war der riesige Vogel aus dem stahlblauen Himmel gestürzt, und es hatte so ausgesehen, als werde er seinem Jäger vor die Füße fallen. Dann hatten sich die mächtigen Schwingen noch einmal ausgebreitet. Der Absturz war in einen langen Gleitflug übergegangen, und der Aufwind hatte das Tier in die Felsen getragen.

Wester hatte den letzten Flug des Kondors im Fernglas bis zu dem Augenblick verfolgt, in dem der Vogel gegen eine steile, weißlich-graue Felswand prallte, senkrecht abstürzte und am Fuß der Wand im Geröll verschwand. Die Entfernung schien weniger als fünf Meilen zu betragen. Wester und Pablo, der Indio-Führer, waren sofort aufgebrochen, um den Kondor zu holen.

Seitdem – schon mehr als zehn Stunden – suchten sie zwischen den steilen, zerklüfteten Kalkfelsen nach Westers Jagdbeute. Wester war besessen von der Vorstellung, den Kondor als Trophäe ausgestopft über dem Kamin seiner Villa schweben zu sehen. Keiner seiner Freunde, kein anderer Direktor der Goron Chemical, kein Mitglied des New Yorker Yacht Clubs hatte jemals einen Kondor geschossen. Mit einem Kondor konnte er sie alle schlagen.

Die dünne Luft machte das Atmen schwer. Jetzt, da die Sonne an Kraft verlor, wurde es sehr schnell kalt.

Sie arbeiteten sich am Fuß einer Felswand entlang aufwärts, von der Wester geschworen hätte, sie wäre die Wand, gegen die der Vogel geprallt war. Aber auf eine geheimnisvolle Weise sahen alle Felsen gleich aus, sobald sie sich ihnen näherten.

Wester hörte hinter sich das Geräusch fallender Steine. Er drehte sich um und griff nach dem Fernglas.

Aus einer dunklen Spalte im Felsen löste sich ein Mann. Er trug einen grüngrauen Parka. In den Händen hielt er ein Schnellfeuergewehr.

Matthew Wester erschrak. Er vertauschte das Fernglas mit dem Funksprechgerät. Hastig drückte er auf den Rufknopf. Zwar würde der Hubschrauber nicht zwischen den Felsen landen können, aber seine Leibwächter waren schwer bewaffnet und konnten ihm aus der Luft Feuerschutz für einen Rückzug geben.

Ein schwerer Stoß traf ihn zwischen die Schulterblätter. Er stürzte nach vorn zwischen die Steine. Dabei verlor er das Funksprechgerät.

Das Gewehr, mit dem er den Kondor erschossen hatte, rutschte von seiner Schulter. Aber er bekam es noch zu fassen und wälzte sich auf den Rücken.

Pablo trat ihm gegen den Arm. Der Indio-Führer trug Leinenschuhe mit Bastsohlen. Trotzdem war der Tritt so hart und genau, daß Wester das Gewehr fallen lassen mußte.

In der Faust des Indios funkelte die scharfe Klinge des Messers, mit dem er bei der letzten Rast für Wester Scheiben des harten Trockenfleisches geschnitten hatte. Er beugte sich über den Amerikaner.

»Sie sind nicht umgekehrt, Señor«, sagte er. »Es ist Ihre Schuld.« Mit der freien Hand nahm er das Gewehr an sich. Wester wagte nicht, sich aufzurichten.

Er hörte das Knirschen der Steine unter den Schritten der Männer, die aus den Felsen herabkamen und einer nach dem anderen in seinem Blickfeld auftauchten. Wie der erste, den er gesehen hatte, trugen sie Parkas, Baskenmützen und in den Händen Schnellfeuergewehre.

Pablo grüßte mit erhobener Faust und gab Westers Gewehr einem mageren Bärtigen mit dunklen, brennenden Augen.

Sie wechselten kurze spanische Sätze.

Dann wandte sich der Bärtige an Wester. Sein Englisch war beinahe akzentfrei.

»Sie sind Gefangener der Befreiungsbewegung Frente

Popular. Wenn Sie zu fliehen versuchen, werden wir Sie erschießen. Stehen Sie auf!«

Wester wurden die Hände auf den Rücken gefesselt. Sie legten ihm eine Schlinge um den Hals, und ein Mann führte ihn, als wäre er ein Maultier.

Nach 20 Minuten erreichten sie den Eingang einer Schlucht. Auf einem Felsblock, der den Eingang versperrte, saß ein Wächter, die Maschinenpistole quer über den gekreuzten Knien. Vor den Füßen des Mannes lag mit ausgebreiteten Schwingen ein toter Kondor.

24 Stunden später erhielt die Verwaltung der Goron Chemical Company in La Paz folgende Mitteilung:

»Der Generaldirektor Matthew Wester befindet sich in der Hand der Frente Popular. Für seine Freilassung fordern wir 10 Millionen Dollar. Die Summe werden wir zum Ankauf von Waffen verwenden. Venceremos!«

Das Verwaltungsgebäude der Goron Chemical am unteren Broadway galt als einer der schönsten Wolkenkratzer New Yorks. Es war ein schlanker 40-Etagen-Turm aus getöntem Glas und mattem Edelstahl.

Bei Nacht drehte sich auf dem Dach das leuchtende Firmensymbol, gebildet aus den verschlungenen Buchstaben G, C und C, den Initialen von Goron Chemical Company. In den Wirtschaftsblättern und an der Börse wurde der Trust als die GCC bezeichnet.

An diesem Morgen warteten etwa 50 Reporter auf Kenneth Frost, den Präsidenten des Verwaltungsrates der GCC. Die Pressekonferenz fand im großen Sitzungssaal statt.

Kenneth Frost betrat den Raum wenige Minuten nach zehn Uhr. Er war ein großer Mann mit dichtem, schwarzem Haar und grauen Schläfen. Seine Anzüge bezog er aus England, die Hemden aus Italien, und die Krawatten wurden ausschließlich für ihn in einer Seidenweberei in Hongkong angefertigt. Zweimal hatten ihn die Chefredaktionen der führenden Modezeitschriften zum ›bestangezogenen Mann des Jahres‹ gewählt.

Er galt als ausgezeichneter Segler. Sein Golf-Handikap lag dicht bei dem eines guten Profispielers. Seine Freundinnen wählte er aus dem Showstar-Angebot des Broadways und Hollywoods. Zwei- oder dreimal war er in Skandale verwickelt gewesen, die einen Mann mit geringerem Stehvermögen zu Fall gebracht hätten. Frost hatte seine Präsidentensessel mit Härte und Skrupellosigkeit zu behaupten gewußt.

Er setzte sich und rückte das Mikrofon zurecht.

»Guten Morgen«, sagte er. »Ich freue mich, daß Sie der Einladung der GCC gefolgt sind. Jede Frage, die Sie mir stellen, werde ich beantworten. Erlauben Sie, daß ich vorher eine Erklärung verlese!«

Ein Mann aus seinem Stab reichte ihm eine Ledermappe. Frost zog eine dunkle Hornbrille aus der Brusttasche, setzte sie auf und las vor:

»Die Goron Chemical Company bedauert, mitteilen zu müssen, daß der Präsident ihrer Zweigniederlassung in La Paz, Bolivien, Mr. Matthew Wester, von Guerilleros der Frente Popular entführt worden ist. Eine Lösegeldforderung von 10 Millionen Dollar wurde gestellt. Die Goron Chemical Company wird auf diese Forderung nicht eingehen. Sie wird Verhandlungen mit den Entführern von Mr. Matthew Wester nicht aufnehmen. Als Nachfolger für Mr. Wester wurde der bisherige Vizepräsident Charles Random ernannt. Mr. Random fliegt noch heute nach La Paz.«

Er klappte die Ledermappe zu und nahm die Brille ab.

»Ihre Fragen, Ladys und Gentlemen!«

Ein Journalist sprang auf.

»Bedeuten Ihre Worte, daß die GCC Matthew Wester seinem Schicksal überläßt?«

»Ja!«

Eine Welle der Erregung durchlief die Versammlung.

»Halten Sie Ihre Entscheidung für human?« rief eine Frau.

»Diese Entscheidung wurde lange vor der Entführung Matthew Westers gefällt. Alle Verträge, die die GCC mit ihren Spitzenangestellten schließt, enthalten eine Klausel, in der unsere Direktoren und Präsidenten bestätigen, daß sie sich des Risikos ihrer Position bewußt sind und jede Lösegeldzahlung im Falle einer Entführung ablehnen.«

»Das ist nackte Brutalität!« schrie die Journalistin.

Kenneth Frost lächelte.

»Madam, ich fürchte, Sie verstehen nichts von den Bedingungen des internationalen Geschäftes. Bedauerlicherweise sind die meisten Staaten Südamerikas politisch äußerst unruhige Gebiete. Bei der Erteilung von Konzessionen für die Ausbeutung und Verarbeitung von Bodenschätzen werden ausländische Gesellschaften von den Regierungen verpflichtet, Untergrundbewegungen und Oppositionsgruppen nicht durch Zahlung von Erpressungsgeldern oder Schutzgebühren zu unterstützen. Denn diese Summen würden ja nur zur Bekämpfung der Regierung verwendet. Die Guerilleros der Frente Popular haben angekündigt, sie würden von unseren 10 Millionen Dollar Waffen kaufen.«

Der Präsident der GCC hob die Stimme.

»Unsere Gesellschaft würde, falls wir Matt Wester auslösen, alle Konzessionen verlieren. Glauben Sie mir, daß der Verlust einige 100 Millionen Dollar betragen würde. Sehr viel mehr also, als für Wester verlangt wird!«

Ein grauhaariger Zeitungsmann stand auf.

»Mr. Frost, sind Sie sich bewußt, daß Sie einen Mann zum Tode verurteilen?«

»Ich verbitte mir Ihre unqualifizierte Behauptung«, antwortete Frost mit Schärfe. »Sie zwingen mich, Einzelheiten der Entführung mitzuteilen, die ich lieber verschwiegen hätte, weil ich ungern einen Menschen beschuldige, der sich zweifellos in Lebensgefahr befindet. GCC gibt jährlich 30 Millionen Dollar für die Sicherheit ihrer leitenden Angestellten aus. Die Geschäftsleitung stellt Hubschrauber, gepanzerte Limousinen und elektronisch gesicherte Häuser zur Verfügung. Sie zahlt die Gehälter einer großen Truppe erfahrener und zuverlässiger Leibwächter. Für Direktoren, Cheftechniker und Präsidenten von Tochterfirmen in besonders gefährdeten Gebieten bestehen strenge Sicherheitsanweisungen. Ich bedauere, sagen zu müssen, daß Matthew Wester gegen diese Vorschriften in unverantwortlich leichtsinniger Weise verstoßen hat, als er sich zu einem Jagdausflug in ein gefährdetes Gebiet begab. Er ließ den Hubschrauber und zwei Leibwächter zurück und vertraute sich der Führung eines Indios an, der offenbar mit den Guerilleros gemeinsame Sache machte. Ich glaube, Sie alle verstehen, daß wir unsere Investitionen in Bolivien nicht wegen des Leichtsinns eines einzelnen Mannes gefährden können.«

Er blickte in die Runde.

»Noch Fragen?«

»Haben Sie mit Westers Familie gesprochen?« rief ein Journalist aus der hinteren Sitzreihe.

»Matthew Westers Gehalt läuft weiter. Sollte sein Tod irgendwann festgestellt werden, tritt eine großzügige Regelung für die Hinterbliebenen in Kraft. Die GCC läßt die Familien ihrer Mitarbeiter nicht im Stich. Unsere Sozialleistungen sind vorbildlich. Die letzte Bilanz weist in dieser Position Ausgaben von gut 300 Millionen Dollar aus.«

Die Journalistin, die Frost der Brutalität beschuldigt hatte, rief in den Konferenzsaal: »Wenn Sie entführt würden, Mr. Präsident, wäre bestimmt keine Summe für Ihre Freilassung zu hoch!«

»Sie irren, Madam!« Kenneth Frost stand auf. »Auch mein Vertrag mit der GCC enthält die Klausel, daß kein Lösegeld für mich bezahlt werden darf. Im übrigen möchte ich niemandem raten, bei mir einen Kidnapping-Versuch zu starten.«

Er drehte sich halb um und wies mit einer Handbewegung auf die Angestellten der Gesellschaft, die mit ihm den Saal betreten hatten.

»Unter diesen meinen Mitarbeitern befinden sich einige Männer, die sehr gut schießen und sehr schnell zuschlagen können. Ich verstoße nie gegen die Sicherheitsvorschriften. Noch Fragen?«

»Welches Tier jagte Matthew Wester?«

»Soweit ich weiß – einen Kondor!«

»Sie sind sicher, daß sich The Prof im Club aufhält?« fragte der Lieutenant, der das Einsatzkommando der City Police befehligte.

»Ja«, antwortete ich lakonisch.

Der Lieutenant nahm die Mütze ab und wischte sich mit dem Handrücken über die Stirn.

»Dann wird es heiß hergehen. Kann ich meine Leute informieren, welchen Topkiller wir rausholen sollen?«

»Rausholen werden wir ihn, Lieutenant. Sie und Ihre Leute sollen den Block absperren für den Fall, daß wir The Prof nicht festhalten können.«

»Ich habe 40 Männer und acht Fahrzeuge mitgebracht.«

»Das sollte genügen. Lieutenant, mahnen Sie Ihre Männer zur Vorsicht! Aber schärfen Sie ihnen auch ein, daß uns wenig daran liegt, The Prof ins Leichenschauhaus zu schleppen statt ihn auf den Zeugenstuhl zu setzen.«

Der Lieutenant legte die Hand an die Mütze und eilte zu seinem Einsatzwagen.

Phil hielt mir das Zigarettenpäckchen hin. »Nicht jetzt«, sagte ich. »Danke!«

Die West 59th Street zwischen Amsterdam Avenue und Westend Avenue machte in der warmen Sommernacht einen friedlichen Eindruck. Von Zeit zu Zeit glitt ein Wagen über die Fahrbahn. Noch waren Fußgänger unterwegs, denn das Gebiet im Umkreis des Lincoln Center galt auch bei Nacht als sicher.

Vor dem Eingang zum Africa 2000 Nightclub warteten ein halbes Dutzend Taxis auf Fahrgäste. In den beiden letzten Cabs saßen fünf Kollegen aus dem FBI-Hauptquartier als zweite Einsatzgruppe. Sie hatten den Auftrag, im Falle eines Schußwechsels innerhalb der Clubräume einzugreifen.

Der Mann, dem der Aufwand galt, hieß mit bürgerlichem Namen Ray Hamer. Die Unterwelt nannte ihn respektvoll The Prof, den ›Profi‹, und unsere Zentrale stufte ihn als äußerst gefährlichen und brutalen Berufskiller ein. Begonnen hatte Hamer als Killer der Cosa Nostra.

Später baute er sich eine eigene kleine Gang auf. Seitdem arbeitete er zwar weiter für die großen Organisationen, aber auf eigene Rechnung. Er wurde zu einem gefürchteten Wolf, zu einer hochbezahlten Größe im nie endenden Dschungelkrieg um Einfluß, Macht und Geld, in den die verschiedenen Organisationen des Verbrechens untereinander verstrickt sind.

Über viele Jahre blieb die Cosa Nostra Hamers Hauptauftraggeber. Seit einigen Monaten schien ein Wandel stattzufinden. Die alten Familienbosse, die Paten mit italienischen Namen und sizilianischen Sitten, verloren an Macht. Ihre Gangs, bisher straff organisiert nach Abstammung, Heimatsprache und Tradition, verschmolzen mit anderen Organisationen zu größeren Einheiten des Verbrechens. Die Methoden wechselten. Statt kleinkarierter Erpressung einzelner Geschäfte organisierte Gewinnabschöpfung ganzer Straßenzüge. Statt Hinterhofprostitution Sex-Touristik nach Jamaica und Puertorico. Das Rauschgiftgeschäft, dieser unerschöpfliche Geldbringer, wurde bis in die letzte Verästelung kontrolliert.

Ein anderer Name, eine neue Bezeichnung für organisiertes Verbrechen, tauchte auf.

Nicht mehr von der Cosa Nostra der Italoamerikaner, den Black Gangs der Farbigen und den Clans der Iren wurde gesprochen, sondern nur noch vom ›Trust‹. Der Trust umfaßte und beherrschte alle Syndikate, Familien und Ringe. Eine Aktiengesellschaft des Verbrechens, an der alle Anteile besaßen und der alle dienten.

Niemand kannte die Manager des Trusts. Auch der FBI nicht. Wir registrierten die Anzeichen der Veränderung. Die Bekämpfung des Verbrechens wurde noch schwieriger. Die Aufklärungsquote sank. Mit äußerster Anstrengung bemühten sich FBI-Agenten, eine Spur zu finden, die in den innersten Kreis führte. Eine solche Spur schien The Prof zu sein.

In Miami hatte er einen Grundstücksmakler ermordet, der in einen Großbetrug verwickelt gewesen war. Die Gewinne dieser Betrügereien waren in unbekannte Taschen geflossen. Zwei Wochen später geschah ein Massaker unter den Angehörigen einer kleinen, erfolgreichen Ostküsten-Gang, die selbständig bleiben wollte. Unmittelbar vor dem Anschlag, dem drei Menschen zum Opfer fielen, war Ray Hamer in der Stadt gesehen worden, und schließlich wurde er in Zusammenhang gebracht mit dem Mord an Harvey Broad, der die State Police mit Informationen beliefert hatte.

Kein Zweifel: The Prof arbeitete nicht länger für die Cosa Nostra oder irgendeine andere Gang, sondern für den Trust. Wenn wir ihn faßten, würden wir mehr über die Superorganisation erfahren.

Ich blickte auf die Armbanduhr.

»Mitternacht und zehn Minuten! Gehen wir!«

Phil schnippte zielsicher die Zigarettenkippe in den Straßengully.

Der Portier am Eingang zu Africa 2000 war ein hünenhafter Farbiger mit dem zerschlagenen Gesicht des Exboxers. Er legte die Hand an den Mützenschild.

»Sie kommen rechtzeitig zur Nightshow.« Er spitzte die Lippen. »Unsere Mädchen sind Spitzenklasse. Jede eine Schönheitskönigin.«

Ein Gang, dessen Wände mit afrikanischen Waffen geschmückt waren, führte in den Vorraum. Zwei Mädchen, schlanke, langbeinige Afroamerikanerinnen, fingen uns ab.

»30 Dollar Eintritt! Die ersten Drinks für Sie, Sir, und das Mädchen, das Sie einladen, sind frei.«

Phil und ich blätterten 30 Spesendollar hin.

Die Mädchen kassierten und begleiteten uns zum Perlenvorhang zwischen Garderobe und Clubraum. Sie lächelten. Ihre starken, weißen Zähne blitzten.

»Wenn Sie uns einladen möchten ...«

»Vielleicht später, Darling.«

Schlanke Hände mit langen, roten Fingernägeln öffneten den Perlenvorhang für uns.

Im Club brannten nur die Tischlampen. Scheinwerfer tauchten die Tanzfläche in Licht, das zwischen Weiß, Rot und Gelb wechselte.

Drei Mädchen, nackt bis auf den kurzen Lendenschurz, tanzten zum hämmernden Rhythmus afrikanischer Trommeln. Der Messingschmuck an ihren Fuß- und Handgelenken klirrte.

Africa 2000 spekulierte mit der Tatsache, daß Kontakte zwischen weißen Männern und dunkelhäutigen Mädchen im täglichen Leben selten über eine gewisse Grenze hinausgehen. Trotz aller Bemühungen sind die Mauern zwischen den Rassen immer höher geworden, und es gibt genügend Leute, die noch Glassplitter und Stacheldraht draufsetzen.

In Africa 2000 waren alle Mädchen dunkelhäutig und alle Gäste weiß. Unter dem Vorwand, Schranken zwischen den Rassen abzubauen, wurde den Leuten aus Midtown Manhattan die Verwirklichung ihrer Träume von andersfarbiger Haut geboten. Vorausgesetzt, sie besaßen genug Geld. Selbstverständlich war der Club den politischen Organisationen der Farbigen ein Dorn im Auge. Zwei- oder dreimal hatte es Krach gegeben. Black-Power-Gruppen hatten den Club gestürmt und die Mädchen rausgeholt, aber dieses Ereignis hatte sich trotz aller Drohungen nicht wiederholt. Mächtige Kräfte schützten den Club. Black-Power-Führer, die zu einer neuen Aktion aufriefen, wurden zusammengeschlagen. Ihre Häuser brannten, und einer fiel einem Unfall zum Opfer.

Das Trommeln steigerte sich. Die Mädchen tanzten mit stampfenden Schritten an den Rand der Tanzfläche. Ihre Glieder zuckten. Ihre Hüften vibrierten. Schritt um Schritt drangen sie mit halben Körperdrehungen zu den Tischen vor. Ihre Hände mit den langen, roten Krallennägel schlugen nach den Gästen wie Raubtierpranken. Sie griffen an, wichen zurück und wandten sich im Sprung einem anderen Tisch, anderen Gästen zu.

Natürlich war dieser Teil der Show nur eine billige Masche. Den Gästen sollte die Nähe der Mädchen einheizen. Sie sollten ein bißchen um den Verstand gebracht werden, damit sie die hohen Getränkepreise in Africa 2000 vergaßen.

Die Scheinwerfer folgten den Mädchen zwischen die Tischreihen. Mit den Tänzerinnen erfaßten sie die Männer, mal einen feisten, lüsternen Glatzkopf, mal einen Spaßvogel, der aus seinem Sessel aufsprang und die Tanzbewegungen mitzumachen versuchte – oder Routiniers, die den Rummel kannten und sich von den Künsten der Mädchen nicht aus der Ruhe bringen ließen.

Links von der Tanzfläche wechselte ein Mädchen die Zielrichtung für ihren Hüftschwung. Der Scheinwerfer wandert mit. Er erfaßte die Männer am Tisch.

Ich spürte Phils Hand auf der Schulter.

»Da ist er, The Prof!«

Wir kannten nur Fotos von Ray Hamer, aber es gab keinen Zweifel daran, daß der richtige Mann dort saß. Er ließ keinen Blick von dem tanzenden Mädchen, der dunkel glänzenden Haut, dem vibrierenden Körper. Hamers ausgeprägtes Profil war im Scheinwerferlicht unverkennbar. Ein mageres, zerklüftetes, häßliches Gesicht, tiefliegende, seltsam glanzlose Augen, ein strichschmaler Mund über einem massigen Kinn. Das dichte, schwarze Haar trug er kurz geschnitten.

Der Mann neben ihm war George Collani, der Besitzer des Clubs, ein dicklicher 40jähriger mit Hängebacken und Doppelkinn, ein zwielichtiger Typ, zu dessen Charakter die Unschuldsfarbe der weißen Nelke im Knopfloch verdammt wenig paßte. Er beugte sich zu Hamer, machte eine Bemerkung und brach in Gelächter aus. Ein dritter Mann saß mit Hamer und Collani am selben Tisch. Das Licht streifte ihn nur. Sein Gesicht blieb im Dunkel.

Phil und ich brauchten kein Wort zu wechseln. Wir konnten Hamer überraschen, während seine Aufmerksamkeit ganz auf den nackten Bauchnabel des Mädchens gerichtet war. Noch trennten uns die ganze Länge des Raumes und ein gutes Dutzend voll besetzter Tische von dem Killer.

Wir arbeiteten uns an Hamer heran. Irgendwer protestierte, weil wir ihm die Sicht verdeckten.

»Zur Seite, Mann!« knurrte er.

Ich beruhigte ihn mit einer Handbewegung. Im selben Augenblick sah ich, wie sich Ray Hamer vorbeugte und einen Gegenstand in die Hand nahm, der dicht am Sektkühler auf dem Tisch gelegen hatte. Im Licht des Scheinwerfers blinkte die Antenne eines Sprechfunkgeräts. The Prof beugte sich vor und drehte den Kopf etwas zur Seite. Kein Zweifel, er lauschte einer Mitteilung aus dem Lautsprecher des Walkie-talkie.

Danach ging alles sehr schnell.

Hamer ließ das Sprechfunkgerät fallen, als wäre es plötzlich glühend geworden. Er sprang auf, stieß mit einem Fußtritt einen Stuhl aus dem Weg und riß die Tänzerin mit brutaler Gewalt an sich.

Einige Leute lachten, weil sie glaubten, die erotischen Turnübungen des Mädchens hätten den Mann um den Verstand gebracht. Nur wenige erkannten, daß Hamer einen schweren Revolver in der Faust hielt.

Phil versuchte, an den Prof heranzukommen, bevor er aus dem Lichtkreis verschwinden konnte. Er passierte zwei, drei Tische. Dann prallte er mit aufspringenden Leuten zusammen.

»Aus dem Weg!« brüllte er und half mit Rippenstößen nach.

Längst hielt ich den 38er in der Hand. Schießen war unmöglich. Hamer benutzte das Mädchen, das nichts begriff und sich nicht einmal sträubte, als Abschirmung.

Erst jetzt brach das Trommeln ab. Auf der Beleuchterbühne wurde ein Scheinwerfer herumgeschwenkt. Der weiße Lichtfinger glitt durch den Raum, erfaßte Phil.

Ray Hamer schoß sofort. Unmittelbar neben Phil warf ein Mann die Arme hoch.

Ich feuerte auf den Scheinwerfer. Mit lautem Knall zerplatzte er wie eine explodierende Sonne.

Panik brach aus. Die Menschen schrien. Tische und Stühle wurden umgestürzt. Gläser und Flaschen zerbrachen klirrend. Sekunden nach dem Platzen des Scheinwerfers erlosch jede andere Beleuchtung.

Ich brach mir Bahn zur Tanzfläche, an deren Rand Hamer gestanden hatte, als er schoß. Ich kam nicht vorwärts. Die Finsternis machte die Menschen verrückt. Sie brüllten und schlugen wild um sich.

Am Eingang tauchte das Licht von Stablampen auf. Ich hörte die Stimme Steve Dillaggios.

»FBI! Bewahren Sie Ruhe! Jeder bleibt auf seinem Platz!«

Steves Befehl wirkte Wunder. Das Geschrei ebbte ab.

Ich rief Steve an: »Alarmier die Cops! Er versucht den Durchbruch und benutzt ein Mädchen als Geisel!«

»Okay!« Über Sprechfunk gab er den Alarm weiter.

»Einsatzleitung FBI an Einsatzleitung City Police. Bewaffneter Durchbruchversuch wahrscheinlich! Vorsicht bei Schußwaffengebrauch! Geiselgefährdung!«

Zwei FBI-Kollegen drangen in den Raum vor. Ich ließ mir von Per Holden die Stablampe geben.

»Phil!«

»Hier!« antwortete er. »Steve, wir brauchen eine Ambulanz! Er hat einen Mann angeschossen.«

Phil kniete neben dem Verletzten. Ich bat Holden: »Kümmere dich um den Mann!«

Ich ließ den Lichtstrahl der Stablampe über die Gesichter gleiten, bis ich George Collani erwischte. Ich ging dicht an ihn heran.

»Sorgen Sie für Licht!«

»Weiß nicht, ob ich das kann. Es gab einen Kurzschluß, als der Scheinwerfer zerschossen wurde.«

»Unsinn! Das Licht wurde erst Sekunden später ausgeschaltet.«

Collani legte beide Hände an den Mund. Er trug links und rechts Ringe, deren Steine kaltes Feuerwerk sprühten.

»He, Leute, könnt ihr das Licht in Ordnung bringen?«
»Wird versucht, Boß!«
Sekunden später flammte die Deckenbeleuchtung auf.
»Zeigen Sie uns den Weg zu den Hinterausgängen!« schnauzte ich Collani an.
»Es gibt nur eine Treppe zur ersten Etage in meine Wohnung.«
Er log nicht. Die Fenster der Wirtschaftsräume waren vergittert. Die Garderoben der Mädchen erhielten Luft und Licht durch einen schmalen, für einen Mann unpassierbaren Schacht.
Collanis Wohnung in der Etage über dem Club hatte Fenster zur Straße.
Nichts deutete darauf hin, daß Hamer diesen Fluchtweg gewählt hätte. Denn bei einem Sprung aus der ersten Etage wäre er Steve und den Kollegen vor die Füße gefallen.
Ich nahm mir Collani noch einmal vor.
»Der Mann kann sich nicht in Luft aufgelöst haben. Legen Sie sich nicht quer, Collani!«
Er roch an der weißen Nelke im Knopfloch.
»Versuchen Sie es mal im Keller«, antwortete er. »Aber Sie müssen allein runtergehen. Ich will nicht in ein Feuerwerk hineingeraten.«
Eine schmale Stahltür neben den Waschräumen verdeckte die Treppe in den Keller. Ich ging nach unten. Phil blieb in Deckung und gab mir Feuerschutz.
Der Keller war weitläufig. Abgeteilte Räume und Gänge verwandelten ihn in ein Labyrinth. Ich hörte das laute Pfeifen von Ratten, die vor dem Licht meiner Taschenlampe in ihre Löcher flüchteten. Am Ende des Hauptganges stieß ich auf einen Mauerdurchbruch, durch den man in den Keller des Nachbarhauses gelangte.
Jenseits des Durchbruchs lag das Mädchen bewußtlos auf dem glitschig-schmutzigen Beton. Sie blutete aus einer Platzwunde am Hinterkopf.
Ich rief Phil, damit er sich um das Mädchen kümmerte, denn ihr Atem ging flach, und der Puls war kaum zu

spüren. Ich drang weiter in den fremden Keller vor, bis ich auf die Treppe stieß. Von oben fiel schwaches Licht. Ich sprang die Treppe hinauf, durchquerte einen Flur, passierte eine offene Haustür und stand auf der Amsterdam Avenue. Auf der anderen Straßenseite parkte ein Streifenwagen der City Police. Die Cops nahmen bei meinem Anblick die Schrotflinte hoch.

»Arme hoch, Mann, und keine Bewegung!«

Ich gehorchte, denn manchmal sind Polizisten sehr nervös.

»FBI-Agent Cotton!« rief ich.

Ein Sergeant verließ die Deckung des Streifenwagens, näherte sich mir und sah mir ins Gesicht.

»Okay, G-man. Ich sah Sie vor dem Einsatz mit dem Lieutenant sprechen.«

»Hat irgendwer vor mir das Haus verlassen?«

»Nein Sir, aber vor zwei oder drei Minuten fuhr ein Wagen von dem Parkplatz dort hinten. Ich habe es gemeldet, erhielt aber keinen Befehl, das Fahrzeug zu stoppen. Der Parkplatz liegt knapp außerhalb des Sperrbereichs.«

»Danke, Sergeant!«

Ich ging in die Westend Avenue zurück. Vor dem Eingang zu Africa 2000 hatten sich Neugierige versammelt. Eine Ambulanz fuhr unter schrillem Alarmklingeln vor.

Steve Dillaggio und die G-men überprüften die Gäste des Nachtclubs. Er sah mich fragend an.

»Wahrscheinlich hat er es geschafft«, sagte ich. »Bei Tagesanbruch können wir den Block durchkämmen, aber ich glaube nicht an einen Erfolg. Hamer ist nicht der Mann, der sich zwischen zwei Mülltonnen versteckt.«

»Wie schaffte er es, euch zu entkommen? Ihr wart dichter an ihm dran als jemals ein Polizist zuvor.«

Ich bückte mich und hob das Funksprechgerät auf.

»Damit«, antwortete ich lakonisch. »Einer seiner Leute stand draußen, beobachtete die Umgebung und warnte ihn. Vermutlich fielen ihm die Cops auf.«

Die Sanitäter legten den angeschossenen Besucher des

Nachtclubs und die bewußtlose Tänzerin auf Tragen. Als sie das Mädchen aufhoben, klirrten die Messingreifen an ihren Armen und Beinen.

»Wo ist Collani?«

»An der Bar! Phil hält ihn unter Kontrolle.«

Ungefähr zehn Mädchen, Serviererinnen und Animiergirls, auch die beiden Tänzerinnen, standen in einer dichtgedrängten Gruppe beieinander. George Collani beruhigte sie.

»Macht euch keine Sorgen! Ich zahle den vollen Lohn für heute nacht. Sobald die Bullen es erlauben, dürft ihr nach Hause gehen. Morgen kommt ihr alle zur üblichen Zeit. Wenn euch Fragen gestellt werden, antwortet wahrheitsgemäß! In diesem Club haben wir nichts zu verbergen. Wer einen Drink auf den Schreck braucht, läßt sich von Katie und Berryl geben, was er möchte. Die Drinks werden nicht auf den Lohn angerechnet.«

Phil nickte mir zu. »Hörst du, Jerry? Er ist der netteste Arbeitgeber, den man sich denken kann.«

»Kommen Sie her, Collani!«

Er kam hinter der Bartheke nach vorn. Zwei Mädchen füllten Gläser mit Drinks für die anderen.

»Worüber haben Sie mit Ray Hamer gesprochen?« fragte ich.

»Über die Qualität der Mädchen. Er war scharf darauf, eine der Tänzerinnen abzuschleppen. Ich sagte ihm, die Direktion des Clubs kümmere sich nicht darum, was die Mädchen nach vier Uhr morgens täten.« Er zuckte mit den Achseln. »Wir schließen um vier Uhr. In welches Auto oder in welches Bett die Mädchen danach steigen, geht mich nichts an.«

»Kassieren Sie nicht gelegentlich eine kleine Vermittlungsgebühr?« erkundigte sich Phil.

Collani tupfte mit einem Taschentuch den Schweiß von der Stirn.

»Sie werden mir keine Anklage wegen Zuhälterei anhängen, G-man. Das haben die Black-Power-Leute fünfmal vergeblich versucht. Wer einen Club wie Africa 2000 betreibt, weiß genau, daß er nur an den Drinks und nicht an den Mädchen verdienen darf, oder er ist im Handumdrehen erledigt.«

»Sie leugnen nicht, daß Sie Hamer kennen?«

»Ich kenne ihn nicht besser als andere Gäste, die zum dritten oder vierten Mal meinen Club besuchen. Ich ahnte, daß er ein Unterweltler war. Denken Sie, ich frage meine Gäste nach ihrem Vorstrafenregister?«

»Und wer hat Hamer den Weg in den Keller gezeigt?«

»Keine Ahnung! Die Tür liegt neben den Waschräumen. Wahrscheinlich wußte er, daß die Schnüffler ihm auf den Fersen saßen, und kam nur in meinen Club, weil irgendwer ihm den Fluchtweg gezeigt hatte. Ich beschäftige 30 Angestellte, G-man. Jeder weiß, daß die Tür neben den Waschräumen in den Keller führt, und jeder verdient sich gern zehn Dollar Trinkgeld.«

»Collani, Sie lügen so schnell, wie Sie sprechen. Hamer saß an Ihrem Tisch. Er hatte Vorsichtsmaßnahmen getroffen. Wollen Sie behaupten, Ihnen wäre das Sprechfunkgerät nicht aufgefallen?«

»Mich interessiert nur, ob meine Gäste ein paar Dollar springen lassen oder sich eine ganze Nacht an einem Whisky-Soda festklammern. Der Mann bestellte französischen Champagner. Nach der Show lud er bei jedem Besuch mindestens zwei Mädchen ein und tränkte sie mit Champagner, bis das Zeug ihren Ausschnitt überschwemmte. Zum Teufel, G-man, ich wäre ein schlechter Clubmanager, wenn ich einen Gast, der eine 3000-Dollar-Zeche macht, fragte, warum er ein Walkie-talkie mit sich herumschleppt.«

»Ihr schnelles Geschwätz überzeugt mich nicht, Collani! Der Mann, der an Ihrem Tisch saß, ist der zur Zeit gefährlichste Berufskiller in den Staaten. Ich will von Ihnen wissen, mit wem Ray Hamer in Ihrem Laden zusammenkam.«

Ein zynisches Grinsen überflog sein Gesicht.

»Wie Sie wollen, G-man! An einem Abend waren es Kate und Imma. Kate ist das große Mädchen in dem roten Kleid. Imma ist die Tänzerin, die er als Geisel benutzte. An einem anderen Abend wählte er Kate Berryl, die gerade Drinks verteilt, und selbstverständlich wieder Imma und . . .«

»Hören Sie auf, Collani! Uns interessiert nicht, welche Mädchen Ray Hamer bevorzugte. Wen traf er?«

»Ich habe nicht beobachtet, daß er mit irgendeinem anderen Gast gesprochen hätte.«

»Mit dieser Behauptung bringen Sie sich selbst in Gefahr! Hamer begeht Morde im Auftrag anderer. Selbstverständlich genügt ein Telefonanruf nicht, um bei ihm einen Mord zu bestellen. Er will seinen Auftraggeber sehen. Der Preis muß ausgehandelt werden, und er verlangt eine Anzahlung. Wenn außer Ihren Mädchen Sie, George Collani, Hamers einziger Gesprächspartner waren, werden wir herausfinden, ob Hamers nächster Mord von Ihnen bestellt wurde.«

Während wir Collani verhörten, überprüften Steve und Kollegen die Gäste von Africa 2000. Steve brachte einen Mann an die Bar.

»Er trug diese Kanone unter der Achsel«, sagte Steve und legte einen Chief Special-Revolver auf die Theke, eine kurzläufige Waffe aus Edelstahl, das teuerste und beste Schießeisen dieser Art, das auf dem Markt zu haben ist.

Der Mann war jung, zwischen 28 und 30 Jahren alt, nicht kleiner als ich. Er hatte ein kantiges, etwas grobes Gesicht mit grauen Augen. Das dunkle Haar war kurzgeschnitten. Am Kinn zeichnete sich eine kurze Narbe ab.

»Haben Sie die Berechtigung, eine Waffe in der Öffentlichkeit zu tragen?« fragte Phil.

Der Mann nickte.

»Sagen Sie Ihren Namen?«

»Daniel Webb«, antwortete er widerwillig.

»Zeigen Sie uns Ihre Waffenerlaubnis, Mr. Webb!«

Er griff in die Innentasche, brachte eine rote Lederhülle zum Vorschein und reichte sie mir. Die Hülle trug die eingeprägten Goldbuchstaben GCC.

Ich klappte sie auf, sah Webbs Foto, eine Menge Stempel und den Text:

Daniel Webb gehört der Sicherheitsgruppe der Goron Chemical Company an. In Ausübung seines Dienstes und als Begleiter gefährdeter Mitglieder des Direktoriums ist er berechtigt, Schußwaffen auch außerhalb des Geländes der GCC zu tragen.

Ich gab ihm den Ausweis zurück.

»Welches Mitglied des Direktoriums haben Sie ins Africa 2000 begleitet, Mr. Webb?«

»Keins«, antwortete er.

»Nach dem Wortlaut Ihrer Erlaubnis hätten Sie Ihren schönen Revolver in diesem Fall zu Hause lassen müssen. An welchem Tisch saßen Sie?«

»Weiß ich nicht mehr.«

Ich machte eine Kopfbewegung zu Collani.

»Vielleicht am selben Tisch wie George Collani?«

»Nein«, antwortete Collani.

»Wer war der dritte Mann an Ihrem Tisch?«

»Hamer und ich saßen allein.«

»Mr. Webb, waren Sie der dritte Mann?«

»Nein, ich war mit einem Mädchen zusammen.«

»Mit welchem Mädchen?«

»Mit Lana ...«

»Collani, welches Mädchen heißt Lana?«

Er schnippte mit den Fingern. Aus der Gruppe löste sich ein hochgewachsenes Mädchen in einem grellroten Kleid, das nur von schmalen Schulterträgern gehalten wurde.

Der Schnitt ließ den Rücken bis zum vorletzten Wirbel frei, und die Seitenschlitze enthüllten die langen Beine bei jedem Schritt. Die Haut des Mädchens war nur leicht getönt.

»Sie wünschen, Mr. Collani?«

»Die Polizei will wissen, mit welchem Gast du heute nacht am Tisch gesessen hast.«

Sie lächelte. Ihr Gesicht hatte etwas Katzenhaftes. Ein sinnlicher Reiz ging von ihr aus, dem man sich nur schwer entziehen konnte.

»Mit Danny!«

Sie streckte die Hand aus und legte sie auf Webbs Arm.

»Hast du Schwierigkeiten?« fragte sie ihn, und ohne die Antwort abzuwarten, wandte sie sich an mich.

»Danny kommt seit drei Wochen ins Africa 2000, und er kommt meinetwegen. Er war auch schon in meiner Wohnung. Wir lieben uns, G-man, trotz unserer unterschiedlichen Hautfarbe.«

»Danke für die Aussage, Miss! Bitte, nennen Sie Ihren vollen Namen!«

»Nathalie Wood, Sir!«

Ich gab Webb den Revolver zurück. »Nehmen Sie Ihre Waffenerlaubnis in Zukunft wörtlicher, Mr. Webb!«

Er lief rot an. »Tut mir leid, G-man«, murmelte er.

George Collani rief: »Nehmen Sie einen Schluck auf den Schrecken. Das Haus zahlt. Bedien ihn, Lana!«

»Komm, Danny!« Sie zog ihn mit sich zu den anderen Mädchen.

Collani schien erleichtert. Er grinste mich an. »Noch Fragen, G-man?« erkundigte er sich höhnisch.

»Eine Menge Fragen. Ich stelle sie später, wenn Ihnen das Lügen nicht so leichtfallen wird wie heute.«

Im Morgengrauen bliesen wir die Aktion endgültig ab. Der Lieutenant der City Police schickte seine Mannschaft nach Hause. Phil, Steve, die Kollegen und ich fuhren ins Hauptquartier und meldeten John D. High, unserem Chef, den Mißerfolg.

Es hat keinen Zweck, Niederlagen zu beschönigen.

Ray Hamer war entkommen. Er hatte die Runde gewonnen.

Wir hofften, der Gongschlag zur nächsten Runde würde bald fallen.

Im Präsidenten-Office, dem größten Raum in der 39. Etage des GCC-Wolkenkratzers, ließ Kenneth Frost den Wochenbericht des Chefs seiner Planungsabteilung über sich ergehen.

Wie gewöhnlich sprach Agnew Meehan langatmig und untermauerte seine Analysen mit vielen Zahlen. Der Planungschef war ein mittelgroßer, vom vielen Sitzen aufgeblähter Mann am Ende der 40. das Gesicht gebleicht von der Büroluft, mit kurzsichtigen Augen hinter einer dicken Brille. Er trug dunkle, schlechtsitzende Anzüge und zu formlosen Stricken verdrehte Krawatten. Als Leiter der Planungsabteilung arbeitete er so eng mit Frost zusammen, daß er gleichzeitig die Funktion eines Sekretärs wahrnahm, obwohl beide Männer grundverschieden waren.

Frost hatte sich auch auf dem Präsidentenstuhl das Flair eines Playboys bewahrt. Er schätzte die Gesellschaft von Frauen, lud die bunten Paradiesvögel des Showgeschäftes in seine Villa und auf seine Jacht ein.

Agnew Meehans Leben war immer und überall grau. Er gehörte keinem Club an, ging nur auf Partys, wenn er aus geschäftlichen Gründen dazu gezwungen war, trieb keinerlei Sport und lebte, wenn er sich nicht im GCC-Gebäude aufhielt, allein in einem altmodischen Haus. Als Chef war er gefürchtet. Er trieb die Angestellten seiner Abteilung ständig an, tadelte oft und lobte nie.

Frost hätte ihn gern gegen einen sympathischeren Mann ausgetauscht, aber Meehan galt als ungewöhnlich tüchtig und unheimlich intelligent. Die Direktoren und Vizepräsidenten im Verwaltungsrat der Goron Chemical hätten einem Wechsel nicht ohne die Nennung von gewichtigen Gründen zugestimmt, und persönliche Abneigung war kein gewichtiger Grund.

Erleichtert stellte Kenneth Frost fest, daß Meehan seinen Vortrag beendet hatte. Die letzten Sätze waren an Frosts Ohren vorbeigerauscht, ohne daß er ihren Inhalt zur Kenntnis genommen hatte.

»Hört sich gut an, Agnew«, sagte er. »Geben Sie mir die schriftliche Zusammenfassung mit! Ich werde sie über das Wochenende prüfen und Ihnen am Montag sagen, ob wir dem Verwaltungsrat Änderungen vorschlagen müssen.« Er entschloß sich zu einem Kompliment.

»Wahrscheinlich wird sich herausstellen, daß Ihre Ideen die besten sind, Agnew! Wie gewöhnlich!«

Meehan dankte mit leichtem Kopfnicken.

Kenneth Frost stand auf. »Bis Montag, Agnew! Kommen Sie um neun Uhr zu mir!«

»Werden Sie New York verlassen, Kenneth?« Frost bestand darauf, daß seine engsten Mitarbeiter ihn mit dem Vornamen anredeten. Meehan schien diese Form der Anrede noch immer schwer über die Lippen zu kommen.

»Ich will das Wochenende in Norwalk verbringen. Der Hubschrauber wartet.«

»Sie haben eine Verabredung mit Clement Finnigan für heute abend.«

»Finnigan? Wir wollen seine Firma übernehmen?«

»Die Verträge sind vorbereitet, Kenneth. Sie erinnern sich, daß Finnigan Plastics Kunststoffe verarbeitet, die nur wir liefern können? Wir haben die Lieferungen in den letzten drei Jahren so weit gedrosselt, daß Finnigan seine Firma entweder schließen oder verkaufen muß. Seine Produkte haben ausgezeichnete Marktchancen. Wenn wir die Anlagen billig übernehmen und dann mit voller Kapazität betreiben, werden wir eine Bombenrendite herauswirtschaften.«

»Warum muß ich mit Mr. Finnigan sprechen?«

»Ihm gefällt der Preis nicht, den wir geboten haben. Er besteht auf einem direkten Gespräch mit Ihnen, Kenneth. Von Präsident zu Präsident! Er rechnet auf Ihren Anstand und auf einen besseren Preis. Die Publicity-Abteilung möchte vermeiden, daß die Wirtschaftspresse uns als eine Krokodil-Company schildert, die kleine Unternehmen verschlingt. Wenn Sie Mr. Finnigan einen Geschäftsführerposten in seiner Exfirma bieten, wird er den Vertrag unterzeichnen.«

»Zum Teufel, Agnew, ich habe keine Lust, den Abend in New York zu bleiben. Der Wind ist prächtig. Ich will morgen in aller Frühe einen guten Törn segeln. Für Samstagabend habe ich Freunde eingeladen. Ich kann mein Programm nicht umwerfen.«

»Finnigan ist schon in New York. Er wartet darauf, daß unser Wagen ihn vom Hotel abholt.«

»Welches Hotel?«

»Waldorf Astoria.«

Frost drückte den Rufknopf der Sprechanlage, die ihn mit seinem Vorzimmer verband.

»Waldorf Astoria! Mr. Clement Finnigan!«

»Sofort, Sir!«

Während er auf die Verbindung wartete, fragte er Meehan: »Was für ein Typ ist der Mann?«

»Mehr Techniker als Kaufmann! Er hat bei der Plastikverformung Verbesserungen ausgetüftelt, über die kein Konkurrent verfügt. Er hat nicht verstanden, seinen Vorsprung zu verwerten.«

»Wie alt ist er?«

»Über 50 Jahre!«

»Familie?«

»Witwer! Eine Tochter von 23.«

Die Sekretärin meldete sich. »Mr. Finnigan auf Leitung 2, Sir!«

Frost hob den Hörer ans Ohr.

»Hallo, Mr. Finnigan. Hier spricht Kenneth Frost. Irgendein Dummkopf im Sekretariat hat meinen Terminkalender durcheinandergeschüttelt. Ich stehe auf dem Sprung, nach Norwalk zu fliegen, wo ich über das Wochenende mit einer Menge wichtiger Leute verabredet bin. Haben Sie Lust mitzukommen? Wir werden Zeit genug finden, unsere Probleme zu klären. Zwischendurch können wir uns von den Anstrengungen des Geschäftes erholen. Segelboot, Motorjacht, Angelzeug, Tennisplatz – in Norwalk ist alles vorhanden. Nicht zu vergessen die Bar, Mr. Finnigan. Und wenn Sie von allem genug haben, wird der Hubschrauber Sie nach New York zurückbringen. Einverstanden? Okay, der Wagen holt sie ab. Ich freue mich auf unser Weekend, Mr. Finnigan.«

Beim letzten Satz schnitt Frost eine Grimasse und legte den Hörer in die Gabel.

»Ich hoffe, ich werde ihn morgen früh los. Schicken Sie mir Virginia herein! Ich werde die Zeit bis zu Finnigans Ankunft nutzen und einige Briefe diktieren.«

»Viel Spaß in Norwalk!« sagte Meehan und ging zur Tür. Als er die Hand am Knauf hatte, nagelte Frosts Stimme ihn noch einmal fest.

»Agnew, sorgen Sie dafür, daß in Zukunft der Freitagabend von Verabredungen für mich freibleibt! Ich glaube, ich gab diese Anweisung schon einmal, und ich wünsche, daß in Zukunft daran gedacht wird.«

Auf Meehans bleichen Wangen erschienen rote Flecke.

»Ich führe nicht Ihren Terminkalender, Sir«, verteidigte er sich und vergaß, Frost wie gewünscht beim Vornamen zu nennen.

»Mag sein, aber kümmern Sie sich von jetzt an darum!«

Meehan verließ das Büro des Präsidenten. 30 Sekunden später kam Virginia Race, eine der drei persönlichen Sekretärinnen Kenneth Frosts. Da Frost außer Tüchtigkeit auch Schönheit schätzte, hatten seine Sekretärinnen das Aussehen von Top-Modellen. Sie wurden ungewöhnlich hoch bezahlt, von Frost höflich behandelt und manchmal mit wertvollen Geschenken bedacht. Doch ließ er es nie zu intimen Beziehungen kommen.

»Virginia, die Briefe, die ich diktieren werde, sind vertraulich«, sagte Frost. »Machen Sie nur einen Durchschlag! Legen Sie mir die Briefe am Montag vor!«

Er diktierte zwei Schreiben an Politiker in Washington, die er aufforderte, sich um die Entschärfung eines Umweltschutzgesetzes zu bemühen. Einen dritten Brief richtete er an einen Theaterdirektor, den er an sein Versprechen erinnerte, einem Starlet eine Rolle in der nächsten Showinszenierung zu geben.

Clement Finnigans Ankunft wurde gemeldet.

»Machen wir Schluß, Virginia!«

Frost begleitete die Sekretärin zur Tür und streichelte auf dem kurzen Weg ihren Arm.

»Wie sieht Ihr Wochenende aus, Virgie?«

»Besuche bei Verwandten und am Sonntag eine Tennispartie auf den Plätzen der Columbia-Universität.«

»Mit einem Studenten als Partner?«

Die Sekretärin lächelte.

»Jim ist schon Assistent, Sir!«

»Viel Spaß mit Jim!«

Im Vorzimmer wartete ein grauhaariger, kompakter Mann.

»Clement Finnigan?« Frost reichte ihm die Hand.

»Erfreut, Sie zu sehen, Mr. Frost!«

»Nennen Sie mich Ken, und ich hoffe, daß ich Clement zu Ihnen sagen darf.«

»Selbstverständlich, Mr. Frost, ääh, Ken!«

»Ihr Gepäck haben Sie mitgebracht?«

»Nur einen kleinen Koffer.«

»Lassen Sie ihn stehen! Einer meiner Leute wird ihn zur Maschine tragen.«

Er führte den Gast zum Fahrstuhl, der die 39. Etage mit dem Dach des GCC-Wolkenkratzers verband. Frost fand, daß Finnigan ein Provinzler sei, ein Mann mit dem Aussehen eines Ranchers aus dem Mittleren Westen. Er hielt ihn für gutmütig, charakterfest und langweilig.

Das riesige Dach des Wolkenkratzers war zur Hälfte mit Kunstrasen belegt. Bäume in großen Kübeln und Blumen in Betontrögen täuschten eine Gartenlandschaft vor.

Die andere Hälfte des Daches diente als Landeplatz für die Helikopter der Goron Chemical.

Eine Maschine stand startbereit auf dem roten Markierungskreis.

Der Pilot kam den Männern entgegen.

»Start ist freigegeben, Sir!« meldete er. »Werden Sie fliegen?«

»Heute nicht, Frank!« Er wandte sich an seinen Gast. »Hin und wieder fliege ich unseren Hubschrauber, aber ich habe wenig Übung. In einigen Fällen mußte Frank eingreifen, um uns alle vor Schlimmerem zu bewahren. Mit Ihnen an Bord, Clement, möchte ich solche Späße lieber unterlassen.«

Aus der Fahrstuhlkabine betraten zwei Männer das Dach. Einer trug Finnigans Koffer.

»Meine Bodyguards«, erklärte Frost. »Die Sicherheitsvorschriften sind verschärft worden, und ich bin gezwungen, die Jungens ins Wochenende mitzunehmen. Vielleicht haben Sie gelesen, daß der Präsident unserer bolivianischen Tochtergesellschaft vor zwei Monaten entführt wurde. Wir weigerten uns, das geforderte Lösegeld zu zahlen. Seitdem sind massenweise Drohungen gegen die GCC und mich als Präsidenten ausgestoßen worden. Sogar der FBI warnte uns vor Anschlägen der Guerilleros in den USA.«

Der Pilot half Clement Finnigan und Frost in den Hubschrauber.

»Nehmen Sie einen Fensterplatz!« sagte Frost. »Es lohnt sich!«

Das Gepäck wurde verstaut. Die beiden Männer der Sicherungsgruppe nahmen die Vordersitze ein.

Langsam begannen sich die Rotorblätter zu drehen. Der Pilot meldete den Abflug und gab Gas. Die Maschine bebte. Im Dröhnen des Motors ging jedes andere Geräusch unter.

Im senkrechten Steigflug hob der Helikopter ab.

Zwischen Stamford und Norwalk besaß die Goron Chemical ein großes Landhaus unmittelbar an der Küste des Long Island Sound. Obwohl Eigentum des Konzerns und aus steuerlichen Gründen in der Bilanz als Schulungszentrum für Managernachwuchs ausgewiesen, benutzte Kenneth Frost die Anlage wie einen privaten Besitz.

Als der Hubschrauber zur Landung ansetzte, machte Frost seinen Gast beim Überfliegen auf den Zaun aufmerksam. »Elektronisch gesichert, Clement. Niemand kann ihn übersteigen, ohne Alarm auszulösen. Manchmal schrillen die Signale, weil sich eine Eule im Draht verfangen hat.«

Die Maschine senkte sich auf die markierte Landefläche. Das Motorengeräusch erstarb. Die Rotoren kamen zum Stillstand.

Vom Haus eilten zwei Männer, ein Weißer und ein grauhaariger Farbiger, auf den Helikopter zu.

Frosts Bodyguards sprangen als erste aus der Maschine. Sie halfen dem Präsidenten und dem Gast heraus.

Frost wechselte einige Worte mit dem grauhaarigen Neger.

»Alles in Ordnung, Charles?«

»In bester Ordnung, Sir!«

»Was wird Ihre Frau für uns kochen, Charles?«

»Hummer auf kreolische Art, Sir!«

Frost schnalzte mit der Zunge.

»Charles' Frau kocht manche Gerichte besser als die berühmtesten Küchenchefs. Charles, bringen Sie Mr. Finnigan ins Gästezimmer! Einverstanden, Clement, wenn wir uns in einer halben Stunde zum Cocktail in der Halle treffen und uns dann den kreolischen Hummer vornehmen?«

Der Weiße, der mit dem Butler Charles zum Helikopter gekommen war, hieß Welsey. Er war vor zwei Tagen nach Norwalk geschickt worden, um die Samstag-Party vorzubereiten.

Auf dem Weg zum Landhaus erstattete er Bericht. Frost hatte zwei Dutzend Personen zu seiner Party eingeladen. Das Dinner sollte von einem New Yorker Spitzenrestaurant geliefert werden, das auch das Bedienungspersonal stellte.

»Sorgen Sie dafür, daß alle Fremden vor Mitternacht das Gelände verlassen!« befahl Frost. »Vermutlich wird die Party bis in den Morgen dauern. Beim zweiten Teil will ich keine Zuschauer, die dann womöglich Augenzeugenberichte an die Presse liefern.«

Eine halbe Stunde später mixte der Präsident der GCC einen Highball Special für Clement Finnigan. Er führte den Gast durch das Anwesen, zeigte ihm die große Segeljacht am Anlegesteg, die Motorboote, den Swimmingpool und die Tennisplätze.

Um acht Uhr servierte Charles in weißer Butlerjacke den Hummer. Frost ließ die Fenstertüren des Speisezimmers öffnen. Vom nahen Strand drang das Rauschen der Wellen.

»Nehmen Sie das Geld, das Ihnen die GCC zahlt, und kaufen Sie sich ein Haus wie dieses!« sagte Frost lachend.

»Ja, lassen Sie uns über meine Fabrik sprechen!« antwortete Finnigan. »Ihre Unterhändler haben einen schäbigen Preis geboten. Erst hungern Sie mich aus, und dann wollen Sie meinen Laden für ein Butterbrot übernehmen. Ein verdammt unfaires Verfahren, Herr Präsident.«

»Sie können angesichts dieses wunderbaren Hummers nicht behaupten, daß die GCC sie aushungert«, scherzte Frost, aber Finnigan verzog kaum das Gesicht.

Frost ließ von einem Leibwächter die Verträge holen. Nach dem Dinner verhandelten die Männer im Arbeitsraum. Geschickt gab Frost in einigen unwichtigen Punkten nach, ohne den wirklichen Preis zu erhöhen. Er merkte schnell, daß es Finnigan in Wahrheit nicht auf Geld ankam, sondern daß ihm der Gedanke unerträglich war, sich von der Fabrik trennen zu müssen. Als Frost ihm den Geschäftsführerposten anbot, ließ Finnigan alle anderen Forderungen fallen und schlug ein. Die Männer unterzeichneten die von Agnew Meehan vorbereiteten Verträge. Frost läutete nach Charles und ließ Champagner kommen.

»Für mich lieber einen ehrlichen Bourbon«, sagte Finnigan. »Das verdammte französische Zeug bereitet mir Sodbrennen.«

Jetzt, da er glaubte, erreicht zu haben, was er gewollt hatte, ging Finnigan aus sich heraus, erzählte Anekdoten aus seiner Laufbahn, langweilte Frost mit technischen Details der Plastikverformung und trank eine Menge Bourbon.

Noch vor Mitternacht brach der GCC-Präsident das Gespräch ab. Finnigan, der nur unter Schwierigkeiten aus seinem Sessel hochkam, wurde von Charles ins Gästezimmer gebracht.

Frosts private Räume lagen in der ersten Etage. Er duschte, genehmigte sich einen letzten Drink und schlief schnell ein.

Als er aufwachte, fielen die ersten Strahlen der Morgensonne in sein Zimmer. Er fühlte sich seltsam beunruhigt.

Er erinnerte sich, daß ungewöhnliche Geräusche ihn geweckt hatten. Er stand auf und griff nach dem Morgenmantel.

Krachend sprang die Schlafzimmertür auf. Frost sah sich einer vermummten Gestalt gegenüber, deren Anblick ihn zutiefst erschreckte.

Der Mann trug einen olivgrünen Kampfanzug mit Tarnflecken. Ein Wollstrumpf mit eingeschnittenen Augenschlitzen verdeckte das Gesicht. Auf dem Kopf saß ein rotes Barett mit einem Abzeichen. An einem Gurt hing das Holster. Aus ihm ragte der Griff eines massiven Revolvers.

Mit großen Schritten trat der Mann auf Frost zu. »Anziehen!« befahl er. »Schnell!«

»Wer sind Sie? Was wollen Sie?

Ein Schlag mit dem Handrücken traf Frost so wuchtig, daß ihm das Blut aus der Nase stürzte.

»Schnell!« wiederholte der Maskierte. Er sah sich im Raum um, entdeckte Frosts Garderobe auf einem Kleiderständer und warf ihm die Sachen zu.

Mit zitternden Händen zog sich der GCC-Präsident an. Durch Gesten wurde ihm befohlen, die Hände aneinanderzulegen. Handschellen schlossen sich um die Gelenke. Der Mann faßte Frosts Arm. Er führte seinen Gefangenen die Treppe hinunter und durch die Halle in den Keller, in dem Sport- und Angelgeräte aufbewahrt wurden.

Unter der Bewachung zweier Maskierter in Kampfanzügen fand Kenneth Frost alle Personen vor, die sich zur Zeit auf dem Gelände aufhielten, mit Ausnahme von Clement Finnigan: Charles, den Butler, dessen Frau Sally, den Partymanager Welsey und die beiden Bodyguards. Keiner war vollständig angezogen. Sally, eine ältliche Frau mit mächtigen Brüsten, hielt mit beiden Händen das weiße Nachthemd zusammen. Welsey trug einen gestreiften Schlafanzug. Einer der Leibwächter steckte in einer Sporthose. Der andere hatte es geschafft, sich halbwegs anzuziehen.

Der Anführer holte aus der Brusttasche der Kampfjacke ein Blatt Papier, aus einer zweiten Tasche ein handtellergroßes Diktiergerät, gab das Papier Frost und hielt ihm das Diktiergerät vor den Mund.

»Vorlesen!« befahl er.

Der Text war mit der Maschine geschrieben.

Frost las vor: »Ich, Kenneth Frost, Präsident der Goron Chemical Company, befinde mich in der Gewalt der Frente Popular. Ich bitte alle Behörden und die verantwortlichen Männer in der Leitung der GCC, die Forderungen der Frente Popular zu erfüllen. Jede unüberlegte Handlung würde mein Leben in akute Gefahr bringen.«

Der Anführer riß ihm das Papier aus den gefesselten Händen und verstaute es zusammen mit dem Diktiergerät in seinen Taschen.

Er ging zu Charles und machte ihm durch eine Handbewegung klar, daß er sich auf den Boden legen sollte. Seufzend und leise betend kniete der Butler nieder. Ein Fußtritt traf ihn in den Rücken und warf ihn aufs Gesicht. Seine Hände wurden mit Handschellen auf dem Rücken aneinandergekettet. Das gleiche Schicksal erlitten Welsey und der Leibwächter, der nur mit einer Sporthose bekleidet war. Als Sally sich hinlegen sollte, weigerte sie sich und verfiel in einen Schreikrampf.

Der Maskierte reagierte brutal. Er zog den Revolver und schlug die Frau nieder. Sally kippte um. Ihr schwerer Körper fiel auf den Betonboden. Blut sickerte aus der Platzwunde.

Kenneth Frost wurde aus dem Kellerraum gestoßen. Ein Maskierter winkte dem zweiten Leibwächter, befahl ihm, die Tür von außen zu verriegeln und mitzukommen.

Frost versuchte, seinen Leibwächter anzusprechen, als beide nebeneinander die Treppe zur Halle hinaufgetrieben wurden.

»Wie sind die Kerle reingekommen? Was war mit der Elektronikanlage?«

Der Mann, an dessen Namen Frost sich nicht erinnerte, zuckte mit den Achseln.

Sie hatten die Halle fast durchquert, als sie angerufen wurden.

»Hallo, Mr. Frost!«

Clement Finnigan kam ahnungslos von der oberen Etage herunter.

Er sah die Maskierten einige Sekunden zu spät, erstarrte und wollte sich zur Flucht wenden.

Der Anführer raste in großen Sprüngen die Treppe hoch, holte Finnigan ein und packte ihn.

Finnigan wehrte sich. Obwohl er nicht mehr jung war, schlug er hart und ziemlich genau auf den anderen ein, bis ihn ein Fausthieb gegen das Treppengeländer warf. Ein zweiter Hieb riß ihn von den Beinen. Finnigan rollte die Stufen hinunter bis in die Halle. Unten blieb er halb betäubt liegen.

Der Chef der Gruppe beugte sich über ihn, zog ihn hoch, schüttelte ihn. »Wer?«

Finnigan konnte nicht antworten.

Frost sah, wie die Hand sich um den Revolvergriff schloß.

»Er heißt Clement Finnigan!« rief er. »Besitzer einer Fabrik in Wisconsin. Er hat nichts mit GCC zu tun.«

Aus den Schlitzen starrten ihn die Augen des Anführers an.

Frost hatte den Eindruck, als grinse der Mann. Jetzt schnippte er mit den Fingern, warf einen Blick auf seine Armbanduhr und nickte.

Er zog Finnigan zu Frost, löste die Stahlmanschette um Frosts linkes Handgelenk und kettete ihn mit Finnigan zusammen. Vor dem Haus standen zwei fremde Fahrzeuge: ein geschlossener Lieferwagen und ein dunkelgrüner Pinto.

Die Gangster stießen ihre Gefangenen, nicht aber den Leibwächter in den Laderaum des Lieferwagens und schlossen die Tür.

Frost und Finnigan hockten in völliger Finsternis nebeneinander. Sie spürten, wie der Wagen anfuhr, stoppte, als er das Tor erreichte und wieder anrollte.

Sekunden später krachten zwei Schüsse.

Gegen Mittag erreichte ein Kühlwagen der Partyservice-Abteilung Hilton LT. auf der privaten Zufahrtstraße das Stopschild mit der Aufforderung:

»Vor Weiterfahrt über Sprechanlage melden!«

Der Fahrer stieg aus, drückte den Rufknopf und wartete. Niemand antwortete. Er wiederholte den Versuch. Ohne Erfolg.

50 Schritte weiter sperrte ein großes Gittertor die Zufahrt.

Der Fahrer ging zum Tor. Jenseits des Gitters lag am Rand des Betonstreifens, halb verdeckt von den Oleanderbüschen, ein Mann.

»He, Sie!« rief der Fahrer. Er bemerkte die merkwürdig verdrehte Haltung des Mannes. Die Stimme versagte ihm

Zögernd drückte er gegen einen Flügel des Tors. Der Flügel ließ sich öffnen. Unsicher ging der Fahrer auf den reglosen Mann zu. Als er die dunkle, eingetrocknete Lache unter dem Körper sah, warf er sich herum und rannte zu seinem Wagen zurück.

Ungefähr zur selben Zeit, zu der in Norwalk das Verbrechen entdeckt wurde, erhielt der Chefredakteur der New York Revue einen Umschlag auf dem in großen Buchstaben das Wort »Sensation« stand.

Der Umschlag enthielt eine Tonkassette.

»Bring mir einen Recorder!« brüllte der Chefredakteur seine Sekretärin an.

Er legte die Manschette ein und drückte den Abspielknopf.

»Achtung! Achtung! Hier spricht die Stimme der Frente Popular.« Das Englisch des Sprechers hatte den harten Akzent eines Südamerikaners.

»Wir haben den Präsidenten der Goron Chemical Company, die seit Jahrzehnten unser Land ausplündert, zu unserem Gefangenen gemacht. Da Mr. Kenneth Frost öffentlich bekanntgegeben hat, daß sein Unternehmen für niemand, auch nicht für den Präsidenten, ein Lösegeld zahlt, werden wir kein Lösegeld für ihn verlangen. Wir werden Kenneth Frost zwingen, die schmutzigen Geschäfte seines Unternehmens zu bekennen. Aus dem Mund des Präsidenten werden die Bürger der USA erfahren, wie die Goron Chemical Company ihre Käufer, ihre Aktionäre und ihre Beschäftigten betrügt. Wenn er alles bekannt hat, werden wir ihn entweder töten oder ihn freilassen, um ihn der eigenen Schande zu überantworten. Hören Sie die Stimme unseres Gefangenen! Venceremos!«

Das Band lief einige Sekunden leer. Dann drang eine andere, leisere Stimme aus dem Lautsprecher.

»Ich, Kenneth Frost, Präsident der Goron Chemical Company, befinde mich in der Gewalt der Frente Popular. Ich bitte alle Behörden und die verantwortlichen Männer in der Leitung der GCC, die Forderungen der Frente Popular zu erfüllen. Jede unüberlegte Handlung würde mein Leben in akute Gefahr bringen.«

Der Chefredakteur riß die Verbindungstür zum Redaktionssaal auf.

»Stoppt die Sonntagsausgabe!« schrie er in den vom Schreibmaschinengeklapper erfüllten Raum. »Wir bringen 'ne Bombe!«

Als Phil und ich am frühen Abend in Norwalk eintrafen, blockierten Polizeifahrzeuge, Übertragungswagen von drei Fernsehgesellschaften und die verbeulten Schlitten einiger Dutzend Reporter die Zufahrtstraße bis auf einen gerade noch autobreiten Streifen.

Mr. High hatte uns aus dem gerade angebrochenen Weekend nach Norwalk gerufen. Uns wurde gesagt, daß Kidnapper einen großen Boß aus der Wirtschaft entführt hätten. Einzelheiten sollten wir am Schauplatz der Entführung erhalten.

Norwalk liegt auf dem Gebiet des Staates Connecticut.

Die Untersuchung wurde vom County Sheriff mit Unterstützung der State Police geführt. Das Justizministerium hatte die Einschaltung des FBI-Hauptquartiers New York angeordnet, weil die Wahrscheinlichkeit sehr groß war, daß die Gangster entweder aus New York gekommen waren oder sich mit ihrem Opfer dorthin geflüchtet hatten.

»Hübsche Hütte«, sagte Phil beim Anblick des Landhauses.

Der County Sheriff hatte eine Art provisorisches Hauptquartier in der Halle aufgeschlagen. Eine Menge Leute, uniformierte und nicht uniformierte Polizisten, hielten sich in der Halle auf. Trotzdem herrschte nicht die ganz große Aktivität. Alle saßen und standen herum, rauchten, flüsterten miteinander und machten den Eindruck von Menschen, die nicht wissen, was sie als nächstes unternehmen sollen.

Phil und ich haben viele Entführungsfälle bearbeitet. Wir kennen die Phase scheinbarer Tatenlosigkeit, in die jede Untersuchung zu einer bestimmten Zeit gerät. Man hat alle Einzelheiten des Tatablaufs geklärt, alle Zeugen vernommen. Man weiß, was sich zugetragen hat, aber die Entführer haben sich noch nicht gemeldet. Man kennt ihre Forderungen nicht. Alle sind dazu verurteilt, auf einen Anruf der Kidnapper zu warten.

Wir fanden unseren Chef im Gespräch mit vier Männern unterschiedlichen Alters. Zwei von ihnen waren weißhaarige, ziemlich verstörte Gentlemen jenseits der 60. Die beiden anderen mochten zwischen 40 und 50 sein.

Mr. High sah uns und winkte uns heran.

Er stellte uns vor.

»Die FBI Agents Jerry Cotton und Phil Decker.«

Die Männer nannten ihre Namen. Die Weißhaarigen hießen James D. Smith und Paul Donovan. Der Größere der beiden anderen blaffte: »Ich bin Lester O'Neal! Zu meinem Referat gehört die Sicherungsgruppe. Diese verdammte Schweinerei bedeutet meinen Ruin.«

Der vierte Mann rückte an seiner randlosen Brille.

»Agnew Meehan«, flüsterte er.

»Mr. Smith und Mr. Donovan sind Vizepräsidenten der Goron Chemical«, setzte Mr. High erklärend hinzu. »Mr. O'Neal und Mr. Meehan gehören zum Kreis der Direktoren.«

»Goron Chemical?« Ich erinnerte mich, den Firmennamen mehrfach in den Nachrichten gelesen zu haben. »Ihr Filialleiter in Bolivien wurde vor einigen Monaten entführt?«

Die vier GCC-Chefs nickten.

»Ihr Präsident erklärte auf einer Pressekonferenz, die Forderungen der Entführer würden nicht erfüllt. Wenn ich mich richtig erinnere, sagte er, alle leitenden Angestellten hätten in ihren Verträgen auf Auslösung im Falle einer Entführung verzichtet.«

Diesmal nickten sie nicht. Ich sah, wie sich Phils Mund zu einem flüchtigen Lächeln verzog. Er hatte schneller begriffen als ich. Auch mir ging auf, warum die vier Gentlemen so bestürzt waren.

»Wurde Ihr Präsident entführt?«

»Ja«, antwortete der weißhaarige Mr. Donovan und hängte einen deutlichen Seufzer an.

»Kenneth Frost, der Präsident der GCC, wurde gegen sechs Uhr heute morgen von drei bewaffneten und uniformierten Männern entführt«, erklärte Mr. High. »Der Butler, seine Frau, ein Angestellter und zwei Bodyguards wurden Zeugen der Entführung. Sie bestätigten, daß der Anführer Mr. Frost zwang, einen Text zu verlesen. Zwar erinnert sich niemand an den genauen Wortlaut, aber der Inhalt besagte, daß die Frente Popular hinter der Entführung steht.«

»Ein Kidnapping mit politischem Hintergrund?« fragte Phil.

»Alles spricht für ein politisches Motiv. Frosts Erklärung, daß Lösegelder von der GCC nicht bezahlt würden, hat heftige Drohungen der Frente Popular ausgelöst. Seit Monaten warnt die CIA vor neuen Aktionen der Guerilleros gegen die GCC, auch auf dem Gebiet der Vereinigten Staaten. Anscheinend hat die Organisation ihre Drohungen verwirklicht und zugeschlagen – erfolgreich zugeschlagen.«

Mit den letzten Sätzen hatte sich Mr. High von der Gruppe der Direktoren entfernt. Wir waren ihm gefolgt und befanden uns außer Hörweite.

»Wenn jetzt für den Präsidenten, für den höchsten Chef des Konzerns, ein Lösegeld verlangt wird, Sir, werden die Direktoren nachgeben und zahlen?«

»Frost hat in jener Pressekonferenz erklärt, es gäbe kein Lösegeld, auch nicht für den Präsidenten. Der Beschluß kann nicht umgestoßen werden. Die Firma wird nicht zahlen.«

»Das bedeutet, daß Kenneth Frost umgebracht wird, sobald seine Entführer die Überzeugung gewonnen haben, daß sie durch ihn nicht ans große Geld kommen.«

»Die Zeitspanne müssen wir ausnutzen«, sagte Mr. High. »Wir wissen nicht, ob sie nur zwei, drei Tage oder einige Wochen betragen wird. Erst wenn wir die Forderungen der Entführer kennen, werden wir überlegen, wie wir Zeit gewinnen können. Frost wurde gezwungen, die Erklärung auf ein Tonband zu sprechen. Ich vermute, daß dieses Tonband als Beweis für die Entführung bald auftauchen wird, wahrscheinlich bei der Presse. Mit der Übersendung des Tonbandes wird die Frente Popular auch ihre Forderungen anmelden.«

»Sind die Bodyguards im Schlaf überrascht worden?« fragte Phil. »Ist keine Gegenwehr möglich gewesen?«

»Das Gelände ist durch einen elektronischen Zaun gesichert. Die Experten haben festgestellt, daß die Anlage ausgeschaltet war. Dafür bieten sich zwei Erklärungen an. Entweder haben die Guerilleros ihre Leute aus der Luft auf dem Gelände abgesetzt, oder ein Angestellter der Firma hat auf der anderen Seite mitgemacht. Ich halte die zweite Möglichkeit für wahrscheinlicher. Ein Bodyguard wurde erschossen aufgefunden. Nach der Rekonstruktion des Tatherganges spricht alles dafür, daß er nicht getötet wurde, weil er Widerstand geleistet hätte. Wahrscheinlich wurde mit ihm ein Zeuge beseitigt.«

»Können wir ihn sehen, Sir?«

»Der Körper wurde zur Obduktion abtransportiert. Übrigens stehen wir vor einem zweiten Problem. Außer Kenneth Frost verschwand ein gewisser Clement Finnigan, ein Industrieller aus Wisconsin, der gestern einen Vertrag über den Kauf seiner Firma unterschrieb und sich dann ein wenig betrank. Der Butler brachte ihn gegen Mitternacht in ein Gästezimmer. Die Polizei fand das Zimmer leer. Die Kleider des Mannes fehlen. Sein Koffer stand vor der Tür.«

»Als Komplice der Täter scheidet dieser Mr. Finnigan aus?«

»Jerry, können Sie sich einen amerikanischen Industriellen, noch dazu aus Wisconsin, vorstellen, der mit bolivianischen Guerilleros gemeinsame Sache macht?« fragte Mr. High lächelnd.

»Nein, Sir«, gab ich zu.

Am anderen Ende der Halle geriet Bewegung in die Beamten des County Sheriffs. Der Sheriff schrie in ein Telefon: »Bringt ihn her!«

Zwei Polizisten und drei Detectives stürzten zum Ausgang. Der Sheriff sah sich nach Mr. High um und winkte heftig.

»Eine Zeitungsredaktion hat eine Mitteilung der Entführer erhalten. Der Chefredakteur überbringt sie selbst. Meine Leute holen ihn herein.«

»Welche Zeitung?«

»Natürlich ein Blatt in eurem verdammten New York«, grunzte der Sheriff, ein kompakter, rotgesichtiger Mann, dessen Blutdruck von den Ereignissen in beängstigende Höhen getrieben worden war. »New York Revue!«

»Der Chefredakteur heißt Earl Ketch«, sagte Mr. High ruhig. »Ein Mann, der für eine Sensation seine Seele verkauft.«

Auch Phil und ich kannten Ketch als ausgefuchsten, gerissenen und skrupellosen Zeitungsmacher, dem die Schlagzeile auf der ersten Seite das Glaubensbekenntnis ersetzte.

In Begleitung der Polizisten traf er nach wenigen Minuten ein, und er kam nicht allein. Er brachte zwei Fotografen mit, die sofort herumzublitzen begannen. Es war charakteristisch für Ketchs Raffinesse, daß ein Fotograf eine junge, attraktive Frau war.

Ketch war ein grauhaariger, schlampig angezogener Mann mit unruhig flippenden Augen und schmuddeligen, vom Nikotin bis zu den Knöcheln verfärbten Fingern. Er lebte so hochtourig, daß er nie Zeit fand, seine Zähne in Ordnung bringen zu lassen.

»Hallo, Sheriff! Hallo, Mr. High, hoher FBI-Häuptling!« sprudelte er zur Begrüßung. »Meine Freunde Cotton und Decker sind auch zur Stelle!«

Er hielt eine Plastiktüte hoch.

»Die Beweisstücke! Sobald ich erkannte, welche Bedeutung sie hatten, sorgte ich dafür, daß niemand sie anfaßte.«

Die Tüte enthielt eine Tonkassette und einen aufgerissenen Umschlag.

»Sehr gut!« lobte der Sheriff und nahm die Plastiktüte an sich.

Mr. High lächelte. »Selbstverständlich!« trompetete Ketch. »Ich besitze nicht die Fähigkeit, 'ner Tonkassette anzusehen, ob nur ein paar Schweinereien oder irgend etwas von Bedeutung darauf aufgezeichnet ist. Also mußte ich sie abhören.«

»Ein Abspielgerät!« brüllte der Sheriff in den Raum. »Schnell, verdammt!«

»He, Sheriff, geben Sie mir genaue Informationen über den Ablauf!« verlangte der Zeitungsmann. »Ich habe ein bißchen Dankbarkeit verdient!«

Mr. High sorgte dafür, daß die Tonkassette nicht vor aller Ohren abgespielt wurde.

Der Sheriff und zwei Mitarbeiter, die vier Chefs der GCC, Mr. High und wir gingen in einen Nebenraum. Niemand erhob Einspruch, daß auch Earl Ketch mitkam. Er kannte die Kassette ja bereits.

Der Assistent des Sheriffs legte die Kassette ein, und der Sheriff drückte eigenhändig auf den Einschaltknopf. Die Lautsprecherregelung war zuweit aufgedreht, denn die

Stimme aus dem Lautsprecher dröhnte, daß die Fenster klirrten.

»Wir haben den Präsidenten ...«

Mr. High drehte den Regler zurück.

»... der Goron Chemical Company, die seit Jahrzehnten ...

Die Stimme hatte einen deutlichen Akzent. Der Sprecher war zweifellos kein Nordamerikaner. Als er sagte, die Frente Popular werde Frost zwingen, die schmutzigen Geschäfte des Konzerns zu bekennen, gerieten die Direktoren in Unruhe.

Dann, nach dem üblichen »Venceremos« aller südamerikanischen Untergrundorganisationen, meldete sich eine andere Stimme vom Tonband: »Ich, Kenneth Frost, Präsident der Goron Chemical Company, befinde mich ...«

Nach dem letzten Wort herrschte einige Sekunden lang tiefe Stille. Dann dröhnte der Sheriff: »Als Beweisstück beschlagnahmt!«

»Ich bin sicher, daß Earl Ketch die Kassette längst überspielt hat«, sagte unser Chef. Ketch grinste.

Agnew Meehan, der GCC-Direktor mit der randlosen Brille, machte zwei Schritte nach vorn.

»Der Inhalt dieser Kassette darf in der Öffentlichkeit nicht bekannt werden!« sagte er.

»Darüber müssen Sie sich mit Earl Ketch einigen«, antwortete High. »Das Gesetz erlaubt uns nicht, die Veröffentlichung zu verhindern.«

Meehan stieß die Hand mit ausgestrecktem Zeigefinger gegen den Zeitungsmann. »Sie werden das nicht bringen!« schrie er.

Ketch zeigte grinsend sein abgekautes Gebiß.

»Als Chefredakteur bin ich zur Wahrheit verpflichtet.«

»Wir lassen Ihnen durch die Gerichte verbieten, den Text zu veröffentlichen.«

»Sie werden keinen Richter finden, der mir den Mund verbietet.«

Meehan wechselte die Taktik. »Wieviel wollen Sie?«

»Reden Sie von Geld? Schweigegeld? Mann, Sie können die Existenz des Tonbandes nicht unterdrücken. Hier haben ein Dutzend Leute zugehört, und in meiner Redaktion schreiben schon fünf Jungen über Kenneth Frosts Entführung. Der Zug ist abgefahren, Mister!«

Er schlug sich mit der flachen Hand vor die Brust. »Ich bin froh, daß meine Zeitung die Nase vorn hat, und ich werde alles tun, um sie vorn zu behalten. Die Burschen die euch den Präsidenten weggeschnappt haben, versprechen neue Enthüllungen, und ich hoffe, daß sie meine Zeitung als erste bedienen, wenn sie sehen, daß die Revue druckt, was sie schicken.«

High nickte uns zu. Wir begleiten ihn zurück in die Halle.

»Sie verlangen kein Lösegeld. Sie wollen die Bloßstellung. Das verschafft uns Zeit. Denn sie werden Frost nicht töten, solange sie ihm Geheimnisse des Konzerns abpressen können.«

»Sie haben angedeutet, daß sie ihn vielleicht freilassen werden«, sagte Phil.

»Ich glaube, mit dieser Andeutung wollen sie sich vor Verfolgung schützen. Wir können nicht abwarten, wie sie sich entscheiden. Wir müssen sie finden und versuchen, Frost zu befreien.«

»Von dem zweiten Mann, von Clement Finnigan, sprechen sie überhaupt nicht.«

»Ich weiß nicht, wie ich Mr. Finnigans Chancen einschätzen soll«, sagte der Chef. »Seine Angehörigen sind benachrichtigt. Wenn Finnigan mehr oder weniger zufällig den Guerilleros in die Hände fiel, werden sie ihn vielleicht laufenlassen.« Leiser setzte er hinzu. »Aber es ist auch nicht ausgeschlossen, daß sie ihn umbringen.«

Der Arzt, der die Obduktion an dem erschossenen Leibwächter durchgeführt hatte, betrachtete uns mißmutig.

»Warum warten Sie nicht, bis ich den Obduktionsbericht diktiert habe!« fragte er. »Viel habe ich ohnedies nicht herausgefunden. Beide Kugeln wurden aus nächster Nähe abgefeuert, und beide waren tödlich.«

»Können wir den Mann sehen?«

»Sie finden ihn im Fach mit der Nummer 38.«

Er rief einen Angestellten des Schauhauses, der uns in den Aufbewahrungsraum begleitete. Bläuliches Neonlicht, der Geruch von Desinfektionsmitteln und der Widerhall unserer Schritte auf dem gefliesten Boden zerrten trotz aller Erfahrung an den Nerven.

Die Scharniere des Faches knirschten beim Herausziehen. An der großen rechten Zehe des Toten hing ein schmaler Pappstreifen mit Namen, Geburtsdatum und Todestag. Ich las: Daniel Webb.

Der Name elektrisierte mich.

»Zeigen Sie uns sein Gesicht!«

Der Angestellte schlug das Leinentuch zurück, legte den Kopf frei.

Niemand hatte sich die Mühe gemacht, dem Toten die Augen zu schließen. Die Iris war grau. Die kurze Narbe am Kinn zeichnete sich deutlich ab.

Neben mir machte Phil eine Geste der Überraschung.

»Du erkennst ihn?«

»Der Bodyguard dem wir in Africa 2000 bei der Jagd auf Ray Hamer begegneten«, antwortete Phil.

Der Unterschied in der Atmosphäre zwischen Schauhaus und Nightclub war makaber. Im Africa 2000 schlugen die Wogen hoch. Trotz der frühen Stunden waren alle Tische besetzt, alle Mädchen in Beschlag genommen. Eine Meute hemdsärmeliger Verkaufsmanager, tagsüber zu irgendeiner Konferenz in New York versammelt, hatte den Club gestürmt.

Wir bahnten uns einen Weg durch die laute, angetrunkene Bande, von denen daheim mancher dem Ku-Klux-Klan angehören mochte, während er hier dunkle Haut betatschte.

Collani stand hinter der Theke und half beim Entkorken

der Champagnerflaschen. Bei unserem Anblick verdrehte er die Augen.

»Sie kommen so unerwünscht wie ein Erdbeben, G-men!« rief er. »Wenn wir die Gäste, die wir heute haben, richtig behandeln, schaffen wir eine 20 000-Dollar-Einnahme. Verderben Sie mir und den Mädchen nicht das Geschäft!«

»Tut mir leid, Collani, aber wir brauchen einige Auskünfte. Im Zusammenhang mit einer Entführung wurde Daniel Webb erschossen.«

»Daniel Webb? Kenne ich nicht!«

»Er war im Club, als Ray Hamer uns entkam.«

»An dem Abend waren wir ausverkauft. Ausverkauft bedeutet 180 Personen. Ich kann nicht jeden kennen.«

»Webb war mit dem Mädchen Lana zusammen. Wir wollen das Mädchen sprechen.«

»O Gott, G-man, das ist unmöglich. Lana sitzt an Tisch 6. Sehen Sie hin! Sieben weiße Kerle und nur drei Mädchen. Wenn ich Lana weghole, gibt es garantiert Krach.«

»Entführung und Mord!« sagte ich. »Collani, wir können nicht warten, bis Ihre Gäste betrunken unterm Tisch liegen.«

Er fügte sich in sein Schicksal, ging an Tisch 6 und eiste das Mädchen Lana los. Er mußte eine Menge besänftigender Worte und beschwichtigender Gesten anwenden, um seine Champagnerkonsumenten zu beruhigen.

Lana war nüchtern wie eine Backforelle. Heute trug sie nicht Rot, sondern ein zweiteiliges Kleid aus silbrig-flirrender Kunstfaser. Der Rock reichte bis zu den Füßen, das Oberteil bestand aus zwei handtellergroßen Stoffstücken, einer gedrehten Kordel und einem Verschluß, der aussah, als könnte er aufspringen, wenn man ihn nur scharf genug anblickte.

Sie erkannte uns und nickte uns zu.

»Sind Sie noch mit Daniel Webb befreundet?« fragte ich.

»Ich hoffe es«, antwortete sie. »Ich habe ihn einige Tage nicht gesehen.«

Obwohl sie auf Sex und Sinnlichkeit zurechtgemacht war, blieb ihr Blick hellwach. Ich hielt sie für intelligent.

»Daniel Webb wurde heute morgen erschossen.«

Sie reagierte mit einem leisen, undefinierbaren Laut. Für einen Augenblick verdunkelten sich ihre großen, dunklen Augen. Nur für eine Sekunde. Danach las ich nur noch gespannte Aufmerksamkeit in ihrem Gesicht. Keine Bestürzung und keine Trauer.

»Es geschah im Zusammenhang mit der Entführung eines Wirtschaftsbosses. Ich nehme an, Sie wissen, daß Webb als Bodyguard für die Goron Chemical arbeitete.«

»Ja, das weiß ich«, antwortete sie.

»Hat er mit Ihnen über seine Arbeit gesprochen?«

Sie bewegte die schönen nackten Schultern.

»Er hat davon erzählt. Er sagte, es sei ein langweiliger Job, der hauptsächlich aus Warten vor irgendwelchen Türen bestehe.«

»Der Präsident der GCC wurde von einem elektronisch gesicherten Gelände entführt. Die Alarmanlage funktionierte nicht. Wir glauben, daß ein Angestellter der GCC, wahrscheinlich ein Mann aus der Sicherungsgruppe, von den Entführern gekauft wurde und die Anlage ausschaltete. Mit wem traf Webb im Club zusammen?«

»Mit mir!«

»Sie antworten zu schnell, Miss! Bitte, denken Sie daran, daß es um Entführung und Mord geht! Wenn Sie die Aufklärung durch falsche Auskünfte behindern, können Sie wegen Beihilfe angeklagt werden. Die übliche Strafe wäre 15 Jahre. Ich frage noch einmal. Mit wem außer ihnen traf Daniel Webb zusammen?«

Sie hielt meinem Blick stand. »Mag sein, daß er mit dem Mixer oder mit einem anderen Mädchen sprach«, antwortete sie, »aber er kam meinetwegen.«

»Er war in Ihrer Wohnung?«

»Ja, vier- oder fünfmal.«

»Hat er Telefongespräche geführt, Briefe geschrieben oder Ihnen irgendwelche Andeutungen gemacht?«

Ihre Lippen teilten sich zu einem Lächeln am Rande eines Grinsens. Die weißen Zähne blitzten.

»Ich wäre mächtig beleidigt gewesen, wenn er solche Dinge in meiner Wohnung und in meiner Gegenwart getan hätte.«

An Tisch 6 standen zwei Männer auf und steuerten die Bar an. Sie hatten rote, verschwitzte Gesichter vom Alkohol. Der Größere schob die Jackenärmel in die Höhe.

Collani jammerte: »Jetzt gibt es Ärger! Zum Teufel, warum veranstalten Sie Ihre Verhöre nicht am Morgen und in Ihren Büros?«

Zwei Schritte vor uns bauten sich die Typen auf.

»Hört mal zu, Leute!« knurrte der Große. »Das Mädchen haben wir an unseren Tisch geholt, und wir wollen, daß die Süße dort bleibt.« Er sah Phil und mich drohend an. »Ist irgendwer anderer Meinung?«

Ohne mich um ihn zu kümmern, fragte ich das Mädchen nach ihrer Adresse.

»42 West 118th Street«, antwortete sie.

»Ich gebe euch drei Sekunden«, sagte der Mann mit den aufgekrempelten Ärmeln.

»Lassen Sie Lana gehen, bitte!« flehte Collani.

Ich nickte dem Mädchen zu.

»Danke! Ich fürchtete, Sie würden mich verhaften.« Ihr Lächeln war voll Spott. Sie ging zu den Männern und hakte sich bei ihnen ein.

»Hier bin ich, Jungs! Kein Grund zur Aufregung! Glaubt ihr, ich zöge solche Candyboys euch Prachtexemplaren vor?«

Die Männer grölten auf. Mit Lana in der Mitte gingen sie an den Tisch zurück. Ich sah ihre roten Hände auf der samtenen Haut des Mädchens.

»Zufrieden?« fragte Collani.

Ich zuckte mit den Achseln. »Wenn sie lügt, wird sie es eines Tages bereuen. Übrigens, haben Sie Ray Hamer seit unserer mißglückten Razzia noch einmal gesehen?«

»Nein«, antwortete er.

»Wenn Sie lügen, Collani, werden auch Sie es eines Tages bereuen.«

Wir verließen Africa 2000. Der Jaguar parkte auf der anderen Straßenseite. Mit der Hand auf dem Türgriff zögerte Phil vor dem Einsteigen. Er wies mit einer Kopfbewegung auf die Neonreklame des Nachtclubs.

»Schwer vorstellbar, Jerry, daß sich südamerikanische Guerilleros in einem solchen Club mit einem Informanten treffen.«

»Richtig!« stimmte ich zu. »Mag sein, daß die Begegnung mit Webb nur ein Zufall war.«

Ich startete den Motor und legte den Gang ein.

»Wenn er sich von den Guerilleros kaufen ließ, kann es überall geschehen sein.«

Um fünf Uhr lag der bleigraue Himmel des jungen Tages über New York. Die letzte Gruppe, bestehend aus drei wankenden Männern und zwei farbigen Mädchen in billigen Pelzmänteln, verließ Africa 2000. Ein Taxi nahm sie auf.

Der Fahrer des nächsten wartenden Taxis stieg aus und fragte den Portier. »Noch Gäste drin?«

»Nur der Boß, und der fährt selbst!«

George Collani saß im Büro und zählte die Einnahme. Er war zufrieden. 23 000 Dollar hatten die Provinzler springen lassen.

Er hörte ein Geräusch und blickte auf.

Lana stand im Türrahmen. »Darf ich hereinkommen, George?«

»Was willst du?«

Sie kam dicht an den Schreibtisch. »George, ich werde nicht länger als Animiermädchen arbeiten.«

»Warum nicht?«

Ihr Gesicht verzerrte sich. »Weil ich es satt habe, mich von weißen Pfoten betätscheln zu lassen!« fauchte sie. »Nie wieder will ich mich von stinkendem Alkoholatem anblasen lassen und mir ihre dreckigen Witze anhören müssen. Ich mache Schluß, George!«

»Wovon willst du leben? Ein Mädchen wie du hat in dieser Stadt nicht viele Chancen, außer der einen Chance, einen arbeitslosen Neger zu heiraten.«

»Mit 50 000 Dollar läßt sich viel anfangen, George!«

»Mag sein«, antwortete er. »Hast du 50 000 Dollar?«

»Du wirst sie mir geben, George!«

Er lachte, aber das Lachen klang hohl und künstlich. »Warum sollte ich? Damit du bleibst? So wertvoll bist du nicht! Schwarze Mädchen, die es verstehen, die Hüften zu schwenken, gibt es massenhaft.«

Sie legte die Hände auf die Schreibtischplatte. Ihre langen, lackierten Fingernägel sahen aus wie in Blut getauchte Krallen.

»Danny kam nicht meinetwegen in den Club«, sagte sie. »Ich habe ihn angemacht und ihn unter Dampf gehalten, damit du leichtes Spiel mit ihm hattest. Ich wußte nicht, zu welchem Zweck, aber jetzt weiß ich es. 50 000 Dollar, George, oder ...«

Er starrte sie von unten her an.

»Oder was?«

Sie griff nach dem Telefon und nahm den Hörer aus der Gabel.

»Ich habe nachgesehen«, sagte sie. »Die Nummer des FBI ist ...«

Die Einnahme des Tages lag auf dem Schreibtisch.

»Leg den Hörer hin!« sagte Collani und schob ein Notenbündel über die Tischplatte.

»Die Anzahlung! 5000 Dollar!«

Langsam ließ Lana den Hörer in die Gabel gleiten. Eine Sekunde zögerte sie, bevor sie mit beiden Händen nach dem Geld faßte.

»Anzahlung!« wiederholte sie. »Okay, aber laß dir mit dem Rest nicht zu lange Zeit, George!«

»Raus!« befahl Collani.

Noch lange, nachdem das Mädchen die Tür hinter sich geschlossen hatte, saß er reglos hinter dem Schreibtisch. Zweimal streckte er die Hand zum Telefon aus und zog sie wieder zurück.

Er wußte, daß es gefährlich war, bestimmte Leute von den Ereignissen zu informieren.
Gefährlich auch für ihn.

Von allen Zeitungen mit Sonntagsausgaben brachte nur die Revue den vollen Wortlaut der Tonkassette.

Das Mädchen, das kurz vor Mittag in unser Büro stürmte, schwenkte die Revue in der Hand.

»Stimmt die Nachricht?« schrie sie uns an.

Sie war mittelgroß, blond, blauäugig, hatte ein gutgeschnittenes Gesicht mit sonnengebräunter Haut und trug einen blauen Trenchcoat.

Die Zentrale hatte sie angemeldet.

»Guten Morgen, Miss Finnigan«, sagte ich. »Bitte, nehmen Sie einen Stuhl!«

»Ich will keine Zeit mit Herumsitzen verlieren!« fauchte sie. »Sagen Sie mir, ob die Entführer tatsächlich kein Lösegeld wollen oder ob die Geschichte eine Zeitungsente ist?«

Judy Finnigan, die Tochter des mit Frost entführten Fabrikbesitzers aus Wisconsin, schlug mit der Hand gegen die Zeitung. »Das ist doch Bluff, oder?«

»Nein, Miss Finnigan, wir müssen annehmen, daß die Entführung politische Motive hat. Der Konzern, dessen Präsident Kenneth Frost ist, wird von einer südamerikanischen Untergrundbewegung bekämpft. Die Guerilleros wollen kein Lösegeld, sondern die Niederlage ihrer Gegner.«

»Zum Teufel, G-man, mein Vater liegt nicht im Streit mit irgendeiner Befreiungsorganisation.«

»Von Ihrem Vater, Miss Finnigan, ist in der Botschaft der Entführer nicht die Rede. Von ihm fehlt jedes Lebenszeichen.«

»Wollen Sie damit sagen, Daddy sei schon tot?«

»Nein, das nehmen wir nicht an. Allerdings glauben wir, daß die Entführer allein an Kenneth Frost interessiert waren und daß Ihr Vater ein zufälliges Opfer der Entführung wurde.«

»Oh, ich begreife, was Sie damit sagen wollen. Da Daddy für die Entführer unwichtig ist, werden sie ihn umbringen, falls sie es nicht schon getan haben.«

Sie blickte Phil und mich an. Ihre Augen waren voll Feindschaft. »Kann der FBI meinen Vater retten?« fragte sie.

»Wir bemühen uns, Miss Finnigan, aber niemand kann Ihnen eine Garantie geben.«

»Okay, ich werde die Rettung meines Vater versuchen. Kommen Sie mir nicht in die Quere!«

Sie drehte sich auf dem Absatz um und verließ das Büro. Die Tür schrammte ins Schloß.

Phil griff zum Telefon und rief die Eingangskontrolle an. »Judy Finnigan verläßt das Haus! Bitte, stellt fest, wo sie wohnt!«

20 Minuten später meldete ein Kollege der Überwachungsabteilung: »Judy Finnigan bewohnt Zimmer Nr. 2400 im Americana Hotel. Soll die Beschattung fortgesetzt werden?«

»Nicht notwendig! Danke!«

Mr. High rief uns zu einer Besprechung. Aus Washington waren Spezialisten der CIA für südamerikanische Untergrundorganisationen eingeflogen worden, die uns bei der Suche nach Frosts Entführern unterstützen sollten. Die Männer berichteten über die Frente Popular, zeigten uns Fotos von Anführern und beschrieben Waffen und Ausrüstung, die gewöhnlich aus Kuba stammten.

Der Chef der CIA-Abteilung erklärte: »Zweifellos stützen sich die Guerilleros auf Sympathisanten. Sie verstehen zwar, Kleinkrieg in den bolivianischen Bergen zu führen, aber hier in New York müssen Helfer für sie Autos und Verstecke beschaffen, sie mit Nahrung versorgen und so weiter. Wenn ich Ihnen einen Rat geben darf, so konzentrieren Sie Ihre Suche auf die Wohnviertel südamerikanischer Volksgruppen!« Er warf einen Blick auf seine Uhr. »Ich fürchte, es wird Zeit für uns, zum Flughafen zu fahren.«

Phil und ich nahmen einen verspäteten Lunch bei Mario ein.

Mario ist Besitzer einer kleinen italienischen Cafeteria in der Nähe des FBI-Hauptquartiers. Zu jeder Tages- und Nachtzeit ist Mario bereit, für uns von seiner Frau eine Pizza backen zu lassen.

Wie gewöhnlich lief bei Mario das Fernsehen, denn Mario liebt Cowboy-, Krimi-, Baseball- und alle anderen Sendungen einschließlich der Comics für Kinder. Er schaltet nie ab. Wenn seine Gäste sich beschweren, drosselt er den Ton.

Er servierte die Pizza und teilte seine Aufmerksamkeit zwischen uns und Woodys Abenteuern auf der Mattscheibe. Es gab eine der üblichen Unterbrechungen für bezahlte Reklamedurchsagen, und mir blieb der Bissen Pizza im Hals stecken, als Judy Finnigans blonder Kopf auf der Mattscheibe erschien.

»Ton!« schrie ich Mario an. »Dreh den Ton auf!«

Er sprang zum Apparat und öffnete den Regler.

»... diese Sendezeit für eine wichtige Botschaft gekauft«, drang die Stimme der Finnigan-Tochter aus dem Lautsprecher. »Ich wende mich an die Entführer meines Vaters. Für seine Freilassung biete ich 100 000 Dollar. Mir ist es gleichgültig, ob für die Summe Waffen beschafft werden. Ich verspreche, mich nicht an die Polizei zu wenden. Ich erwarte Anruf oder Nachricht im Americana Hotel, Zimmer 2400.«

Für eine Sekunde blickte sie in die Kamera. Das vermittelte den Eindruck, als sähe sie uns und jedem anderen Zuschauer geradewegs in die Augen. Dann blendete das Bild aus.

Phil schob den Teller zurück.

»Oh, verdammt«, sagte er leise und schüttelte den Kopf. »Damit handelt sie sich die Hölle ein.«

Als fernes Grollen kündigte es sich an. In Sekundenschnelle wuchs es zu vibrierendem Dröhnen mit einem kreischenden Oberton von Stahl auf Stahl. Dann bebte der Boden unter den Füßen, und aus den Mauerfugen rieselte Mörtelstaub. So schnell der Lärm anschwoll, so schnell verwehte er, und der ganze Vorgang wiederholte sich im Abstand von genau vier Minuten.

Frost und Finnigan begriffen ziemlich spät, daß es das Geräusch der Subway-Züge war, die unweit des Kellers, in dem sie gefangengehalten wurden, durch den Tunnel rasten. Dann lernten sie, den Fahrlärm zur Orientierung zu nutzen. Wenn die Abstände zwischen den Zügen größer wurden als vier Minuten, war es ungefähr Mitternacht. Zwischen zwei und vier Uhr morgens gab es eine Pause, in der der Verkehr ruhte. Ungefähr um sieben Uhr lief er wieder auf Hochtouren. So wußten sie, obwohl ihnen die Uhren abgenommen worden waren, daß es Sonntagabend sein mußte, vielleicht sieben, vielleicht neun Uhr.

Der Keller war fensterlos. Licht lieferte eine kahle Glühbirne, die nur von außen ein- und ausgeschaltet werden konnte. Beides geschah scheinbar willkürlich. Bevor die Tür geöffnet wurde, erlosch das Licht immer. Die Entführer benutzten, wenn sie den Raum betraten, Taschenlampen, mit denen sie ihre Gefangenen blendeten. Seit sie aus dem Laderaum des Transporters in den Keller getrieben worden waren, hatten die Männer ihre Peiniger nicht mehr zu sehen bekommen.

Ohne Zweifel war der Raum für die Gefangenschaft vorbereitet worden, aber für die Gefangenschaft nur eines Mannes. Es gab nur eine Pritsche, nur einen Stuhl. Jenseits einer halbhohen bröckeligen Mauer ohne Tür befand sich ein primitiver Waschraum mit einem Trockenklosett. Das Wasser zum Waschen mußten Frost und Finnigan aus Eimern schöpfen. Essen erhielten sie unregelmäßig, und immer bestand es aus kalten Konserven und Bier in Büchsen.

Frost trug inzwischen einen Overall und plumpe Gummistiefel, die zu groß waren. Beides hatten die Entführer ihm vor die Füße geworfen. Bei Clement Finnigan, der im Augenblick des Zusammenstoßes vollständig angezogen gewesen war, fehlte nicht einmal die Krawatte. Da sie keinen Rasierapparat besaßen, bedeckten Stoppeln Kinn und Wangen.

In den ersten Stunden ihrer Gefangenschaft hatten Frost und Finnigan nicht viele Worte gewechselt. Sie fühlten sich wie betäubt. Zunächst scheuten sie davor zurück, die Pritsche gemeinsam zu benutzen. Später hatte die Kälte sie veranlaßt, sich nebeneinander zu legen und sich gegenseitig zu wärmen.

Wenn das Licht brannte, sahen sie an den Kellerwänden Kampfparolen der Guerilleros, offensichtlich mit roter Farbe aus Sprühflaschen aufgespritzt. Die Texte waren in Spanisch abgefaßt. Finnigan, der etwas Spanisch konnte, übersetzte sie und las die Übersetzung laut vor. Frost reagierte mit einem Wutanfall und schrie, er wisse auch ohne Übersetzung, daß sie sich in der Gewalt von Verrückten befänden. Als ihnen Essen gebracht wurde, versuchte Finnigan den Mann hinter dem blendenden Licht auf Spanisch anzusprechen. Er erhielt keine Antwort.

Kenneth Frost schwankte zwischen dumpfem Brüten und hektischem Pläneschmieden.

Am Sonntagabend erlitt er einen Anfall panischer Angst.

»Sie werden mich umbringen, Clement!« stöhnte er.

»Sie nicht allein«, antwortete Finnigan und öffnete eine Bierdose. »Mich schicken sie auch auf die große Reise. Eine verdammte Ungerechtigkeit! Nie in meinem Leben war ich in Bolivien. Wenn ich ein paar Minuten länger im Bett geblieben wäre, hätten die Jungens mich nicht einmal bemerkt. Wissen sie, was ich mir wünsche, Ken? Ich möchte dem Mann begegnen, der den Satz geprägt hat: Morgenstund' hat Gold im Mund! O Gott, ich fühle mich fähig, ihn krankenhausreif zu prügeln.«

»Sie sind betrunken!« schrie Frost.

»Drei Dosen Bier machen mich nicht betrunken«, antwortete Finnigan ernst. »Ich versuche, mein Schicksal mit Haltung zu tragen.«

Frost umklammerte die Schultern des Älteren.

»Wir müssen mit den Gangstern ins Gespräch kommen!« stieß er hervor. »Wenn wir ihnen begreiflich machen, daß sie viele Millionen Dollar für unsere Freilassung kassieren können, werden sie uns nicht umbringen. Sie wären doch verrückt, auf Millionen zu verzichten! Wenn sie nur mit sich reden ließen!«

Das Licht erlosch.

»Sie kommen!« sagte Finnigan.

Knallend flog die Tür auf. Die weißen Lichtkegel starker Stablampen blendeten die Gefangenen. Sie hörten Schritte. Hinter dem Licht zeichneten sich die Umrisse eines Mannes ab. Er hielt Frost ein Papier hin. Wie bei der Entführung befahl er: »Vorlesen!«

Frosts Hände zitterten. »Ich kann nichts sehen«, flüsterte er. Der Mann hielt die Lampe so, daß Licht auf das Papierblatt fiel.

Frost las: »Ich, Kenneth Frost, Präsident der Goron Chemical Company, Gefangener der Frente Popular, gebe zu, daß im vergangenen Jahr 110 Millionen Dollar aus dem Vermögen der Firma abgezweigt und auf die geheimen Konten von zwölf Direktionsmitgliedern überwiesen ...«

Er unterbrach sich. »Das ist nicht wahr!«

Ein Fausthieb traf sein Gesicht. Er stürzte zu Boden und schlug mit dem Kopf auf.

»Verdammter, feiger Bastard!« brüllte Finnigan.

Der Mann, der Frost niedergeschlagen hatte, antwortete mit Gelächter.

Er ließ Frost Zeit zum Aufstehen, hob selbst das Papier auf und gab es ihm zum zweitenmal.

»Vorlesen!« wiederholte er. »Von Anfang an!«

Frosts Widerstandswille brach zusammen.

Leise las er: »Ich Kenneth Frost, Präsident der Goron Chemical Company ...«

Er stockte noch einmal bei der Zahl, las aber weiter: »... auf die geheimen Konten von zwölf Direktionsmitgliedern überwiesen worden sind. Mein Anteil betrug 18 Millionen Dollar.«

Der Anführer riß ihm das Papier aus der Hand und richtete den Lichtstrahl wieder voll in Frosts Gesicht.

»Hören Sie, Mister, Señor!« rief Frost. »Wir bieten Ihnen

ein Lösegeld! Sehr hoch! Riesige Summe! Verstehen Sie?« Unwillkürlich sprach er laut und abgehackt, damit der Mann, der vielleicht nur wenig Englisch konnte, ihn verstand.

Er erhielt keine Antwort.

Clement Finnigan fühlte sich am Arm gefaßt und zur Tür gezogen:

»He, Ken, sie nehmen mich mit!« schrie er Frost zu. Ein Fausthieb traf ihn. Der Schmerz schnitt ihm die Luft ab.

Sie stießen ihn durch die Türöffnung in den Kellergang, führten ihn eine Stahltreppe hoch und brachten ihn in einen Raum, dessen Größe Finnigan nicht abschätzen konnte, da nur eine Bürolampe auf einem Tisch brannte. Außerhalb des scharf umrissenen Lichtkreises blieb der Raum im Dunkel.

Finnigan wurde auf einen Stuhl gedrückt. Die Entführer löschten ihre Stablampen. Einer von ihnen, vermutlich der Boß, setzte sich Finnigan gegenüber und richtete die Lampe auf ihn.

Dritter Grad in einem Kriminalfilm, dachte Finnigan.

»Du hast eine Fabrik in Wisconsin?«

Zum ersten Mal hörte Finnigan einen vollständigen Satz aus dem Mund des Mannes.

»Richtig!«

»Dreh dich um! Nach der anderen Seite! Schalt ein, Don!«

Grünlich leuchtete die Mattscheibe eines TV-Gerätes ohne Bild auf. Im Widerschein erkannte Finnigan, daß der Mann, der am Gerät hantierte, zwar die Wollstrumpfmaske trug, aber nicht die Tarnuniform, sondern einen normalen Straßenanzug.

Auf dem Bildschirm erschien ein Ansager.

»Wir bitten unsere Zuschauer um Aufmerksamkeit für eine wichtige Durchsage.«

Das Bild wechselte.

Der Kopf einer jungen, blonden Frau mit blauen Augen tauchte auf.

Finnigan schrie leise auf:

»Judy!«

»Mein Name ist Judy Finnigan«, drang die Stimme seiner Tochter aus dem Lautsprecher. »Ich habe diese Sendezeit für eine wichtige Botschaft gekauft. Ich wende mich an die Entführer meines Vaters. Für seine Freilassung biete ich 100 000 Dollar ...«

Atemlos hörte Clement Finnigan bis zum letzten Wort zu. Als Judys Bild von der Mattscheibe verschwand, stürzten Tränen aus seinen Augen.

»Wir haben die Sendung aufgezeichnet«, sagte der Anführer. »Wir verfolgen die TV-Programme wegen der Nachrichten über unsere Aktion. Das Baby ist also wirklich deine Tochter, sonst würdest du nicht weinen. Besitzt sie 100 000 Dollar?«

»Nicht in Bargeld. Aber sie verfügt über das Vermögen ihrer Mutter und ...«

»Kein Geschwätz, Alter! Kann sie kurzfristig 100 000 Dollar flüssig machen, oder blufft sie?«

Finnigan schluckte. »Sie kann das Geld beschaffen«, antwortete er leise.

»Okay, dann wollen wir nett sein und dem besorgten Töchterchen mitteilen, daß Daddy noch lebt.«

Er schob Papier und einen Kugelschreiber in den Lichtkreis.

»Schreib!«

»Was soll ich schreiben?«

»Mir gleichgültig, Alter! Meinetwegen schreib: In meinen Ferien fühle ich mich wohl, und alle Leute sind nett zu mir.«

Er lachte. Seine Kumpane stimmten ein.

Finnigan schrieb: *Ich lebe und bin gesund. Sei vorsichtig! Ich liebe dich! Dein Vater.*

Earl Ketch, der Chefredakteur der New York Revue, küßte am Montagmorgen seine Sekretärin schmatzend ab.

»Baby, hast du die Verkaufsziffern der Sonntagsausgabe gesehen? Steigerung um 20 Prozent! Keine Remittenden! Die Kollegen der anderen Blätter sind grün vor Neid«, jubelte er.

»Ruf die Druckerei an! Von der heutigen Abendausgabe drucken wir die doppelte Menge.«

Er ließ das Mädchen los und wischte mit den Handrücken die Lippenstiftspuren ab. Seine Stimmung schlug um.

»Warte noch! Wir müssen uns überlegen, wie wir die Sache am Kochen halten.«

Er riß den Hörer aus der Gabel und drückte den Rufknopf für die Direktverbindung mit der Postzentrale.

»Billy, ich will, daß du alle eingehende Post persönlich überprüfst!« schrie er den Leiter der Postzentrale an. »Auffällige Briefe dürfen nicht geöffnet werden. Bring jeden Brief, der dir ungewöhnlich vorkommt, sofort zu mir!«

»Earl, ich habe hier einen Umschlag, auf dem die Anschrift mit ausgeschnittenen Buchstaben aufgeklebt ist.«

»Sofort bringen!«

Drei Minuten später hielt Ketch den Umschlag in den Händen. Er trug eine Marke und war mit der Post befördert worden, im Gegensatz zur ersten Nachricht der Entführer, die sich ohne Marke im Hausbriefkasten gefunden hatte.

Der Chefredakteur öffnete den Umschlag und schüttelte ihn. Eine Tonkassette fiel in seine Hand.

»Darauf habe ich gehofft«, sagte er.

Der Recorder stand auf einem Seitentisch neben dem Tonbandgerät, auf das die erste Nachricht der Entführer überspielt worden war.

Ketch schob die Kassette in den Recorder. Die Sekretärin kam neugierig näher. Ketch hatte keine Geheimnisse vor ihr. Sie war nicht nur seine Sekretärin. Gelegentlich schlief er mit ihr, nahm sie zu Partys mit und ließ sich von ihr zum Kauf eines neuen Anzugs überreden. Es überraschte ihn selbst, daß er sie rausschickte, bevor er den Recorder einschaltete. Sie sah ihn ungläubig an.

»Beeil dich!« schrie Ketch mit gewohnter Grobheit.

Sie verließ das Büro und zog die Tür heftig ins Schloß.

Ketch spielte das Tonband ab. Mit angehaltenem Atem lauschte er der Stimme aus dem Lautsprecher:

»Ich, Kenneth Frost, Präsident der Goron Chemical Company, Gefangener der Frente Popular, gebe zu, daß im vergangenen Jahr 110 Millionen Dollar aus dem Vermögen der Firma abgezweigt und auf die geheimen Konten von zwölf Direktoriumsmitgliedern überwiesen worden sind. Mein Anteil betrug 18 Millionen Dollar.«

Das Band lief leer. Ketch drückte den Rückspielknopf, ließ den besprochenen Teil noch einmal ablaufen und überspielte ihn auf das andere Gerät.

Er dachte eine Minute lang nach, stürzte plötzlich zum Telefon und rief seinen Börsenmakler an.

»Clay, halten Sie Aktien der Goron Chemical in meinem Depot? Verkaufen Sie das Zeug noch heute! Was sagen Sie? Der Kurs wird wegen der Entführung heute absinken? Mann, Sie haben keine Ahnung, in welche Abgründe der GCC-Kurs stürzen wird! Verkaufen Sie zum besten Preis! Verstanden?«

Er drückte die Gabel nieder und ließ sich eine Verbindung mit dem FBI-Hauptquartier geben.

»Verbindet mich mit eurem Häuptling!« verlangte er.

Als Earl Ketch anrief, waren Phil und ich in Mr. Highs Büro. Der Chef schaltete den Lautsprecher ein, so daß wir das Gespräch mithören konnten.

Ketchs Stimme klang fett vor Zufriedenheit.

»Die Guerilleros sandten ein zweites Tonband. Selbstverständlich stelle ich es dem FBI zur Verfügung! Wollen Sie es abholen lassen, oder soll ich Ihnen die Kassette bringen?«

»Wann werden Sie den Text veröffentlichen?« fragte Mr. High kühl.

»In der Abendausgabe! Ich muß meinen Vorsprung wahren.«

»Ketch, für die Aufklärung der Entführung wäre es zweckmäßig, die Veröffentlichung um wenigstens 24 Stunden aufzuschieben.«

»Darauf kann ich mich nicht einlassen, Sir! Ich will nicht

riskieren, daß die Entführer das nächste Tonband an eine andere Zeitung schicken.«

»Die Kassette wird abgeholt!« erklärte unser Chef knapp und legte auf.

»Ketch macht sich zum Helfer der Entführer ohne Rücksicht auf die Folgen«, sagte er. »Holen Sie die Kassette!«

Die Redaktion der Revue hauste in einem schmutzigen Bürobau der Madison Avenue. Wir fanden den Chefredakteur in seinem unordentlichen Büro. Er begrüßte uns laut und bot Whisky an.

»Ich weiß, es ist noch früh am Tag«, trompetete er, »aber wir sollten einen Schluck auf gute Zusammenarbeit trinken. Solange die Guerilleros ihre Botschaften an uns senden, ist der FBI auf uns angewiesen. Eine Hand wäscht die andere, G-men! Bevorzugen Sie meine Zeitung, wenn Sie heiße Informationen zu vergeben haben, und ich werde sie sofort anrufen, wann immer wir eine Nachricht der Entführer erhalten!«

Er übergab uns Brief und Tonkassette in einem Plastikbeutel.

»Sofort?« wiederholte ich ironisch. »Wie ich sehe, haben Sie sich die Zeit genommen, den Umschlag zu öffnen. Haben Sie auch das Band abgehört?«

»Selbstverständlich!«

Er streckte die Hand aus und schaltete ein Abspielgerät auf dem Nebentisch ein

Frosts Stimme kam aus dem Lautsprecher:

»Ich Kenneth Frost, Präsident ...«

Die Mitteilung war kurz, der Inhalt um so schwerwiegender. Der Präsident gab zu, die eigene Firma um 110 Millionen Dollar geschädigt zu haben.

»Dieses sogenannte Geständnis ist erpreßt, Ketch.«

»Meine Zeitung wird nicht behaupten, daß es der Wahrheit entspricht. Denken Sie, ich will in Schadenersatzprozesse verwickelt werden?« Er hob beide Hände. »Wir informieren unsere Leser über die neuesten Ergebnisse im Entführungsfall Kenneth Frost. Nicht mehr und nicht weniger.«

Ich hielt den Plastikbeutel hoch.

»Hören Sie gut zu, Earl Ketch! Die nächste Tonkassette werden Sie uns in dem ungeöffneten Umschlag übergeben, in dem sie verschickt wurde, oder Sie werden sich vor Gericht wegen der Beschädigung von Beweismaterial verantworten müssen.«

»Wollen Sie mir drohen, G-man?«

»Ich will Sie warnen!« Ich sah ihm in die Augen. »Also, auf gute Zusammenarbeit, Earl!«

Er lief uns zur Tür nach.

»Beantwortet wenigstens ein paar Fragen! Wie steht die Sache mit dem Mädchen, das den Gangstern 100 000 Dollar bot?«

»Judy Finnigan? Sie handelt auf eigene Faust.«

»Aber es bestehen Zusammenhänge mit der Entführung von Frost, oder?«

»Genau weiß das niemand! Clement Finnigan ist verschwunden, aber die Entführer erwähnen ihn nicht.«

»Das Mädchen handelt dilettantisch.« Ketch schüttelte den Kopf. »Sucht Kontakt zu den Entführern ihres Vaters und nennt eine Hoteladresse, ohne über die Folgen nachzudenken. Eine Kompanie Reporter belauert das Americana Hotel. Keinen Schritt kann das Mädchen unbeobachtet machen.«

»Wie viele Leute haben Sie auf Judy Finnigan angesetzt?« fragte Phil.

»Drei schnelle Jungens«, antwortete Ketch ungerührt. »Ich glaube zwar nicht, daß die Entführer sich melden. Wenn es denen ums Geld ginge, könnten sie für den Präsidenten eine zweistellige Millionensumme verlangen.«

Er fuhr sich mit beiden Händen durchs wirre Haar und lachte. »Stellt euch vor, die Entführer melden sich bei dem Mädchen, weil sie auch Kleingeld nicht verachten, und Finnigans Tochter trägt den Geldkoffer zum Treffpunkt mit einem Schwarm Reporter im Kielwasser! Damit würde sie ihren Vater auf jeden Fall umbringen!«

»Trotzdem pfeifen Sie Ihre Reporter nicht zurück?«

»Wieso ich?« Ketch sah Phil an, als spreche er eine unverständliche Sprache. »Falls aus dem Verhalten des Mädchens eine Sensation entsteht, soll ich die Beute der Konkurrenz überlassen? O nein, G-man, der Geruch einer Sensation macht uns Reporter wild, wie der Geruch von Blut im Wasser Haifische wild macht. Alle stürzen sich auf die Beute und gönnen dem anderen nicht den ersten Biß.«

»Haifische!« wiederholte Phil. »Ein guter Vergleich!«

Phil und ich trennten uns.

Er nahm den Jaguar und brachte Umschlag und Tonkassette ins Hauptquartier. Ich stoppte ein Taxi und ließ mich zum Americana Hotel bringen.

Die Halle des Americana Hotels hat die Größe eines Marktplatzes. Touristen, Geschäftsleute, Gäste und Besucher sorgen für ständigen Betrieb. Auf den ersten Blick erkannte ich zwei Dutzend Sensationsjäger an ihrer Ausrüstung. Behängt mit Kameras, beladen mit Filmapparaten und Tongeräten, lauerten sie in jedem Bereich der Halle, vor den Aufzügen so gut wie an der Empfangstheke. Sprungbereit saßen sie in den Sesseln der Lobby oder genehmigten sich einen raschen Schluck an der Bar.

Ich nahm einen Aufzug und fuhr in die 24. Etage. Als die sich die Kabinentür öffnete, sah ich mich zwei stämmigen Männern gegenüber.

»Ihre Zimmernummer, Sir?«

»Ich möchte Miss Finnigan sprechen. Ihre Zimmernummer ist 2400.«

»Bedaure, Sir! Die Direktion hat angeordnet, daß nur Hotelgäste die 24. Etage betreten dürfen. Wir hatten jede Menge Ärger mit euch Zeitungsschnüfflern.«

Er hielt mich für einen Reporter. Ich zeigte den Ausweis. »FBI«, sagte ich, »aber ich wünsche, daß niemand von meinem Besuch erfährt.«

Er benutzte ein Haustelefon und rief Zimmer 2400 an: »Ein FBI-Agent möchte Sie sprechen, Miss!«

Die Antwort, die Judy Finnigan gab, löste bei ihm Bestürzung aus.

»Wie Sie meinen, Miss«, stotterte er. »Ich werde es ihm sagen, aber ...«

Er legte auf und sah mich hilflos an.

»Sie will Sie nicht sehen.«

Ich lächelte. »Ihr bleibt keine Wahl! Sie muß mit mir reden!«

Die beiden Hausdetektive wagten nicht, mich aufzuhalten. Zimmer 2400 lag im ersten Querflur. Ich klopfte. Umgehend wurde die Tür aufgerissen.

Judy Finnigan trug ihren blauen Trenchcoat. Sie schien fertig zum Ausgehen.

»Lassen Sie mich in Ruhe, G-man!« fauchte sie. »Sie haben erklärt, der FBI würde mir nicht helfen können! Also kümmern Sie sich auch nicht länger um mich!«

»Drehen Sie mir nicht das Wort um!« antwortete ich. »Sie haben nicht Hilfe verlangt, sondern eine Garantie! Eine Garantie für das Leben Ihres Vaters, die der FBI Ihnen selbstverständlich nicht geben kann.«

»Ich verlange, daß der FBI sich nicht einmischt.«

»Wie Sie wollen, Miss Finnigan! Ich bin hergekommen, um Sie davon zu informieren, daß die Entführer ein zweites Tonband geschickt haben. Nur die Stimme von Kenneth Frost ist aufgezeichnet. Von Ihrem Vater fehlt jeder Hinweis.«

»Mein Vater lebt!«

»Haben Sie eine Reaktion auf Ihr 100 000-Dollar-Angebot erhalten?«

»Nein!« schrie sie mich an.

Ich suchte ihren Blick. Sie senkte die Augen.

»Seien Sie vorsichtig, Miss Finnigan!«

Ich fuhr hinunter in die Halle und suchte mir einen Platz an der Bar, von dem aus ich die Halle und die Fahrstühle überblicken konnte.

Fünf Minuten nach mir verließ Judy Finnigan eine Kabine. Es geschah, was ich erwartete. Von allen Seiten stürzten sich die Reporter auf sie. Ein Blitzlichtgewitter prasselte. Fragen wurden ihr ins Gesicht geschrien. Sie wurde bedrängt, ja gestoßen.

Auf einen Wink des Hotelmanagers mischten sich drei Hausdetektive ein. Sie versuchten, Judy Finnigan den Rückweg zu den Aufzügen freizukämpfen.

Ich begab mich ins Getümmel und bahnte mir einen Weg zu dem Mädchen, das mit Hilfe der Detektive den Aufzug erreicht hatte. Als die Schachttür zurückrollte, schob ich Judy Finnigan in die Kabine, folgte ihr, drückte den Knopf für die 24. Etage und stieß einen Reporter zurück, der die Lichtschranke blockierte. Die Tür schloß sich. Die Kabine glitt nach oben. Judy Finnigan lehnte erschöpft, verwirrt und ratlos an der Wand.

»New Yorks Reporter sind eine scharfe Meute«, sagte ich. »Sobald Sie einen Fuß vor die Tür setzen, werden sie auf Ihrer Fährte hecheln wie Bluthunde.«

»Ich muß sie abschütteln!« rief sie verzweifelt.

»Müssen Sie?«

»Ja«, antwortete sie. »Unbedingt!«

»Ich vermute, Sie werden mir den Grund nicht sagen. Okay, ich helfe Ihnen. Gehen Sie auf Ihr Zimmer und warten Sie, bis ich anrufe!«

Als die Kabine auf der 24. Etage stoppte, ließ ich sie aussteigen und fuhr wieder nach unten.

Die Journalisten waren in ihre Lauerstellungen zurückgekehrt. Ich betrat eine Telefonzelle und rief das Hauptquartier an. Die Zentrale fand Phil in Mr. High's Büro. Ich ließ ihn an den Apparat rufen.

»Hey, Jerry«, sagte er, »Mr. High hat gerade der Direktoren-Crew der GCC das Tonband vorgespielt. Sie verfielen in Panik und beteuerten, kein Wort des sogenannten Geständnisses wäre wahr. Der Chef empfahl ihnen ein vorsorgliches Dementi. Anscheinend versprechen sie sich davon keine große Wirkung. Agnew Meehan sagte: ›Die Börse glaubt immer das Schlimmste.‹«

»Judy Finnigan wird von Reportern belagert. Wir müssen

ihr helfen, die Jungen abzuschütteln. Glaubst du, folgender Plan könnte funktionieren?«

Ich erklärte Phil, wie ich mir den Vorgang dachte. Er stimmte zu. »Ungefähr 20 Minuten brauche ich für die Vorbereitung!«

Wenig später unterrichtete ich Judy Finnigan, was sie tun mußte.

»Benutzen Sie den Hauptausgang! Die Hoteldetektive werden Ihnen den Weg bis ins Taxi freikämpfen. Steigen Sie in ein Taxi, dessen Fahrer eine rote Baseballmütze trägt! Selbstverständlich werden die Reporter Ihr Taxi verfolgen. An drei Kreuzungen werden hinter Ihrem Taxi die Ampeln auf Rot geschaltet. Ich hoffe, das genügt, Ihre Verfolger abzuhängen. Zur Vorsicht werden Sie nach der dritten Kreuzung das Taxi wechseln. Der Wagen bringt Sie zur Subway Station Park Avenue und 33. Straße. Benutzen Sie den Eingang Downtown!«

»In Ordnung!« Sie zögerte eine Sekunde, bevor sie sich hinsetzte. »Vielen Dank, G-man!«

Eine halbe Stunde später kam sie in großer Eile die Treppe der Subway Station herunter. Sie trug einen kleinen Koffer und eine Umhängehandtasche. Ich nahm ihr den Koffer ab, zog sie durch die Sperre und half ihr in den Zug, der gerade einlief. »Sie haben nicht gesagt, daß Sie mich in der Subway abfangen würden!«

»Ich werde aussteigen, sobald Sie es wünschen. Aber nehmen Sie Vernunft an, Miss Finnigan. Sie haben eine Nachricht der Entführer erhalten, oder?«

Der Subwayzug stoppte auf der nächsten Station. Die Türen rauschten auf. Einige Leute stiegen ein.

Ich schob das Mädchen in eine Wagenecke und veranlaßte sie, sich mit dem Gesicht zur Wand zu drehen.

»Wenn Sie unerkannt bleiben wollen, kaufen Sie sich eine dunkle Perücke und setzen Sie eine Brille auf! Trennen Sie sich von dem blauen Trenchcoat! Zu viele Menschen haben Ihr Gesicht auf dem Bildschirm gesehen. Beantworten Sie meine Frage! Die Entführer haben sich gemeldet?«

»Ja«, antwortete sie leise.

»Die Aussicht auf 100 000 Dollar lockt Betrüger an wie ein Aas die Schmeißfliegen. Besitzen Sie einen Beweis, daß sich ihr Vater in der Gewalt der Männer befindet?«

Statt einer Antwort öffnete sie die Handtasche und reichte mir ein weißes Blatt Papier mit einem kurzen Text. Dieser Text war mit blauem Stift geschrieben und lautete: *Ich lebe und bin gesund. Sei vorsichtig! Ich liebe Dich! Dein Vater.*

»Kein Zweifel an der Handschrift?« fragte ich.

Sie schüttelte den Kopf.

»Haben Sie den Umschlag?«

Sie holte ihn aus der Tasche. Die Adresse zeigte die gleiche Handschrift wie der Brief.

»Erhielten Sie Anweisungen oder Forderungen der Entführer?«

»Ich wurde von einem Mann angerufen.«

»Wiederholen Sie möglichst wörtlich, was er sagte!«

»Beschaffen Sie 100 000 Dollar in gebrauchten, unregistrierten Scheinen! Packen Sie das Geld in einen gewöhnlichen Pappkarton! Verlassen Sie das Hotel und sorgen Sie dafür, daß Ihnen niemand folgt. Gehen Sie in das Haus Nr. 5 Canal Street, Bronx!«

Sie sah mich an. »Das war alles! Er sagte nicht, was in dem Haus geschehen würde. Er sprach auch keine Drohung für den Fall aus, daß ich mich nicht nach seinen Befehlen richtete. Er hängte einfach ein.« Nervös strich sie eine Haarsträhne aus der Stirn. »Ich hätte Ihnen die Adresse nicht nennen sollen, G-man. Aber ich fühle mich hilflos und unsicher.«

»Es ist Ihre Entscheidung, Judy Finnigan, ob Sie mit 100 000 Dollar in einem Pappkarton in eine der unsichersten Gegenden New York gehen wollen. Ich kenne die Bronx und die Canal Street. Die City Police hat längst die Kontrolle des Gebietes aufgegeben. Auch ohne 100 000 Dollar laufen Sie dort Gefahr, ausgeraubt und vergewaltigt zu werden.«

»Ich will meinen Vater retten«.

»Das will der FBI auch. Arbeiten Sie mit uns zusammen,

Miss Finnigan. Auf welche Weise werden Sie sich die 100 000 Dollar beschaffen?«

»Nach dem Anruf der Entführer telefonierte ich mit unserer Bank in Wisconsin. Ich ließ die Summe telegrafisch an eine Bank in New York überweisen. Ich kann das Geld sofort holen.«

»Ihr Risiko ist hoch, Judy, und ich weiß nicht, ob wir Sie schützen können. Noch eine Frage! Sprach der Mann, der Sie anrief, Englisch mit einem Akzent?«

»Nein«, antwortete sie. »Kein Akzent!«

Die Subway stoppte.

»Viel Glück, Judy!«

Ich blieb auf dem Bahnsteig, bis der Zug im Tunnel verschwand. Nein, verdammt, ich hatte kein gutes Gefühl.

Der Mann, ein übergewichtiger 40jähriger mit dünnem Blondhaar, legte die Hand auf Lanas Schulter. Die Innenfläche der Hand war feucht.

»Tanzen wir 'ne Runde miteinander, Baby!«

»Ich will nicht«, antwortete sie.

»Ah, ich soll zuerst einen Drink springen lassen, was? Mach ich, Baby, mach ich! Sag, was du haben willst!«

»Ich spucke in deinen Drink!« fauchte sie und schüttelte mit einer heftigen Bewegung seine Hand ab. »Geh zur Hölle!«

Der Mann fuhr zurück. Töricht starrte er Lana aus seinen wässerigen Augen an. Dann breitete sich verständnisvolles Grinsen über sein Gesicht.

»Du bist so wild, wie ich mir 'n Mädchen mit dunkler Haut wünsche«, kicherte er. »Reißt einen Kerl in Fetzen, was? Glaub mir, ich kann dich zähmen, Baby!« Er hob den Arm und winkte dem Barkeeper. »Champagner und zwei Gläser!«

Lana packte ihr Glas und schüttete ihm den Inhalt ins Gesicht. Unverdünnter Bourbon geriet dem Mann in die Augen. Er schrie auf.

Wie aus dem Boden gewachsen tauchte George Collani neben Lana auf.

Die dunklen Augen funkelten vor Wut.

»Du wirst die Einladung annehmen!« zischte er.

»Niemals!« Ihre Stimme überschlug sich.

Collani wandte sich zu dem Mann, der mit einer nassen Serviette, die ihm der Keeper gereicht hatte, die Augen kühlte.

»Nehmen Sie den Zwischenfall nicht tragisch, Sir! Frauen haben Launen.« Er beugte sich vor und flüsterte dem Blonden ins Ohr. »Sie steht unter Drogen! Lassen Sie sich nicht mit ihr ein! Wählen Sie ein anderes Mädchen!«

Er winkte ein großes, sehr dunkles Mädchen in Shorts und einer durchsichtigen Bluse heran.

»Cheeta wird sich um Sie kümmern, Mister! Wissen Sie, daß Cheeta auf englisch Leopard bedeutet?« Er lachte. »Also hüten Sie sich vor Cheetas Krallen.«

Während er mit dem Mann sprach, hatte er Lanas Arm nicht losgelassen. Er wandte sich wieder ihr zu, zog sie vom Barhocker und brachte sie in sein Büro. Er stieß sie in einen Sessel und beugte sich über sie.

»Hör gut zu, du verdammte, kleine Nutte!« sagte er drohend. »Ich habe dir eine Menge Geld versprochen ...«

»... aber noch nichts gegeben!« schrie sie dazwischen.

»Sind 5000 Dollar nichts?« brüllte er.

»Nur ein Zehntel von 50 000 die ich haben will, sofort haben will!«

Er schlug ihr rechts und links ins Gesicht.

»Nimm Vernunft an! Bist du betrunken?«

Unter den Schlägen erstarrte sie. Ohne einen Versuch, sich zu schützen, sah sie dem Mann in die Augen.

Collani zog die Hand zurück und richtete sich auf.

»Ich habe dir erklärt, warum du deine 50 000 Dollar nicht nehmen und verschwinden kannst. Was soll ich den Schnüfflern erzählen, wenn sie kommen und nach dir fragen? Sie werden wiederkommen, darauf kannst du dich verlassen! FBI-Agenten sind die hartnäckigsten Schnüffler von allen.

Du mußt in deiner Rolle des 10-Prozent-Animiergirls bleiben, bis alles vorüber ist.«

»Wie lange soll es dauern? Monate? Ein Jahr?«

»Unsinn, Lana! Höchstens zwei oder drei Wochen!«

Mit schnellen, leichten Bewegungen stand sie aus dem Sessel auf, ging zum Schreibtisch, nahm eine Zeitung, die dort lag, und hielt sie hoch. »Verkauf mich nicht für dumm, George! Alle Zeitungen berichten über die Entführung des Präsidenten dieses Chemiekonzerns. Danny war sein Bodyguard, und Danny hat in deinem Club mit ...«

»Halt den Mund!« schrie Collani.

»Wie hast du mich genannt, George? Eine kleine Nutte! George, die kleine Nutte hat ein Gehirn, mit dem sie denken kann. Sie weiß, daß alle Zeitungen und alle Polizisten der falschen Fährte nachlaufen. Du, George, bist kein südamerikanischer Guerillero, und deine Freunde ...«

»Mit solchem Gerede bringst du dich ins Leichenschauhaus«, sagte Collani, kam zu ihr und ergriff ihre Arme. »Wenn du schweigst, wenn du jede Nacht in den Club kommst, mit den Kerlen tanzt, dich einladen läßt, mit einem Wort, wenn du tust, was du immer getan hast, wirst du nach kurzer Zeit, schon nach einigen Wochen, viel Geld besitzen, vielleicht mehr als 50 000 Dollar.«

»Ich kann nicht, George! Die Männer und ihre Gier, die dreckigen Witze, ihre Besessenheit nach Sex, das alles macht mich krank. Keinen Tag länger als nötig werde ich den Zustand ertragen. Es ist mir gleichgültig, ob ich nach Wochen oder Monaten das Doppelte oder Dreifache von dir bekomme. Ich will 50 000 sofort.«

Sie verlegte sich aufs Bitten. »Gib mir das Geld, und ich verschwinde sofort aus New York! Wenn die G-man mich suchen, kannst du ihnen erzählen, ein reicher Gast habe mich rausgeholt und mitgenommen. Das kommt vor, George! Viele Barmädchen gehen mit irgendeinem Kerl, der einen Narren an ihnen gefressen hat, auf einen Trip. George, die Schnüffler werden dir die Story glauben, wenn du sie ihnen richtig erzählst.»

Collani ließ sie los. »In Ordnung«, sagte er. »Ich sehe ein, es ist besser, du verschwindest, als daß dich die G-man in diesem Zustand erwischen. Geh nach Hause und komm morgen in den Club! Ich werde versuchen, bis dahin 50 000 Dollar aufzutreiben.«

»Danke, George!« An der Tür drehte sie sich noch einmal um. »Versuch nicht, mich reinzulegen, George!«

»Verschwinde!« schrie er.

Sie verließ das Büro. Collani ging zur Tür, verschloß sie und kehrte zum Schreibtisch zurück. Er ließ sich in den Sessel fallen. Lange starrte er reglos auf die Porzellanfigur einer Tänzerin, die als Talisman neben dem Telefon stand.

Zwei-, dreimal streckte er die Hand zum Telefonhörer aus. Jedesmal zog er sie zurück.

Wie ließ sich das Problem lösen, das durch Lana entstanden war? Sollte er auf eigene Faust handeln? Er fürchtete, Fehler zu machen. Mußte der Verdacht nicht auf ihn fallen, wenn Lana ...? Die Organisation, von der Collani seine Befehle und Anweisungen erhielt, verzieh eigenmächtiges Handeln nicht.

Er schob alle Bedenken beiseite, nahm den Hörer ans Ohr und wählte eine Anschlußnummer.

»True Staff Agency«, meldete sich eine ausdruckslose Männerstimme. »Das Büro ist nicht besetzt. Sie sind mit unserem automatischen Anrufbeantworter verbunden. Teilen Sie uns Ihre Wünsche mit! Sie werden auf Tonband aufgezeichnet. Sprechen Sie jetzt!«

»Nathalie Wood, ein Mädchen, das bei mir unter dem Namen Lana arbeitet, macht Schwierigkeiten«, flüsterte Collani in die Muschel. »Wir haben sie als Köder für den Bodyguard benutzt. Sie hat die Zusammenhänge erkannt, verlangt Geld und will aussteigen. Sie kann den Ablauf des Unternehmens stören. Ihre Beseitigung ist notwendig. Es sollte wie ein Unfall aussehen. Ihre Adresse lautet: 42 West 118th Street. Apartment D 15.«

Unwillkürlich wartete George Collani auf eine Antwort. Sie blieb aus – wie immer.

Am Dienstag erlitten die Aktien der Goron Chemical Company an der Börse einen Kurseinbruch. Trotz des Dementis der Direktion brachten alle Zeitungen und die Wirtschaftssendungen der Radiostationen umfangreiche Berichte über die angebliche Unterschlagung.

Die Direktoren schickten Agnew Meehan ins FBI-Hauptquartier. Da Mr. High an einer Konferenz beim Gouverneur teilnahm, landete der GCC-Direktor in meinem Büro. Ich empfing ihn allein.

Phil trieb sich in der Bronx herum und versuchte, Judy Finnigan nicht aus den Augen zu verlieren, ohne selbst aufzufallen.

Meehans Augen hinter der starken Brille waren rotgerändert. Seine Gesichtsfarbe war noch grauer als gewöhnlich.

»Ich hätte lieber Ihren Chef gesprochen, G-man«, sagte er unfreundlich, »denn ich weiß nicht, ob Sie als Agent die nötigen Vollmachten besitzen.«

»Vollmachten – wozu?«

»Die Nachforschungen so zu verstärken, daß sie in kürzester Frist zum Erfolg führen. Der Präsident muß innerhalb der nächsten 24 Stunden gefunden werden.«

»Warum setzen Sie nicht hinzu: tot oder lebendig?«

Er wich meinem Blick nicht aus. »Tot oder lebendig«, wiederholte er. »Genauso meine ich es.«

Er holte ein Notizbuch aus der Tasche, blätterte darin und hielt es dicht vor die kurzsichtigen Augen.

»Am Montag erlitten die Aktien unserer Gesellschaft einen Verlust von fünf Punkten. Wir hatten damit gerechnet, daß sich die Nachricht der Entführung negativ auf den Kurs auswirken würde, und befreundete Banken veranlaßt, Stützungskäufe vorzunehmen. Am Montag war zur offiziellen Börsenzeit das sogenannte Präsidentengeständnis noch nicht bekannt. Als die Revue es veröffentlichte, wurden noch am Montagabend GCC-Aktien außerhalb der Börse mit 25 Punkten Abschlag angeboten. Heute während der Börsenzeit gingen GCC-Aktien mit 45 Minuspunkten den Bach hinunter.«

Er klappte das Notizbuch zu. Die Hülle war aus feinstem Krokodilleder.

»Unser Konzern verlor knapp zweihunderttausend Millionen Dollar Börsenwert.«

Er sah mich an und erwartete, daß die Summe Eindruck auf mich mache. Als er keine Reaktion feststellen konnte, sagte er böse: »Offensichtlich sind Sie solche Summen nicht gewöhnt, G-man, und können die Bedeutung des Vorganges nicht ermessen. Schon heute nahmen die Banken gegen Ende der Börsenzeit keine GCC-Aktien mehr auf. Wenn die Entführer Kenneth Frost noch ein zweites, drittes oder gar viertes Geständnis abpressen, wird der Konzern zusammenbrechen. Aktien der Goron Chemical werden danach nur noch den Wert von Altpapier besitzen.«

Er beugte sich vor und suchte meinen Blick. »Frost muß gefunden werden«, sagte er eindringlich.

»Ich begreife Ihre Schwierigkeiten. Trotzdem kann ich Ihnen keinen schnellen Erfolg versprechen. Die Männer, die Ihren Präsidenten gekidnappt haben, sind keine gewöhnlichen Gangster, an die man herankommt, sobald sie ihre Forderungen stellen und das Lösegeld kassieren wollen. Sie begnügen sich damit, den Zeitungen Tonbänder zuzuspielen. Bis jetzt gibt es kaum Anhaltspunkte.«

»Webb, der Bodyguard, der erschossen wurde, ist ein Anhaltspunkt, über den Sie an die Guerilleros herankommen können. Ich bin überzeugt, daß er sich von ihnen kaufen ließ und die Alarmanlage ausschaltete.«

»Die Spur verlief im Sande, Mr. Meehan!«

Es gab sein Drängen nicht auf. »Finnigans Tochter bot den Entführern öffentlich 100 000 Dollar. Ich versuchte sie in ihrem Hotel anzurufen. Ich wollte ihr die Hilfe der GCC anbieten. Sie ist aus dem Hotel verschwunden. Was hat ihr Verschwinden zu bedeuten? Haben die Entführer auf das Angebot geantwortet?«

»Wenn jemand ausposaunt, er sei bereit, 100 000 Dollar zu verschleudern, melden sich zuerst Betrüger, Phantasten und Gauner.«

»Aber Judy Finnigan muß eine Nachricht ernst genommen haben. Warum wäre sie sonst verschwunden?«

Ich antwortete mit einem Achselzucken.

Agnew Meehan geriet in Erregung. »Wo Finnigan ist, da ist auch Kenneth Frost, G-man!« sagte er betont. »Sie dürfen Judy Finnigan nicht aus den Augen lassen! Sie bietet die Chance, an die Entführer heranzukommen.«

Er schlug mit der flachen Hand auf den Tisch. »Wir haben ein Recht auf wahrheitsgemäße Information!« rief er. Die unterdrückte Wut trieb seine Stimme in die Höhe. »Wird sie überwacht? Wissen Sie, wo sie sich aufhält? Hören Sie, G-man! Die Konferenz der Vize-Präsidenten tritt noch heute zusammen. Wenn ich nicht befriedigende Auskünfte mitbringe, wird man eine Beschwerde über die mangelhafte Arbeit des FBI an das Justizministerium beschließen.«

»Wir werden Miss Finnigans Versuch, ihren Vater zu retten, nicht stören.«

»Finnigan oder Frost – es handelt sich um nur einen Fall!«

»Sie übersehen einen Unterschied. Ihnen ist das persönliche Schicksal Ihres Präsidenten gleichgültig. Sie wollen nur, daß keine Tonbänder mehr auftauchen, die den Kurs der GCC-Aktien in den Abgrund stürzen. Judy Finnigan dagegen will ihren Vater retten. Sie will, daß er lebend und gesund von den Entführern freigelassen wird. Aus diesem Grund sind alle Polizisten, Detectives und FBI-Agenten zur äußersten Vorsicht verpflichtet.«

Meehan stand auf. »Ich habe meine Zeit vergeudet, G-man! Ihr Chef wird besser begreifen als Sie, daß wir genügend Beziehungen in Washington haben, um seinen Stuhl in Brand zu setzen.«

»Sie haben eine falsche Vorstellung von John D. Highs Charakter«, sagte ich. »Guten Tag, Mr. Meehan.«

»Weiter fahre ich nicht, Miss«, erklärte der Taxichauffeur.

»Gut, danke! Wieviel muß ich zahlen?«

»Drei Dollar fünfzig!«

Judy Finnigan nahm den Koffer und den verschnürten Pappkarton und kletterte aus dem Taxi. Sie gab dem Fahrer fünf Dollar.

Er betrachtete sie von Kopf bis Fuß. »Aus New York kommen Sie nicht? Woher stammen Sie?«

»Wisconsin. «

»Was, zum Teufel, suchen Sie in dieser Gegend? An jeder Straßenecke laufen Sie Gefahr, überfallen zu werden. Steigen Sie ein! Ich nehme Sie mit zurück zur Downtown. Sie brauchen nichts zu zahlen.«

Judy schüttelte den Kopf.

»Danke, nein! Ich werde erwartet. Ich habe eine Adresse.«

»Wer Sie hier erwartet, kann nur ein Zuhälter sein.« Der Taxifahrer legte den Gang ein. »Ich habe Sie gewarnt, Miss, weil meine Tochter ungefähr so alt ist wie Sie.«

Er hatte Judy unmittelbar hinter der Brücke über den Harlem River abgesetzt. Sie wußte, welchen Weg sie zur Canal Street, einschlagen mußte,. denn sie war zum zweiten Mal hier.

Ihren ersten Versuch, die Anweisung der Entführer zu befolgen, hatte sie am Nachmittag des gestrigen Tages unternommen. Mit 100 000 Dollar in einem gewöhnlichen Pappkarton – Geld, das sie zuvor von einer Bank in der City geholt hatte, war sie in die Bronx gefahren. Sie war, nachdem der Driver die Weiterfahrt verweigert hatte, zu Fuß durch schmutzige Straßen gegangen. Vorbei an ausgebrannten Hausruinen, an den zerfallenden Fassaden stillgelegter Fabriken, an düsteren Toreinfahrten, die Höhleneingängen glichen. Sie wurde mehrfach angesprochen. Jugendliche machten ihr dreckige Angebote. Männer verstellten ihr den Weg. Hände griffen nach dem Koffer und dem Karton. Aus einem Fenster beschimpfte sie eine zottige Frau und spuckte nach ihr.

Und doch war nichts wirklich Böses geschehen. Sie wurde nicht ernsthaft angegriffen. Niemand entriß ihr Koffer oder Pappkarton. Es war, als scheuten alle im letzten Augenblick zurück.

Judy erreichte die Canal Street, eine kurze Straße mit zwei- und dreistöckigen Häusern auf jeder Seite. Nur die Hälfte der Häuser war bewohnt. Die Straße endete vor der Umfassungsmauer eines Fabrikgeländes. Dahinter ragten die fensterlosen Fassaden der Gebäude und die Ruine eines abgebrochenen Schornsteins auf.

Sie hatte Nr. 5 gefunden. Die Ziffer war mit weißer Kreide auf die Haustür geschrieben. Jedes zweite Fenster war mit Pappe, Brettern oder Blech vernagelt. Eine Klingel konnte Judy nicht entdecken.

Auf ihr Klopfen öffnete eine Frau. Sie war groß und schwarzhaarig, mit einem länglichen Gesicht, einem großen, geschminkten Mund und dunklen Vogelaugen. Sie fuhr Judy an. »Was willst du?«

»Ich soll jemand treffen.«

»Hier ist niemand«, antwortete die Frau und warf die Tür ins Schloß.

Ratlos wartete Judy vor dem Haus. Bei einem zweiten Versuch wurde nicht mehr geöffnet. Als es anfing, dunkel zu werden, entschloß sich Judy, die Straße zu verlassen. Erst jenseits des Flusses fand sie ein Taxi. Sie bat den Fahrer, sie in ein kleines Hotel zu bringen.

Jetzt also ging sie zum zweiten Mal durch die von Gerümpel übersäten Straßen.

Blicke folgten ihr. Worte flogen ihr nach. Kurz vor der Canal Street torkelte ein schmutzstarrender Betrunkener auf sie zu, breitete die Arme aus und lallte: »Darling, – du und ich ... machen Liebe ...«

Sie wich dem stinkenden Tramp aus.

»He, he – du bleibst ...!« grölte er. Seine fuchtelnden Hände faßten Judys Mantel.

Zum ersten Mal wurde sie ernsthaft angefaßt. Sie versuchte, sich loszureißen. Der Betrunkene zerrte sie gegen die Hauswand. »Näher ... Darling ... küß mich!«

Von der anderen Straßenseite überquerte ein großer Schwarzer die Fahrbahn. Sein Gesicht war von Narben entstellt. Das linke Auge fehlte. Er kam schnell mit großen, schleichenden Schritten auf Judy und den Betrunkenen zu. Wie ein Raubtier, das dem anderen die Beute nicht gönnt.

Dicht an Judys Kopf vorbei schlug er dem Tramp zweimal ins Gesicht. Der Kopf des Betrunkenen prallte gegen die Mauer.

Der Schwarze faßte den stöhnenden Mann und stieß ihn zu Boden. Dann ging er, ohne sich nach Judy umzusehen, zurück auf die andere Straßenseite. Ein Hauseingang verschluckte ihn.

Judy hastete weiter. Als sie Canal Street erreichte, fühlte sie das unterirdische Grollen unter ihren Füßen, das sie auch gestern bemerkt hatte. Sie begriff, daß es von einem Subway-Zug herrührte, der den Tunnel unter der Straße durchraste. Nichts hatte sich seit gestern geändert. Sie klopfte gegen die Tür mit der Kreideziffer. Die schwarzhaarige Frau öffnete.

Sie war jünger, als Judith angenommen hatte, kaum älter als 30 Jahre. Ihr Haar trug sie zu einem Pferdeschwanz zusammengebunden. Das schwarze Kleid saß eng wie eine zweite Haut. Sie hatte eine gute Figur, geschwungene, ausgeprägte Hüften, große, vorspringende Brüste, aber sie war zu üppig. Unter dem Kleid zeichneten sich Bauch und Schenkel ab.

»Was willst du?« fragte sie wie gestern. Ihre Stimme klang tief und rauh. Sie sprach Englisch mit einem starken und harten Akzent.

»Jemand will mich hier treffen«, sagte Judy, und bevor die Frau antworten und ablehnen konnte, setzte sie hastig hinzu: »Es ist sehr wichtig, und ich irre mich nicht Mir ist die Adresse Ihres Hauses genannt worden. Canal Street Nr. 5 in der Bronx.«

Lächelte die Frau?

»Ich weiß nicht, wovon du redest«, sagte sie. »Hier ist niemand außer mir. Aber wenn du glaubst, irgendwer wolle dich hier treffen, warum kommst du dann nicht herein? Du kannst bei mir warten. Für zehn Dollar pro Nacht geb ich dir auch ein Bett!«

Sie trat einen Schritt zurück und gab den Eingang frei. Als Judy an ihr vorbeiging, roch sie ein starkes, schwüles Parfum.

Trotz des regelmäßigen Dröhnens der Subway begannen die Männer das Zeitgefühl zu verlieren. Zwar wußten sie, daß es Nacht sein mußte, wenn die große Pause im rasenden Verkehr der Züge einsetzte. Aber sie waren längst nicht mehr sicher, wie viele Nächte und Tage ihre Gefangenschaft dauerte.

Seitdem Clement Finnigan in den Keller zurückgebracht worden war, hatte sich nichts ereignet. In unregelmäßigen Abständen waren ihnen Essen, Dosenbier und Eimer mit Wasser gebracht worden.

Immer hatten die Entführer vorher das Licht ausgeschaltet und ihre Gefangenen mit dem grellen Strahl der Stablampen geblendet. Frosts Versuche, die Männer anzusprechen, waren ohne Antwort geblieben.

Noch mußte es Tag oder Abend sein. In kurzen Abständen durchrasten Züge die Betonröhre in der Nähe des Kellers. Clement Finnigan lag auf der Pritsche. Von Zeit zu Zeit schüttelte ihn ein Hustenanfall. In der feuchten Kelleratmosphäre hatte ihn eine schwere Erkältung befallen.

Kenneth Frost pendelte wie ein gefangener Wolf mit großen Schritten von Mauer zu Mauer. Er führte Selbstgespräche. Er lernte Sätze auswendig, die er den Entführern sagen, mit denen er sie beeindrucken wollte.

Als das Licht erlosch und kurz darauf die Riegel kreischten, ging er in die Mitte des Kellers. Längst hatte sein Instinkt gelernt, die Größe des Raumes auch in der Finsternis zu erfassen.

Die Stablampen leuchteten auf. Der weiße Lichtkegel erfaßte Frost. Ein zweiter Lichtstrahl suchte nach Finnigan. Er fand ihn auf der Pritsche. Finnigan richtete sich auf. Im Schutz des dritten Handscheinwerfers ging der Anführer auf Frost zu.

Die Szene des ersten Geständnisses wiederholte sich. Frost wurde ein Blatt Papier in die Hand gedrückt.

»Vorlesen!«

Frost verzichtete auf jede Weigerung. Er las: »Ich, Kenneth Frost, Präsident der Goron Chemical Company, gebe zu, daß mit meinem Wissen die Geschäftsbilanzen seit fünf Jahren frisiert wurden, um Verluste, die der Konzern bei Spekulationsgeschäften erlitten hatte, zu vertuschen. 250 Millionen Dollar wurden aus dem Pensionsfonds entnommen. Angestellte und Arbeiter der GCC müssen mit dem Verlust der versprochenen Pensionen rechnen.«

Das Papier wurde ihm aus der Hand gerissen. Der Mann wandte sich zum Gehen.

»Bitte, hören Sie mir für eine Minute zu!« rief Frost. Unwillkürlich duckte er sich in Erwartung eines Faustschlages.

Der Schlag blieb aus.

Frost sagte hastig: »Finnigans Tochter hat Ihnen 100 000 Dollar Lösegeld geboten. Sie haben Finnigan erlaubt, einen Nachricht zu schicken. Das bedeutet doch, daß Sie ihn gegen 100 000 Dollar freilassen wollen. Ich kann ein viel höheres Lösegeld bieten. Sagen Sie mir, wieviel Sie fordern!«

Gelächter antwortete ihm. Der Anführer wandte sich zur Tür.

»Vier, fünf Millionen!« schrie Frost. »Zehn!«

»Das sind neue Töne!« Die Stimme des Mannes hatte einen schnarrenden, rauhen Klang. Zum ersten Mal sprach er einen vollständigen Satz. »Kein Lösegeld für Präsidenten! Die Parole hast du selbst hinausposaunt. Als euer Mann in La Paz kassiert wurde. Willst du für dich eine Ausnahme?«

»Ich besitze privates Vermögen«, versicherte Frost. »Nicht die Firma muß zahlen. Sie können alles bekommen, was ich besitze. Warum wollen Sie mir nicht die gleiche Chance geben wie Clement Finnigan? Bedenken Sie doch, daß Sie mit mir mehr Geld einstecken können!«

»Mann, wie konntest du Präsident eines Konzerns werden, wenn du nicht weiter denkst, als deine eigene Nasenspitze reicht? Begreifst du nicht, daß du der Dreh- und Angelpunkt eines ganz großen Geschäftes bist? Da bietest du ein paar Millionen Dollar für deine Freilassung. Warum versuchst du es nicht mit einem Fünf-Dollar-Trinkgeld?«

»Aber Finnigan kann nur 100000 zahlen«, stammelte Frost ratlos, »und ihn wollen Sie freilassen.«

»Der Alte ist für uns eine Zufallsbeute. An ihm ist niemand interessiert. Also machen wir mit ihm und seiner Tochter unser kleines privates Geschäft!«

Er schwenkte die Stablampe und leuchtete Finnigan an. »Deine Tochter spurt, Alter! Sie hat alle Anweisungen befolgt. Sie ist jetzt genau dort, wo wir sie haben wollen. Wir müssen nur noch feststellen, ob sie von Schnüfflern beschattet wird. Sobald wir uns überzeugt haben, daß sie sauber ist, werden wir nachsehen, ob ihr Pappkarton mehr als Luft enthält.«

Finnigan machte einen Schritt nach vorn. »Wagen Sie nicht, Judy ein Haar zu krümmen!« rief er.

Nicht nur der Anführer, auch die beiden anderen Gangster lachten.

»Geduld, Old Clement! Noch können wir dich nicht austauschen.« Der Lichtstrahl schwenkte zu Frost zurück. »Erst muß der Herr Präsident gemolken werden!«

Er verließ den Keller. Die anderen folgten ihm. Die Tür wurde geschlossen. Sekunden später leuchtete die kahle Glühbirne auf und verbreitete ihr trübes Licht.

Frost starrte auf die Tür.

»Was meinte er?« flüsterte er. »Was haben sie mit mir vor?«

Finnigan ging zu ihm, faßte seinen Arm.

»Haben Sie gehört, wie er sprach? Kein Akzent! Keine Fehler in der Aussprache! Mich nannte er ›Old Clement‹. Kein Südamerikaner würde einen solchen Ausdruck benutzen. Ken, diese Leute sind keine Guerilleros!«

Frost antwortete nicht. Mit schleppenden Schritten ging er zur Pritsche, ließ sich niederfallen und vergrub das Gesicht in den Händen.

Zum Ufer des Harlem River führte eine kurze Treppe hinab. An dem lauen Sommerabend hatten sich Tramps, Stadtstreicher, Trinker, darunter drei oder vier Frauen, zu einer grölenden Gruppe zusammengefunden. Als ich an ihnen vorbeiging, wurde ich angerufen, beschimpft, aufgefordert, mitzutrinken, und bedroht, je nach Stimmung des einzelnen Schreiers.

Zwanzig Schritte weiter stand die Ruine eines Bootshauses. Ein teilweise zusammengebrochener Steg ragte ins Wasser. Im Schutz der Stützbalken wartete Phil.

Er steckte in einer sackweiten, verdreckten Jacke, trug schmutzstarrende, ausgefranste Manchesterhosen, verlatschte Schuhe und einen verbeulten, breitkrempigen Hut von undefinierbarer Farbe. Mit sich schleppte er eine bunte Sammlung Plastiktüten, die mit alten Zeitungen und aufgelesenem Krempel vollgestopft waren.

Seine Aufmachung war vollkommen. Trotzdem bestand die Gefahr, daß jemand, der ihn genau ansah, ihm den Tramp nicht glaubte. Die graue Hautfarbe, das aufgeschwemmte Gesicht, die triefenden Augen eines echten Tramps fehlten. Phil sah zu gesund aus.

»Sie ist im Haus«, sagte er ohne Umschweife. »Kurz vor Mittag ging sie hinein.«

»Freiwillig oder ...«

»Freiwillig! Niemand zwang sie!«

»Ich wundere mich, daß sie die Canal Street überhaupt erreicht hat, ohne überfallen zu werden.«

»Ein Betrunkener griff sie an.«

»Und?«

»Ein Farbiger mischte sich ein und schlug den Mann zusammen. Um Judy kümmerte er sich nicht.«

»Willst du sagen, daß er sie weitergehen ließ?«

»Genau das! Die Bewohner des Gebietes verhalten sich, als wären sie davor gewarnt worden, Judy anzugreifen. Sie machen sich zwar an sie heran und umlauern sie wie Raubtiere. Aber sie scheuen zurück, sobald sie Judy erkennen. Es sieht aus, als würden sie von einem unsichtbaren Dompteur im Zaum gehalten. Der Betrunkene war die einzige Ausnahme.«

»In solcher Gegend fällt jeder Fremde auf, Phil. Deine Tramp-Maskerade nutzt da wenig.«

»Bis jetzt hat sie genügt. Ich lasse mich nicht viel sehen. Es gibt so viele Hausruinen, Keller und verlassene Höfe, durch die man sich zum Ziel schleichen kann, daß ich nur wenigen Menschen begegnet bin.« Er zeigte ein schnelles Lächeln. »Nur einer hat mich mit Fußtritten bedacht. Ich habe sie hingenommen und bin gerannt.«

»Hast du eine Chance, das Haus ständig zu beobachten?«

»Die Ruine gegenüber ist unbewohnt. Im verfallenen Bau neben Nr. 5 hausen Mitglieder einer Straßengang im Keller. Ich denke, ich kann mich in der Ruine einige Tage und Nächte aufhalten. Heute nacht werde ich versuchen, im Nebenhaus von Nr 5. vier Wanzen so anzubringen, daß wir Geräusche und Gespräche mithören können. Mr. High hat die gerichtliche Erlaubnis beschafft. Für alle Fälle warten vier Kollegen als Eingreifreserve, allerdings jenseits des Harlem River, weil sie sonst beobachtet werden könnten.«

»Sei vorsichtig, Phil und halte ständige Verbindung!«

Er nahm für einen Augenblick den Hut ab, holte eine Zigarette aus dem Innenband und klemmte sie zwischen die Lippen.

»Da liegt ein Problem«, sagte er. »Ich kann nicht ständig ein Walkie-talkie bei mir tragen. Wenn ich auffalle und durchsucht werde und sie finden es, bin ich erledigt, und nicht nur ich, sondern auch Judy Finnigan. Ich werde die Nacht benutzen, um alle Geräte, auch den Empfänger für die Abhörmikrofone, in die Ruine zu bringen. Dann werde ich mich wie ein echter Tramp mit einem Stoß Zeitungen als Kopfkissen und einem Seifenkarton als Vorratsschrank in der Ruine einrichten. Ich werde Nr. 5 beobachten und gut zuhören, was hinter den Mauern geschieht. Ich hoffe, Judys Anwesenheit hält die Besitzerin davon ab, Sachen zu sagen, bei denen ich rot werden könnte. Sie sieht aus, als wäre sie dazu fähig.«

»Alter, die Sache ist zu ernst und zu gefährlich für Witze!«

»Unsinn, Jerry! Nichts ist zu ernst für einen Witz, nicht einmal eine feierliche Rede des Präsidenten.«

»Was machst du, wenn im Haus etwas Dramatisches geschieht?«

»Ich hole den 38er aus dem Mauerloch und geh hinüber.«

»Hoffentlich kommt es nicht dazu. Du würdest allein gegen mindestens drei schwerbewaffnete Desperados stehen. Ich glaube, daß uns noch eine Frist von drei oder vier Tagen bleibt, denn sie werden neue Präsidentengeständnisse veröffentlichen wollen. Die Goron Chemical Company fürchtet die Geständnisse wie die Pest. Ihre Aktienkurse brechen zusammen. Sie schickten Agnew Meehan als Sonderbotschafter ins Hauptquartier und drohten mit einer Beschwerde in Washington.«

Phil drückte die zur Hälfte gerauchte Zigarette aus und barg den Stummel in der Hutkrempe.

»Wenn wir Geld hätten, könnten wir Aktien der GCC kaufen«, sagte er. »Dann geben wir uns Mühe, befreien den Präsidenten und verdienen eine Menge Geld, denn natürlich werden danach die Kurse kräftig steigen. FBI und Börse – eine ganz neue Kombination!«

»Nichts für mich, Phil. Die letzte Reparaturrechnung für den Jaguar steht noch offen.«

Er löste sich aus dem Schatten des Stegs. »Zeit für mich zu gehen. Steve Dillaggio will mir die Ausrüstung um neun Uhr übergeben.«

»Hals- und Beinbruch, Alter!«

Ich wartete, bis er die Straße oberhalb des Ufers erreicht hatte, und ging zurück zum Jaguar, den ich in sicherem Abstand eine Meile südlich geparkt hatte.

Frost und Finnigan waren vor vier Tagen entführt worden. Noch immer verfügten wir über nur einen Anhaltspunkt: die Begegnung mit dem später erschossenen Bodyguard in Collanis Nightclub Africa 2000.

Das Mädchen Lana, wegen der Webb in den Club gekommen war, hieß Nathalie Wood mit vollem Namen. Ihre

Adresse hatten wir festgehalten. Ich ließ sie mir über Sprechfunk vom Hauptquartier durchsagen. Sie wohnte 42 West 118th Street. Die 118th Street gehört schon zu Harlem. Aber auch in Harlem gibt es Bezirke, die als einigermaßen sicher gelten, zumindest für Farbige.

Ich blickte auf die Uhr. Noch war es Zeit, Webbs Freundin in ihrer Wohnung abzufangen. Vielleicht war unter vier Augen mehr von ihr zu erfahren als in Gegenwart des zwielichtigen George Collani. Ich wechselte die Richtung und fuhr zur 42 West 118th Street.

Nummer 42 war ein zehnstöckiges Apartmenthaus in noch leidlich gutem Zustand.

Aber die Nachbarschaft zeigte Spuren des Verfalls, von dem gewisse Bereiche New Yorks befallen sind wie von einem unheimlichen Virus. Das Haus gegenüber war eine ausgebrannte Ruine. Wahrscheinlich Opfer einer Brandstiftung. Auf einem ungenutzten Spielplatz türmten sich Abfall und Gerümpel jeder Art.

Ein Hauswächter fing mich in der Eingangshalle ab. »Zu wem wollen Sie, Mister?«

»Miss Wood.«

»Angemeldet?«

»Nein. «

»Besser, ich rufe an, ob Sie willkommen sind, Mister. Er grinste anzüglich. »Kann ja sein, daß die hübsche Lana noch beschäftigt ist, obwohl sie in der Nacht sehr früh nach Hause kam, gegen Mitternacht und allein.«

Er nahm den Hörer vom Haustelefon. »Ein Gentleman für Sie, Lana! Ein Weißer!«

Er deckte die Muschel ab. »Sie will Ihren Namen wissen.«

Ich nahm ihm den Hörer aus der Hand.

»Jerry Cotton, Miss Wood! Ich nehme an, Sie wissen Bescheid.«

»Ja«, antwortete sie. »Kommen Sie herauf!«

Von den beiden Fahrstühlen funktionierte nur einer. Der Flur, der zu dem Apartment führte, war schlecht beleuchtet.

Sie öffnete in dem Augenblick, in dem ich klopfte.

»Ich habe wenig Zeit«, sagte sie. »Um zehn Uhr öffnet der Club!«

Sie trug ein einfaches, blaues Kleid, Sie sah nicht lasziv aus wie in den verwegen ausgeschnittenen Abendkleidern, verlor aber nichts von ihrer sinnlichen Attraktivität. Es war leicht, sich vorzustellen, daß ihretwegen ein Mann den Kopf verlor.

Sie gab den Weg in die kleine Wohnung frei.

»Ich habe nicht aufgeräumt.« Nervös fuhr sie sich durch das dichte, harte und gekrauste Haar. »Ich finde nie die Zeit, aufzuräumen.«

Die Wohnung roch nach Parfüm und nach kaltem Rauch. Ich sah eine fast leere Flasche Bourbon auf dem Couchtisch und einen überquellenden Aschenbecher.

»Was wollen Sie, G-man?« Ihre Stimme klang gereizt und ungeduldig.

»Bei unserer ersten Begegnung sagten Sie mir, daß Sie Webb liebten. Sie sprachen von der unterschiedlichen Hautfarbe, die für ihre Liebe kein Hindernis sei.«

»Was man so redet«, antwortete sie und zuckte mit den Achseln. »Danny war ein guter Gast. Er verhielt sich großzügig. Er machte mir Geschenke. Warum sollte ich ihm nicht Honig um die Lippen schmieren?«

»Selbst wenn Ihre Gefühle für ihn nicht echt waren, dürfen Sie nicht vergessen, daß er ermordet wurde. Sie sollten uns helfen, den Mord aufzuklären, Miss Wood!«

»Ich habe alles gesagt, was ich weiß.«

»Sie lügen! Alle Umstände sprechen dafür, daß sich Webb von den Entführern kaufen ließ. Sie haben zugegeben, daß er Ihnen großzügige Geschenke machte. Welche Geschenke? Zählen Sie sie auf!«

»Was hätten Sie davon?« schrie sie mich an. »Ich habe Danny nicht gefragt, woher er das Geld für meine Geschenke nahm.«

»Zählen Sie sie auf!« wiederholte ich.

Sie griff nach den Bourbonflasche, füllte ein Glas und trank einen Schluck.

»Einen Pelzmantel«, sagte sie. »Wert 2000 Dollar! Diesen Ring!« Sie hielt die linke Hand hoch. Am Ringfinger trug sie einen großen blauen Stein, der nicht sehr echt aussah. »Den Wert kenne ich nicht!«

Sie leerte das Glas, stellte es hart ab und wandte sich mir zu.

»Er kaufte mir Kleider! Auch Wäsche! Verstehen Sie, G-man? Wäsche kaufte er besonders gern. Er wünschte, daß ich Slips in einer bestimmten Farbe trug.«

Sie kam auf mich zu. Die Bewegung ihrer Hüften, ihr Gang waren eine deutliche Herausforderung.

»Ich ging auf seine Wünsche ein, G-man! Auf alle Wünsche!« Ihr Mund stand halb offen. Die Spitze ihrer Zunge glitt über die Lippen. »Ich mag Weiße«, sagte sie leise. »Es ist verrückt, und es bringt mich in Schwierigkeiten, aber ich fang' nur bei einem bestimmten Typ Feuer.«

Ich roch ihr Parfum und den Duft des Bourbons, den sie getrunken hatte Sie war nicht so stark geschminkt wie in Nightclub. Ich sah, daß die Ränder ihrer Augen entzündet waren.

»Von mir können Sie als Geschenk nur eine Warnung bekommen«, sagte ich. »Webb wurde umgebracht, weil er für die Entführer eine ständige Gefahr bedeutete. Wenn Sie, Lana Wood, über seine Verbindung mehr wissen, als Sie zugeben, dann sind nicht wir Polizisten für Sie gefährlich, sondern die Männer, die Ihren Freund töteten. Ich hoffe, Sie verstehen, was ich meine. Rufen Sie an, sobald Sie sich entschlossen haben, endlich die Wahrheit zu sagen!«

Ich ging zur Tür.

»G-man!« rief sie. Die Hand schon auf dem Griff, drehte ich mich um.

»Wollen Sie sagen, ich könnte getötet werden?« stieß sie hervor. »Wie Danny?«

»Ja«, antwortete ich lakonisch.

Ich wartete. Es schien, als habe sie meine Gegenwart vergessen. Sie hob die Hand zum Mund und begann, an ihren Nägeln zu kauen, eine Geste, die Ratlosigkeit verriet. Ihre

Brust hob und senkte sich. Die Augen wanderten krampfhaft von links nach rechts und zurück, als suchten sie verzweifelt nach einem Versteck. Zwei- oder dreimal hörte ich ein kurzes, trockenes Schluchzen.

»Miss Wood«, sagte ich halblaut.

Sie schreckte auf wie aus einem häßlichen Traum und sah mich an, als müsse sie sich an mich erinnern.

»Sie sind zu jung, um ...«

Von einer Sekunde zur anderen verzerrte sich ihr hübsches Katzengesicht zur Wutfratze einer Furie.

»Du legst mich nicht rein, Schnüffler!« schrie sie. »Geh raus! Geh endlich raus, verdammter Bulle!«

Der Jaguar stand vor dem Eingang von Nathalie Woods Haus. Ich fuhr ihn in die nächste Querstraße und ging in die 118th Street zurück. Ich nahm an, daß sie das Haus bald verlassen müßte, wenn sie rechtzeitig im Nachtclub sein wollte. Ich hielt es für wichtig, festzustellen, ob sie auf dem Weg irgend jemanden traf oder ob alle Fäden im Africa 2000 zusammenliefen.

Ich überquerte die Fahrbahn und wartete auf der anderen Seite. Inzwischen war es dunkel geworden, aber einige Straßenlaternen lieferten genug Licht. Ich wußte nicht, ob Lana Wood einen eigenen Wagen besaß oder ein Taxi rufen würde. In jedem Fall konnte ich den Jaguar schnell genug erreichen, um mich anzuhängen.

Ich brauchte kaum zehn Minuten zu warten, bis sie das Haus verließ. Der Hauswächter begleitete sie bis auf die Straße. Im Lichtkreis der Laterne konnte ich sehen, wie er auf sie einredete. Sie antwortete nicht und reagierte auch nicht auf sein lautes Lachen, das bis zu mir schallte. Er zuckte mit den Achseln und ging ins Haus zurück.

Das Mädchen blieb am Bordstein stehen. Sie drehte den Kopf nach links und rechts. Zweifellos hielt sie nach einem Taxi Ausschau. Nur wenige Autos durchfuhren diesen Teil der 118th Street. Ein Taxi war nicht darunter.

Sie entschloß sich, in Richtung Lenox Avenue zu gehen. Sie kam auf mich zu, allerdings auf der anderen Straßenseite. Im selben Augenblick fuhr ein Taxi dicht an mir vorbei. Nathalie Wood sah das Cab, blieb stehen und winkte.

Der Fahrer verlangsamte die Geschwindigkeit. Als er mit dem Mädchen auf einer Höhe war, brachte er den Wagen zum Stehen, machte aber keine Anstalten zu wenden.

Das Mädchen trat vom Bürgersteig auf die Fahrbahn und schickte sich an, sie zu überqueren.

Ein schwerer Dieselmotor brüllte auf. 60 oder 70 Meter straßenaufwärts setzte sich ein Lastwagen in Bewegung. Er gewann an Geschwindigkeit. Mit gelöschten Lichtern donnerte er heran.

Ich begriff, riß den 38er aus dem Holster und sprang in zwei Sätzen auf die Fahrbahn.

»Achtung!« brüllte ich. »Zurück!«

Nein, es war unmöglich, sie vor dem Lastwagen zu erreichen.

Ich sah, wie sie mitten auf der Fahrbahn stehenblieb. Sie warf den Kopf nach links und schrie beim Anblick des heranschießenden Lasters.

Das war ein Mordversuch! Nichts anderes!

Ich feuerte einen Schuß in die Luft.

Die Scheinwerfer des Lastwagens flammten auf, erfaßten das Mädchen, das sich zur Flucht wandte, zurück zum rettenden Bürgersteig.

Ich feuerte gezielt! Der linke Scheinwerfer zerplatzte.

Für einen Sekundenbruchteil verriß der Fahrer das Steuer. Der Wagen brach zur Straßenmitte hin aus.

Die dritte Kugel jagte ich in die Windschutzscheibe. Im selben Augenblick wurde Nathalie Wood vom Lastwagen erfaßt. Ihr Körper wurde zur Seite weggeschleudert.

Die vierte, die fünfte Kugel!

Die Frontscheibe zerkrümelte. Beim Versuch, den Wagen abzufangen, verriß der Fahrer nach der anderen Seite. Das rechte Vorderrad berührte den Bordstein. Das Steuer wurde ihm aus der Hand geschlagen. Er verlor die Gewalt über das

Fahrzeug. Er trat zwar in die Bremse. Das Kreischen der blockierten Räder durchschnitt jedes andere Geräusch. Trotzdem krachte der Lastwagen gegen die Hauswand, schrammte daran entlang, rasierte einen Laternenmast weg, aus dem Kurzschlußfunken sprühten, und kam, knapp zehn Schritte von mir entfernt, zum Stehen.

Die Fahrertür wurde aufgestoßen. Ein Mann ließ sich auf die Straße fallen, richtete sich auf und wollte wegrennen.

Ich schnitt ihm den Weg ab. Wir prallten gegeneinander. Meine linke Faust traf Rippen, Brust und Kinn. Die Schläge warfen ihn gegen die Wagentür zurück. Hart knallte er mit dem Kopf gegen das Blech. Ich setzte ihm die 38er-Mündung ans Ohr.

»Keine Bewegung!« rief ich. »FBI!«

Er war ein großer, magerer Farbiger in einem bunten Pullover und mit einem kleinen roten Schal um den Hals. Das Weiße in den weit aufgerissenen Augen leuchtete. Sein Atem ging heftig und stoßweiße.

Ich riß ihn herum und stieß ihn vorwärts.

»Lauf! Schnell!«

Er fiel in einen stolpernden Trab. Mit der Revolvermündung lenkte ich ihn dorthin, wo das Mädchen lag.

Der Anprall hatte sie auf den Bürgersteig geschleudert, bis auf wenige Meter an den Eingang ihres Hauses heran. Während ich den Fahrer des Killerautos vorwärtstrieb, stürzte der Wächter aus dem Haus. »Was ist passiert?« schrie er.

Ich bemerkte mit einem Seitenblick, daß das Taxi verschwunden war.

Der Wächter stand hilflos neben dem reglosen Mädchenkörper.

»An die Hauswand!« schrie ich den Farbigen an. »Gesicht zur Wand! Hände über den Kopf!«

Er gehorchte wie betäubt.

Ich kniete neben dem Mädchen nieder. Das Gesicht war verschrammt. Aus der Nase lief Blut. Ich berührte ihre Wange und beugte mich über sie.

Sie atmete.

»Was ist denn nur passiert?« wiederholte der Hauswächter.

»Rufen Sie die Ambulanz!« schnauzte ich ihn an.

Mehrere Leute drängten aus dem Haus.

Eine Frau rief: »Kann ich helfen? Ich bin als Sanitäterin ausgebildet!«

Sie schoben sich zwischen mich und den Mann an der Mauer. Er erkannte seine Chance, stieß sich ab und rannte. Er raste blindlings los, schlug keine Haken, sah sich nicht um und blieb auf dem Bürgersteig, als befände er sich auf einer Rennstrecke.

Ich setzte ihm nach. Er gewann 30, 40 Yards Vorsprung, konnte mich aber nicht abschütteln.

»Bleib stehen, oder ich schieße!« brüllte ich. Er blieb nicht stehen. Trotz meiner Drohung wollte ich nicht schießen, solange die Aussicht bestand, ihn ohne Verletzung zu fassen.

Er erreichte die Kreuzung Lenox Avenue, preschte über die Fahrbahn und blieb auf der anderen Seite dicht an den Häusern. Ich hielt sein Tempo. Sein Vorsprung wuchs nicht.

Ein Wagen überholte mich.

Ein Auto, das auf der falschen Straßenseite fuhr.

Ein Taxi!

Ich stoppte und warf mich gegen die Mauer.

Für die Dauer eines Herzschlages sah ich das Gesicht des Fahrers und das Gesicht des Mannes im Fond. Natürlich sah ich keine Einzelheiten, sondern nur die weißen Ovale, die dunklen Flecken von Augen und Mund.

Nichts geschah! Kein Schuß fiel!

Der Wagen glitt weiter, erreichte den Farbigen und blieb auf einer Höhe mit dem rennenden Mann.

Eine seltsame, sich endlos dehnende Sekunde, in der ein Mensch mit allen Kräften seiner Muskeln und Sehnen um sein Leben lief, hoffnungslos der seelenlosen Stärke des Motors unterlegen, der seinem Mörder diente.

Das Mündungsfeuer flackerte. Hart knallten die Peitschenschläge der Abschüsse. Aus vollem Lauf stürzte der Mann und überschlug sich.

Der Motor des Taxis heulte auf. Der Wagen zog auf die richtige Fahrseite hinüber und schoß davon.

Ich warf die Arme vor, zog durch und jagte dem Wagen die letzte Kugel aus der Trommel nach. Ich konnte nicht erkennen, ob sie traf. Zum Stehen brachte sie den Wagen nicht. Er verschwand in der Dunkelheit.

Sekunden später kniete ich neben dem Farbigen.

Auf den ersten Blick sah ich, daß er tot war. Mindestens eine Kugel hatte ihn in den Kopf getroffen – von den anderen zu schweigen.

Ein Streifenwagen der Cops erschien zuerst auf dem Schauplatz. Wenig später traf die Ambulanz ein. Und noch einmal zehn Minuten danach trafen Fahrzeuge der Mordkommission ein.

Ich unterrichtete den Chef der Gruppe, Detective Lieutenant Burt Callaghan, von den Ereignissen. Dann sprach ich kurz mit dem Arzt der Ambulanz, der mir versicherte, Nathalie Wood sei wahrscheinlich mit dem Schrecken, einigen Schrammen und einem schweren Schock davongekommen, falls sich bei der Untersuchung im Hospital nicht innere Verletzungen herausstellten.

Lieutenant Callaghan veranlaßte eine Fahndung nach dem Taxi. Ich konnte ihm weder die Nummer noch irgendwelche Erkennungsmerkmale des Wagens liefern.

Der Lastwagen war ein uraltes Dodge-Modell, eine schrottreife Mühle mit angebrochenen Federn und ausgeschlagenen Lagern. Nicht mehr für Transporte, aber noch immer als Mordwaffe geeignet.

Die Leute der Mordkommission fanden keine Papiere bei dem Fahrer. Dafür entdeckten sie Einstiche an beiden Armen. Ein Süchtiger also, der sich als Mörder verkauft hatte, um an den nächsten Schuß zu kommen!

Die Ambulanz hatte Nathalie Wood ins Zion Hospital

gebracht. Ich fuhr hin. Ich wartete eine Viertelstunde lang auf den Arzt, der das Mädchen untersuchte und behandelte. Als er kam, sah er ziemlich zufrieden aus.

»Prellungen, Schrammen, Abschürfungen! Keine Brüche, keine inneren Verletzungen. Eventuell eine leichte Gehirnerschütterung.«

»Wann kann man mit ihr sprechen?«

»Morgen gegen Mittag. Bis dahin haben wir auch den Schock unter Kontrolle.«

Gegen die Entscheidung der Medizinmänner gibt es keinen Einspruch. Wenn ich mit Nathalie Wood nicht sprechen konnte, so wollte ich mir George Collani vornehmen. Ich steuerte den Jaguar in die West 59th Street, in der Africa 2000 lag.

Ich erlebte eine Überraschung.

Die Mädchen, die sonst zu dieser Stunde an der Bar auf die Gäste warteten oder sich für ihre ersten Shownummern auszogen, standen mit dem Portier und zwei Barkeepern auf der Straße herum.

Ich stoppte den Jaguar und stieg aus.

Der Portier, der noch nicht seine Uniform trug, sondern in einem großkarierten Anzug steckte, tippte an seinen Hut.

»Guten Abend, G-man! Der Club ist noch nicht geöffnet.«

»Warum nicht?«

»Wissen wir nicht«, antwortete er, und ein paar Mädchen zwitscherten die Antwort im Chor mit.

»Hat niemand einen Schlüssel?«

»Nur Mr. Collani! Er öffnet den Eingang selbst.«

»Wieviel Verspätung hat er?«

»Fast eine Stunde. Er wohnt im Haus, und er ist immer in seiner Wohnung, bevor der Club geöffnet wird. Wir haben geklingelt und gerufen. Er antwortete nicht.«

Ich blickte an der Fassade hoch. Es gab einen Mauervorsprung in Kopfhöhe und die Neonreklame über dem Eingang.

»Helfen Sie mir!«

Der Portier begriff, stemmte sich mit dem Rücken gegen

die Mauern und verschränkte die Hände zum Halt für meinen Fuß.

»Okay, G-man!«

Die verschränkten Hände, die Schulter, der Mauervorsprung, dann die Stahlhalter der Neonröhren – auf diese Weise arbeitete ich mich an ein Fester der ersten Etage heran. Es war geschlossen und ließ sich nicht hochschieben. Der Vorhang auf der Innenseite klaffte einen Spalt breit. Ich preßte das Gesicht gegen das Glas.

Im Zimmer brannte Licht. Der Vorhangspalt gab nur ein schmales Blickfeld. Ich sah ein Stück Teppich, einen umgestürzten Ledersessel und eine Hand.

Die Hand, eine weiße Manschette mit großem Goldknopf und fünf Zoll Hemdärmel ragten hinter dem umgestürzten Stuhl hervor.

Ich zog den 38er und zerschlug das Glas. Unten kreischten die Clubgirls, als die Splitter hinunterregneten. Ich griff durch die Öffnung, löste die Verriegelung, schob das Fenster hoch und stieg ein.

Es war der Wohnraum, in den ich gelangte. George Collani lag hinter dem Sessel. Sie hatten ihn beim Umziehen überrascht. Er trug das Smokinghemd und schwarze Socken, aber keine Hosen. Getötet hatten sie ihn mit einer Kugel in den Nacken.

Ich berührte den Körper, der kalt und erstarrt war. Schon vor Stunden mußten sie ihn umgebracht haben. Wann genau es geschehen war, würde der Arzt feststellen.

Collani war nicht das Opfer eines Raubüberfalles geworden. Die goldenen Manschettenknöpfe hatten sie nicht angerührt, und die Wohnung war nicht durchsucht worden.

Sie waren nur gekommen, um den Mann zum Schweigen zu bringen.

Ihn hinzurichten, wie sie es in ihrer Verbrechersprache nannten.

Harter Rock aus den Lautsprechern eines voll aufgedrehten Transistors röhrte durch die Hausruine, manchmal überlagert vom aufbrandenden Gebrüll der Mitglieder jener Straßengang, die den Keller des aufgegebenen Hauses als Hauptquartier benutzte.

Phil bewegte sich lautlos durch die Dunkelheit wie ein Nachttier. Ein Abhörmikrofon mußte er noch anbringen.

Die Treppen bestanden aus Steinstufen.

Er wollte das Mikrofon in der Höhe der zweiten Etage von Nr. 5 ansetzen.

Der Krach der Straßengangster machte die Arbeit leicht. Phil wußte, daß er nur aufpassen mußte, nicht an irgendeiner Stelle durch den Fußboden zu brechen, denn Licht durfte er nicht benutzen.

Er kam glatt in die zweite Etage, ertastete eine geeignete Stelle und brachte das Mikro an. Die Geräte, die aus den elektronischen Labors des CIA stammten, waren kleiner als eine Streichholzschachtel und hatten eine besondere Trennschärfe. Da sie in diesem Fall nicht mit Leitungselektrizität, sondern nur mit Batterien arbeiteten, war die Sendereichweite begrenzt. Das Empfangsgerät mußte ziemlich nah aufgestellt werden. Auch der Empfänger war klein. Phil hatte ihn in einer Plastiktüte, verborgen unter einem Packen Zeitungen, in die Canal Street getragen.

Als er die zweite Etage verließ, bemerkte er, daß die Tür zum Keller geöffnet worden war. Die Straßengangster besaßen Akkulampen, deren weißes Licht einen breiten Streifen Helligkeit quer durch den Hausflur warf.

Phil verharrte in der sicheren Dunkelheit des Treppenabsatzes. Zwei Mitglieder der Gang, ein Junge und ein Mädchen, kamen aus dem Keller, sie durchquerten den hellen Streifen. Das Mädchen, nicht älter als 16 oder 17 Jahre, schwankte. Der Junge trug die Kluft seiner Gang, eine bestickte Jeansjacke und einen schwarzen Hut. Langes Haar und ein verfilzter Bart machten sein Alter unerkennbar. Auf der Straße gerieten sie in Streit. Das Mädchen kreischte Beschimpfungen. Der Bärtige schlug sie. So abrupt, wie sie sich in die Haare geraten waren, versöhnten sie sich und schwankten davon.

Der Bau auf der anderen Straßenseite, Nr. 5 gegenüber, war eine fenster- und türlose Ruine. Die Hälfte des Dachs war eingestürzt. Die Treppe zur ersten Etage endete in einem Gewirr von Balken und Bauschutt.

Phil hatte für sich einen Raum im Erdgeschoß gewählt, dessen Außenmauern noch standen. Vor die Fensteröffnung waren irgendwann ein paar Bretter genagelt worden. Er hatte sich alle Einzelheiten der Ruine und dieses Raumes tagsüber eingeprägt, so daß er sich auch in der völligen Finsternis zurechtfand.

Den Empfänger hatte er unter einem Karton verborgen. Er holte den Apparat hervor und schaltete ihn ein. Nur eine stecknadelkopfgroße, rote Lampe glühte auf. Phil klemmte den Kontakthörer ins Ohr. Dann stimmte er die Feinregulierung ab.

Die ersten Geräusche, deren Bedeutung er erkannte, war ein Klirren von Gläsern oder Tassen und das Echo von Schritten, alles überlagert vom Dröhnen des Rocks aus dem Keller der Gang. Phil mußte den Schalter für die Trennschärfe bis zum Anschlag drehen, um die Worte im Haus zu verstehen.

»... trinken! Kein Gift! Kein Schlafmittel!« Die Stimme, die diese Worte sprach, hatte einen so tiefen, rauhen Klang, daß Phil sie für die Stimme eines Mannes hielt. »Nur ein bißchen Schnaps! Tequila!«

Der Akzent war unverkennbar südamerikanisch.

Eine andere, hellere Stimme antwortete: »Ich trinke nur selten Alkohol! Vielen Dank, Miss ...«

Der Rest ging in Störgeräuschen unter. Als Phil wieder sinnvolle Worte verstand, sagte die tiefere Stimme: »... Geduld haben und nicht die Nerven verlieren.«

Phil gewann die Überzeugung, daß es doch die Stimme einer Frau war.

Er vernahm die hellere Stimme, die Judy Finnigan gehören mußte.

»Sie wissen genau, warum ich herkam, Juana! Helfen Sie mir! Sie sollen mein Geld nehmen und meinen Vater freilassen!«

Die andere lachte. »Will dein Geld nicht, Baby! Zufrieden mit zehn Dollar fürs Bett! Gebe dir Tequila umsonst!«

»Wie lange soll ich noch warten?« schrie Judy.

»Ich weiß nicht ...«

Phil hörte das Zuschlagen einer Tür und Schritte. Er hatte sich dicht an die vernagelte Fensteröffnung gesetzt. Wenn er durch die Lücke zwischen zwei Brettern blickte, sah er die Fenster, hinter denen das Gespräch geführt wurde. Auch dort waren die meisten Öffnungen mit Brettern, Pappe oder Blech vernagelt. Nur in drei Fenstern im Obergeschoß war noch Glas. Jemand zog den Vorhang des äußersten Fensters rechts zurück und schob das Fenster hoch. Eine Frau beugte sich vor. Phil erkannte Judy Finnigans blondes Haar.

Sekunden später tauchte hinter Judy die kräftige Gestalt der anderen auf. Judy wurde an den Schultern gepackt und ins Zimmer zurückgerissen.

Phil hörte die Worte: »... willst du deine Freunde benachrichtigen? Ein verabredetes Zeichen geben?«

»Lassen Sie mich los!« schrie Judy.

»Geh raus, wenn du willst! Los! Verschwinde!«

»Nein, bitte, lassen Sie mich bleiben! Sie wissen, daß ich hier warten soll! Ich habe kein Zeichen gegeben. Ich wollte nur etwas Luft ...«

Die Vorhänge wurden vorgezogen.

»Mach nichts heimlich!« hörte Phil. »Oder du verspielst deine Chance!«

Aus der Ruine neben Nr. 5 quollen ein Dutzend Mitglieder der Straßengang. Sie waren betrunken und grölten. Den Transistor brachten sie mit. Drei Motorräder wurden angeworfen. Schwere Maschinen ohne Schalldämpfer. Jede Zündung klang wie eine Granatenexplosion. Das wüste Trommelfeuer ließ die Häuser erzittern.

Ein Streit entstand. Zwei Boys der Gang prügelten sich unter dem Anfeuerungsgebrüll der Kumpane und dem

Kreischen der Mädchen. Flaschen kreisten von Mund zu Mund. Die Piloten der Motorräder donnerten die Straße wieder und wieder hinauf und hinab. Länger als eine Stunde dauerte es, bis sie endlich gingen und die Nacht sie verschluckte.

Drüben in Nr. 5 waren die Lichter hinter den Vorhängen erloschen. Die Mikrofone vermittelten nur Knistern und Rauschen.

Phil schaltete den Empfänger aus und versteckte ihn unter dem Karton. In einer Mauerlücke ertastete er das Walkie-talkie, drückte den Rufknopf und flüsterte ins Mikrofon: »Kommen! Kommen! Kommen!«

Er hörte eine ferne Stimme, zu leise, um zu erkennen, welcher Kollege sprach.

»Roger! Roger! Over!«

»Alles okay«, flüsterte Phil. »Kein Angriff auf J. F.«

»Information für dich!« antwortete die leise Stimme. »Collani ermordet! Over!«

Mr. High ging, beide Hände auf den Rücken gelegt, vor der großen Karte New Yorks auf und ab. Längst war Mitternacht vorüber.

Ich saß in einem Sessel und hielt einen Pappbecher mit starkem Kaffee in den Händen.

Vor wenigen Minuten hatte das ballistische Labor die Untersuchungsergebnisse durchtelefoniert. George Collani und der farbige Fahrer des Mordautos waren mit derselben Waffe getötet worden.

»Sie haben ihre Gesichter gesehen, Jerry?« vergewisserte sich Mr. High.

»Nur die Umrisse! Zweifellos waren es Weiße.«

»Ray Hamer?«

»Sir, ich bin so gut wie sicher, daß keiner von beiden Ray Hamer war. Ich kann die Gesichter nicht beschreiben. Dazu war die Beleuchtung zu schlecht und der Anblick zu flüchtig. Trotzdem weiß ich, daß Hamers Gesicht unter diesen

Bedingungen einen anderen Eindruck gemacht hätte.« Ich zögerte, bevor ich hinzusetzte: »Die Männer im Taxi waren jung – viel jünger als The Prof.«

»Der Zusammenhang der Morde mit der Entführung ist noch nicht erwiesen.«

»Wenn ich morgen mit Nathalie Wood sprechen kann, werden wir klarer sehen.«

»Ich mache mir Sorgen, Jerry. Die Morde und der Mordversuch an dem Mädchen können ein Zeichen dafür sein, daß der Fall außer Kontrolle gerät. Wir müssen befürchten, daß die Entführer in einer Panikreaktion ihre Opfer umbringen und untertauchen.«

»Sir, ich glaube nicht länger an südamerikanische Guerilleros. Warum hätten sie Collani und das Mädchen töten sollen? Ein Typ wie George Collani macht nicht bei einer politisch motivierten Entführung mit. Der steigt nur ein, wenn er Geld wittert.«

»Geld steht auf dem Spiel, Jerry! Finnigans 100 000 Dollar.«

»Für den GCC-Präsidenten könnten die Kidnapper das Hundertfache verlangen. Sie verzichten darauf. Warum?«

»Den Grund nannten sie in ihrer ersten Botschaft. Frost soll öffentlich bekennen, in welchem Umfang sein Konzern ihr Heimatland ausplündert. Ein politisches Motiv.«

»Mit der Nebenwirkung, daß die Präsidenten-Geständnisse die Aktienkurse der Goron Chemical an den Rand des Zusammenbruches bringen. Ich verstehe nichts von Börsengeschäften, Chef. Aber so viel begreife auch ich, daß jemand, der die Goron Chemical Company kaufen will, sie viel billiger bekommen kann als noch vor wenigen Tagen. Und daß er vielleicht in der nächsten Woche nach weiteren Präsidenten-Geständnissen noch weniger tief in die Tasche greifen muß.«

»Einige 100 Millionen wären es auch dann noch, Jerry!«

»Richtig, Sir, aber er würde auch einige 100 Millionen verdienen, wenn Frost freigelassen wird und seine sogenannten Geständnisse selbstverständlich widerruft.«

»Keine Gang verfügt über Mittel in solcher Größenordnung.«

»Keine einzelne Gang. Aber wenn die Cosa-Nostra-Familien, die Bosse der Harlem-Dealer, die Gewerkschafts-Mobster, die Racketiers und die Buchmacher-Ringe ihre Überschüsse zusammenlegen, dann kommt eine Summe zusammen, Sir, die auch ein Ölscheich nicht verachten würde.«

»Ich verstehe, Jerry. Sie glauben, der Trust hat die Finger im Spiel?«

»Genau, Sir. Während alle Welt an eine politische Entführung denkt, handelt es sich in Wahrheit um einen gigantischen Fischzug.«

Über die Sprechanlage meldete sich die Zentrale.

»Anruf für Sie, Sir, oder für Jerry Cotton. Earl Ketch von der New Yorker Revue auf Leitung 4.«

»Danke«, Mr. High schaltete den Lautsprecher ein.

»Guten Abend, Mr. Ketch.«

»Guten Morgen, großer FBI-Häuptling. Mitternacht ist längst vorüber. Hört Ihr Star-G-man mit?«

»Wenn Sie Jerry Cotton meinen, ja, er hört mit.«

»Bei unserem letzten Gespräch hat er mir eine Menge Unfreundlichkeiten angedroht. Trotzdem kündige ich dem FBI die Zusammenarbeit nicht auf. Ich spiele Ihnen jetzt ein Tonband vor. Hören Sie gut zu!«

Ich beugte mich vor. Nach wenigen Sekunden drang die Stimme von Frost aus dem Lautsprecher.

»Ich, Kenneth Frost, Präsident der Goron Chemical Company, gebe zu, daß mit meinem Wissen die Geschäftsbilanzen seit fünf Jahren frisiert wurden, um Verluste, die der Konzern bei Spekulationsgeschäften erlitten hatte, zu vertuschen. 250 Millionen Dollar wurden aus dem Pensionsfonds entnommen. Angestellte und Arbeiter der GCC müssen mit dem Verlust der versprochenen Pensionen rechnen.«

Mr. High und ich wechselten einen Blick. Die explosive Bedeutung dieses Geständnisses lag auf der Hand.

Ich nahm den zweiten Hörer.

»Hier spricht Cotton«, sagte ich. »Ketch, ich sagte Ihnen,

daß wir die nächste Tonkassette in dem ungeöffneten Umschlag haben wollten, in dem Sie sie erhielten. Ich werde ein Verfahren gegen Sie in Gang bringen.«

»Langsam, G-man!« Seine Stimme verriet höhnische Überlegenheit. »Ich habe keinen Umschlag geöffnet, und ich erhielt keine Tonkassette. Was ich Ihnen vorspielte, war eine eigene Aufzeichnung. Vor einer halben Stunde wurde ich angerufen. Als ich den Hörer abnahm, sagte niemand ein Wort der Begrüßung, sondern Kenneth Frost legte sofort los. Bei mir steht immer ein Tonbandgerät neben dem Telefon. Ich schaltete es schnell ein. Trotzdem wurden die ersten Worte nicht aufgezeichnet. Damit hatten die Anrufer gerechnet, denn sie ließen Frost seinen Speech wiederholen.«

»Wollen Sie damit sagen, daß Frost selber am Apparat gewesen ist?«

»Nein! Die Anrufer spielten ihrerseits ein Tonband ab und ließen es zweimal durchlaufen. Wenn sie bei mir beide Aufzeichnungen abhören, werden Sie feststellen, daß sie identisch sind. Ich habe Ihnen die zweite vollständige Aufzeichnung vorgespielt.«

»Überlassen Sie uns Ihr Tonband für eine Kopie!«

Der Chefredakteur lachte.

»Mit Vergnügen! Ich schicke Ihnen einen meiner Jungens. Wie wäre es mit einer kleinen Gegenleistung? Ich würde verdammt gern wissen, wohin Judy Finnigan verschwunden ist. Geben Sie mir einen Tip!«

»Tut mir leid, Ketch! Auch wir suchen nach ihr. Ohne Erfolg bis jetzt!«

»Erwarten Sie nicht, daß ich Ihnen glaube, G-man! Das Mädchen hat alle Reporter so gekonnt abgehängt, daß jemand ihr geholfen haben muß. Sie, G-man, sind kurz vorher im Americana Hotel gesehen worden.«

»Der FBI kennt Judy Finnigans Aufenthalt nicht«, sagte Mr. High. »Das ist eine offizielle Erklärung, Earl Ketch. Wenn Sie das Gegenteil in Ihrer Zeitung auch nur andeuten, werden Sie in New York sehr bald ein erledigter Mann sein.«

Ketch schwieg einige Sekunden, bevor er vorsichtig antwortete: »Natürlich will ich keinen Ärger mit dem FBI, Sir. Sie können sich auf die Revue verlassen.«

Mr. High trennte die Verbindung.

»250 Millionen Dollar Unterschlagung aus dem Pensionsfonds! Wenn dieses Geständnis bekannt wird, fallen nicht nur die Kurse weiter, sondern es werden Streiks in den Fabriken der GCC ausbrechen.«

Er trat ans Fenster und legte die Hände auf den Rücken.

»Der Trust«, sagte er halblaut. »Nur ein Name für eine neue Organisationsform des Verbrechens. Niemand kennt einen Mann, niemand ein Gesicht. Wir, die wir gegen das Verbrechen kämpfen, spüren einen neuen Grad der Wirksamkeit, die kalte Berechnung, die nackte Erbarmungslosigkeit.«

Er drehte sich um.

»Aktienkurse und Börsengeschäfte interessieren mich so wenig wie Sie, Jerry. Aber ich weiß, daß viele Sparer, viele einfache Leute etwas Geld in Aktien angelegt haben. Als Reserve für ihre alten Tage. Als Grundstock für die Ausbildung ihrer Kinder. Die Aktien der Goron Chemical Company befinden sich in den Händen von mehr als 120 000 Aktionären. Darunter sind viele Menschen die nur zwei oder drei besitzen. Sie alle werden ihre Ersparnisse verlieren, wenn das Manöver gelingt.«

Phil wachte davon auf, daß Mörtelstaub in sein Gesicht fiel. Die brüchigen Mauern der Ruine erzitterten im Rhythmus des unterirdischen Grollens. Der Morgenverkehr im Subway-Tunnel hatte eingesetzt.

Phil schob die Zeitungen, die ihn stilgerecht während der Nachtstunden gewärmt hatten, zusammen, ging zum vernagelten Fenster und spähte durch den Spalt.

Die Canal Street lag menschenleer im tiefen Morgenfrieden. Gegenüber in Nr. 5 regte sich nichts.

Aus der Tasche des Mantels holte Phil eine Spiegelscherbe und betrachtete sich. Er fand, daß er viel echter aussah als gestern. Die Bartstoppeln waren gewachsen. Staub und Schmutz der Ruine hatten sich auf Kleider und Haut abgesetzt. Phil grinste bei dem Gedanken, daß er wahrscheinlich schon stank.

Er holte das Walkie-talkie aus dem Versteck und drückte die Ruftaste.

Die Kollegen jenseits des Harlem River meldeten sich.

»Alles okay«, flüsterte Phil.

»Neues Geständnis von Frost«, wurde er informiert.

»Verstanden! Ende!«

Er schob das Funksprechgerät zwischen Gerümpel und schaltete probeweise den Empfänger ein. Die Abhörmikrofone an Nr. 5 vermittelten nur ein undeutliches Rauschen.

Er holte eine Büchse mit kaltem Fleisch aus einer Plastiktüte, öffnete sie und aß den Inhalt mit Hilfe eines angerosteten Klappmessers, das zu seinen Trampschätzen gehörte. Während er das kalte Fleisch mit ebenso kaltem Orangensaft hinunterspülte, dachte er darüber nach, wie lange er allein Judy Finnigan und Nr. 5 überwachen konnte. Es machte ihm nichts aus, ein paar Tage lang von Konserven zu leben und sich nicht zu waschen. Aber er konnte nicht 24 Stunden hintereinander wachbleiben.

Die Gefahr bestand, daß die Entführer die 100 000 Dollar holten, während er den Empfänger abgeschaltet hatte und schlief. Was sollte er unternehmen, wenn Judy das Haus verließ oder in einem Wagen abgeholt wurde? Natürlich konnte er die Kollegen jenseits des Harlem River alarmieren und ihnen den Wagen beschreiben. Aber die Wahrscheinlichkeit, daß der Wagen samt Mädchen, Geld und Gangstern entkam, war verdammt groß.

Phil zündete eine Zigarette an, um den süßlichen Geschmack des Orangensafts zu vertreiben. Als er Motorengeräusch hörte, preßte er das Auge an den Spalt.

Ein gelbes New Yorker Taxi durchfuhr langsam die Canal Street in Richtung auf die Fabrikmauer, an der die Straße endete. Das Karosserieblech über dem linken Vorderrad war verbeult. Unmittelbar vor der Mauer stoppte das Cab. Der

Fahrer stieg aus und blieb eine halbe Minute lang so reglos vor der Mauer stehen, als denke er darüber nach, wie er sie wegräumen könne. Dann ging er nach links und verschwand aus dem engen Blickfeld, das der Bretterspalt erlaubte.

Phil schlich sich in den nächsten Raum und schob sich an ein großes Mauerloch heran, durch das die ganze Straße zu übersehen war.

Der Mann benutzte einen der zahlreichen Durchbrüche in der Fabrikmauer.

Phil sah, daß er einige Steine überkletterte. Dann entzog die Mauer ihn Phils Blick. Doch nach kaum zwei Minuten tauchte er wieder auf. Ohne Hast ging er zum Taxi. Er stieg auf der Fahrerseite ein. Der Wagen wendete und kam zurück. Vor Nr. 5 verlangsamte das Taxi die Fahrt bis zum Schrittempo. Phil erkannte, daß auf der Beifahrerseite ein zweiter Mann im Wagen saß. Er sah einen Arm und eine Hand in der Fensteröffnung.

Sobald er an Nr. 5 vorbeigerollt war, erhöhte der Fahrer die Geschwindigkeit. Sekunden später steuerte er das Taxi in die Querstraße.

Phil merkte sich, was er beobachtet hatte.

Der Fahrer war ein schlanker Weißer in einer schwarzen Lederjacke gewesen. Obwohl eine Baseballmütze sein Haar verdeckt hatte, hielt Phil ihn für blond. Von dem Mann auf dem Beifahrerplatz hatte Phil nur die Hand gesehen. Aber er war sicher, daß am Ringfinger das erste und zweite Glied fehlten.

Auch die Nummer des Taxis hatte er sich gemerkt.

GSR-4466.

Er ging in den halbdunklen Raum zurück, holte das Sprechfunkgerät aus dem Versteck und betätigte die Ruftaste.

»Wem gehört Fahrzeug GSR-4466?« fragte er. »Gelbes Taxi in üblicher Ausrüstung. Karosserie über linkem Vorderrad beschädigt.«

In Nr. 5 wurde der Vorhang vor einem Fenster zurückgezogen. In der Öffnung sah Phil die Gestalt der schwarzhaarigen Frau. Sie strich sich das Haar aus dem Gesicht, gähnte und reckte die Arme.

Eine Sekretärin mit der Figur einer Schönheitskönigin führte mich ins Chefbüro.

Hinter dem Mahagoni-Schreibtisch erhob sich Agnew Meehan.

»Guten Morgen, Mr. Cotton!« sagte er, allerdings ohne mir die Hand zu reichen. »Verzeihen Sie, daß ich Sie in Kenneth Frosts Büro empfange! Ich versuche, die wichtigsten Dinge in Fluß zu halten.«

Ich übergab ihm einen Umschlag.

»Sie finden darin den Wortlaut des neuen Geständnisses Ihres Präsidenten.«

Er riß den Umschlag auf, entfaltete den Bogen und überflog den Text. Auf seinen bleichen, aufgeblähten Wangen erschienen rote Flecken.

»Die Arbeiter werden die Verwaltung stürmen.« Er schlug mit dem Handrücken gegen das Papier. »Dieser Wisch darf nicht veröffentlicht werden.«

»Der Text wurde der Presse übermittelt, Mr. Agnew. Die Veröffentlichung ist nicht aufzuhalten.«

Er beugte sich vor und drückte zwei Knöpfe auf der Telefonanlage. Im Lautsprecher meldete sich eine Männerstimme.

»Sie wünschen, Sir?«

»Wie steht die Vornotiz unserer Aktie?«

»Minus 25-30 Punkte gegenüber der Schlußnotierung von gestern, Sir!«

»Zum Teufel, warum hatte die Erklärung des Direktoriums keine Wirkung?«

»Sir, als die Erklärung am Nachmittag bekanntgemacht wurde, erholte sich der Kurs im freien Handel geringfügig. Inzwischen kursieren Gerüchte, ein neues Geständnis des Präsidenten sei bei einer Zeitungsredaktion eingegangen.

Man munkelt von einer Veruntreuung im Bereich der Pensionsfonds.«

Wütend unterbrach Meehan die Verbindung.

»Haben Sie gehört, G-man? Die Börse weiß schon Bescheid. Der FBI und die Regierung sehen mit den Händen in den Taschen zu, wie eine der großen Firmen des Landes von ein paar verrückten Politfanatikern ruiniert wird.«

»Mr. Meehan, inzwischen zweifeln wir daran, daß Ihr Präsident von südamerikanischen Guerilleros entführt wurde. Es gibt Anzeichen dafür, daß eine Unterweltorganisation die Entführung und die Geständnisse als Dreh- und Angelpunkt für eine gigantische Börsenspekulation benutzt.«

Er reagierte überraschend heftig. »Ihre Vermutung ist unsinnig. Für solche Spekulation wären einige 100 Millionen Dollar erforderlich.«

Er kam hinter seinem Schreibtisch hervor und ging mit ausgestrecktem Zeigefinger auf mich los.

»Der FBI sucht Entschuldigungen! Weil Ihr Verein ein paar primitive Desperados nicht finden kann, erfinden Sie Märchen von überdiminsionalen Gangstern. Hören Sie gut zu, G-man! Unsere Vize-Präsidenten Smith und Donovan sind gestern abend nach Washington geflogen. Heute werden sie vom Justizminister empfangen. Ich garantiere Ihnen, daß sie kein Blatt vor den Mund nehmen werden.«

»Statt uns zu drohen, sollten Sie versuchen, die Wirkung des neuen Geständnisses abzufangen. Warum veröffentlichen Sie nicht eine Erklärung, daß die Pensionsfonds der GCC nicht angetastet wurden?«

»Das wird geschehen, G-man! Das Direktorium wird neutrale Gutachter berufen, die alle Konten, alle Bilanzen, alle Bücher überprüfen werden. Eine solche Prüfung dauert mindestens zwei Wochen. In dieser Zeit kann der Kurs bis unter pari fallen. Die Börse glaubt schlechten Gerüchten leichter als guten Nachrichten.«

Er wechselte von dem feindseligen Ton zur Vertraulichkeit.

»Es gibt einen besseren Weg, den Kurssturz unserer

Aktien aufzuhalten. Wenn wir Nachrichten in die Presse lancieren könnten, daß der FBI den Entführern dicht auf den Fersen säße, würde ich mir davon eine positive Wirkung versprechen.«

»Es wäre keine Nachricht, sondern eine Lüge.«

Er rückte an der goldgeränderten Brille. Die farblosen Augen blickten mich durchdringend an.

»Judy Finnigan?« Er sprach den Namen mit besonderer Betonung aus. »Sie muß Kontakt zu den Entführern gefunden haben.«

»Mag sein, obwohl ich nicht daran glaube. Wer ein 100-Millionen-Dollar-Geschäft anpeilt, gefährdet seinen Plan nicht wegen 100 000 Dollar.«

»Ich sage Ihnen noch einmal, G-man, daß Ihre Superspekulationstheorie barer Unsinn ist! Frosts Entführer wissen, daß sie von Goron Chemical keinen Cent erpressen können. Für hemdlose Guerilleros sind 100 000 Dollar ein riesiges Vermögen.«

»Ich besitze keine Informationen über Judy Finnigan, die für die Presse geeignet wären.«

»Es genügt, den Journalisten anzudeuten, der FBI sei dabei, mit Hilfe von Judy Finnigan und ihrem 100 000-Dollar-Angebot die Kidnapper zu finden.«

»Diese Nachricht würde den Tod für Frost und Finnigan bedeuten.« Als er schwieg, setzte ich hinzu: »Sie haben bei unserem letzten Gespräch angedeutet, daß für den Konzern ein toter Präsident leichter zu verkraften sei als ein lebender Präsident, der sich Geständnisse abpressen läßt. Weder der FBI noch ich teilen diese Meinung. Guten Morgen, Mr. Meehan.«

Der Lift brachte mich von der 39. Etage zum unterirdischen Parkraum des GCC-Wolkenkratzers. Ich stieg in den Jaguar und fuhr ihn auf die Straße.

Die Zentrale meldete sich. »Wir haben eine Nachricht von Phil. Er beobachtete ein Taxi mit dem Kennzeichen GSR-4466. Zwei Insassen. GSR-4466 ist ein gefälschtes Nummernschild. Unter dem Kennzeichen läuft ein Mercury.«

»Sah Phil die Insassen so gut, daß er sie beschreiben konnte?«

»Teilbeschreibung! Identifizierungsversuch läuft.«

»Ist es ausgeschlossen, daß einer der beiden Ray Hamer war?«

»Ausgeschlossen! Der Computer verneint jede Übereinstimmung.«

»Wie haben sich die Männer verhalten? Was haben sie in der Canal Street getan?«

»Einer von ihnen hat für wenige Minuten das Gelände einer stillgelegten Fabrik am Ende der Canal Street betreten. Außerdem hatte Phil den Eindruck, daß sie bei der Rückfahrt das Haus Nr. 5 besonders beobachteten.«

»Danke! Ist bei Phil alles in Ordnung?«

»Keine besonderen Vorkommnisse in Nr. 5.«

Ich klemmte den Hörer in die Halterung. Die Nachricht beunruhigte mich. Aus einem Taxi war der Fahrer des Mordautos erschossen worden. Zwei Männer in einem Taxi tauchten in der Canal Street auf. Judy Finnigan wurde in die Canal Street gelockt. Alles schien sich auf diese halbe Quadratmeile des schlimmsten New Yorker Slums zu konzentrieren.

Im Zion Hospital bewachte ein uniformierter Polizist das Zimmer, in dem Nathalie Wood lag.

Das Gesicht des Mädchens war zur Hälfte verpflastert. Als ich eintrat, richtete sie sich auf.

»Ich habe auf Sie gewartet, G-man«, sagte sie. In den großen dunklen Augen las ich Angst und Haß. »Collani hat die Killer geschickt.«

Ich zog einen Stuhl ans Bett. »Wie fühlen Sie sich, Lana?«

»Ich habe es überstanden, G-man. Der Doc sagt, es sei ein Wunder, daß der Lastwagen mich nicht zermalmt hat. Haben Sie auf den Fahrer geschossen?«

»Ja, ich versuchte, ihn zu stoppen, aber ...«

Sie ließ mich nicht aussprechen. »Collani«, wiederholte sie und griff nach meiner Hand. »Verhaften Sie Collani! Er schickte die Killer!«

»Für Collani ist gesorgt, Lana«, antwortete ich ausweichend. »Erzählen Sie der Reihe nach! Haben Sie versucht, Collani zu erpressen?«

»Ja, ich verlangte Geld.«

»Für Ihr Schweigen, oder?«

Sie nickte.

»Was sollten Sie verschweigen?«

Ich sah die Unruhe in ihrem Blick.

»Lana, ich weiß, daß Sie mich belogen haben, aber ich werde es vergessen, wenn ich jetzt die Wahrheit erfahre. Danny Webb, der Bodyguard, kam nicht nur Ihretwegen ins Africa 2000. Richtig?«

»Ich wurde auf ihn angesetzt. Ich hatte den Auftrag, Danny den Kopf zu verdrehen, ihn weich zu machen.«

»Von wem?«

»Von Collani. Als Danny so weit war, daß er Geld brauchte, brachte ich ihn mit Collani zusammen. Danny wurden zehn Prozent vom Lösegeld für den Präsidenten versprochen. Er rechnete mit einer Million Dollar für sich.« Leise setzte sie hinzu: »Und für mich!«

»In der Nacht, in der wir die Razzia durchführten, saßen Sie nicht mit Webb zusammen?«

»Danny saß mit Collani und dem Mann, den Sie suchten, an einem Tisch.«

»Mit Ray Hamer?«

»Ja, G-man. Dieser Mann und Danny Webb trafen sich zum vierten Mal.«

»Immer im Nachtclub?«

»Ja, aber ihre Gespräche führten sie in Collanis Wohnung. Danach kamen sie in die Bar, weil Hamer die Mitternachtsshow sehen wollte.«

»War Hamer allein?«

Sie nickte. »Nur beim ersten Mal brachte er zwei Männer und eine Frau mit.«

»Beschreiben Sie die Männer!«

»Ich kann Ihnen die Namen nennen«, sagte sie. »In jener Nacht ließ Collani den Club um zwei Uhr schließen. Alle

Gäste wurden an die Luft gesetzt. Sechs Mädchen blieben zurück. Ich war darunter. Wir haben eine Spezialshow, die Collani manchmal für besonders gute Gäste hinter geschlossenen Fenstern und Türen aufführen läßt. In der Nacht machten wir die Show für Hamer und seine Begleiter.«

Sie atmete tief ein. »Einer von ihnen war mittelgroß und blond. Als er betrunken war, wollte er, daß wir alle auf das Wohl seines Heimatstaates, auf Texas, trinken. Er hieß Jim Boone. Der andere Mann stammte aus New York. Sein Name lautete Bran Donnell. Er war farbig wie ich. Kein wirklicher Schwarzer, verstehen Sie, aber ein oder zwei Dunkelhäutige unter den Vorfahren.«

»Und die Frau?«

»Irgend etwas Südamerikanisches. Langes, schwarzes Haar, zuviel Busen, zu breite Hüften. Englisch sprach sie mit dem entsprechenden Akzent.«

Ich stand auf.

»Danke, Lana! Ihre Aussagen sind wichtig.«

»Und Collani? Er ist der Drahtzieher. Um ihn müssen Sie sich zuerst kümmern.«

»Sie schätzen George Collani falsch ein. Er war nur ein Gehilfe, nur ein Bauer im großen Schachspiel. Und er wurde vom Brett genommen, als er nicht länger gebraucht wurde.«

»Ich verstehe nicht«, sagte sie.

»Collani wurde erschossen«, antwortete ich lakonisch.

Zwischen dem Dröhnen von zwei Subway-Zügen reichte Clement Finnigan seinem Mitgefangenen eine offene Bierdose.

»Ken, trinken Sie einen Schluck, und geben Sie die Hoffnung nicht auf!«

Frost, der auf der Pritsche saß, hob den Kopf. Seine Augen lagen tief in den Höhlen. Das Haar hing wirr in die Stirn. Seine Lippen zitterten.

»Sie werden uns umbringen«, flüsterte er. »Ich weiß, daß sie uns umbringen ...«

Das Dröhnen des Zuges übertönte die Worte. Finnigan wartete, bis das Grollen abgeklungen war.

»Sie sehen zu schwarz, Ken! Diese Gangster sind auf irgend etwas aus, das sie nur mit unserer Hilfe bekommen können. Also werden sie uns so lange leben lassen, bis sie ihr Ziel erreicht haben. Jeder Tag bedeutet für uns eine neue Chance.«

»Sie wollen kein Geld«, sagte Frost tonlos.

»Klar wollen sie Geld, und ich mache mir 'ne Menge Sorgen darüber, daß Judy ihnen nutzlos 100 000 Dollar in den Rachen wirft. Ich glaube nicht, daß ein alter, arthritischer Bursche wie ich 100 000 Dollar wert ist.«

»Ich habe Millionen geboten«, stöhnte Frost. »Sie haben nur gelacht.«

Wieder bebte der Boden unter ihren Füßen, und das Grollen verschlang ihre Worte.

»Hauptverkehrszeit«, sagte Finnigan. »Dichte Zugfolge. Bleibt die Frage, ob Morgen oder Abend ist.«

Die Riegel kreischten. Die Tür wurde aufgerissen. Finnigan drehte sich um. Frost stand von der Pritsche auf. Beiden wurde bewußt, daß die Glühbirne nicht erloschen war wie sonst, wenn die Entführer kamen. Sie brannte weiter, und die Männer, die hereinkamen, benutzten keine Taschenlampen und waren nicht maskiert. Frost und Finnigan sahen sich einem blonden, mittelgroßen Mann und einem hochgewachsenen Schwarzhaarigen gegenüber. Der Blonde trug eine großkarierte Jacke, ein weißes Hemd und einen stark farbigen Schlips. Sein Gesicht war grob geschnitten mit kurzer, aufgestülpter Nase, breitem Mund und aufgebogenem Kinn. Der Schwarzhaarige steckte in hautengen Jeans. Ein breiter Gürtel aus Krokodilleder betonte die schmale Taille. Unter dem weißen T-shirt zeichneten sich die Muskeln des Oberkörpers ab. Die Haut hatte die Farbe von Milchkaffee, und das Haar war leicht gekraust.

Der Blonde zog die Lippen von den Zähnen. »Hallo, Jungens!« rief er. »Wie gefallen wir euch ohne Maske?«

Ein Subway-Zug röhrte durch den nahen Tunnel. Der

Blonde verzog das Gesicht. Als das Dröhnen verebbt war, schüttelte er den Kopf und wandte sich an den Schwarzhaarigen.

»Bran, ich wundere mich, daß der Krach die Jungens noch nicht um den Verstand gebracht hat.« Er winkte den Gefangenen.

»Kommt, Leute!«

»Wohin wollen Sie uns bringen?« Frosts Stimme zitterte. Finnigan faßte seinen Arm.

»Stellen Sie keine Fragen, die Ihnen doch nicht beantwortet werden, Ken!« sagte er energisch und zog Frost zum Ausgang. Er dirigierte den GCC-Präsidenten an den Männern vorbei.

Der Blonde lachte: »Sehr vernünftig, Old Clement!«

Über die Stahltreppe, die Finnigan kannte, gelangten sie in jenen Raum, in dem ihm Judys Fernsehaufruf an die Entführer gezeigt worden war. Damals hatte Finnigan von dem Raum und der Einrichtung nichts gesehen als die Tischlampe und das Rechteck des TV-Gerätes. Heute erhellten Glühlampen an der Decke das Zimmer. Von den Wänden blätterte der Putz. An der Decke zeichneten sich große Schimmelflecke ab. Leitungen hingen frei an den Wänden.

Hinter einem gewöhnlichen Tisch saß ein großer, magerer Mann. Er hatte ein zerklüftetes, häßliches Gesicht, das sein Alter nicht schätzen ließ. Die Augen waren glanzlos. Pupille und Iris verschmolzen übergangslos. Der nahezu lippenlose Mund saß wie eine Kerbe über dem massigen Kinn. Im Gegensatz zum Aussehen des Mannes glänzte das dichte, schwarze und kurzgeschnittene Haar seidig wie Frauenhaar.

Die Stimme paßte zum Gesicht. Sie klang schnarrend, heiser und bösartig wie das Rasseln einer Klapperschlange.

»Ihr stinkt«, sagte der Mann hinter dem Tisch.

Finnigan ließ sich nicht einschüchtern. »Natürlich stinken wir«, blaffte er. »Wenn Sie eine Woche lang unter unseren Bedingungen leben müßten, würden Sie wie ein Misthaufen riechen, denn bei Ihnen stänke auch noch der Charakter.«

Ein Faustschlag des Blonden traf ihn zwischen die Schulterblätter. Er stolperte nach vorn und mußte sich am Tisch abfangen.

»Halt dein großes Maul, Old Clement!« sagte der Mann hinter dem Tisch. »Denk daran, daß wir uns mit Judylein auf eine Weise beschäftigen können, die dir nicht gefallen würde!«

Die glanzlosen Augen richteten sich auf Frost. »Komm her!«

Frost trat an den Tisch.

»Setz dich!«

Gehorsam ließ sich Frost auf den Stuhl vor dem Tisch sinken. Er sah den Recorder in der Hand des häßlichen Mannes. Ein weißes Blatt wurde über die Tischplatte geschoben.

»Das Verfahren kennst du! Lies!«

»Ich, Kenneth Frost, Präsident der Goron Chemical Company, gebe zu«, las Frost, »daß jährlich zwischen 20 und 30 Millionen Dollar für private Ausgaben als geschäftliche Unkosten verbucht wurden. Ferner wurden wertvolle Grundstücke aus Firmenbesitz zu niedrigen Preisen an Verwandte des Präsidenten und der Direktoren verkauft. Dadurch entstanden der Company und den Aktionären Verluste von ungefähr 50 Millionen Dollar.«

Das Donnern der Subway-Züge war in diesem Raum nur als fernes Gewittergrollen vernehmbar.

»Heute haben wir ein längeres Programm«, sagte der Mann hinter dem Tisch. Er holte die Kassette aus dem Recorder, legte sie nach links, nahm von einem Stapel, der aus acht oder zehn Kassetten bestand, eine unbespielte und schob sie in das Aufnahmegerät.

»Nächster Durchgang!« Er gab Frost ein zweites Blatt, und Frost las: »Ich, Kenneth Frost, Präsident der Goron Chemical Company, gebe zu, daß ...«

Das Geständnis betraf einen Versicherungsbetrug. Auf dem Wege nach Japan war ein Frachter mit einer Ladung des Konzerns explodiert. Das Geständnis behauptete, der Frachter sei absichtlich in die Luft gejagt worden. Die Versicherungssumme habe er, der Präsident, auf seine Privatkonten geleitet.

Nichts davon war wahr, obwohl Frost sich erinnerte, daß die GCC tatsächlich eine Ladung bei einem Schiffsunfall verloren hatte. Die Gangster verdrehten den Unglücksfall zu einem Versicherungsbetrug.

Wieder wurde die Kassette gewechselt. Frost erhielt ein drittes Blatt. Alle Texte waren mit Schreibmaschine geschrieben.

»Ich, Kenneth Frost, Präsident der Goron Chemical Company ...«, las Frost widerstandslos.

Betrug und Manipulationen beim Rohstoffhandel im Wert von 80 Millionen Dollar gestand er ein.

Der GCC-Präsident las das vierte, fünfte und sechste Geständnis. Alle betrafen geschäftliche Vorgänge innerhalb des Konzerns, die von ihm und den Direktoren zu Betrügereien benutzt worden sein sollten. Sie rankten sich um einen realen Kern, so daß sie glaubwürdig klangen. Die Leute, die die Geständnisse verfaßt hatten, besaßen zweifellos Informationen über die vielfältigen Unternehmungen der Firma.

Das siebte Geständnis, das ihm zugeschoben wurde, war länger als alle anderen. Während unter ihnen ein Subway-Zug rumorte, überflog Frost den Text.

Er erschrak. Was er las, waren keine Phantasiebeschuldigungen, keine erlogenen Geschichten von verschobenen Millionen und von dunklen Geschäften. In diesem Geständnis stimmten jeder Name und jede Behauptung.

»Ich warte«, sagte der Häßliche. »Kann ich einschalten?«

»Das lese ich nicht!« rief Frost.

Die Hand des Blonden, der dich hinter ihm stand, legte sich schwer auf seine Schulter

»Mann ...«, sagte er gedehnt, »deine Bartstoppeln sind schon lang genug, um Feuer zu fangen.« In der linken Hand ließ er die Flamme eines Feuerzeugs aufspringen.

»Keine Eile, Jim!« Der Anführer beugte sich vor.

»Wenn du sechs Geständnisse vorgelesen hast, warum willst du das siebte nicht lesen?«

Frost verlegte sich aufs Bitten. »Wenn Sie mich freilassen, werde ich dafür sorgen, daß jede Verfolgung eingestellt wird. Ich verspreche Ihnen, daß Sie jede Summe, die Sie verlangen, auch erhalten werden. Bitte, geben Sie mir eine Chance!«

»Beantworte meine Frage! Warum willst du Geständnis Nr. 7 nicht lesen?«

»Das wissen Sie selbst!«

»Ich weiß nichts. Mein Auftrag lautete, dich zu kassieren und dich gut zu verwahren. Selbstverständlich kann ich mir leicht ausrechnen, daß mit dir ein Millionenkarussell in Schwung gesetzt wird. Die Organisation, für die ich arbeite, gibt sich nicht mit Kleinigkeiten ab. Ich verstehe, daß deine vorfabrizierten Geständnisse ein wichtiger Bestandteil des großen Spiels sind. Alle hast du ohne großen Widerstand vorgelesen. Ich bin neugierig. Was ist besonderes an dem letzten Text?«

»Die Namen sind echt«, antwortete Kenneth Frost tonlos. »Die Tatsachen stimmen.«

Der häßliche Mann lachte. »Ah, jetzt begreife ich, warum du dich zierst. Wie anständig von dir, nicht über die häßlichen Flecken auf der weißen Weste deiner Freunde sprechen zu wollen! Warum, Mann? Glaubst du, sie weinen dir eine Träne nach? Sie würden nicht einmal erfahren, daß du sie geschont hast. Also, leg los. Lies vor, was du vorlesen sollst! Zwing mich nicht, Jim freie Hand zu lassen. Wenn er sich mit dir beschäftigt, wirst du spätestens nach zehn Minuten deinen Widerstand aufgeben.«

Frosts Hand zitterte. »Ich kann nicht ...«, stammelte er.

»Gib ihm einen Drink, Bran!«

Der große Gangster brachte eine Flasche Whisky, füllte ein Wasserglas und schob es über den Tisch.

»Trink!« befahl der Häßliche.

Kenneth Frost gehorchte. Der Alkohol beizte seinen Gaumen. Er erlitt einen Hustenanfall. Wütend versetzte der Blonde ihm harte Schläge zwischen die Schulterblätter.

»Spiel uns nichts vor!«

»Ich schalte jetzt den Recorder ein.« Der Anführer nickte dem Blonden zu. Der nahm Frost das Glas aus den Fingern. Es enthielt noch einen Rest Whisky. Diesen Rest goß der Blonde auf Frosts Kopf.

Frosts Widerstandswille brach zusammen. Mit beiden Händen griff er nach dem Blatt Papier und las:

»Ich, Kenneth Frost, Präsident der Goron Chemical Company, unterhielt während des Jahres 1976 ein intimes Verhältnis mit Alice Sherington, die zu dieser Zeit mit Bernie Sherington verheiratet war. Im selben Jahr gab ich eine Reihe von Partys, zum Teil auf dem Landsitz in Norwalk, andere in einem gemieteten Bungalow in Palm Beach während der Monate Februar und März. Außerdem im Juli und August je zwei Partys auf meiner Segeljacht Flying Arrow. An diesen Parties nahmen folgende Personen teil: 1. Warren Ayse, 58 Jahre, verheiratet, Besitzer der Ayse Ltd. und der Kaufhauskette Ayse Discount Service. 2. Paul Callan, 42 Jahre, Chef der North Oil Enterprises, 3. Reginald Danes, 53 Jahre, Besitzer der ...«

Die Liste umfaßte 18 Namen, alphabetisch geordnet, Namen von Wallstreet-Größen, von Politikern und hohen Verwaltungsbeamten und von drei Topstars aus dem Showgeschäft. Als Frost den letzten, den 18. Namen vorgelesen hatte, stoppte ihn eine Handbewegung des Häßlichen.

»Sprich deutlicher! Willst du trinken, bevor du weiter liest?« Er schnippte mit den Fingern. Der große Gangster mit der getönten Haut füllte einen Pappbecher mit Eiswasser und reichte ihn Frost.

Reglos wartete der Anführer, bis Frost das Wasser bis zum letzten Tropfen getrunken hatte.

»Weiter!«

»Zu allen Partys wurden Mädchen beschafft. In Norwalk und bei den Festen auf meiner Segeljacht gehörten sie zu New Yorker Callgirlringen. In Florida handelte es sich um Mädchen kubanischer Abstammung. Zwischen den Gästen und den Mädchen kam es zu intimen Beziehungen. Einige Partys entwickelten sich zu hemmungslosen Orgien.«

Frost ließ das Papier, von dem er abgelesen hatte, sinken.

Der Anführer nahm die Kassette aus dem Recorder. Er legte sie nicht zu den anderen, sondern steckte sie in die Jackentasche.

»Achtzehn Leute, denen man mit deiner Hilfe die Daumenschrauben anlegen wird«, sagte er. »Ich bewundere die Schlauheit meiner Auftraggeber. Du bist das erste Entführungsopfer, für das kein Lösegeld verlangt wird. Trotzdem verhilfst du den Bossen zu einem gigantischen Geschäft.«

Er drehte den Kopf und sah Finnigan an.

»Old Clement, im Vergleich zu den vielen Millionen, die der Präsident abwirft, sind deine 100 000 Dollar ein Trinkgeld. Ich bin ein bescheidener Mann. Die 100 000 Dollar bedeuten immerhin eine Verdoppelung meines Honorars.«

»Wann lassen Sie uns frei?« fragte Finnigan. »Reden Sie nicht herum, sondern sagen Sie klar und deutlich, was wir zu erwarten haben!«

»Langsam, Alter! Noch heute werden wir Judys Pappkarton öffnen und die Dollars nachzählen.«

Finnigan stemmte beide Hände auf den Tisch und beugte sich vor.

»Wenn Sie Judy ein Haar krümmen, Mann, werden Sie es in der Hölle bereuen.«

»Du hast Pech, Old Clement. Ich glaube nicht an die Hölle!«

Er machte eine wegwerfende Handbewegung. »Bringt sie zurück!«

Der Blonde packte Finnigans linken Arm und drehte ihn so brutal nach oben, daß der alte Mann einen Schmerzensschrei ausstieß.

»Du bist ein widerspenstiger Bursche, Clement! Dich haben wir zu sanft behandelt. Öffne die Tür, Bran!«

Der andere Gangster führte Frost aus dem Raum. Finnigan wurde von dem Blonden vorwärtsgestoßen. An der Stahltreppe ließ der Mann den Arm seines Opfers los, stellte ein Bein vor und sorgte dafür, daß Finnigan das Gleichgewicht verlor und ein paar Stufen der Treppe hinunterstürzte. Mühsam richtete er sich auf, stolperte nach unten und blieb dort atemlos liegen.

»Steh auf, Alter!«

Finnigan versuchte wieder aufzustehen. Obwohl alle Glieder schmerzten, hatte er den Sturz ohne ernstliche Verletzung überstanden.

Er stützte sich an der Wand ab und hinkte in das Gefängnis zurück, in das der andere Gangster Frost schon gebracht hatte.

Die Tür schloß sich. Die Riegel wurden vorgeschoben.

Finnigan wankte zu den Wassereimern, trank und wusch sich Hände und Gesicht.

Kenneth Frost hatte sich auf die Pritsche sinken lassen. Als Finnigan sich neben ihn setzte, schreckte er aus tiefen Gedanken auf und sagte: »Haben Sie gesehen, Clement, daß die Männer keine Südamerikaner sind, sondern Weiße?«

»Ken, ich sagte Ihnen schon beim letzten Mal, daß wir es trotz allem Firlefanz mit den Kapuzen und den blendenden Taschenlampen mit Landsleuten zu tun hätten, mit ganz gewöhnlichen US-Gangstern.«

»Das ist gut für uns, Clement!« Aus aufgerissenen Augen starrte Frost seinen Mitgefangenen an. »Gangster sind keine Fanatiker. Sie wollen Geld. Diese Männer werden uns nicht aus politischen Motiven töten.«

»Nicht aus politischen Motiven«, wiederholte Finnigan. »Da haben Sie recht!«

Frost fiel der bittere Ton auf.

»Was meinen Sie, Clement?« fragte er voll Angst und Unruhe.

Finnigan wunderte sich, daß der andere die Unabwendbarkeit ihres Schicksals nicht wahrhaben wollte und die sicheren Zeichen nicht erkannte. Viele Tage und bei jeder Begegnung hatten die Gangster ihre Gesichter verborgen. Wenn sie plötzlich auf Masken und blendendes Licht verzichteten, gab es dafür nur eine Erklärung: er und Frost würden nie die Gelegenheit haben, ihre Entführer zu identifizieren. Das Todesurteil war gefällt, und es blieb nur die Hoffnung auf einen schnellen und schmerzlosen Tod.

»So antworten Sie doch!« drängte Frost.

Finnigan wandte den Kopf. Warum soll ich ihn mit der Wahrheit ängstigen, dachte er.

»Ja, ich glaube, jetzt, da wir wissen, daß diese Bastarde gute Amerikaner sind, dürfen wir uns Hoffnung auf ein gutes Ende machen«, sagte er laut.

Sogenannte Terminals verbinden das FBI-Hauptquartier New York mit drei großen Polizeicomputern: dem zentralen Archivcomputer des FBI in Washington, dem New Yorker State Police Registration System und der elektronischen Daten- und Informationssammlung der New Yorker City Police.

Mr. High war mit mir in den Terminalraum gekommen. Wir standen hinter dem Techniker, der Washington anwählte und, nachdem das Bereitschaftssignal auf dem Bildschirm aufgeleuchtet war, die Frage nach Jim Boone eintippte.

Für zwei Sekunden blieb der Bildschirm leer. Es war wie die Nachdenkpause eines menschlichen Wesens. Dann erschienen in schneller Folge Zeile um Zeile auf der Mattscheibe.

»James – Jim – Jefferson – Boone, geb. 3. 6. 44 – Dallas/Texas – Weißer – 5 Fuß 2 Zoll – blond – blaue Augen – ohne besondere Merkmale – Fingerabdruckregister 366707900 ABf 5503 – Erste Strafe 1962 wegen Raubüberfalls State Court Dallas – 5 Jahre – verbüßt 3 Jahre 4 Monate – verdächtigt der Beteiligung an Verbrechen in Memphis, Denver, Boston. – Weitere Informationen vorhanden unter Kennziffern ...«

Es folgten lange Zahlen- und Buchstabenkombinationen der jeweiligen State-Police-Registraturen. Danach lieferte der Computer folgende Mitteilung:

»Boone wurde in Florida und New Jersey als Begleiter

Ray Hamers beobachtet. Zusammenarbeit mit Hamer wahrscheinlich. Gefährlichkeitsgrad: 18.«

Mr. High und ich wechselten einen Blick. »Das ist er«, sagte mein Chef und tippte dem Techniker auf die Schulter. »Ausdrucken, bitte!«

»Sofort, Sir!« Auf einen Knopfdruck begann die elektronisch gesteuerte Schreibmaschine in rasender Geschwindigkeit Textzeilen zu hämmern.

Über einen zweiten Terminal wurde das Zentralarchiv nach Bran Donnell befragt. Die Antwort fiel spärlich aus.

»Branford Donnell, geb. 19. 9. 38 New York/N.Y. registriert New York City Police unter ...«

Wieder folgte eine Buchstaben-Ziffer-Kombination.

Mr. High lächelte. »Der Mann ist in unserer nächsten Nachbarschaft zu Hause. Richten Sie die Frage an den City Police Computer!«

So karg die Antwort Washingtons ausgefallen war, so viel wußte das elektronische Archiv der City Police über Branford Donnell. Geboren war er in der südlichen Bronx. Er hatte diesen Teil der Stadt nie verlassen, abgesehen zur Verbüßung von zwei Freiheitsstrafen am Beginn seiner Laufbahn. Donnell hatte sich zum Herrn eines Bezirks gemacht, in dem die staatliche Ordnung zusammengebrochen war. In einigen Gebieten von New York, in Harlem, im südlichen Brooklyn, in Queens und vor allem in der Bronx, gibt es Blocks, Straßenzüge und Areale, die für die Behörden unkontrollierbar geworden sind. Sie bleiben sich selbst überlassen wie eine aufgegebene Stadt im Dschungel. Die Bewohner dieser Bezirke führen das Leben von Dschungeltieren, ständig auf der Suche nach Beute und immer in der Angst, selbst einem Stärkeren als Beute zum Opfer zu fallen. Sie bilden Cliquen und Banden zur besseren, gemeinsamen Jagd und zum gegenseitigen Schutz. Sie brechen aus dem Dschungel zu Raubzügen in benachbarte Quartiere auf. Und wer sich in ihren Bereich wagt, fällt ihnen erbarmungslos zum Opfer.

Manchmal gelingt es einem besonders schlauen, besonders brutalen Mann, sich zum Herrscher eines solchen Gebietes hochzukämpfen, das von den Männern der Stadtverwaltung, den Polizisten und der Feuerwehr ein ›Black-out-Bezirk‹ genannt wird.

Der Mann füllte das Vakuum, das der Rückzug der öffentlichen Ordnung hinterlassen hat. Allerdings ist er nicht an Ordnung interessiert, sondern nur an der Macht. Er duldet Gewalt, Raub und Ausbeutung. Rauschgifthandel und Prostitution, Glücksspiel und Erpressung läßt er schrankenlos wuchern, betreibt sie entweder selber oder kassiert seinen Anteil am Gewinn. Wenn er sich lange genug gegen Neid und Tücke der anderen, die er unterdrückt, behaupten kann, wird er vielleicht reich. Mag sein, er hat fette Konten bei einer hübschen, sauberen Bank in Midtown-Manhattan, einen Bungalow an der Küste oder eine Wohnung am Central Park. Aber er darf seinen Black-out-Bezirk nie verlassen, oder er würde in weniger als 48 Stunden die Macht verlieren. Das Gesetz des Dschungels, das jedes Raubtier zwingt, sein Revier ständig zu verteidigen, gilt auch für ihn. Die Cops nennen einen solchen Mann ›Slum-Tiger‹.

Branford Donnell, der Mann, der zusammen mit Ray Hamer in Nachtclub Africa 2000 gesehen worden war, galt als Slum-Tiger eines Gebietes zwischen Harlem River und der East 149th Street. Canal Street, die anstoßenden Blocks und die aufgegebenen Fabriken waren das Zentrum des Stück Dschungels, in dem er herrschte.

So sah das Bild Donnells aus, das sich aus den nüchternen Tatsacheninformationen, die der Computer übermittelte, zusammensetzen ließ. Die letzte Nachricht betraf eine Frau. Auf dem Bildschirm erschien die Zeile:

»D. wurde gesehen mit einer Frau, die als Juana Zernez identifiziert wurde, mexikanischer Herkunft, etwa 30 Jahre alt. Keine sonstige Registrierung bekannt.«

»Ausdrucken!« befahl Mr. High.

Wir fuhren ins Chefbüro. Mr. High trat vor die große Karte New Yorks, die die Stirnwand des Arbeitszimmers einnimmt.

»Canal Street!« Er wies auf die Einzeichnung. »Jerry, ich denke, wir wissen, wo wir suchen müssen.«

»Planen Sie eine große Razzia, Sir?«

Abwehrend hob er beide Hände. »Nein, Jerry! Bei einer großen Razzia fänden wir nur Leichen. Gehen Sie in das Gebiet! Unterstützen Sie Phil! Nur wenn Sie herausfinden, wo Kenneth Frost und Clement Finnigan gefangengehalten werden, können wir so schnell zuschlagen, daß Mord nicht mehr möglich ist.«

Er blieb neben seinem Schreibtisch stehen. »Wenn sich alles so abgespielt hat, wie ich vermute, dann wurden der Präsident der GCC und Clement Finnigan im Auftrag des Trust von Ray Hamer entführt. Finnigan wurde ein zufälliges Opfer der Entführung. Die 100 000 Dollar, die für ihn verlangt werden, sind keine Forderung des Trust, sondern eine Privatforderung Hamers. Er kann der Versuchung nicht widerstehen, einen fetten Schnitt auf eigene Rechnung zu machen. Hamers Gehilfen sind Jim Boone, der schon früher mit ihm gearbeitet hat, und Bran Donnell, den sie ins Team aufgenommen haben, weil er der Boß eines Black-Out-Bezirkes ist. Aus diesem Grund lotsten sie Judy Finnigan und das Lösegeld in eine Straße des Bezirks. Die Beschreibung der Frau in Nr. 5 paßt auf Donnells Freundin Juana Zernez. Die Gangster holten sich ihr drittes Opfer und die 100 000 Dollar in Reichweite, um im passenden Augenblick schnell kassieren zu können.«

»Bis jetzt haben wir Hamer für einen Berufsmörder gehalten, Sir. Warum wurde er vom Trust für ein Kidnapping eingesetzt?«

»Die Antwort ist einfach, Jerry. Von Anfang an war eingeplant, daß diese Entführung mit Mord endet.«

Ray Hamer kämmte das tiefschwarze, frauenhaft-weiche Haar. Er benutzte einen Handspiegel, den er gegen den Recorder gelehnt hatte. Als Jim Boone und Bran Donnell zurückkamen, steckte er den Kamm in die Brusttasche. Mit den Handflächen drückte er das Haar an den Schläfen zurecht.

Bran Donnell sagte lächelnd: »Juana nimmt sich weniger Zeit für ihre Frisur als du, Ray.«

Hamer hob den Kopf. Der Blick der glanzlosen Augen traf den anderen. Donnells Lächeln verschwand wie weggewischt.

The Prof blickte auf die Armbanduhr.

»In fünf Stunden machen wir Schluß«, sagte er. »Ich bin verdammt froh, dieses Loch mit einem erstklassigen Hotelzimmer zu vertauschen.«

»Bleibst du in New York?« fragte Donnell.

»Zum Teufel, nein! Jim und ich fahren nach Süden. In Newport wartet eine seetüchtige Jacht auf uns, mit der wir nach Jamaica schippern werden. Ich denke, daß wir ein paar Monate in der Sonne faulenzen werden, bis die Schnüffler die Hoffnung aufgegeben haben, mich bei einer Razzia zu erwischen. Ich hasse es, in einem Land zu leben, in dem man ständig die Tür im Auge behalten muß.«

»Was geschieht mit Frost und dem Alten?« fragte Donnell.

Hamer antwortete mit einem Fingerschnippen, dessen Bedeutung nicht zweifelhaft war.

»Mit welcher Methode?«

The Prof zog die Augenbrauen hoch.

»He, Bran, misch dich nicht in meine Arbeit!«

»Das ist mein Gebiet«, beharrte Donnell. »Wenn sie hier gefunden werden, bekomme ich den Ärger. Ich will wissen, auf welche Weise sie abgeräumt werden.«

»Ich begreife nicht, warum du in dieser dreckigen Höhle lebst«, sagte Hamer kopfschüttelnd. »Du machst 50 000 Dollar auf einen Schlag. Statt den Zaster an irgendeinem Platz zu verjubeln, wo die Welt schön und hell ist und du über ein paar Dutzend knackige Weiber stolperst, wenn du nur 100 Yards am Strand entlanggehst, willst du zwischen Ruinen und Müllbergen hausen. Sag mir, warum, Bran!«

»Weil ich hier der Boß bin. Hier stößt mich niemand herum, sondern ich bin der Mann, der die Befehle gibt.«

Der blonde Jim Boone lachte. »Bis dir irgendwer, dem deine Befehle nicht schmecken, ein Messer zwischen die Schulterblätter bohrt. Mann, Bran, ich bin selbst in 'ner Gegend wie dieser aufgewachsen! Aber als ich die ersten 100 Dollar ergattert hatte, machte ich mich aus dem Staub.«

Donnells Gesicht blieb unbewegt.

»Beantworte meine Frage, Ray!«

»Okay, wir lassen nichts herumliegen, was dir schlaflose Nächte bereiten könnte. Nur aus diesem Grund warten wir bis zum Einbruch der Dunkelheit. Zufrieden, wenn wir sie versenken? Das Gelände stößt an den Harlem River. Wirst du uns tragen helfen?«

»Wann bekomme ich mein Geld?« fragte Donnell statt einer Antwort.

»20 000 Dollar stehen dir als Anteil von meiner Bezahlung zu«, schnarrte Hamer. »30 000 Dollar bekommst du von Old Clements 100 000 Dollar. Vorausgesetzt, du kannst das Geld in diesen Raum schaffen, ohne die Schnüffler gleich mitzubringen.«

»Das Mädchen ist sauber. Sie wird nicht überwacht. Seit drei Tagen beobachten meine Leute alle Straßen. Kein Cop ist in der Nähe.«

»Wenn du sicher bist, dann geh und hol das Geld!«

Bran Donnell zündete eine Zigarette an. Er rauchte in hastigen, nervösen Zügen.

Hamer beobachtete ihn. Seine Mundkerbe krümmte sich zu einem dünnen Lächeln.

»Noch andere Sorgen, Bran?«

Donnell gab sich einen sichtlichen Ruck, bevor er sprach:

»Ray, dein Auftraggeber ist der Trust. Ich bin von George Collani für diesen Job geheuert worden. Jim hast du mitgebracht. Eine Zeitlang glaubte ich, Collani sei ein wichtiger Mann in der Trust-Organisation, vielleicht sogar der Kopf. Seit er umgelegt wurde, weiß ich, daß er nur ein Gehilfe gewesen sein kann. Ray, ich möchte wissen, ob du die Männer an der Spitze des Trust kennst?«

»Du stellst zu viele Fragen und du machst dir zu viele

Gedanken.« Hamer lehnte sich zurück und legte die Füße auf die Tischplatte. »Ich kenne eine Telefonnummer.«

»Eine Telefonnummer kenne ich auch«, sagte Donnell. »Wenn ich sie wähle, meldet sich eine Tonbandstimme und erklärt, das Gespräch werde aufgezeichnet.«

Hamer stieß ein kurzes, schnarrendes Gelächter aus.

»Die True Staff Agency! Die Agentur für ehrliches Personal! Eine zuverlässige Firma! Wenn du dem Tonband mitteilst, daß irgend etwas geschehen muß, geschieht es garantiert. Wenn du Anweisungen haben willst, erhältst du sie umgehend. Das Wichtigste ist, daß sie eine vereinbarte Summe pünktlich und bis zum letzten Cent zahlen.«

»Machst du dir keine Gedanken darüber, aus welchem Grund Collani umgelegt wurde?«

»Ich zerbreche mir nicht den Kopf anderer Leute. Falls Collani tatsächlich im Auftrag des Trust abgeräumt wurde, muß er sich falsch verhalten haben.«

Donnell zündete eine neue Zigarette an. »Ich hielt dich für den Mann, der die harte Arbeit macht.«

»Man verdient besser, wenn man freiberuflich arbeitet«, antwortete The Prof lachend. »Ich hasse Abhängigkeit. Wer mich gut bezahlt, dem liefere ich gute Arbeit.«

»Finnigans Entführung gehört nicht zur Arbeit für den Trust.«

»Finnigan geht den Trust nichts an. Mit dem Alten und seiner Tochter machen wir ein Geschäft auf eigene Rechnung.«

»Woher weißt du, daß der Trust mit dem Geschäft auf eigene Rechnung einverstanden ist?«

»Ich habe nicht gefragt, denn meine Geschäfte gehen den Trust nichts an.«

Er nahm die Füße vom Tisch, beugte sich vor und legte die Hand auf den Stapel Tonkassetten.

»Wir haben Frost kassiert und alles aus ihm herausgequetscht, was sie hören wollten. Denk an das letzte Geständnis! Damit liefert Frost die Grundlage für einen Erpressungsfeldzug gigantischen Ausmaßes! Warum sollten die

Bosse des Trust, wer immer sie sein mögen, uns nicht Old Clements klägliche Hundertausend gönnen?«

»Weil sie sich durch Finnigans Entführung und die Zahlung des Lösegeldes gefährdet sehen.«

Ray Hamer schlug mit der Faust auf den Tisch.

»Welche Gefährdung bedeutet ein toter Mann?« Die glanzlosen Augen suchten Donnells Blick. »Und ein totes Mädchen?«

»Du willst sie umbringen?«

»Willst du sie am Leben lassen?« Er stand auf und steckte die Kassetten in einen Umschlag. »Sie kennt deine Juana. Sie wird dein Gesicht sehen, wenn du die Dollars holst. Ich weiß nicht, wie du Boß in deinem Slum-Königreich bleiben willst, wenn du sie laufenläßt und sie der Polizei ihre kleinen Erlebnisse erzählt.«

»Okay, ich werde sie herbringen«, erklärte Donnell.

»Meinetwegen, aber sie bleibt deine Arbeit.«

Donnell ließ den Rest der Zigarette fallen und zertrat die Glut. »Wann soll ich sie holen?«

»Sei vorsichtig, Bran! Laß deine Leute noch einmal überprüfen, ob tatsächlich keine Schnüffler in der Nähe sind.«

Donnell verließ den Raum. Boone wartete, bis er die Tür geschlossen hatte. »Was gibst du ihm, Ray?« fragte er. »Seinen Anteil oder eine Kugel?«

»Er ist kein Auftrag, Jim. Ich werde mich hüten, einen Mann umzulegen, mit dem der Trust noch Pläne hat.« Er lachte schnarrend. »Und wer kann wissen, ob Bran Donnell nicht in Wahrheit ein Spitzenboß des Trust ist?«

»Ein Slum-Gangster als Spitzenmann der raffiniertesten Organisation, die es je gab? Das glaubst du selber nicht, Ray!«

Hamer antwortete mit einem Achselzucken.

Auf eine Tarnung hatte ich verzichtet. Lediglich die Dämmerung wartete ich ab.

Irgendwo zwischen Willis Avenue und 138. Straße verläuft die unmarkierte Grenze zwischen noch kontrollierten, verwalteten Straßen und dem Black-out-Bezirk. Die Grenze ist unscharf. Daß man sie überschritten hat, spürt man mehr, als daß man es an Merkmalen erkennen kann. Erst wenn die ausgebrannten, ausgeschlachteten Hausruinen zahlreich werden, radlose Autowracks die Straßen säumen, Müll und Gerümpel sich zu Hindernissen türmen, weiß man, daß man sich im Black-Out-Land bewegt.

Ich vermied Straßen, benutzte Hinterhöfe und überstieg Trennmauern. Jeder Berührung mit den Bewohnern wollte ich aus dem Wege gehen. Ich hörte ihre Stimmen hinter vernagelten Fenstern, schlug einen großen Bogen um eine Gruppe Jugendlicher, die eine Straßenkreuzung blockierten, und stand dann doch am Hofende einer Tordurchfahrt vor einem Mann, dessen Gesicht ich im Halbdunkel nicht erkennen konnte. Ohne Warnung fiel er mich an. Als Waffe benutzte er ein schweres Schnappmesser, das er mit der linken Hand führte. Den ersten Stoß entging ich mit knapper Not. Als er es zum zweiten Mal versuchte, fing ich seine Hand am Gelenk ab und setzte die linke Faust auf die Kinnspitze.

Er klappte in sich zusammen wie ein Marionette, deren Fäden durchschnitten wurden. Ich faßte ihn unter den Achseln und zog ihn in den Schutz der Mauer. Ich fühlte, wie mager er war: ein Süchtiger, der versucht hatte, ans Geld für den nächsten Schuß zu kommen.

Zehn Minuten später erreichte ich die Rückseite der Canal Street. Die ausgebrannte Ruine gegenüber Nr. 5 lag vor mir. Ich stieg durch eine Fensteröffnung ein.

Die Dunkelheit im Inneren der Ruine zwang mich, eine halbe Minute zu warten, bis sich die Augen an die Finsternis gewöhnt hatten. Dann tastete ich mich vorwärts, vorbei an den Stufen einer Treppe und durch einen Mauerdurchbruch ohne Tür in einen Raum, dessen Fenster zur Straße blickte. Auf der anderen Seite sah ich Nr. 5 und die Ruine, in deren Keller nach Phils Bericht eine Straßengang hauste.

Ich pfiff leise durch die Zähne.

Unter den Schritten eines Menschen knirschte der Mörtelstaub. Eine Hand berührte meine Schulter.

»Jerry?« flüsterte Phil.

»Hallo, Alter!« hauchte ich zurück.

Er nahm meinen Arm und führte mich tiefer in die Ruine hinein. Er bewegte sich so sicher, als könne er im Dunkel sehen.

»Warum kommst du?«

»Weil die Entwicklung dem Höhepunkt zutreibt. Die Frau in Nr. 5 heißt Juana Zernez. Sie ist die Geliebte eines gewissen Bran Donnell. Donnell beherrscht diesen Black-out-Bezirk. Wahrscheinlich war er aktiv an der Entführung beteiligt. Alles spricht dafür, daß Frost und Finnigan in der Nähe gefangengehalten werden.«

»Keine Rede mehr von südamerikanischen Guerilleros?« fragte Phil.

»Mr. High ist überzeugt, daß die Entführung von Hamer im Auftrag des Trust organisiert wurde.«

»Hamers Name steht für Mord!« sagte Phil.

»Die Tonbänder beweisen, daß Frost noch lebt. Aber wir alle, auch der Chef, zweifeln nicht daran, daß an Freilassung nicht zu denken ist. Der kritische Augenblick ist da, wenn sie Judy Finnigans Lösegeld holen.«

»In Nr. 5 geschieht nichts. Judy Finnigan drängt. Die Frau verhält sich, als wisse sie nicht, worauf Finnigans Tochter wartet.«

»Hörst du Gespräche mit?«

Phil lachte leise. »Den ganzen Tag habe ich zugehört. Willst du ein mexikanisches Rezept für gewürztes Steak mit roten Bohnen ausprobieren? Ich kann es dir aufschreiben. Über solche Dinge reden sie manchmal. Natürlich bekommt Judy Finnigan Anfälle von Ungeduld und bestürmt Juana, sie solle sie endlich mit den Entführern zusammenbringen. Dann stellt Juana sich taub, lenkt ab, und zehn Minuten später reden sie über Kleider, Make-up und Kochrezepte. Bevor du kamst, spielten sie Karten miteinander. Das Fenster war geöffnet. Ich konnte sie sehen, wie sie sich am Tisch gegenübersaßen.« Er machte eine kurze Pause. Dann setzte er hinzu: »Sie lachten miteinander. Vielleicht kannst du sie noch sehen.«

Die Fensteröffnung war durch Bretter verschlossen. In breiten Spalten zwischen den Brettern zeichnete sich das Halbdunkel der Dämmerung als grauer Streifen ab. Ich brachte ein Auge an einen Spalt.

Auf der ersten Etage von Nr. 5 brannte hinter zwei Fenstern Licht. Die Vorhänge waren nicht zugezogen. Ich sah Judy Finnigan und eine schwarzhaarige Frau von südländischem Typus. Sie saßen sich an einem Tisch gegenüber. Die schwarzhaarige Frau, die zweifellos Juana Zernez war, füllte gerade zwei Gläser aus eine Karaffe.

»Sieht friedlich aus, oder?« fragte Phil.

Ohrenbetäubendes Motorengeknatter ließ die Luft erzittern. Grelle, überdimensionierte Scheinwerferkegel erhellten die Canal Street. Drei schwere Motorräder donnerten in die Straße.

»Die Straßengangster!« Phil brauchte nicht länger zu flüstern. Die frisierten, schalldämpferfreien Maschinen überdröhnten alle Geräusche. »Inzwischen weiß ich, wie sie sich nennen: River-Haie.«

Aus der Ruine neben Nr. 5 kam ein Trupp von River-Haien, Jungen und Mädchen. Ihr Alter war schwer zu schätzen. Sie scharten sich um die Motorradfahrer. Ein Palaver hob an, das zehn Minuten dauerte. Dann wendeten die Fahrer die Räder und brausten davon.

Die Straßengangster standen gestikulierend herum. Einige verließen achselzuckend den Schauplatz. Die anderen folgten. Nach weiteren zehn Minuten war die Straße leer. Phil, der die Vorgänge durch einen zweiten Spalt beobachtet hatte, flüsterte: »Das ist ungewöhnlich. Um diese Zeit sammeln sie sich in ihrem Keller und werfen die Party an. Anscheinend haben die Motorradjungens den Befehl gebracht, aus der Straße zu verschwinden.«

»Und sie gehorchen. Auch das ist ungewöhnlich für Mitglieder einer Straßengang.«

Ich sah, daß in der Zwischenzeit die Vorhänge vor den Fenstern von Nr. 5 den Blick ins Haus verwehrten.

»Mal hören, ob sie das Thema gewechselt haben«, murmelte Phil.

Er hantierte in der Finsternis. Nach einer halben Minute sah ich eine winzige rote Lampe aufglühen.

Das unterirdische Grollen eines Subway-Zuges ließ Staub von den Wänden rieseln.

»Sie schickt Judy in ihr Zimmer«, meldete Phil. »Judy fragt nach dem Grund. Jetzt wird sie von Juana beschimpft! Das ist eine ganz neue Tonart.«

Ich blickte auf die Fenster, hinter denen sich abspielte, was Phil schilderte.

Die Canal Street lag verlassen und menschenleer, als wäre sie Teil einer zerbombten Stadt. Es war so still, daß sich das Geräusch des nächsten Subway-Zuges in der Ferne ankündigte.

»Sie schließt Judy ein!« sagte Phil.

Noch immer erlaubte die Dämmerung, Einzelheiten auf der Straße zu erkennen. Von den beiden Männern, die die Straße herunterkamen, war der eine ein mittelgroßer Farbiger, der andere ein Weißer. Vor der Ruine der River-Haie blieben sie stehen.

Licht von starken Taschenlampen blitzte auf. Sie gingen in den Bau.

»Phil, zwei Männer!«

Er ließ den Empfänger im Stich und kam.

»Wo?«

»Sie sind in die Ruine neben Nr. 5 gegangen.«

»Beide blond?«

»Nein! Ein Farbiger und ein Weißer!«

»Ich dachte an die Typen von heute morgen!«

In der Ruine flackerten Lichtkegel.

»Sie kommen zurück.«

Als sie die Ruine verließen, schalteten sie die Lampen aus. Unschlüssig standen sie am Fahrbahnrand. Der Farbige streckte den linken Arm aus und zeigte auf unseren Bau.

Der andere ließ seine Lampe aufflammen. Der Lichtstrahl tastete die Fassade ab. Unwillkürlich zuckte ich zurück.

»Sie kommen!« zischte Phil.

Die Männer überquerten die Straße. Der Weiße hielt den Lichtstrahl auf das Loch gerichtet, das einmal der Eingang zum Haus gewesen war.

»Ich versuche, sie zu bluffen«, flüsterte Phil hastig. »Wenn es nicht funktioniert, müssen wir sie überrumpeln. Lautlos!«

Er huschte aus dem Raum. Ich benutzte ein paar Quadratfuß stehengebliebener Zwischenwand als Deckung.

Die Schritte der Männer waren zu hören. Ein Lichtstrahl geisterte über den Schutt, der die Treppe zur oberen Etage blockierte.

»Alles in Ordnung, Sam! Niemand kann rauf!«

Im Licht sah ich den Farbigen. Er stieg die sechs oder sieben Stufen hoch, die freilagen.

»Wozu kriechst du im Dreck herum?« rief der Weiße.

Der Neger drehte sich um. Das Licht traf sein Gesicht, das von zwei tiefen Narben entstellt war. Er schaltete die eigene Stablampe ein, richtete den Lichtstrahl in den Raum neben der Treppe und machte eine heftige Bewegung.

»Komm her, Nick!« rief er.

Phil lag am Boden, eingewickelt in den ausgefransten schmutzigen Mantel, das Gesicht mit dem speckigen Hut bedeckt.

Der Weiße erschien in der Türöffnung und richtete das Licht seiner Lampe auf Phil.

»Ein Penner!«

Der Farbige ging zu Phil, stieß ihm mit der Schuhspitze an. »He, du!«

Phil grunzte. Seine Haltung veränderte er nicht.

»Wach auf!« Ein harter Tritt begleitete die Aufforderung.

Phil wälzte sich auf den Rücken, packte mit beiden Händen den Hut und schob ihn aus dem Gesicht.

»Laßt mich in Ruhe!« lallte er. »Au, verdammt! Hör auf, mich zu treten, du . . .«

Der Farbige bückte sich, schleuderte den Mantel zur Seite,

faßte Phil an den Aufschlägen der Jacke und riß seinen Oberkörper hoch.

»Was machst du hier? Zeig dein Gesicht!«

Phil verlegte sich aufs Jammern. »Mann, ich bin für dich die falsche Adresse. In meinen Taschen findest du keinen Cent. Du verwechselst mich mit 'ner Bank.«

Der Weiße kam tiefer in den Raum hinein. Er passierte das Mauerstück, hinter dem ich stand, und ließ den Lichtstrahl seiner Taschenlampe über die Wände und den Boden gleiten. Als er sich umdrehte, sah er mich.

Ich schmetterte einen rechten Haken auf seine Kinnspitze, der so genau einschlug, daß er sich nicht einmal mehr darüber wundern konnte. Er kippte um. Vergeblich versuchte ich, ihn aufzufangen. Mit dem vollen Körpergewicht knallte er auf den Boden.

Ich sprang vor, hob die Stablampe auf, die noch brannte, und wirbelte herum.

Phil brauchte keine Hilfe. Er hatte seinen Teil der Arbeit schon getan. Der Körper des Farbigen lag reglos auf ihm. Phil wälzte den Mann von sich herunter zur Seite und schob den 38er zurück in die Innentasche der Jacke.

Auch die Lampe des Negers war ganz geblieben. Phil richtete das Licht in das Gesicht.

»Er könnte der Neger sein, der Judy vor dem Betrunkenen schützte.«

Er tastete den Bewußtlosen ab, fand einen kurzläufigen Revolver und ein handliches Walkie-talkie.

Phil wog das Gerät in der Hand.

»Du siehst, daß sie die Umgebung von Nr. 5 kontrollieren und melden sollten, ob die Luft rein ist.«

»Fragen wir ihn!« schlug ich vor.

»Vorläufig kann er nicht antworten. Ich habe ihn hart mit dem Revolverlauf getroffen.«

»Versuchen wir unser Glück bei dem Weißen! Er hat nur einen Fausthieb zu verdauen.«

Auch der Weiße trug eine Waffe. Phil goß den Inhalt einer Büchse Orangensaft in sein Gesicht und drückte mit beiden

Händen auf den Brustkorb, um die Atmung zu beschleunigen.

Seine Augenlider flatterten. Als er die Augen aufschlug, richtete ich den Lichtstrahl der Stablampe aus der Nähe in sein Gesicht.

Er erinnerte sich, was mit ihm geschehen war. Angst zeichnete sich ab.

»Ich kann nichts sehen«, flüsterte er und drehte den Kopf zur Seite.

»Wenn du antwortest, geben wir dir 'ne Chance, Nick! Ihr kontrolliert die Straße und die Häuser? Warum?«

»Bran will, daß sich niemand in der Nähe von Nr. 5 aufhält. Den Grund kenne ich nicht. Fragt den Neger!«

»Wir fragen dich! Wo finden wir Bran?«

»Keine Ahnung! Glaubt mir! Sam hat ein Walkie-talkie, über das er Bran erreichen kann.«

»Hat er schon Meldungen durchgegeben?«

»Ja, er teilte Bran mit, daß die River-Haie den Keller geräumt hätten.«

»Ist ein bestimmter Wortlaut vereinbart? Ein Code?«

Nick schien nicht zu wissen, was ein Code sein könnte.

»Sam sagt nur, was los ist. Ganz normal.«

Ich hatte die Stimme des Farbigen gehört. Der Klang lag tief und er sprach das Primitiv-Amerikanisch, das von vielen Farbigen benutzt wird und auf dem Wege ist, sich zu einem eigenen Dialekt zu entwickeln. Es ist leicht nachzuahmen, wenn man sich auf ein oder zwei Sätze beschränkt.

Ich sah Phil an. »Du oder ich?«

»Okay, ich versuche es«, entschied er. »Wie sprecht ihr Bran an? Sagt ihr Boß oder Chef?«

»Alle nennen ihn Bran!«

»Halt ihm den Mund zu, Jerry!« Er drückte mir das Halstuch, das zu seiner Trampkluft gehörte, in die Hand. Ich drehte daraus einen Knebel.

»Mund auf, Freund!«

Bereitwillig riß Nick den Mund auf, als wäre ich ein Zahnarzt. Ich schraubte ihm den Knebel ein und hielt die Hand drauf, damit er ihn nicht ausspucken und losschreien konnte.

Phil betätigte die Ruftaste.

»Come! Come! Come!« sagte er ins Mikrofon. Aus beiden Händen formte er einen Trichter, um den Klang der Stimme zu verwischen.

Die Reaktion erfolgte in Sekunden.

»Ich hör' dich!« antwortete die Stimme eines Mannes.

»No troubles around, Bran!« Phil ahmte die gedehnte Sprechweise und die gutturalen Laute nach.

»In Ordnung! Verschwindet aus der Straße! Wir sprechen uns morgen!« Die Stimme verriet Ungeduld.

Phil ließ den Sendeknopf los.

»Glaubst du, er hat den Köder geschluckt?«

»Er schien keinen Zweifel zu haben. Hilf mir, diesen Typ zu verpacken!«

Wir benutzten Phils Mantelgürtel zur Befestigung des Knebels. Nicks Hände und Füße banden wir mit Stoffstreifen zusammen. Ich überzeugte mich, daß er genug Luft bekam.

»Verhalt dich ruhig!« sagte ich. »Es ist der beste Rat, den ich dir geben kann.«

Der Farbige war bewußtlos. Phils Hieb mit dem Revolverlauf hatte eine Platzwunde an der Stirn verursacht, die nur schwach blutete. Es war klar, daß der Mann möglichst bald die Behandlung durch einen Arzt brauchte, aber es war völlig unmöglich, sofort etwas für ihn zu tun.

»Was geschieht im Haus?«

Ich drängte Phil an den Empfänger, während ich selbst Nr. 5 durch den Bretterspalt beobachtete. Hinter den vorgezogenen Vorhängen brannte Licht in mindestens zwei Räumen.

»Alles ruhig«, sagte Phil. »Niemand spricht. Nur Geräusche, deren Bedeutung ich nicht entziffern kann. Hört sich an, als ginge jemand auf und ab.«

»Bleib dran!« .

Die Dämmerung war der Nachtdunkelheit gewichen aber

der Himmel über New York ist nie wirklich finster. Der Widerschein des Lichtermeeres von Manhattan, das bunte Feuerwerk der Neonreklamen, die weißen Lichtbänder der Schnellstraßen verleihen New Yorks Nächten eine künstliche Helligkeit, von der ein Abglanz, ein schwacher Schimmer noch die finstersten Bezirke der Stadt erreicht.

Keine Laterne erhellte die Canal Street. Aber die Umrisse der Häuser zeichneten sich ab. Fahrbahn und Bürgersteig waren zu unterscheiden. Ein Autowrack am Straßenrand lieferte einen bizarren Schattenriß. Der abgebrochene Schornstein der nahen Fabrik ragte in den Nachthimmel wie der letzte Zahn im Kiefer eines schlafenden Riesen.

Die Subway-Züge rollten in regelmäßigen Abständen durch den Tunnel, und jedesmal erzitterte die Ruine.

Wir warteten.

Ich hörte die Schritte, bevor ich den Mann sah. Es waren langsame, vorsichtige Schritte.

»Jemand kommt!« flüsterte ich.

Natürlich hatten wir die Stablampen längst gelöscht. Phil saß am Empfänger, den Direktkontakt im linken Ohr.

Der Mann kam aus der Richtung der aufgegebenen Fabrik. Als ich ihn sah, war er schon nah. Er mußte sich im Schlagschatten der Häuser gehalten haben, sonst hätte ich ihn früher bemerkt. Jetzt ging er auf der Fahrbahnmitte. Sein Gesicht konnte ich nicht erkennen. Er war groß, aber nicht dick, und er bewegte sich vorsichtig und geschmeidig.

Er passierte das Autowrack, kam auf der anderen Seite wieder zum Vorschein und blieb vor dem Eingang von Nr. 5 stehen.

Leises Pfeifen traf mein Ohr, eine Folge von vier Tönen, ein Signal.

»Er pfeift ein Erkennungszeichen«, flüsterte Phil, dem die Mikrofone die Töne vermittelten.

Die Tür von Nr. 5 wurde geöffnet. Ein helles Rechteck zeichnete sich ab. Im Türrahmen stand die schwarzhaarige

Frau in einem engen, roten Kleid. Ich konnte sehen, daß sie lächelte.

»Er fragt nach dem Mädchen.« Phil gab an mich weiter, was die Mikrofone übertrugen. »Sie antwortet: ›Alles in Ordnung!‹«

Die Frau trat einen Schritt zurück. Der Mann ging ins Haus. Im Augenblick, in dem er die Tür schloß, drehte er sich um. Für eine halbe Sekunde sah ich sein Gesicht: Branford, genannt Bran, Donnell.

»Sie gehen die Treppe hoch«, meldete Phil. »Die Frau sagt: ›Sie hat das Geld wirklich bei sich. Sie wurde ungeduldig.‹ Er fragt: ›Wo ist sie jetzt?‹ Antwort: ›In dem kleinen Zimmer. Ich schloß sie ein.‹«

Phil sprach schnell und flüsternd wie ein Simultandolmetscher.

»›Ein harmloses Mädchen! Trotzdem mutig! Irgendwie mag ich sie.‹« Er unterbrach sich. »Ich glaube, sie haben die erste Etage erreicht. Der Mann spricht. Verdammt, unverständlich! Die Frau: ›Auch das Mädchen?‹ Er antwortet: ›Nein, nur den Karton. Sie soll im Zimmer bleiben. Ich will nicht, daß sie mich sieht. Nicht jetzt!‹«

Ich starrte auf die verhängten Fenster. Irgendwie war es unheimlich, mitzuhören, was hinter den Vorhängen gesprochen wurde, ohne die Personen zu sehen.

»Die Stimme von Judy«, sagte Phil. »Sie ist empört. Sie fragt, warum sie so behandelt werde. Brans Freundin verlangt den Karton. Judy will ihn nicht hergeben. Oh, verdammt, ich fürchte, Juana Zernez wendet Gewalt an.«

Ich ballte die Fäuste. War es zu verantworten, daß wir zuhörten und nichts unternahmen? Die Vorstellung, daß wir Gewalt duldeten, jagte mir einen kalten Schauer über den Rücken.

»Judy schreit«, meldete Phil. »Irgend etwas ist umgestürzt! Eine Tür schlägt zu. Ich glaube, Bran und Juana sind wieder in einem Raum. Nein, nicht in dem Zimmer, in dem Judy ist.« Er lauschte angespannt. »Ich kann die Geräusche nicht deuten. Vermutlich öffnen sie den Karton. Ja, sie müssen ihn geöffnet haben. Gerade sagte Juana: ›Welche Masse Geld, Bran! Mann, du hast es geschafft.‹«

Er schwieg.

Die Sekunden dehnten sich.

»Phil?« mahnte ich leise.

»Störung«, antwortete er. »Gerade jetzt, verdammt!«

Ich sah Phil nicht, wußte nicht, an welchen Knöpfen er drehte und was er tat, um den Empfang in Ordnung zu bringen und die Worte, die im Haus auf der anderen Seite gesprochen wurden, zu verstehen. Alles, was ich sah, war das winzige rote Licht der Kontrollampe, ein glühender Stecknadelkopf.

Phils Aufschrei traf mich wie ein Faustschlag.

»Rüber, Jerry!« schrie er. »Er bringt sie um!«

Sagte ich, Phils Schrei hätte wie ein Faustschlag gewirkt? Nein, das wäre nicht der richtige Vergleich. Ein Faustschlag lähmt. Er setzt die Reaktionsfähigkeit herab.

Auf mich wirkte Phils Schrei wie ein Peitschenhieb, wie ein elektrischer Stromstoß. Ich rannte in den vorderen Raum, sprang durch die Fensteröffnung auf die Straße und über die Fahrbahn.

Fünf, sechs Sprünge. Dann die Tür zu Nr. 5. Aus vollem Lauf warf ich mich mit dem ganzen Körpergewicht dagegen. Krachend brach das Schloß aus. Vor mir lag die Treppe! Aus der ersten Etage fiel Licht.

In langen Sätzen raste ich die Treppe hoch. Als ich die letzte Stufe erreicht hatte, wurde am Ende eines kurzen Flurs eine Tür aufgerissen. Juana Zernez stand vor mir und starrte mich aus aufgerissenen Augen an.

»Aus dem Weg!« brüllte ich. Sie wich nicht zurück. Ich prallte gegen sie, schleuderte sie zur Seite und brach wie ein Tornado in das Zimmer ein.

Ein Tisch in der Zimmermitte. Darauf der Karton. Grüne Dollarnoten!

Jenseits des Tisches Bran Donnell. In den Händen eine

Nylonschlinge. Hinter ihm die Tür zu dem Zimmer, in dem sich Judy Finnigan aufhielt.

»FBI!« rief ich. »Keine Bewegung oder ...«

Er trat gegen den Tisch, der umstürzte. Dollarscheine wirbelten durch den Raum wie ein Schwarm aufgeschreckter, grüner Vögel. Donnell warf sich gegen die Tür zu Judys Zimmer.

»Achtung, Jerry!« Phils Stimme überschlug sich.

Instinktiv fuhr ich herum und sah Juana Zernez an der Wand, gegen die ich sie geschleudert hattc, das schöne Gesicht zur Grimasse verzerrt, beide Hände am Griff einer Waffe.

Ich ließ mich fallen. Mündungsfeuer bleckte.

Phil, der dicht hinter mir die Treppe hinaufgestürmt war, warf sich gegen die Frau und schlug die Hände mit der Waffe nach oben. Juana kreischte wie eine Raubkatze. Alles hatte kaum eine Sekunde gedauert, aber es war die Sekunde eines Vorsprungs für Donnell, die für Judy tödlich sein konnte.

Das Mädchen stand am Bett, durchaus in Donnells Reichweite. Er kümmerte sich nicht um sie. Zwei Sprünge brachten ihn zum Fenster. Er riß die Vorhänge herunter, drückte mit der Schulter das Glas ein, schwang die Beine nach außen und ließ sich fallen.

Ich hielt den 38er in der Hand, und ich hätte schießen können.

Unglücklicherweise stürzte Judy nach vorn auf die Tür zu und geriet in die Schußlinie.

Ich streckte den Zeigefinger und sprang auf die Füße.

»G-man, bitte, ich ...«, rief Judy. Ich schob sie aus dem Weg, rannte zum Fenster und beugte mich hinaus.

Ein Schatten preschte an der Hausfront entlang. Donnell flüchtete in die Richtung der Fabrik.

Noch war Phil in den Ringkampf mit Juana Zernez verstrickt. Die Frau hatte sich in eine Furie verwandelt. Mit verzweifelter Wut kämpfte sie um den Besitz der Waffe.

Ich schwang mich aus dem Fenster und sprang. Den Aufprall federte ich ab. Ich konnte Donnells Schritte hören und die Umrisse seiner Gestalt erahnen. Aber als er in den schwarzen Schatten der Fabrikmauer tauchte, verschwand er wie weggewischt. Ich trug die Stablampe des Mannes bei mir, den wir überrumpelt hatten. Ich wagte nicht, sie zu benutzen. Ich lief an der Mauer entlang und stieß auf einen Durchbruch.

Das Fabrikgelände lag wie eine Ruinenlandschaft vor mir. Die Fensterhöhlen der dachlosen Hallen zeichneten sich, überragt vom Stumpf des Fabrikschornsteins, gegen den Himmel ab. Zwischen den schwarzen Mauern blinkte der Widerschein von Licht, das sich im Wasser des nahen Harlem River spiegelte. Als ich stehenblieb, hörte ich Geräusche. Schutt knirschte unter schnellen Schritten. Metall klirrte. Ein Stein polterte gegen irgendein hohles Faß oder ähnliches.

Dann sprang ein starker Scheinwerferstrahl auf, wischte über das Fabrikgelände und erfaßte Bran Donnell.

Donnell bewegte sich auf einen quadratischen, einstöckigen Bau zu, der einigermaßen intakt zu sein schien. Als der Lichtkegel ihn erfaßte, erstarrte er für eine Sekunde und warf sich herum.

»Ray . . .!« brüllte er. »Ray . . .!«

Das Hämmern einer Maschinenpistole zerschlug den Satz. Donnell bäumte sich auf. Die Wucht der Kugeln schleuderte seinen Körper zurück. Bevor er zusammenbrach, erlosch das Licht.

War alles vorbei? Starben in dieser Sekunde Kenneth Frost und Clement Finnigan unter den Schüssen der aufgeschreckten Entführer?

In der Dunkelheit rannte ich dorthin, wo Donnell im Kugelhagel der MPi zusammengebrochen war. Ich fragte mich nicht, wer ihn niedergeschossen hatte. Alle Sinne, alle Kraft konzentrierte ich darauf zu retten, was noch zu retten war.

Ich setzte alles auf eine Karte. Auf die Vermutung, daß die Gefangenen sich in dem niedrigen, quadratischen Bau befanden, den Donnell erreichen wollte. Ich lief tief geduckt, damit ich die Umrisse des Gebäudes gegen den Himmel sah. Die Entfernung war gering, nicht mehr als hundert Yards. Aber die Strecke war so mit Schutt und Gerümpel übersät, daß ich ein dutzendmal stolperte und gegen irgend etwas Hartes prallte. Einmal überschlug ich mich aus vollem Lauf.

Etwa 40 Yards trennten mich von dem Bau, als dort offenbar eine Tür aufgerissen wurde, denn ich hörte das Kreischen von schlecht geölten Angeln. Umrisse einer Gestalt lösten sich aus dem Mauerschatten.

Eine schnarrende, harte Stimme rief: »Bran, he, Bran!«

Ich holte Luft. »Hände hoch! FBI!«

Die Antwort waren fünf Schüsse. Ich feuerte zurück. Querschläger jaulten.

Der Scheinwerfer! Von neuem durchstach sein Lichtkegel die Dunkelheit. Vom Flußufer aus tastete er über das Fabrikgelände.

Ich duckte mich tief, fand Deckung hinter einem aufrechtstehenden Faß, wartete, bis der Scheinwerfer mich passiert hatte, und rannte, bis ich gegen die Mauer des quadratischen Gebäudes prallte.

Irgendwo – ich hatte den Eindruck, daß es im Gebäude war – schrie ein Mann: »Ray, was ist los? Was soll ich tun? Hörst du mich, Ray?«

Der Scheinwerfer erlosch, flammte auf und erlosch wieder ... Lang, lang, kurz. Ein Signal, das zweimal wiederholt wurde.

Ich schob mich an der Mauer entlang, fand eine Türnische und ertastete eine Stahltür. Sie gab dem Druck nach. Warme Luft schlug mir entgegen und ein stickiger Geruch.

Wieder rief der Mann: »Ray, warum antwortest du nicht?«

Ja, er war in dem Bau.

Seine Stimme klang, als käme sie aus einer tiefer liegenden Etage.

Ich hatte die Tür nicht geschlossen und bewegte mich vorwärts. Als die Maschinenpistole eine lange Serie hinaushämmerte und ihr Mündungsfeuer wie fernes Wetterleuchten über das Gelände zuckte, erstarrte ich für die Dauer eines Herzschlages.

Drei peitschende Revolverschüsse folgten der MPi-Serie. Ein 38er?

Der Mann, irgendwo in der Dunkelheit, rief noch einmal: »Ray! Oh, verdammt, Ray . . .!«

Seine Stimme verriet Angst.

Beim nächsten Schritt ertastete mein Fuß die erste Stufe einer Treppe. Die Stufe war aus Stahl. Unter dem Gewicht meines Körpers gab sie nach und lieferte ein Geräusch wie der Anschlag eines geborstenen Gongs.

»Ray?«

Die Stimme drang vom Fuß der Treppe zu mir hoch.

Ich nahm die nächste Stufe.

Der Mann unten hielt die Ungewißheit nicht aus. Er drückte auf den Knopf seiner Stablampe. Das Licht traf mich.

»FBI!« rief ich.

Er schoß, und ich feuerte zurück. Er ließ die Lampe fallen. Der Lichtstrahl verschwand.

In großen Sätzen fegte ich die Treppe hinunter, verfehlte eine Stufe und stürzte. Hart schlug ich auf dem Boden auf.

Mündungsfeuer von zwei hastig abgefeuerten Schüssen. Ich schoß einmal zurück, schnellte mich nach der anderen Seite und stieß gegen eine Wand.

Dumpfe Schreie drangen an mein Ohr.

»Hier sind wir!« Fäuste hämmerten gegen Holz! Dann übertönte unterirdisches Grollen für einige Sekunden jedes andere Geräusch. Ein Subway-Zug durchraste einen Tunnel, der unmittelbar unter dem Gang liegen mußte.

Ich nahm die Stablampe in die rechte Hand und hielt sie weit vom Körper weg.

Das Geräusch des Subway-Zuges verebbte.

»Ich wiederhole«, sagte ich laut. »FBI! Ich gebe dir eine

Drei-Sekunden-Chance! Laß deine Waffe fallen! Leg die Hände an den Kopf! Eins, zwei ...«

Wieder hämmerte draußen die Maschinenpistole. Dann drang Phils Stimme aus der Ferne. »Jerry!« rief er. »Hey, Jerry!«

Keine Zeit für eine Antwort.

»... drei!«

Ich drückte den Knopf. Die Stablampe schleuderte einen Lichtkegel in den Gang.

Der Mann war blond und untersetzt. Er stand neben einer massiven Tür, den rechten Arm ausgestreckt, einen langläufigen Revolver im Anschlag.

Als das Licht ihn traf, schrie er auf: »Nein, nein!« Er ließ den Revolver fallen und riß die Arme hoch.

Er hatte Glück.

Irgendwie schaffte ich es, im Augenblick des Abziehens die Hand nach rechts zu schwenken. Dicht neben ihm schrammte meine Kugel die Wand und zeichnete eine helle Kerbe ins dunkle Mauerwerk.

Der Mann schwankte und brach in die Knie.

»Jerry! Jerry!«

Phils Ruf erklang aus der Nähe.

Ich pfiff ein Signal.

Noch immer wurde gegen die Holztür gehämmert.

Ich pfiff noch einmal und ging zu dem Blonden.

»Aufstehen!«

Taumelnd richtete er sich auf. Ich schob ihn mit dem Gesicht zur Wand und tastete ihn ab. Er trug eine Menge Munition in den Jackentaschen, aber keine zweite Waffe. Sein Revolver lag vor der Tür. Mit einem Fußtritt beförderte ich ihn außer Reichweite.

»Bist du dort unten, Jerry?« Phil hatte den Weg gefunden.

»Ja, komm runter!«

Hinter der Tür rief ein Mann: »Zum Teufel, warum öffnet ihr nicht?«

Phil sauste in seiner Pennerkluft ohne Hut, den 38er in der Hand, die Stahltreppe hinunter.

»Leben sie?« fragte er atemlos.

Ich wies mit dem Daumen auf die Tür. »Hörst du sie nicht?«

»Da war ein Boot auf dem Fluß«, sagte Phil. »Sie fuchtelten mit einem Scheinwerfer und feuerten mit Maschinenpistolen«.

Ich zog die beiden Riegel zurück und öffnete die Tür.

Zwei Männer standen vor uns. Im verdrückten, schmutzstarrenden Straßenanzug, weißhaarig und stoppelbärtig Clement Finnigan. Neben ihm Kenneth Frost in Overall und Gummistiefeln.

Finnigan schleuderte uns statt einer Begrüßung einen Namen ins Gesicht.

»Judy?«

»Ihre Tochter ist okay«, antwortete Phil, »und ihre 100 000 Dollar wurden nur ein bißchen verstreut. Sie lassen sich zusammensuchen, Mr. Finnigan.«

»Spuck auf das Geld!« sagte Finnigan, und ein breites Lächeln ging in seinem Gesicht auf. »Aber vielen Dank, Jungens, verdammt vielen Dank.«

Kenneth Frost drängte sich vor.

»Wurden die Gangster gefaßt?«

Ich wies auf den Blonden. »Bis jetzt nur dieser Mann!«

»Der andere Mann, der Anführer, besitzt Tonbänder. Sie gehören mir. Ich verlange, daß ...«

»Warten Sie ab, Mr. Frost! Die Sache ist noch nicht ausgestanden.« Ich wandte mich an Phil. »Sind unsere Leute benachrichtigt?«

»Keine Zeit für eine richtige Nachricht«, antwortete er. »Das Walkie-talkie in der Ruine war eingeschaltet. Aber ich weiß nicht, ob sie die Schüsse gehört haben und wie sie darauf reagieren werden.«

»Juana Zernez?«

»Ich mußte sie niederschlagen, und bevor ich losrannte, schrie ich Judy Finnigan zu, sie solle sie irgendwie fesseln.«

»Bleib unten, bis feststeht, daß oben die Luft rein ist!«

»Das Boot brauste flußaufwärts davon. Kann es sein, daß Hamer an Bord genommen wurde?«

Ich lud den 38er nach. »Möglich. Sie gaben eine Art Signal. Aber Donnell legten sie vor meinen Augen um.«

Über die Stahltreppe stieg ich nach oben und verließ den quadratischen Bau.

Ich hörte die Sirenen von Polizeifahrzeugen, vernahm Stimmen und schlug die Richtung zur Mauer ein.

Die Rotlichter von vier Fahrzeugen drehten sich in der Canal Street. Eine Gruppe Männer kam mir entgegen, an der Spitze Steve Dillaggio, den der Chef zum Einsatzkommando beordert hatte. Steve zeigte ein ernstes Gesicht.

»Kein Glück gehabt, Jerry?«

»Wie man's nimmt, Steve! Hamer ist zum zweiten Mal entkommen, aber die Entführten leben.«

Steves Gesicht hellte sich auf.

»Das ist wichtiger als alles andere!«

»Irgendwelche Leute, die an diesem Verbrechen beteiligt sind, flohen mit einem Boot flußaufwärts. Vermutlich ist Hamer an Bord. Laß uns versuchen, ob wir sie noch fassen können!«

Steve nahm das Sprechfunkgerät von der Schultern, gab Befehle zur Jagd auf das Boot und empfahl den Einsatz von Hubschraubern.

»Wo ist Judy Finnigan?« fragte ich.

»In einem Streifenwagen. Ein Beamter kümmert sich um sie.«

»Laß sie holen und bring sie mit ihrem Vater zusammen!«

Wir bildeten eine Kette und drangen auf das Fabrikgelände vor. G-men und City-Polizisten benutzten starke Stablampen.

Bei Bran Donnells Körper verharrten Dillaggio und ich. Steve beugte sich über den Mann. Mehrere Kugeln hatten ihn getroffen.

»Maschinenpistole?«

Ich nickte. »Er wurde vom Boot aus niedergeschossen.«

Zwei Polizeibeamte begleiteten Judy Finnigan. Steve sorgte dafür, daß die Lampen gelöscht wurden, so daß sie den Toten nicht sah.

»Hallo, Miss Finnigan«, sagte ich. »Ihr Vater wird sich mächtig freuen, Sie zu sehen.«

»Er ist wirklich gesund?«

»Alles, was er braucht, ist ein Bad und vielleicht ein Schluck Whisky!«

Steve berührte meine Schulter.

»Einer unserer Leute signalisiert, daß etwas gefunden wurde!« In der Nähe des Flusses machte ein Polizist mit seiner Lampe kreisende Bewegungen. Steve und ich gingen zum Ufer.

Die Trümmer von Verladeanlagen ragten ins Wasser. Der Polizist, der das Signal gegeben hatte, stand auf einem der brüchigen Anlegestege.

»Dort, G-men!« sagte er und richtete den Lichtstrahl seiner Lampe aufs Wasser.

Dicht am Ufer trieb der Körper eines Mannes mit dem Gesicht nach unten und mit ausgebreiteten Armen im Fluß.

»Holt ihn raus!« befahl Steve.

Zwei Beamte und zwei G-men wateten ins Wasser und brachten den Körper an Land.

»Er hat mindestens drei Einschüsse im Rücken«, meldete ein G-man.

Sie drehten den Toten um.

Ich sah Ray Hamers knochiges Gesicht. Die Augen standen offen. Pupille und Iris zeichneten sich kaum gegeneinander ab.

Das strahlend schwarze Haar hatte noch nichts von seinem Glanz verloren.

Ray Hamer, Berufskiller, respektvoll und ängstlich The Prof genannt, war Männern des eigenen Schlages zum Opfer gefallen.

In dem quadratischen Gebäude fand ich Phil, Kenneth Frost, Finnigan, seine Tochter und den blonden Gangster nicht in dem Kellergang, sondern in einem Raum, der zur ebenen Erde lag. Er war mit Tisch, einigen Stühlen und einem Fernsehgerät eingerichtet.

Phil wies auf den Blonden, dessen Gelenke Handschellen schmückten. »Er heißt Jim Boone. Aber er will nicht reden!«

»Mr. Frost und Mr. Finnigan müssen in die Hände eines Arztes«, sagte ich.

»Ganz meine Meinung«, antwortete Phil, »aber Mr. Frost will unbedingt erfahren, ob wir Hamer gefaßt haben.«

Der GCC-Präsident fuhr sich mit beiden Händen durch das verwilderte Haar. »Habt ihr den Bastard?« stieß er hervor.

»Ja und nein! Er ist tot.«

Frost sprang auf.

»Er trug ein Tonband in der Tasche.«

»Nein! Seine Taschen waren leer.«

»G-man, dieser Dreckskerl zwang mich, sieben Tonkassetten mit sogenannten Geständnissen zu besprechen!« schrie Frost in höchster Erregung. »Sechs Kassetten fand Ihr Kollege in dem Umschlag, der dort auf dem Tisch liegt, aber das siebte Tonband steckte der Gauner in die Jackentasche.« Er fuhr herum, faßte den Arm Clement Finnigans. »Clement, Sie sahen, wie er die siebte Kassette einsteckte. Bestätigen Sie den G-men, daß er die Kassette bei sich getragen haben muß!«

»Meinen Sie die Kassette, auf deren Band Sie über Ihre Partys und die Teilnehmer sprechen?« fragte Finnigan gemächlich. »Ja, es war Ihr letztes Geständnis, Ken. Aber ich erinnere mich nicht, ob der Mann sie einsteckte.«

»Genau das tat er! G-man, Sie sind verpflichtet, mir die Kassette auszuhändigen.«

»Ich sage Ihnen noch einmal, daß seine Taschen leer waren.«

»Wenn der Wortlaut des Tonbandes bekannt wird, bringe ich Sie um Ihren Job!« Seine Stimme überschlug sich.

»Ich werde dafür sorgen, daß Sie und Mr. Finnigan von einem Arzt untersucht werden und Gelegenheit erhalten, sich auszuruhen. Wenn Sie danach noch Drohungen anzubringen wünschen, können Sie meinen Chef anrufen!«

Steve Dillaggio und zwei G-men führten Frost, Finnigan und das Mädchen aus dem Keller. Ich wandte mich an Boone.

»Hamer ist tot! Also pack aus!«

»Ich habe keinen umgebracht und auf keinen geschossen«, sagte Boone hastig. »Ray machte alles allein.«

»Du lügst. Du hast zum Beispiel auf mich geschossen. Aber vielleicht vergesse ich es, wenn du meine Fragen beantwortest. Hamer arbeitet für den Trust?«

»Ich habe ihn nie gefragt, G-man. Er war der Boß!«

»Boone, ich will wissen, welche Männer den Trust bilden. Collani kennen wir. Er ist tot. Bran Donnell war nur ein Helfer wie du. Von wem erhielt Hamer seine Aufträge? Wer bezahlte ihn?«

Boone zögerte, bevor er leise sagte: »Ray kannte eine Telefonnummer.«

»Aber du kennst sie nicht?«

Er schüttelte den Kopf. »Auch Donnell benutzte die Nummer, wenn er Befehle oder Informationen brauchte.«

»Er ist tot wie Hamer. Wer oder was verbirgt sich hinter der Telefonnummer?«

»True Staff Agency. So melden sie sich, sagte Ray. Ich habe nie mit ihnen telefoniert.«

»Und ich glaube nicht, daß ich diese seltsame Agentur im Telefonbuch finden werde.«

»Ray hatte ein schlechtes Zahlengedächtnis«, flüsterte Boone und senkte den Kopf. »Er notierte alles, was mit Zahlen zusammenhing, in einem Notizbuch.«

»Seine Taschen waren leer, bewußt ausgeräumt. Das Futter hing nach außen.«

»Moment«, mischte sich Phil ein. »Ich habe eine Zahlenreihe gesehen, die wie eine Telefonnummer aussah.« Er ging zum Tisch und nahm einen großen, gelben Umschlag.

»Darin fanden wir die Kassetten, und er trägt die Ziffernfolge: 695-0520.« Er hob den Kopf und sah mich an: »Denkbar, daß Hamer die Nummer notierte, die er anrufen wollte, um mitzuteilen, daß alle Geständnisse aufgenommen worden seien.«

»Was war Besonderes am siebten Geständnis?« fragte ich Boone.

»Der Alte hat es schon gesagt. Frost mußte die Namen von reichen und wichtigen Leuten vorlesen, die er zu heißen Partys eingeladen hatte. Er wollte zuerst nicht ran, während er sich bei den anderen Geständnissen nie geweigert hat, aber ...«

Er brach ab, weil ihm einfiel, daß er dabei war, sich selber zu belasten.

Ich nahm den Umschlag. »Okay, versuchen wir unser Glück!«

Steve, der die anderen nach draußen begleitet hatte, kam uns entgegen.

»Es wird nichts mit dem Boot«, sagte er. »Gerade kam die Meldung, daß nördlich der Macombs-Brücke ein Boot explodiert sei und in Flammen stehe. Ich wette, daß es sich um den Kahn handelt, den wir suchen.«

»Steve, ich brauche ein Telefon«, erklärte ich.

In Black-out-Bezirken gibt es keine funktionierenden Telefone. Wir benutzen den Apparat des 38. Polizeireviers. Ich wählte 695-0520.

Es knackte. Eine Männerstimme klang auf.

»True Staff Agency! Das Büro ist nicht besetzt. Sie sind mit unserem automatischen Anrufbeantworter verbunden. Teilen Sie uns Ihre Wünsche mit! Sie werden auf Tonband aufgezeichnet. Sprechen Sie jetzt!«

Ich drückte die Gabel nieder. Phil sah mich fragend an. Ich nickte. »Die richtige Adresse! Wir müssen sehr schnell herausfinden, wo der Apparat steht.«

Die Verwaltungszentrale der Telefongesellschaft besitzt

ein computerisiertes Register aller Anschlüsse, geordnet nach den Nummern der Teilnehmer. Die Gesellschaft braucht solche elektronischen Systeme schon aus dem Grund, um Rechnungen vollautomatisch schreiben und die Benutzungseinheiten zählen zu können.

Schwierig war es also nicht herauszufinden, wo der Anschluß 695-0520 stand. Schwierig war es nur, einen Mann bei der Telefongesellschaft aufzutreiben, der die Kompetenz besaß, eine solche Auskunft zu geben. Wir mußten einen stellvertretenden Direktor aus dem Fernsehsessel scheuchen. Danach dauerte es nur noch zwei Minuten, bis eine Mädchenstimme uns mitteilte: »Anschluß 695-0520 wurde zugelassen auf den Teilnehmer True Staff Agency und das Büro der Firma Sixth Avenue und 35. Straße, Sancol Oil Building 42. Stock.«

Das war alles andere als eine Hinterhofadresse. Das Sancol Oil Building gilt als einer der modernsten Bürotürme New Yorks, mit arabischen Ölmilliarden gebaut und erst vor zwei Jahren fertiggestellt.

Ein Streifenwagen brachte Phil und mich nach Midtown Manhattan. Noch immer steckte Phil in der Penneraufmachung. Kein Wunder, daß der Wächter am Haupteingang bei seinem Anblick zu brüllen begann: »Raus, du elender ...«

Ich stoppte ihn mit dem FBI-Ausweis.

»True Staff Agency, 42. Etage!« verlangte ich. »Nehmen Sie den Generalschlüssel mit!«

Er holte den Chef der hauseigenen Wachtruppe. Wie alle Wolkenkratzer New Yorks wurde auch das Sancol Building Tag und Nacht von einer eigenen bewaffneten Truppe bewacht und kontrolliert.

Der Chef war ein pensionierter Polizei-Lieutenant. Er verstand unser Problem, nahm den Generalschlüssel, der für den Katastrophenfall bereitliegt, aus der Kassette und begleitete uns zur 42. Etage.

»True Staff Agency«, wiederholte er. »Ich erinnere mich nicht, jemals irgendwen aus dieser Firma kennengelernt zu haben, und ich arbeite im Sancol Building seit der Eröffnung. Natürlich gibt es ungefähr 120 große und kleine Firmen bei uns. Trotzdem kommen wir früher oder später mit jeder auf irgendeine Weise in Berührung, und wenn es sich nur darum handelt, 'ner hübschen Sekretärin einen Gefallen zu tun.«

Die großen Flure auf der 42. Etage waren mit fliederfarbigem Teppichboden ausgelegt.

»Auf jeder Etage eine andere Farbnuance«, sagte der Ex-Lieutenant nicht ohne Stolz.

Wir gingen an zahlreichen Türen vorbei, die die Namen von Firmen, Anwaltbüros, Agenturen und ähnlichem trugen. Schließlich blieb unser Begleiter vor einer Tür stehen.

»Hier ist es«, sagte er.

Der Name stand auf einem schmalen Messingbrett. ›True Staff Agency‹. Daneben eine Sprechanlage. Ich drückte den Knopf. Niemand antwortete.

»Öffnen Sie!«

Sekunden später konnte ich die Tür aufdrücken.

Im Vorraum brannte Licht. Auf einem quergestellten Schreibtisch, dem Arbeitsplatz für eine Sekretärin, stand eine zugedeckte Schreibmaschine. Links davon zwei Sessel für wartende Besucher, teure Modellmöbel mit weißem Leder bezogen, ein Garderobenständer aus Edelholz, Aschenbecher aus Kristallglas. An der Wand Bilder und Kalender aus schwarzem Plexiglas mit Metallbuchstaben und -zahlen.

Der Kalender zeigte das Datum des 24. Mai von vor zwei Jahren.

»An diesem Tag wurde das Sancol-Gebäude zum ersten Mal für den Publikumsverkehr geöffnet.«

Eine gepolsterte Tür trennte den Vorraum vom Hauptbüro. Ich drehte den Knauf.

Eine vielkerzige Deckenleuchte verbreitete strahlende Helligkeit. Zwei Wände bestanden aus eingebauten Schränken, deren Holz den dunkelroten Samtglanz von Mahagoni hatte. Aus dem gleichen Material war der Schreibtisch in der

Raummitte. Eine große Schreibmappe aus Leder lag darauf. Rechts davon stand der Telefonapparat. Der Sessel hinter dem Schreibtisch hatte eine hohe, gepolsterte Rückenlehne aus schwarzweißem Zebrafell.

Auf der ganzen, kostbaren Einrichtung lag eine solide Schicht Staub.

»Soll ich glauben, daß seit zwei Jahren niemand mehr dieses Büro betreten hat?« rief der Sancol-Wächter.

»Auf jeden Fall wurde seitdem nicht Staub gewischt«, antwortete Phil. Er öffnete einen Wandschrank. Der Schrank war völlig leer.

Ich ging hinter den Schreibtisch.

Vom Telefon führten vier Kabelschnüre zur rechten Seitentür. Im Türschloß steckte ein Schlüssel aus bronziertem Messing und kunstvoll ziseliert, kostbar wie alles in diesem Raum.

Die Tür war von innen gepolstert. Auf zwei Einlegeböden standen der Anrufbeantworter und das Aufnahmegerät. Wenn ein Anruf kam, lief im Beantworter eine Tonbandschlinge ab. Danach schaltete sich das Aufnahmegerät ein. Ein Zählwerk registrierte die Anzahl der Anrufe. Es zeigte die Ziffer 2.

Neben mir ging Phil in die Hocke. Er zog das Fach, das das Aufnahmegerät trug, heraus. Dahinter stand ein zweiter Telefonapparat, durch Kabel mit dem Aufnahmegerät verbunden.

Wir sahen uns an. Das also war das Geheimnis der True Staff Agency! Auf diese Weise erhielten die Drahtzieher der Organisation ihre Informationen, ohne jemals das Büro zu betreten. Wenn sie den zweiten Apparat anwählten, empfing das Aufnahmegerät einen Impuls, der das Tonband zurücklaufen ließ und es dann abspielte. Die Anrufer konnten die aufgenommene Nachricht abhören, die danach automatisch gelöscht wurde. Die Türpolsterung diente zur Dämpfung des Lautsprechers, der nicht ausgebaut worden war, obwohl die Tonübertragung auf das Telefonmikrofon durch direkten Kontakt erfolgte.

»Zwei Telefonate, die noch nicht abgehört wurden«, sagte Phil und wies auf das Zählwerk.

»Eins davon ist mein Anruf.«

Alle Knöpfe für Handsteuerung waren an dem Gerät noch vorhanden. Phil drückte den Knopf für Rücklauf. Das Band spulte in die Nullstellung, und Phil schaltete auf ›Abhören‹.

Aus dem Lautsprecher drang eine Männerstimme. Im nüchternen Ton eines Diktates sagte der Mann:

»Unsere Aktion kann auf die Hydro Carburate Limited in Detroit ausgedehnt werden. Dazu ist ein Geständnis erforderlich, in dem Frost zugibt, die Aktien der Hydro Carburate, die sich im Besitz der Goron Chemical befinden, ins Ausland verschoben und verkauft zu haben. Ein Kurssturz von Hydro-Carburate-Aktien wäre die sichere Folge solchen Geständnisses. Die Hydro Carburate wird an der Börse mit einem Kurs von 68 Dollar notiert. Bei einem Kurssturz von ...«

Phil und ich hielten den Atem an.

Wir kannten die Stimme, und wir kannten den Mann.

Als der Streifenwagen mit kreischenden Reifen vor dem Eingang zum Verwaltungshochhaus der Goron Chemical Company am unteren Broadway stoppte, war es kurz vor 22 Uhr. Auf dem schlanken 40-Etagen-Turm aus getöntem Glas und mattem Edelstahl drehte sich das leuchtende Firmensymbol, gebildet aus den verschlungenen Buchstaben, G, C, und C.

Hinter uns stoppten fünf Fahrzeuge der City Police.

Die großen automatischen Fronttüren waren abgeschaltet und verriegelt. Eine Klingel gab es nicht. Wir mußten heftig gegen das Glas hämmern, bis sich ein Nachtwächter zeigte. Der Fahrer eines Streifenwagens kam auf die schlechte Idee, seine Sirene in Betrieb zu setzen. Es dauerte einige Sekunden, bis er sie auf Phils wütenden Befehl abschaltete.

Die Fronttüren wurden entriegelt.

Sechs Männer des Wachpersonals sammelten sich in der Halle.

»Mr. Meehan soll noch in seinem Office sein?« sagte ich.

»Wahrscheinlich in Mr. Frosts Büro. Ich werde anrufen …«

»Lassen Sie die Finger vom Telefon! Welcher Aufzug ist in Betrieb?«

»Aufzug 3!«

Phil, ich und vier City-Polizisten betraten die Kabine. Der Expreß schoß uns nach oben und bremste weich auf der 39. Etage.

In den Gängen brannte die matte Nachtbeleuchtung. Am Eingang des Korridors zum Cheftrakt warnte eine Schrifttafel: *Zutritt nur nach Anmeldung.*

Die Edelholztüren zu den Büros der Sekretärinnen und der Unterdirektoren standen offen. Am Ende des Korridors lag das Präsidentenbüro.

Ich öffnete die gepolsterte Tür. Frosts überdimensionales Büro lag im Halbdunkel. Nur auf dem Schreibtisch brannten zwei Tischleuchter. Durch die große Frontscheibe erblickte man die Silhouetten der Wolkenkratzer von Downtown Manhattan, alle von den Säulen des World Trade Centers überragt.

Auf der Schreibtischplatte türmten sich Aktenordner und Papiere jeder Art. Der Sessel war zurückgeschoben, als sei der Mann, der am Schreibtisch gearbeitet hatte, gerade aufgestanden.

»Wo ist er?« fragte Phil leise.

Ein City-Polizist rief vom anderen Ende des Ganges:

»Sir, der Fahrstuhl zum Dach wurde benutzt.«

Wir holten die Kabine herunter. Phil und ich fuhren nach oben.

Kühler Wind traf uns. Hoch über unseren Köpfen und genau in der Dachmitte drehten sich auf einem Stahlmast die verschlungenen Leuchtbuchstaben des Firmensymbols und warfen wechselndes weißes, rotes und grünes Licht über die künstliche Gartenlandschaft und den Hubschrauberlandeplatz, die je zur Hälfte das Dach beanspruchten. Die Bäume in ihren Kübeln bewegten die Zweige im Wind.

Auf dem Markierungskreis des Landeplatzes stand ein Helikopter der Goron Chemical, das Firmenzeichen am Heck.

Ich legte die Hände an den Mund: »Agnew Meehan, es hat keinen Zweck, sich zu verstecken. Zeigen Sie sich!«

Ich erhielt keine Antwort.

Phil faßte meinen Arm und beugte sich zu mir. »Im Hubschrauber«, flüsterte er.

Er hatte recht. In der Glaskanzel zeichneten sich die Umrisse eines Menschen ab.

Langsam gingen wir auf den Helikopter zu.

»Meehan, kommen Sie aus der Maschine!«

Ihm gelang, was er schon seit Minuten versuchte. Er erwischte den Anlasser. Der Motor sprang an.

»Meehan!« brüllte ich.

Was er beabsichtigte, war völlig idiotisch. Er verstand nichts von der Bedienung eines Hubschraubers. Schon mit dem nächsten Handgriff würgte er den Motor wieder ab.

Wir hatten den Helikopter fast erreicht, als er auf der anderen Seite aus der Kanzel sprang und auf den Dachrand zurannte.

»Bleiben Sie stehen!«

Nur eine hüfthohe Barriere sicherte die Dachfläche gegen den Rand.

Agnew Meehan, dicklich, kurzatmig, körperlich untrainiert, prallte gegen die rot-weiß gestrichene Querstange. Für eine Sekunde sah es aus, als würde er hängenbleiben, aber dann wälzte er sich über die Schranke und richtete sich auf. Jenseits der Barriere betrug der Abstand zum Rand noch zwei Schritte.

Ich flankte über die Schranke.

Meehan stieß einen hohen, fast quiekenden Schrei aus und ließ sich fallen.

Ich warf mich nach vorn, sah seinen Körper, der in Sekundenschnelle zu kaum mehr als einem Punkt zusammenschrumpfte. Das Geräusch des Aufschlages war zu schwach, als daß der Wind es 40 Etagen hoch getragen hätte.

Noch bevor die Börse am nächsten Tag geöffnet wurde, erschien Kenneth Frost auf den Bildschirmen.

»Die sogenannten Geständnisse, die mir mit körperlichem und seelischem Zwang abgepreßt worden sind, sind falsch. Die Goron Chemical Company ist eine gesunde, ehrliche Firma, geleitet von ehrenhaften und korrekten Männern, die das Vertrauen der Nation und der Aktienbesitzer verdienen.«

Klar, daß nach dieser Rede die Kurse raketengleich nach oben schossen.

Die Verluste der Entführungstage wurden innerhalb von zwei Stunden ausgeglichen. Die Wirtschaftszeitungen schrieben, nur wenige Daueranleger hätten während der Krise ihre Aktien verkauft.

Aber den Spekulanten, die auf einen weiteren Kursrückgang gehofft und Leergeschäfte getätigt hätten, würde durch die überraschende Entwicklung das Fell über die Ohren gezogen.

Uns interessierte die Entwicklung der GCC-Kurse nicht. Wir wußten, daß wir einen großangelegten Plan des Trust zerschlagen hatten. Das gab uns ein Gefühl von Befriedigung.

Natürlich suchten wir unsere Chance wahrzunehmen, um endlich hinter das Geheimnis der Trust-Organisation zu kommen. Wir wollten die Leute entlarven, die das raffinierte und grausame Spiel um Hunderte von Millionen dirigierten.

War Agnew Meehan Mitglied des Trust gewesen? Oder hatte die Organisation ihn eingefangen? Ihn mit Macht und Geld verlockt? Vielleicht seinen Haß gegen Kenneth Frost angefacht und ihm versprochen, ihn zum Präsidenten zu machen, wenn der Konzern von den Verbrechern erobert war?

Die Fragen blieben unbeantwortet.

Nichts, was Aufschluß gegeben hätte, fand sich in Meehans Hinterlassenschaft.

Das Agency-Büro im Sancol-Gebäude brachte uns nicht weiter.

Es war unter dem Namen eines Mannes gemietet worden, der nichts davon wußte und seit Jahren als Pensionär in Florida lebte.

Ray Hamer schließlich, Killer im Auftrag des Trust, war den Auftraggebern zum Opfer gefallen.

Es war nur ein bescheidener Erfolg, daß es uns gelang, seine Nachfolger, die auch seine Mörder waren, zu identifizieren. Vermutlich hießen sie Red und Mike Harshow, zwei Brüder aus Detroit, kleine, unauffällige Gangster bisher, vom Trust zu Killern erzogen und geschult. Sie jagten wir jetzt anstelle von The Prof und mit der gleichen Hoffnung, daß von ihnen eine Spur in das Zentrum der Organisation führte.

Nein, der Trust war nicht zerschlagen. Irgendwann und irgendwo würden wir das Wirken der Organisation spüren. In New York oder in einer anderen Stadt würde ein Büro von Unbekannten eingerichtet. Vielleicht würden sie damit beginnen, die Macht auszunutzen, die ihnen das siebte, das verschwundene Tonband verlieh.

Würden sie wieder der Tarnfirma einen Namen geben, in dem die Buchstaben des Wortes Trust ebenso vorkämen wie in der Bezeichnung True Staff Agency?

Sechs Wochen nach seiner Befreiung trat Kenneth Frost von seinem Posten als Präsident der Goron Chemical Company zurück.

Mehr als sechs Monate nach diesen Ereignissen fanden Bauern im Hochland von Bolivien einen erschöpften, abgemagerten Mann. Sie benachrichtigten den nächsten Regierungsbeamten. Soldaten brachten den Fiebernden in die Hauptstadt.

Da der Mann im Delirium Englisch sprach, wurde die amerikanische Botschaft benachrichtigt. Doch der Mann starb, bevor ein Angestellter der Botschaft im Krankenhaus eintraf. An Hand von Fingerabdrücken wurde er als amerikanischer Staatsbürger Matthew Wester identifiziert, den

Guerilleros vor beinahe acht Monaten bei einem Jagdausflug gefangen hatten.

Die kleine, indianische Krankenschwester, die den Mann zuletzt betreut hatte, berichtete, er habe im Fieber viel von einem Kondor gesprochen.

ENDE

Seine letzte Affäre

Michael Kellin kam aus dem Bad. Während er sein Hemd zuknöpfte und das Etui mit dem 38er vom Nachttisch nahm, sah er, wie Coras schöne Augen nachdenklich und fragend jede seiner Bewegungen verfolgten. Sie lag noch auf dem Bett. Unter der dünnen Decke zeichneten sich die Formen ihres hinreißenden Körpers ab.

»Du warst gut«, sagte sie schließlich. Es klang irgendwie erstaunt, als hätte sie das nicht erwartet.

Er drehte sich um und blickte auf sie hinunter. Durch die Spalten der Jalousie fiel ein Streifen Sonnenlicht über Coras nackte Schulter. Mein Gott, welch eine Frau, dachte er hingerissen. Er kannte sie schon seit drei Wochen. Aber jetzt lag die erste gemeinsame Nacht hinter ihnen.

Er hätte nicht geglaubt, daß er sich noch einmal so verlieben könnte. Schließlich war er vor einem Monat 41 geworden. Zwei gescheiterte Ehen, ungezählte Verhältnisse, Abenteuer und Affären lagen hinter ihm.

»Wenn ich dich betrachte, kommen mir unwillkürlich dumme Gedanken«, sagte er.

»Schon wieder?« fragte Cora. Sie rekelte sich und lächelte sinnlich.

»Nicht, was du jetzt denkst«, sagte er schnell.

»Was verstehst du denn sonst unter dummen Gedanken?« erkundigte sie sich.

»Ich denke an ein trautes Heim, in dem das Kaminfeuer knistert und wo du deinen Mann mit einem Kuß und einem Drink empfängst.«

»Und an viele glückliche Jahre mit Trauschein und Ehering«, ergänzte sie spöttisch. Ihre grünen Augen funkelten.

Er grinste vage und schnallte das Etui an seinem Gürtel fest. Er schob es etwas nach hinten, damit sich der Umriß des Revolvers nicht unter dem Jackett abzeichnete.

Cora deutete auf die Waffe. »Hast du das Ding schon mal benutzt?« fragte sie. »Ich meine – hast du damit schon mal auf einen Menschen geschossen?«

»Du lenkst ab«, stellte er fest.

»Ich meine die Frage ernst. Es interessiert mich.«

»Nein, ich habe noch nie auf einen Menschen geschossen. Und ich hoffe, ich werde nie dazu gezwungen werden.«

Eine steile Falte erschien über seiner Nase. Heute abend würde es vielleicht soweit sein. Ganz plötzlich stellte sich das Gefühl der Furcht wieder ein. Es zog ihm das Herz zusammen. In der Nacht hatte er seine Angst vergessen. Jetzt war sie wieder da.

Er schüttelte die düsteren, bedrängenden Gedanken ab, als er das Jackett überzog und sich zu Cora hinabbeugte.

»Ich kann nämlich kein Blut sehen«, sagte er leichthin. »Bis bald, Kleines! Ich freue mich aufs Wiederkommen.«

Sie streckte die Arme nach ihm aus und schlang sie um seinen Hals. Er küßte sie auf die Stirn und auf den Mund. Dann streifte er die Decke von ihrem Körper und strich mit beiden Händen über ihre heiße Haut, ehe er sich mit einem Ruck befreite und einfach ging, ohne ihr einen letzten Blick zuzuwerfen, der ihn vielleicht hätte schwach werden lassen. Er brauchte einen klaren Kopf, und er konnte nicht kneifen, wenn er nicht die Arbeit vieler Monate aufs Spiel setzen wollte.

Auf das Thema Heiraten war er nicht zurückgekommen.

Mike Kellin war kein Typ zum Heiraten. Cora Dixon allerdings genausowenig – wenn auch aus ganz anderen Gründen.

In der Tür zu unserem Office prallte ich mit Phil zusammen. Ich kam, und er wollte schon wieder gehen. Mein Freund und Kollege trug seinen Mantel, den er erst vor ein paar Tagen gekauft hatte. Dunkelblau und leicht tailliert, ein wirklich elegantes Stück, dem man nicht ansah, daß es nur 38 Dollar gekostet hatte. Eine Gelegenheit, wie man sie angeblich nur an der Orchard Street bekommt, wo jüdische Händler alle möglichen Sonderposten verkaufen, die woanders nicht mehr laufen.

»Guten Morgen«, sagte ich. »Du siehst aus, als ob du es eilig hättest.« Wir hatten in den vergangenen Tagen an verschiedenen Fällen gearbeitet, und mir fiel ein, daß wir uns zwei Tage nicht gesehen hatten.

»Ich muß zur Park Row rüber«, sagte Phil.

In der Park Row liegt das Bundesuntersuchungsgefängnis.

»Es hat also geklappt?« fragte ich. »Du hast Larry Walsh erwischt?«

»Hab' ich«, bestätigte Phil. »Wenn sein Anwalt jetzt nicht mit üblen Tricks aufwartet, bleibt er bis zu seinem Prozeß in Haft.«

»Gratuliere«, sagte ich. Larry Walsh war ein in mehreren Bundesstaaten gesuchter Heiratsschwindler, der außer gebrochenen Herzen auch beträchtlichen materiellen Schaden angerichtet hatte. »Dann laß dich nicht austricksen!« sagte ich noch.

»Du, ich muß mich beeilen. Ach so, da hat jemand für dich angerufen. Ein Detective Kelly oder Keller. Oder Kellin. So long.«

»Hast du die Nummer aufgeschrieben?«

»Er ruft noch mal an.« Phil eilte davon.

Kelly, Keller, Kellin, Detective. Undeutlich erinnerte ich mich an einen arroganten Burschen, mit dem ich vor Jahren einmal in einem Fall von groß angelegter Scheckbetrügerei zusammengearbeitet hatte. Michael Kellin vom Headquarters, richtig. Das mußte er sein. Er gehörte dem Dezernat für Wirtschaftskriminalität an.

Ich sah auf die Uhr. Es war Viertel vor elf. Um halb zwölf hatte ich eine Verabredung mit dem U.S. Attorney im U.S. Court House. Ich konnte die Besprechung nicht einfach platzen lassen.

In meinem Telefonverzeichnis fand ich tatsächlich noch Michael Kellins Durchwahlnummer. Ich griff zum Telefon und wählte. Drüben, an der Police Plaza 1, meldete sich eine männliche Stimme.

»Bureau of Detectives, Sergeant Leonard.«

»Hier ist Cotton, FBI. Kann ich Mike Kellin sprechen?«

»Mr. Kellin ist nicht mehr bei uns, Sir. Er arbeitet jetzt für das Office des District Attorney. Warten Sie, ich kann Ihnen die Nummer geben.«

Mike Kellin war also aufgestiegen. Detective im Büro des Bezirksstaatsanwalts. Der Job paßte zu ihm. Ich schrieb die Telefonnummer auf, bedankte mich, trennte das Gespräch und wählte gleich neu.

Dieses Mal meldete sich eine weibliche Stimme. Sie klang spröde, beinahe kratzig, als sie ihren Namen nannte. »Oliphant, Vorzimmer des Staatsanwalts. Sie wünschen bitte?«

»Hier ist Cotton. Ich möchte Mr. Kellin sprechen.«

»In welcher Angelegenheit?«

»Das weiß ich nicht. Er hat mich angerufen, und ich rufe zurück. Er will etwas von mir.«

»Mr. Kellin befindet sich im Außendienst. Kann ich Ihre Nummer notieren?«

»Die kennt er, Lady.«

»Ich bin Mrs. Oliphant, Mr. Cotton.«

»Ja, Mrs. Oliphant. Vielen Dank für das Gespräch.«

Kopfschüttelnd legte ich auf. Zuletzt hatte die Stimme der Lady ganz schön kratzbürstig geklungen. Ich wollte gerade in der Zentrale Bescheid sagen, daß ich zum Lunch ginge, als das Telefon klingelte.

»Detective Kellin«, sagte die Stimme am anderen Ende. »Erinnern Sie sich an mich, Mr. Cotton?«

»Ich erinnere mich«, sagte ich zurückhaltend. Einen greifbaren Grund für meine damalige Abneigung hätte ich nicht zu nennen gewußt. »Es ist einige Zeit her, Mr. Kellin«, fügte ich dann etwas verbindlicher hinzu.

»Drei Jahre, glaube ich. Damals haben Sie Mike zu mir gesagt.«

»Natürlich – Mike.«

Er zögerte und sagte dann: »Ich arbeite jetzt im Büro des Staatsanwalts. Greenfield hat mich rübergezogen.«

»Ich weiß«, sagte ich.

»Jerry, ich habe ein Problem ... aber dieses Gespräch sollte ... nun, es sollte inoffiziell sein. Ich hoffe irgendwie, daß Sie mir helfen können. Ich weiß nur nicht, wo ich anfangen soll.«

»Am besten von vorn«, meinte ich. »Wenn es nicht zu lange dauert.«

»Wenn es Ihnen besser paßt, treffen wir uns doch beim Lunch!«

»Können Sie in die Downtown kommen? Gegen ein Uhr bei Bernie's in der Warren Street? Kennen Sie Bernie's?«

»Ich habe 16 Jahre da unten gearbeitet, vergessen Sie das nicht. Also, um eins. Und vielen Dank, Jerry.«

Mike Kellin schob das Wasserglas hin und her. »Ich arbeite jetzt seit zwei Jahren für Hubert Greenfield. Die ganze Zeit sitze ich praktisch an ein und derselben Sache. Bei Greenfield laufen alle Wirtschaftstrafsachen zusammen, die entfernt mit der Vergabe von Bauaufträgen durch die Stadt New York zu tun haben. Unsere Abteilung ist viel zu klein, Jerry. Es gibt da Kreise in der Stadt, die sahnen seit vielen Jahren unbehelligt ab. Millionen – und völlig risikolos. Ob es sich um die Apartmenthäuser auf der Lower Eastside handelt, die für einkommensschwache Familien gedacht sind, um Schulen oder Neubauten in Harlem oder in der Bronx, oder um den Ausbau der U-Bahn oder den Neubau des Highway-Kreuzes am Major Deegan Boulevard, ein 40-Millionen-Dollar-Projekt.«

»Hat es am Major-Deegan-Kreuz nicht den Unfall gegeben? Wann war das? Vor zwei Wochen?«

»Es ist schon vier Wochen her. Die Auffahrt von der George Washington Bridge auf den Highway ist zusammengebrochen. Es hat vier Tote gegeben. Der Sachschaden beträgt mindestens 15 Millionen, soweit sich ein solcher Schaden überhaupt in Dollars beziffern läßt. Es wurde minderwertiges Material verbaut. Die Betonteile, die stehengeblieben sind, und die Teilstücke, die bereits fertiggestellt wurden, müssen abgerissen werden. Es gibt keine andere Möglichkeiten.« Er sah mir in die Augen. »Vor einem Jahr hat es einen ähnlichen Unfall gegeben. Ein Hochbahn-Projekt in Queens. Das Teilstück einer Spannbetonbrücke ist eingebrochen. Glücklicherweise kamen keine Menschen zu Schaden, obwohl die Strecke bereits in Betrieb genommen worden war. Auch hier wurde nachweislich minderwertiges, nicht zugelassenes oder abgenommenes Material verwendet.« Er schluckte. »Das System ist immer dasselbe. Zuerst unterbietet eine in jedem Fall renommierte Firma die Angebote der Mitwettbewerber. Sie bekommt deshalb den Auftrag. Was die Stadt nicht weiß, ist folgendes – kurz zuvor haben finanzstarke Gruppen, die sich hinter Scheinfirmen verstecken, die Aktienmehrheit der Firma erworben. Dann werden Bauleiter, Materialprüfer und Abnahmeinspektoren bestochen oder mittels Erpressung gefügig gemacht. Die meisten haben irgendwann schon mal in die eigene Tasche gewirtschaftet und sind deshalb leicht erpreßbar.«

Mike Kellin sah mich an, und weil ich abwartend schwieg, trank er schnell einen Schluck Wasser, ehe er seinen Bericht fortsetzte.

»Früher ist man die Sache ganz direkt angegangen. Da wurden ganz einfach falsche Liefermengen abgerechnet. Es wurden einfach geringere Mengen Kies, Beton, Baustahl oder Bauholz angeliefert, als bestellt und auf den Lieferscheinen angegeben war. Korrupte Inspektoren haben die Menge abgezeichnet, und die Stadt hat bezahlt. So wurden an einem Großprojekt leicht einige Millionen Dollar verdient. Unsere Arbeit hat immerhin dazu geführt, daß diese Art von Betrug weitgehend zurückgegangen ist. Als ich noch fürs Headquarter arbeitete, hatte ich schon ein neues, betrugssicheres Abnahmesystem eingeführt. Aufgrund der Erfolge hat Greenfield mich dann zu sich geholt.«

Kellin fuhr fort: »Die betrügerischen Firmen haben sich umgestellt und angepaßt. Jetzt liefern sie schlechteres und damit billigeres Material. Die Proben, die sie von den Stählen, dem Fertigbeton, dem Bauholz und so weiter einreichen, sind natürlich stets in Ordnung. Die Probewürfel, die gegossen werden, halten jeder Prüfung stand. Aber wenn dann der Bau läuft und der Materialstrom fließen muß, wenn täglich große Mengen Eisen und der Fertigbeton verarbeitet werden, dann stimmt nichts mehr.«

Kellin preßte die Lippen aufeinander. Er hatte ein Sandwich und einen doppelten Whisky bestellt. Den Whisky hatte er längst getrunken. Das Sandwich stand unberührt vor ihm.

»Aber es muß doch laufende Qualitätskontrollen geben, Prüfungen, ob die Normen eingehalten werden, ob das gelieferte Material mit den Spezifikationen übereinstimmt! Ich bin kein Fachmann, Mike, aber das geht doch nicht so einfach!«

»Die Abnahmeinspektoren sind bestochen oder erpreßt. Oder sie werden ihrerseits getäuscht. Oder ein Mitarbeiter im Materialprüfungsamt ersetzt die Proben von den Baustellen durch Material, das in Ordnung ist. In den Kontrolllisten und Prüfberichten stehen nachher die richtigen Werte. Wenn es brenzlig wird, werden die Firmen einfach liquidiert, dann ist kein Geld mehr da, nichts. Zurück bleiben nur die verantwortlichen Prokuristen und ein verantwortlicher Bauleiter. Diese Männer sitzen hinter Gittern. Aber sie sind selber betrogen worden. Man wird sie zu langen Freiheitsstrafen verurteilen, obwohl sie unschuldig sind.«

Kellin zündete sich eine Zigarette an. Heftig stieß er den Rauch aus.

Ich konnte mir immer noch nicht vorstellen, was er von mir wollte.

»Inzwischen bin ich überzeugt, daß wir es mit ganz normalen Gangstern zu tun haben. Nein, nein«, schob er meinen Einwand zurück, bevor ich ihn aussprechen konnte. »Das Geld, mit dem die Beteiligungen an den ausführenden Firmen erworben wurde, ist sauber wie frisch gedruckt, auch wenn es aus dem Rauschgifthandel oder anderen Verbrechen stammt. Es kommt fast immer aus Las Vegas, manchmal auch aus Europa, wo es dann angeblich von englischen oder deutschen Investoren stammt. Was ich meine, ist – die Ausführung und Überwachung der Erpressungen, der Bestechungen, der Bedrohungen, dies alles wird von echten Gangstern vorgenommen.«

»Gibt es Hinweise?«

»Hinweise ja, aber ich kann noch nichts beweisen. Ich bin bedroht worden. Mit Geld hat man es auch versucht. Allerdings nur einmal. Als ich bei Greenfield anfing, bekam ich einen Anruf, daß ich ab sofort jeden Freitag postlagernd einen Umschlag mit 500 Dollar bekommen könne, wenn ich meine Nachforschungen nicht so energisch betriebe. Ich habe die Sache gemeldet und den ersten Umschlag zusammen mit einem Kollegen abgeholt. 500 Dollar! Allerdings kam dann nichts mehr. Außer Drohanrufen. Ich sollte nicht so tief einsteigen, wenn mir mein Leben lieb wäre. Man sähe ein, daß ich nicht käuflich wäre, und man wolle mir hin und wieder einen kleinen Eierdieb liefern, damit ich Erfolge vorzuweisen hätte. Im übrigen solle ich mich ruhig verhalten. Sonst würde man mich zu treffen wissen. Sie haben es bewiesen. Daß sie mich treffen können, meine ich. In meiner Wohnung fand ich ein Paket mit einer Bombenattrappe, und ein anderes Mal war an meinem Wagen der Bremsschlauch beschädigt. Ich sollte es merken. Die Verbrecher wollen sich nicht so ohne weiteres mit einem Polizistenmord belasten. Aber sie würden es tun, wenn sie keinen anderen Ausweg sehen. Denn getötet haben sie schon, und damit meine ich nicht den Unfall am Major-Deegan-Kreuz. Ich meine vorbedachten Mord. Auch wenn ich ihn nicht beweisen kann.«

Mike Kellins Gesicht war jetzt starr. Er hatte das Kinn vorgeschoben, und die Sehnen an seinem Hals spannten sich. Er hat Angst, stellte ich fest. Ganz gewöhnliche Angst.

»Vorige Woche war ich endlich soweit«, fuhr Kellin fort. »Ein ehemaliger Baustellenleiter von dem Hochbahn-Projekt in Queens wollte aussagen. Er hätte mindestens zwei Leute identifizieren können, die die Drecksarbeit machen. Und er hätte mir erzählen können, wie die Kerle es immer wieder schaffen, falsche Proben unterzuschieben. Ich hatte den Mann damals mehrmals vernommen. Damals hatte er dichtgehalten. Jetzt hat er seinen Job verloren. Geschieden war er schon längst, und er hatte zu trinken begonnen. Er war ziemlich weit unten angelangt. Er meldete sich bei mir. Das war nach dem Unglück am Major-Deegan-Kreuz. Er wollte endlich aussagen. Als er vorigen Dienstag sein Haus in Englewood verließ, um nach Manhattan zu fahren, wurde er von einem Fahrzeug erfaßt und 200 Yards mitgeschleift. Er war nicht sofort tot. Er starb erst zwei Tage später. Ich nehme an, ich sollte gleichzeitig einen Denkzettel erhalten. Der Fahrer des Wagens konnte bisher nicht ermittelt werden. Das ist es also.«

»Essen Sie Ihr Sandwich«, sagte ich. »Los, essen Sie schon!« Ich winkte der Kellnerin und bestellte zwei Tassen Kaffee. »Und was wollen Sie jetzt von mir?« fragte ich dann.

»Ich stand an einem Wendepunkt, verstehen Sie? Aufgeben oder weitermachen? Wenn ich weitermache, dann mit erhöhtem Nachdruck. Im Zuge der Ermittlungen bin ich auf einen Mitarbeiter im Materialprüfungsamt gestoßen. Er heißt Elmar Rank. Ein kleiner Fisch, zugegeben. Aber er hat Dreck am Stecken, das steht fest. Ich habe seine Ausgaben überprüft, und ich bin meiner Sache sicher. Der Kerl gibt mehr Geld aus, als er verdient. Er stellt es geschickt an. Aber mir kann er da nichts vorgaukeln. Natürlich wird auch sein Telefon überwacht, wie zur Zeit bei einem vollen Dutzend anderer Personen. Bis jetzt hat sich da nichts abgespielt, absolut nichts. Bis gestern. Da bekam Mr. Rank einen Anruf.«

Mike Kellin zog ein Telefonprotokoll aus seinem Jackett, faltete die drei Blätter auf und schob sie neben meinen Teller. Es handelte sich um die Niederschrift eines Gesprächs, das von der Technischen Abteilung der City Police gestern morgen von 7 Uhr 42 bis 7 Uhr 44 aufgezeichnet worden war. Im Kopf des Protokolls standen das Aktenzeichen und die Nummer, unter der die Anhörung vom Gericht genehmigt worden war. Ich begann zu lesen.

Anrufer: Guten Morgen, Elmar, hier ist Mac. Entschuldigen Sie, daß wir uns so lange nicht gemeldet haben.

Rank: Mac? Ich weiß nicht ...

Anrufer: Wir schulden Ihnen noch einiges, Elmar. Ich denke, Sie warten schon ungeduldig.

(Schweigen)

Anrufer: Ich habe was für Sie. Treffen wir uns wie üblich ...

Rank: Im Atlantis?

Anrufer: (scharf) Elmar! Kommen Sie in die Bar! Morgen abend um neun. Okay?

Rank: Ja, ja, ich komme.

(Ende des Gesprächs)

Ich schob Kellin die Blätter zu und sah ihn fragend an. »Ich habe ein komisches Gefühl, Jerry«, sagte er. »Es sind sehr viele Personen an den Betrügereien beteiligt, das steht fest. Es gibt unzählige Mitwisser. Sowie wir beginnen, einen abzuhören, sowie wir einen vernehmen, ihm zusetzen, sofort geht eine Klappe runter.« Kellin tippte auf die Blätter des Protokolls. »Es ist das erste Mal, daß wir einen solchen Anruf registrieren.«

Ich beobachtete den Kollegen. Wieder bemerkte ich die Anzeichen der Angst in seinem flächigen Gesicht mit der kleinen Nase und dem schmalen Mund, dessen Lippen gespannt waren wie die Lefzen eines Wolfs. Kellin war ein Frauentyp, ich wußte es. Er war zweimal geschieden. Die Zahl seiner Affären war nicht einmal ihm mehr bekannt.

Mich ging das nichts an.

Er war nicht mein Partner, und ich war nicht sein Vorgesetzter.

»Sie glauben also, es handelt sich um eine Falle?« forschte ich. »Für Rank? Oder für wen?«

»Ich weiß es nicht, Jerry. Weshalb ich Sie bitten möchte – begleiten Sie mich heute abend! Ich habe wenig Erfahrung in Festnahmen dieser Art. Ich brauche einen Partner.«

»Warum nehmen Sie keinen Kollegen vom Office des District Attorney? Oder aus Ihrer alten Abteilung?«

»Ich weiß nicht mehr, wem ich trauen kann, Jerry. Es gibt eine undichte Stelle. Es muß eine geben! Der Mord in Englewood hat mir die Augen geöffnet.«

»So, wie Sie mir den Fall geschildert haben, handelt es sich um einen Unfall mit Fahrerflucht.«

»Jerry, würden Sie nicht dasselbe denken wie ich?«

»Ich würde von den Tatsachen ausgehen«, sagte ich. Es stimmte eigentlich nicht. Auch ich traute häufig eher meinem Gefühl als trockenen Tatsachen, die oft gar keine waren, sondern nur das Ergebnis von Lügen darstellten.

»Was ist mit den 500 Dollar, der Bombenattrappe in meiner Wohnung, dem Defekt an der Bremsanlage?«

Ich deutete auf das Protokoll. »Wer weiß davon?«

»Die Kollegen von der Technik, der Richter, der den Abhörbeschluß ausgestellt hat, und ich. Als der Bote das Protokoll gestern mittag brachte, war die Oliphant beim Lunch. Da hab' ich's vereinnahmt, ohne es, wie es Vorschrift ist, in die Liste einzutragen. Ich sehe eine Chance, aber ich habe ein komisches Gefühl.«

»Sie haben Angst.«

»Sie wissen es. Warum sagen Sie es?« fragte Kellin feindselig.

»Sie wollen mich dabeihaben, weil ich mehr Erfahrung in solchen Sachen habe. Bei einer Festnahme zum genau richtigen Zeitpunkt. Ich habe auch Angst, wenn eine Sache heikel aussieht. Wenn man darüber spricht, wird man sich seiner Gefühle bewußt. Man darf sich nichts vormachen, Mike. Angst zu haben ist keine Schande, das hat man Ihnen bestimmt schon während der Ausbildung vor 20 Jahren beigebracht. Niemand verlangt von Ihnen, den Helden zu spielen. Sie können, wenn Sie es für richtig halten, das zuständige Revier einschalten. Sehr kurzfristig sogar, um die undichte Stelle zu umgehen.«

»Ich weiß«, sagte Kellin steif. »Ich danke Ihnen jedenfalls, daß Sie gekommen sind. Den Lunch übernehme ich.«

»Jetzt seien Sie nicht eingeschnappt! Ich habe heute abend zufällig nichts vor.« Von meiner Verabredung mit einer süßen, zauberhaften Lehrerin erwähnte ich nichts. Ich würde sie vertrösten. Was tut man nicht alles für einen Kollegen, wenn er um einen Gefallen bittet!

Jemand warf eine Handvoll Münzen in die Musicbox, und gleich darauf füllten die Klänge eines harten, sinnlichen Beat den Raum. Ich verlor Mike Kellin für einen Moment aus den Augen, als sich ein paar junge Leute vor ihm herschoben, die weiter hinten, wo es dunkel war, tanzen wollten. Mike Kellin klammerte sich wieder am Handlauf der Theke fest. Er sah kurz zu mir herüber. Dann nahm er sein Glas auf und nippte daran wie ein ganz normaler Gast.

Er hält sich gut, dachte ich. Seit acht Uhr lungerten wir hier herum, und jetzt war es neun. Zwei Minuten vor neun, um genau zu sein. Wir waren getrennt gekommen. Wir taten so, als ob wir uns nicht kannten. Jeder versuchte auf seine Weise, mit der angespannten, nervtötenden Warterei zurechtzukommen.

Keiner von uns wußte, ob Kellin auf die richtige Bar getippt hatte. Oder ob der Mann, der sich Mac nannte, eine ganz andere im Auge gehabt hatte, als er Elmar Rank zu sich befahl. Rank hatte vom Hotel Atlantis gesprochen, während Mac nur eine Bar erwähnt hatte, bei der es sich um eine beliebige Kneipe handeln konnte, in der die beiden sich schon oft getroffen hatten, um über Spezifikationen und Materialprüfungen zu reden. Und um Geld zu zahlen und zu kassieren.

Natürlich war es logisch, auf die Bar des Atlantis zu setzen, weil der Name dieses neuen Hotels Rank so rausgerutscht war. Das Hotel lag westlich der Tenth Avenue, nur ein paar Blocks vom Bus Terminal und den neuen Piers am Hudson River entfernt.

Die Bar des Atlantis hieß King's Pub und lag im Tiefgeschoß. Die Bar verfügte über drei Ausgänge, von denen einer in die Hotelhalle, einer auf die Eleventh Avenue und der dritte auf die 44th Street hinaufführte.

Im Laufe kurzer Zeit war die Bar zum Treffpunkt für die jungen Schauspielschülerinnen geworden, die in den billigen Pensionen an der Ninth Avenne wohnten und von Tag zu Tag auf ein Engagement an einer Bühne oder in einem der Fernsehstudios warteten. Es hatte sich schnell herumgesprochen, daß hier Girls abzuschleppen waren, wenn der Mann nett und ein wenig großzügig war.

Ich warf einen unauffälligen Blick auf die Uhr. Drei Minuten nach neun. Die Musicbox verstummte. Augenblicke später dröhnten die Takte eines populären Musicalhits aus den Lautsprechern. Ein schlankes, langhaariges Mädchen berührte Kellins Arm. Er sah ihr ins Gesicht, und ich bemerkte das Funkeln in seinen Augen. Doch dann schüttelte er lächelnd den Kopf, und das Mädchen hob die schmalen Schultern, ohne die Augen von ihm zu lassen. Sie trug einen dünnen schwarzen Pullover, der wie ein Trikot die kleinen Brüste und die Wespentaille betonte. Sie wollte mit Kellin sprechen. Er wandte sich ab und versuchte, sie nicht zu beachten.

Immer noch nichts. In meinem Blickfeld lagen der Aufgang zur Halle und die unteren Stufen der gewundenen Treppe, die zur 44th Street hinaufführte. Kellin beobachtete die andere Treppe, die in meinem Rücken lag. Kellin hatte mir ein Bild von Rank gezeigt, und ich hatte mir die schlaffen Züge eines Mannes von unbestimmbarem Alter eingeprägt.

Elmar Rank kam nicht. Ich berührte das flache Walkie-talkie in der Innentasche meines Jacketts. Es war eingeschaltet, daran bestand kein Zweifel. Wenn sich Elmar Rank dem Hotel näherte, würde Phil mir Bescheid geben.

Natürlich ließ ich mich nicht ohne Rückendeckung und Rückversicherung auf ein Abenteuer ein, wenn ich über so wenig Informationen verfügte wie diesmal. Michael Kellin konnte mir eine Menge erzählen!

Also hatte ich Phil über mein Vorhaben informiert. Phil erklärte sich sofort bereit, seinen Abend ebenfalls zu opfern. Phils Idee war es, Elmar Rank von dem Moment an zu beschatten, wenn der sein Haus drüben in Queens verließ, um zu dem Treffen mit seinem Schmiergeldzahler nach Manhattan zu fahren.

Ranks Frau war vor anderthalb Jahren gestorben. Seine beiden Söhne studierten in Harvard. Ein Stipendium bekam keiner. Für sie lebte Rank. Für sie machte er Überstunden. Für sie lieferte er falsche Qualitätsbescheinigungen und veranlaßte die City of New York, Millionen von Dollars ohne Gegenleistung auszugeben. Elmar Rank kassierte dafür wahrscheinlich nur ein besseres Trinkgeld.

Es war sieben Minuten nach neun, als einer der Barkeeper die Lautstärke der Musicbox herunterdrehte und in ein Mikrofon blies.

Dann sagte er: »Telefon für Mr. Rank! Mr. Rank, Telefon bitte!«

Seine Stimme drang glasklar aus den großen Stereolautsprechern. Mike Kellin warf mir einen schnellen, betroffenen Blick zu. Ich war ratloser als er, denn er wußte nicht, daß ich Phil auf Rank angesetzt hatte und daß Phil mir Bescheid gesagt hätte, wenn Elmar Rank in der Nähe war.

Irgend etwas war schiefgegangen. Denn warum war Elmar Rank nicht zu seinem Rendezvous erschienen?

»Mr. Rank!« dröhnte die Stimme des Barkeepers aus den Lautsprechern.

»Ist nicht da!« schrie ein Mädchen. »Mach wieder Musik!«

Was war schiefgegangen? Wurde Rank von der Gegenseite überwacht? Hatte man gemerkt, daß Rank verfolgt wurde?

»Mr. Rank, Sie können das Gespräch in der linken Kabine unter der Treppe annehmen!« Der Keeper legte das Mikrofon weg und drehte die Musik wieder lauter.

Mike Kellin sah mich fragend an. Sein flackernder Blick und das blasse Gesicht verrieten, daß er Angst hatte. Aber er wollte unbedingt dranbleiben. Ich wußte genau, was in ihm vorging.

Und jetzt wollte er meinen Rat, vielleicht einen Anstoß. Was sollte ich tun? Es war sein Fall. Es war seine Idee gewesen, herzukommen. Wenn er sich für Rank ausgeben wollte, war das seine Sache. Er mußte wissen, ob er etwas dadurch erreichte.

Ich nickte unmerklich.

Mike Kellin stieß sich von der Theke ab und ging um den Sockel der Innentreppe herum. Ich hatte mich gleich bei meiner Ankunft mit der Örtlichkeit vertraut gemacht. In dem dunklen Gang unter der Treppe lagen die Türen zu den Toiletten und die Telefonkabinen.

Ein junger Mann stieg die Stufen von der Straße hinunter. Ich sah seinen Schatten, bevor der Mann den Gang betrat. Er schob sich an Kellin vorbei, bevor der Detective im Schatten unter der Treppe verschwand. Die Wandlampe am Ende des Ganges brannte nicht.

Plötzlich kam mir die Musik sehr laut vor, und das Gedränge an der Theke erschien mir unerträglich. Ich wollte mich gerade von der Theke lösen, als die Toilettentür geöffnet wurde. Für einen kurzen Moment fiel eine breite Lichtbahn über den Flur und die gegenüberliegende Wand. Ganz kurz nur sah ich einen Schatten, der vor dem Licht zurückzuckte und sich hinter der aufschlagenden Tür in Deckung brachte.

Aber mein Körper reagierte wie auf ein schrilles Alarmsignal. Wie ein Keil warf ich mich in die Menge, stieß gegen Schultern und Rücken, pflügte zwischen Pärchen hindurch und rannte dann zwischen den Tischen her auf den Gang zu. Im Vorbeilaufen packte ich eine Brandyflasche, die auf einem Tisch zwischen drei Männern stand. Die Flasche war noch halbvoll, und die Männer hatten mit ihrem Inhalt noch einiges vor. Sie begannen hinter mir herzubrüllen.

Ich schleuderte die Flasche wie eine Handgranate in den Gang hinein, wo ich den Schatten gesehen hatte.

Wieder setzte die Musik aus, als die Platte abgespielt war. Bevor die Flasche hoch an der Wand zerbarst, hörte ich das Klirren von Glas. Dann erst platzte die Whiskyflasche. Im selben Augenblick vernahm ich das harte, unverkennbare Wummern eines 38ers, der in einem engen Raum abgefeuert wurde.

Hinter mir begannen die Leute zu kreischen. Ich flitzte in den Gang, in dem es jetzt wieder dunkel war. Erst später bekamen wir heraus, daß schon am Vortag jemand die Fassung der Lampe an der Wand beschädigt hatte.

»Halt! Stehenbleiben!«

Das war Kellin, der da brüllte.

Ein schmächtiger Mann kam mir entgegen. Ich sah die ausgestreckte Hand, die eine Pistole umklammerte. Der Kerl hatte es eilig. Er prallte gegen mich.

Ich schlug die Hand mit der Kanone zur Seite. Dann stieß ich seinen Arm mit der Schulter in die Höhe und wuchtete den Kerl mit meinem ganzen Gewicht gegen die Wand.

»Kellin! Ich habe ihn!« schrie ich. Denn ich legte keinen Wert darauf, ein Stück Blei aus seinem 38er verpaßt zu bekommen, falls er die Lage noch nicht ganz überschaute.

Ich sah den Mann an. Sein Kopf pendelte kraftlos von einer Seite zur anderen. Als ich den Druck meiner Schulter etwas lockerte, um dem Mann die Pistole abzunehmen und ihn nach weiteren Waffen abzusuchen, sackte er in sich zusammen. Ich ließ ihn, so sanft es ging, zu Boden gleiten.

Denn jetzt sah ich, daß ich einen Sterbenden vor mir hatte.

Die weit aufgerissenen Augen des Mannes überzogen sich mit einem Schleier. Die behandschuhte Hand mit der schweren Pistole lag kraftlos am Boden. Ich löste die Waffe aus den Fingern und schob sie ein Stück weiter. Auf der Pistolenmündung steckte ein Schalldämpfer.

»Einen Arzt!« rief ich. »Und den Notarztwagen! Schnell!«

Jede Hilfe würde zu spät kommen. Der Blutstrahl am Hals versickerte bereits, als der Herzschlag sich verlangsamte. Trotzdem preßte ich eine Hand auf die Wunde, obwohl ich wußte, daß ich das Leben nicht in dem schmächtigen Körper zurückhalten konnte.

Michael Kellin ließ sich neben mir auf ein Knie nieder. Er hielt noch seinen Revolver in der verkrampften Faust.

»Er hat auf mich geschossen«, sagte er heiser.

Ich warf ihm einen Seitenblick zu. Sein Gesicht war blutig. Eine Kugel hatte eine lange Furche unter dem linken Ohr gerissen. Kellin hatte die Verletzung noch nicht einmal bemerkt.

»Kennen Sie den Mann?« fragte ich ihn.

Kellin schüttelte benommen den Kopf.

»Es ist nicht Rank, oder?«

»Nein, natürlich nicht.« Kellin sah mich mit einem elenden Ausdruck in den Augen an, der mir gar nicht gefiel. »Rank! Mein Gott, wo mag er sein?«

Das, überlegte ich, hätte ich jetzt auch ganz gern gewußt.

»Drängen Sie die Gaffer zurück!« fuhr ich Kellin an. Denn die Gäste schoben sich immer näher heran und starrten auf den Sterbenden.

Die Cops waren sehr schnell da, noch vor dem Notarztwagen. Kellin hielt seinen Dienstausweis in die Höhe und sprach schnell auf den dienstältesten Officer ein. Ich preßte immer noch eine Hand auf die Wunde am Hals des schmächtigen Mannes, der versucht hatte, Michael Kellin zu töten. Oder Elmar Rank. Das machte im Moment keinen Unterschied.

Mit der freien Hand durchsuchte ich die Kleider des Mannes nach Papieren, ohne auch nur einen Fetzen zu finden, der einen Namen, eine Anschrift oder sonst einen Hinweis enthalten hätte. Der Kerl hatte nicht einmal einen Schlüsselring bei sich. Nur eine Handvoll Dollars, grob geschätzt 60 oder 70.

Ich zog meine Hand zurück. Sie war rot von Blut.

Keine Papiere, keine Schlüssel. Die hatte der Killer im Wagen seines Komplizen gelassen, der draußen im Wagen mit laufendem Motor gewartet hatte. Vorher hatte dieser Komplize in der Bar angerufen und Elmar Rank ans Telefon rufen lassen. Genau vor die Mündung der Colt-Pistole. Der Komplize war jetzt mit Sicherheit über alle Berge. Spätestens die Ankunft der Streifenwagen mußte ihn verscheucht haben.

Einer der Cops, ein erfahrener Sergeant, sagte leise in mein Ohr: »Sir, der Mann ist tot.«

Zögernd löste ich meine Hand von der Wunde, und steif

stand ich auf. Unter meinen Sohlen knirschten Glasscherben, und plötzlich stieg mir der Geruch des verspritzten Whiskys in die Nase. Ich spürte ein Ekelgefühl. Jemand hatte die Toilettentüren geöffnet. Zwei breite Lichtbahnen fielen in den Gang. Ich sah mich in einem Spiegel.

Mein Hemd, die Krawatte und die Aufschläge des Jacketts waren beschmiert.

Ich ging in den Toilettenvorraum, wusch mir die Hände und rieb mit feuchten Papiertüchern über die Blutflecken. Ich verschmierte sie nur noch mehr und gab es auf, mich säubern zu wollen.

Mike Kellin lehnte neben der Telefonkabine an der Wand. Er preßte jetzt ein Papiertuch auf die Wunde unter seinem Ohr. Ich konnte den abwesenden Ausdruck in den stumpfen Augen erkennen. Die Glasfüllung in der Tür zur Telefonzelle war zersplittert. Der Hörer baumelte an seinem Kabel. In der Rückwand der Kabine waren bei genauem Hinsehen zwei Einschußlöcher zu erkennen. In Kopfhöhe.

»Dafür, daß Sie wenig Erfahrung in Situationen wie dieser haben, können Sie aber ganz schön hinlangen«, sagte ich, um den Kollegen aus seiner düsteren, niedergeschlagenen Stimmung zu reißen. Er stand unter Schockeinwirkung, was kein Wunder war.

»Es ist das erste Mal«, sagte Kellin undeutlich. Langsam kehrte sein Blick aus endloser Ferne zurück. »Ich habe noch nie ... noch nie ... Ist er tot?«

»Ja«, sagte ich. »Es war ein glasklarer Fall von Notwehr, Mike. Sie können auf mich zählen. Wenn Elmar Rank an den Apparat gegangen wäre, läge er jetzt dort.« Hinter uns entstand Bewegung, als der Arzt und zwei Träger in den Gang drängten. Der Arzt beugte sich über den Gangster. Er zog die Augenlider hoch, setzte das Stethoskop an und schüttelte dann den Kopf. Die Träger zogen wieder ab.

»Kommen Sie bitte hierher, Doc!« sagte ich.

Der Arzt betrachtete Mike Kellins Wunde. »Die muß genäht werden«, entschied er. »Wenn Sie die Zähne zusammenbeißen können, mache ich's Ihnen gleich draußen. Kommen Sie, Sie Held!« Der Doc wandte sich einfach um und marschierte los.

Kellin sah mich fragend an.

Ich war es leid, die Entscheidungen für ihn zu treffen.

»Gehen Sie schon!« sagte ich. »Ich erledige das hier.«

Kellin zögerte. »Wo ist Rank? Jerry, ich brauche ihn! Vielleicht kennt er den Mann! Wenn er sieht, was geschehen ist, sagt er vielleicht aus!«

»Ich lasse ihn herschaffen«, versprach ich.

Kellin folgte dem Doc nach draußen. Ich wechselte ein paar Worte mit dem Sergeant, dessen Leute dabei waren, die Namen der Anwesenden festzuhalten. Die Mordabteilung war bereits benachrichtigt, und ein Team sollte bald eintreffen. Auch bei klarer Sachlage mußte der Fall von der Mordabteilung aufgenommen werden.

Die Theke war wieder dicht umlagert, und die Barkeeper hatten alle Hände voll zu tun. Ich zwängte mich hinter die Theke und winkte dem Keeper, der Mr. Rank ausgerufen hatte. Der Mann sah an mir vorbei.

»Wo haben Sie den Anruf entgegengenommen?« fragte ich ihn.

»Hinten. Hier kann man ja kein Wort verstehen. Unter dem Tresen leuchtet eine Lampe auf, wenn der Apparat klingelt. Ich gehe dann nach hinten. Wenn der Anruf für einen Gast ist, lege ich das Gespräch in die Kabine und rufe den Gast aus.«

»Sie werden Ihre Aussage nachher noch zu Protokoll geben müssen. Ist Ihnen bei dem Anruf etwas aufgefallen? Ein Akzent? Kam Ihnen die Stimme bekannt vor? War sie männlich oder weiblich?«

»Es war eine Männerstimme. Sie klang sehr höflich, das kann ich nicht anders sagen. Aber bekannt? Nein, bekannt kam sie mir nicht vor.«

»Können Sie sich erinnern, ob hier schon einmal ein Anruf für Mr. Rank angekommen ist?«

»Nein, daran kann ich mich nicht erinnern, tut mir leid. In der letzten Zeit bestimmt nicht.«

Ich deutete in die Richtung, wo der tote Gangster lag. »Sie haben den Toten gesehen. Kennen Sie ihn?«

»Ist das nicht Mr. Rank?«

»Nein. Ich habe gefragt, ob Sie den Mann schon einmal gesehen haben.«

»Nein, bestimmt nicht. Nie gesehen.«

Ich ging nach draußen. Es war Mitte Oktober, und die Abende wurden schon recht kalt. Dafür schmeckte die Luft frisch. Ich ging zu meinem roten Jaguar, den ich unter dem Westside Highway geparkt hatte. Es war drei Minuten vor halb zehn.

Seit dem Anruf, der, wie ich annahm, Elmar Rank vor den Pistolenlauf seines Mörders hatte locken sollen, waren erst 21 Minuten vergangen. Es verblüffte mich immer wieder, wenn ich feststellte, daß sich die Zeit während einer gewaltsamen Auseinandersetzung zu dehnen schien.

Ich setzte mich in den Wagen, zündete mir endlich eine Zigarette an und schaltete das Funkgerät an.

»Cotton für Decker«, sagte ich.

Phil meldete sich sofort. »Decker. Ich habe schon versucht …«

»Geh auf Kanal 4«, sagte ich und schaltete den Kanalwähler um. Diesen Kanal benutzen wir, wenn wir uns zwischen zwei oder mehreren Fahrzeugen, die an einer Aktion beteiligt sind, direkt verständigen müssen und nicht den gesamten übrigen Funkverkehr blockieren wollen.

»Da bin ich«, sagte Phil. »Was ist los?«

»Das wollte ich dich fragen. Wo bist du? Und wo ist dein Baby?«

»Er ist zu Haus geblieben.«

»Ist das sicher?«

»Na ja, wenn er nicht durch den Garten geturnt ist, was ich jedoch für unwahrscheinlich halte. Oben in einem der Zimmer brennt Licht, sein Wagen steht in der Einfahrt …«

»Okay, Phil. Hier hat es eine Schießerei gegeben, Kellin hat einen Mann erschossen. Rank kann wahrscheinlich irgend etwas dazu sagen. Bring ihn her!«

»Was ist, wenn er nicht will? Jerry, wir haben doch keine Befugnisse!«

»Mach ihm Dampf! Es geht um seine Haut. So, wie es aussieht, sollte er getötet werden. Aber sag ihm das noch nicht!«

Phil protestierte noch einmal. »Jerry, das ist nicht unser Fall! Wir bekommen Schwierigkeiten!«

»Es handelt sich um ein Amtshilfeersuchen. Rank soll jemanden identifizieren. Wenn er sich weigert, wird Kellin einen Vorführbefehl besorgen. Dann muß er mitten in der Nacht raus. Er kann es sich aussuchen.«

»Okay, Jerry, ich bringe ihn dir.«

Phil drückte auf den Klingelknopf neben der Haustür. Er hörte das helle Zirpen des Läutewerks, trat zurück und legte den Kopf in den Nacken.

Er wartete darauf, daß hinter dem Fenster des Flurs Licht anging.

Aber nichts dergleichen geschah. Auch als Phil erneut und ausdauernd auf die Klingel drückte, lockte er niemanden an die Tür oder an ein Fenster. Er trat zurück und überlegte, ob er über das Garagendach klettern sollte, um auf die Rückseite zu gelangen, entschied sich dann aber anders. Die Straßenlaternen brannten, und in den Häusern ringsum waren Menschen. Wenn ihn einer beobachtete und die Cops rief, sah er schlecht aus.

Phil ging bis zur Straßenecke, wo ein Münztelefon stand. Phil suchte Ranks Nummer aus dem Verzeichnis, warf einen Dime in den Apparat und wählte.

Nach dem zehnten Aufläuten legte er wieder auf. Er holte eine Batterielampe aus seinem Dienstwagen und ging zu Ranks Haus zurück. Die Haustür war verschlossen, ebenso das Garagentor. Mit dem Gehäuse der Lampe hämmerte er gegen die Haustür und gegen eins der dunklen Fenster im Erdgeschoß. Als sich nichts rührte, spähte er ins Innere des Toyota.

Der Wagen war nicht abgeschlossen. Er öffnete die Tür

auf der Fahrerseite, beugte sich in den Wagen hinein und leuchtete ins Ablagefach.

Das Licht fiel auf das schwarze Gehäuse eines Handsenders. Phil nahm das Gerät in die Hand und betrachtete die beiden Druckschalter mit den eingeätzten Symbolen, die jeweils eine offene und eine geschlossene Tür darstellen sollten. Er drückte auf den entsprechenden Knopf, und sofort hörte er das Summen eines Getriebemotors.

Langsam fuhr das Garagentor in die Höhe. Das Licht in der Garage schaltete sich automatisch ein. Phil nahm den Handsender mit, als er die Garage betrat. Sie war wie eine Werkstatt eingerichtet. Mit einer Werkbank und Werkzeugen und einem Regal mit Brettern, Teppichresten, alten Autoteilen und was sich sonst so im Laufe der Zeit bei einem Hobbywerker ansammelt.

Eine Eisentür auf der rechten Seite führte ins Innere des Hauses. Phil probierte den Knauf. Die Tür war nicht verschlossen.

»Hallo, Mr. Rank«, rief er durch den Spalt. Als er keine Antwort erhielt, trat er über die Schwelle. Über die enge Treppe, die ins Obergeschoß führte, sickerte etwas Licht herab, das jedoch nicht ausreichte, um Einzelheiten erkennen zu lassen. Mit dem Lichtfinger der Taschenlampe tastete er die Diele ab.

Auf dem Garderobentisch und einem geflochteten Stuhl lagen unordentlich hingeworfene Kleidungsstücke. Phil leuchtete in den dunklen Wohnraum hinein, der die ganze Breite des Hauses einnahm. Die Terrassentür war geschlossen. Im schmalen Garten reckten einige niedrige Obstbäume ihre bereits kahlen Äste in den Himmel, der nicht ganz dunkel war. Die kleine Küche hinter dem offenen Durchbruch war aufgeräumt und leer.

Phil folgte dem Schein seiner Lampe ins Obergeschoß. Die Dielenbretter der Treppe knackten unter seinem Gewicht. Auf halber Höhe blieb er wieder stehen. Seine Kopfhaut zog sich zusammen.

Er sah eine offene Tür. In dem Raum dahinter brannte helles Licht, das er schon von draußen gesehen hatte. Vor vielen, vielen Jahren hatte Mr. Rank vielleicht einmal selber die beiden Haken in den Türsturz geschraubt, damit seine Söhne ihre Schaukeln daran aufhängen konnten.

Jetzt hing Mr. Rank an einem der beiden Haken, an einem Seil, dessen Schlinge um seinen Hals lief und sich tief in die Haut gegraben hatte. Als Phil die Gestalt anleuchtete, fiel das Licht in Elmar Ranks weit aufgerissene Augen. Das verzerrte Gesicht des Toten bildete keinen erfreulichen Anblick.

Phil ging die letzten Stufen hinauf. Er berührte eine Hand des Toten. Die Haut fühlte sich trocken und kühl an.

Phil spähte an Rank vorbei ins Innere eines schlicht eingerichteten Zimmers. Poster an den Wänden verrieten, daß es sich um ein Kinderzimmer handelte, das Rank vermutlich nach dem Tod seiner Frau und dem Auszug der Söhne für sich in Anspruch genommen hatte.

Das Fenster war geschlossen. Phil warf kurze Blicke in die anderen Räume des Obergeschosses. Wie er vermutet hatte, wurde das Schlafzimmer nicht mehr benutzt. Das Bett war nicht bezogen. Einer der beiden Fensterrahmen war in die Höhe geschoben. Die dünne Gardine bauschte sich im Wind. Phil trat näher heran und blickte hinunter.

Er sah das Garagendach unter sich und leuchtete das Fensterbrett, die Hauswand und das geteerte Dach ab, ohne auf Anhieb Spuren zu entdecken.

Wenn einem Polizeibeamten im Zuge einer Ermittlung ein Selbstmord unterkommt, wird er stets mit besonderem Mißtrauen reagieren, obwohl Selbsttötungen im Zuge polizeilicher Ermittlungen nicht gerade selten sind, ja, manchmal durch die Arbeit der Beamten erst ausgelöst werden. Verdächtige, Betroffene oder ihre Angehörigen können das Gerede der Nachbarn nicht ertragen, fühlen sich wehrlos den Medien ausgeliefert und wählen verzweifelt den letzten Ausweg. Und oft entzieht sich auch ein Täter der sogenannten irdischen Gerechtigkeit durch Selbstmord.

Rank hatte gewußt, daß er verdächtigt wurde, mittels falscher Materialbescheinigungen die Stadt New York um hohe Beträge geschädigt zu haben. Seine Frau war tot. Seine Söhne lebten nicht mehr bei ihm. Bei einem Unfall, den er vielleicht durch seine Fälschungen mitverschuldet hatte, waren vier Arbeiter ums Leben gekommen. Alle diese Faktoren und Ereignisse bildeten beinahe klassische Voraussetzungen für eine Kurzschlußhandlung bei einem Mann, der wahrscheinlich ein tadelloses Leben geführt hatte, bevor er in den Sog des Verbrechens geraten war.

Phil ließ alles, wie es war, als er das Haus verließ und das Garagentor mit dem Handsender wieder verschloß.

Ich wartete an der Tür des Notarztwagens auf Mike Kellin. Die Reviercops hatten Sperrbalken aufgestellt, hinter denen sich die Neugierigen drängten. Zu sehen gab es im Moment nicht viel. Die Männer der Mordabteilung Manhattan North waren vor zehn Minuten eingetroffen. Ich hatte mich kurz mit Lieutenant Carl Hobson unterhalten, ihm von Mike Kellins Rolle berichtet und ihm angekündigt, daß er auf eine Vernehmung des Kollegen jetzt an Ort und Stelle lieber verzichten solle. Hobson war einverstanden. Er wollte sich am nächsten Tag mit Kellin in Verbindung setzen.

Die Tür des Notarztwagens sprang auf, und Mike Kellin kletterte heraus. Seine Schritte waren unsicher. Ein großes Pflaster verzierte sein Gesicht.

»Es hat höllisch weh getan«, knirschte er. »Dieser Metzger hätte mir auch eine Spritze geben können!«

Ich lächelte. »Sie haben's hinter sich, Mike. Kommen Sie, ich fahre Sie nach Haus. Wohnen Sie noch am Tompkins Square?«

Kellin druckste. »Eigentlich ja, aber ich habe jemandem versprochen, noch mal vorbeizukommen, auch wenn es spät wird.«

»Na und? Dann bringe ich Sie eben zu Ihrer Flamme. Kommen Sie! Es hat keinen Zweck für Sie, hier rumzuhängen und auf Rank zu warten. Sie sind nicht in Form. Ich wette, der Doc hat Sie krankgeschrieben und Sie aufgefordert, den Dienstarzt aufzusuchen, bevor Sie den Dienst wiederaufnehmen.«

Kellin rührte sich nicht. »Ich will dabeisein, wenn Rank den Toten sieht«, sagte er.

»Mein Kollege bringt ihn her. Es kann noch eine Weile dauern. Kommen Sie mit! Ich versuche, ihn zu erreichen.«

Ich führte Kellin zu meinem Jaguar, setzte ihn hinein und klemmte mich hinters Steuer. Ich schaltete das Funkgerät ein und rief Phil. Er meldete sich erst, nachdem ich ihn das dritte Mal angerufen hatte.

»Ich komme gerade in die Kiste zurück«, sagte er. »Kannst du sprechen?«

Mit der Frage wollte sich Phil vergewissern, daß ich keinen Unbefugten bei mir im Wagen hatte, für den die nächsten Sätze nicht bestimmt waren.

»Okay, was ist los?« fragte ich. Ich hatte ein ungutes Gefühl.

»Rank ist tot«, sagte Phil.

Mike Kellin wandte sich mir zu. Er verzog die Lippen wie ein Wolf.

»Wie es aussieht, hat er sich erhängt. Ich habe ihn nach Hause kommen sehen. Als es dunkel wurde, ging drin das Licht an, das war so um Viertel nach acht. Seitdem ist nichts geschehen. Niemand ist gekommen oder gegangen.«

»Gibt es Fenster oder Türen, die du nicht einsehen konntest?«

»Das Schlafzimmer über der Garage steht offen. Einsehen konnte ich die Seite nicht. Ein Abschiedsbrief scheint nicht vorhanden zu sein. Ich rufe jetzt die City Police. Oder willst du rüberkommen?«

Kellin sagte: »Ich will rüber.«

»Sie sind nicht einsatzfähig, Mike! Phil, hörst du? Detective Kellin verlangt, daß eine voll ausgerüstete Mordkommission den Fall behandelt. Es darf nichts ausgelassen werden.« Auch ich war mißtrauisch. Obwohl Ranks Mörder doch hier auf Manhattans Westside gewartet hatte.

»Okay, das volle Programm also. Ich nehme an, ihr wollt,

daß ich hierbleibe und Dampf mache? Den Doc überrede, die Leiche sofort in die Gerichtsmedizin zu schaffen und die Autopsie vorzunehmen?«

»Wir hätten gern Klarheit«, bestätigte ich.

»Okay, okay, Jerry, ich habe ja sonst nichts mehr vor heute nacht. Aber wenn du mich fragst – es ist Selbstmord!«

»Ich glaube dir ja. Aber von der gesicherten Erkenntnis Mord oder Selbstmord hängt die Antwort auf eine andere, im Moment vielleicht viel wichtigere Frage ab.«

Kellin schaltete sich noch einmal ein. »Sagen Sie ihm, er soll nach Papieren suchen! Alles kann wichtig sein.«

»Ich hab' verstanden«, sagte Phil. »Ich schalte jetzt um.«

Ich sah Mike Kellin an. Er hockte angespannt in seinem Sitz.

»Mein Gott«, murmelte er. »Ich dachte, ich hätte ihn am Haken! Er selber war kein wichtiger Mann. Aber er muß Kontakte gehabt haben. Wenn es mir gelungen wäre, ihn mit Bestechungsgeld in der Hand festzunehmen, hätte ich ihn vielleicht zum Reden bringen können!«

»Jemand anders hat wahrscheinlich den gleichen Gedanken gehabt, Mike«, sagte ich ruhig. Ich startete meinen Jaguar und fuhr an. »Wo soll's hingehen?«

»East 79th, Ecke Second«, antwortete er. »Er ist dem Mörder zuvorgekommen.«

Wenn es nicht so war, dachte ich, dann hatten die Schüsse in der Bar Mike Kellin gegolten. Daran mochte ich jetzt nicht denken. Wenn es so war, dann mochte ich nämlich nicht in seiner Haut stecken. Ob Mike über derselben Frage grübelte?

Um ihn auf andere Gedanken zu bringen, fragte ich: »Ist sie nett? Hübsch ist sie bestimmt.«

»Sie ist großartig«, antwortete er.

Ich stoppte an einer Ampel und warf ihm einen schnellen Seitenblick zu, bevor ich wieder anfuhr. »Sie werden wohl nie erwachsen, Mike.«

»Ich finde alle Frauen großartig, das ist mein Schicksal. Aber diesmal ... Cora ist wirklich großartig, das würden Sie auch sagen. Ich hab' sogar wieder ans Heiraten gedacht. Aber ich glaube, sie ist nicht sosehr dafür.«

»Dann ist sie vernünftiger als Sie, Mike.« Ich bog in die Eleventh Avenue ein und steuerte meinen Renner nach Norden. Ein Taxi schwamm in meinem Kielwasser. Seine hoch angebrachten Scheinwerfer verwandelten den Innenraum meines Jaguars in einen Klumpen aus grellem Licht. Ich gab etwas Gas, ohne den Lichtbündeln entrinnen zu können, denn die nächste Ampel an der 56. Straße schaltete gerade auf Rot.

»Sie sollten sie einmal kennenlernen«, sagte Mike, der erschöpft den Kopf zurücklehnte und die Augen schloß. »Wirklich, Ihre Meinung würde mich interessieren.«

Ich lachte. »Nachdem ich das letzte Mal für einen Freund eine Braut in Augenschein genommen habe, hat er sie geheiratet.«

»Na also ...«

»Er ist noch verheiratet, aber er ist nicht mehr mein Freund, was ich sehr bedaure.«

Kellin hörte mir nicht mehr zu. Er hatte zum ersten Mal in seinem Leben auf einen Menschen geschossen und ihn getötet. Die nächsten Stunden waren für ihn von besonderer Bedeutung. Da entschied sich, ob er das Vorgefallene verkraftete oder nicht. Ich kannte Kollegen, die durchdrehten, die den Job an den Nagel hängten und nie mehr eine Waffe anrührten. Ich kannte andere, die wurden gemein und schießwütig. Es gab da keine Norm, kein gemeinsames, vorhersehbares Verhalten. Ich kannte allerdings keinen, der nach einem solchen Ereignis einfach zur Tagesordnung übergegangen wäre. Vielleicht war es ganz gut für Mike Kellin, wenn er die Nacht in den Armen seiner Angebeteten verbrachte.

Ich fuhr jetzt den Central Park West entlang. Rechts huschte die Mauer vorbei. Dahinter erhoben sich die Parkbäume. Das Taxi mit den aufgeblendeten Scheinwerfern war immer noch hinter mir. Ich wich nach rechts aus. Vergeblich. Der Driver zog nicht vorbei. Ich zog auf die mittlere Spur, und jetzt schob sich der plumpe gelbe Wagen langsam neben mich.

Was war es, was mich warnte? Um diese Zeit am Abend waren mehr Taxis auf den New Yorker Straßen unterwegs als andere Fahrzeuge. Vielleicht die hohen Scheinwerfer, die nicht der Norm entsprachen, vielleicht der Umstand, daß der Driver mich nicht schon längst überholt hatte. New Yorker Cabdriver haben es immer eilig. Einer, der herumtrödelte und andere mit seinen Scheinwerfern nervte, war entweder krank oder nicht echt.

Ich sah nach rechts, an Michael Kellins zurückgelehntem Kopf vorbei. Gegen die dunkle Parkmauer konnte ich die Insassen des gelben Wagens nur schemenhaft erkennen. Vom Fahrer sah ich einen gebeugten Rücken hinter der geschlossenen Scheibe.

Die Scheibe der hinteren Tür dagegen war heruntergedreht. Ich bemerkte die helle Fläche eines Gesichts, das auf der Höhe der Fensterkante herüberpeilte. Ob ich auch eine Waffe gesehen hatte, kann ich heute nicht mehr sagen.

»Runter!« brüllte ich und knallte dem zusammenzuckenden Kellin die rechte Hand auf die Schulter. Vor Schreck rutschte der Kollege, der es bisher nur mit Weiße-Kragen-Tätern zu tun gehabt hatte, in den Fußraum. Gleichzeitig drückte ich das Gaspedal bis aufs Bodenblech nieder, und der Jaguar vollführte einen Satz.

Aus dem Augenwinkel sah ich das helle Aufblitzen im Mündungsloch einer Schußwaffe. Unwillkürlich knirschte ich erbost mit den Zähnen, als ich den harten Knall hörte, mit dem das Geschoß eine Scheibe meines englischen Renners durchschlug.

Ich hatte natürlich keine Zeit, Nachforschungen anzustellen, welche Scheibe der Mistkerl im Taxi erwischt hatte. Die Scheinwerfer des Cab tanzten wieder in meinem Rückspiegel. Aber der Driver gab ebenfalls Gas, und weil sich vor mir der Verkehr auf allen Spuren staute, kam ich mit meiner Flucht nach vorn nicht weit. Nach links ausweichen war ebenfalls unmöglich, weil neben mir ein Bus fuhr.

Kellin rappelte sich auf und peilte über die Fensterkante.

»Lassen Sie die Nase unten!« herrschte ich ihn an.

Ich nahm das Gas weg. Das Taxi schoß auf der rechten Spur heran. Ich saß in der Falle. Der Bus auf meiner linken Seite verlangsamte ebenfalls sein Tempo, als wäre der Fahrer mit dem Schweinehund im Taxi verbündet.

»Mann, der macht uns doch fertig!« stieß Kellin hervor der sich einen Dreck um meinen Befehl kümmerte und seinen 38er aus dem Holster zerrte.

Da mochte er recht haben. Ich hörte ein häßliches Knirschen, als der Cabdriver die Flanke seiner Kiste an der Seite meines Renners rieb. Oh, Shit, dachte ich, als auch noch eine Kugel die Heckscheibe durchschlug und den Himmel aufriß.

Ich tippte noch mal aufs Gas, um ein paar Fuß zu gewinnen und vom Kotflügel des Cab freizukommen.

Kellin riegelte die Beifahrertür auf. Er hatte sich nicht festgeschnallt, deshalb konnte er sich jetzt einigermaßen frei bewegen. Er klammerte sich mit der rechten Hand am eingehängten Gurt fest und ließ seinen Oberkörper nach draußen schwingen. Das war eine filmreife Leistung. In der linken Hand hielt er seinen Revolver.

Er jagte drei Kugeln in den Kühler des Cab. Irgend etwas knallte, die grellen Scheinwerfer erloschen, und das Taxi stellte sich quer. Mein Renner wurde noch von einem letzten Stoß am Heck erwischt, als das Cab herumwirbelte. Dann stand es.

Ich trat auf die Bremse und ließ die Sirene ein paarmal aufheulen, um den nachfolgenden Verkehr zu warnen. Dann stellte ich den Motor ab und stieß die Tür auf meiner Seite auf.

Mit gezogenem Smith & Wesson flitzte ich um meinen Renner herum und flankte über die Motorhaube des Taxis.

Die Türen auf der rechten Seite standen offen. Ich sah die beiden Insassen, die sich gerade über die Parkmauer schwangen und dann verschwanden.

Ich sprang an der Mauer hinauf, krallte mich an der oberen Kante fest und rollte dann auf die Krone, wo ich flach liegen blieb und in die Dunkelheit peilte. Ich sah Scheinwerfer. Sie gehörten den Fahrzeugen, die auf der Transverse Road den Park durchquerten. Außerhalb der breiten Wege herrschte tiefe Finsternis.

Die Kerle aus dem Taxi begingen nicht den Fehler, nach mir zu schießen und dadurch ihre Fluchtrichtung zu verraten. Sie nutzten die Dunkelheit, um sich davonzumachen. Wenn sie es geschickt anstellten, gelang es ihnen, den Park auf der Eastside wieder zu verlassen, bevor die Cops mit Hunden nach ihnen zu suchen begannen.

Ich lief zu meinem Flitzer zurück.

Detective Kellin hatte mit Hilfe meines Funkgeräts die Cops vom 20. und 22. Revier alarmiert. Das 22. Revier liegt mitten im Central Park, das 20. Revier war für die Westside und damit für den Riesenstau zuständig, den wir hier veranstalteten. Zwei Motorrad-Cops waren schon dabei, den Gegenverkehr abzuleiten, damit sich der Stau auflösen konnte. Das Hupkonzert der erbosten Fahrer, die den Abend in Kinos, Bars oder Theater verbracht hatten, klang mehr als wütend.

Ich versuchte, nicht darauf zu hören. Ich überließ Kellin weiterhin das Funkgerät und zog mir dünne Handschuhe an, bevor ich mich daranmachte, das Cab zu durchsuchen. Die Beulen an meinem Jaguar und die Löcher in den Scheiben mochte ich mir nicht ansehen.

Kellin gab die Nummer des Cab durch. Kurz darauf erhielt er die Information, daß der Wagen zwischen halb neun und neun aus der Garage eines Taxiunternehmers an der Eighth Avenue gestohlen worden war. Von dort bis zum Hotel Atlantis waren es nur ein paar Blocks.

Auf der Rückbank des Taxis fand ich eine Brieftasche und einen Schlüsselbund. Mit meinem Fund trat ich ans Licht. In der Brieftasche steckten eine Fahrerlizenz und ein Packen Blanko-Clubausweise. Die Fahrerlizenz war mit dem Foto des schmächtigen Mannes versehen, der in der Bar des Atlantis unter meinen Händen gestorben war.

Der Schmächtige hieß Pat Labonte. Die Clubausweise, mit denen der Tote so großzügig ausgestattet gewesen war, gehörten zu einem Unternehmen, das sich Step-in Go Go Club nannte. Der Club lag an der Canal Street. Ich prägte mir alle Angaben ein, bevor ich die Brieftasche in den Wagen zurücklegte. Das Taxi und alles, was sich daran und darin befand, gehörte den Kollegen von der Mordabteilung.

Nach einer knappen Stunde konnten wir endlich weiterfahren. Die Suche nach den flüchtigen Gangstern, die versucht hatten, Kellin abzuknallen, war ergebnislos verlaufen. Ein Abschleppwagen der City Police hatte das Taxi abgeholt und brachte es jetzt auf einen Platz in Midtown, wo es so bald wie möglich von Experten des Erkennungsdienstes behandelt werden sollte.

»Haben Sie den Namen Pat Labonte schon mal gehört?« fragte ich Kellin, und als er den Kopf schüttelte: »Oder ist Ihnen im Zuge Ihrer Nachforschungen der Step-in Go Go Club schon einmal begegnet?«

»Nein, nie gehört.« Kellin sah angestrengt geradeaus, während ich meinen verbeulten und durchlöcherten Jaguar durch den Central Park steuerte.

»Das Cab haben der Killer und seine Komplizen benutzt«, sagte ich. »Als sie irgendwie spitzgekriegt hatten, daß Labonte Sie, den er vermutlich für Rank hielt, nicht erwischt hat, haben sie es also noch einmal versucht. Mike, dieser Rank muß doch eine ziemlich wichtige Nummer gewesen sein.«

»Was heißt schon wichtig ... Er hat gefälschte Materialzertifikate ausgestellt oder Proben vertauscht. Seit ich ihn ein paarmal vernommen habe, dürfte er sich zurückgehalten haben.«

»Ich meine etwas anderes. Was macht ihn so wichtig, daß sie ihn um jeden Preis umlegen wollen? Kennt er Hintermänner? Müssen diese Leute annehmen, daß er für sie zu einem Risiko geworden ist?«

»Das kann ich mir nicht vorstellen.«

Schweigend fuhren wir über die 79th Street. Ein paar Schritte vor der Ecke zur First Avenue hielt ich an. Nicht weit von hier war bis vor eineinhalb Jahren das District Office des FBI untergebracht gewesen. Der Anblick der bis zu 18 Stockwerken hohen Apartmenthäuser, der Bars an den Ecken, der Lichter in den hübschen Geschäften weckte wehmütige Erinnerungen.

»Sie wohnt dort drüben.« Kellin deutete aus dem Fenster auf ein Gebäude, dessen Fenster hell strahlten.

»Alles Nachteulen«, sagte ich. »Wollen wir beide noch einen trinken?«

Kellin sah mich abwesend an. Dann schüttelte er langsam den Kopf. Er deutete auf mein Jackett, das häßliche braunrote Flecken aufwies. »So können Sie sich nirgendwo sehen lassen. Und ich bin schon in Ordnung. Machen Sie sich keine Gedanken!« Er tastete nach dem Türöffner.

»Wer weiß alles von Ihnen und Ihrer Freundin?«

»Von Cora?« Kellin hob die Schultern. »Keine Ahnung – wirklich nicht. Ich hab's nicht an die große Glocke gehängt, wenn Sie das meinen. Aber ich hab's auch nicht geheimgehalten. Warum fragen Sie?«

»Sie müssen mit allem rechnen, bis wir genau wissen, daß sich Rank tatsächlich erhängt hat«, sagte ich ruhig.

»Und wenn nicht?«

»Dann haben die beiden Anschläge heute abend Ihnen gegolten. Denken Sie daran! Rufen Sie mich morgen an? Mich interessiert natürlich, wie es weitergeht.«

»Ja, natürlich. Aber es muß nicht sein, Jerry.«

»Ich hänge so oder so drin. Irgend jemand wird mir die Beulen an meinem Auto bezahlen müssen. Ich hoffe, daß Ihre Abteilung einen Etat für solche Fälle hat.«

»Ich kümmere mich darum«, sagte Kellin schnell.

»Ich will Sie nicht reinreißen«, beschwichtigte ich ihn.

»Ich sage Ihnen Bescheid. Okay?«

»Klar«, erwiderte ich lächelnd. Mike stieß die Tür auf seiner Seite auf. »Grüßen Sie sie von mir!«

»Tu ich. Sie sollten sie kennenlernen, Jerry. Ich würde mich freuen.«

»Mal sehen«, sagte ich ausweichend.

Cora Dixons erwartungsvolles Lächeln zerbröckelte, als sie die Tür öffnete und das große Pflaster auf Michael Kellins Hals und Wange sah.

»Mike! Was ist passiert?« Sie nahm seine Hand und zog ihn in ihr Apartment.

Widerstandslos ließ er sich zur Couch führen. Doch als sie ihn hineindrücken wollte, löste er sich von ihr und sah sich im Raum um.

Der Wachmann unten ließ keinen vorbei, den er nicht telefonisch angemeldet hatte. Aber gab es nicht andere Wege ins Haus? Oder Tricks, um sich am Wachmann vorbeizumogeln?

Er sah aus dem Fenster. Coras Apartment lag im 8. Stock. Die Feuertreppen waren nur von den Notausgängen an den Enden der Korridore zu erreichen. Die Klappen an den unteren Enden der Feuertreppen waren mit Alarmanlagen gesichert. Er wandte sich Cora zu und versuchte zu lächeln. Beunruhigt sah sie sein blasses Gesicht und schmiegte sich an ihn. Sie berührte seine Lippen mit den Fingern, ehe sie ihren Mund auf seinen preßte und sich wild gegen ihn drängte.

»Du bist nicht bei der Sache«, sagte sie kurz darauf. Sie beugte sich zurück, um ihm in die Augen zu sehen. »Was ist los? Willst du darüber reden?«

»Ich habe einen Mann erschossen«, sagte er.

»O mein Gott! Komm, setz dich! Ich mache uns einen Drink.«

Sie führte ihn zur Couch. Er ließ sich in die tiefen Polster fallen, und während sie die Drinks zubereitete, starrte er teilnahmslos vor sich hin. Mechanisch nahm er das Glas, das sie ihm reichte. Es fühlte sich kalt an. Er preßte es gegen seine heiße Stirn, dann erst trank er einen Schluck.

Cora drückte ihn gegen die Lehne. Sanft massierte sie seinen Nacken. Er schloß die Augen. Er zuckte zusammen, als sie über die geschwollene Haut hinter seinem Ohr strich.

»Verzeih«, sagte sie schnell. Sie zog ihm das Jackett aus. »Leg den Revolver weg!« sagte sie. »Ich mag ihn nicht.«

Er schlug die Augen auf. Coras Augen schwebten nah vor seinem Gesicht. Sie schillerten in einem verwirrenden Farbenspiel.

»Woher kommst du?« fragte er leise. »Ich weiß so wenig von dir.«

»Ich bin in Flagstaff geboren und habe im Süden als Mannequin gearbeitet. Kein aufregendes Leben. Für ein Mannequin bin ich jetzt nicht mehr schlank genug.«

Er strich mit einer Hand über ihren Rücken und ließ die Hand dann auf ihrer Hüfte ruhen. Sie hatte ihm erzählt, daß sie nach New York gekommen war, um hier einige Zeit zu leben und zu versuchen, als Modeberaterin oder Modefotografin Fuß zu fassen. Eilig hatte sie es nicht, denn sie hatte vor kurzem Geld von ihrer Großmutter geerbt.

»Ein G-man war bei mir«, sagte er plötzlich. »Ich weiß nicht, wie ich mich verhalten hätte, wenn er nicht dabeigewesen wäre. Ich hätte mich nicht so ... sicher gefühlt, verstehst du?«

»Das kann ich verstehen.«

»Er heißt Jerry Cotton. Er ist ziemlich bekannt in New York. Ich habe ihm von dir erzählt.«

»Von mir? Warum?«

»Ich weiß es nicht. Nicht genau. Ich glaube, ich mag ihn. Und weil ich stolz auf dich bin, will ich ihm mit dir imponieren.«

Sie lachte dunkel. »Soll ich ihn auch mögen?«

Er schloß wieder die Augen. »Vielleicht sollten wir ihn zum Essen einladen, was meinst du? Ich treffe ihn morgen. Was soll ich ihm sagen?«

»Ach, es ist mir egal. Überlaß es deinem Jerry Cotton! Vielleicht will er mich ja gar nicht kennenlernen. Fühlst du dich jetzt besser?«

»Ja. Ich bin jetzt müde.«

»Dann bringe ich dich ins Bett. Und wir sind auch beide ganz brav, damit du dich schnell erholst und vergißt, was geschehen ist.«

Vergessen? Michael Kellin glaubte nicht, daß er jemals den Augenblick vergessen würde, in dem er den brennenden Schmerz auf der Wange spürte, in dem die Scheibe in der Tür der Telefonkabine zerbarst und er mit einer Geschwindigkeit, die er sich niemals zugetraut hätte, den Revolver aus der Gürtelholster riß und noch in der Bewegung des Ziehens zu feuern begann. Bevor er begriff, daß er überhaupt geschossen hatte, torkelte der Mann schon an ihm vorbei.

Er zitterte. Aber er vergaß nicht, das Etui mit dem 38er an sich zu nehmen, als er mit Cora in den angrenzenden Schlafraum ging.

In New York war es eine halbe Stunde vor Mitternacht. In Los Angeles auf der anderen Seite des Kontinents schien noch die Sonne.

Der Mann, der in einem Besprechungszimmer des Untersuchungsgefängnisses auf einen Besucher wartete, sah von der Sonne allerdings nichts. Genaugenommen sah er sie seit einigen Wochen allenfalls durch ein vergittertes Fenster, wenn sie sich des Morgens tief im Osten erhob und für wenige Minuten durch die Schluchten zwischen den Hochhäusern seine Zelle erreichte.

Der Mann hieß Brad Nelford. Er war groß und rothaarig. Sein grobgeschnittenes Gesicht mit der großen Nase, dem breiten Mund und den strahlendblauen Augen verrieten einen ungezügelten Charme.

Brad Nelford hatte einen Mann getötet.

Er stand auf, als die Metalltür aufgeschlossen und ein dicklicher, schmuddelig wirkender Mann eingelassen wurde. Nelford war sich der Blicke der Männer hinter der dicken Glasscheibe bewußt. Angeblich konnten sie kein

Wort von dem, was hier drin zwischen einem Untersuchungsgefangenen und seinem Anwalt besprochen wurde, verstehen. Nelford glaubte nicht an den Schwindel. Aber es spielte keine Rolle, was er glaubte. Er saß im Loch, und so, wie es aussah, würde er noch lange drin sitzen.

Der Dicke wuchtete eine abgenutzte Aktentasche auf den Tisch, dabei beäugte er Nelford mit einem Ausdruck im teigigen Gesicht, der keinerlei Interesse am Schicksal seines Gegenübers verriet. Er wischte sich den Schweiß vom Hals.

»Wer sind Sie?« fragte Nelford.

»Er neuer Anwalt.«

»Hat Stockton die Lust verloren, weil ich ein hoffnungsloser Fall bin?«

»Sagen wir so – Stockton hat die Lust verloren, weil jemand ihn ausgezahlt hat.«

»Jemand hat ihn ausgezahlt? In meinem Namen? Wofür, zum Teufel? Und womit? Ich bin nicht Jack the Ripper, ich habe meine Lebensgeschichte nicht an eine Illustrierte verkauft!«

»Setzen Sie sich, Mr. Nelford, dann geht es ganz schnell. Ich bin Frank Sorino, und ich weiß auch nicht, woher das Geld stammt, das ich in Ihrem Namen verwenden darf. Hören Sie mir zu!« sagte er scharf, als Nelford den Mund öffnete, um etwas zu sagen. »Vielleicht stammt es von einer jener Organisationen, die sich anonym um Menschen kümmern, die in die Maschen der Justiz geraten sind. Die Hauptbelastungszeugin in Ihrem Fall, ich sollte wohl sagen, die einzige Zeugin, die gegen Sie aussagen könnte, wurde, wie Sie vielleicht wissen, schon vor vier Wochen gegen eine Kaution aus der Haft entlassen. Sie hat sich nicht an die Auflagen des Gerichts gehalten und ist untergetaucht. Keine Zeugin, kein Prozeß. Im Grunde war es nicht schwierig, vom Richter die Zusage zu erhalten, daß auch Sie, gegen Kaution natürlich, freigelassen werden.«

»Ich soll freigelassen werden?« Brad Nelford lachte ungläubig.

»Natürlich müssen noch ein paar Formalitäten erledigt

werden. Zuerst müssen Sie gleich morgen früh Ihr idiotisches Geständnis widerrufen. Dann muß ich noch mit dem Staatsanwalt reden. Aber ich denke, er wird nichts gegen uns ausrichten können. Nun, was sagen Sie? Erteilen Sie mir jetzt das Mandat?« Rasch schob Sorino Nelford ein Formular zu.

Nelford rührte sich nicht. Er starrte dem dicken Anwalt in das schweißglänzende Gesicht. »Was ist los, Mr. Sorino? Es ist acht Uhr abends!«

»Halb neun.«

»Von mir aus. Warum geht jetzt alles auf einmal so schnell?«

»Man muß manchmal günstige Trends ausnutzen. Was nun? Unterschreiben Sie? Oder was ist?«

»Sagen Sie mir eins – hat sie vielleicht das Geld gestellt?«

»Ich weiß es nicht. Ich glaube es aber nicht. Wenn Sie einen Rat hören wollen, vergessen Sie die Frau, ja?«

»Wissen Sie, wo sie ist?«

»Sie haben sich schon einmal für sie auf etwas eingelassen, was kein Mann für eine Frau tun sollte. Keiner. Keine Frau ist es wert, daß ein Mann für sie sein Leben aufgibt.«

»Ich denke, die Todesstrafe wird in diesem Staat nicht mehr vollstreckt?«

»Sie wissen, was ich meine. Unterschreiben Sie!«

»Wo ist sie?«

»Sie ist in den Osten gegangen. Nur wenn sie untergetaucht bleibt, sind Sie sicher. Denken Sie daran!« Der Anwalt sah Nelford unter halb geschlossenen Lider hervor an.

Nelford hielt den Atem an.

Wollte dieser fette Strolch, der sich Anwalt nannte, ihm etwas nahelegen? Das wäre überflüssig. Denn er haßte die Frau jetzt, die ihn in einen Strudel gezogen hatte, aus dem es anscheinend kein Entrinnen gab. Donna Hayes hatte ihn eingewickelt und ausgenutzt und schließlich weggeworfen wie einen alten Lappen.

»Wo ist sie?«

Der Anwalt seufzte. »Unterschreiben Sie! Ich will sehen,

was ich tun kann. Vielleicht morgen, wenn Sie entlassen werden. Aber bedenken Sie ...«

»Nur wenn sie untergetaucht bleibt, bin ich wirklich frei. Ich habe verstanden ...«

Ich kam gerade aus der Dusche, als das Telefon rasselte. Ich stieg über meine abgelegte Kleidung, die ich mir zurechtgelegt hatte, um sie zur Reinigung mitzunehmen, und nahm den Hörer ab.

»Hallo?«

»Hast du etwa schon geschlafen?« erkundigte sich Phil erwartungsvoll.

»Keine Spur«, sagte ich.

»Schade«, sagte Phil.

»Wo steckst du?«

»Ich bin noch in Queens. Ranks Leichnam wurde gerade abtransportiert.«

»Bist du in seinem Haus?« unterbrach ich meinen Freund. Ich dachte daran, daß das Telefon immer noch überwacht wurde.

»Nein, ich rufe von einem Münzapparat aus an. Das Haus ist bereits versiegelt. Bis jetzt hat sich kein Hinweis auf Fremdverschulden an Ranks Tod ergeben, obwohl da einige Punkte sind, die noch ganz genau behandelt und geklärt werden müssen. Zunächst einmal: er hat offenbar keinen Abschiedsbrief hinterlassen. Jedenfalls haben wir im Haus keinen gefunden. Es ist möglich, daß er seinen Söhnen geschrieben hat. Sie werden von der Polizei benachrichtigt.«

Das Fehlen eines Abschiedsbriefes bewies natürlich gar nichts. Es kommt häufiger vor, als der Laie denkt, daß Selbstmörder keine Abschiedsbriefe hinterlassen.

»Morgen bei Tageslicht will die Polizei die Grundstücke hinter dem Haus nach Spuren absuchen. Wenn Rank ermordet wurde, kann der Mörder nur hinter den Reihenhäusern entkommen sein. Wäre er vorn herausgekommen, hätte ich ihn gesehen. Ich habe das Haus, praktisch die ganze Reihe, keinen Augenblick aus den Augen gelassen. Die in Frage kommende Zeitspanne ist zudem recht kurz. Der Tod ist nach dem vorläufigen Urteil des Polizeiarztes zwischen acht und acht Uhr 45 eingetreten. Um acht Uhr 15 habe ich gesehen, wie im Obergeschoß das Licht eingeschaltet wurde. Das engt die Zeitspanne weiter ein. Die Autopsie wird erst Klarheit darüber geben, ob der Tod durch Erhängen oder Erdrosseln eingetreten ist. Blutungen unter der Haut des Halses und in den Augen deuten auf Erdrosseln hin, was aber nicht gleich bedeutet, daß ihm jemand die Schlinge um den Hals gelegt und sie zugezogen hat. Er hat ein paar Bücher als Podest benutzt, sie waren höchstens ein Fuß hoch, er ist also nicht tief gefallen, und die Schlinge dürfte sich damit nicht ruckartig zugezogen haben, zumal er nicht sehr schwer war. Durch das langsame Zuziehen der Schlinge können sich also die Drosselmale ausgebildet haben.«

Das alles war nicht sehr aufschlußreich, überlegte ich unzufrieden. Aber Phil war noch nicht fertig. Es gab noch eine Spur, die am ehesten geeignet schien, die Frage, ob Elmar Rank von eigener oder fremder Hand zu Tode gekommen war, endgültig zu beantworten.

»Unter den Nägeln seiner linken Hand finden sich feine Textilfasern von offenbar blauer Farbe. Ranks Kleidung enthielt kein blaues Gewebe. Im ganzen Haus finden sich nur wenig blaue Stoffe. Es ist also unwahrscheinlich, daß er kurz vor seinem Tod über blauen Stoff gekratzt haben könnte. Er besaß nicht einmal Blue jeans. Allerdings enthalten die Polster seines Toyota blaues Kunstfasergewebe. Die Kollegen vom Erkennungsdienst haben Proben mitgenommen. Ich denke, daß das Ergebnis der Vergleichsanalyse morgen schon früh vorliegen wird.«

»Schön«, sagte ich. »Danke.«

»Was macht dein Freund Kellin?«

»Er läßt sich von seiner Freundin trösten«, antwortete ich.

»Na ja, ich denke, daß du deine Hilfestellung für ihn nunmehr einstellen wirst.«

»Na ja«, äffte ich meinen Freund nach, »ich habe den Eindruck gewonnen, daß er sich ganz gut selber helfen kann.«

»Na also. Dann schlaf gut!«

»Danke.« Ich legte noch nicht auf. Phil spürte, daß mich noch etwas beschäftigte. Ich war unschlüssig, ob ich Phil erzählen sollte, daß ich beschlossen hatte, Mike Kellin einen letzten Gefallen zu tun und heute nacht noch in die Downtown zu fahren, um dem Step-in Go Go Clob einen Besuch abzustatten. Vielleicht konnte ich dort etwas über den toten Pat Labonte und seine Freunde und Kontakte erfahren, solange sich sein unrühmliches Ende noch nicht herumgesprochen hatte.

Nach dem Überfall auf Kellin und mich vor einigen Stunden am Central Park wußte inzwischen auch Lieutenant Carl Hobson, wie der Tote hieß, wegen dem er ins Atlantis gerufen worden war. Ich hatte mit Hobson telefoniert, und er hatte versprochen, den Namen des Toten erst am Morgen bekanntzugeben.

Pat Labonte war kein unbeschriebenes Blatt. Patrizio Labonte, 34 Jahre alt, geboren in Baltimore, gelernter Maschinenschlosser, Vietnam-Freiwilliger mit mehreren Auszeichnungen und einem zunächst tadellosen Führungszeugnis. Doch dann schloß er sich in Vietnam gewissen dunklen Kreisen an. Die Beteiligung an Schwarzhandel, Menschenschmuggel und Rauschgifthandel konnte ihm allerdings nicht schlüssig nachgewiesen werden. Auch die Ermittlungen wegen Mordes an drei vietnamesischen Geschäftsleuten in Saigon mußten eingestellt werden.

Er wurde auf eigenen Antrag sang- und klanglos aus der Armee entlassen und tauchte zunächst im Westen der Staaten unter. Vor zwei Jahren erschien sein Name dann erstmals wieder in polizeilichen Ermittlungsakten, als er in Las Vegas im Zusammenhang mit einem Mord an einem Callgirl festgenommen wurde. Das Callgirl hatte sich aus einem straff organisierten Ring lösen wollen, um vor der Polizei auszupacken.

Pat Labonte konnte der Mord an dem Callgirl nicht nachgewiesen werden. Kurz nach seiner Entlassung verschwand er vorsichtshalber aus Las Vegas. Bald darauf tauchte er in New York auf. Hier ging er zügig daran, einen Callgirl-Ring aufzubauen. Er eröffnete ein paar Striplokale und Peep-shows. Als Fremder mußte er wohl den Schutz eines Großen genießen, eines Big Bosses, dem er hin und wieder einen Gefallen tat.

In Form eines Mordes, beispielsweise.

Es mußte also interessant sein, seinen hiesigen Verbindungen nachzugehen.

»Du hast doch noch etwas vor«, sagte Phil, der mein Zögern richtig deutete. »Du wirst wohl nie schlau, wie?« Er seufzte. »Wenn du einen Babysitter brauchst, sag Bescheid!«

»Ich will mir einen Club ansehen«, sagte ich.

»Striptease und so?«

»Eher und so«, bestätigte ich. »Der Laden heißt Step-in Go Go Club.«

»Nie gehört, hört sich aber sehr vielversprechend an«, meinte Phil.

»Wenn du auf Abenteuer aus bist, komm hin! Sieh zu, daß du irgendwie reinkommst! Ich werde vermutlich vor dir dort sein. Wir kennen uns nicht, okay? Wenn du drin bist, frag nach Pat Labonte! Sag, du müßtest ihn dringend sprechen.«

»Ich? Was ist, wenn dieser Labonte da ist und wissen will, was . . .?«

»Er liegt im Schauhaus und hat eine Verabredung mit einem Pathologen. Alles klar?«

»Sag das doch gleich!« murrte Phil. »Okay, ich komme.«

Ich gab ihm noch die Adresse, dann zog ich mich an und brauste los. Mit meinem beschädigten Jaguar.

Der Club lag an der Südseite der Canal Street zwischen Broadway und Lafayette Street, nicht weit von den bunten Lichtern der Chinatown entfernt. Er entpuppte sich als gewöhnliche Kontaktbar. Nachdem ich geklingelt hatte, öffnete mir eine magere Blondine, die mich rasch und geübt von oben bis unten mit den Augen abklopfte.

Dann zauberte sie die Kopie eines herzlichen Lächelns auf ihre grellgeschminkten Lippen. Ich wurde in einen engen Vorraum gebeten, mußte mich in einen knarrenden Korbsessel quetschen und Fragen über mich ergehen lassen.

»Möchten Sie Mitglied werden, Sir? Wir sind ein exklusiver Club und unterliegen deshalb keiner Polizeikontrolle, verstehen Sie?« Die Blondine zwinkerte vielsagend. Es war die übliche Masche. »Der Jahresbeitrag macht zehn Dollar. Dafür haben Sie bei jedem Besuch einen Drink frei!« Die Blonde setzte sich hinter einen Tisch und spannte eine winzige Karte in eine alte Schreibmaschine. Karten dieser Art hatte ich in Pat Labontes Brieftasche gefunden. »Ihr Name, Sir?«

Ich nannte einen Phantasienamen. Die Blonde begann in die Tasten zu greifen. Hinter einer dünnen Tür hörte ich einschmeichelnde Musik und Gekicher. Die Empfangsdame drehte die ausgefüllte Karte aus der Maschine und holte eine Polaroidkamera unter dem Schreibtisch hervor. Ich zuckte gekonnt zusammen, was das Lächeln auf den geschminkten Lippen vertiefte.

»Es ist eine Auflage des Ordnungsamtes, Sir. Nur mit Lichtbild auf der Mitgliedskarte sind Sie wirklich ein Mitglied und wir tatsächlich ein Club. Das Foto bleibt ja bei Ihnen.«

Ich lächelte, und das Blitzlicht zuckte. Nach einer Minute spuckte der Apparat mein Foto aus. Ich blickte etwas starr in die Gegend, was der Sache nicht im geringsten schadete. Die Blonde schnippelte das Bild so zurecht, daß nur noch mein Kopf übrigblieb. Sie pappte das Foto in den Ausweis, knallte einen Stempel drauf und hielt ihn mir hin. Als ich nach der Karte greifen wollte, zog sie die Hand wieder zurück.

»Erst der Jahresbeitrag, Sir. Sie können mit Kreditkarte bezahlen.«

Das konnte ich allerdings schlecht, weil ich einen falschen Namen angegeben hatte. Also blätterte ich zehn gute Dollars in die ausgestreckte Hand der Frau, womit ich die Mitgliedschaft im Step-in Go Go Club besiegelte. Jetzt standen mir die Clubeinrichtungen also zur Verfügung

Ich betrat die Bar, pardon, den Clubraum, durch die dünne Tür. Zunächst blieb ich stehen, um mich zu orientieren. Das war nicht ganz leicht, denn die Beleuchtung war gedämpft.

An der langen Bar saßen acht barbusige Mädchen. Einige sahen ganz schnuckelig aus. Hinter der Bar liefen auf drei Fernsehbildschirmen gleichzeitig Pornofilme. Auf einem Laufsteg, der weit in den Raum vor der Theke hineinreichte, verrenkte sich ein nacktes Mädchen und zeigte den Männern, die am Laufsteg saßen, die letzten Geheimnisse ihrer Anatomie. Sie trug nur schwarze Strumpfbänder. Die allerdings zu einem bestimmten Zweck. Die Männer schoben gefaltete Dollarnoten darunter. Das Girl hatte eine Menge Scheine bekommen.

Ich schlenderte an der Bar entlang und suchte nach einem Platz weiter hinten. Eine zierliche Rothaarige gefiel mir. Sie hatte ein kindliches Gesicht und ein einigermaßen natürliches Lächeln. Weil ich einem Kontakt nicht ausweichen durfte, wenn ich die Leute nicht mißtrauisch machen wollte, setzte ich mich neben sie.

»Hi«, sagte die Rothaarige. »Ich bin Pamela.«

»Und ich heiße Jerry.« Jerry hatte ich auch als Vornamen zu meinem falschen Nachnamen angegeben. Ich schwang mich auf einen Barhocker. Dabei stieß ich einen fetten Mann an, der gebannt versuchte, alle drei Bildschirme und die Show auf dem Laufsteg gleichzeitig zu beobachten. Er grunzte ungehalten, glotzte aber weiter an mir vorbei. An der Theke saßen außer mir und den Mädchen noch fünf andere Männer. Im Hintergrund konnte ich deutlich Nischen mit Vorhängen erkennen.

Ein ebenfalls barbusiges Mädchen robbte sich an mich heran. Ich legte meine neuerworbene Mitgliedskarte auf den Tresen. »Dafür nehme ich Scotch mit Soda.« Ich lächelte die Rothaarige an. »Möchten Sie auch etwas?« fragte ich.

Sie mochte, und zwar Champagner. Ich handelte sie auf eine kleine Flasche und eine Karaffe Orangensaft herunter. Ich hatte innerhalb der letzten Stunden Beulen und Einschußlöcher in meinem Jaguar und einen möglicherweise versauten Anzug zu beklagen. Da ich nicht wußte, ob sich eine Stelle finden ließ, die die Kosten übernehmen würde, wollte ich meine Unkosten nicht ins Uferlose wachsen lassen.

Der Scotch war immerhin nicht von der ganz billigen Sorte. Pamela trank von ihrer Mischung und lächelte kokett. Dann begann sie zu plappern und an mir herumzufummeln.

»Nicht so schnell, Schätzchen«, sagte ich und deutete auf den Laufsteg, den jetzt eine junge Farbige betrat. Die Farbige war schlank wie eine Gazelle und biegsam wie eine Schlange. Als sie sich bewegte, knisterte es im Raum vor Erotik.

»Brenda ist gut, nicht?« sagte Pamela andächtig und offenbar ohne eine Spur von Neid oder Eifersucht. »Wenn du lieber mit ihr ...«

Ich riß mich vom Anblick der schwarzen Schönheit los und lächelte Pamela an, die jetzt einen traurigen Ausdruck im Gesicht hatte. Versonnen rieb sie über ihre nackten Brüste. Ebenso versonnen sah sie der Tänzerin zu, deren Bewegungen immer wilder und katzenhafter wurden.

Ich merkte gar nicht, wie die Zeit verging. Denn als die Schwarze ihre Show beendete und mit zwei Strumpfbändern, die die Dollars kaum halten konnten, vom Laufsteg sprang, spürte ich Blicke, die mich spöttisch musterten. Ich hatte Phil tatsächlich nicht hereinkommen sehen. Er stand jetzt in der Nähe der Tür und ließ seine Blicke weiterwandern, als ob er jemand suchte. Hinter ihm stand die Blonde und machte ein finsteres Gesicht. Phil hatte sich die zehn Dollar offenbar nicht abluchsen lassen. Er benahm sich großmäulig wie ein mieser Gangster, als er an die Theke trat, die Ellbogen aufstützte und die Mädchen herausfordernd ansah. Besorgt merkte ich eine Bewegung hinter einem Vorhang. Die Rausschmeißer standen also bereit.

»Wer ist der Kerl?« fragte ich Pamela, mit dem Kopf auf Phil deutend.

»Kenn' ich nicht. Der war noch nie hier.«

Phil schnippte jetzt mit den Fingern. Einige Gesichter wandten sich ihm zu.

»Ich suche Pat«, sagte er laut. »Pat Labonte. War er kürzlich hier?«

Niemand sagte etwas. Nur die Blonde schob sich näher an Phil heran.

»Ich habe es Ihnen doch gesagt, Mister! Niemand kennt einen Gentleman, der so heißt. Wir wollen hier keinen Ärger ...«

Phil wandte sich um und sah die Frau scharf an. »Ich will auch keinen Ärger. Aber Sie können Ärger haben, Ma'am. Mir macht es nichts aus. Will mir jemand helfen? Oder nicht?«

Niemand wollte. Phil sah sich noch einmal um. Alle Gespräche waren verstummt. Die Nachfolgerin der Schwarzen hatte bereits den Laufsteg betreten. Aber sie stand jetzt verloren da.

»Na schön, dann eben nicht. Ganz wie Sie wollen, Ma'am.« Phil zog sich auf einen Barhocker, warf einen Zehner auf die Theke und schnippte mit den Fingern. »Gin Tonic«, sagte er.

Die Blonde nickte dem Barmädchen zu, und Phil bekam sein Glas. Er saß da, trank und starrte einfach vor sich hin. Ich machte mir Sorgen. Phil hatte seine Rolle ein wenig überzogen. In diesem Bums gab es bestimmt ein paar Figuren, die dafür sorgten, daß der Betrieb ohne Störungen lief. Ganz egal, ob Pat Labonte hier Freunde oder Feinde hatte, Phils Auftreten mußte sie alarmieren.

Das Mädchen auf dem Laufsteg begann sich zu verrenken. Ich nippte an meinem Scotch. Dabei fiel mein Blick auf Pamelas Gesicht. Es hatte sich verzerrt.

»He, Schätzchen! Kennst du diesen Labonte etwa?« fragte ich sie.

»Er ist ein Schwein, ein dreckiges Schwein! Ein Lump ...

Er hat mich an die hier verschachert! Meinen Sie, ich wäre freiwillig hier als Nutte?«

Pamelas Stimme war lauter geworden, und die Blonde sah herüber. Ich legte Pamela eine Hand auf den Arm und drückte ihn warnend. Das Mädchen senkte die Stimme.

»Entschuldigen Sie«, sagte sie steif. »Ich wollte das nicht.«

»Erzählen Sie ruhig!« forderte ich sie leise auf. Ich winkte der Barbusigen hinter der Bar und deutete noch einmal auf unsere Gläser.

Pamela wollte nichts mehr erzählen. Sie hatte die Nerven verloren, und jetzt hatte sie Angst. Angst auch vor mir, denn sie kannte mich nicht. Ich konnte ja zu denen gehören, die sie ausbeuteten. Kontrollen dieser Art waren in dem Milieu an der Tagesordnung. Der Zuhälter schickte seinem Mädchen Freier, die sie aushorchen und in Versuchung bringen sollten.

Pamela trank hastig. Dann fing sie wieder an, an mir herumzufummeln und preßte ihre Brüste gegen meinen Arm. Sie war nicht bei der Sache. Sie spulte nur ein Programm ab, weil es von ihr erwartet wurde und weil sie ein paar Dollar machen mußte.

»Ich habe ein Zimmer oben«, sagte sie in mein Ohr. »Wir können aber auch in eine Nische gehen, wenn du ein Flasche Champagner bestellst.«

Ich bestellte eine Flasche und ließ mich von Pamela in eine Nische lotsen. Das Barmädchen brachte die Flasche und kassierte sofort 40 Dollar. Meine Spesen stiegen unaufhaltsam.

»Wir haben jetzt eine halbe Stunde«, flüsterte Pamela. Sie schloß die Vorhänge und rückte nah an mich heran.

Ich hielt ihre Hand fest und zog meine ID-Card. Im Licht der roten Wandlampe waren der Bundesadler und die Buchstaben FBI gut zu erkennen. Pamela holte scharf Luft. Sie wollte sich von mir zurückziehen. Aber ich hielt ihren Arm eisern fest.

»Wir können uns hier unterhalten. Dann erfährt niemand etwas. Ich kann Sie aber auch mit ins Office nehmen. Was ist Ihnen lieber?«

»Was wollen Sie?«

Ihre Stimme war nur ein Hauch.

Es war nicht gut für ein Mädchen ihrer Art, wenn bekannt wurde, daß sich die Polizei oder der FBI für sie interessierte. Ich sah sie an. Ihr Gesicht war ganz klein geworden. Die Augen funkelten böse. Sie hatte die Arme vor der Brust verschränkt.

»Ein paar sehr einfache Fragen. Dieser Pat Labonte, nach dem der Typ eben gefragt hat ...«

»Vergiß ihn!« sagte Pamela prompt. »Du kannst machen, was du willst, ich werde abstreiten, ihn je gesehen zu haben.«

»Er ist tot«, sagte ich. »Mein Wort, daß es stimmt! Ich war dabei, als er erschossen wurde.«

Pamela zitterte. Sie hoffte, daß es wahr sei. Aber sie konnte es noch nicht glauben.

»Wer hat ihn hier gekannt? Nur Sie? Oder die anderen auch?«

»Nicht alle. Aber natürlich war Nancy ganz dick mit ihm. Nancy ist die Blonde. Sie macht den Empfang und managt diesen Laden. Sie ist auch so ein gemeines Stück. Pat besorgt ihr die Mädchen ...«

»Besorgte«, verbesserte ich sie. »Kennen Sie Freunde von ihm?«

»Was heißt kennen? Er zieht ... zog immer mit so ein paar gemeinen Kerlen rum. In einem Kleinbus, einem Dodge, glaube ich. Einer heißt Blinky. Die Namen der anderen kenne ich nicht. Es ist schon einige Zeit her, und es sind nicht immer dieselben. Ich kam nach New York, weil ich ... eine Abtreibung vornehmen lassen wollte. In Spartanburg, North Carolina, war das unmöglich, verstehen Sie? Mein Vater ist Politiker ... Ich kam also nach New York, hatte aber nicht genug Geld und nicht die richtigen Adressen. Ich weiß nicht, wie Labonte an mich geraten ist. Ich nehme an, er hat einen Spitzel in einer der Beratungsstellen, die ich aufgesucht hatte. Er machte sich jedenfalls an mich ran und bot mir an, mir zu helfen. Ich bekam meine Schwangerschaftsunterbrechung. Dafür mußte ich mich verpflichten, in einer seiner Shows zu arbeiten.«

Pamela weinte jetzt. Ich gab ihr eine Zigarette und Feuer. Sie rauchte hastig.

»Es war eine Peep-show! Ich hatte bis dahin nicht gewußt, daß es so etwas überhaupt gibt! Ich konnte es nicht, verstehen Sie? Aber er hat mich gezwungen. Und als ich von dem Zeug, mit dem er mich vollstopfte, krank wurde, hat er mich in einem Hotel eingesperrt und nur seine gemeinen Freunde zu mir gelassen. Diesen Blinky und die anderen. Und noch welche, das waren richtige Gangster!«

»Ich bringe Sie hier raus«, sagte ich spontan und wütend. Ja, ich war wütend auf diese modernen Menschenhändler.

»Aber wie denn?« fragte Pamela kleinlaut. »Ich habe überall Schulden!«

»Die sollen mal versuchen, die Schulden einzufordern!« sagte ich grimmig. »Vertrauen Sie mir! Ich habe auch meine Verbindungen und meine Tricks, bestimmt!«

Pamela zweifelte noch. Sie hatte Angst. Bestimmt wußten die Blonde und ihre Komplizen alles über Pamela und ihre Familie im braven Spartanburg. Bestimmt hatten sie eindeutige Fotos und weniger eindeutige Verträge mit ihr, womit sie sie bei der Stange hielten. Ich würde ihnen die Suppe schon versalzen. Jerry Cotton, der Rächer der Unterdrückten, schoß es mit leichtem Spott durch meinen Kopf.

»Wo haben Sie Ihre Sachen? Oben? Können Sie die holen?«

Pamela nickte und wischte mit einer Hand über die Augen. Das Make-up verschmierte. »Ich muß aber wieder durch die Bar«, sagte sie.

»Ich bleibe hier unten und passe auf«, sagte ich. »Alles in Ordnung? Auf in den Kampf!«

Pamela nickte mutig. Ich zog den Vorhang zurück und verließ die Nische.

Pamela huschte hinter mir her zu einer Tür, die ich bisher noch nicht gesehen hatte. Ich blieb einfach stehen, als ob ich der üppigen Tänzerin zusah, die sich gerade auf dem Laufsteg wälzte und quiekende Laute von sich gab, die offenbar Lustgestöhn darstellen sollten.

Phil saß noch an der Theke. Er wandte sich nicht um. Aber er konnte mich im Spiegel hinter dem Flaschenregal erkennen. Phil spielte meinen Aufpasser. Das bedeutete, daß er das Lokal nach mir verlassen würde. Ich konnte also einigermaßen beruhigt der kommenden Auseinandersetzung entgegensehen.

Die Blonde hatte mich erspäht und kam auf mich zu. Sie lächelte falsch. »Waren Sie zufrieden, Mister?« fragte sie.

»Ja«, antwortete ich einsilbig.

Das Lächeln wurde etwas starr. Offenbar wartete sie auf eine Erklärung von mir, weil Pamela den Raum verlassen hatte.

Als ich keine Anstalten machte, irgend etwas zu erklären, fragte sie: »Ist Pamela zur Toilette gegangen?«

»Das glaube ich nicht. Sie holt ihre Sachen. Sie wird diesen Laden zusammen mit mir verlassen.« Ich sah der Blonden in die Augen. Die Augen zuckten. Die Lippen wurden schmal. Die Frau wollte sich umwenden. Wahrscheinlich, um die Schläger hinter dem Vorhang zu alarmieren.

»Moment noch«, sagte ich leise. Ich zeigte ihr unauffällig meinen FBI-Ausweis. »Sie können jetzt ein großes Geschrei anfangen, Lady. Dann flüstere ich ein paar Worte in mein Walkie-talkie, und das ganze 5. Revier tanzt an und nimmt Ihren Laden unter die Lupe.«

Das Gesicht unter der Schminke war kalkweiß geworden. »Ich arbeite immer gern mit den Behörden zusammen«, behauptete sie.

»Das ist sehr vernünftig«, lobte ich. »Pamela wird vielleicht froh sein, wenn sie zu ihrer lieben Familie nach Spartanburg zurückkehren kann. Vielleicht wird sie keine Anzeige erstatten wegen Freiheitsberaubung, Körperverletzung, Vergewaltigung und was es sonst noch gibt.«

»Ich habe dem Mädchen nichts getan!«

»Wer hat sie denn gezwungen, hier zu arbeiten?«

»Niemand. Kein Mensch. Sie hat einen Haufen Schulden

bei Freunden von mir. Wie sie die bezahlt, ob in bar oder durch Abarbeiten, interessiert keinen Schwanz.«

»Ich rate Ihnen trotzdem, die Schuldscheine ganz schnell zu vernichten. Wenn der Bundesanwalt hier eine Haussuchung anordnet und wir bei der Gelegenheit Schuldscheine oder etwas Ähnliches finden, haben Sie eine Anklage wegen Erpressung und Nötigung am Hals. Mindestens. Und zwar vor dem Bundesgericht.«

»FBI? Bundesanwalt? Bundesgericht? Wieso eigentlich?«

»Pamela kommt aus Spartanburg, North Carolina. Wenn Pamela oder ihre Familie Strafanträge stellt, ermittelt die Bundespolizei.«

Ich lächelte selbstsicher, obwohl ich mich auf glattem Parkett bewegte. Aber ich wollte dieser Person nicht auf die Nase binden, daß es mir in Wirklichkeit um Pat Labonte ging. Und um den Mann, der ihm den Auftrag gegeben hatte, in die Bar des Atlantis zu gehen und dort einen Menschen zu töten. Außerdem wollte ich der Frau so einheizen, daß sie die Schuldscheine tatsächlich vernichtete. Vielleicht bekam sie es spätestens dann mit der Angst zu tun, wenn sie erfuhr, daß Labonte tot war.

Pamela betrat die Bar. Sie trug jetzt einen einfachen hellen Regenmantel über einem bieder geschnittenen Kostüm. In der Hand hielt sie eine Reisetasche. Kläglich sah sie mich an, wobei sie es krampfhaft vermied, den Blicken ihrer blonden Peinigerin zu begegnen.

Ich nahm Pamelas Arm und schob sie auf die Tür zu, die nach draußen führte.

Ich hatte keine Gelegenheit, Phil ein Zeichen zu geben. Es brauchte ja keiner zu merken, daß wir zusammengehörten. Ich konnte mir nicht vorstellen, daß mir die blonde Nancy einen Schlägertrupp auf den Hals hetzen würde, nachdem sie wußte, daß ich G-man war.

Ich fürchtete aber, daß sie etwas arrangiert hatte, um Phil zu schnappen und aus ihm herauszuholen, was er von Pat

Labonte wollte. Deshalb war ihr vielleicht sogar daran gelegen, daß ich möglichst schnell unbehelligt aus der Gegend verschwand.

Nancy begleitete mich in den Vorraum und hielt mir die Außentür auf. »Ihren Mitgliedsausweis brauchen Sie jetzt sicher nicht mehr«, sagte sie, sich um einen freundlichen, neutralen Tonfall bemühend.

»Nein«, sagte ich. »Wenn ich wiederkomme, bringe ich meinen eigenen Ausweis mit.« Ich übersah ihre ausgestreckte Hand, mit dem sie die Mitgliedskarte zurückforderte. »Sie werden verstehen, daß ich den Ausweis gern selber vernichten möchte, Ma'am.« Ich grinste. »Meine Vorgesetzten sähen es nämlich nicht gern, wenn Sie mit meinem Bild Reklame für Ihren Laden machten.«

Die Blonde schmetterte die Tür hinter uns zu.

Ich führte die zitternde Pamela die beiden Stufen zur Straße hinauf. Ich hielt mit der linken Hand ihren rechten Oberarm, und ich ließ sie auch ihre Tasche selbst tragen, um für den Notfall die rechte Hand freizuhaben.

Es war jetzt sehr dunkel in der Canal Street. Nur die Lichter der Auffahrt zur Manhattan Bridge schimmerten hell. Meinen Renner hatte ich gleich hinter der Ecke an der Lafayette Street abgestellt. Ich wandte mich also nach rechts. Meine Augen tasteten die Umgebung ab.

Pamela und ich sahen den Bus im selben Moment. Pamela zuckte heftig zusammen. Der Bus war ein brauner Dodge mit hellen Streifen auf den Flanken. Die Fenster waren verhängt. Der Fahrer hatte den Wagen rückwärts in eine zu enge Lücke gezwängt. Die Vorderräder standen auf der Fahrbahn, das Heck mit der Tür auf dem Gehweg. Bei meiner Ankunft hatte der Kleinbus nicht dort gestanden. So verkehrswidrig geparkt, wäre er mir mit Sicherheit aufgefallen.

Es gab nur eine Erklärung. Nach Phils Auftauchen im Club hatte die Blonde versucht, Pat Labonte anzurufen.

An seiner Stelle waren seine Schläger gekommen. Ihr Hauptquartier befand sich demnach hier in der Nähe. Oder die Kerle waren sogar per Funk erreichbar.

Ich sah an dem Dodge-Bus vorbei und führte Pamela rasch auf die Ecke Lafayette Street zu. Als ich den Wagen in meinem Rücken wußte, spürte ich ein Kribbeln zwischen den Schulterblättern.

Unbehelligt erreichte ich die Ecke. Wir begannen zu laufen. Ich blieb bei meinem Renner stehen, schloß ihn auf, schob Pamela hinein und beugte mich zu ihr hinab.

»Ich muß noch mal zurück. Verriegeln Sie die Tür von innen und machen Sie sich klein! Ich bin gleich zurück.« Ich warf die Tür zu und flitzte zur Ecke zurück.

Ein überladener Lastwagen dröhnte mit heulender Maschine die Canal Street herauf. Seine Scheinwerfer zitterten über den Dodge. Ich duckte mich und wartete auf einen günstigen Moment, um mich ungesehen näher an den Bus heranzupirschen.

Da sah ich Phil. Er kam an der Hauswand entlang. Einen Augenblick lang huschte sein Schatten über die eisernen Läden, mit denen die Fenster eines Geschäftes verrammelt waren. Dann rumpelte der Laster vorbei, und Finsternis hüllte meinen Freund wieder ein.

Ich unterdrückte einen Warnruf, als ich schemenhafte Bewegungen sah. Wenn die Gangster aus dem Dodge merkten, daß Phil nicht allein war und sie fürchten mußten, in eine Falle getappt zu sein, wären ihre Reaktionen unberechenbar.

Phils überraschter Schrei erstickte unter einer Hand. Eine Taschenlampe blitzte auf. Zwei Kerle hatten Phil zu Boden gerissen. Ein dritter leuchtete mit der Lampe. Phil wehrte sich erbittert. Aber die Kerle nagelten ihn auf den Boden und hielten ihm Arme und Beine fest. Im Augenblick waren die Kerle also noch mit meinem Freund beschäftigt. Mir schien es sicher, daß sie nicht die Absicht hatten, ihn zu töten oder ernsthaft zu verletzen. Sie wollten ihn ausquetschen, um zu erfahren, was er von Pat Labonte wollte. Sie mußten aufs höchste alarmiert sein, weil sie ja bereits wußten, daß Labonte tot war.

Ich setzte also mit zwei Sprüngen über den Gehweg,

zwängte mich zwischen zwei geparkten Fahrzeugen durch und arbeitete mich dann geduckt an den Wagen entlang näher an den Bus heran.

Ich schob mich um seine flache Schnauze herum und richtete mich ein wenig auf. Die Fahrertür stand offen. Also war auch der Fahrer bei dem Trio und damit beschäftigt, Phil in den Bus zu befördern. Also hatten wir es mit nicht mehr als den drei Halunken zu tun. Denn sonst wäre zumindest der Fahrer an seinem Platz geblieben.

Der Wagen bewegte sich leicht, als die Kerle Phil hinten hineinbeförderten. Ich langte vorn in den Wagen hinein und tastete die Lenksäule ab, bis meine Finger die Wagenschlüssel berührten. Sie klirrten leise. Hinten fiel krachend die Hecktür ins Schloß.

»Los, ab jetzt!« hetzte eine grobe Stimme. Ich hörte Schritte.

Der Fahrer kam!

Ich zog den Zündschlüssel ab, warf mich zu Boden und rollte vor die Vorderräder, wo der Fahrer mich nicht einmal würde sehen können, wenn er die Schweinwerfer einschaltete.

Ich hörte seinen Fuß auf dem Trittbrett. Dann knallte die Tür. Ich wagte kaum zu atmen. Augenblicke später ging das Standlicht an, und die Tür flog wieder auf.

»Verdammt, ich weiß genau, daß ich den Schlüssel steckengelassen habe!« sagte der Fahrer mit vor Schreck heiserer Stimme.

Die grobe Stimme antwortete mit einem Fluch. »Du Scheißkerl! Du weißt schon nicht mehr, was du tust! Such den verdammten Schlüssel! Oder . . .«

Der Fahrer sprang aus dem Wagen. Die Tür blieb offen. Auch die Hecktür wurde wieder aufgestoßen. Der Fahrer rannte hinten um den Bus herum.

Ich robbte um das linke Vorderrad, richtete mich unter der Tür auf und kletterte ins Fahrerhaus. Weil die Tür offenstand, brannte die Innenbeleuchtung. In ihrem Schein bemerkte ich den Durchgang zwischen den Vordersitzen.

Das war mehr Komfort, als ich erwartet hatte. Das Licht der kleinen Lampe vorn ließ mich die Umrisse einer Bank erkennen, die in Längsrichtung an der linken Seite montiert war. Rechts standen ein paar einzelne Sitze und ein Schrank, der vielleicht eine Bar enthielt.

Phil lag auf der Bank auf dem Bauch, und an seinen Hand- und Fußgelenken sah ich es metallisch schimmern.

Die Kerle hatten ihm also Handfesseln verpaßt.

Ein Mitglied des Gangster-Trios stand geduckt in der Hecktür, wo er sich, beide Hände an der Dachkante festgeklammert, weit hinausbeugte. Der Wagenboden war mit einem dicken Veloursteppich ausgelegt. Daher erzeugten meine Füße kein Geräusch, als ich mich hinter den Kerl schlich. Lautlos zog ich meinen Revolver. Ich preßte die Mündung ans rechte Ohr des Gangsters, während ich ihm etwas Liebes ins andere flüsterte.

»Versuch gar nicht erst, etwas zu sagen, mein Freund«, wisperte ich. Der Kerl wurde steif wie ein Brett. »Pst!« zischte ich. Ich spähte an ihm vorbei.

Die beiden anderen krochen über den Gehweg. Einer hielt die Batterielampe. Beide Kerle schimpften aufeinander ein.

Ich zog den erstarrten Halunken ins Wageninnere. Er war nur mittelgroß, aber bullig und offenbar bärenstark, aber ganz dumm war er wohl nicht. Er versuchte keinen Trick. Mich mußte er für seinesgleichen halten, und dem traute er wohl alles zu.

Ich bugsierte ihn in einen Sessel. Mit einem Griff fischte ich zwei Kanonen aus seinen Taschen. Eine erkannte ich mühelos an ihrem vertrauten Umriß. Sie gehörte Phil. Ich steckte sie ein. Mechanisch schnupperte ich an der anderen. Die Mündung roch scharf nach verbranntem Pulver. Ich war sicher, daß aus ihr vor recht kurzer Zeit geschossen worden war.

Zu meiner Freude fand ich in der Jackentasche des Gangsters noch ein Paar Handschellen. Ich brauchte also keine von meinen zu opfern, um den Mann zu fesseln. Ich zerrte seine Arme auf den Rücken und ließ die Manschetten einschnappen. Phil bewegte sich und wandte den Kopf in meine Richtung. Ob er mich erkannte, weiß ich nicht. Ich hatte jetzt keine Zeit, mich um ihn zu kümmern.

»So, mein Freund, jetzt sag deinen Kameraden, daß du den Zündschlüssel gefunden hast! Aber ein falsches Wort ...« Ich ließ ihn noch einmal die Mündung meines Smith & Wesson spüren, und als er nickte, sagte ich: »Also los!«

»He, Rex, Rex! Ich hab' den Schlüssel gefunden!«

Wenn der Bullige schlau war, würde er jetzt keinen Trick versuchen. Dann würde er seinen Komplicen draußen nicht mit einem falschen Namen anreden. Denn die Kerle draußen würden auf ihren Kumpel hier drin verdammt wenig Rücksicht nehmen, wenn sie Gefahr witterten. Wenn sie Pat Labontes Komplizen waren, hatten sie aus einem gestohlenen Taxi heraus versucht, Mike Kellin abzuknallen. Sie würden kaum zögern, den Innenraum des Dodge mit Blei zu beharken, wenn sie mißtrauisch wurden.

Trotzdem hatte ich ein verdammt mulmiges Gefühl.

Ich ging hinter dem breiten Rücken des Gangsters in Deckung, als ein Oberkörper in der geöffneten Hecktür erschien.

»Verdammter Idiot!« schrie die rauhe Stimme. Dann schwang sich ihr Besitzer in den Wagen und knallte die Tür zu.

Der Fahrer kletterte vorn auf den Sitz hinter dem Lenkrad. Die Tür flog zu. Die Innenbeleuchtung erlosch.

»Wo ist er denn, Dumbo?« fragte der Fahrer aufgebracht.

Ich spürte eine Bewegung neben mir, als sich der Besitzer der rauhen Stimme setzte. Undeutlich konnte ich den Oberkörper des Fahrers erkennen, der sich jetzt nach hinten drehte.

Ich klapperte mit den Schlüsseln und warf sie so, daß sie irgendwo auf den weichen Teppich fielen. Der Fahrer stieß einen wütenden Laut aus.

»Verdammt, Dumbo, was soll der Quatsch!« Er beugte sich vor und begann den Boden abzutasten.

Das war mein Startzeichen.

Ich hatte meinen Smith & Wesson und die anderen Waffen längst wieder eingesteckt. Hier im engen Innenraum mußte ich mich auf meine Hände verlassen. Und auf Verstand und Phantasie.

Ich wußte genau, wo der Kerl mit der rauhen Stimme saß. Wie ich später erfuhr, hieß er Lou Stearns und wurde Blinky genannt, weil er so helle Augen hatte. Ich schlug ihm beide Hände auf die Schultern und stieß ihn seitlich aus dem Sitz. Das Überraschungsmoment gelang. Der Mann krachte gegen die Hecktür. Ich riß ihm beide Arme auf den Rücken und setzte ihm ein Knie hinter das Schulterblatt. So, mit dem Gesicht auf den Boden gepreßt, konnte er sich nicht mehr bewegen, ohne sich selbst das Schultergelenk auszurenken.

»Blinky! Dumbo! Was ist los?« schrie der Fahrer.

Blinky grunzte überrascht, als ich ihm die Jacke herunterzerrte und die Kanone aus dem Hosenbund fischte. Dann stieß ich den Gangster nach vorn, dorthin, wo der Fahrer halb am Boden hockte. Der Fahrer schoß in die Höhe, wobei er sich den Kopf irgendwo anstieß.

Ich wuchtete die beiden Männer gegeneinander. Das Durcheinander war vollkommen. Keiner der beiden wußte, daß ein Mann zuviel an Bord war und was mit ihnen geschah. Ich hielt Blinkys linken Arm erbarmungslos nach hinten gebogen. Mit einer geübten Bewegung löste ich mein Paar Handfesseln vom Gürtel – ich war jetzt froh, immerhin eins mitgenommen zu haben.

Ich ließ eine Manschette um Blinkys linkes Handgelenk schnappen, bog den Arm herum und stieß ihn durch das Lenkrad. Dann fing ich die in der Luft herumrudernde Hand des Fahrers auf und schlug die andere Manschette um das Handgelenk. Mit einem weiteren Griff hatte ich auch ihn entwaffnet.

»Sieger aller Klassen«, sagte ich, als ich das Licht einschaltete, das Schlachtfeld betrachtete und mich schließlich meinem Freund widmete, der sofort zu meckern begann.

»Ich dachte schon, du unternimmst überhaupt nichts«,

nörgelte er. »Los, mach! Such den Schlüssel für die verdammten Dinger! Einer von den Kerlen muß sie doch haben!«

Ich begann zu suchen. Das war bei den zum Teil verschlungenen Gliedmaßen kein einfaches Unterfangen. Denn die Gangster sahen natürlich keinen Grund zur Mitarbeit. Nicht einmal dann, als ich ihnen sagte, wer ich war und wer Phil war, den sie heimtückisch überfallen hatten.

Während des Suchens sagte ich zu meinem Freund: »Wenn man es mit drei Gegnern aufnehmen will, muß man seinen Verstand gebrauchen und sich Zeit lassen. Ah, was habe ich denn da!« Den kleinen Schlüssel fand ich in der Tasche von ›Blinky‹ Lou Stearns.

Augenblicke später war Phil frei. Ich gab ihm seine Kanone zurück und überließ es ihm, die Kerle zu bewachen, bis ich zurückkäme.

Ich ging zu meinem Jaguar, forderte über Funk zwei Radio Cars und einen Gefangenentransportwagen an und ging mit Pamela zu dem Dodge zurück. Ich öffnete die hintere Tür des Wagens und schaltete die starke hintere Innenbeleuchtung an.

Die Gangster blinzelten. Ich legte einen Arm um Pamelas Schultern.

»Kennen Sie die Männer?« fragte ich. Sie nickte und unterdrückte ein Zittern. »Hatten die Sie gezwungen ...«

Sie ließ mich nicht ausreden. Sie nickte nur heftig und wandte sich ab.

Bald darauf kamen die Cops.

Ich bat sie, die drei Männer ins Bundesuntersuchungsgefängnis zu bringen.

»Ich komme nach und erledige die Einlieferungsformalitäten«, sagte ich.

»Irgendeinen Grund müssen wir für unsere Berichte haben«, sagte der eine Officer, während seine Kollegen die drei Männer aus dem Dodge schoben und ein anderer den vergitterten Transportwagen herandirigierte.

»Oh, schreiben Sie: Nötigung, Notzucht, Freiheitsberaubung, Beihilfe zum Mord und Mordversuch an einem Detective.«

Der Cop sah mich sprachlos an. Dann grinste er leicht. »Das nenne ich endlich mal was Handfestes! Ich hoffe, Sie können nur die Hälfte von dem, was Sie da sagen, beweisen.«

Das hoffte ich auch. Aber ich hatte die Waffen der Gangster. Und die Ballistiker würden nachweisen, daß zumindest aus einer auf meinen Wagen geschossen worden war.

Es sah schlecht aus für die Halunken.

Ich ließ Phil nach Hause fahren. Er hatte genug für mich getan. Ich setzte Pamela wieder in meinen Jaguar. Dann palaverte ich eine Weile mit Steve Dillaggio, der in dieser Nacht die Einsätze leitete. Steve blätterte in verschiedenen Adressenverzeichnissen und telefonierte dann, bis er ein geeignetes Quartier für Pamela ausfindig gemacht hatte.

»Father Linbrook und die Schwestern der Kirche Unserer Herrin von den Engeln unterhalten eine Anlaufstelle für junge Mädchen in der St. Benedict's Church. Weißt du, wo die ist?«

»Eighth Avenue? Welcher Block?«

»Zwischen 16. und 17. Straße. Viel Glück.«

Die Anlaufstelle war tatsächlich geöffnet. Der Geistliche und eine Schwester nahmen sich des Mädchens auf liebevolle Weise an. Ich empfahl den Leuten, Pamela unter einem falschen Namen zu führen und gut auf sie aufzupassen, sie würde noch gebraucht. Und zwar in einem Prozeß. Und ihr Vater würde sie vermutlich auch wiedersehen wollen.

Pamela war zu Tode erschöpft. Aber sie war auch erleichtert, es endlich überstanden zu haben.

Eine von wie vielen tausend?

Anschließend fuhr ich zur Park Row hinunter, um den Papierkrieg für die drei eingelieferten Gangster zu erledigen. An ein Verhör war nicht zu denken, wie mir der diensthabende Agent erklärte. Die Kerle hatten bereits nach ihren

Anwälten verlangt. Weil es Nacht war, konnte ich nicht einmal den Versuch machen, sie zu vernehmen. Also fuhr ich ebenfalls nach Haus. Es war Viertel nach drei, als ich endlich ins Bett fiel und sofort einschlief.

»Sie haben es verpatzt, Kellin«, sagte District Attorney Hubert E. Greenfield schneidend. »Nur Sie, Kellin!«

Greenfield stand am rechten Fenster seines Office und sah auf die Centre Street und das Stadtgefängnis hinab.

Mike Kellin kam sich wie ein junger Soldat vor, der von seinem Vorgesetzten abgekanzelt wird. Er stand vor dem Schreibtisch, den Blick starr auf die Fahne der Vereinigten Staaten gerichtet, die in einem Behälter zwischen den beiden Fenstern stand.

Kellin hatte nicht umhingekonnt, dem Staatsanwalt rückhaltlos zu berichten, was am vergangenen Abend geschehen war, wie es geschehen war und wer – außer dem erhängten Elmar Rank und dem erschossenen Pat Labonte – noch eine Rolle bei den Ereignissen gespielt hatte. Er hatte berichten müssen, daß er einen G-man, den er als seinen Freund ausgab, gebeten hatte, ihn zu begleiten. Und er hatte zugeben müssen, daß noch ein weiterer G-man, nämlich Phil Decker, beteiligt gewesen war.

»Es ist eine Riesenschweinerei, Kellin!« Greenfield wandte sich um und legte die vier Schritte vom Fenster zum Schreibtisch mit abgezirkelten Bewegungen zurück.

Dort blieb er stehen und verschränkte die Hände auf dem Rücken, während er Kellin aus eisgrauen Augen musterte.

Kellin hatte sich am Morgen ein kleineres Pflaster über die Wunde geklebt und sich einen Seidenschal in den offenen Hemdkragen gebunden. Auf diese Weise fiel das Pflaster kaum noch auf.

Greenfield war ein schlanker Mann von militärisch straffer Haltung. Das angegraute Haar trug er kurzgeschnitten. Das spitze Kinn und die Wangen waren scharf ausrasiert.

Seit dem vergangenen Sommer trug er einen kleinen Oberlippenbart, der das strenge Gesicht stark veränderte.

»Die Gegenseite war wieder einmal ausgezeichnet informiert, besser jedenfalls als ich, dank Ihres vorschnellen Zugreifens gestern mittag. Wenn ich das Telefonprotokoll gesehen hätte, Kellin, hätte ich andere Maßnahmen getroffen!«

»Welche, Sir?« fragte Kellin.

»Welche? Das fragen Sie noch? Ich hätte Rank an seiner Arbeitsstelle verhaften lassen und ihn vor die Wahl gestellt, bei uns mitzuarbeiten oder entlassen zu werden unter Verlust aller Rechte, die er sich erworben haben mag! Und den Prozeß hätte ich ihm dann außerdem noch gemacht, sowie ich genügend Beweismaterial gehabt hätte! Kellin, hier stinkt einiges! Die anderen sind wieder gewarnt worden! Wenn ich Ihnen nicht vertraute, wissen Sie, was ich dann denken müßte? Nein? Daß Sie falschspielen, verdammt noch mal!«

Greenfield beugte sich vor und stützte die Fäuste auf.

Kellin fühlte, wie ihm das Blut aus dem Gesicht fiel. »Sir, ich beantrage eine Untersuchung gegen mich!«

»Das ist überflüssig, Kellin! Sie wissen genau, daß die Innere Abteilung bereits ermittelt. Sie hatten mich in Verdacht ...«

»Sir, ich ...«

»Schweigen Sie! Das war doch kein Zufall, daß Sie das Telefonprotokoll während meiner Abwesenheit und der Abwesenheit der Oliphant aus dem Eingangskorb gefischt haben! Geben Sie es zu!«

»Ich wollte vermeiden, daß es von Unbefugten zur Kenntnis genommen wird.«

»Nun, ich bin ja kein Unbefugter. Trotzdem haben Sie es unterlassen, mich zu informieren ...«

»Ich hielt es für einen Routinevorgang. Rank stand ja auf unserer Prioritätenliste ganz unten.«

»Für einen Routinevorgang schalten Sie eigenmächtig die Bundespolizei ein? Kellin, ich hätte Ihnen eine intelligentere

Ausrede zugetraut. Setzen Sie sich endlich! Was haben Sie jetzt vor?«

»Wenn ich Ihr Vertrauen nicht mehr habe, möchte ich um meine Rückversetzung zur City Police bitten, Sir«, sagte Kellin steif.

»Abgelehnt, Kellin. Ich kann Sie hier nicht entbehren, das wissen Sie.«

»Wenn ich keine freie Hand habe ...«

»Sie hatten zu viele Freiheiten, mein Lieber. Von jetzt an wollen wir uns etwas mehr auf Teamwork besinnen, eine alte Tugend innerhalb der Polizeiarbeit. Den FBI lassen wir draußen. Wenn wir die Kollegen brauchen, werden wir sie offiziell um Amtshilfe angehen. Verstehen wir uns?«

»Ja, Sir.«

»Also, was schlagen Sie vor, Kellin?«

»Ich will diesen Pat Labonte abchecken. Irgend jemand hat ihn auf Rank angesetzt. Vielleicht gelingt es mir, die Verbindung herzustellen.«

»Das Abchecken besorgt die Mordabteilung. Sie verschwenden also nur Ihre Zeit. Selbst wenn Sie oder die Mordabteilung da weiterkommen, hängen Sie spätestens bei einer anderen Figur fest, einem Gangster, der das Maul nicht aufmachen wird.«

Der Staatsanwalt nahm einen Packen Formulare auf. Dabei sah er Kellin fest an.

»Damit Sie mich nicht falsch verstehen, Kellin – ich will Ihnen nicht verbieten, der Spur Labonte nachzugehen. Ich verlange aber, daß Sie Ihre ungleich wichtigere Arbeit nicht vernachlässigen.

Hier«, Greenfield wedelte mit den Formularen, »das sind die Telefonprotokolle von gestern nachmittag bis heute früh. Setzen Sie sich mit Ihren Mitarbeitern zusammen und gehen Sie sie durch! Vielleicht verbirgt sich irgendwo hinter dem belanglosen Zeug ein verschlüsselter Austausch von Informationen.«

Der Staatsanwalt ging die einzelnen Protokolle kurz durch, unterstrich hier und da einen Satz, eine Frage, versah einen Namen mit einem Fragezeichen. Ein Blatt sortierte er aus und schob es achtlos zur Seite.

»Das dürfte jetzt nicht mehr wichtig sein. Hier, Kellin, machen Sie sich an die Arbeit! Und eins sage ich Ihnen hiermit – wenn Sie sich noch so einen Patzer leisten wie gestern oder noch einmal ein Windei produzieren, dann können Sie als Parkwächter gehen! Ich will jetzt endlich Erfolge sehen!«

Kellin nahm die Protokolle und stand auf.

»Noch etwas, Kellin. Sorgen Sie dafür, daß die Überwachung des Telefonanschlusses Rank eingestellt wird! Meine Abteilung wird mit den Kosten belastet.«

Wortlos verließ Kellin das Büro des Staatsanwalts. Die letzte Anordnung war absolut unwichtig. Deshalb vergaß er sie sofort wieder.

»Es wird eine Zeit kommen«, sagte Mr. High, der New Yorker FBI-Chef, zu Phil und mir, »da erfahre ich von den Eskapaden meiner G-men nur noch aus der Zeitung. Oder aus dem Fernsehen, was wohl noch schlimmer wäre.«

»Sir, selbstverständlich hätte ich einen Bericht geschrieben!«

John D. High blickte vielsagend auf die Uhr. »Jetzt ist es Viertel nach zehn. Wo ist der Bericht?«

»Ich bin erst um drei nach Hause gekommen. Außerdem war ich zuerst in der Park Row, um die Haftbefehle zu beantragen.«

»In der Zwischenzeit hat mich ein sehr aufgebrachter Staatsanwalt am Telefon ultimativ aufgefordert, meine Leute anzuweisen, sich um Bundesangelegenheiten zu kümmern. Was ich hiermit tue.«

»Ich verstehe, Sir«, sagte ich.

»Ja«, bestätigte Phil schlicht.

»Und jetzt hätte ich gern aus Ihrer Sicht erfahren, was vorgefallen ist.«

Ich bemühte mich um einen klaren Bericht aus meiner

Sicht, der alle Tatsachen umfaßte und wenig Raum für Spekulationen ließ.

»Sind Sie sicher, Jerry, daß Kellin Sie nicht für ein Spiel benutzt?«

»Für welches?«

»Im Büro des Staatsanwalts scheint es eine undichte Stelle zu geben. Was ist, wenn Kellin auf zwei Schultern trägt und die Flucht nach vorn antritt?«

»Es müßte ein sehr kompliziertes Spiel sein. Machte sein Chef entsprechende Andeutungen?«

»Nein. Ich habe meinerseits einige Fragen gestellt. Kellin scheint einen etwas aufwendigen Lebensstil zu pflegen, wie ich höre.«

»Er ist nicht verheiratet.«

»Er war es zweimal. Ich bin nicht weltfremd, Jerry. Zwei abgelegte Ehefrauen kosten Geld. Nicht immer, zugegeben, aber meistens.«

»Die Innere Abteilung hat ihn zweifellos überprüft.«

»Das hat sie. Aber bedenken Sie auch, daß er Fachmann für Wirtschaftsstrafsachen ist! Er weiß am besten, wie man Geld versteckt oder es reinwäscht.«

»Ich war dabei, als auf ihn geschossen wurde. Es ging mehr als knapp aus.«

»Wie Sie selbst sagen, war Ihr Freund Kellin äußerst schnell mit der Hand an der Kanone. Als ob er genau gewußt hätte, was da geschehen würde.«

Ich hielt den Atem an. Auch mir war die Geschwindigkeit aufgefallen, mit der Kellin geschossen hatte. Es sah wirklich etwas merkwürdig aus.

»Wenn ich den Tod dieses Elmar Rank betrachte, so scheint mir das Selbstmordmotiv doch recht schlüssig zu sein«, fuhr der Chef fort.

»Ich glaube jetzt nicht mehr, daß es Selbstmord war«, sagte ich und sah Phil auffordernd an. Denn die Überraschung dieses Morgens hatte er auf Lager.

»Vor einer halben Stunde haben mich die Kollegen aus Queens angerufen, Chef«, begann Phil. »Man hat die Stoffproben untersucht, die man unter den Fingernägeln von Ranks linker Hand gefunden hat. Es handelt sich um blaue Wollfasern, während der Polsterbezug von Ranks Wagen nur Polyesterfasern enthält. Im ganzen Haus fanden sich keine blauen Wollfasern von gleicher Struktur.«

Phil legte eine kurze Pause ein, um das Gesagte wirken zu lassen. Dann fuhr er fort: »Einige Detectives werden sich heute vormittag an Ranks Arbeitsplatz und seiner Umgebung umsehen und Stoffproben nehmen, wo sie blau sehen. Vielleicht gibt die Autopsie endgültige Klarheit. Ich meine, wir sollten davon ausgehen, daß Rank ermordet wurde. Der Mörder hat gewußt, daß Rank allein in dem Haus lebte. Er hatte also Zeit, sich Zugang zu verschaffen, ohne Spuren zu hinterlassen.«

Die Falten im Gesicht unseres Chefs vertieften sich, während er die Konsequenzen von Phils Ausführungen überdachte.

»Wenn das stimmt, dann galt der Mordanschlag im Atlantis Kellin und nicht Rank. Dann sollte das abgehörte Telefongespräch Kellin in die Falle locken.«

»Dafür mußten sie Rank aus dem Weg haben«, sagte Phil.

»Mehr noch«, ergänzte ich. »Indem sie Ranks Tod wie einen Selbstmord arrangierten, mußte Kellins Tod als Irrtum erscheinen.«

Der Chef nickte nachdenklich. »Wenn Kellin getötet worden wäre, hätten wir es zwar auch mit einem vollendeten Polizistenmord zu tun, aber eben mit einem aus Versehen. Denn anhand des Telefonprotokolls hätte sich später ja ergeben, daß ein anderes Opfer gemeint gewesen war. Ein offenkundig gegen Kellin gerichteter Mordanschlag hätte dagegen eindeutig erkennen lassen, daß er jemandem unbequem geworden ist. Und das wollte man um jeden Preis vermeiden.«

»Genau«, bestätigte ich. »Deshalb haben Labontes Komplizen es vermutlich auch sofort ein zweites Mal versucht. Solange Ranks Tod noch nicht bekannt war, wäre Kellins Tod immer noch unter dem Etikett Rank gelaufen.«

»Immer vorausgesetzt, es ist nicht sein Spiel«, gab der Chef zu bedenken. »Nun ja, Sie müssen Kellin informieren. Aber kommen Sie Greenfield nicht in die Quere! Dieser Mann kann wirklich unangenehm werden.«

»Wir kümmern uns nur um Bundesangelegenheiten«, bestätigte ich.

John D. High sah mich ausdruckslos an. »Befassen Sie sich mit den drei Ganoven, die Sie letzte Nacht festgenommen haben! Es sollte mich nicht wundern, wenn wir es bei ihnen mit einer richtigen Bande zu tun hätten. Decken Sie ihre Querverbindungen auf! Interessieren Sie sich für die überstaatlichen Kontakte!«

»Aye, aye, Sir«, sagte ich einigermaßen verblüfft. Eben noch hatte ich einen Anpfiff bekommen, weil ich mich um Sachen gekümmert hatte, die mich nichts angingen. Und jetzt setzte der Chef uns auf dieselbe Sache an.

Draußen auf dem Flur sagte Phil: »Also, du hast es gehört – Hände weg von Greenfield!«

»Wer hat das gesagt?«

Phil schnappte nach Luft. »Na hör mal! Bist du taub? Der Chef hat gesagt ...«

»Ich habe genau gehört, was er gesagt hat. Wir sollen Greenfield nicht in die Quere kommen und uns um Bundesangelegenheiten kümmern. Bandenverbrechen ist immer noch Bundessache. Es ist Bundessache, wenn Gangster aus Las Vegas die Stadt New York um Millionenbeträge schädigen. Wenn sie hier Menschen ermorden. Wenn sie versuchen, einen Detective zu töten und einen Staatsanwalt an der Leine führen.«

Phil blieb stehen. »Einen Staatsanwalt? Mann, du gehst aber ran!«

»Wenn es um derart hohe Beträge geht wie in den Fällen, an denen Kellin arbeitet, nehmen die Halunken nur vom Feinsten, verlaß dich drauf! Und wenn sie sich vorgenommen haben, jemanden umzulegen oder auszuschalten, werden sie von jetzt an auf Qualität achten. Die Zeit der mehr zufälligen, improvisierten Aktionen dürfte vorüber sein.«

»Was schlägst du also vor?«

»Zuerst einmal fällt Kleinarbeit an. Du fährst nach Queens rüber und siehst dir die Erkenntnisse im Fall Rank an. Ich nehme an, daß die Kollegen inzwischen das Haus und das Grundstück noch einmal abgesucht haben. Ich möchte sicher sein, daß wir später kein Phantom jagen.«

»Ich werde dir den Namen des Mörders liefern«, sagte Phil ironisch.

»Laß mir auch noch was zu tun übrig! Rank hatte zwei Söhne. Was weißt du von ihnen? Außer dem, was ich dir gesagt habe.«

»Das war ja nicht viel. Sie heißen Desmond und Robert, sind 21 und 23 Jahre alt, der eine studiert Jura, der andere Biologie. Aber frag mich nicht, wer was studiert! Die Polizei von Queens hat sie noch in der Nacht benachrichtigen lassen. Ich nehme an, daß sie inzwischen zu Hause eingetroffen sind.«

»Sprich mit ihnen! Vielleicht wissen sie etwas. Möglicherweise, ohne es zu ahnen. Und vielleicht befinden sie sich in Gefahr.«

»Du nimmst immer gleich das Schlimmste an«, meinte Phil.

»Ich möchte nichts auslassen, solange ich noch nicht voll eingestiegen bin.«

»Und was tust du in der Zwischenzeit?«

»Ich werde mich mit den Knilchen unterhalten, die dich aufs Pflaster gelegt haben.«

»Das haben die nur geschafft, weil ich mich voll auf dich konzentriert habe. Ich konnte doch nicht ahnen, daß die so auf mich abgefahren sind, bloß weil ich nach diesem Pat Labonte gefragt habe. Immerhin hast du ihnen unter ihren Augen eine Nutte abgeschleppt.«

»Pamela ist keine Nutte mehr, Phil«, sagte ich freundlich.

»Nein, natürlich nicht. Entschuldige.«

»Schon gut.«

›Blinky‹ Lou Stearns, ›Dumbo‹ Keith Munson und Rex Youngblood, der Fahrer des Gangsterwagens, schwiegen eisern. Immerhin schaffte ich es, Haftbefehle gegen alle drei durchzusetzen. Denn der Schußsachverständige wies nach, daß mindestens eine der Kugeln, die meinen Jaguar getroffen hatten, aus ›Dumbo‹ Munsons Pistole abgefeuert worden war.

Auf seinem Haftbefehl stand also Mordversuch als Haftgrund. Auf denen der anderen Beihilfe zum Mordversuch, Mitwisserschaft, unerlaubter Waffenbesitz und, last not least, versuchte Freiheitsberaubung, gemeinschaftlich begangen zum Nachteil des Special Agent Phil Decker.

Die Männer waren erheblich vorbestraft. Rex Youngblood und Keith Munson standen zudem noch unter Bewährungsaufsicht.

Lou Stearns' Strafakte reichte bis in seine Militärzeit zurück. Anders als Pat Labonte, der nie rechtskräftig verurteilt worden war, hatte Stearns drei Jahre wegen Waffendiebstahls im Militärzuchthaus Leavenworth gesessen, bevor er in seine Heimatstadt New York zurückkehrte. Hier arbeitete er einige Jahre lang als Schläger, später als Leibwächter für Don Gino Borgo, bis der Don eines höchst unnatürlichen Todes starb. Da lag Lou Stearns wieder ohne Boß und ohne Sicherheit, die eine straff organisierte Mafiafamilie bot, auf der Straße.

Er versuchte, eine Bande zu bilden. Er scharte obdachlose und vorbestrafte Jugendliche aus den Gettos Black und Spanish Harlems um sich und stiftete sie zu richtigen Raubzügen an, die bis in die friedlichen Vorstädte reichten. Aber Stearns war keine Führerpersönlichkeit. Als eine Sonderkommission gebildet wurde, die seiner Bande das Handwerk legen sollte, wurde er bald geschnappt und zu einer hohen Freiheitsstrafe verurteilt.

Sein jetziges hartnäckiges Schweigen ließ darauf schließen, daß er wieder in den Schutz einer straff organisierten, mächtigen Organisation zurückgekehrt war.

Während meiner Versuche, mit Stearns, Munson und

Youngblood ins Gespräch zu kommen, hatte ich darauf geachtet, ob einer von ihnen ein Kleidungsstück aus blauem Wollstoff trug.

Es wäre zu einfach gewesen. Und zu schön, um wahr zu sein.

Als ich ins Office zurückkam, lag dort eine Telefonnotiz für mich. Mike Kellin hatte angerufen. Er ließ ausrichten, daß er bis zwei Uhr bei Bernie's auf mich warten würde. Als ich abgehetzt kurz vor zwei bei Bernie's durch den Diningroom lief, winkte Kellin mir zu, und ich ging zu ihm hinüber. Vor ihm stand eine Tasse Kaffee. Kein Whisky diesmal, wie ich nach einem schnellen Blick auf seinen Paycheck feststellte.

»Heute lade ich Sie ein«, sagte er. »Die gebackenen Muscheln sind gut. Ich habe schon zweimal davon bestellt, um die Kellnerin nicht mürrisch zu machen.«

Ich lachte. Die Kellnerin hieß Eve, und ich kannte sie ganz gut. Sie mich auch.

»Hi, Jerry«, sagte sie munter. Sie war schwarz und fett und immer freundlich. Wenigstens zu mir. »Was essen wir heute? Wir haben warmen Schinken, und die gegrillten Shrimps sind auch gut.«

»Was ist mit den gebackenen Muscheln?« fragte ich.

Eve verzog das volle Gesicht. »Nee, Jerry, die sind von gestern.«

Ich mußte wieder lachen. »Okay, ich versuch's mit dem Schinken. Den Kaffee nehme ich später.« Eve zog ab. Jetzt war es Kellin, der ein mürrisches Gesicht machte. »Nehmen Sie's nicht so tragisch, Mike!« sagte ich. »Die Muscheln werden ja nicht gleich verdorben sein. «

Er bot mir eine Zigarette an und gab mir Feuer.

»Was gibt's Neues?« fragte ich dann.

Ich wollte ihm nicht sofort mit der Hiobsbotschaft kommen, daß es jemand auf sein Leben abgesehen hatte. Ich weiß aus eigener Erfahrung, was das für ein Gefühl ist zu wissen, daß man bei einem anderen auf der Abschußliste steht.

»Ich will Ihnen nicht den Appetit verderben«, sagte Kellin.

»Machen Sie sich um meinen Appetit keine Gedanken!« sagte ich forsch.

»Von mir aus. Greenfield hat mich runtergeputzt. Ich war drauf und dran, ihm die Brocken hinzuschmeißen.«

»Ich weiß«, sagte ich, »ich meine, ich weiß, daß Sie Schwierigkeiten mit ihm hatten. Er hat meinen Chef angerufen. Er war sehr aufgebracht.« Ich lächelte.

»War Ihr Chef auch so sauer wie der D.A.?«

»Ich weiß nicht, wie sauer Hubert Greenfield war«, antwortete ich ausweichend.

»Er hat mich aufgefordert, jede Verbindung zu Ihnen und zur Bundespolizei einzustellen«, sagte Kellin.

Eve brachte mein Essen. Ich drückte die Zigarette aus. Kellin zündete sich eine neue an. Dabei starrte er mich unverwandt an.

»Ich werde mich den Teufel darum scheren«, sagte er dann heftig.

»Sie sind wohl auch sauer, eh?« fragte ich etwas undeutlich, denn ich hatte mir gerade einen Bissen in den Mund geschoben. Ein Gentleman spricht nicht mit vollem Mund, ich weiß. Aber wenn Kellin rauchte, während ich aß, durfte ich sicher dabei sprechen. Immerhin war Kellins aufsässige Bemerkung etwas überraschend gekommen. Seine nächsten Worte waren ungleich überraschender.

»Ich weiß, daß Rank ermordet wurde. Und Greenfield hat etwas damit zu tun!«

Mir blieb der Bissen im Hals stecken. Ich hatte Mühe, ihn hinunterzuschlucken.

»Was ist los?« fragte Kellin. »Tun Sie nicht so überrascht! Sie haben von Anfang an mit dieser Möglichkeit gerechnet!«

»Sie haben eben zwei Behauptungen aufgestellt. Fangen Sie irgendwo an.«

»Greenfield ging mit mir heute morgen die neu aufgenommenen Abhörprotokolle durch«, sagte Kellin. »All das belanglose Zeug, das von Anfang an bei der Aktion rausgekommen ist. Ein Blatt legte er beiseite mit den Worten, das sei jetzt nicht mehr wichtig. Er hat also ein Blatt aussortiert.«

»Das hat Ihnen keine Ruhe gelassen, und Sie haben es sich besorgt.«

»Ja. Ich war in der Technischen Abteilung. Ich habe behauptet, die Kopien, die ich bekommen hätte, seien teilweise miserabel gewesen, und man hat mir neue gemacht.« Kellin griff in seine Jackentasche und holte ein zusammengefaltetes Blatt heraus.

Er faltete es auf und schob es mir zu.

Ich überflog die Angaben im Kopf des Protokolls. Die Nummer des abgehörten Anschlusses, die Genehmigungsnummer, den Namen des Richters, der den Abhörbeschluß unterzeichnet hatte.

Der Anschluß gehörte Elmar Rank, und das Gespräch war gestern abend um sieben Uhr zwölf aufgezeichnet worden. Wenn unsere Vermutungen stimmten, hatte sich der Mörder zu diesem Zeitpunkt bereits im Haus aufgehalten. Aus seinem Versteck mußte er gehört haben, wie Rank mit seinem Sohn Desmond, den er Teddy nannte, telefonierte. Wahrscheinlich hatte der Mörder strikte Anweisung, Rank so spät wie möglich zu töten, damit sein Tod nicht so früh entdeckt werden konnte, um Kellins Rendezvous mit dessen Mörder in Frage zu stellen.

Rank: Hallo, Teddy, wie geht's euch?

Desmond: Fein, Dad. Bob ist mit ein paar Kommilitonen in ein Konzert gegangen.

Rank: Da sind sicher auch ein paar Kommilitoninnen dabei.

Desmond: Was du immer denkst, Dad!

Rank: Ich war auch einmal jung. Ihr sollt euch ja amüsieren, wenn ihr nur eure Studien nicht vernachlässigt!

Desmond: Mach dir keine Sorgen, Dad! Bestimmt nicht. Hier läuft alles ganz super, ehrlich.

Rank: Das freut mich, Teddy, bestimmt. Hör mal, weshalb

ich anrufe ... Ich schicke euch morgen wieder Geld. Vielleicht 500 und dann wieder regelmäßig ...

Desmond: Dad, wir sind dir sehr dankbar, das weißt du. Aber du sollst dich doch nicht krummlegen für uns!

Rank: Red kein dummes Zeug, Teddy! Ich tu's ja gern für euch. Ich bin stolz auf euch, und da tue ich eben, was ich kann.

Desmond: Ich weiß nicht, wie du das immer schaffst, Dad. Ich find's ja riesig, aber wir kommen auch so ganz gut zurecht. Nicht wie die Rockefellers, aber immerhin. Ich mache jetzt dreimal in der Woche die Abendschicht in einem Supermarkt. Da bekomme ich sogar noch die Lebensmittel für Bob und mich billiger. Wenn ich mich in zwei Monaten auf das Zwischenexamen vorbereiten muß, übernimmt Bob den Job. Du siehst, Daddy, es läuft bestens!

Rank: Wofür lebe ich denn? Ich tu's ja gern. Grüß Bob! Ich rufe am Wochenende wieder an.

(Ende des Gesprächs 19 Uhr 17)

Ich schob Kellin das Blatt zurück.

Mir war übel. Ich warf die Gabel auf den Teller und zündete mir eine Zigarette an.

Eve, die fette Kellnerin, watschelte herbei und sah mich vorwurfsvoll an.

»Was ist los, Jerry? Haben Sie Kummer? Am Schinken kann's nicht liegen.«

»Tut mir leid, Eve«, murmelte ich. »Bringen Sie mir den Kaffee!«

Kellin sagte: »Spricht ein Mann, der sich in der nächsten Stunde umbringen will, so mit seinem Sohn?«

»Nein«, antwortete ich. »Das kann ich mir nicht vorstellen.«

»Es ist der Beweis, nicht wahr?«

»Es könnte einer sein, wenn es jemals zu einer Anklage kommt«, sagte ich vorsichtig.

»Und glauben Sie auch, daß Greenfield da mit drinsteckt?«

Ich wiegte skeptisch den Kopf. »Er hat das Blatt vielleicht

nur überflogen und die Bedeutung nicht erfaßt. Ein privates Gespräch ...«

»Mann, Jerry, das glauben Sie doch wohl selber nicht! Haben Sie etwa auch Angst vor den hohen Tieren?«

»Jetzt reden Sie Unsinn. Machen Sie doch etwas daraus! Sie haben das Ding ausgegraben, nicht ich!«

»Ich gebe es der Inneren Abteilung. Aber was dann? Dann macht Greenfield die Schotten dicht. Und aus ist es.«

»Mag sein. Also halten Sie es zurück!«

»Und Elmar Rank wird als Selbstmörder verscharrt. Jerry, ich habe noch ein Gewissen!«

»Es gibt doch noch andere Hinweise dafür, daß Rank ermordet wurde«, sagte ich ruhig und berichtete von den Wollfasern unter Ranks Fingernägeln. »Mein Kollege Phil Decker kümmert sich darum. Wenn Sie wollen, kann Phil den Kollegen den Tip mit dem abgehörten Telefon geben. Dann fordert die Mordkommission Kopien der Protokolle bei der Technischen Abteilung an. Was halten Sie davon?«

Kellin überlegte einen Moment und nickte. »Okay. Greenfield darf nur nicht merken, daß ich etwas weiß.« Kellin zündete sich schon wieder eine Zigarette an. »Jerry, mir ist verdammt komisch zumute. Können Sie das verstehen?«

»Kann ich.«

»Wer will mich aus dem Weg haben? Greenfield?«

»Wenn Greenfield das ist, was wir vermuten, ist er es nicht erst seit gestern. Und wahrscheinlich sind Sie diesen Betrügerfirmen schon lästig geworden, als Sie noch fürs Headquarter arbeiteten. Deshalb hat man Greenfield befohlen, Sie zu sich herüberzuziehen. Damit hatte er Sie unter Kontrolle, und die Gegenseite konnte stets ihre Maßnahmen treffen. Logo?«

»Klar. Deshalb war meine Arbeit in der letzten Zeit so erfolglos«, bestätigte Kellin. »Aber wer will mich umlegen lassen? Greenfield?«

»So weit würde er nicht gehen. Das kann ich mir nicht vorstellen. Es sind die Hintermänner, die diese Befehle geben. Wahrscheinlich gibt es sogar irgendwo einen einzigen. Sie müssen doch irgendeine Idee haben, Mike!«

»Die Drahtzieher sitzen in Las Vegas. Hier laufen untergeordnete Figuren herum.«

»Und Killer. Mann, Kellin, Sie haben doch nicht nur hinter Ihrem Schreibtisch gesessen und Baubeschreibungen und Materiallisten studiert!«

»Vor ungefähr acht Monaten wurde ein Bauingenieur buchstäblich zum Krüppel geschlagen. Er leitete die Umbauarbeiten an einer Gepäckumschlaganlage im La Guardia Airport. Er hat den Mund nicht aufgemacht, weder vorher noch nachher. Wir vermuten, daß er sich geweigert hat, minderwertiges Material, das man ihm aufs Auge drücken wollte, zu verarbeiten. Well, die Kollegen in Queens haben zuerst wegen versuchten Mordes ermittelt. Aber als sie nicht weiterkamen, wurde die Sache auf Anordnung der Staatsanwaltschaft in schwere Körperverletzung umgewandelt und die Ermittlungen dem 114. Revier übergeben. Detective Gunnerman hat sich dann noch eine Zeitlang um den Fall gekümmert. Ohne Erfolg. Gunnerman ist ein guter Freund von mir. Gunnerman hat einen unwahrscheinlichen Draht zu Spitzeln und allen möglichen Ganoven. Und er ist überzeugt, daß Dom Riccardi hinter dem Anschlag steckt. Aber fragen Sie nicht nach Beweisen!«

Domenico Riccardi! Mein Gott, der Mann mußte doch über 70 sein! Nach allem, was ich wußte, hatte sich Riccardi längst zur Ruhe gesetzt und verzehrte sein Erspartes. Seine Unterführer, lauter Männer, die ihm treu ergeben waren, hatten ihrerseits ausgesorgt. Sie besaßen Restaurants, Pizzastuben, Taxiunternehmen, Wäschereien und Gebäudereinigungen.

Ich konnte mich noch erinnern, daß wir vor zehn Jahren noch einige dieser Bandenführer erbittert bekämpft hatten. Die meisten hatten wir ins Gefängnis gebracht. Sie alle dürften längst wieder draußen sein. Ob Riccardi sich noch einmal auf eine heiße Sache eingelassen hatte? Oder einer seiner ehemaligen Leute? Domenico Riccardi selbst hatte zweifellos Geld genug, um bis an sein Ende sorglos leben zu können. Oder?

»Warten Sie, Mike, ich muß mal telefonieren.«

Wer konnte mir besser mit Auskünften über einen der alten Gangsterbosse dienen als Old Neville? Neville hockte wie stets in den letzten Jahren in seinem Archiv, das immer noch seine Handschrift trug, obwohl es kaum noch eine Akte im üblichen Sinne gab. Trotz seines Alters hatte Neville den Anschluß an die moderne Technik nicht verpaßt, auch wenn er keine Gelegenheit ausließ, die alten Zeiten zu preisen, in denen man mit der MPi unter dem Autositz auf Gangsterjagd ging.

»Hi, Neville«, sagte ich. »Ich hoffe, ich störe dich nicht beim Lunch.«

»Um diese Zeit, du Grünschnabel?« polterte Old Neville. »Es ist Viertel vor drei! Um diese Zeit habe ich früher ...«

»Neville!« unterbrach ich ihn sanft. »Ich habe hier einen Namen, der dein Herz erfreuen wird. Dom Riccardi!«

»Riccardi, dieser alte Bastard! Ist er immer noch nicht tot?«

»Das wüßtest du doch als erster«, schmeichelte ich. »Es läuft ein Gerücht um. Kann es sein, daß Riccardi wieder aktiv geworden ist?«

»Warum sollte er so dämlich sein?« fragte Neville.

»Tja, das frage ich mich auch. Kann es sein, daß sein Kleingeld knapp geworden ist? Oder daß er jemandem einen Gefallen schuldet?«

»Quatsch. Es laufen mindestens tausend Leute auf den Straßen rum, die ihm einen Gefallen schulden. Nein, nein, Jerry. Riccardi hat sein Geld bombensicher angelegt. In Las Vegas.« Klick, klick, machte es in meinem Hirn.

»Neville, hast du einen Draht nach Las Vegas, den du auf die Schnelle anzapfen kannst?«

»Auf die Schnelle? Was soll ich denn rauskriegen?« erkundigte sich Neville argwöhnisch.

Man kann keine Antworten erwarten, wenn man die Fragen nicht kennt.

»Na, ob man in Nevada irgend etwas von ihm weiß«, sagte ich forsch.

»Aha. Jetzt weiß ich ganz genau Bescheid. Ich kenne einen Kollegen. Mein Jahrgang, Jerry. Er ist pensioniert und lebt in Las Vegas. Ihn werde ich anrufen «

Ich bereute es schon, Old Neville eingeschaltet zu haben.

Neville lachte. »Jetzt denkst du, der Alte flippt aus, gib es zu!«

»Aber Neville!« protestierte ich. Es klang wohl nicht sehr überzeugend.

»Mein Kollege – er ist oder war auch dein Kollege, Jerry! – arbeitet als Berater für einen privaten Sicherheitsdienst. Dieser Dienst besitzt sowohl das Vertrauen der Casinos als auch das der Behörden. Was sagst du jetzt?«

»Das hört sich gut an«, gab ich zu.

»Ruf mich wieder an«, sagte Neville und legte auf.

Ich ging zu Kellin zurück. Um Eve bei Laune zu halten, hatte er Kaffee und warmen Apfelkuchen bestellt.

»Riccardi unterhält Verbindungen nach Las Vegas«, sagte ich. »Er hat sein Geld dort angelegt. Ich werde ganz schnell einige Informationen bekommen, Mike.«

»Ihren Apparat müßte man zur Verfügung haben«, seufzte Kellin.

»Wir haben Tag und Nacht geöffnet, auch für unsere Kollegen«, sagte ich.

Kellin starrte düster vor sich hin. »Verdammt, ich muß immer wieder daran denken, daß mich einer umlegen will! Was kann ich tun? Man kann doch nicht rund um die Uhr nach einem Killer Ausschau halten! Dabei wird man ja verrückt! Man ist wehrlos!«

»Mike, Sie müssen die Nerven behalten. Und nachdenken. Einen neuen, direkten Anschlag auf Ihr Leben werden die Gangster nicht wagen.«

»Was macht Sie so sicher?«

»Denken Sie an gestern abend! Ihre Gegner hatten eine Szenerie arrangiert mit einem Selbstmörder, der ermordet werden sollte. Und warum? Weil man auf keinen Fall erkennen lassen wollte, daß ein vorsätzlicher Polizistenmord geplant war.«

»Aber es bleibt dabei, daß man mich aus dem Weg haben will! Es hat sich für mich doch nichts geändert, Jerry!«

»Wenn wir konsequent sein wollen, Mike, müßte ich Ihnen raten, sich beurlauben zu lassen. Ziehen Sie in ein Hotel, verkriechen Sie sich.«

»Kommt nicht in Frage! Ich bin Polizist!«

»Nur ein lebender Polizist ist ein guter Polizist. Sie haben es selbst gesagt – Sie sind wehrlos.«

»Ich verkrieche mich nicht. Ich mache meine Arbeit weiter. Wenn die Mordkommission und der Leichenbeschauer in Queens offiziell feststellen, daß Rank ermordet wurde, werde ich den Mund aufreißen und jedem sagen, weshalb Rank sterben mußte und daß dieser miese Killer mich gemeint hat! Dann muß Greenfield vorsichtig sein. Stimt's?«

»Greenfield, ja. Zumindest erhöht das Ihre Chance auf einen Aufschub. Oder die Gegenseite muß sich, wie gesagt, etwas ganz Neues einfallen lassen. Etwas, womit wir nicht rechnen.«

»Mann, Mann, ich weiß wirklich nicht, was ich tun oder lassen soll. Aber okay, Jerry, das ist mein Problem. Sie haben schon genug für mich getan.«

»Ich bleibe dran. Aber sagen Sie Greenfield nichts davon!«

»Ich werde mich hüten.«

Ich deutete auf das Protokoll, das immer noch auf dem Tisch lag.

»Sprechen Sie mit Ranks Söhnen. So, wie es sich im Protokoll anhört, werden sie nichts wissen, er wird ihnen auch keinen Umschlag gegeben haben, etwa mit der Aufschrift *Nach meinem Tod der Polizei zu übergeben.* Aber vielleicht ist den jungen Männern etwas aufgefallen. Terry Rank schien sich ja zu fragen, wie sein Vater es schaffte, ihnen immer wieder so viel Geld zu geben.«

»Die Jungs stehen auf meiner Liste ganz oben«, sagte Kellin.

Wir tranken noch eine Tasse Kaffee zusammen und rauchten eine Zigarette dabei. Ich deutete auf das Pflaster unter Kellins Ohr.

»Was sagt Ihre Freundin dazu?« erkundigte ich mich.

Kellin verzog das Gesicht. »Sie fiel weder in Ohnmacht, noch geriet sie in Panik.«

»Das unterscheidet die Freundin so angenehm von der Ehefrau«, bemerkte ich.

»Wir haben uns über Sie unterhalten. Cora meint, ich sollte Sie einfach mal zum Essen mitbringen. Haben Sie am Wochenende schon etwas vor, Jerry? Cora ist eine großartige Köchin.«

Michael Kellin sah mich unsicher an. Von der Arroganz, die ich damals bei unserer ersten Begegnung bei ihm bemerkt hatte, war kaum noch etwas übriggeblieben.

»Es ist Ihnen ernst?«

»Mit der Einladung? Natürlich!«

»Ich meine Cora.«

»Ich glaube, daß sich der Mensch nach etwas Beständigem sehnt, nach etwas Dauerhaftem.« Kellin grinste flüchtig. »Ich bin ruhiger geworden. Das ist es wohl. Oder ist es die Angst vor dem Alter? Vor der Einsamkeit? Aber keine Angst, ich spinne noch nicht, ich habe keine Probleme. Wie ist es jetzt mit Sonnabend?«

»Okay, Mike, ich komme gern.«

»Bringen Sie Ihre Frau mit!«

»Ich bin nicht verheiratet. Aber ich bringe jemanden mit. Sharon ist auch nett. Die Frauen werden sich verstehen. Und jetzt muß ich gehen.«

»Apropos gehen – was ist mit Ihrem Jaguar?«

»Ich bringe ihn irgendwann weg. Nächste Woche vielleicht. In der Zwischenzeit nehme ich mir einen Dienstwagen.«

Ich begleitete Kellin zu seinem hellbraunen Mercury, der in einer Tiefgarage stand. Unwillkürlich sah ich mich aufmerksamer um als sonst.

Nein, ich mochte nicht in Mike Kellins Haut stecken.

Cora Dixon war im Begriff, ihr Apartment zu verlassen, als das Telefon klingelte. Sie schwankte einen Augenblick. Doch dann siegte die weibliche Neugier. Mit Schwung beförderte sie die Sporttasche in die Diele und rannte ins Schlafzimmer, wo der Apparat stand. Sie lag am liebsten quer über dem Bett, wenn sie telefonierte. Jetzt blieb sie stehen. Sie mußte sich beeilen, wenn sie pünktlich zu ihrer Verabredung kommen wollte. Etwas atemlos und kurz angebunden meldete sie sich.

»Cora-Darling«, sagte die Männerstimme. »Gut, daß ich dich noch erwische ...«

»Ich war praktisch schon an der Tür. Ist etwas?«

»Ich hatte mich so auf heute abend gefreut ...«

»Du willst doch nicht sagen ...« Coras Lippen wurden schmal.

»Mir ist etwas dazwischengekommen. Wir verschieben es nur auf morgen abend. Okay?«

»Nichts ist okay. Ich lasse mich nicht hin und her schieben wie eine Schaufensterpuppe! Morgen bin ich mit Mike verabredet.«

»Ruf ihn an! Jetzt gleich. Bestell ihn zu dir!«

Cora sah ihr Bild im großen Spiegelschrank. Das streng wirkende schmale Gesicht mit dem dunklen Haar, das sie im Nacken zu einem Knoten zusammengebunden hatte. Sie trug einen hellgelben Overall mit großen aufgesetzten Taschen, ein Modell von Florio, bei dem jedem echten Mechaniker die Augen aus dem Kopf quellen würden, wenn er sie darin sähe, so wie sie jetzt eine Hüfte vorschob, das eine Bein angewinkelt und das Knie aufs Bett gestützt.

»Ich denke gar nicht daran«, sagte Cora. »Wenn du mich versetzt, gehe ich irgendwohin und amüsiere mich.«

»Du tust nichts dergleichen!« sagte der Anrufer scharf. »Du rufst Kellin an und läßt ihn antanzen!«

»Dieser Kaffer steht mir bis zum Hals! Der bildet sich noch Gott weiß was ein! Gestern hat er mir wieder von seinem Freund Jerry Cotton vorgeschwärmt. Er hat nicht eher Ruhe gegeben, bis ich ihn zum Essen einlud.«

»Wen? Cotton?«

»Wen sonst? Mike kommt ja sowieso andauernd. Jetzt hat er ja sogar einen Schlüssel, dank deines freundlichen Hinweises. Was soll ich ihm sonst noch geben?«

»Viel mehr hast du nicht zu vergeben, Cora-Darling«, sagte der Mann mit einer Stimme, deren plötzliche Kälte Cora frösteln ließ. »Wann soll dieses Abendessen stattfinden?«

»Am Wochenende. Mike sagt mir noch Bescheid.«

»Das ist ja noch ein paar Tage hin«, sagte der Anrufer. »Was hat Kellin sonst erzählt?«

»Der quasselt nicht über seinen Dienst. Da hast du dir genau den Richtigen ausgesucht. Schick ihn in die Wüste, verlorene Atomsprengköpfe suchen oder so was!«

»Tut mir leid, Darling, aber du mußt deinen schönen Körper eben noch einmal opfern. Ich muß Kellin für ein paar Stunden aus dem Weg haben. Laß ihn antanzen. Ruf ihn an! Sofort. Er ist in seinem Büro.«

»Ich habe dein Spiel mitgemacht ... Du hast mir versprochen, daß ich frei sein würde ...«

»Du wirst frei sein, früher als du denkst, Darling. Aber nur, wenn du unsere Abmachung nicht vergißt ...«

»Ich vergesse nichts, Hughie-Boy, gar nichts ...«

»Du vergißt Los Angeles, Cora-Darling, und wer dich da rausgeholt hat. Ich kann doch mit dir rechnen?«

»Ja, ja«, sagte Cora und legte auf. Lange betrachtete sie ihr Bild im Spiegel, das zu verschwimmen begann. Es wurde dunkel draußen. Sie schaltete das Licht an und nahm den Hörer wieder auf. Sie wählte und bat dann, mit Detective Kellin verbunden zu werden. Mike kam sofort an den Apparat.

»Hallo, Mike«, hauchte sie kehlig »Mike, ich habe solche Sehnsucht nach dir ...«

Sie lächelte ihrem Spiegelbild spöttisch zu. Sie wußte genau, daß die Männer auf dieses Timbre in ihrer Stimme immer voll abfuhren.

»Was ist los, Cora?« fragte Mike weich.

»Ich habe solche Angst um dich. Es kam ganz plötzlich. Ich zitterte richtig. Komm zu mir! Jetzt sofort!«

»Ich muß noch nach Queens rüber. Ich habe dort einen Termin.«

»Verschieb ihn! Bitte. Komm nur für eine Stunde!«

»Natürlich, Cora, ich komme.«

Cora warf den Kopf in den Nacken und lachte lautlos. Langsam zog sie den Reißverschluß ihres Overalls vorn herunter. Ihre Brüste wurden sichtbar, ihr flacher Bauch.

Plötzlich hielt sie inne. Sie hatte etwas gehört. Ein Knacken an der Tür. Sie fuhr herum. Sie hatte den schweren Innenriegel bereits geöffnet, als das Telefon klingelte. Sie lief um das breite Bett herum und durch den Wohnraum.

In der Tür zur Diele blieb sie wie erstarrt stehen.

Dort stand ein Mann.

Zuerst sah sie nur seinen Umriß, und sie erkannte ihn nicht sofort.

»Brad«, flüsterte sie dann tonlos. »Brad ... wo kommst du her?«

»Direkt aus Los Angeles. Man hat mich rausgeschmissen. Aus dem Knast hat man mich rausgeschmissen! Damit hast du wohl nicht gerechnet, du Miststück? Du hast gedacht, setz dich ab und laß den dämlichen Hund im Gefängnis verschimmeln!«

Brad starrte auf die weiße Haut, die zwischen den auseinanderklaffenden Seiten des Overalls sichtbar war. Cora wich zurück, als er einen Schritt vorwärts machte.

»Wie kommst du hier rein?« fragte sie.

Er hielt den Schlüssel in die Höhe und grinste. »Früher hast du dir deine Freunde sorgfältiger ausgesucht«, sagte er. Er steckte den Schlüssel in die Manteltasche. Als er die Hand wieder aus der Tasche zog, hielt er dünne Handschuhe darin, die er sich jetzt überzustreifen begann.

Cora begriff jäh, daß sie etwas übersehen hatte, daß sie zum Opfer eines Spiels geworden war, dessen Regeln sie nicht kannte, weil sie nicht einmal den Namen des Spiels wußte.

Sie warf sich herum, als Brad einen weiteren Schritt auf sie zukam. Er stieß gegen die Sporttasche und stolperte kurz. Cora erreichte ihr Schlafzimmer. Die Tür ließ sich nicht abschließen. Sie warf sich über das Bett, glitt auf der anderen Seite herab und riß den Telefonhörer an sich.

Wen konnte sie anrufen? Mike? Hughie? Wer hatte Brad ihren Aufenthaltsort verraten und ihm den Schlüssel gegeben?

Sie mußte Mike anrufen. Eben hatte sie die Nummer noch gewußt. Jetzt spürte sie nur eine ungeheure Leere im Kopf.

Die Schlafzimmertür krachte gegen die Wand, als Brad hereinkam. Brad stieg einfach über das Bett. Seine Schuhe hinterließen tiefe Eindrücke auf der Tagesdecke aus feinem Lyoner Samt.

Cora schrie gellend auf, als er sich wie ein Raubvogel von oben herab auf sie stürzte. Er schlug mit der Faust nach ihr, und ihr Schrei riß ab.

»Schade, Baby«, sagte er. »Es hätte so schön sein können mit uns, wenn du nicht so ein falsches Luder wärst . . .«

»Es ist eigenartig«, sagte Phil Decker, »wie die Menschen reagieren, wenn jemand aus ihrer Umgebung Selbstmord begangen hat oder wenn sie annehmen müssen, er hätte Selbstmord begangen.«

»Es sind unterschwellige Schuldgefühle im Spiel«, vermutete ich.

»Oder man erinnert sich an Versäumnisse, die man dem Lebenden gegenüber begangen hat.«

»Mag sein.« Phil blinzelte ins Licht und spielte mit seinem Bleistift. »Die Rank-Jungen sind jedenfalls erleichtert, seit feststeht, daß ihr Vater ermordet wurde.«

»Was sind sie für Menschen?«

»Ich finde, sie sind vom konservativen Schlag. Im positiven Sinn. Ordentlich, fleißig, strebsam, ohne falschen Ehrgeiz. Die beiden fahren zusammen ein Auto und bewohnen ein Apartment in Cambridge. Sie wissen zwar, daß sich ihr

Vater die hohen Zuwendungen eigentlich nicht leisten konnte. Aber weil er ihnen das Geld aufgedrängt hat, haben sie's genommen. Sie glauben, er hat seine Ersparnisse gut angelegt.«

»Bleiben sie lange hier?«

»Auf jeden Fall bis zur Beerdigung. Sie wohnen übrigens in einem Hotel, weil der Staatsanwalt das Haus erst freigibt, wenn die Experten vom Erkennungsdienst herausgefunden haben, wie der Mörder ins Haus gelangt ist. Wie er ans Haus herangekommen ist, wissen sie. Es gibt einen schmalen Fußpfad zwischen den Reihen. Am Zaun hinten hat man einige Wollfasern gefunden, die genau mit denen unter Ranks Fingernägeln übereinstimmen. Fest steht, daß alle Türschlösser und Fensterverschlüsse unbeschädigt sind. Wenn Rank das Schlafzimmerfenster über der Garage offengelassen hat, können die Spezialisten natürlich noch lange suchen, ohne etwas zu finden. Ich habe ja eine andere Theorie.«

»Und zwar?«

»Er hat sich aufs Dach hinaufgezogen und einige Schindeln abgedeckt. Dann hat er sich auf den Speicher hinabgelassen, ist durch das Schlafzimmer und über die Garage wieder hinaus und hat die Schindeln wieder eingedeckt. Übers Garagendach und durchs Schlafzimmer ist er dann ins Haus zurückgekehrt und hat sich irgendwo versteckt, bis Rank nach Haus kam und der Zeitpunkt richtig war.« Phil schüttelte den Kopf. »Was für eine gemeine Art ... Mann, wenn das stimmt und Greenfield seine Finger im Spiel hat, dann gehe ich und kotze in eine Ecke.«

Ich hatte Phil von meinem Gespräch mit Kellin berichtet, und Phil hatte den Kollegen von der Mordabteilung Queens den Tip mit dem abgehörten Telefon gegeben. Ich zündete mir eine Zigarette an und sah dem Rauch nach, der von einer Entlüftung aufgenommen wurde.

»Und du sitzt da und tust nichts!« sagte Phil wütend.

»Ich warte«, gab ich zurück. »Das ist etwas anderes. Unser Chef hat mit der Inneren Abteilung der City Police telefoniert. Und die sind sehr vorsichtig, wenn es um einen Staatsanwalt geht.«

Die Innere Abteilung der City Police wird immer dann tätig, wenn Vorwürfe gegen Angehörige der städtischen Polizei und anderer städtischer Behörden erhoben werden.

»Immerhin ermittelt die Innere Abteilung schon wegen des Lecks im Bereich des Bezirksstaatsanwalts.«

»Und sie ermittelt und ermittelt, und wenn sie nicht untergeht, wird sie bis in alle Ewigkeit ermitteln«, stellte Phil bitter fest. »Warum gehen wir nicht gegen ihn vor? Ganz offen!«

»Wie willst du das machen? Ihn beschatten? Glaubst du, der führt uns zu einer Stelle im Wald, wo er sein Geld vergräbt?« Ich angelte nach dem Telefon, weil es gerade anschlug. »Cotton.«

Neville war am anderen Ende. »Die Rentnerbrigade hat wieder zugeschlagen«, sagte Old Neville gutgelaunt. »Eben rief mich mein Freund und Altersgenosse an. Weißt du, daß ich auch nach Las Vegas gehe, wenn ich mich pensionieren lasse?«

»Du?« Ich lachte. »Du wirst nicht pensioniert, Neville. Schlag dir das aus dem Kopf!«

»Meinem Freund geht es von Jahr zu Jahr besser. Die Sonne und die trockene Luft bekommen ihm großartig.«

»Du würdest den Regen und die U-Bahn, den Beton und die Hektik vermissen und eingehen, Neville«, sagte ich.

»Du wirst es erleben, Jerry!« prophezeite Neville. »Ganz bestimmt! Eines Tages bin ich weg. Aber was soll's, kommen wir zum Geschäft! Ich habe hier etwas für dich. Mein Gewährsmann kennt die Objekte, in denen Riccardi angeblich sein Geld investiert hat. Es handelt sich um eine Gesellschaft, die zwei Casinos, vier Hotels und noch ein paar Nebenbetriebe unterhält. Vor einiger Zeit hat sich diese Gesellschaft auf Aktien umgestellt. Das ist ein beliebter Trick, mit dem man versucht, solche Leute, die sich nicht offen zu ihren Beteiligungen bekennen können, um ihre Anteile zu bringen. Praktisch eine Enteignung.«

Neville kicherte.

»Die haben also einfach die Anteile ihrer Geldgeber kassiert?« fragte ich ungläubig.

»Ganz genau! Natürlich nur von solchen Leuten, die keine Hausmacht mehr haben. Pensionierte Gangsterbosse wie Riccardi. Riccardi kann schlecht hingehen und seine Aktien einklagen. Dann stiege ihm das Schatzamt heute noch aufs Dach, und er könnte die letzten Jahre seines Lebens im Gefängnis verbringen.«

»Er ist also arm wie eine Kirchenmaus, wenn er nicht noch woanders Geld hat?«

»Das würde ich so nicht sagen«, erwiderte Neville vorsichtig. »Wie mein Freund erfahren hat, verwaltet ein Typ namens Sonny Galano Riccardis Aktienpaket. Treuhänderisch, so hat er es gehört. Riccardi soll innerhalb der letzten sechs Monate dreimal bei Galano gewesen sein. Weißt du, wer Galano ist, Jerry?«

»Nein.«

»Du müßtest mal den Wirtschaftsteil der Zeitungen lesen und nicht immer nur die Todesanzeigen und die Comics. Sonny Galano hat sich innerhalb von nur sechs Jahren zum größten Baulöwen der Staaten entwickelt. Er kauft Baufirmen wie andere Leute Rollschuhe.«

»Und das steht im Wirtschaftsteil?«

»Na ja, nicht ganz so«, gab Neville zu. »Galano hat da ein Netz von Beteiligungen gewoben, das kaum noch zu durchschauen ist. Offiziell gehört ihm wahrscheinlich nur eine kleine Klitsche mit einem Telefon und einem Fernschreiber, und alles andere läuft nach guter alter Väter Sitte ohne Schriftliches und gegen bar.«

Der Kreis schien sich zu schließen. Galano würgte Riccardi die Luft ab, indem er dem alten Gangsterboß die Aktien, die ihm gehörten und von deren Erträgen er leben mußte, vorenthielt. Auf diese Weise konnte er ihn zwingen, für ihn zu arbeiten. Immerhin verfügte Riccardi noch über Beziehungen, und die Kontakte zu seiner alten Truppe ließen sich wieder aktivieren. Wie hatte Neville doch gesagt?

Da liefen Tausende auf den Straßen herum, die Dom Riccardi noch einen Gefallen schuldeten.

»Neville, du bist einfach unentbehrlich«, sagte ich, bevor ich auflegte.

»Was hast du vor?« erkundigte sich Phil.

»Ich greife mir einen von Dom Riccardis ehemaligen Unterführern«, sagte ich. »Ich weiß nur noch nicht, welchen.«

»Lucky Falcone«, sagte Phil spontan.

Michael Kellin betrat die Diele und schloß die Wohnungstür. Coras große Sporttasche stand mitten im Weg. Kellin runzelte die Stirn. Er stieg über die Tasche und ging in das Wohnzimmer. Überall brannte Licht.

»Cora!« rief er. »Hallo, Cora!«

Da hörte er Wasser rauschen. Lächelnd öffnete er die Tür zum Schlafzimmer.

»Cora!«

Ein gelber Overall lag auf dem Bett. Die Beine waren gespreizt. Kellin schluckte. Er trat an die Tür zum Badezimmer. Das Rauschen der Dusche klang jetzt sehr laut. Er klopfte und rief Coras Namen, um sie nicht zu erschrecken. Dann öffnete er die Tür.

Dampf wallte ihm entgegen. Die Luft war sehr heiß.

Etwas in ihm krampfte sich zusammen. Viel zu heiß, dachte er. Das hält kein Mensch aus. Er streckte eine Hand aus und riß den Duschvorhang zur Seite. Er konnte nichts sehen, weil der Dampf hinter dem Vorhang noch dichter war. Er verbrannte sich die Finger, als er an der Armatur entlangtastete. Endlich spürte er den glühendheißen Mischerhebel. Er drückte ihn herum und schloß die Wasserzufuhr. Langsam klärte sich die Sicht.

Sie lag mit verdrehtem Oberkörper in der Brausewanne. Ein Bein ragte über den Rand hinaus. Der Fuß lag eingeklemmt unter dem Rohr des Bidet. Sie war nackt. Ihr langes Haar hatte sich gelöst, und das abfließende Wasser hatte es wie eine Spirale um das Abflußloch gewickelt. Der brutale

Mörder hatte ihr schönes Gesicht in einem Anfall offenbar sinnloser Wut nicht verschont.

Er riß an seiner Krawatte und schnappte nach Luft, während er genau spürte, daß sich sein Magen umdrehte.

Er preßte eine Hand vor den Mund. Dann torkelte er in die Küche. Er erbrach sich ins Spülbecken. Er ließ das Wasser laufen und spülte alles weg. Er wußte nicht, was er tat. Der Schock saß tief. Tiefer als gestern, als er einen Mann getötet hatte. Er tappte in der Wohnung umher, ging dann hinaus und fuhr in die Halle hinunter. Er ging einfach auf die Tür zur Straße zu. Als Randy, der Wachmann, ihn ansprach, zuckte er zusammen.

»Wollen Sie schon wieder gehen, Mr. Kellin? Ist etwas nicht in Ordnung?«

Kellin schien aus einem Traum zu erwachen. Randys freundliches Gesicht zeigte einen besorgten Ausdruck.

»Ich wollte telefonieren.«

Randy deutete auf die beiden Münztelefone hinter der Wand, die den Raum mit den Briefkästen abschirmte. »Wenn Sie keinen Dime haben, können Sie auch von meinem Apparat aus telefonieren.«

»Nicht nötig, danke.« Mit fahrigen Bewegungen suchte Kellin eine Münze aus seiner Tasche. Randy wollte in seinen Käfig zurückkehren.

»Randy, hören Sie!«

»Ja?« Der Wachmann wandte sich um. Der Revolver an seiner Seite schien viel zu groß für den freundlichen kleinen Mann zu sein.

»Waren Sie die ganze Zeit hier unten?«

»Ja, Sir, natürlich. Meine Schicht begann um vier. Warum?«

»Hatte Miss Dixon Besuch?«

Randy runzelte die Stirn. »Nein, nein.«

»Sind Sie sicher?«

»Aber ja! Schauen Sie, hier kommt niemand herein, der nicht ins Haus gehört. Und einen Besucher lasse ich nur durch die Schleuse, nachdem ich ihn angemeldet habe und wenn der Mieter mir ausdrücklich sagt, daß ich den Besucher einlassen darf.«

Kellin wandte sich wortlos ab und ging zu den Telefonen.

Im Telefonbuch von Richmond fand ich endlich einen Lucius Falcon. Vielleicht hatte Lucius ›Lucky‹ Falcone seinen Namen amerikanisiert.

»Grymes Hill Road, Richmond«, sagte ich zu Phil.

»Vornehme Gegend«, meinte Phil. »Meinst du, er ist es?«

»Ich rufe an, dann weiß ich es.« Ich drehte die Nummer und lauschte dem Rufzeichen. Als sich eine weibliche Stimme mit einem freundlichen »Hallo« meldete, fragte ich nach Mr. Falcon.

»Oh, Mr. Falcon ist noch im Betrieb. Möchten Sie vielleicht Mrs. Falcon sprechen?«

»Es handelt sich um etwas Geschäftliches, Miss. Können Sie mir die Nummer des Betriebes geben?«

Ich notierte die Zahlen auf einem Zettel und drückte die Gabel nieder. Die Nummer begann mit einer 5. Sie gehörte also in den Gramercy- oder Murray-Hill-Bezirk. Ich wählte die Nummer und wartete.

Es dauerte dieses Mal ziemlich lange, bis abgehoben wurde.

»Camrod-Druckerei, guten Abend.«

»Guten Abend, ich möchte Mr. Falcon sprechen.«

»Mr. Falcon ist mit einem Kunden zum Essen gegangen, Sir.«

»Können Sie mir sagen, wohin? Ich muß ihn dringend sprechen.«

»Nein, Sir, das weiß ich nicht. Hier ist auch schon Feierabend, Sir. Tut mir leid.«

»Sie haben aber noch keinen Feierabend, Mister ...«

»Ich heiße Ensulo, Sir. Die Packerei und der Versand arbeiten immer bis elf Uhr. Mr. Falcon kommt zwischen zehn und elf immer noch mal zurück. Vielleicht versuchen Sie es dann wieder.«

»Ja, danke, Mr. Ensulo.«

Ich schlug die Adresse im Telefonbuch nach. »Camrod Druckerei, 287 Fourth Avenue. Lucky hat es zu einer Druckerei, einer Frau, einem Haus am Grymes Hill und einem Hausmädchen gebracht. Er wird Augen machen, wenn er mich sieht.«

»Wenn er es ist.«

»Schwarzseher! Was ist jetzt? Machst du Schluß?«

»Ich? Schluß? Ich war den ganzen Tag für dich unterwegs! Wann soll ich eigentlich die Berichte für meine Fälle schreiben?«

»Schon gut. Reg dich nicht auf! Ich helfe dir!«

»Das ist ein Wort.« Phil machte sich sofort daran, mir einen großen Teil seiner Akten herüberzuschieben, als sich das Telefon wieder meldete. »Ich wette zehn Dollar, daß du dich jetzt verkrümelst!« sagte Phil.

Ich fischte einen Zehner aus meiner Tasche und warf ihn auf den Tisch. Dann schnappte ich den Hörer und meldete mich. Phil warf seinen Zehner dazu.

»Hallo, Jerry ...«

Ich erkannte Mike Kellins Stimme sofort.

»Was ist los, Mike?«

»Jerry, ich ... kommen Sie bitte!«

»Mike, was ist geschehen? Und wo sind Sie?«

»Ich bin ... Mein Gott, Jerry, sie ist tot!«

»Cora? Kellin! Reißen Sie sich zusammen! Sprechen Sie von Cora?«

»Ja, ja. Sie ist tot.«

»Sind Sie bei ihr?«

»Ja, ich warte hier.«

»Okay, Mike, ich komme.«

Ich warf den Hörer auf die Gabel und rannte zur Tür. »Jerry!« rief Phil mir nach und hielt den Zehner hoch. »Die Wette war unfair.«

»Trotzdem. Du hast gewonnen.«

Ich erwischte einen freien Parkplatz und knallte den Dienstwagen hinein. Ich vermißte den üblichen Menschenauflauf und die Ansammlung der verschiedenen Polizeifahrzeuge. Denn ich glaubte keine Sekunde, daß Cora eines natürlichen Todes gestorben war.

Kellin erwartete mich draußen. Die Hände hatte er in den Taschen seiner Jacke vergraben. Er zitterte, und sein Gesicht war eingefallen.

Kellin drehte sich um und gab dem Wachmann ein Zeichen. Der öffnete die Tür. Kellin marschierte voraus zum Fahrstuhl.

»Stop, Mike!« sagte ich bestimmt. »Ich will zuerst wissen, was mich da oben erwartet.«

»Sie ist tot.«

»Einfach so?«

»Erschlagen.«

»Erschlagen? Mann, wo ist die Mordkommission?«

»Ich wollte erst Sie hier haben. Das geht gegen mich.«

»Mann, sind Sie von allen guten Geistern verlassen? Wann haben Sie mich angerufen? Ich habe verdammt draufgehalten, aber eine halbe Stunde ist vergangen! Mindestens! Wann haben Sie sie entdeckt?«

»Das war kurz vor sieben. Was danach war, weiß ich nicht. Ich fühle nichts.«

Ich sah mich um. Dann deutete ich auf die Telefone. »Rufen Sie jetzt die Mordkommission! Los, machen Sie schon!« Kellin stand mit hängenden Armen da, ohne sich zu rühren.

»Vorher gehe ich nicht mit rauf. Kellin, Sie sind Polizist! In was wollen Sie mich hineinziehen?« Ich hätte mich umdrehen und gehen sollen. Aber ich sah auch, daß Kellin total durcheinander war. Ich schob ihn zum Telefon, drückte ihm den Hörer in die Hand und wählte für ihn die 911, den Notruf der Polizei.

Kellin brachte die Meldung einigermaßen heraus. Ich nahm seinen Arm und führte ihn zu den Aufzügen. Der Wachmann sah uns befremdet nach.

»Hören Sie!« rief ich ihm zu. »Gleich kommt die Polizei. Schicken Sie sie rauf!« Ich sah Kellin an. »Ich weiß nicht einmal, wie sie hieß.«

»Dixon. Cora Dixon.«

»Schicken Sie sie in Miss Dixons Apartment.«

Oben, im Flur des 8. Stocks, blieb Kellin vor einer Tür stehen. Den Schlüssel zum Apartment brachte er kaum ins Schloß, weil seine Hände zu sehr zitterten. Ich nahm ihm den Schlüssel ab.

»Woher haben Sie den Schlüssel?« fragte ich, während ich aufschloß.

»Cora hat ihn mir gestern gegeben.«

Drinnen brannten alle Lichter. Die Luft war feucht. Kellin blieb in der Diele stehen.

»Na los, Mann!« herrschte ich ihn an.

»Cotton, ob Sie es glauben oder nicht, ich habe noch nie ... noch nie so was gesehen!«

»Außer gestern.«

»Den habe ich nicht gekannt. Mit Cora, das ist etwas anderes.«

»Wo ist sie?«

»Im Bad. Sie müssen durchs Schlafzimmer.«

Ich bewegte mich durch das Apartment, ohne irgend etwas zu berühren. Die Fenster und die Flächen des Schranks mit dem großen Spiegel waren beschlagen. Dann warf ich einen Blick ins Bad.

Sie bot wirklich keinen erfreulichen Anblick. Ich sah auf das geschundene Wesen hinunter, auf das zerstörte Gesicht. Bei einem zerstörten Gesicht drängt sich einem Kriminalisten immer der Verdacht auf, daß eine Identität verborgen oder verschleiert werden soll.

»Kellin! Kommen Sie her!« rief ich barsch.

Er kam und blieb hinter mir stehen.

»Sind Sie sicher, daß das Cora Dixon ist?«

»Ja.«

»Woran erkennen Sie sie?«

»Ich habe sie schließlich gekannt.«

»Ich brauche ein objektives Merkmal.«

Kellin dachte nach. »Sie hat ein Muttermal.« Seine Stimme klang elend.

»Wo?«

»Innen am rechten Oberschenkel«, würgte er hervor.

Ich beugte mich über die Tote. Das Muttermal war da. Cora Dixon war eine verdammt schöne Frau gewesen, dachte ich. Ich drehte mich zu Kellin um.

»Mike, es wird hart für Sie werden. Man wird Sie fragen, ob Sie das getan haben.«

Starr hielt er meinem Blick stand. Das tun alle Mörder.

»Was werden Sie antworten?«

»Jerry, Sie sind verrückt.«

»Das ist keine Antwort, Mike.«

»Ich habe sie nicht getötet! Sie war schon tot! Sie hat mich angerufen, ich sollte kommen. Der Anruf ist im Büro registriert.«

»Er wird nichts beweisen. Mike, wir müssen wissen, was dieser Mord bezwecken soll. Soll er Sie treffen? Sie ausschalten? Oder galt er Cora? Mike, Sie müssen über jeden Tag, jede Stunde und jede Minute nachdenken, die Sie mit ihr verbracht haben. Wie und unter welchen Umständen Sie sie kennengelernt haben. Und alles, was Sie über sie wissen.«

Kellin nickte. Wir gingen in den Etagenflur hinaus, wo eben Detective Lieutenant Carl Hobson mit einer Vorhut der Mordabteilung Manhattan North ankam. Hobson drückte mir und Kellin, den er am vergangenen Abend kennengelernt hatte, kurz die Hand.

Weil das Feld der Mordkommission gehörte und ich ihr keine große Hilfe sein konnte, verabschiedete ich mich, nachdem ich mich vergewissert hatte, daß sich Hobson um Kellin kümmern würde. Ich hatte nämlich noch etwas vor.

Ich hatte meinen Dienstwagen an der 23rd Street geparkt und war das kurze Stück um die Ecke in die Fourth Avenue zu Fuß gegangen. In einer kleinen Bar hatte ich ein Bier getrunken und nachgedacht. Jetzt war es zehn Uhr durch, und ich überquerte die Straße.

Die Camrod-Druckerei nahm das Erdgeschoß und das 1. Stockwerk eines vierstöckigen Backsteinhauses mit hohen, vielfach unterteilten Fenstern ein. Ein Rolltor stand offen. Vor der Rampe wartete ein Laster. Ein Arbeiter fuhr mit einem Hubwagen Paletten voller Drucksachen auf die Ladefläche des Lastwagens.

Ich flankte auf die Rampe und nickte dem Mann mit dem Hubwagen zu. Er hatte ein dunkles Gesicht und große braune Augen.

»Mr. Ensulo?« fragte ich, und als er erstaunt nickte, sagte ich: »Ich hatte vorhin angerufen. Ist Mr. Falcon da?«

»Er ist in der Packerei, Sir. Hinten links, die Tür steht offen.«

In der Packerei waren sieben oder acht Frauen damit beschäftigt, Reklamedrucksachen, die noch in der Nacht verteilt werden mußten, zu verpacken. An einem Stehpult stand ein fülliger Mann. Die dickrandige Hornbrille war ihm auf die Spitze der fleischigen Nase gerutscht. Seine Stirn lag in dicken Falten, während er Zahlen in Lieferscheine schrieb.

»Lucky Falcone«, sagte ich, als ich nah genug heran war.

Er zuckte zusammen und wirbelte herum. Er schob die Brille hoch und musterte mich scharf, ohne mich auf Anhieb zu erkennen.

»Das ruhige Leben bekommt Ihnen nicht, Lucky«, sagte ich. »Als wir uns zuletzt sahen, hatten Sie 20 Pfund weniger drauf.«

»Cotton? Sind Sie das, Cotton?«

»Ja, Lucky.«

»Was wollen Sie?«

»Man vergißt doch seine alten Kunden nicht. Ich freue mich immer, wenn ich einen sehe, der es geschafft hat.«

»Okay, Sie haben gesehen, was Sie sehen wollten. Jetzt verschwinden Sie wieder!«

»Sie sind verheiratet, habe ich gehört. Schon lange?«

»Vier Jahre.«

»Ihre Frau ist eine geborene Camrod.«

»Was dagegen?«

»Sie sind Mitglied im Grymes Hill Country Club, im Förderverein Ihres Bezirks, im Verwaltungsgremium des Kindergartens ...«

»Und wenn es so wäre? Einen Country Club haben wir nicht da draußen, aber einen Yachtclub. Ich lasse mir nichts kaputtmachen, Cotton. Nicht von Ihnen, von keinem! Ich habe einen fetten Bauch bekommen, aber das Kämpferblut ist noch das alte. Ich habe meine Zeit abgerissen. Ich habe meine Rechte.«

»Ich will nichts von Ihnen.« Ich betonte das Wort Ich.

»Warum sind Sie dann hier?«

»Haben Sie kürzlich von Dom Riccardi gehört?«

»Hab' ich. Ich habe ihn rausgeschmissen.«

Ich nickte. So etwas hatte ich mir gedacht. Lucky Falcone gehörte zu den wenigen, die Riccardi nichts schuldeten. Falcone, der vor zehn Jahren ein verdammt gutaussehender Mann gewesen war, hatte sich in Dom Riccardis Tochter verknallt. Und sie sich in ihn. Riccardi hatte die beiden wieder auseinandergebracht, bevor sie sich richtig kennenlernen konnten.

Er hatte seine Tochter unter dem Begleitschutz dreier Leibwächter und zweier Matronen nach Italien geschickt und sie an einen verarmten, heruntergekommenen italienischen Grafen verschachert. Vermutlich hätte Falcone seinen Boß umgebracht, wenn wir ihn nicht rechtzeitig wegen einer Reihe schwerer Verbrechen eingelocht hätten.

Falcone haßte Riccardi. Aber er würde ohne Not nicht mit dem FBI zusammenarbeiten. Eher würde er noch einmal den Revolver ölen und sich Riccardi in den Weg stellen. Auge in Auge.

»Der Las Vegas-Mob hat Riccardi betrogen«, sagte ich. Mit Genugtuung stellte ich fest, daß es in Falcones Augen interessiert aufblitzte. »Der Vegas-Mob hat Riccardi in der Hand. Er muß tun, was die anderen verlangen. Sonst ist er ein armer Mann. Es ist ein großes Spiel, das da läuft. Männer wie Sie können dabei schnell untergebuttert werden.«

»Ich weiß nicht, wovon Sie reden, Cotton. Gehen Sie! Ich habe zu arbeiten.«

»Okay, Lucky, dann komme ich morgen nach Grymes Hill raus. Sagen wir, gegen neun? Sie brauchen mich nicht zum Frühstück einzuladen.« Zehn Jahre früher hätte mich der wilde Haß in Falcones Augen erschreckt und wachsam werden lassen. Heute berührte er mich kaum. Falcone hatte jetzt zuviel zu verlieren, als daß er versucht hätte, etwas Ernsthaftes gegen mich zu unternehmen.

»Was wollen Sie, Cotton? Spucken Sie es aus! Und lassen Sie meine Familie aus dem Spiel! Sie ist meine schwache Stelle, Cotton, das gebe ich zu, und ich schwöre ...«

»Jetzt übertreiben Sie nicht, Lucky. In diesem Spiel, von dem ich sprach, hat es bisher vier Tote gegeben.« Eigentlich acht, wenn ich die tödlich verunglückten Arbeiter am Major-Deegan-Kreuz mitzählte. »Tote bilden bei mir stets empfindliche Stellen, Lucky. Dann kenne ich keine Rücksichten mehr.«

Falcone warf den Kugelschreiber auf das Pult, nahm die Brille ab und lehnte sich gegen die Wand. »Ich kann Ihnen nicht helfen, Cotton, weil ich nichts weiß.«

»Was wollte Riccardi von Ihnen?«

Falcone zögerte. »Ich habe mir seine Vorschläge und Wünsche nicht angehört«, sagte er dann. »Er wollte das Übliche. Hier und da einen Dienst. Mal einen Wagen, mal sollte ich ein Kommando führen. Wie früher. Leute einschüchtern ... «

»Zusammenschlagen. Umlegen.«

»Ich habe nie jemanden umgelegt.«

Zu dieser Behauptung hegte ich meine berechtigten Zweifel. Doch ich beharrte nicht darauf, diesen Punkt näher zu erörtern.

»Riccardi macht für den Vegas-Mob hier die Drecksarbeit. Außer Labonte muß er noch einen Killer haben, den er rumschickt. Diesen Mann suche ich.«

»Da hätten Sie Pat Labonte eben nicht erledigen dürfen.« Falcone straffte die Lippen zu einem hämischen Grinsen. »Aber Sie haben ja Lou Stearns, habe ich gehört.« Er sah mich immer noch grinsend an. Er wußte verdammt genau, daß Stearns den Mund nicht aufmachte.

»Sie können Pat Labonte doch kaum gekannt haben, zumindest dann nicht, wenn Sie sich von der Szene fernhielten.«

»Nein, ich habe ihn nicht gekannt.« Falcone zündete sich eine Zigarette an. Mir bot er keine an. Langsam blies er den Rauch aus, während sich sein Blick nach innen kehrte.

Ich sprach ihn nicht an. Falcone rang um einen Entschluß. Ich mußte ihm Zeit lassen. Noch nie hatte er der Polizei einen Tip gegeben. Er mußte selbst erkennen, daß er in der Zwickmühle saß. Ich konnte seinen mühsam aufgebauten bürgerlichen Leumund hinwegfegen, wenn ich tatsächlich begann, ihn in Grymes Hill aufzusuchen und dort herumzuschnüffeln.

Schließlich lag es nahe, daß ich auch Falcones Alibis unter die Lupe nahm. Denn bisher hatte ich ja nur sein Wort, daß er nicht mehr mit Riccardi zusammenarbeitete. Andererseits mußte er befürchten, daß auch Riccardi keine Ruhe geben und irgendwann mit größerem Nachdruck Falcones Dienste fordern würde.

»Zu dieser Information werde ich nie stehen«, sagte er schließlich. »Nie, verstehen Sie?«

»Solange Sie selbst nicht mit drinstecken, können Sie die Bedingungen stellen«, sagte ich.

»Interessieren Sie sich mal für Pat Labontes Verwandtschaft«, sagte Falcone. Er setzte seine Brille wieder auf und winkte einen seiner Versandarbeiter herbei, dem er einige ausgefüllte Lieferscheine in die Hand drückte und ihm einige Erläuterungen dazu gab.

Labontes Verwandtschaft? Ich hatte mich heute morgen etwas ausführlicher mit Labontes Akte befaßt in der Hoffnung, auf andere Namen zu stoßen, die uns weitergebracht hätten.

Von einer Familie war in Labontes Akte nichts erwähnt. Er war nicht verheiratet. Zuletzt hatte er in einer Pension an der West 66th Street gewohnt, und zwar allein. Die Durchsuchung seiner Habe durch Beamte der Mordkommission hatte keine Hinweise auf Angehörige ergeben. Er stammte aus Baltimore, und routinemäßig war eine Information an die dortige Polizei gegangen. Falls in Baltimore Verwandte von Patrizio Labonte lebten, würden sie aufgesucht und von Pat Labontes Tod benachrichtigt werden. Bisher hatte sich jedoch noch niemand gemeldet, weder Eltern noch etwaige Geschwister.

»Was ist denn jetzt noch?« fuhr Lucky mich an, nachdem der Arbeiter weitergezogen war. Vorn an der Rampe wurde ein Motor angelassen. Falcone starrte mich an. Dann hob er ergeben die Hände. »Okay, okay, Cotton. Pat ist nicht von ungefähr ausgerechnet nach New York gekommen. Sein Bruder hat ihn hergeholt. Pats Bruder ist gut zehn Jahre älter, und er hatte hin und wieder für Dom Riccardi gearbeitet. Er hat sich natürlich längst vom Geschäft zurückgezogen; soviel ich weiß, betreibt er eine Gärtnerei in South Orange, drüben in New Jersey. Aber ich kann mir vorstellen, daß Riccardi ihn überredet hat, noch mal einen Job für ihn zu erledigen. Oder auch zwei.«

Einen Job erledigen. Das konnte nur bedeuten, daß Pat Labontes älterer Bruder ein Killer war. Ein Profikiller, gegen den nie ermittelt worden war, weil nie der Schatten eines Verdachts auf ihn gefallen war. Aber warum enthielt Labontes Akte keinen Hinweis auf einen Bruder?

»Er heißt Mario«, bellte Lucky Falcone. »Seinen Nachnamen kenne ich nicht. Ich weiß nur, daß er ein Halbbruder von Pat ist. Das ist alles, Cotton.«

»Danke, Lucky«, sagte ich. »Ich schätze, Sie haben bei mir einen Gefallen gut.«

Falcone hatte sich schon wieder über die Lieferscheine gebeugt.

Fast immer, wenn ich zu Hause bin und das Telefon klingelt, reißt es mich entweder aus tiefem Schlaf oder es erwischt mich, wenn ich unter der Dusche stehe. So war es an diesem Morgen um 7 Uhr 55.

Ich stellte das Wasser ab, wickelte mich in ein Badetuch und tappte an den Apparat. »Hallo?« fragte ich.

»Hast du die Nachrichten gehört?« fragte Phil sofort.

»Nein. Ich stand gerade unter der Dusche. Außerdem laufen im Augenblick keine Nachrichten. Ich wette aber, daß du mir die Neuigkeiten jetzt mitteilen wirst.«

»Der Staatsanwalt hat einen Haftbefehl gegen Kellin beantragt, und der Richter wird ihn zweifellos unterschreiben. Was sagst du jetzt?«

Obwohl ich so etwas beinahe erwartet hatte, traf mich die Nachricht doch wie ein Schock.

»Erzähl«, sagte ich. »Aber schnell. Ich stehe nämlich in einer Pfütze.«

»Er soll seine Freundin getötet haben«, sagte Phil.

»Das habe ich mir gedacht. Warum soll er sie getötet haben? Er war verrückt nach ihr!«

»Der Polizeipsychiater deutet ein Motiv an. Er meint, der tödliche Schuß auf Labonte hätte einen Aggressionsstau ausgelöst, der sich dann in einem Akt sinnloser Gewalt Luft verschafft haben könnte. Typisch dafür wäre, so der Psychologe, Kellins Apathie nach der Tat.«

»Das ist wunderbar einfach, nicht wahr? Man legt ihn nicht um, man erklärt ihn für übergeschnappt und gemeingefährlich, und weg ist er.«

»Das war, wenn überhaupt, das Motiv«, fuhr Phil ungerührt fort. »Vielleicht gibt es noch ein anderes, doch dazu komme ich gleich. Zuerst will ich dir mal die Indizien aufzählen. Er hat kein Alibi ...«

»Das wäre ein schwaches Indiz. Der Mörder hat das heiße Wasser angestellt, damit die Temperatur der Leiche keine Rückschlüsse zuläßt.«

»Wenn du mich nicht ständig unterbrechen würdest, könnte ich bald zu den wesentlichen Fakten kommen«, sagte Phil. »Der wichtigste Zeuge ist der Wachmann. Er schwört Stein und Bein, daß kein Fremder das Haus betreten und Kellins Freundin besucht haben kann. Er gilt als absolut zuverlässig. Selbst wenn er in seiner Kabine pennt oder sich im Keller einen genehmigt, gelangt niemand rein ins Haus. Hobsons Leute haben alle erreichbaren Mieter befragt. Keiner hat einen Fremden mit hereingelassen. Und einen anderen Zugang gibt es nicht, Jerry. Es gibt keine Tiefgarage, und die Feuerleitern sind seit der letzten Inspektion durch die Brandschutzbehörde nicht mehr benutzt worden. Er könnte nur mit einem Hubschrauber auf dem Dach gelandet sein.«

Ich wußte, daß die Aussage des Wachmannes kaum zu erschüttern sein würde. »Aber er hat Kellin doch reingelassen. Hat er da nicht bei Miss Dixon angerufen und Kellin angemeldet?«

»Leider nein. Kellin hatte seit vorgestern seine eigenen Schlüssel. Wer einen Schlüssel hat, besitzt gleichzeitig so etwas wie einen Passierschein. Die Agentur, die das Apartment vermietet, hat ihrer Mieterin zwei Schlüssel für die Haustür und zwei für die Apartmenttür zur Verfügung gestellt. Mehr Schlüssel existieren nach ihren Angaben nicht. Das andere Schlüsselpaar wurde in einer Tasche von Miss Dixons Overall gefunden. Der Wachmann hat Kellin kurz nach halb sieben die Halle betreten sehen. Kellin ist mit dem Aufzug hinaufgefahren. Etwa 20 Minuten später kam Kellin wieder herunter. Er machte einen völlig verstörten Eindruck. Der Wachmann ist der Auffassung, daß Kellin versuchen wollte, sich ungesehen davonzustehlen. Erst nachdem der Wachmann ihn angesprochen hat, hat Kellin dich angerufen.«

Was das Davonstehlen anging, würde ein Verteidiger die Aussage anfechten, aber es blieb genug übrig. Im großen und ganzen würde sie kaum zu erschüttern sein.

»Sind in der Zwischenzeit Leute heruntergekommen?«

»Keine fremden Personen, Jerry.« Phil schwieg einen Moment. Er wartete auf eine Frage. Als keine kam, fuhr er fort: »Aber das Schlimmste kommt noch. Die Tote ist nicht Cora Dixon.«

»Also doch ...«, sagte ich.

»Nicht, was du denkst, Jerry. Es ist die Frau, die Kellin als Cora Dixon gekannt hat. Sie besaß einige Papiere, die sie als Cora Dixon aus Flagstaff auswiesen. Die Mordabteilung hat den Sheriff von Flagstaff informiert, und der hat schon eine Stunde später zurückgerufen und definitiv erklärt, daß sich die betreffende Miss Cora Dixon bester Gesundheit erfreue.«

Wenn die Tote nicht Cora Dixon war, wer war sie dann? Ich verstand jetzt, was Phil zuvor gemeint hatte, als er sagte, daß es vielleicht noch ein Motiv für die Tat gäbe. Kellin konnte dahintergekommen sein, wer Cora wirklich war. Die Überraschung konnte dann den Aggressionsstau, von dem der Psychologe gesprochen hatte, ausgelöst haben.

Ja, es sah schlecht für Mike Kellin aus, sehr schlecht.

Und doch glaubte ich nicht, daß er die Frau erschlagen hatte. Nicht mal in einem Anfall von Unzurechnungsfähigkeit.

Seine Gegner hatten sich offenbar etwas ganz Neues einfallen lassen ...

»Der Staatsanwalt hat für zehn Uhr eine Pressekonferenz angesetzt. Kommst du hin?«

»Was soll ich da? Es wäre reine Zeitverschwendung.« Ich erklärte meinem Freund, was ich vorhatte, und bat dann: »Bleib du dran! Wir brauchen den richtigen Namen der Toten. Und zwar bald.«

»Ich tue, was ich kann.«

»Weißt du, wie lange sie schon in dem Apartment wohnte?«

»Ich hab's mir aufgeschrieben. Hier ist es. Drei Wochen. Nein, es sind ziemlich genau vier Wochen.«

»Versuch herauszufinden, ob sie vorher irgendwo anders in New York gewohnt hat! Wenn sie erst vor vier Wochen nach Manhattan gekommen und geflogen ist, hat sie vielleicht schon den Namen Dixon benutzt. Frag bei den Fluggesellschaften an! Und schick ihre Beschreibung und ihre Prints nach Flagstaff und Washington!«

»Kein Problem. Da ist auch Hobson dran.«

»Dann unterhalte dich mit den Leuten vom Vermietungsbüro! Erkundige dich, ob es die angebliche Cora Dixon persönlich war, die das Apartment gemietet hat, und ob sie allein war, als sie den Vertrag abschloß. Dann laß dir die Namen sämtlicher Mieter geben! Fang an, alle zu überprüfen, die in den letzten sechs, acht Wochen ein oder ausgezogen sind!«

»Suchst du einen, der vergessen hat, seinen Schlüssel abzugeben?« So einfach war das Problem nicht zu lösen. Es gab Immobiliengesellschaften, die wechselten jedesmal, wenn ein Mieter auszog, das Schloß der Wohnungstür. Wenn ein Schlüssel nicht zurückgegeben wurde oder verlorenging, wurde das Schloß in jedem Fall ausgewechselt.

»Tu, was ich dir sage«, sagte ich mit leichtem Unwillen, denn ich war naß und begann zu frieren. »Und du solltest dich auch für solche Apartments interessieren, die zwar vermietet sind, aber nur zeitweilig benutzt werden.«

»Ich beeile mich. Glücklicherweise hat das Haus nur 120 Apartments.«

»Du bist ein Glückspilz«, sagte ich und legte auf.

Der Duft und die Farben berauschten die Sinne. Hinter großen Glasflächen, in feuchtwarmem Tropenklima, entfalteten unzählige Orchideen ihre Blütenpracht.

Ich betrachtete die exotischen Pflanzen, die ihre Farben und Formen unter künstlichem Licht, das genau auf ihr Gedeihen abgestimmt war, voll entfalteten. Hier hatte jemand mit Fachkenntnissen und Liebe ein Paradies geschaffen.

Mario Aldina betrieb nicht einfach eine Gärtnerei, wie Lucky Falcone angedeutet hatte. Mario Aldinas Orchideenzucht war weithin berühmt. Ich hatte mich vor der Fahrt nach New Jersey hinüber informiert. Aldina belieferte die exklusivsten Blumengeschäfte von Atlantic City bis Manhattan mit den kostbaren Blüten. Zweimal in der Woche fuhr er höchstpersönlich mit einem klimatisierten Ausstellungswagen zum Blumenmarkt nach Manhattan, wo Nacht für Nacht die Großhändler an der 28th Street und Sixth Avenue ihre bunte Ware feilboten.

Ich hatte einiges über Mario Aldina erfahren. Daß er 46 Jahre alt war, zum Beispiel, und daß sein Vater vor 40 Jahren bei einer Schießerei zwischen konkurrierenden Gangsterbanden umgekommen war. Seine Mutter hatte wieder geheiratet. Einen gewissen Ernest Labonte. Einen Mann, den die ›Familie‹, zu der Marios Vater gehört hatte, für die Mutter ausgesucht hatte. Ernest Labonte war im Staatsgefängnis von Maryland gestorben. Wo die Mutter geblieben war, hatte mir so schnell niemand sagen können.

Seit zehn Minuten wußte ich es …

Ich hatte eine Menge über die Familie der Halbbrüder erfahren, als ich erst einmal wußte, wonach ich zu fragen hatte. Ich hatte auch erfahren, daß Mario Aldina Zeit seines Lebens keine Schwierigkeiten mit der Polizei gehabt hatte, die über einen Verkehrsverstoß hinausgegangen wären. Sein Leumund war einwandfrei.

Allerdings wußte auch niemand, woher er das Geld für die Orchideenzucht am Rand von South Orange genommen hatte. Er habe klein angefangen, hieß es. Zuerst habe er den Betrieb als Hobby aufgezogen. Wann er das erste Gewächshaus gebaut hatte? Das mußte so vor zehn, zwölf Jahren gewesen sein. Jetzt lag ein rundes Dutzend langgestreckter Treib- und Gewächshäuser unter einer milden Herbstsonne.

Ich bewegte mich zwischen den Kästen, in denen die schönsten Blüten ausgestellt waren. Vorn im Empfangsraum saß Mama Labonte, uralt und fast erblindet, hinter einem Pult. Die feuchte warme Luft tat den alten Knochen gut. Als ich hereingekommen war und gebeten hatte, mir die Ausstellung ansehen zu dürfen, hatte sie den Kopf schiefgelegt und mich aus ihren verschwommenen Augen starr angesehen.

Als ob ein Instinkt ihr etwas verraten hätte.

»Sie sind schön, nicht wahr?« sagte eine dunkle Stimme hinter mir.

Ich zuckte nicht zusammen, obwohl ich den Mann nicht gehört hatte. Ich hatte nur einen Reflex an einer schrägen Scheibe gesehen.

Langsam drehte ich mich um. Ich sah in das scharfgeschnittene Gesicht eines Mannes mit dunkler Haut und schwarzen gelockten Haaren. Er trug einen grauen Kittel, der eine drahtige Gestalt verbarg.

»Sehr schön«, bestätigte ich.

»Sind Sie ein Orchideenliebhaber? Oder ein Händler? Oder beides?«

»Ich erfreue mich an allem, was schön ist«, sagte ich. »War gestern Ihr Markttag in New York?«

Mario Aldina zuckte mit keiner Wimper. »Die Nacht, ja. Und der frühe Morgen.«

»Dann wissen Sie, daß am Abend zuvor Ihr Bruder erschossen wurde.«

»Ich habe darüber gelesen. Wer sind Sie?« Aldinas Stimme klang ausdruckslos und flach. Nur seine Nasenflügel bebten ein wenig und verrieten seine innere Unsicherheit.

»Ich bin Jerry Cotton vom FBI«, sagte ich.

»Waren Sie das, der ...«

»Ein Kollege. Michael Kellin. Sie haben es bestimmt in der Zeitung gelesen.«

»Ja, aber ich interessiere mich nicht für meinen Bruder.«

»Nein? Obwohl Sie ihn nach New York geholt haben?«

»Wer behauptet so etwas?« Aldinas Stimme klang jetzt doch beunruhigt.

Ich hob die Schultern. »Man hört so einiges. Aber Sie haben sich ja sicher von Ihrem Bruder losgesagt. Vermutlich haben Sie richtig gehandelt, denn er war ein Verbrecher. Er hatte einen vorsätzlichen Mord geplant. An einem Polizeibeamten.«

»Ich habe gelesen, daß es ein Versehen gewesen sein soll.«

»Was soll ein Versehen gewesen sein?«

»Das mit dem Beamten.«

»Nein, Mr. Aldina, das war kein Versehen, denn der andere, auf den Sie anspielen, Elmar Rank, der war zu dem Zeitpunkt bereits tot. Ermordet. Der Mörder hat Spuren hinterlassen.«

Wir sahen einander an. Unsere Blicke verhakten sich ineinander.

»Ich vermute sogar«, fuhr ich fort, »daß Ranks Mörder Ihren Bruder reingelegt hat.«

»Wieso? Das verstehe ich nicht.«

»Ich kann mir vorstellen, daß Ihr Bruder gar nicht wußte, wer da vor dem Lauf seiner Kanone stehen würde. Wenn er gewußt hätte, daß es ein Polizist sein würde, hätte er den Job bestimmt nicht azsgeführt. Was meinen Sie?«

»Woher soll ich das wissen? Wir lebten in verschiedenen Welten.«

»Eine knappe Autostunde voneinander entfernt. Ich werde Riccardi fragen, wer Ihren Bruder mit ihm zusammengebracht hat.«

»Wer ist Riccardi?«

Ich lächelte spöttisch. »Bis vor zehn Jahren war er eine große Nummer. Jetzt ist er nichts mehr. Man hat ihn betrogen und um sein Geld gebracht, und jetzt zieht er seine alten Freunde mit ins Verderben.«

Aldina hatte sich gefangen. Er schwieg, ohne daß es deshalb peinlich oder verräterisch wirkte. Ich ging langsam durch den Gang zurück.

»Weiß Ihre Mutter, daß Pat tot ist?«

»Sie weiß es.«

»Warum erhebt niemand Anspruch auf die Leiche?«

»Sind Sie deshalb hergekommen? Um mir einen reinzuwürgen? Oder wollen Sie dem Staat die Beerdigungskosten sparen? Das hätten Sie auch am Telefon erledigen können.«

»Ich wollte Sie kennenlernen, Mr. Aldina. Vielleicht sehen wir uns einmal wieder.«

»Von mir aus bestimmt nicht.«

»Das glaube ich Ihnen aufs Wort, Mr. Aldina. Ach, ich

hatte es eben vergessen – ich möchte Ihnen mein Beileid zum Tod Ihres Halbbruders aussprechen.«

Mario Aldinas Gesicht verzog sich zu einer Grimasse des Hasses. Ganz kurz nur, aber ich fröstelte.

»Wie war die Pressekonferenz?« fragte ich Phil.

Seine Antwort konnte ich kaum verstehen. Ich stand in einer Cafeteria am Pulaski Skyway und preßte den Hörer an mein Ohr. Hinter dem offenen Durchgang zur Küche rauschte eine Geschirrspülmaschine, und die Köche und Kellner fochten lautstarke Wortgefechte aus.

»Der Haftbefehl besteht, aber der Richter hat ihn ausgesetzt. Kellin ist vom Dienst suspendiert. Er befindet sich auf freiem Fuß. Ohne Kaution, dafür mit einer Reihe Auflagen.«

»Dann scheint der Richter die Beweise nicht als so schwerwiegend anzusehen«, meinte ich hoffnungsvoll.

»Das kann sein«, gab Phil zu. »Aber wenn er wüßte, was ich gerade erfahren habe ...«

»Was?« schrie ich.

»Ich habe die Printformel von Kellins toter Freundin nach Washington gefunkt. Sie ist dort registriert. Sie wird nämlich dringend gesucht im Zusammenhang mit dem Ableben ihres Gatten, eines gewissen David G. Hayes, der vor sechs Wochen in Los Angeles ermordet wurde. Ihr richtiger Name lautete also Donna Hayes, geborene van Pelt. Sie wurde zunächst unter Mordverdacht verhaftet. Als man ihren Geliebten, er heißt Brad Nelford, ebenfalls verhaftete und er den Mord an David Hayes gestand, wurde die Anklage gegen Donna in Anstiftung zum Mord umgewandelt. Gegen eine saftige Kaution wurde sie auf freien Fuß gesetzt. Sie tauchte prompt unter. Die Kaution hat vermutlich ein anderer ehemaliger Geliebter gestellt. Die schöne Donna hatte eine bewegte Vergangenheit. In ihrer Sturm- und Drangzeit hat sie in Las Vegas gestrippt. Was sagst du jetzt?«

Alle Spuren führten über Las Vegas nach New York. Da hatte jemand ein halbseidenes Mädchen an der Hand, das geeignet war, im gegebenen Moment einen unbequemen Mann zu kompromittieren. Es paßte alles haargenau ineinander.

»Aber Brad Nelford sitzt doch?« vergewisserte ich mich.

»Eben nicht. Er hat Knall und Fall den Anwalt gewechselt und sein Geständnis widerrufen. Und weil die einzige Belastungszeugin, nämlich die schöne Donna, nicht mehr zur Verfügung stand, wurde er vorgestern abend aus der Haft entlassen. Sein neuer Anwalt ist ein bekannter Gangsteranwalt. Die Kaution für seinen Mandanten hatte er in bar mitgebracht.«

»Und jetzt ist Nelford auch untergetaucht«, vermutete ich.

»He, wie konntest du das erraten?« spottete Phil. »Ich bekomme gleich ein Funkbild von ihm. Von der schönen Donna habe ich eins mit angefordert. Ich hoffe, das war in deinem Sinne, denn Fotos von der toten Donna kann man nicht herumzeigen.«

»Das war eine gute Idee«, sagte ich. »Glaubst du denn, Brad Nelford wäre in New York?«

»Es könnte doch sein. In Los Angeles hat er schon einmal getötet. Warum nicht auch hier?«

»Für die Zeit des Mordes an Rank hat er das beste Alibi der Welt«, sagte ich. »Da saß er nämlich noch in U-Haft.«

Ich dachte an Mario Aldina. Ich setzte voll auf ihn. Und jetzt tauchte wie aus dem Zylinder des Zauberers plötzlich ein anderer Kandidat auf.

Ein anderer? Oder ein zweiter?

»Wer redet denn von Rank!« sagte Phil eifrig. »Ich glaube irgendwie nicht, daß der Mord an der schönen Donna eingeplant war. Der wurde erst notwendig, als der wie ein Irrtum arrangierte Mord an Kellin danebenging. Da hat sich jemand ans Telefon gehängt und Alarm geschlagen, und zwar sehr prompt. Es würde mich sehr interessieren, wie Riccardi es fertiggebracht hat, Kellin die schöne Donna unterzujubeln.«

»Das war nicht Riccardi«, sagte ich langsam. »Es gibt da eine andere, eine direkte Linie über Riccardis Kopf hinweg.«

»Übrigens«, sagte Phil. »Die Kollegen in Queens haben meine Theorie bestätigt! Ranks Mörder ist durch das Dach eingestiegen! Sie haben die entsprechenden Spuren gefunden. Auch wieder einige blaue Wollfasern am Dachgebälk. Wie war dein Gespräch mit Aldina?«

»Schwer zu sagen. Ob ich etwas bewirkt habe, muß sich erst herausstellen. Jetzt will ich Riccardi und Greenfield heimsuchen.«

»Mann, Jerry, wenn du Greenfield auf den Pelz rücken willst, mußt du aber etwas in der Hand haben!«

»Ich habe nicht vor, mir die Finger zu verbrennen. Bevor ich mit ihm rede, will ich noch einmal mit Kellin sprechen. Kannst du das arrangieren?«

»Ich habe auch einige Fragen an ihn. Bis wann kannst du es schaffen?«

»Sagen wir, fünf Uhr. Sag mir Bescheid, wo.«

»Okay. Und sei vorsichtig!«

»In der Zwischenzeit nehme ich mir Dom Riccardi vor«, sagte ich. In der Küche der Cafeteria knallte jemand Backbleche auf den Boden.

»Wen?« schrie Phil.

»Riccardi!« brüllte ich zurück.

Dieses Mal war ich zu laut, weil das Gescheppere nebenan jäh ausblieb. Unwillkürlich sah ich mich erschrocken um. Aber niemand hatte gehört, wie ich den Namen eines ehemals gefürchteten Gangsterbosses aussprach, der aus dem Alterssitz auf die Straße zurückgekehrt war und erneut den Tod mit sich brachte.

Domenico Riccardi saß auf der Terrasse seines Penthouse, in Decken gehüllt, das alte Gesicht der blassen Herbstsonne entgegengereckt.

Riccardi liebte den Anblick, der sich von der Höhe seines Hauses bot. Die Glasflächen des UN- Gebäudes schimmerten grünlich wie die Wände eines Aquariums. Das Wasser des East River glitzerte kalt wie Gletschereis. Wenn er mit den Augen den Schluchten der Avenues nach Süden folgte, konnte er dort manchmal bis nach Staten Island sehen.

Früher, als die schimmernden Silbertürme des World Trade Center ihm noch nicht den Ausblick versperrten, hatte er sogar die Freiheitsstatue sehen können. Winzig klein nur, aber ihr Anblick hatte ihn nie mehr losgelassen, seit er das Monument vor nunmehr 60 Jahren vom Deck des Auswandererschiffes aus zum ersten Mal gesehen hatte. Damals hatte sein Vater seine Hand gehalten und mit ihm ergriffen auf dieses Symbol der Freiheit und des Unternehmungsgeistes geschaut.

Er wandte sich nicht um, als hinter ihm leise Schritte hörbar wurden. Es war Sal, der auf die Terrasse hinauskam und das Telefon auf Riccardis Beine stellte. Sal Bartoli, nun auch schon über 50, war seit 30 Jahren bei Riccardi.

»Las Vegas, Mr. Riccardi«, sagte Sal. Lautlos zog er sich wieder zurück.

Dom Riccardi wühlte einen Arm unter den Decken hervor, um nach dem Hörer zu greifen. Die Haut hing wie der Balg einer Ziehharmonika an dem dünnen Unterarmknochen.

»Hallo«, sagte er mit seiner leise, flachen Stimme.

»Wie geht es Ihnen, Dom?« fragte die ferne Stimme.

»Sind Sie es, Sonny?«

»Natürlich, Dom. Ich hoffe, es geht Ihnen gut.«

»Wann bringen Sie mir die Aktien? Sie haben versprochen, sie mir zu bringen!«

»Ich habe es nicht vergessen, Dom. In der nächsten Woche vergibt der Bauausschuß die Aufträge für den zweiten Bauabschnitt der Bay-Ridge-Schnellstraße. Wie ich vertraulich erfahren habe, wird eine Arbeitsgemeinschaft, die aus drei von mir kontrollierten Firmen besteht, das Rennen machen. Das bedeutet Arbeit, Dom! Ich erhalte in den nächsten Tagen die Namen der Prüfer, die von der Bauaufsichtsbehörde ernannt werden. Die müssen wir auf unsere Seite ziehen.«

»Ohne mich«, sagte Riccardi.

Sonny Galano lachte. »Kommen Sie, Dom, wir sind ein gutes Gespann.«

»Sie sind ein mieser kleiner Schurke, Galano. Zu meiner Zeit hätten meine Leute Sie an den Daumen aufgehängt, bis der Zement an Ihren Füßen hart geworden wäre . . .«

»Ich schicke sofort einen Kurier. Er kann morgen früh bei Ihnen sein. Mit 5 000. Die reichen doch erst einmal.«

»Ich will keine Almosen mehr, Galano. Ich ziehe alle meine Leute zurück. Es ist aus. Lassen Sie die Drecksarbeit doch von den Politikern, oder wen Sie sonst am Draht haben, erledigen!«

»Sie können doch nicht einfach aussteigen, Dom!«

»Ich kann, Galano. Und noch etwas, Sie mieser Strolch. Seien Sie von jetzt an auf der Hut! Eines Tages schicke ich Ihnen meinen Kontraktmann. Nicht heute oder morgen, aber bald. Sie wissen, daß ich einen sehr guten habe.«

Sonny Galano lachte sorglos. »Sie haben kein Geld für einen Killer, Dom.«

»Sie werden nie erleben, was Loyalität, Treue und Freundschaft bedeuten können. Ich habe ihn reich gemacht. Er weiß, was er mir schuldet.«

»Das kann nicht Ihr letztes Wort sein, Dom! Hören Sie! Lassen Sie uns drüber reden!«

»Es ist zu spät, Galano.«

»Ich komme selbst. Mit den Aktien.«

Dom Riccardi zögerte. Sein Blick schweifte nach Süden. Noch nie war ihm Manhattan so schön vorgekommen. Das Penthouse hier oben, Sal, die Schwester und der Arzt, ein paar Leibwächter, die große Limousine und das Strandhaus auf Long Island kosteten ihn volle 200 000 Dollar pro Jahr. Wenn er seine letzten Anlagen, über die er noch frei verfügen konnte, flüssig machte, bekam er gerade 150 000 heraus. Alles andere hatte die Inflation verzehrt. Er hatte voll auf den Dollar gesetzt und alles verloren. Bis auf die Las-Vegas-Beteiligung, und die hatte ihm ein krummer Hund wie Galano abgenommen.

150 000 Dollar. Nicht einmal genug für ein lumpiges Jahr.

Er hatte nicht die Absicht, sein Penthouse aufzugeben und in ein Altersheim zu ziehen. Oder, noch schlimmer: seiner Tochter in Italien zur Last zu fallen. Lieber würde er sterben. Der Gedanke an den Tod hatte für ihn längst jeden Schrecken verloren. So ein junger Halunke wie Sonny Galano konnte das bestimmt nicht ahnen.

»Was ist jetzt, Dom? Bleiben wir im Geschäft? Ich komme rüber. Morgen mittag? Ich bringe die Aktien mit. Sagen wir, die Hälfte morgen, die andere Hälfte, wenn das Bay-Ridge-Projekt abgewickelt ist.«

Dom Riccardi schloß kurz die Augen. Er begriff, daß Galano ihn wie ein schmieriger kleiner Erpresser immer weiter hinhalten würde.

»Bringen Sie mir die Aktien! Dann reden wir darüber.« Dom Riccardi legte auf.

Sal trat auf die Terrasse hinaus und nahm das Telefon wieder an sich. »Mr. Cotton möchte Sie sprechen, Mr. Riccardi. Er wartet in der Halle.«

»Cotton? Cotton? Kennst du ihn?«

»Es ist der G-man.«

»Ist er allein?« fragte Riccardi. Als Sal nickte, befahl er: »Schick ihn herauf! Und bleib in der Nähe.«

Dom Riccardi war zusammengeschrumpft, seit ich ihn zuletzt gesehen hatte, aber er hatte nichts von seiner Härte und Gerissenheit eingebüßt, das erkannte ich bald.

Warum war ich zu ihm gegangen? Ich hatte nichts gegen ihn in der Hand, und ich würde kaum etwas in die Hand bekommen. Ich hatte jedoch oft erlebt, daß ich etwas auslöste, wenn ich den Beteiligten an einem Fall auf den Pelz rückte und ihnen zeigte, daß ich dran war, daß ich etwas vermutete.

Manchmal wurden die Beteiligten vorsichtig. Ein andermal betrachteten sie mein Tun als Herausforderung und reagierten ihrerseits, je nach Temperament auch mit offener Gewalt. Sehr häufig erlebte ich, daß ich die Entwicklung in einem Fall beschleunigte. Die Gegenseite beging Fehler, wenn sie unerwartet zu nicht vorgesehenen Aktionen gezwungen wurde.

»Ich weiß, was für ein übles Spiel man mit Ihnen spielt, Mr. Riccardi«, sagte ich nach einigen nichtssagenden Eingangsfloskeln. »Es war nicht sehr schwer, dahinterzukommen.«

Die Runzeln in dem verschrumpften Gesicht gerieten in Bewegung, als der alte Mann lächelte. »Wissen Sie, warum Sie mich nie ins Loch gebracht haben, Mr. Cotton? Nein? Weil ich nie in meinem Leben auf einen Bluff hereingefallen bin. Deshalb.«

»Dafür sind Sie einem Betrüger auf den Leim gegangen, Mr. Riccardi. Die Zeiten haben sich geändert. Heute arbeiten die Gauner mit dem Gesetzbuch in der einen und der Tastatur eines Computers an der anderen Hand. Und nur wenn es ganz und gar nicht ohne Drecksarbeit geht, holt man sich ein paar Narren, die die Entwicklung verschlafen haben.«

»Provozieren lasse ich mich genausowenig«, erklärte Riccardi freundlich. »Immerhin haben Sie es geschafft, mich neugierig werden zu lassen.«

»Ich wollte Ihnen raten auszusteigen, Mr. Riccardi. Ihre Aktien sehen Sie nicht wieder. Das müßte Ihnen klar sein, denn Sie sind ein alter Hase.«

Die dünnen Lippen wurden plötzlich grau wie Papier. Ja, ich hatte ins Schwarze getroffen, dank Old Nevilles fabelhaftem Freund aus Las Vegas.

»Ich bin gewissermaßen als Privatmann zu Ihnen gekommen, Mr. Riccardi«, fuhr ich etwas sicherer fort, weil ich spürte, daß ich mich auf festerem Boden bewegte. »Ich bin nicht befugt, Ihnen irgendwelche Angebote oder Zusagen vorzuschlagen. Aber ich würde mich Ihnen als Vermittler anbieten, falls Sie einem Bundesanwalt etwas zu sagen hätten. Aufgrund Ihres Alters, vermute ich, kommen Sie wohl nicht mehr ins Gefängnis. Uns geht es auch nicht um Sie, sondern um den Mann in Las Vegas.«

Die Lippen füllten sich wieder mit Blut, und wieder

bewegten sich die Runzeln. »Früher haben Sie meinen Leuten so zugesetzt, wie? Haben versucht, sie gegen mich aufzubringen, ihnen Straffreiheit versprochen, eine sichere neue Existenz. Alles Quatsch. Meine Leute haben immer zu mir gehalten. Auch heute noch.«

Nur Lucky Falcone hatte etwas angedeutet. Nicht deshalb, weil er den alten Mann haßte, sondern weil er jetzt selbst etwas zu verlieren hatte.

»Sie wissen, daß in Las Vegas ein Mann sitzt, dem es egal ist, wenn hier Bauwerke zusammenbrechen und Menschen unter sich begraben! Die Folgen zeigen sich oft erst viel später. Riccardi, Sie sind doch New Yorker! Wollen Sie zulassen und zusehen, wie der Las-Vegas-Mob diese Stadt ausplündert und zu ihrer Zerstörung beiträgt?« Ich deutete über die Brüstung hinweg nach Süden, wo sich die Wolkenkratzer der Downtown in den klaren Herbsthimmel reckten. »Das ist doch auch Ihre Stadt!«

»Diese wahnsinnige Stadt wird sich selbst zerstören«, murmelte Riccardi. »Aber Sie haben ja recht. Was New York angeht, bin ich sentimental. Trotzdem werden Sie mich nicht dazu bringen, mit einem Bundesanwalt zu reden. Unter keinen Umständen. Nein, Mr. Cotton, nein, tut mir leid.«

Das war endgültig. Ich wußte es. Aus leeren Augen sah der alte Mann an mir vorbei. Ich wollte mich schon abwenden und gehen, als er mich mit dem Kopf zu sich winkte.

»Fahren Sie mich hinein!« befahl er.

Der Stuhl verfügte über Rollen. Sal, Riccardis Leibwächter, öffnete die Schiebetür.

Dann sagte der alte Gangsterboß etwas Unerwartetes.

»Sie haben recht ... Man hat mich betrogen, man will mir alles nehmen. Aber niemand betrügt einen Domenico Riccardi und geht dann unbehelligt und ungestraft seinen Geschäften nach. Ich bin alt, aber ich bin noch nicht verfault. Vielleicht gebe ich Ihnen eine Chance, junger Mann, vielleicht. Wenn ich Sie morgen anrufe, müssen Sie kommen, ohne Fragen zu stellen. Gehen Sie jetzt, gehen Sie ...«

Als die beiden Serien mit den Polizeifotos von Donna Hayes, geborene van Pelt, alias Cora Dixon, und ihrem ehemaligen Geliebten Brad Nelford über den Bildschreiber kamen, hatte Phil sie sogleich im Labor vervielfältigen lassen und zwei Dutzend von ihnen in den Fahndungskreislauf gegeben. Cops, Detektive und G-men würden diese Fotos bei den Fluggesellschaften, in Hotels und überall, wo es sich gerade ergab, herumzeigen.

Die Rosinen aus dem Kuchen gedachte Phil sich natürlich selbst herauszupicken. Zuerst fuhr er zu Gotham Apartment Service, der Firma, die die Wohnungen in der East 79th Street vermietete. Phil hatte sich mit einem Clerk namens O'Malley verabredet. O'Malleys Name stand auf dem Mietvertrag, den die Kollegen von der Mordkommission in Cora Dixons alias Donna Hayes' Apartment gefunden hatten. O'Malley hatte versprochen, Phil in jeder Weise behilflich zu sein und eine Liste aller Mieter zusammenzustellen, die in den letzten acht Wochen ein- oder ausgezogen waren.

O'Malley war ein freundlicher jüngerer Mann mit blassem Gesicht. Nervös fingerte er an seiner Brille herum, als er Phil ins Besucherzimmer führte.

»Kann ich Ihnen etwas anbieten? Kaffee?«

»Nein, danke, Mr. O'Malley, ich würde es vorziehen, wenn wir gleich zur Sache kommen können.«

O'Malley nickte und öffnete eine Mappe. »Das sind die Kopien der Mietverträge, um die Sie mich gebeten haben, Mr. Decker«, sagte er. »Es sind genau 34. Im Interesse unserer Firma, der Gotham Apartment Service, und im Interesse unserer Mieter darf ich Sie jedoch um die gebotene Diskretion bei Ihren Nachforschungen bitten.«

»Selbstverständlich, Mr. O'Malley«, sagte Phil und ließ die Mappe in seiner Aktentasche verschwinden. Er legte die Fotos von Donna Hayes auf den Tisch. Die Bilder waren erst vor etwa vier Wochen angefertigt worden, und sie waren trotz der Übertragung sehr deutlich.

»Ist das die Frau, die unter dem Namen Cora Dixon das Apartment im 8. Stock gemietet hat?« fragte er. Er hielt seine

Frage eher für eine Routinefrage. O'Malley beugte sich über die Fotos. Er fingerte an seiner Brille herum, richtete sich dann auf und sah Phil verwirrt an.

»Nein, Sir, diese Frau habe ich nie gesehen«, versicherte er. »Tut mir leid.«

»Es braucht Ihnen nicht leid zu tun«, sagte Phil mechanisch, wobei er leise mit den Zähnen knirschte. Dieser Fall entwickelte sich langsam, aber sicher zu einem unlösbaren Verwirrspiel. O'Malley ließ sich von seiner Aussage nicht abbringen. Auch Brad Nelford, dessen Fotos Phil anschließend auf den Tisch legte, hatte der Clerk nie in seinem Leben gesehen.

O'Malleys Beschreibung der Frau, die den Vertrag übrigens allein abgeschlossen hatte, war dagegen eher vage, was nicht unbedingt gegen O'Malleys Beobachtungsgabe sprach, sondern eher für die Gerissenheit, die die Gegenseite bei all ihren Aktionen an den Tag legte.

Phil notierte, daß die Frau das dunkle Haar offen getragen habe, daß sie Anfang 30 und ziemlich konservativ gekleidet gewesen sei. Ach ja, und eine Brille habe sie getragen. Das war schon alles, was dem Angestellten von Gotham im Gedächtnis haftengeblieben war. Eine unscheinbare Erscheinung also.

»Wie hat die Frau sich ausgewiesen?« erkundigte sich Phil.

O'Malley errötete. »Diese Frage habe ich befürchtet«, gab er unglücklich zu. »Sie hat eine Fahrerlizenz aus Arizona vorgelegt. Die Führerscheine aus Arizona enthalten kein Lichtbild, wie Sie sicher wissen. Sie besaß auch eine Kreditkarte auf den Namen Cora Dixon. Aber sie sagte, es sei ihr lieber, die fällige Miete jeweils mit einem Scheck zu bezahlen.«

»Sie hat also einen Scheck ausgestellt?« fragte Phil hoffnungsvoll.

»Nein, Sir, die erste Miete hat sie in bar bezahlt, weil sie gerade hier war. Ich sah keinen Grund, auf Bezahlung durch Scheck oder Kreditkarte zu bestehen, Sir.«

»Und die Miete für diesen Monat?« erkundigte sich Phil.

O'Malley errötete erneut. »Die ist noch nicht eingegangen, Sir. Wir haben erst den Achten. Wir schicken die Mahnungen immer erst zwischen dem neunten und elften eines Monats.«

Hier war also nichts mehr zu holen. Phil hatte erfahren, daß plötzlich eine dritte Frau im Spiel war. Wer war die Tote aus dem Apartment an der 79th Street wirklich gewesen? Der einzige, der diese Frage schlüssig beantworten konnte, war vermutlich Brad Nelford. Phil hatte auch eine Idee, wo er den Hebel ansetzen mußte, wenn er diesen Mann finden wollte.

Brad Nelford schreckte aus unruhigem Schlaf, als das Telefon summte. Er fand sich in dem fremden Apartment noch nicht sofort zurecht. Er hatte die Jalousien zugezogen, weil er bei Tageslicht schlecht schlief. Erst im Untersuchungsgefängnis hatte er es sich angewöhnt, auch bei Licht zu schlafen.

Er rollte von der Couch und ging über den tiefen, weichen Teppich. Das ganze Apartment war irgendwie schwülstig eingerichtet. Wie ein heimliches Liebesnest, war sein erster Gedanke gewesen.

Er nahm den Telefonhörer ab, ohne sich bewußt zu werden, daß er Handschuhe trug. Er durfte hier keine Fingerspuren hinterlassen.

»Hallo?« sagte er vorsichtig.

»Wie fühlen Sie sich, Mr. Nelford?« erkundigte sich die Stimme.

Nelford war sicher, sie nie in seinem Leben gehört zu haben. Der Kerl aus Las Vegas, der ihn auf Donnas Spur gesetzt hatte, war es nicht.

»Wie ich mich fühle? Wie eine Maus, die genau weiß, daß die Katze vorm Loch wartet.«

»Zu solchen Gedanken besteht kein Anlaß, Nelford«, sagte der Anrufer. »Es ist alles in Ordnung.«

»Wer sind Sie eigentlich?«

»Ein Freund Ihres Freundes aus Las Vegas, das muß genügen.«

»Bekomme ich jetzt mein Flugticket und den Paß? Ich habe gute Arbeit geleistet. Die Sache wird doch diesem Detective angehängt? Das klappt alles, oder?«

»Das ist eben das Problem, Nelford. Ihr Freund aus Las Vegas hatte sich das wohl etwas einfacher vorgestellt.« Nelford spürte ein kaltes Gefühl in seinem Rücken. Der Strudel, den er selbst angerührt hatte, als er sich von der schönen Donna überreden ließ, ihren Mann umzubringen, bewegte sich immer schneller und drohte ihn zu verschlingen. Zuerst war es David Hayes gewesen. Dann Donna. Er kannte die Leute nicht, die ihn aus dem Gefängnis geholt und nach New York geschickt hatten. Er hatte sich führen lassen wie eine Marionette. Mit Donnas Tod war er immer noch nicht frei. Im Gegenteil ...

»Was für ein Problem?« fragte Nelford. Er konnte nicht verhindern, daß seine Stimme heiser klang.

»Zum Glück wurde Kellin nicht verhaftet ...«

»Zum Glück?«

»Ja. Wenn er in einer Zelle säße, würden Sie nicht an ihn herankommen.«

Nelford versuchte zu lachen.

Es wurde nur ein Krächzen daraus. »Warum sollte ich an ihn herankommen?«

»Ihre Freundin hat allerlei geschwatzt, Nelford. Noch weiß Kellin nichts damit anzufangen. Aber wenn rauskommt, wer seine Freundin in Wirklichkeit war, wird er zwei und zwei zusammenzählen. Und dann gibt es keinen Ort auf der Welt, an dem Sie sich noch verstecken können, Nelford.«

»Nein, nein! Ich kann doch keinen Detective umlegen! Sie sind verrückt!«

»Überlegen Sie sich, was Sie sagen, Nelford!« sagte der Anrufer scharf. »Ich konnte diese Entwicklung ja nicht voraussehen, oder?«

»Mann, hören Sie doch! Er ist Detective! Er hat eine Kanone!«

»Die hat er abgeben müssen. Und er hat keine Ahnung, daß es ihm ans Leder gehen soll. Er ist außerdem kein Kämpfer.«

»Und wie soll ich ihn ... ihn ...«

»Umbringen?«

»Ja, wie? Mit den Händen? Einen Detective? Ich habe schließlich keine Kanone, und ich weiß nicht, wie ich mir hier in dieser verdammten Stadt eine besorgen soll!«

»Sehen Sie den Kamin? Und die Platten in der Abdekkung?«

Nelford sah sich um. Der Kamin war groß, und die gußeiserne Platte auf dem Abzug war nicht zu übersehen. »Ja«, sagte er.

»Die Platte läßt sich ganz einfach anheben. Darunter befindet sich ein Hohlraum. In dem Hohlraum steht eine Kassette. Sie ist offen. Sie finden einen Revolver darin. Können Sie mit einem Revolver umgehen?«

»Natürlich.«

»Nehmen Sie den Revolver und legen Sie den Apartmentschlüssel und den Hausschlüssel in die Kassette! Sie werden sie nicht mehr brauchen. Wenn Sie Kellin erledigt haben, finden Sie eine Stunde später einen Umschlag am Schalter der International Airline am Kennedy Airport unter dem Namen Bradley. In dem Umschlag finden Sie einen echten Paß und Geld. Was ist jetzt, Nelford?«

Er wußte, daß er verloren hatte, daß er verloren war. Sie hatten ihn in der Hand. Er besaß weder Geld noch Papiere, und weil er keinen von ihnen kannte, konnten sie ihn hochgehen lassen. Er biß sich auf die Lippe. Er wollte nicht mehr töten.

Er hatte Donnas Mann getötet, weil sie ihn verrückt gemacht hatte, und dann hatte er Donna getötet, weil sie ihn verlassen hatte und vernichten wollte. Sie hatte ihn in ein wildes Tier verwandelt.

Er stöhnte unterdrückt auf bei der Erinnerung daran, wie

er sie ins Bad gezerrt und dann in krankhafter Wut auf sie eingeschlagen hatte ...

»Ich weiß doch gar nicht, wo ich ihn finden kann«, hörte er sich sagen. Damit gab er zu erkennen, daß er bereit war nachzugeben.

Aber er wollte doch gar nicht ...

»Ich sehe, daß Sie vernünftig sind, Nelford. Hören Sie genau zu, dann ist alles ganz einfach ...«

Ich setzte mich gerade wieder in meinen Dienstwagen, als das Ruflicht zu flackern begann. Ich meldete mich mit meiner Kenn-Nummer.

»Kanal vier«, sagte Phil nur.

Ich schaltete um. »Hast du etwas erreicht?« fragte ich.

»Ich denke schon. Wir treffen uns wie vereinbart um fünf Uhr. Die Adresse will ich über Funk nicht nennen. Ruf entweder die Einsatzzentrale an oder unseren Freund direkt!«

»Verstanden.«

»Ich komme vielleicht etwas später. Die Zentrale weiß über meinen Einsatz Bescheid.«

»Verstanden, Ende.« Ich stieg wieder aus und ging in die Lobby des Hochhauses zurück, auf dessen Dach Dom Riccardis Penthouse lag. Unten in der Halle gab es zwei Dutzend Telefonautomaten. Ich rief die FBI-Zentrale an und bekam George Baker an die Strippe.

»Phil hat eine Nachricht für mich hinterlassen«, sagte ich.

»Stimmt. Ihr trefft euch gegen fünf Uhr abends bei Michael Kellin in dessen Wohnung an der East 7th Street, unmittelbar am Tompkins Square.«

»Okay. Wo steckt Phil jetzt?«

»388 East 79th Street. Befragung des dortigen Wachmannes.«

Phil wollte Randy also die Fotos von Donna Hayes und Brad Nelford zeigen.

Ich sah auf die Uhr. Es war neun Minuten vor vier. Es lohnte sich also kaum, für eine Viertelstunde ins Office zu fahren. Was ich dort hatte tun wollen, konnte George Baker für mich erledigen.

»Ich habe mit Aldina und Riccardi gesprochen«, sagte ich. »Ich möchte, daß Aldina ab sofort rund um die Uhr beschattet wird.«

George Baker seufzte. »Dafür brauche ich mindestens drei Teams pro Schicht! Wo soll ich die hernehmen?«

»Du wirst schon einen Weg finden«, meinte ich zuversichtlich. »Ich fahre jetzt gleich zum Tompkins Square.«

»Schon notiert. Arbeite nicht zuviel.«

Randy Edwards, der Wachmann im Haus 388 East 79th Street, kam herausgelaufen, als Phil seinen Dienstwagen anhielt und ausstieg.

»Hier dürfen Sie nicht parken!« rief er.

Phil zeigte seinen Dienstausweis. »Gehen wir einen Augenblick hinein?«

»Seit das mit Miss Dixon passiert ist, komme ich hier überhaupt nicht mehr zur Ruhe«, klagte Randy. »Kommen Sie mit!«

Er schloß die Außentür auf und dann die innere Tür und führte Phil in den kleinen Raum, der ihm als Wachstube diente. Auf einem Kontrollpult befanden sich zwei Telefone und verschiedene Skalen und Lichterreihen, von denen eine die Stationen des Aufzugs nachzeichnete.

Zuerst zeigte Phil die Bilder von Donna Hayes alias Cora Dixon. »Kennen Sie diese Frau?« Aufmerksam beobachtete er das Gesicht des Wachmannes.

»Das ist Miss Dixon. Einwandfrei, Sir.«

Phil war nicht sicher, ob er über die Auskunft erleichtert sein sollte oder nicht, nachdem er von O'Malley von der Existenz einer dritten Frau erfahren hatte. Der Mörder hatte das Gesicht seines Opfers nahezu unkenntlich gemacht, was einen Grund gehabt haben mußte. Haß und rasende Wut vielleicht. Oder der Täter erhoffte sich einen kleinen Vorsprung, indem er das Gesicht seines Opfers zerstörte und damit eine Identifizierung hinauszögerte. Beide Mutmaßungen wiesen auf Brad Nelford, dessen Hauptmotiv jedoch die Beseitigung der einzigen Belastungszeugin, die ihn ins Gefängnis hätte bringen können, gewesen sein dürfte. Inzwischen war Nelford bestimmt untergetaucht. Oder er hatte sich ein Alibi besorgt.

Phil breitete die Bilder von Nelford aus.

»Haben Sie diesen Mann schon einmal gesehen?«

Randy Edwards brauchte nur einen Blick auf die Fotos zu werfen.

»Ja, natürlich. Dieser Gentleman wohnt hier.« Randy blickte auf, und weil Phil seine Verblüffung nicht ganz verbergen konnte, fügte der Wachmann etwas unsicherer hinzu: »Glaube ich, Sir.«

»Was jetzt? Wohnt er hier? Oder wohnt er nicht hier?«

»Ich kenne nicht alle Mieter beim Namen, Sir, nicht einmal alle vom Ansehen. Es gibt Mieter, die wohnen nicht ständig hier. Wir haben hier zum Beispiel einen Vertreter aus Milwaukee, der kommt jede zweite Woche nach New York. Für den war es billiger, sich hier ein Apartment zu mieten ...«

»Okay, Mr. Edwards. Sie wissen also nicht, wie der Mann heißt. Und ich nehme an, Sie wissen auch nicht, in welchem Apartment er wohnt. Wann haben Sie ihn zuletzt gesehen?«

»Vor einer Viertelstunde ...«

Unwillkürlich sah Phil sich um, weil in der Halle gerade der Aufzug ankam und drei junge Männer heraustraten.

»Er ist weggegangen, Sir. Er hatte sogar seine Reisetasche mitgenommen.«

So ein Pech, dachte Phil. Lausige 15 Minuten für einen Mörder.

»Jetzt mal von Anfang an. Wann haben Sie den Mann zum ersten Mal gesehen? Haben Sie mit ihm gesprochen? Hat er einen Wagen?«

»Nein, Sir. Er hat ein Taxi genommen. Gesehen habe ich ihn gestern mittag zum ersten Mal. Er kam einfach in die Halle. Er hatte natürlich einen Schlüssel und ging sofort auf den Fahrstuhl zu. Weil ich ihn noch nie gesehen hatte, bin ich hier rausgelaufen und habe guten Tag gesagt und so, weil ich ihn nicht so direkt fragen wollte, verstehen Sie? Vielleicht wohnte er schon lange hier, und ich hatte ihn nur deshalb nie gesehen, weil er sonst zu anderen Tageszeiten kommt und geht, wenn ich keinen Dienst habe. Aber er grüßte nur wieder und hat nichts gesagt. Ich habe auf das Tableau gesehen.«

Randy Edwards deutete auf die Lichterreihe, von denen jedes ein Stockwerk bezeichnete. »Er ist bis in den 6. Stock gefahren. Bevor er vorhin herunterkam, habe ich auch gesehen, wie der Fahrstuhl zuerst in den 6. hochgefahren ist.«

Phil hatte die Liste mit den Kopien der Mieterkartei im Wagen gelassen. Er lief hinaus und holte die Mappe herein. Zusammen mit Randy Edwards ging er die Angaben durch.

Im 6. Stock lagen neun Apartments, die alle vermietet waren. Zwei waren erst im fraglichen Zeitraum neu vermietet worden. Eins vor zwei Wochen, das andere vor sieben Wochen. Die Namen der Mieter sagten Edwards nichts.

»Haben Sie ihn gestern oder heute noch einmal gesehen? Außer eben, natürlich?«

»Nein«, antwortete Randy bestimmt.

Der Kerl hatte sich also Zutritt zu einem fremden Apartment verschafft und dort einen günstigen Moment abgewartet. Nach der Tat hatte er sich wieder dort versteckt. Als später die Beamten der Mordkommission von Wohnung zu Wohnung gegangen waren, um die Mieter zu befragen, hatte er nicht auf ihr Klingeln reagiert.

Phil würde mit Hobson sprechen müssen. Doch das hatte Zeit. Wichtiger war es, die Fahndung nach Brad Nelford einzuleiten. Vielleicht war er zu einem der Flughäfen unterwegs. Oder zum Bus Terminal. Dank der Polizeifotos aus Los Angeles hatten sie jetzt eine gute Chance, den Mann zu erwischen. Er fühlte sich noch sicher, denn Presse und TV hatten nicht verlauten lassen, daß der Polizei die wahre Identität der Ermordeten bekannt war.

»Darf ich mal telefonieren?« fragte Phil.

»Gern. Hier, nehmen Sie diesen Apparat!«

Während Phil die Nummer der FBI-Einsatzleitung wählte, fragte er: »Haben Sie dem Mann ein Taxi gerufen?«

»Nein. Gleich dort an der Ecke befindet sich ein Taxistand. Man braucht nur zu winken. Der Mann hat mich gar nicht gefragt.«

»Sind es immer dieselben Fahrer, die dort stehen?«

»Um diese Tageszeit meistens. Einige kenne ich ganz gut.« Randy grinste. »Soll ich mich mal umhören?«

Phil lächelte. »Nein, danke.« Vielleicht war Nelford noch unterwegs. Vielleicht rief ein übereifriger Kollege ihn über Funk an und teilte ihm mit, daß der FBI etwas von ihm wollte.

Phil gab die Fahndung nach Nelford durch. »Ich melde mich gleich mit weiteren Einzelheiten«, sagte er zu George Baker.

»Ich leiere die Aktion schon mal an«, gab George zurück.

Phil ging zum Taxistand, wo nur noch zwei Wagen standen. Er wies sich aus und fragte, ob sie gesehen hätten, wie ein Kollege vor dem Haus dort drüben einen Fahrgast aufgenommen hätte. Die beiden Driver, ein schwergewichtiger Weißer und ein jüngerer Farbiger, sahen einander an.

»Vor 20 Minuten, sagten Sie?« Der Schwergewichtige hob die Schultern. »Da war ich noch gar nicht hier«, sagte er dann.

»Und Sie?« Phil sah den Farbigen an. Dessen Taxi stand an erster Position.

»Kann sein, daß ich einen gesehen habe. Ich kam gerade an. Aber ich weiß nicht, wer es war. Ich kannte die Kiste nicht. War nicht von hier. Vielleicht fragen Sie Velasquez, den Captain. Der stand auch hier. Der Captain kennt alle Fahrer aus der Gegend.«

»Könnten Sie ihn über Funk rufen?«

»Das mache ich«, bot das Schwergewicht an, denn der Farbige bekam gerade einen Fahrgast. Der Mann hieß Engelbert Hansen.

Hansen versuchte also, den Captain zu erreichen. Das war

nicht so einfach, weil die beiden verschiedenen Taxiunternehmen angehörten. Aber nach einiger Zeit grinste Hansen breit.

»Wenn Sie dort in die Kneipe gehen, Sir, wird der Captain Sie anrufen. Okay?«

»Besten Dank«, sagte Phil und trollte sich. Es war jetzt gleich halb fünf. Wenn er pünktlich am Tompkins Square sein wollte, mußte er jetzt bald abfahren.

In der Kneipe klingelte schon das Gästetelefon vorn an der Tür. Phil nahm den Hörer ab.

»Sind Sie der G-man?« fragte ›Captain‹ Velasquez.

»Der bin ich, Mr. Velasquez. Haben Sie vor etwa 20, 25 Minuten gesehen, wie ein Kollege hier oben am Stand einen Fahrgast an der 79th Street aufgenommen hat?«

»So einen Rothaarigen mit einem brutalen Gesicht?«

»Rothaarig stimmt. Das Gesicht ist eher kantig. Aber ich schätze, wir meinen denselben.«

»Hab' ich gesehen. Den hat Chris Storey gefahren. Aber fragen Sie mich nicht, wohin. Chris fährt für Brown's Garage. Die Nummer steht im Telefonbuch.«

»Danke«, sagte Phil. »Sie haben mir sehr geholfen.« Er suchte die Nummer von Brown's Garage heraus und bekam einen hektisch sprechenden Telefonisten an den Apparat, der zuerst nicht glauben wollte, es mit einem G-man zu tun zu haben, und darauf bestand, das FBI-Office anzurufen. Nur mit Mühe konnte Phil den Mann überreden, sich sein Anliegen anzuhören und anschließend das Office anzurufen, wenn es denn unbedingt sein mußte.

»Sie sind mit Ihren Fahrern doch über Funk verbunden, nicht wahr?«

»Klar sind wir das.«

»Melden Ihre Fahrer, wenn sie einen Fahrgast aufnehmen?«

»Das tun sie nur in Ausnahmefällen. Nachts, zum Beispiel, wenn es in abgelegene Viertel geht. Um diese Tageszeit nicht.«

»Sie haben einen Fahrer namens Chris Storey.«

»Klar haben wir den. Was wollen Sie von ihm?«

»Können Sie ihn über Funk bitten, bei Ihnen anzurufen, wenn er gerade keinen Fahrgast hat?«

»Klar kann ich das . . . aber ich weiß nicht . . .«

»Sagen Sie ihm auf keinen Fall, daß der FBI ihn sprechen will. Das ist wichtig, verstehen Sie? Sagen Sie ihm, er möchte das FBI-Büro anrufen und nach Agent George Baker fragen. Wollen Sie das tun?«

»Ich denke, Sie heißen Decker?«

»Klar heiße ich so«, äffte Phil den Mann nach, dessen Vorsicht an sich lobenswert war, auch wenn sie Phil im Moment auf die Nerven ging. Denn noch war die Spur Brad Nelfords heiß, und jede Minute, die verging, ließ sie abkühlen. »Beeilen Sie sich bitte!« drängte er. »Aber sagen Sie nichts am Funk!«

»Ich verstehe schon. Chris hat einen schweren Jungen an Bord.«

»Ich sehe, Sie arbeiten mit«, sagte Phil. Er drückte die Gabel nieder, ließ sie gleich wieder los und rief die FBI-Zentrale an. »Hi, George! Da wird gleich ein Bursche namens Chris Storey anrufen. Storey ist Taxi-Fahrer. Vor etwa 20 Minuten hat er an der East 79th Street den gesuchten Brad Nelford aufgenommen. Quetsch den Driver aus, wo er seinen Fahrgast abgesetzt hat, und gib die Information an die Fahndung weiter!«

»Okay«, bestätigte George. »Ich schätze, du fährst jetzt zum Tompkins Square.«

»Klar tue ich das«, sagte Phil. Er legte auf, lief nach draußen zu seinem Dienstwagen und fuhr nach Süden los.

Er war nicht mehr weit von seinem Ziel entfernt, als sich das Funkgerät meldete. George Bakers Stimme klang eigentlich wie immer. Nur wer ihn so gut kannte wie Phil, hörte das Dringliche heraus.

»Ruf mich über Telefon an!« sagte George Baker.

Phil steckte in einer Schlange, die vor der Ampel an der First Avenue wartete. Ein Telefonautomat stand ein Stück weiter an einem Bus-Stop. Phil klatschte das rote Dachlicht mit dem Saugfuß aufs Dach und lenkte den Wagen kurzerhand auf den Gehweg. Augenblicke später hatte er George Baker am Telefon.

»Der Fahrer hat sich gerade gemeldet«, sagte George. »Er hat seinen Fahrgast am Tompkins Square abgesetzt ...«

Michael Kellin ließ die Kette eingehakt, als er die Tür öffnete. »Oh, Sie sind es, Jerry. Kommen Sie herein!« Er hakte die Kette los.

»Ich bin etwas zu früh«, sagte ich. »Ich hoffe, es macht Ihnen nichts aus. Bei Phil Decker kann es noch etwas dauern.«

»Ich bin froh, daß Sie da sind«, sagte Kellin erleichtert. »Setzen Sie sich schon! Ich mache uns nur eben einen Kaffee. Oder möchten Sie lieber etwas anderes?«

»Kaffee ist schon in Ordnung«, sagte ich und suchte mir einen Platz am Fenster. Das Apartment war betont männlich eingerichtet, ohne den üblichen Schnickschnack. Einige Fellteppiche lagen auf dem Boden. An den Wänden hingen vergrößerte Fotos, von denen ich wußte, daß Kellin sie selbst gemacht hatte. Die meisten Aufnahmen zeigten Flugzeuge und Fallschirmspringer in der Luft. Kellin war Sportflieger und Fallschirmspringer. Einige Bilder mußten neueren Datums sein. Sie zeigten Kellin bei stürmischer See auf einem Surfbrett. Er hatte sich also noch ein Hobby zugelegt, seit wir uns zuletzt gesehen hatten.

Als es an der Tür klingelte, blickte ich auf den offenen Durchbruch zur Küche, wo Kellin gerade mit kochendem Wasser hantierte.

»Das wird Phil Decker sein«, meinte er. »Sind Sie so nett und lassen ihn eben herein?«

Ich wunderte mich zwar darüber, daß Phil es doch so schnell geschafft haben sollte, aber ich machte mir keine großen Gedanken darüber. Vermutlich hatte er Randy, den Wachmann, nicht angetroffen und war gleich nach Midtown geprescht.

Ich stand auf und ging zur Tür. Ich nahm an, daß Phil auch direkt heraufgekommen war, so wie ich. Ich öffnete also die Wohnungstür.

Ich sah in ein fremdes Gesicht, das nicht Phil gehörte. Dann schoß aus dem Halbdunkel des Flurs auch schon eine Faust heran. Ich schaffte es gerade noch, mit dem Kopf einen Zoll zur Seite zu rücken. Es genügte nicht. Harte Knöchel schrammten an meinem Kinn entlang und rissen mir das Ohr an. Dann knallte die Türkante gegen meinen Schädel, und ich torkelte gegen die Wand.

Im nächsten Moment war der Fremde in Kellins Wohnung. Die Tür fiel ins Schloß. Ich spürte, wie jemand seinen Arm um meinen Hals legte und mir die Mündung eines Revolvers an die Schläfe preßte.

»Es tut mir leid, Kamerad, ehrlich. Aber Donna hat uns beiden kein Glück gebracht ... Vergiß sie ...«

Vergiß sie! Das war blanker Hohn. Denn in diesem Moment zog Brad Nelford den Hammer des Revolvers zurück.

Phils Fingerspitzen fühlten sich kalt an. In seinen Ohren rauschte es, als ihm die Bedeutung von George Bakers Mitteilung aufging.

Brad Nelford war zum Tompkins Square gefahren. Es war klar, wen er besuchen wollte, und es lag auf der Hand, daß er seiner blutigen Fährte einen weiteren blutigen Abdruck hinzuzufügen gedachte.

Denn Chris Storey, der Cabdriver, hatte seinen Fahrgast genau an der Ecke des Parks an der 7th Street abgesetzt. Nur ein paar Schritte von dem Haus entfernt, in dem Michael Kellin wohnte.

»Ich schicke ein Kommando«, sagte George Baker, der natürlich sofort zu denselben Schlüssen gekommen war wie Phil.

»Okay«, sagte Phil. »Aber ich gehe rein.«

»Phil ...«

»Sag jetzt nichts, verdammt! Der Kerl wird nicht lange fackeln. Warum sollte er auch? Kellin ist unbewaffnet und ahnungslos. Und Jerry ist entweder schon da, oder er kommt ahnungslos hinzu. Der einzige, der jetzt etwas tun kann, bin ich!«

»Ich könnte Kellin unter einem Vorwand anrufen.«

»Unter welchem?«

»Irgend etwas. Eine Rückfrage. Ich kann mich als Freund oder Reporter ausgeben. Es kommt nur darauf an, den Killer zu stören, ihn aufzuhalten. Aber es ist deine Entscheidung.«

»Okay. Gib dich als Angehöriger seiner Dienststelle aus und sag ihm, da käme gleich ein Bote, eine Vorladung überbringen.«

Phil warf den Hörer auf den Haken. Dann rannte er los. Seinen Wagen ließ er stehen, wo er war. Bis zur Ecke 7th Street und Tompkins Square Park war es nur ein einziger Block. Selbst mit Rotlicht und Sirene wäre er nicht schneller gewesen als zu Fuß.

Das scharfe Klicken, mit dem der Hammer einrastete, klang überlaut in meinem Ohr. Ich wollte mir nicht einfach so ein Stück Blei ins Hirn jagen lassen. Aber die Zeit war so verdammt knapp. Der Killer schien entschlossen, sich auf keinerlei Diskussion einzulassen.

Ich versuchte, mich einfach fallen zu lassen. Aber der Arm an meinem Hals war wie eine Klammer. Meine Rechte lag bereits am Kolben des Revolvers. Doch Nelfords Körper war hinter mir, und ich konnte mich nicht herumwerfen. Was sich hier wie langwierige Überlegungen liest, waren in Wirklichkeit Gedanken, die blitzschnell durch mein Gehirn schossen.

Fallen lassen kam also nicht in Frage.

Schreien ging nicht, weil der Kerl mir die Luft abschnürte.

Blieb nur der Ellbogen.

Ich rammte ihn nach hinten und krümmte gleichzeitig den Rücken. Nelford war größer, als ich erwartet hatte.

Seine Füße blieben auf dem Boden. Aber immerhin hörte ich einen ziehenden Laut an meinem Ohr. Ich hatte ihm weh getan.

Aber die Revolvermündung hatte nur ganz kurz den Kontakt zu meinem Schläfenknochen verloren. Jetzt preßte sie sich wieder dagegen.

In diesem Augenblick klingelte das Telefon.

Es rasselte ziemlich laut. Kellin hatte einen festen Schlaf, wie er mir mal erzählt hatte. Deshalb hatte er den Apparat lauter gestellt.

Das Klingeln hätte den Killer nicht von seinem Vorhaben abgebracht.

Aber Kellin, der noch nicht mitbekommen hatte, was sich an der Tür abspielte, rief laut: »Ich gehe schon ran, Jerry!«

Ich spürte, wie sich der Mann in meinem Rücken vor Schreck versteifte. Und weil er meinen Hals umklammerte und mich so am Fallen hinderte, trat ich mit aller Kraft nach hinten aus.

Es war ein brutaler Tritt, geboren aus purer Notwehr.

Der jähe Schmerz raubte dem Mörder fast augenblicklich für einen Sekundenbruchteil die Besinnung. Ich trieb ihm noch einmal den Ellbogen in den Leib. Jetzt endlich konnte ich mich fallen lassen.

Der Explosionsdruck war körperlich spürbar, als sich Nelfords Finger reflexartig krümmte und Feuer und Blei aus dem Lauf spritzten. Die Kugel und das verbrennende Kordit ließen meine Haare knistern. Dann klatschte die Kugel gegen eine schräge Fläche, verformte sich und trudelte als Querschläger in ein offenes Regal, wo sie mehrere kostbare alte Gläser, die Michael Kellin von einer Verflossenen geschenkt worden waren, in Scherben verwandelte.

Kellin, der gerade, in der Hand die Kanne mit dem heißen Kaffee, aus der Küche trat, wirbelte herum. Immer noch rasselte das Telefon.

Ich landete auf dem Boden. Es war keine besonders elegante Rolle, die ich da ausführte, aber ich lebte noch.

Brad Nelford sprang über mich hinweg auf Kellin zu. Er

legte an. Kellin reagierte großartig. Er schleuderte die Kanne nach dem Mörder.

Großartig war diese Bewegung aus Kellins Sicht, denn die Glaskanne traf Nelford am Kopf. Aber dann fiel sie zu Boden. Erst da zersprang sie, und der heiße Kaffee spritzte umher. Ich konnte gerade noch schützend die Arme um den Kopf legen. Dann drang das heiße Zeug durch den Stoff meines Jacketts.

Zwei Schüsse, die im Raum dumpf wummerten, hoben mich förmlich auf die Beine. Nelford feuerte auf Kellin, der sich mit einem Hechtsatz zurück in die Küche in Sicherheit gebracht hatte.

Nelford sprang ihm nach. Er glaubte wohl, mich erledigt zu haben, weil ich praktisch im selben Moment, als er abzog, unter seinen Armen zu Boden stürzte.

Lautlos kam ich auf die Beine. Mit einem langen Satz war ich hinter Nelford. Ich sah, wie er auf Kellin, der keine Deckungsmöglichkeit fand, anlegte. Mir blieb nur die Notbremse. Nelford spürte meine Anwesenheit. Als er herumwirbelte, war es für mich zu spät, die Wucht der herabsausenden Hand zu vermindern.

Der Kolben meines Revolvers traf ihn seitlich am Kopf. Brad Nelford stürzte wie ein gefällter Stier. Ich trat gegen den Revolver, der seiner Hand entfallen war. Die Waffe schlitterte auf Kellin zu, der sie aufhob.

Das Telefon rasselte unentwegt. Weil es in meiner Reichweite stand, nahm ich den Hörer ab.

»Mr. Kellin«, sagte eine Stimme im Hörer, »ich spreche im Auftrag des Staatsanwalts ...«

Ich runzelte die Stirn. Dann sagte ich: »George, du alter Halunke, seit wann verleugnest du deinen aufreibenden Beruf?«

»Jerry? Jerry, bist du es? Kannst du sprechen?«

»Aber ja!«

»Hör zu! Brad Nelford hat sich eben am Tompkins Square absetzen lassen. Es kann sein, daß er Kellin umlegen will. Phil ist auch schon unterwegs ...«

»Halt mal die Luft an!« unterbrach ich meinen Kollegen, der die Informationen nur so rausfetzte. »Du hättest zwei Minuten früher anrufen müssen.«

»Was heißt das?« erkundigte sich George.

»Nelford liegt uns zu Füßen. Mike Kellin sieht gerade nach ihm und wird uns gleich sagen, ob er einen Arzt braucht. Nelford, meine ich.«

Kellin sah mich an. »Es ist eine Platzwunde, aber er kommt schon wieder zu sich. Ich denke, der Doc kann ihn in seiner Zelle verarzten.«

»Hast du gehört, George? Wir werden ihn einliefern.«

»Ihr seid mir doch immer eine Nasenlänge voraus. Ach ja, beinahe hätte ich es bei der guten Nachricht vergessen – Phil wird gleich angekeucht kommen.«

»Das hast du schon mal gesagt.«

»So? Ich habe sogar ein Eingreifkommando losgejagt.«

»Pfeif es zurück und blas die Fahndung nach Nelford ab. Der Steuerzahler wird's dir danken. Ich melde mich wieder.«

Kellin wuchtete den benommenen Brad Nelford in die Höhe und beförderte ihn in einen Sessel. Ich warf ihm meine Handfesseln zu und ging zur Tür, weil es klingelte.

Ich konnte einen kleinen Spaß, jetzt, als der Schock nach Nelfords Überfall abklang, nicht lassen.

»Wer ist dort?« fragte ich durch die geschlossene Tür.

»Mein Name ist Decker!« sagte Phil laut. »Ich bin Bote im Büro des Staatsanwalts. Ich muß einen Brief abgeben.«

Ich öffnete die Tür und grinste Phil an, der in angespannter Haltung draußen stand, bereit, sich mutig ins Getümmel zu stürzen.

Ich trat zur Seite und gab Phil den Blick auf die Gestalt frei, die schlaff im Sessel hockte.

Phil stieß den angehaltenen Atem aus. »Du läßt mir auch nie etwas übrig«, klagte er.

Wir hatten uns leidlich erholt. Kellin hatte Nelford notdürftig verarztet und neuen Kaffee gekocht. Sogar die Sandwiches standen auf dem Tisch. Ich hatte mir ein Pflaster unters Ohr geklebt. Mein durchnäßtes Jackett hing über einem Stuhl. Ich betrachtete Brad Nelford, der in seinem Sessel hockte und haltlos schluchzte.

Nachdem er das Bewußtsein zurückerlangt hatte, belehrte ich ihn über seine Rechte. Ich machte ihn darauf aufmerksam, daß er unter dem Verdacht, Donna Hayes getötet zu haben, festgenommen sei. Und ich bot ihm an, ihn umgehend ins Bundesuntersuchungsgefängnis zu bringen, wo er sich in ärztliche Obhut begeben könne.

Mike Kellin hatte sein Kopfwunde einigermaßen versorgt, und Nelford hatte zu erkennen gegeben, daß er mit jeder Maßnahme, die wir träfen, einverstanden sei.

Seitdem schluchzte er vor sich hin.

Immer wieder beteuerte er, daß er nicht habe töten wollen. Er habe Donnas Mann nicht töten wollen. Er habe Donna nicht erschlagen wollen. Und Kellin, den er gar nicht kannte, habe er erst recht nicht umbringen wollen.

Es war ein jämmerliches Schauspiel, das dieser Mann jetzt bot.

Wir nutzten die Gelegenheit natürlich, um alles, was er wußte, aus ihm herauszuholen, nachdem er bestätigt hatte, daß er auf die Anwesenheit eines Anwalts keinen Wert legte.

Er berichtete von dem überraschenden Besuch des Anwalts Frank Sorino, der ihn innerhalb weniger Stunden gegen Kaution aus der U-Haft geholt habe. Sorino habe ihm mit eindringlichen Worten erklärt, er sei nur dann sicher, wenn Donna nie wieder auftauche. Nach gespieltem Zögern habe der Anwalt dann Donnas Aufenthaltsort und ihren falschen Namen genannt und ihm ein Flugticket nach New York und einen Packen Geld gegeben.

»Und Sie haben nicht gefragt, woher das Geld stammt?« fragte Mike Kellin ungläubig.

»Doch, natürlich wollte ich das wissen. Er sagte, ich hätte Freunde in Las Vegas, die aber ungenannt bleiben wollten.«

Brad Nelford hatte in der Tat Verbindungen nach Las Vegas. Nelford bezeichnete sich selbst als Schauspieler, was mit Sicherheit eine Übertreibung war. Er hatte als Studioarbeiter in Hollywood gearbeitet und in einigen Produktionen als Statist und dann sogar als Stuntman mitgewirkt. Weil er aber an richtige Rollen nicht herangekommen war, obwohl er etwas Schauspiel- und Gesangsunterricht genommen hatte, war er nach Las Vegas gegangen. Dort sah man in ihm auch nicht gerade einen zweiten Dean Martin, und so trat er in drittklassigen Bars als Sänger und Gigolo auf. Damals lernte er die schöne Donna kennen, die er dann später in Los Angeles wiedertraf.

Nelford suchte nach Worten, fand aber den Zusammenhang nicht.

»Sie sind also nach New York geflogen«, half Phil ihm weiter.

»Ja, ja.«

»Sie haben sich in einem fremden Apartment aufgehalten«, sagte Phil. »Wie sind Sie darangekommen?«

»Das hat Sorino gemanagt«, sagte Nelford kaum verständlich.

»Wie? Ist er mitgeflogen?«

»Nein, nein. Kurz nach der Landung meiner Maschine in New York wurde ich ausgerufen. Da war ein Gespräch für mich.«

»War es ein Ortsgespräch?«

»Nein. Wir wurden zweimal von der Vermittlung unterbrochen.«

»Weiter!« drängte Phil.

»Der Mann sagte, ich würde am Schalter der International Air einen Umschlag mit drei Schlüsseln vorfinden. Dann beschrieb er mir genau, zu welchem Haus und zu welchen Apartments sie paßten.«

»Na los, zu welchen Schlössern gehörten die Schlüssel?« fragte Phil, der schon seine Liste herauszog.

»Sie wissen es doch«, sagte Nelford kleinlaut.

»Wir wollen es von Ihnen hören. Ganz genau.«

»Einer war für die Eingangstür 388 East 79th Street, einer für Coras Wohnung, und der dritte für Apartment 6-E.«

Phil sah in der Liste nach. »Das Apartment ist seit drei Jahren an eine Mrs. Muriel Hull vermietet. Nähere Angaben stehen hier nicht.«

»Das Apartment ist nicht dauernd bewohnt«, sagte Nelford dumpf.

Nachdem ich mich mit einem schnellen Blick mit Kellin verständigt hatte, rief ich George Baker an und bat ihn nachzusehen, ob er etwas über eine Mrs. Muriel Hull herausfinden könne. George versprach zurückzurufen, und ich legte wieder auf.

Brad Nelford beruhigte sich etwas. Wir fragten ihn, wie er auf die Idee gekommen war, Mike Kellin ermorden zu wollen. Er berichtete von dem Anrufer, der jedoch nicht mit dem vom Flughafen identisch gewesen sei.

Das hätte ich auch keine einzige Sekunde lang geglaubt. Denn Mike Kellin war nicht das Problem des Mannes aus Las Vegas. Oder wenn, dann allenfalls in zweiter Linie.

Ich untersuchte die Waffe, die Nelford in einem Versteck im Apartment gefunden haben wollte. Es handelte sich um einen offensichtlich neuen 38er Ruger. Wir würden den Weg dieser Waffe verfolgen. Aber ich war sicher, daß der Weg in einer Sackgasse endete.

Mike Kellin schenkte Kaffee nach. Nelfords Hände zitterten nicht mehr so stark. Ich löste ihm die linke Hand, damit er auch etwas trinken konnte. Die rechte Hand fesselte ich an die Sessellehne. Phil und ich tauschten unsere Informationen aus. Dann fragten wir Kellin, was wir ihn hatten fragen wollen, seit wir dieses Gespräch angesetzt hatten.

Der Kernpunkt war – wie, wann und möglicherweise durch wen hatte er Cora-Donna kennengelernt?

Wie alle Verliebten, vermochte er die erste Begegnung noch in allen Einzelheiten zu schildern. Doch weil uns weniger an romantischen Einzelheiten als an Tatsachen gelegen war, faßte er sich kurz.

»Ich bin Mitglied eines Flugsportclubs in Freeport auf

Long Island. Ich habe dort auch einen Anteil an einer Maschine. Vor knapp vier Wochen feierten wir unser jährliches Herbstfest. Da war sie ...«

»War sie Mitglied?«

»Nein, natürlich nicht. Sie war ja erst seit einigen Tagen in New York. Sie war mit einem Fotografen gekommen. Das hat sie wenigstens behauptet. Und weil es ihr so gut gefiel, ist sie einfach geblieben.«

»Den Fotografen haben Sie natürlich nicht kennengelernt. Und es ist Ihnen auch nicht merkwürdig vorgekommen, daß sie sich ausgerechnet an Sie herangemacht hat?«

Kellin schob das Kinn vor. »Nein. Warum hätte ich damals mißtrauisch sein sollen? Da waren zwei oder drei Fotografen von den örtlichen Zeitungen. Ich hatte die meisten Siege und Auszeichnungen für den Club errungen. Ich bin die ganze Zeit fotografiert worden. Dann waren die Reporter weg, und Cora war geblieben. Cora, jetzt muß ich ja Donna sagen, hatte mir erzählt, daß sie sich für Mode und Fotografie interessierte und selbst irgend etwas in der Richtung versuchen wollte. Da lag es doch nahe, daß sie Fotografen kannte!«

»Es ist gut«, sagte ich, weil ich nichts anderes erwartet hatte. »Greenfield ist nicht zufällig ebenfalls Mitglied Ihres Clubs?«

»Nein ...«

»Wußte er, wo Sie an jenem Abend waren?«

»Ja. Ich hatte in der Zeit Bereitschaftsdienst und mußte stets angeben, wo ich mich aufhielt.«

Greenfield, Greenfield!

Das Telefon rasselte. Kellin nahm ab und reichte mir dann den Hörer. George Baker war dran.

»Über eine Muriel Hull ist nichts bekannt, buchstäblich nichts. Ihr Name steht unter der Nummer 388 East 79th Street im Telefonbuch. Das ist aber auch alles. Ich habe bei der Telefongesellschaft nachgefragt, wie die Telefonrechnung bezahlt wird. Sie wird durch Postanweisung bezahlt. Als Absender steht dort Muriel Hull.«

Ich bedankte mich und legte auf. Nachdenklich behielt ich den Telefonapparat im Auge. Der Apparat verfügte über eine Mithörmuschel. Ich dachte an den Unbekannten, der Nelford angerufen hatte, und daran, daß ich Greenfield noch aufsuchen wollte. Vielleicht war es noch nicht zu spät, dem Herrn Staatsanwalt ein wenig zuzusetzen. Ich ließ mir von Kellin die Nummer geben, vergatterte ihn und Phil zum Schweigen und bedeutete Nelford, sich die Mithörmuschel übers Ohr zu stülpen. Dann wählte ich.

Zuerst hörte ich wieder Laura Oliphants kratzige Stimme. Erst nachdem ich energisch wurde, verband sie mich mit Greenfield, der angeblich viel zu tun hatte.

»Ja, Mr. Cotton«, schnarrte Greenfield. »Ich war der Ansicht, mit Ihrem Chef Einigung insofern erzielt zu haben, als Sie sich aus meinen Angelegenheiten heraushalten.«

»Es gibt einige bundesstaatliche Aspekte, die Ihre Zuständigkeiten berühren, und ich denke, ein kurzes Gespräch könnte da Klarheit schaffen, Sir«, sagte ich. Dann warf ich ihm einen Brocken hin, den er ganz einfach aufnehmen mußte, ob er nun ein krummer Hund war oder nicht. »Es gibt da einige Spuren, die unübersehbar nach Las Vegas weisen, die also eindeutig in die Zuständigkeit des FBI fallen. Ich verstehe sowieso nicht, wieso Kellin diese Hinweise nicht früher beachtet hat.«

Greenfield schwieg einen Augenblick. Er wollte wohl den Eindruck erwecken, daß er in seinem Terminkalender blätterte. Dann fragte er: »Wann wollen Sie denn kommen?«

»Am liebsten sofort. Das heißt, in einer halben Stunde.«

»Warten Sie, dann müßte ich einen anderen Termin absagen. Halb sieben paßt mir besser.«

Mir war es recht, weil dann etwas mehr Zeit für bestimmte Vorbereitungen blieb. Ich bestätigte die Zeit und legte auf. Während des Gesprächs hatte ich Brad Nelford bewußt nicht angesehen. Als ich es jetzt tat, wußte ich Bescheid.

Nelford nickte. »Das war der Mann«, sagte er leise.

»Greenfield!« knirschte Kellin. »So ein Hund! Er hat den«,

er deutete auf Nelford, »also auf Cora und mich angesetzt! Hat er das getan?«

»Zuerst hat man die Frau wohl nur auf Sie angesetzt, um im richtigen Moment einen Fallstrick bereit zu haben. Schließlich wurde sie wegen Mordverdachts verhaftet und zuletzt wegen Anstiftung zum Mord gesucht. Man hätte Sie also jederzeit kompromittieren können. Aber dann waren Sie einfach zu gut vorangekommen, und man entschied sich für eine endgültige Lösung, nämlich den Mordversuch im Atlantis. Als der Versuch, Sie zu töten, scheiterte, kam auf die Schnelle kein zweiter Mordversuch in Frage. Die Las-Vegas-Leute haben sich dann zusammen mit Greenfield die komplizierte Geschichte mit Nelford und Donna ausgedacht. Selbst wenn sich der Mordverdacht gegen Sie, Mike, nicht hätte aufrechterhalten lassen, hätte es spätestens morgen geheißen, Sie hätten eine steckbrieflich gesuchte Frau gedeckt.«

Es waren wahnwitzige Gedankengänge, aus der Verzweiflung entstanden. Doch es paßte alles gut zusammen. Ich fuhr fort:

»Aber dann hat Greenfield mitbekommen, daß wir den richtigen Mörder kennen und sogar nach ihm fahnden. Er erfährt schließlich, nach wem gefahndet wird. Er weiß, wo Nelford sich aufhält, und kann ihn zwingen, noch einmal loszuziehen und zu töten. Wenn Nelford Sie erschossen hätte, hätte es wie ein weiterer Rachemord ausgesehen. Nelfords Einlassungen von Unbekannten, die ihn per Telefon auf seine Mordopfer angesetzt hätten, hätte niemand geglaubt, falls man ihn geschnappt hätte. Möglicherweise hätte man ihn zu gegebener Zeit beseitigen lassen. Wahrscheinlich durch einen gestellten Unfall. Und die Akten über die Fälle Donna und David Hayes sowie Mike Kellin wären geschlossen worden.«

Phil schüttelte den Kopf. »Ich sehe keine Beweise, die vor Gericht standhalten.«

»Die sehe ich auch noch nicht«, erwiderte ich milde. »Aber es ist doch ganz gut, wenn man genau weiß, wer sein

Gegner ist, nicht wahr?« Dem war wohl nichts mehr hinzuzufügen, denn mein Freund schwieg.

Ich sah natürlich die Probleme, mit denen wir zu kämpfen hatten, wenn wir einem Staatsanwalt die Beteiligung an schweren Verbrechen, einschließlich der Anstiftung zum Mord, nachweisen wollten. Ich hatte auch Mario Aldina noch nicht vergessen, den ich verdächtigte, Elmar Rank ermordet zu haben.

Diese Männer konnten wir nur überführen, wenn wir sie in die Enge trieben, sie zu Verzweiflungstaten anstachelten, oder sie, besser noch, in flagranti erwischten.

Die Möglichkeiten, die mir durch den Kopf gingen, waren gleichermaßen heikel wie unsicher.

Ich wandte mich an Nelford: »Sie haben die Schlüssel zu Apartment 6-E und 8-C also in das Versteck am Kamin gelegt. Man hat Sie angewiesen, keine Spuren in dem Apartment zu hinterlassen. Deshalb haben Sie sogar Handschuhe getragen. Ich nehme an, daß der Mieter oder die Mieterin befürchten, wir könnten ihnen doch auf die Spur kommen, wenn wir nur erst suchen. Was meinen Sie, Nelford?«

»Das weiß ich nicht. Es ist nichts Persönliches in dem Apartment. Nur ein paar Kisten Champagner und Lebensmittel im Kühlschrank.«

Zweifellos wimmelte es in dem Apartment von Fingerspuren der Benutzer. Deshalb konnte der Mieter nicht riskieren, daß er identifiziert wurde, weil es ihn mit einem Mörder in Verbindung gebracht hätte. Denn der Mieter oder, wie wir nach Phils Gespräch mit O'Malley annahmen, die Mieterin von 6-E hatte auch die Wohnung für Donna Hayes gemietet und gleich einen Nachschlüssel anfertigen lassen.

»Phil, ruf O'Malley an und bitte ihn, einen Hauptschlüssel für mich bei Randy Edwards zu hinterlegen.«

»Du willst doch nicht ...«

»Ich habe nachher sicher eine kleine Pause verdient. Die kann ich doch genausogut im Apartment einer geheimnisvollen Muriel Hull verbringen. M. H. – wie Mata Hari.« Ich lachte. Phil lachte nicht. »Sei doch vernünftig! Sie werden doch nicht gleich einen Killer schicken! Wir bleiben in Verbindung.«

»Sicher. Und ich habe das Vergnügen, diesen Mann einzuliefern?« Phil deutete auf Brad Nelford.

»Ruf George an und laß ihn abholen! Aber sorg dafür, daß er heute nicht mehr mit einem Besucher sprechen kann. Er hat hier einfach zuviel mitbekommen.«

Das hatte sich nicht vermeiden lassen, weil wir keine Zeit zu verlieren hatten.

Punkt halb sieben betrat ich das Vorzimmer von Staatsanwalt Greenfield. Laura Oliphant bat mich kühl, mich ein wenig zu gedulden, Mr. Greenfield führe noch ein wichtiges Telefongespräch. Ich setzte mich also auf einen harten Stuhl, und hatte Muße, Mrs. Oliphant, die Lady mit der kratzigen Stimme, die Mike Kellin als Hexe bezeichnet hatte, zu beobachten.

Laura Oliphant war jünger, als ich vermutet hatte, vielleicht Anfang oder höchstens Mitte 30. Sie trug eine Brille mit ovalen Gläsern, die ihre unscheinbare, etwas altmodische Erscheinung betonte. Das dunkelblonde Haar hatte sie im Nacken zu einem Knoten zusammengebunden. Etwa vorhandene Reize verbarg sie unter einem konturenlosen Wollkleid.

Plötzlich wurde die Tür zu Greenfields Office geöffnet, und der District Attorney kam auf mich zu. Er streckte mir beide Hände entgegen und lächelte dabei wie ein Politiker gegen Ende eines Wahlkampfes. Offen und breit, aber etwas angestrengt.

»Mr. Cotton! Ich habe schon viel von Ihnen gehört, hatte aber noch nie das Vergnügen, mit Ihnen zusammenzuarbeiten. Kommen Sie herein! Möchten Sie irgend etwas? Kaffee? Tee? Oder etwas Stärkeres?«

»Danke, nichts von alledem.« Greenfield deutete auf einen Ledersessel.

Ich setzte mich, und er setzte sich mir gegenüber. Auf

einem niedrigen Tisch standen Zigarren und Zigaretten. Ich nahm eine Zigarette, als Greenfield mich aufforderte zuzugreifen.

»Das war nicht gegen Sie gerichtet, als ich mich bei Ihrem Chef über Sie und Ihren Kollegen beschwerte. Es ging ganz grundsätzlich um Kompetenzen. Wenn man die nicht von Anfang an ganz klar abgrenzt, gibt es kein vernünftiges Arbeiten.«

»Ich habe mich, mit dem Einverständnis und der Zustimmung meines Chefs, um verschiedene Aspekte der Fälle gekümmert, an denen Kellin arbeitete«, sagte ich, ohne auf Greenfields Ausführungen einzugehen. »Ich muß sagen, ich war überrascht, wie schnell ich da auf Namen stieß. Wie ich Ihnen schon am Telefon sagte, wunderte ich mich, daß Kellin nicht auf sie gestoßen ist. Gut, er hat nicht unseren Apparat zur Verfügung, und der Mordanschlag auf ihn hat die Dinge wohl ein wenig beschleunigt.«

»Ich sehe immer noch nicht, wo die bundesstaatlichen Aspekte liegen sollen, Mr. Cotton«, sagte Greenfield freundlich.

»Wir haben einen berufsmäßigen Killer aus New Jersey in Verdacht, Elmar Rank getötet zu haben. Dieser Killer hat Verbindung zu einem Mann namens Domenico Riccardi, einer Berühmtheit früherer Tage. Dieser Riccardi ist wieder aktiv, und zwar in Zusammenarbeit mit gewissen Kreisen aus Las Vegas, die hier in New York ganz groß absahnen. Die Verbindung Riccardi – Las Vegas ist noch nicht schlüssig bewiesen, aber wir arbeiten daran. Wir sind die Bundespolizei«, erinnerte ich ihn dann, ebenfalls sehr freundlich.

»Das ist alles?« fragte Greenfield verwundert.

»Nein, noch nicht. Die ermordete Cora Dixon, Kellins Freundin, hieß in Wirklichkeit Donna Hayes. Bevor sie David Hayes heiratete, strippte und tingelte sie in Las Vegas. Ihr Mörder, ein gewisser Brad Nelford, verfügt ebenfalls über Verbindungen nach Las Vegas. Las-Vegas-Gangster haben ihn nach New York gelotst, um Donna Hayes zu töten und den Mord Kellin in die Schuhe zu schieben.«

»Ich habe gehört, daß er gesucht wird«, sagte Greenfield gelassen.

»Wir haben ihn sogar schon«, sagte ich.

Natürlich beobachtete ich Greenfield sehr genau, ohne es ihn allzusehr merken zu lassen. Der Mann hatte sich voll in der Gewalt. Er verriet mit keinem noch so leichten Zucken des Gesichts, ob ihn die Nachricht getroffen hatte.

»Er wollte Kellin ermorden. Stellen Sie sich das vor! Zufälligerweise war ich gerade bei Kellin. So konnten wir ihn überwältigen. Er ist verletzt.«

»Kellin?«

»Nein, Nelford. Endgültig vernommen kann er erst morgen werden. Aber immerhin haben wir mit ihm sprechen können. Ich nehme an, daß er nicht viel weiß. Er kennt die Personen nicht, die ihn auf Donna Hayes und Mike Kellin angesetzt haben. Aber stellen Sie sich vor, er hatte ein Apartment im selben Haus, in dem sein Opfer wohnte!«

Greenfield schüttelte, Überraschung heuchelnd, den Kopf.

»Er will uns nicht verraten, um welches Apartment es sich handelt. Aber wir werden es finden. Das dürfte nicht sehr schwer sein. Und wenn wir es erst einmal haben, werden wir auch den Mieter identifizieren. Denn bestimmt ist er gesehen worden. Die Wachmänner haben sehr scharfe Augen. Außerdem wird es dort Fingerabdrücke geben.«

»Bestimmt. Aber wie wollen Sie es finden?«

»Oh, das ist ganz einfach. Nelford sollte die Schlüssel eigentlich in der Wohnung zurücklassen. Aber das hat er nicht getan. Er wollte nämlich noch einmal zurückkehren. Er hat seine Reisetasche noch in der Wohnung. Das vermuten wir wenigstens. Ich denke, mit einem richterlichen Beschluß können wir morgen darangehen, mit dem Schlüssel von Wohnung zu Wohnung zu gehen und überall, wo sich niemand meldet, zu probieren, ob der Schlüssel paßt.« Ich lächelte. »Dummerweise hing nämlich keine Nummer am Schlüssel.«

Greenfield lächelte ebenfalls. »Man kann eben nicht alles

haben«, bemerkte er wenig geistreich. »Wenn ich Ihnen helfen kann, Mr. Cotton, stehe ich Ihnen gern zur Verfügung. Ich habe natürlich seit langem vermutet, daß die betrügerischen Baufirmen über Verbindungen zu anderen Bundesstaaten verfügen. Aber ich habe bewußt versucht, das Übel hier an der Wurzel zu bekämpfen. Dank Kellins Einsatz hatten wir ja schon Erfolge zu verzeichnen. Teilerfolge, aber immerhin. Später hätten wir die Fäden dann weiterverfolgt . . .«

»Nach Las Vegas«, sagte ich trocken.

»Ja, bis Las Vegas. Aber so, wie ich Ihre Schilderungen verstehe, verfügen Sie auch noch nicht über die notwendigen Beweise.«

»Nicht zuletzt deshalb, weil es in Ihrer Behörde ein Leck gibt, Mr. Greenfield.«

Die grauen Augen verwandelten sich in Eisstücke. »Wenn Sie mit der Inneren Abteilung gesprochen haben, wissen Sie zweifellos, daß in dieser Richtung gesucht wird, sich aber noch keine konkreten Anhaltspunkte gefunden haben. Kellin läuft da möglicherweise einer fixen Idee nach.«

»Mag sein«, räumte ich ein. »Aber ich denke, wir kommen jetzt zügig voran. Wir haben schließlich einige Leute festgesetzt.«

Greenfield machte ein abfällige Handbewegung. »Untergeordnete Figuren, die nicht wissen, worum es geht.«

»Einer führt uns zum anderen. Einigen können wir nachweisen, daß sie zu Riccardi gehören. Wenn wir Riccardi aufbrechen können, steht der Mann in Las Vegas nackt da. Ich bin eigentlich recht zuversichtlich, Sir«. Ich lächelte ihn offen an.

Greenfields graue Augen musterten mich sehr kühl. Dieser Mann war eiskalt. Ganz plötzlich glaubte ich nicht mehr, ihn in eine Falle locken zu können. Denn was hatte er zu befürchten? Was würde man ihm nachweisen können?

Nun, überlegte ich, vielleicht mehr, als ich dachte und ihm bewußt war. Wenn er oder seine Freundin das Apartment gemietet hatte, hatte er einen Fehler gemacht, indem er es einem Mörder zur Verfügung stellte. Vermutlich hatten ihn die Las-Vegas-Leute gezwungen, das Apartment zur Verfügung zu stellen. Er benutzte es nur als Liebesnest. Greenfield war verheiratet. Und weil er politischen Ehrgeiz besaß, mußte er unbedingt ein intaktes Familienleben vorführen. Mit einer Freundin konnte er sich nicht in der Öffentlichkeit zeigen. Mir kam der Gedanke, daß auch er erpreßt worden sein konnte ...

»Was erwarten Sie nun von mir?« fragte Greenfield und unterbrach meine raschen Überlegungen.

»Wenn Sie sich entschließen könnten, mit uns zusammenzuarbeiten, könnten wir die Verbindung nach Las Vegas vielleicht schnell kappen«, sagte ich.

»Was kann ich dazu tun?«

»Indem Sie hier alles dichtmachen. Für ein, zwei Tage.« Ich sah in Greenfields ausdrucksloses Gesicht.

»Wie soll ich das verstehen?«

»Ich kenne den Arbeitsablauf in Ihrer Behörde nicht. Aber ich kann mir vorstellen, daß Sie, solange Kellin noch nicht wieder im Dienst ist, alle Vorgänge zurückhalten können. Wenn der Mann in Las Vegas keine Informationen mehr erhält und wenn wir Riccardi gewissermaßen einkesseln, wird sich der Mann in Las Vegas bald eine Blöße geben müssen. Er hat hier laufende Vorgänge, Mr. Greenfield. In der nächsten Woche werden von der Stadt wichtige Aufträge vergeben ...«

»Ich verstehe, Mr. Cotton. Sie können mit mir rechnen.«

Es war zwei Uhr morgens, und die abgestandene Luft in dem kleinen Apartment ließ mich müde werden.

Zum zwanzigsten Mal stemmte ich mich aus dem niedrigen, mit buntem Stoff bezogenen Sessel und machte ein paar Schritte. Inzwischen kannte ich jeden Winkel der Wohnung. Nelford hatte zweifellos recht gehabt, als er vermutete, daß es sich hier um ein Liebesnest handelte.

Das Apartment bestand aus einem kombinierten Wohn-

und Schlafzimmer. Das beherrschende Möbelstück war das große Rundbett.

Im Schein einer abgeblendeten Taschenlampe hatte ich das Versteck am Kamin und alle anderen möglichen Verstecke, die einen Hinweis auf einen Mieter enthalten konnten, abgesucht. Ohne Erfolg. Nur die Schlüssel, die Nelford auf Anweisung des Anrufers in die Kassette gelegt hatte, waren noch da. Sie klirrten jetzt in meiner Tasche.

Ich reckte meine Knochen. Gern hätte ich mir eine Zigarette angesteckt. Aber ich wußte, daß ich mir diesen Genuß verkneifen mußte. Sonst würde ich den, der meiner Berechnung zufolge irgendwann aufkreuzen mußte, sofort verprellen.

Es war nicht ganz dunkel im Raum. Durch die Lamellen der Jalousie fiel etwas Licht von den hohen Bogenlampen an der First Avenue herein. Ich trat ans Fenster und spähte hinaus.

Der Verkehr war praktisch zum Erliegen gekommen. Nur hin und wieder rumpelte ein Bus vorbei, oder ein Taxi fegte die Avenue entlang.

Das Walkie-talkie in meiner Tasche schnarrte. Ich zog es heraus, hielt es an den Mund und drückte die Sprechtaste.

»Ja?« sagte ich.

»Ich dachte, du schläfst«, sagte Phil.

»Würde ich gern.« Ich stellte mich auf die Zehenspitzen, konnte aber das Dach des Mercury, in dem Phil unten, nur wenige Schritte vom Eingang entfernt, wartete, nicht erkennen.

»Eben hat ein Mann das Haus betreten. Ich steige jetzt aus und spreche mit Randy.«

Ich trat an die Tür und preßte mein Ohr gegen die Füllung. Ich hörte nur das hohle Rauschen wie bei den Gelegenheiten zuvor. Vor einer Viertelstunde hatte sich Phil zuletzt gemeldet. Da war eine einzelne Frau mit einem Taxi angekommen. Sie hatte sich die Haustür selbst aufgeschlossen. Phil hatte mit Randy gesprochen, nachdem sie im Aufzug verschwunden war. Randy kannte die Frau nicht. Auf der Lichtleiste an seinem Pult hatte er verfolgen können, daß sie in den 11. Stock gefahren war.

Jetzt war ein Mann erschienen. Hier oben tat sich noch nichts.

Nach einigen Augenblicken summte das Funkgerät.

»Entwarnung«, sagte Phil. »Randy kennt den Mann. Du kannst weiterschlafen.«

»Was tut sich in South Orange?« fragte ich. Um Mitternacht hatte Mario Aldina nämlich begonnen, seinen Kühlwagen mit frisch gepflückten Orchideen zu beladen. Er wollte also zum nächtlichen Blumenmarkt nach Manhattan. Oder wollte er noch anderen Geschäften nachgehen?

»Er ist vor wenigen Minuten abgefahren«, meldete Phil. »Er ist nicht allein. Er hat einen Helfer bei sich.«

Das war bestimmt ganz normal. Aber ich hatte plötzlich das Gefühl, daß alles noch anders laufen konnte, als ich es geplant hatte.

»Sie sollen nah dranbleiben!« wisperte ich ins Gerät.

»Verstanden«, bestätigte Phil. »Soll ich dir einen Kaffee ...«

Ich drückte auf die Sprechtaste, womit ich Phils freundliches Angebot unterbrach. Denn an der Tür hatte ich ein vorsichtiges Kratzen vernommen.

Mit einem lautlosen Satz sprang ich hinter das Bett, wo ich mich lang auf den Boden legte. Hatte Phil sich täuschen lassen? Hatte er jemanden übersehen?

Ich lag auf dem Bauch. Ohne mich zu bewegen, kam ich weder an meinen Smith & Wesson noch an die Taschenlampe heran. Und bewegen durfte ich mich nicht. Denn jetzt wurde die Tür geöffnet.

Ein schmaler Lichtkeil fiel über den Boden. Der Schatten einer Gestalt huschte über eine Wand und verschwand wieder, als die Tür geschlossen wurde. Schritte auf dem weichen Teppich, kaum hörbar, bewegten sich durch den Raum. Wenn ich zum Kamin blicken wollte, brauchte ich nur den Kopf zu heben. Wer immer das Rundbett benutzte, genoß die milde Wärme des knisternden Feuers.

Jetzt stand vor dem Kamin eine Reisetasche. Ich hatte sie mitgebracht. Sie enthielt ein paar Kleidungsstücke von mir. Brad Nelford hatte seine Reisetasche ja nicht zurückgelassen. Seine hatte ich entdeckt, als ich Mike Kellins Apartment verließ. Nelford hatte die Tasche vor der Tür abgestellt, um die Hände frei zu haben für den Mord an Kellin …

Vorsichtig hob ich den Kopf. Ich sah eine schlanke, hochgewachsene Gestalt, die in einem langen Mantel steckte. Jetzt beugte sie den Kopf. Ich hörte, wie die Schlösser schnappten. Schon wollte ich mich aufrichten und dem Zauber ein Ende setzen, als sich die Gestalt wieder aufrichtete. Blitzschnell zog ich den Kopf ein.

Die Stehlampe auf der anderen Seite des Bettes wurde angeknipst. Dann flog der Mantel über das Bett. Im nächsten Augenblick klickte der Telefonapparat. Die Wählscheibe schnurrte.

»Verbinden Sie mich mit Nummer 7-21«, sagte eine Frauenstimme. Und dann, weicher als zuvor: »Hallo, Hugh. Ja, die Tasche ist hier.«

Ich hatte die Stimme spröder in Erinnerung.

»Ja, ich bleibe hier, bis die Beamten kommen. – Hugh, mach dir keine Sorgen, ja, ich kann das! Ich baue einen anderen Zylinder ein, wie du es mir gesagt hast. – Was machst du jetzt? Fährst du noch nach Hause? – Nein, das sehe ich ein. Es lohnt sich nicht. – Ich bin vernünftig! Habe ich etwas gesagt, als du mit dieser Person herumgemacht hast? In diesem Haus? Ja, ja, um sie bei der Stange zu halten. – Halte lieber mich bei der Stange! – Verzeih, Hugh, verzeih, aber ich liebe dich. – Danke. Gute Nacht!«

Als der Hörer auf die Gabel gelegt wurde, richtete ich mich auf. Es ging nicht anders, ich mußte sie erschrecken.

»Guten Morgen, Mrs. Oliphant«, sagte ich.

Sie fuhr herum. Sie trug das Haar jetzt offen, und die Brille hatte sie abgelegt. Sie entsprach der Beschreibung, die O'Malley von der Frau gegeben hatte, die das Apartment für die angebliche Cora Dixon gemietet hatte.

Mrs. Oliphant riß den Mund auf. Dann begann sie gellend

zu schreien. Ich setzte über das Bett und packte sie. Als Schütteln nichts nutzte, schlug ich ihr zweimal ins Gesicht. Die Schreie verstummten, und sie erschlaffte in meinen Armen. Ich ließ sie auf das Bett gleiten. Erst nachdem ich mich vergewissert hatte, daß sie keine Schußwaffe bei sich führte, zog ich das Walkie-talkie.

»Es ist alles in Ordnung«, sagte ich schnell. »Komm rauf, bitte!«

Als Phil einige Minuten später das Apartment betrat, flößte ich der Oliphant gerade etwas eisgekühlten Champagner ein.

»Darf ich vorstellen, das ist mein Kollege Phil Decker, Mrs. Laura Oliphant, rechte Hand des Herrn Staatsanwalts.«

Ich erklärte der Frau, sie sei verhaftet, und zählte ihre Rechte auf. Dann fragte ich sie, ob sie bereit sei, auszusagen.

Das war sie nicht. Natürlich nicht. Greenfield hatte sie als Fachmann entsprechend unterrichtet.

»Sie haben eben mit Mr. Greenfield telefoniert«, versuchte ich es trotzdem. »Er wartet seelenruhig in einem Hotel, während Sie für ihn die Kastanien aus dem Feuer holen. Ich wette, der ließe Sie eiskalt über die Klinge springen, wenn er damit seine Haut retten könnte. Aber ich darf Ihnen versichern, er schafft es nicht. Greenfield ist ein Verbrecher, Mrs. Oliphant. Er hat nicht nur Sie mit hineingezogen.«

»Er kann nichts dafür«, murmelte die Frau. »Er wurde betrogen. Man hatte ihm Unterstützung für die Wahl zum Generalstaatsanwalt des Staates New York zugesagt. Aber dann haben sie es so raffiniert angefangen, daß es so aussah, als hätte er privat Geld für sich genommen! So hat es angefangen, und von da an hatten sie ihn in der Hand!«

»Wer sind sie?«

Die Oliphant schwieg. Ich setzte ihr nicht weiter zu. Jetzt würden wir Greenfield kriegen, und er würde sich nicht herausreden können.

»Bringen wir sie weg«, entschied ich.

Phil fuhr. Ich saß mit Mrs. Oliphant hinten im Fond. Das Funkgerät war eingeschaltet. Aber nur in längeren Abständen kamen Durchsagen, die uns betrafen. Mario Aldina fuhr mit seinem Blumenwagen gerade auf den Holland Tunnel zu. Plötzlich begann Mrs. Oliphant zu reden.

»Ich kenne ihn seit zwölf Jahren, seitdem ich Henry Oliphant geheiratet habe. Henry und Hugh waren Freunde, bis Henry und ich uns scheiden ließen. Das war vor acht Jahren. Ich war ziemlich unten, und Hugh hat sich um mich gekümmert. Er war ein wirklicher Freund. Unsere Liebe entstand erst ganz allmählich. Ein ... Verhältnis haben wir erst seit drei Jahren.«

Erst ist gut, dachte ich. Laut sagte ich: »Wenn Sie nicht aussagen, wird man Sie der Beihilfe, mindestens aber der Mitwisserschaft im Mordfall Donna Hayes beschuldigen. Ist Ihnen das klar, Mrs. Oliphant? Man wird Ihnen vorhalten, daß Sie über alles, was Greenfield tat oder unterließ, Bescheid gewußt hätten. Denken Sie darüber nach!«

Sie war die Mitarbeiterin eines erstklassigen Juristen. Sie wußte, was auf sie zukam und welche Chancen sie hatte, je nachdem, ob sie auspackte oder schwieg.

Jetzt schwieg sie wieder vor sich hin. Unser Wagen rollte durch das nächtliche Manhattan. An der 34th Street wechselte Phil zur Fifth Avenue, die am Madison Square den Broadway schneidet. Das Empire State Building stieß wie ein strahlender Finger in die Nacht.

Am Madison Square folgte Phil dem Broadway in südlicher Richtung. Am unteren Broadway liegen das Federal Office Building mit unseren neuen Büros und nicht weit entfernt das Bundesuntersuchungsgefängnis. Mrs. Oliphant würde in den Genuß eines Einzelzimmers kommen. Mit Dusche. So komfortabel sind wir dort eingerichtet.

Phil neigte den Kopf, als eine Stimme aus dem Lautsprecher unter dem Armaturenbrett drang: »Operation K für Zentrale!«

Operation K, das waren wir. Und die drei Wagen, die Mario Aldina beschatteten.

George Baker hatte ihnen diese Code-Bezeichnung verpaßt.

»Kommen«, sagte George in der Zentrale.

»Fahren auf die Canal Street zu.«

»Verstanden«, bestätigte George.

Phil wandte den Kopf.

»Unter der Tarnung Blumenmarkt könnte er eine Menge anstellen«, meinte er.

»Deshalb lasse ich ihn ja auch beschatten.«

Im Funkgerät hörten wir jetzt die Stimmen unserer Kollegen, die sich untereinander abstimmten und laufend ihre Positionen wechselten, um den Verfolgten nicht mißtrauisch werden zu lassen.

»Stop an der Ecke Sixth Avenue ...«

»Übernehme.«

»Es geht weiter. Paßt auf, er hält wieder ...«

»Warum? Siehst du 'ne Ampel?«

»Nee. Vielleicht fragt er nach dem Weg. Ist verdammt dunkel dort ...«

»He, was ist das? Da steigt doch einer aus! Wagen zwei! Seht ihr etwas?«

»Wir haben nichts wahrgenommen. Der Wagen fährt weiter. Wir bleiben dran.«

Ich warf mich nach vorn und schnappte das Mikro: »Hier ist Cotton! Verdammt, was ist da los?«

»Joe meint, da sei jemand ausgestiegen. Genau an der Ecke Minetta Lane. Aber ich hab' nichts gesehen.«

»Da ist doch ein Abgang zur Subway Station?«

»Der ist um diese Zeit abgeschlossen. Am Sullivan Square sind nur die großen Abgänge an der 3rd und 4th Street geöffnet. Wenn einer ausgestiegen ist, ist er zum Washington Square gelaufen.«

Wagen eins meldete sich. »Wir haben den Lieferwagen überholt. Können nur eine Person im Fahrerhaus feststellen.« Ich fluchte.

»Wagen zwei. Wir fahren den Washington Square bis zur Bleecker ab. Aber ich sage euch, der Kerl ist weg ...«

Ich fluchte erneut. Dann wandte ich mich an Laura Oliphant, die angespannt auf der Sitzkante hockte.

»Wer ist der Mann, von dem Sie da reden?« fragte sie.

»Er heißt Mario Aldina. Haben Sie den Namen schon einmal gehört?«

»Ich ... glaube nicht.«

»Er tötet für Geld. Er arbeitet für Riccardi. Vielleicht hat er einen neuen Auftrag bekommen. Hat Greenfield nach meinem Besuch mit Las Vegas telefoniert?«

Mrs. Oliphant nickte.

»Dann hat Las Vegas Riccardi angerufen, und Riccardi hat den Auftrag an Aldina weitergegeben.«

Laura Oliphant schloß einen Moment die Augen. Sie schwankte, als Phil über einen Kanaldeckel fuhr. Dann riß sie die Augen weit auf.

»Kennen Sie das Imperial Hotel? Es liegt am West Broadway, glaube ich.«

»West Houston Street«, sagte Phil.

»Wie weit ist bis dorthin?«

»Von wo aus?«

»Wo dieser Mann ausgestiegen ist?«

»Höchstens zehn Minuten. Warum?«

»O Gott! Weil Hugh dort ist. Er wollte nicht nach Hause, weil er für mich erreichbar sein wollte ...«

»Phil! Drück auf die Tube! Los!«

Phil rammte den Fuß aufs Gas. Die Sirene sandte gellende Schallwellen durch die leeren Straßenschluchten.

»Woher wissen diese Leute, wo er ist?« fragte die Oliphant.

»Er wird es ihnen selber gesagt haben.« Aber er hatte nicht damit gerechnet, daß Sonny Galano ihm sofort einen Killer auf den Hals schickte. Sonny schien die Lage realistischer zu beurteilen als Greenfield.

»Wagen eins bis drei!« sagte ich ins Mikro. »Fahrt sofort zum Imperial Hotel, West Houston! Ohne Sirenen! Der Gesuchte versucht, sich Zutritt zu verschaffen. Haltet die Augen offen! Zentrale!«

»Ja, Jerry.«

»Ruf das Imperial an! Schnell!« Ich mußte mich an der Lehne des Vordersitzes festklammern, als der Wagen über eine Unebenheit sprang. Mrs. Oliphant wurde gegen mich geschleudert. »Wie war die Zimmernummer? 7-21?«

»Ja.«

»George! Laß dich mit Zimmer 7-21 verbinden und leg die Verbindung sofort auf diesen Kanal!«

»Augenblick ... Der Portier macht Schwierigkeiten.« George ging kurz aus der Leitung. Dann sagte er: »Okay, Jerry, du kannst sprechen.«

»Hallo, Greenfield? Sind Sie es?«

Betroffenes Schweigen. Dann: »Wer ist da?«

»Cotton. Greenfield, hören Sie jetzt genau zu! Es kommt auf jede Minute an! Sie haben mit Las Vegas telefoniert, und Las Vegas hat beschlossen, Sie auszuschalten. Der Killer ist vor vier Minuten am Sheridan Square aus unserer Kontrolle geraten.«

»Wenn Sie mich bluffen wollen, Cotton ...«

»Sie wissen, welche Beweiskraft ein Bluff vor Gericht hätte. Greenfield, es gibt für Sie zwei Möglichkeiten. Entweder Sie verschanzen sich in Ihrem Zimmer, wenn es sicher ist, oder sie verlassen es sofort und verstecken sich. Ich kenne das Gebäude nicht ... Aber Sie müssen sich sofort entscheiden. Unsere Leute sind in wenigen Minuten da.«

»Cotton, ich werde nichts dergleichen tun! Ich habe von Anfang an gewußt, daß Sie es auf mich abgesehen haben. Ich glaube Ihnen diese abenteuerliche Geschichte nicht!«

Ich hielt das Mikrofon vor Laura Oliphants Gesicht. »Sagen Sie es ihm.«

»Hugh! Es stimmt! Ich habe alles mitbekommen! Die G-men haben den Wagen mit ... mit ... diesem Mann verloren!«

»Hören Sie, Greenfield, wenn Sie am Leben bleiben wollen ...«

Phil raste bei Rot über eine Kreuzung, genau vor der Schnauze eines Taxis her. Vor uns blinkten die Ampellichter der Houston Street. Phil nahm das Gas zurück und holte ein wenig aus. Die Reifen begannen zu wimmern, als er den Mercury in die Kurve zwang. Dabei fand er noch die Zeit, die Sirene auszuschalten.

»Greenfield, ich glaube nicht, daß Sie jetzt noch viel Zeit haben. Was wollen Sie tun?«

»Ich bleibe in meinem Zimmer! Und ich warne Sie, etwa mit Gewalt versuchen zu wollen ...«

»George!« rief ich. »Übernimm du das Telefon! Unterbrich die Verbindung nicht!«

»Okay«, bestätigte der Einsatzleiter.

»Wagen eins bis drei! Standorte melden!«

Die Meldungen kamen kurz hintereinander. Die Kollegen hatten Positionen eingenommen, von denen aus sie das Hotel von verschiedenen Punkten aus beobachten konnten. Ein verdächtige Gestalt hatten sie nicht gesehen.

Das Imperial Hotel geriet in unser Blickfeld. Zuerst fielen mir die zahlreichen hell erleuchteten Fenster im Erdgeschoß auf. Der gewölbte Baldachin über dem Eingang nahm sich in der heruntergekommenen Umgebung inmitten der alten Häuser aus geschwärzten Backsteinen etwas merkwürdig aus. Im Erdgeschoß des Hotels waren eine Snackbar und eine Discothek untergebracht. Auch das noch, dachte ich, als ich die Motorräder im Eingangsbereich sah.

Phil hielt außerhalb der Lichter an. Ich versuchte immer noch, das Dunkel in der Umgebung mit den Augen zu durchdringen. Links entdeckte ich einen schmalen Durchgang, der jedoch durch ein schwarz angestrichenes Gitter versperrt war. An der Seite des Gebäude sah ich eine Feuertreppe. Vorn gab es zwei. Die Umrisse der Stahlgerüste verloren sich in der Dunkelheit.

»Da kann man nur mit schußfester Unterwäsche reingehen«, meinte Phil.

»Tun Sie doch etwas!« drängte Mrs. Oliphant.

»Okay, Lady«, sagte ich. Ich drückte die Sprechtaste.

»Freunde, ich brauche aus jedem Wagen einen Mann. Treffpunkt Ostecke.«

Mario Aldina flankte über die Brüstung und verschwand im Niedergang, der zur Discothek hinunterführte. Er federte den Aufprall ab und hielt sich dann am Geländer fest. Sein Atem ging etwas schneller. Aber sonst war ihm von dem kurzen Lauf nichts anzumerken. Er spürte, wie der Boden unter ihm von den harten Rhythmen vibrierte, die hinter den Mauern aus den großen Stereo-Lautsprechern schallten.

Er peilte über die Kante und sah nach Westen. Er hatte gespürt, daß ihm jemand gefolgt war. Er besaß den Instinkt, das wußte er. Aber er glaubte nicht, daß jemand wußte, wo er jetzt war oder wen er erledigen sollte. Einen Hotelgast. Das war nicht schwierig in einem Laden wie diesem.

Er zog seinen grauen Kittel aus, rollte ihn zusammen und wandte sich um. Unwillkürlich zog er den Kopf ein, als Scheinwerferlicht über ihn hinwegstrich. Das Licht erlosch im nächsten Augenblick.

Aldina stopfte den Kittel hinter das Gitter vor einem von innen vernagelten Fenster. Dann drückte er auf die Klingel.

Über ihm brannte eine Lampe. Unsicher blickte er nach oben. Wenn jetzt jemand von der Straße herabsah, stand er schutzlos da. Er preßte seinen Oberarm gegen den Revolver, der unter seinem leichten Jackett im Schulterholster steckte. Er hatte sich für den Revolver entschieden.

Er hatte den Auftrag erst vor wenigen Stunden bekommen, und die Bedingung hatte gelautet – sofort!

Er hatte sich also nicht vorbereiten können. Da war es am sichersten, einen Revolver mitzunehmen. Wenn es ging, würde er jedoch das Schnappmesser benutzen, das in seinem linken Ärmel steckte. Eine ruckartige Armbewegung würde es in seine Hand befördern.

Die Tür vor ihm ging auf, und ein junges Mädchen mit langen seidigen Haaren betrachtete ihn aus großen Babyaugen.

»Bist du hier richtig, Mann?« fragte sie.

Er trat einfach einen Schritt auf sie zu, und sie gab die Tür frei. Als er die schimmernden, glitzernden und körpereng anliegenden Gewänder der anderen sah, wußte er, was das

Mädchen gemeint hatte. Er trug schwarze Hosen und ein graues Jackett, dazu ein helles Hemd und Krawatte, eine Einheitskleidung, die für fast alle Örtlichkeiten paßte. Außer einer New Yorker Discothek.

Das Mädchen blieb ihm auf den Fersen, als er sich an der langen Theke entlangbewegte. Die harten Rhythmen schmerzten in seinen Ohren, und die Lichtreflexe machten ihn benommen. Er hielt sich am Handlauf der Theke fest.

»Sie sind sicher ein Hotelgast von oben?« schrie das Mädchen in sein Ohr.

Er nickte.

»Wollen Sie einen Drink?«

Er zwang sich zu einem Lächeln, das von dem Mädchen erwidert wurde. Er schüttelte den Kopf.

»Ich bin hier wohl doch falsch. Kann man hier irgendwo direkt nach oben kommen?«

Das Mädchen deutete auf eine Tür. »Dort im Gang. Gehen Sie über die Hintertreppe.«

Mario Aldina schob sich an dem Mädchen vorbei. Das Glück war ihm stets zur Seite gewesen. Es schien auch heute keine Ausnahme machen zu wollen.

Die Betonstufen liefen in einem eigenen Treppenschacht steil in die Höhe. Weil die Treppe gleichzeitig als Notausgang diente, waren die Feuerschutztüren zu den einzelnen Stockwerken nicht abgeschlossen.

Der Mann im siebten Stock, in Zimmer 7-21, war so gut wie tot ...

Ich brauchte nicht lange zu warten. Jimmy Stone, Nick Viola und Pit Grossow tauchten wie Schemen aus der dunklen Umgebung.

»Holen wir uns den Schweinehund«, sagte Jimmy grimmig entschlossen. »Wir haben ihn verloren, wir schnappen ihn uns wieder.«

»Ich habe nachgerechnet«, sagte Pit besonnen. »Er könnte schon drin sein. Unser Wagen steht an der Ecke Thompson

Street. Dort gibt es eine Gasse, die hinter den Laden führt. Es ist dort stockfinster. Wir sollten wenigstens einen Wagen so hinrangieren, daß die Scheinwerfer in die Gasse leuchten. Außerdem haben wir ja noch die Handscheinwerfer.«

»Okay, Pit, du arrangierst das. Aber bleib aus der Gasse!«

Pit lief davon. Nick Viola fragte: »Worauf warten wir noch? Gehen wir rein!«

»Kennst du den Mann?«

»Nein.«

»Dann red nicht so markig daher!«

»Okay, okay, wenn du eine bessere Idee hast ...«

»Die hab' ich nicht«, gab ich zu. »Okay, Nick. Wir beide fahren in den 7. Stock und versuchen, Greenfield rauszuholen. Du, Jimmy, übernimmst die Koordination hier unten. Hast du dein Walkie-talkie dabei?«

Meine Kollegen hatten ihre Funkgeräte bei sich.

»Gehen wir!« Ich marschierte auf den Baldachin zu. Als ich ins Licht trat, spürte ich kurz ein Unbehagen. Dann betrat ich die Hotelhalle. Hier war es still.

Es roch nach Zwiebeln und Bratfett, was daran lag, daß die Türen zur Snackbar offenstanden. Hinter der Theke hockte ein Mann mit weißer Kochmütze und döste. Der Portier hinter dem Reception Desk dagegen war hellwach, und er beobachtete uns argwöhnisch. Ich deutete auf den Fahrstuhl. Nick Viola nickte. Er ging vor und drückte den Rufknopf, während ich dem Portier meinen Ausweis zeigte.

Der Anblick des Bundesadlers beeindruckte ihn nicht im geringsten.

»Um diese Zeit haben Sie kein Recht ...«

»Wir sind angemeldet. Zimmer 7-21.«

Er warf einen Blick auf die Kontrollichter. »Der Gast in 7-21 telefoniert«, sagte er.

»Mit dem FBI«, entgegnete ich. »Also keine Panik.«

Ich trat zu Nick in den Aufzug.

»Nehmen wir den 8. Stock?« fragte er.

»Wir haben keine Zeit zu verlieren.«

Nick drückte den Knopf neben der 7.

Die Kabine schwebte langsam in die Höhe. Nick würde vorgehen und als erster den Flur betreten, weil Aldina mich kannte. In einem Hotel war es ganz normal, wenn ein Mann einen Fahrstuhl verließ.

Der Aufzug stoppte. Die Tür bewegte sich. Nick verließ die Kabine und sah sich um. Er machte eine Handbewegung, die mir anzeigte, daß niemand zu sehen war.

Der Gang verlief etwa 40 Schritte in beide Richtungen. Nummer 21 mußte links liegen. Gegenüber befand sich eine braunlackierte Tür. Ich berührte Nicks Arm und deutete auf die Tür. Ich huschte heran und legte mein Ohr gegen das kalte Metall.

Nichts. Vorsichtig drehte ich den Knauf herum und öffnete die Tür einen Spaltbreit. Ich warf einen Blick in das Treppenhaus, das von spärlich verteilten Wandlampen nur notdürftig erhellt wurde. Ich schloß die Tür.

Nick hatte das Oberteil eines schweren Standaschenbechers gelöst. Er grinste, als er den halbrunden Metalltopf auf den Türknauf stellte.

»Der arme Kerl wird sich erschrecken«, sagte ich grinsend.

Rasch bewegten wir uns jetzt über den Flur. Vor der Tür mit der Nummer 21 blieb ich stehen. Ich sah mich noch einmal um. Dann klopfte ich. Die Telefonverbindung zwischen Greenfield und der FBI-Zentrale bestand immer noch. Wenn der Killer sich inzwischen Zugang zu Greenfields Zimmer verschafft haben sollte, hätte George Baker Alarm an die Fahrzeuge gegeben, und meine Kollegen hätten den Alarm über Walkie-talkie an uns hier oben weitergegeben.

»Greenfield!« rief ich unterdrückt. »Ich bin's, Cotton!«

Greenfield öffnete die Tür. Ich sah sein Auge hinter dem Spalt. Dann löste er die Kette. Er war vollständig angezogen, sein Gesicht unnatürlich bleich.

»Ich erkläre hiermit offiziell, daß ich keinerlei Aussagen machen werde. Ich verlange, umgehend mit einem Beauftragten des Generalstaatsanwalts zu sprechen.«

»Ja, ja, das können wir später besprechen.« Ich ging an

Greenfield vorbei und nahm den Telefonhörer auf, der neben dem Apparat lag. »Hallo, George? Jerry hier. Wir bringen Greenfield jetzt runter.«

Wir nahmen den Mann in die Mitte. Da hörte ich, wie die Aufzugtür in ihrer Schiene scharrte. Verdammt, dachte ich. Wir hatten vergessen, etwas auf die Schiene zu legen oder den Schalter, der die Türen offenhielt, zu betätigen.

Ich drückte auf den Rufknopf.

»Das kann eine Weile dauern«, meinte Nick.

Ungeduldig wippten wir auf den Fußballen.

Da! Ein leises Knirschen hinter uns. Nur ich hörte es. Ich wirbelte herum. Der metallene Aschenbechertopf bewegte sich. Ich stieß Nick und Greenfield zur Seite. Im selben Augenblick fiel der Topf. Es gab ein lautes, schepperndes Geräusch, und das Ding kollerte vor meine Füße.

Selbst auf die Gefahr hin, einem ahnungslosen Hotelboy eine Beule zu verpassen, trat ich mit voller Wucht gegen die Tür.

Sie prallte gegen ein Hindernis, aber nach dem lauten Geräusch mußte der Killer mit einer ähnlichen Aktion gerechnet haben.

Er feuerte durch den Spalt. Ich spürte das Blei, als es vorbeipfiff. Dann warf ich mich mit der Schulter gegen die Tür, die unter dem Anprall nachgab.

Aldina flitzte die Treppe hinab. Ich jagte hinterher, flankte über ein Geländer und gewann Raum. Aldina feuerte, während er rannte, in meine Richtung. Die Querschläger jaulten durch den engen Schacht.

Noch eine Biegung. Ich setzte zum Sprung an. Aldina blieb stehen. Sein finsteres Gesicht reckte sich mir entgegen. Seine linke Hand streckte sich. Ich sah Metall blitzen

Es war zu spät, um meinen Sprung abzubrechen. Ich sah die Klinge näher kommen. Sie mußte in meinen Bauch dringen.

Ich ließ den Revolver fallen, klatschte die Hand aufs Geländer und riß im Sprung die Beine nach vorn. Dann krachte ich zwischen ihm und dem Treppengeländer zu

Boden. Aldina wollte sich auf mich stürzen. Ich zog ein Bein an. Das Messer schlitzte die Hose auf. Ganz kurz spürte ich einen brennenden Schmerz an der Wade. Dann stieß ich zu.

Aldina flog mit ausgebreiteten Armen rückwärts. Es gab einen häßlichen, dumpfen Laut, als er auf dem Rücken landete und reglos liegenblieb.

Ich sammelte meinen und seinen Revolver und das Schnappmesser auf, humpelte zu ihm und fühlte nach seinem Puls.

Er schlug kräftig und regelmäßig. Ich zog das Walkie-talkie. »Könnt ihr mich hören?« fragte ich.

»Ja, klar und deutlich. Wo bist du?«

»Irgendwo zwischen Himmel und Hölle. Sucht mich auf der Treppe! Und holt eine Ambulanz! Aldina hat etwas abbekommen.«

An diesem Morgen schlief ich fast bis zum Mittag. Als dann jedoch das Telefon schellte, war ich bereits wach. Der FBI-Chef war am Apparat.

»Sie haben eine Menge erreicht und einiges in Bewegung gesetzt, Jerry«, begann der FBI-Chef ohne Umschweife. »Aber die eigentliche Arbeit beginnt erst. Riccardis Gangster schweigen. Die Oliphant sagt noch weniger. Und Greenfield gibt nur Statements ab. Aldina liegt mit einem Schlüsselbeinbruch im Bellevue. Er wäre geradezu töricht, wenn er irgend etwas sagte. Immerhin wird er vor Gericht kommen, das ist wenigstens sicher. Bei der Haussuchung heute morgen wurde bei ihm ein blauer Jogging-Anzug gefunden. Die Fasern vom Tatort in Queens dürften aus dem Anzug stammen. Das Laborergebnis erhalten wir schon heute nachmittag. Aber wenn die Fasern die einzigen Indizien bleiben, kommt es wohl kaum zu einer Verurteilung wegen Mordes. Dann bleibt höchstens illegaler Waffenbesitz übrig. Und der Hintermann aus Las Vegas, Sonny Galano, kann wahrscheinlich weitermachen. Nur Riccardi könnte ihn jetzt noch belasten.«

»Riccardi können Sie vergessen, Chef«, sagte ich.

»Warum hat er dann wohl angerufen?« fragte John D. High zurück.

Mir fielen wieder Riccardis rätselhafte Bemerkungen ein, die er gestern gemacht hatte, als ich ihn von seiner Dachterrasse ins Haus fuhr. *Niemand betrügt einen Domenico Riccardi ... Vielleicht gebe ich Ihnen eine Chance ...*

»Was wollte er?« fragte ich elektrisiert

»Sie sollen um zwei Uhr bei ihm sein. Nicht früher.«

Wenn ich Sie anrufe, müssen Sie kommen, ohne Fragen zu stellen.

Ich spürte ein hohles Gefühl im Bauch, obwohl ich mir gerade einen kleinen Lunch einverleibt hatte.

»Jerry, gehen Sie kein Risiko ein!«

»Nein, Sir, ich glaube, das Risiko liegt nicht bei mir, bestimmt nicht. Ich komme heute nachmittag ins Office.« Ich drückte die Gabel nieder und rief sofort Phil an. Weil wir bis Tagesanbruch mit Aldinas und Greenfields Einlieferung beschäftigt gewesen waren, hatten wir vereinbart, uns heute erst gegen Mittag zu treffen.

»Ich hole dich um halb zwei ab«, sagte ich nur.

»Okay«, bestätigte Phil.

Dom Riccardi sonnte sich wieder auf der Terrasse seines Penthouse. Er hielt die Augen geschlossen, bis Sal Bartolis Schatten über ihn fiel.

Sals Gesicht sah bekümmert aus.

»Was ist los, Sal?« fragte Riccardi leise.

»Er ist da.«

»Wie spät ist es?«

»Viertel vor zwei. Er hat zwei Leibwächter mitgebracht.«

»Sie sollen im Gästesalon warten.« Riccardi schlug die Decken zurück. Sal nahm sie auf und faltete sie sorgsam zusammen.

»Wollen Sie es sich noch einmal überlegen, Mr. Riccardi?« fragte Sal bekümmert.

»Sal, ich bin ein Relikt, weißt du das? Für Männer wie mich ist kein Platz mehr in dieser Stadt.« Riccardi lächelte leicht. »Du wirst stolz auf mich sein. Wenn Mr. Cotton kommt, weißt du, was du zu tun hast. Und jetzt schick den Bastard raus!«

Dom Riccardi erhob sich und tat ein paar Schritte. Die Gicht machte ihm zu schaffen. Er bewegte sich um einen der großen Betonkübel herum, dessen Seiten von den Ranken der Kletterpflanzen bedeckt waren. Dann trat er ans Geländer und sah hinunter.

38 Stockwerke lagen unter ihm. Unten auf der Third Avenue bewegten sich die Autos. Menschen wimmelten über die Kreuzungen.

»Dom! Wo stecken Sie?« rief Sonny Galano.

»Hier! Kommen Sie hierher!«

Sonny Galano ging um den Kübel herum. Sonnys Gesicht war braungebrannt. Sein lockiges schwarzes Haar glänzte ölig. So haben die Jungs nicht einmal zu meiner Zeit ausgesehen, dachte Riccardi, und er hatte Mühe, einen Heiterkeitsausbruch zurückzuhalten. Diese jungen Mafia-Knilche kleideten und benahmen sich wie die, die sie im Fernsehen sahen.

Wie hatten sich die Zeiten geändert! Sonny streckte die rechte Hand aus. In der linken hielt er einen flachen Dokumentenkoffer.

»Dom, wie geht es Ihnen?«

Riccardi nickte.

Seine Heiterkeit steigerte sich, als Galano die Geschmacklosigkeit aufbrachte und seine Wange kurz an Riccardis Wange preßte.

Filmreif, dachte er.

Galano sah sich um. »Warum verstecken Sie sich hier?« fragte er.

»Die G-men sind schwer auf Trab«, sagte er. »Richtmikrofone, Kameras mit Teleobjektiven. Die schrecken vor nichts zurück . . .«

Sonny Galanos Gesicht verdüsterte sich. »Ich habe die

schlechten Nachrichten schon gehört. Die G-men haben meinen Staatsanwalt verhaftet. Und einen Burschen namens Aldina. Ich nehme an, das ist der Profi, von dem Sie gestern am Telefon sprachen.«

Riccardi nickte, und ein spöttisches Lächeln kräuselte Galanos Lippen.

»Jetzt haben Sie keinen loyalen Killer mehr, der Ihnen einen Gefallen schuldet, Dom.«

»Ich bin immer noch in der Lage, meine Ziele aus eigener Kraft zu erreichen, Galano. Haben Sie die Aktien mitgebracht?«

»Ich habe sie mitgebracht, aber da kannte ich die schlechten Nachrichten noch nicht.« Galano wiegte bedauernd den Kopf. »Ich fürchte, Dom, ich muß mich nach einer neuen Verbindung hier in New York umsehen. So etwas kostet Geld ...«

»Und da bleibt für einen alten Mann nichts mehr übrig, ist es so?«

»Sie dürfen das nicht so bitter sehen, Dom. Sie müssen mich verstehen.«

»Sie sind ein kleiner Gauner. Mies sind Sie, Galano.«

Galanos Gesicht verhärtete sich, und er trat einen halben Schritt auf Riccardi zu. Riccardi sah den jüngeren Mann ruhig an.

»Na los, Galano! Sie brauchen mich nur über die Brüstung zu kippen.«

Galano lächelte dünn. »Den Gefallen tue ich Ihnen nicht, Dom. Bei Ihnen lohnt es sich nicht mehr, verstehen Sie? Geschäftlich wäre es ein Verlust, wenn ich Sie umbrächte und dafür 20 Jahre hinter Gitter ginge, wo Sie jeden Tag von allein tot umfallen können. Ich glaube, das war's, Dom. Leben Sie wohl!«

Galano zuckte zusammen, als Sal Bartoli um die Ecke bog. Sal stellte sich neben Riccardi und flüsterte ihm etwas ins Ohr.

»Mr. Cotton und Mr. Decker sind da«, sagte er. »Sie warten ...«

Riccardi lächelte.

Sal trat einen Schritt zurück. Sein Gesicht war wie aus Stein gemeißelt.

Galano sah von einem zum anderen.

»Ihr heckt doch irgendeine Schweinerei aus!«

Riccardi lächelte unentwegt. Seine Hände lagen fest auf dem Geländer.

»Galano, Sie werden es nie begreifen, nie! Und jetzt werden Sie keine Gelegenheit mehr bekommen, es noch zu lernen.«

Galano wandte sich an Sal, wobei er Riccardi den Rücken zuwandte.

»Sagen Sie mir, was er will! Ich begreife es nicht.«

Sal schloß die Augen.

Galano fuhr herum.

Riccardi war nicht mehr da.

Galano stöhnte, als er sich über die Brüstung beugte, und seine Knie wurden weich, als er den Körper durch die Luft wirbeln sah, mit schlenkernden Armen, und er sah, wie der Körper auf eine Terrasse in Höhe des 6. Stockwerks schlug.

Dann drehte er sich um. Er hatte seine Stimme nicht in der Gewalt, als er heiser krächzte: »Sal, Sie haben es doch gesehen ...«

Sal verzog die Lippen.

»Ja, Sir, ich habe alles gesehen.«

Er trat hinter dem Kübel hervor und winkte.

»Bitte, Gentlemen, kommen Sie schnell!«

Sal Bartoli schwenkte aufgeregt mit den Armen, und wir rannten hinaus. Unwillkürlich griff ich zu meinem Revolver, ließ ihn aber unter der Achsel stecken.

Hinter dem Kübel stand ein drahtiger Bursche mit Lockenhaar. Gestern erst hatte ich mir sein Bild angesehen. Das also war Sonny Galano.

Aber wo steckte Dom Riccardi?

»Jerry!« sagte Phil gepreßt, und ich beugte mich über das Geländer.

Da sah ich ihn, und ich ahnte, was geschehen war.

»Er hat sich hinuntergestürzt!« schrie Galano. »Sal, Sie haben es gesehen! Sagen Sie es! Sie haben es gesehen!«

Sal blickte mich ernst an. »Ich habe es genau gesehen, Sir. Als ich Mr. Riccardi sagte, daß Sie angekommen seien, hat Mr. Galano ihn über das Geländer geworfen. Ich bin bereit, meine Aussage jederzeit zu wiederholen und sie zu beeiden.«

Galano prallte zurück. Er schrie nach seinen Leibwächtern und versuchte, mir seinen Dokumentenkoffer in den Bauch zu stoßen.

Phil packte zu. Er riß Galanos Hände auf den Rücken und ließ die stählernen Manschetten zuschnappen.

Am Sonnabend trafen wir uns in Kellins Wohnung. Es war der Tag, an dem Cora eigentlich für uns hatte kochen wollen. Kellin hatte einen Salat und ein paar Steaks bereitet, und wir tranken Whisky und Wein, als wenn wir etwas zu feiern hätten.

Wir sprachen kaum über die Ereignisse, aber jeder dachte natürlich daran, was in den letzten Tagen geschehen war.

Kellins Suspendierung war sofort nach Greenfields Verhaftung aufgehoben worden. Der Detective war voll und ganz rehabilitiert.

Und die Justiz, das stand fest, würde voll zu ihrem Recht kommen. Sonny Galano, dem eine Anklage wegen Mordes drohte, versuchte, mit der Staatsanwaltschaft einen Handel abzuschließen.

Er war bereit, sich wegen aktiver Bestechung und anderer vergleichsweise unbedeutender Delikte schuldig zu bekennen, wenn dafür die Mordanklage im Fall Riccardi fallengelassen würde.

In seiner Angst, lebenslänglich zu bekommen, belastete er Greenfield schwer.

Sal Bartoli, Dom Riccardis letzter Getreuer, blieb jedoch eisern bei seiner ersten Aussage. Wenn er die vor Gericht wiederholte, war Galano weg vom Fenster, wie man so schön sagt.

Eigentlich hatten wir Grund zum Feiern, weil wir auf der ganzen Linie gewonnen hatten. Aber froh waren wir deshalb nicht.

Unser Kollege Kellin hatte zuviel bezahlen müssen für seine letzte Affäre.

ENDE

Ein ganz besonderer Mord

Der ältere Mann schüttelte den Kopf. In seinem dünnen Haar spielte ein kühler Wind.

»Manchmal verstehe ich euch Jungens nicht mehr. Ihr wollt immer alles auf einmal. Und dann kriegt ihr das heulende Elend, wenn ihr auf der Nase liegt.«

Der jüngere Mann zog die Schultern hoch und vergrub fröstelnd die Hände in den Hosentaschen. Die schwarzen Wolken am Abendhimmel zerstörten alle Behaglichkeit.

»Okay«, er nickte. »Das ist es also, was du mir sagen wolltest. Ausgerechnet hier?«

Der andere lächelte plötzlich. Im Widerschein des Lichts aus der Tiefe der Straßenschluchten sahen die Linien um seine Mundwinkel wie scharfgezeichnete Striche aus. Er griff in seine Manteltasche und zündete sich eine Zigarette an. Dabei schirmte er die Feuerzeugflamme geschickt mit der hohlen Hand ab. Er trat auf den Jüngeren zu.

»Du wirst es wohl nie begreifen, mein Junge. Bei dir ist es, als ob man gegen eine Wand redet. Außerdem bist du uns zu schlau geworden. Davon müssen wir dich kurieren.« Er klemmte die Zigarette zwischen die Lippen, und der Glutpunkt schwebte vor seinem erstarrten Lächeln.

»Du bist ja verrückt, Mann. Ich weiß nicht, warum ich mir diesen Quatsch anhören soll.«

Der ältere Mann packte blitzartig zu, als der andere sich abwenden wollte. Seine Fäuste erwischten die Revers des Jacketts, das mit seinen schreiend großen Karos herausfordernd albern auf ihn wirkte. Erst jetzt wurde ihm dies bewußt. Seine Wut, die er unterdrückt hatte, begann sich zu entladen.

Der Jüngere erschrak. Er wand sich. Er versuchte sich loszureißen. Aber es gelang ihm nicht. Furcht kroch in sein Bewußtsein und steigerte sich sekundenschnell zur Panik. Noch einmal versuchte er es jetzt mit aller Kraft. Doch die Fäuste des älteren Mannes waren wie Stahl. Er drängte den anderen zurück. Verzweifelt stemmte der sich gegen ihn. Sein glattes Jungengesicht verzerrte sich vor Angst.

»Laß den Unsinn!« keuchte er. »Du wirst doch nicht ...«

Er brach ab, als sein Gegenüber jäh losließ und ihm einen derben Stoß versetzte. Der jüngere Mann stolperte rückwärts. Zum zweiten Mal traf die stahlharte Faust seine Brust. Er riß die Arme hoch. Er wollte sich nach vorn werfen. Aber wieder war da die gnadenlose Faust, die ihn zurücktrieb. Er sah dieses starre Lächeln, und seine Augen weiteten sich. Die letzte Sekunde blieb ihm, um zu begreifen.

Jetzt war es schon sein eigenes Gewicht, das ihn hintenüberzog. Und die Kälte umfing ihn. Sie drang bis auf seine Knochen durch.

Wachmann Dave Terrell schob den Vierkantstift in das Loch unter der Klinke und stieß die schwere Stahlblechtür auf. Kälte wehte ihm entgegen. Er stellte den Fuß gegen die Tür, damit sie nicht zufiel, und schlug den Kragen seiner Lederjacke hoch.

Der Parkplatz wurde überwiegend von Hotelgästen benutzt. Zehn Einstellplätze waren für die Bosse der General Society of Mechanics and Tradesmen reserviert. Dave Terrell hatte deren Wagen nie zu sehen bekommen. Sein Dienst begann erst nach Büroschluß. Das Hotel Mansfield und die Society teilten sich den Hinterhof-Parkplatz. In all den Jahren, da Terrell nachts für die Sicherheit der beiden Nachbargebäude zuständig war, hatte es keine Autoaufbrüche oder mutwillige Beschädigungen gegeben. Das Gelände war von der Straße aus nicht einzusehen, und es gab nur eine gut abgeriegelte Zufahrt.

Der Wachmann trat auf den Hinterhof hinaus. Eine einsame Neonröhre an der kahlen Backsteinmauer ließ die Autodächer glänzen. Das Schwarz des Himmels verschmolz übergangslos mit den Umrissen der hoch aufragenden Gebäude. Dave Terrell fühlte sich wie auf dem Grund eines Schachts.

Wie es sein Dienstablauf vorschrieb, prüfte er die Türgriffe jedes einzelnen Wagens.

Die Schlüssel befanden sich bei der Hotelrezeption unter Verschluß.

Ein langgezogenes Heulen drang in das Gehör des Wachmannes. Terrell stutzte und blieb stehen. Fast hatte es sich wie ein Schrei angehört. Aber das konnte auch eine Täuschung sein, denn der Wind rief bisweilen sonderbare Töne in der Gebäudeschlucht hervor.

Terrells Gedanken wurden jäh abgeschnitten.

Für einen Sekundenbruchteil gab es einen scharfen Luftzug, beinahe ein Zischen.

Dann ein Krachen, wie von einer Explosion.

Dave Terrell zuckte zusammen, kniff instinktiv die Augen zusammen und hatte einen Atemzug lang das irrwitzige Gefühl, von einer Bombe zerrissen zu werden.

Er überwand die Schrecksekunde. Beinahe erstaunt stellte er fest, daß keine Explosionsdruckwelle ihn zu Boden geschleudert hatte. Auch Splitter oder Metallteile hatten ihn nicht getroffen. Er war völlig unverletzt.

Nicht auf Anhieb begriff er das. Denn in dem Wagendach vor ihm klaffte tatsächlich ein großes Loch. Ein weißer Buick, noch ziemlich neu. Das zerfetzte Blech war nach innen gebogen.

Terrells Augen weiteten sich. Mechanisch ging er auf den Buick zu.

Der erschreckend verkrümmte Körper war im Halbdunkel nur schemenhaft zu erkennen. Deutlich dagegen das weiße Gesicht, aus dem blicklose Augen starrten. Der Kopf des Mannes hatte die Rückenlehne der hinteren Sitzbank aufgerissen. Unter der Wucht des Aufpralls waren die vorderen Sitzlehnen aufgebrochen.

Dave Terrell atmete tief durch.

»Himmel noch mal«, flüsterte er. »Mußtest du dir ausgerechnet diesen Platz aussuchen, um Schluß zu machen?«

An eine andere Möglichkeit dachte er nicht.

Durch die Innenbelüftung meines Jaguars drang eine Geruchsmischung, die von Brackwasser und Schmieröl und wer weiß was noch herrührte. Über den Docks sahen wir das Lichtermeer von Manhattan, das wir hinter uns gelassen hatten. Davor wälzte sich der East River, in dessen Fluten die Brooklyn Piers wie eine gewaltige Zahnreihe hinausragten.

Im Schrittempo fuhr ich durch eine Gasse zwischen aufgereihten Containern. Die Aluminiumhaut der Großbehälter schimmerte hell im Scheinwerferlicht.

Die Gasse öffnete sich, und ich rangierte den Jaguar nach rechts, unmittelbar vor den letzten Container. Drei Yards weiter parkte eine dunkelblaue Limousine mit New Yorker Behördenkennzeichen. Hohe Peitschenmastlampen erhellten das Piergelände.

Phil tastete vor dem Aussteigen nach seinem Dienstrevolver. Eine Reflexbewegung, die man schon nicht mehr merkt. Wir gingen auf eine Kette von Güterwaggons zu, die den Blick auf das Hafenbecken versperrte. Ladebäume kreischten. Fahrbare Kräne senkten große Netze mit dunklen Ballen in die Waggons. Der scharfe Rauchgeruch von Naturkautschuk wehte herüber. Es war kühl geworden. Der Herbst schickte sich an, den Indian Summer aus New York zu verdrängen.

»Jala ... sowieso«, sagte mein Freund und Kollege. »Kannst du dir diese komischen Namen merken?«

»Jaladhruv«, antwortete ich. »Frag mich aber nicht, was das bedeutet!«

Wir umrundeten das Ende des Güterzuges. Das Schiff lag unmittelbar vor den Waggons an Pier sechs. Ein 10 000-Tonnen-Frachter mit Hakenkreuz am Schornstein. Das Emblem der Scindia Steam Navigation Company Ltd., der größten indischen Reederei. Aus dem Bauch des Frachters beförderte schiffseigenes Ladegeschirr die dunklen Rohgummiballen ans Lampenlicht.

An den fahrbaren Kränen vorbei fanden wir unseren Weg zum Fallreep, dessen Stufen bereits steil zur Verschanzung aufragten. Das Löschen der ›Jaladhruv‹ mußte bald beendet sein. Oben stellte sich uns der Wachmann in den Weg, ein bulliger Mann in grobgestricktem Pullover, der für die Dauer der Liegezeit von der New Yorker Reedereiagentur eingesetzt war. Seine Miene erhellte sich, als wir unsere Lederetuis mit den Metalladlern aufklappten. Er führte uns in die Offiziersmesse.

Wir kannten keinen der Männer, die uns erwarteten. Nur einer von ihnen war Amerikaner. Groß, dunkelhaarig und schlaksig in beigefarbenem Leinenanzug mit dunkelblauem Hemd. Als wir eintraten, stellte er sein Longdrinkglas mit klirrendem Eiswürfel auf den Bartresen und kam auf uns zu.

»Robert Escalante«, sagte er, »Einwanderungsbüro. Sie sind die Gentlemen vom FBI?« Er war Portorikaner, vermutlich aber schon an der Ostküste geboren. Sein Englisch hatte nicht den geringsten Akzent.

Wir nickten und nannten unsere Namen. Escalante machte uns mit den anderen Männern bekannt. Die Offiziersmesse hatte etwas Ungemütliches, und das lag nicht an der stilvollen Einrichtung mit Holztäfelung, Messingleuchtern und Polstermöbeln. Die Ungemütlichkeit rührte aus der Tatsache her, daß zwei der Anwesenden Handschellen trugen und von zwei Decksleuten mit schweren Automatikpistolen bewacht wurden. Die Gefangenen waren finstere Gestalten – jettschwarze Haare, dunkelbraune Hautfarbe und nur in Lumpen gekleidet. Die chromfunkelnden Handschellen zierten ihre jammervolle Erscheinung wie kostbarer Schmuck.

Der Kapitän der ›Jaladhruv‹ hieß Habib Subzali, ein drahtiger Mann, der mir bis zur Nasenspitze reichte und silberne Strähnen im schwarzen Haar hatte. Sein Erster Offizier, Vasu M. Karamshi, trug den leuchtend blauen Turban eines Sikh. Dazu einen mächtigen Vollbart, der ebenso wie das unter dem Turban verborgene Haar niemals geschnitten oder gar abrasiert wurde. Ich hatte über diese Leute gelesen, daß sie noch heute an ihren strengen Regeln festhielten, die schon vor Jahrhunderten entstanden sind.

Der aromatische Geruch scharfer Gewürzmischungen lag in der Luft. Die Küche mußte sich irgendwo in der Nähe befinden.

»Sind Sie über den Sachverhalt informiert, Gentlemen?« fragte Kapitän Subzali.

Er sprach ein rollendes Englisch im typischen singenden Tonfall der Inder.

»In groben Zügen«, entgegnete ich. »Nur zur Erklärung unserer Anwesenheit, Captain: Der FBI wird derzeit bei allen Fällen illegaler Einwanderungsversuche hinzugezogen, weil wir mögliche Zusammenhänge mit einem organisierten Verbrechen aufzudecken haben.«

»Die Zuständigkeitsfragen Ihres Landes sind für uns nicht wichtig«, sagte Kapitän Subzali lächelnd.

»Für uns zählt nur eins«, fügte Karamshi, der Erste Offizier, hinzu. »Daß nämlich diese Kerle so schnell wie möglich von Bord verschwinden.«

»Es handelt sich um Pakistani«, erklärte Robert Escalante. »Und denen sind unsere Freunde aus Indien sowieso nicht besonders grün.«

Subzali überhörte die Anspielung.

»Wir haben die beiden bislang ohne Erfolg vernommen. Mehr als ihre Namen und ihre Herkunft haben sie nicht verraten. Beide stammen aus Lahore. Vermutlich auch der dritte, der im Laderaum verunglückte. Diese beiden heißen Mahmout Moughanni und Serim Wathani, der Tote Patel Arnabeh. Die Namen können aber ebensogut erfunden sein.«

»In welchem Hafen sind die Männer an Bord gegangen?« fragte Phil.

»Das kann nur in Bombay gewesen sein«, antwortete der Kapitän. »Wir haben Kautschuk geladen und dann Direktkurs auf die Vereinigten Staaten genommen.«

»Die übliche Geschichte«, meldete sich Robert Escalante zu Wort. »Jemand aus der Crew hat sich ein hübsches Sümmchen nebenbei verdient und die drei als blinde Passagiere an Bord geschmuggelt. Drüben läuft so was über Vermittlerorganisationen, illegal natürlich. Im Schnitt kassieren sie tausend Dollar pro Nase, wenn unsere Informationen noch stimmen. Meistens spart die ganze Sippe jahrelang dafür, um dann ein Familienmitglied ins Gelobte Land schicken zu können. Der Decksmann auf dem betreffenden Schiff kriegt natürlich nur einen kleinen Prozentsatz von der Summe.«

»Ist bekannt«, sagte ich. »Wo liegt der Tote?«

»Im vordersten Laderaum«, erwiderte Escalante. »Kapitän Subzali hat alles so gelassen, wie es ist. Unsere Spurensicherer haben Erlaubnis, an Bord zu arbeiten.«

»Sind schon unterwegs«, sagte Phil und blickte Subzali an. »Wir danken Ihnen für die gute Zusammenarbeit, Captain.«

»Uns liegt genauso daran, daß die Geschichte schnell aufgeklärt wird«, entgegnete der Inder. »Es tut mir leid, daß die Vernehmung bislang nicht besonders erfolgreich war. Wir wüßten selber gern, wer in unserer Crew krumme Geschäfte macht.«

»Ich sehe mir den Laderaum an«, entschied ich, wandte mich Phil zu und deutete mit einer Kopfbewegung auf die Festgenommenen. »Okay?«

»Geht in Ordnung«. Mein Freund und Kollege nickte. »Ich unterhalte mich ein bißchen mit den beiden. Haben wir einen Dolmetscher?«

»Das übernehme ich«, erklärte der Erste Offizier. »Vielleicht haben sie vor Ihnen etwas mehr Respekt, Mr. Decker.«

Robert Escalante folgte mir auf dem Weg zum Vorschiff. Die Blicke, die uns begleiteten, waren voller Mißtrauen. Die Decksleute der ›Jaladhruv‹ sahen samt und sonders nicht besser aus als die blinden Passagiere aus Pakistan. Angesichts dieser Mannschaft war der Luxus der Offiziersmesse wie eine andere Welt gewesen. Ich stellte mir das Mannschaftslogis als eine finstere Höhle vor und wußte, daß ich mit dieser Vermutung nicht falsch lag.

»Sehen Sie sich die armen Hunde an«, flüsterte Escalante, als wir an den Mittschiffsluken und den mächtigen Ladepfosten vorbei zum Backdeck marschierten. »Kann man es denen verdenken, wenn sie ihren Hungerlohn aufbessern wollen? Ich sage ihnen, die stecken sowieso alle unter einer Decke.«

Daran zweifelte ich nicht. Keiner konnte es sich leisten, den anderen zu verraten. Sie alle hofften darauf, bei der nächsten Reise das Geschäft mit den indischen Menschenhändlern zu machen. Wenn uns jemand weiterbrachte, dann bestenfalls die beiden blinden Passagiere. Vielleicht hatten sie wirklich Angst vor den amerikanischen Behörden, und Phil schaffte es, ihnen etwas aus der Nase zu ziehen.

Vor der offenen Ladeluke auf der Back standen zwei Decksleute Wache. Beide waren barfuß wie die übrigen Crewmitglieder. Sie trugen zerschlissene Hosen, Wollmützen und dreckstarrende Pullover. Die dunklen Augen, mit denen sie uns musterten, waren respektvoll und abweisend zugleich. Ich zeigte ihnen meine Dienstmarke, und sie traten beiseite. In ihren Mienen las ich einen Anflug von Erstaunen. Möglich, daß sie es eher gewohnt waren, mit einer Handbewegung weggescheucht zu werden.

Escalante und ich stiegen die senkrechten Stahlsprossen in den Laderaum hinunter. Der Geruch des geräucherten Rohkautschuks war hier so intensiv, daß ich einen Hustenreiz verspürte. Sie hatten den Laderaum nur zur Hälfte gelöscht. Als der Pakistani aus zehn Fuß Höhe von den Kautschukballen abgestürzt war, hatte Kapitän Subzali die Arbeiten sofort abbrechen lassen.

Es war dann keine große Mühe mehr gewesen, die beiden anderen aus dem Hohlraum im Ballenstapel zu holen. Vor Angst und Entsetzen waren sie zu nichts mehr fähig gewesen. Phil und ich hatten das bereits per Telefon erfahren. Robert Escalantes Dienststelle hatte uns informiert.

Der Tote lag auf den Holzplanken. Wir brauchten nicht zweimal hinzusehen, um zu erkennen, daß er sich das Genick gebrochen hatte. Äußerlich unterschied er sich nur wenig von seinen beiden Freunden in der Offiziersmesse.

»Mal abgesehen von allem anderen«, sagte Escalante,

während wir vor der Leiche standen, »der Bursche, der die drei Pakistani hier versteckt hat, ist auch mitverantwortlich für den Todesfall. Er hätte bessere Vorbereitungen treffen müssen, damit beim Entladen so was nicht passieren konnte.«

Ich nickte, beugte mich zu dem Toten hinab und durchsuchte seine dünne, erbärmliche Kleidung. Er hatte keine Papiere bei sich, nicht einmal Geld. Es war immer dasselbe mit diesen armen Teufeln. Nur mit dem, was sie auf dem Leib trugen, kamen sie bei uns in den Staaten an.

Ich richtete mich auf. Was für eine seltsame Zuversicht ließ sie glauben, es werde sich automatisch alles zum Guten wenden? Eher wohl Unwissenheit. Dort, wo sie herkamen, waren die meisten noch überzeugt, daß bei uns Milch und Honig flössen. Und dann standen sie plötzlich gewissenlosen Geschäftemachern gegenüber, die sie als menschliche Ware betrachteten und sich an ihnen eine goldene Nase verdienten.

Laute Stimmen erschollen unvermittelt an Deck. Gebrüll! Auch die beiden Posten vor unserer Ladeluke schrien irgend etwas in Hindi, ihrer Muttersprache. Ich ahnte den Zusammenhang.

Mit zwei langen Sätzen war ich bei der senkrechten Stahlleiter und kletterte empor. Für Robert Escalante hatte ich keine Zeit. Noch bevor ich mich über den Rand der Ladeluke schwang, sah ich, daß die beiden Posten auseinandergewichen waren und eine Art Abwehrstellung eingenommen hatten, wie Torhüter beim europäischen Fußball. Sie waren unbewaffnet. Die Pistolen, die zur Bordausrüstung gehörten, besaßen die beiden Aufpasser in der Offiziersmesse.

Federnd landete ich auf dem mit Öl und Dreck verschmierten Backdeck. Was sich anbahnte, erfaßte ich mit einem Blick.

Einer der indischen Decksleute rannte in panischer Hast in Richtung Vorschiff, vorbei an den gähnenden Ladeluken und unter Kautschukballen hindurch, die an den Haken und

Seilen der Ladebäume schwebten. Eine Gruppe von Männern verfolgte ihn. Ich sah Phil unter ihnen und auch Vasu M. Karamshi mit seinem hellblauen Turban. Es waren weitere Offiziere dabei, die ich nicht kannte.

Der Fliehende hatte einen Vorsprung von höchstens 20 Schritt. Er war klein und untersetzt, ein kräftiger Bursche. Die Decksleute, die an den Luken beschäftigt waren, wichen beiseite. Keiner stellte sich ihm in den Weg. Nur die beiden, die als Posten eingestellt waren, schienen ihre Aufgabe ernst zu nehmen. Ich sah, daß Phil seinen Dienstrevolver gezogen hatte. Aber das Risiko eines Schusses war zu groß. Zu viele Unbeteiligte gerieten dabei in Gefahr.

Aus den Augenwinkeln heraus sah ich Escalantes Kopf über dem Rand der Ladeluke auftauchen.

»Bleiben Sie, wo Sie sind!« rief ich. »Das ist nicht Ihr Job!«

Ich konnte mich nicht mehr um ihn kümmern, denn der Fliehende schnellte jetzt um einen der Ventilatoren neben dem Vordermast herum und rannte auf den Posten zu meiner Rechten zu. Der Mann war zehn Yards von mir entfernt. Ich sprintete los.

Nur die Hälfte der Entfernung hatte ich geschafft, als ich erkannte, wie sich die Dinge jäh wandelten.

Der Fliehende griff unter seinen Pullover und verlangsamte seine Schritte. In seiner Rechten funkelte ein Krummdolch. Der Posten wich einen Schritt zurück und bückte sich blitzschnell. Das Ding, das er aufhob, hatte hinter der Kante der Luke gelegen. Ein Stauerhaken. Die scharfgeschliffene Spitze konnte fürchterliche Löcher reißen.

»Halt, stehenbleiben!« brüllte ich, stoppte meinen Vormarsch und hatte den Smith & Wesson im selben Moment im Beidhandanschlag.

Der Mann mit dem Krummdolch prallte zurück. Gehetzt warf er den Kopf herum. Die Schar der Verfolger verharrte atemlos bei den Ventilatoren am Vordermast.

Für Sekunden herrschte beklemmende Stille.

Der Inder starrte mich aus schmalen Augen an. Die gekrümmte Klinge des Dolches verdeutlichte mehr als sein

Äußeres, daß er aus einer für uns fremden Welt stammte. Seine Hautfarbe war ein seltsames Graubraun, das Gesicht breit und grobporig.

Mein Revolver schien ihn nicht vollends zu beeindrucken. Ich kannte den Grund. Solange die Verfolger hinter ihm lauerten, konnte ich, selbst wenn ich wollte, nicht schießen, ohne sie zu gefährden.

Urplötzlich wirbelte er herum und hastete zur anderen Seite der Ladeluke.

»Stehengeblieben!« brüllte ich, schwenkte den Smith & Wesson und folgte dem Mann mit der Visierlinie.

Karamshi, der Erste Offizier, übersetzte meine Aufforderung in der gleichen Lautstärke. Ohne Erfolg.

Im nächsten Moment hatte ich das Gefühl, mein Herzschlag müsse aussetzen.

Robert Escalante hatte sich den Teufel um meine Worte geschert. Bevor ich reagieren konnte, hatte er den Posten auf der anderen Seite der Ladeluke beiseite gedrängt und war im Begriff, dem untersetzten Inder den Weg zu versperren. Offenbar hatte Escalante den Dolch des Mannes nicht bemerkt. Mit wieselhafter Geschwindigkeit lief der Inder auf ihn zu. Escalante zuckte zusammen, als er die funkelnde Klinge sah.

Wieder konnte ich nicht feuern, ohne einen Unschuldigen zu gefährden. Die Bewegungsabläufe waren zu schnell, zu unberechenbar.

»Achtung!« rief ich schneidend. »Zurück!«

Escalante war auf Einsätze dieser Art nicht gedrillt. Er versuchte, sich zur Seite zu werfen. Zu langsam jedoch.

Wie ein huschender Schatten war der Inder bei ihm. Für einen Sekundenbruchteil sah ich den flirrenden Reflex der Klinge.

Escalante schrie auf und krümmte sich. Der Inder schnellte von ihm weg, noch bevor der Mann von der Einwanderungsbehörde neben der Ladeluke zu Boden sank.

Ich zögerte nun nicht mehr, brachte den Revolver ein Stück höher und brüllte dem Messerstecher eine letzte Warnung zu. Auch der Posten auf der anderen Seite der Ladeluke hatte zum Glück begriffen, daß er sich nicht einmischen durfte.

Der Inder verharrte einen Sekundenbruchteil. Er schien zu spüren, daß der geringste Stillstand seinen Tod bedeuten konnte – nach dem, was geschehen war. Und er war schnell, höllisch schnell. Mit dieser wieselhaften Gelenkigkeit hastete er auf die Verschanzung zu.

Ich sah, daß er den Dolch noch immer in der Rechten hielt. Er setzte zum Sprung an.

Ich krümmte den Zeigefinger. Mein 38er bellte in dem Moment, als der Inder über die Verschanzung hechtete. Reflexartig jagte ich noch eine zweite Kugel hinterher, als er schon nicht mehr zu sehen war.

Ich vermochte nicht zu erkennen, ob er getroffen war. Ein Ziel, das sich bewegt, ist für einen kurzläufigen Revolver immer ein schlechtes Ziel. Selbst für unsereins, der ständig trainiert. Der Smith & Wesson 38er Special mit dem Zwei-Zoll-Lauf ist für den Nahkampf konstruiert. Bei Risiko-Einsätzen verwenden wir den 357er Magnum, der einen doppelt so langen Lauf hat. Vielleicht hatten wir die Fahrt zur ›Jaladhruv‹ zu leichtfertig als einen Spaziergang betrachtet.

Ich war bereits auf dem Weg, ließ den Revolver fallen und streifte das störende Jackett im Laufen ab. Phil schrie irgend etwas hinter mir her. Ich achtete nicht darauf. Wir brauchten diesen Mann. Er konnte der Schlüssel sein, nach dem wir schon so lange suchten. Die Jacke wehte hinter mir zu Boden, als ich mit einem federnden Satz in die Dunkelheit hinaussprang.

Einen Atemzug lang sah ich buchstäblich nichts außer dieser Schwärze. Dann schlug das Brackwasser über mir zusammen. Jähe Kälte umklammerte mich. Mit kraftvollen Schwimmzügen strebte ich sofort der Oberfläche entgegen, tauchte auf und trat auf der Stelle. Nur allmählich gelang es mir, gegen die Kälte anzukämpfen. Die Wassertemperatur lag um diese Jahreszeit schon unter zehn Grad.

Ich sah ihn zum Greifen nahe.

Das Licht, das die Wolkenkratzertürme an der Westseite des East River aussandten, legte einen silbrigen Schimmer auf die Wasseroberfläche. Der Kopf des Mannes zeichnete sich wie ein Schattenriß ab. Komischerweise schwamm er zur Flußmitte. Dabei hatten mir schon viele Seeleute versichert, daß kein Sailor schwimmen kann. Solche Geschichten müssen zu dem Garn gehören, das sie so gerne spinnen.

Ich nahm die Verfolgung auf. Sicher war mein Kraulstil nicht das, was sich ein Leistungsschwimmer vorstellt. Dafür gehen Sportler vom Fach nicht mit Schuhen, Hose und Hemd auf die Startblöcke.

Für mich zählte nur, daß ich aufholte. Der Inder bemerkte es schon nach wenigen Sekunden. Ich sah es daran, daß er zunehmend häufiger den Kopf herumwarf. Das Wasser des East River verströmte den unverwechselbaren Geruch voll Schmieröl und Tang.

Mehr als zehn Yards betrug die Entfernung nicht. Der Messerstecher war langsamer als ich. Er mußte es inzwischen begriffen haben.

Noch bevor ich den Gedanken zu Ende brachte, war er plötzlich verschwunden.

Sofort stoppte ich meine Schwimmzüge. Wassertretend spürte ich, wie das Gewicht der vollgesogenen Kleidung an meinem Körper zerrte. Mit der Kälte hatte ich indessen nicht mehr zu kämpfen.

Ich ahnte, was der Mann vorhatte. Er wußte, daß er nicht entkommen konnte. Also lag die Schlußfolgerung nahe.

Prustend tauchte er vor mir auf. Nur zwei, drei Züge entfernt.

Ich sah das Weiße seiner Augen, und es schien, als lodere der Haß darin.

Ich erschrak nicht, wie er es sich vielleicht ausgemalt hatte. Statt dessen stieß ich vorwärts, auf ihn zu.

Er riß den rechten Arm hoch. Die Klinge funkelte in den Lichtausläufern, die von Manhattan Downtown herübergesandt wurden. Er hatte den verdammten Dolch beim Sprung nicht etwa verloren. Er mußte das Ding gehütet haben als das Wertvollste, was er besaß.

Die Worte, die er ausstieß, klangen wie das Fauchen einer Raubkatze. Ich ließ mich nicht beirren. Legte alle Kraft in den letzten Schwimmzug. Meine Zielstrebigkeit verwirrte ihn. Ich sah das Zucken seiner Gesichtsmuskeln so deutlich wie in einer Momentaufnahme.

Ich tauchte im selben Moment weg, in dem seine Rechte mit der mörderischen Klinge herabstieß.

Unter Wasser hörte ich das Klatschen in vervielfachter Lautstärke. Sehen konnte ich nichts. Ich rammte beide Fäuste aufs Geratewohl nach vorn. Und ich traf. Wohin, konnte ich nicht erkennen.

Sofort warf ich mich zur Seite, tauchte auf und atmete tief ein.

Der Inder prustete und gurgelte.

Nur mühsam brachte er den Kopf über die Wasseroberfläche. Keuchend rang er nach Luft. Er schluckte Wasser. Er mußte zusammengeklappt sein wie ein Taschenmesser. Aber seine wilde Entschlossenheit war nicht gebändigt. Sie steigerte sich vielmehr zur Verzweiflung des in die Enge Getriebenen.

Jäh blitzte die Klinge wieder vor mir auf. Der Widerstand des Wasser lähmte meine Reaktionsfähigkeit. Ein brennender Schmerz durchzuckte meinen linken Unterarm, als der Hieb des Inders das Wasser peitschte.

Wut packte mich. Ich wußte, daß ich das ungleiche Spiel beenden mußte. Unbarmherzig, jetzt. Von Fairneß konnte sowieso keine Rede sein. Ich unterdrückte den Schmerz und kam mit der unversehrten Rechten hoch, bevor sich der andere zu einem erneuten Angriff sammeln konnte.

Meine Handkante traf ihn hart. Das Wasser spritzte mit einer weißen Fontäne empor.

Der Inder stieß einen Schrei aus. Er warf die Arme hoch und versank wie ein Stein. Die East-River-Brühe, die er von neuem schluckte, erstickte seinen Schrei. Der Handkantenschlag hatte ihn auf den Punkt getroffen. Sein Nervensystem funktionierte nicht mehr. Ich hoffte, daß er auch den Dolch verloren hatte.

Der Schmerz stach in meinem linken Arm, als ich ihm nachtauchte. Irgendwie fand ich die Richtung. Ich bekam einen Zipfel Stoff zu fassen und packte fester zu. Dann hatte ich ihn an den Schultern. Mit kräftigen Beinstößen kehrte ich an die Oberfläche zurück.

Der Mann war so schlaff wie ein nasser Sack. Den Dolch sah ich nicht mehr. Ich mußte die Zeit seiner Bewußtlosigkeit nutzen. Mein verwundeter Arm brannte wie Feuer, als ich den Inder in den Rettungsgriff nahm und in Rückenlage dem hell erleuchteten Pier entgegenstrebte.

Aufgeregte Stimmen empfingen mich, als die Bordwand des Frachtschiffes haushoch und dunkel über mir aufragte. Vom Pier hatten sie eine Ruderjolle zu Wasser gelassen. Helfende Hände waren zur Stelle. Ich wurde von meiner Last befreit. Danach zogen sie mich ins Boot.

Minuten später hatte ich wieder festen Boden unter den Füßen. Auf dem Piergelände hatte sich die Szenerie grundlegend gewandelt. Zwei Streifenwagen der City Police waren zur Stelle, ein Ambulanzwagen und der graue Kastenwagen des Erkennungsdienstes. Rotlichter kreisten wie Geisterfinger über Waggons, Kräne und Schiffsbauten. Sie hatten die Löscharbeiten unterbrochen. Die Zuschauerschar der derb gekleideten Seeleute und Dockarbeiter wurde von uniformierten Cops zurückgehalten.

Aus dem Gedränge tauchten Phil und die Offiziere der ›Jaladhruv‹ auf. Karamshi, der Mann mit dem hellblauen Turban, hatte einen Packen Kleidungsstücke unter den Arm geklemmt. Trockene Sachen für mich. Phil wußte, welche Frage mich am meisten bewegte.

»Escalante ist okay«, sagte er und deutete mit einer Handbewegung auf den Ambulanzwagen. »Ein Stich in die rechte Brusthälfte.« Der Blick meines Freundes glitt an mir herab. »Du hast den Notarzt genauso nötig, denke ich.«

Ich nickte. Blut tropfte von meinem Unterarm auf den Asphalt.

Ich begann zu frieren. Die Kälte schüttelte mich durch, und ich konnte nichts dagegen tun.

Ein zweiter Ambulanzwagen rauschte mit Sirenengeheul und Lichtorgel heran. Sanitätshelfer kümmerten sich um den bewußtlosen Inder, der von einem uniformierten Cop bewacht wurde.

Phil und ich sahen für einen Moment dem Notarzt auf die Finger, der Robert Escalante versorgte. Escalante war bei Bewußtsein.

»Tut mir leid, Freunde«, sagte er matt. »Man soll bei seinem eigenen Handwerk bleiben. Haben Sie den Kerl wenigstens erwischt, Cotton?«

»Auf Nummer Sicher«, antwortete ich und wandte mich an den Arzt: »Wie sieht es aus mit ihm, Doc?«

Der Notarzt musterte mich mit einem Seitenblick.

»Außer einer Narbe wird er nichts zurückbehalten. Wir bringen ihn ins Bellevue Hospital. Und Sie, Mister, gehen besser schleunigst zu meinem Kollegen da drüben.« Er deutete mit einer Kopfbewegung zu dem zweiten Ambulanzwagen, dessen Umrisse durch die Milchglasscheiben zu erkennen waren.

Unterwegs berichtete mir Phil, daß die beiden Pakistani gesungen hatten. Als er sich anschließend den Decksmann vorknöpfen wollte, hatte dieser panikartig die Flucht ergriffen.

Die Sanitäter hatten ihn bereits in den zweiten Ambulanzwagen verfrachtet. Der Cop, der ihn bewachte, war mit eingestiegen. Vasu M. Karamshi folgte Phil und mir mit den trockenen Kleidungsstücken.

»Sein Name ist Galil Morarjee«, sagte der Erste Offizier der ›Jaladhruv‹, »alle weiteren persönlichen Daten erhalten Sie selbstverständlich an Bord.«

»Danke«, ich nickte. »Ich denke, mein Kollege wird das übernehmen.«

Karamshi legte die Sachen ab und zog sich gemeinsam mit Phil zurück. Für die nächste halbe Stunde nahm mich der Notarzt in die Mangel. Die Wunde war nicht allzu tief, aber immerhin ein Schnitt, der genäht werden mußte. Im Ambulanzwagen war nur eine provisorische Versorgung möglich. Mir würde nichts anderes übrigbleiben, als anschließend die chirurgische Ambulanzstation des Bellevue Hospital aufzusuchen.

Nachdem der Doc die Wunde gereinigt hatte, tauschte ich meine klitschnassen Sachen gegen die trockene Kleidung von Bord der ›Jaladhruv‹ aus. Ein grauer Pullover und eine dunkelblaue Offiziershose, die leidlich paßten.

Der Inder kam zu sich. Er schien schnell in die Wirklichkeit zurückzufinden. Denn nach einem Blick auf seine Handschellen und den uniformierten Cop an seiner Seite beobachtete er mich mit haßerfülltem Blick.

»Wohin wollen Sie ihn haben, Sir?« fragte der Beamte. »Ins FBI-Gebäude?«

»Richtig«, antwortete ich, während der Doc mir einen Notverband anlegte. »Sofern er keinen Schaden an Leib und Seele genommen hat.«

»Alles, was er braucht, sind ein oder zwei Handtücher«, sagte der Arzt lächelnd. »Von mir aus ist nichts gegen polizeilichen Gewahrsam einzuwenden.«

Ich nickte und biß die Zähne zusammen. Nach der Reinigungsprozedur fing die Wunde unter dem Verband erst richtig an zu brennen. Der Inder starrte mich immer noch an. Er spürte offenbar, daß wir über ihn sprachen. Wir brauchten einen Dolmetscher für die Vernehmung. Auch das mußte geregelt werden.

Der Notarzt entließ mich nicht ohne die Bedingung, daß ich auf direktem Weg das Bellevue aufsuchte. Ich bat den uniformierten Kollegen, meine nassen Sachen samt Dienstwaffe und Tascheninhalt im FBI-Gebäude an der Federal Plaza abzuliefern. Nur den Ausweis nahm ich mit. Ohne den Metalladler fühlt sich jeder G-man nackt.

Ich traf meinen Freund und Kollegen, als er von Bord des indischen Frachters zurückkehrte. Wir hatten alles, was wir brauchten, und verabschiedeten uns von Kapitän Subzali und seinen Offizieren. Während wir zum Jaguar gingen, fuhren die Ambulanzwagen mit Rotlicht und Sirenengeheul los. Auch die ersten Streifenwagen rollten an. Nur ein Radio Car und das Fahrzeug des Erkennungsdienstes blieben zurück.

Phil übernahm den Platz am Lenkrad meines roten Flitzers. Ich legte keinen Protest ein.

»Was ich dir verordnen würde«, sagte mein Freund grinsend, »ist eine Kanne heißen Whiskys mit Zucker und etwas Wasser und anschließend strenge Bettruhe.«

»Die guten alten Hausmittel«, meinte ich. »Eine Mutter könnte nicht fürsorglicher sein als du.«

»Was? An Maureen denkst du überhaupt nicht?« Phil warf mir einen Seitenblick zu.

»Nicht in Zusammenhang mit heißem Whisky. Wir haben uns 14 Tage nicht gesehen, und ich rufe sie nicht spätabends an, damit sie den Kessel auf den Herd stellt. Ich bin emanzipiert genug, um selber die Küchenfee zu spielen.«

»Himmel, was ereiferst du dich! Ich halte Maureen für eine durchaus verständnisvolle junge Frau, die sich ihrer weiblichen Eigenschaften nicht schämt. Ich kann mir nicht vorstellen, daß sie dich zu solchen krausen Gedankengängen getrieben hat.«

Ich winkte ab. »Vergiß es«, brummte ich und zündete mir eine Zigarette an. Ich war nicht in der Stimmung, das Thema zu erörtern, und Phil schwieg, weil er es ebenfalls wußte.

Ich kannte Maureen Roach seit etwas mehr als vier Monaten. Sie arbeitete als Kameraassistentin bei NBC, einer der Fernsehgesellschaften in New York. Daß wir uns nur unregelmäßig und manchmal wochenlang nicht sahen, lag an unseren Berufen. Wir mochten uns, aber jeder von uns beiden hing auch an seinem Beruf.

In den letzten zwei Wochen war immer wieder etwas dazwischengekommen. Überstunden und unerwartete Einsätze bei mir, Überstunden und plötzliche Kamera-Einsätze bei ihr. 14 Tage hatte ich keine Zeit für Maureen gehabt. Ich wäre mir lächerlich vorgekommen, wenn ich sie jetzt rief, damit sie mich wegen eines Kratzers bemitleidete.

Man kann seinen Beruf nicht immer lieben.

Wir erreichten das Zubringersystem zur Brooklyn Bridge und wechselten das Thema. Galil Morarjee, der indische Decksmann, mußte sich nach amerikanischem Recht verantworten. Der Tod des blinden Passagiers würde ihm wahrscheinlich als fahrlässige Tötung zur Last gelegt werden. Vorerst nahmen wir vom FBI ihn in Gewahrsam. Denn er sollte uns auf eine Spur bringen, die wir bislang nur ahnten.

Moughanni und Wathani, die beiden Pakistani, waren illegale Einwanderer. Wegen der laufenden Ermittlungen wurden sie ebenfalls in FBI-Gewahrsam genommen, gewissermaßen in Amtshilfe für die Einwanderungsbehörde. Sobald wir sie nicht mehr brauchten, würden sie in ihre Heimat abgeschoben werden. Das stand fest. Vielleicht war es für die beiden das Beste, was sie erwarten konnten.

Denn hier, in den Vereinigten Staaten, wären sie Hyänen in die Hände gefallen. Der Tod ihres Gefährten hatte sie davor bewahrt.

Es war nicht Maureen, die morgens um halb sieben bei mir anrief. Trotzdem ein angenehmes Erwachen. Denn Myrna, unsere Telefonistin mit der unvergleichlich rauchigen Altstimme, beflügelt selbst den schläfrigsten Burschen zu munteren Gedanken. Allein durch ihre Stimme.

Sie verband mich mit John D. High, meinem Chef.

»Kommen Sie nicht erst ins Office, Jerry«, sagte Mr. High. »Fahren Sie mit Phil zur 44. Straße West, Hotel Mansfield. Ein unnatürlicher Todesfall. Nur soviel im voraus. Ich möchte, daß Sie sich unvoreingenommen mit der Sache befassen.«

»In Ordnung, Sir.«

Ich erstattete einen kurzen Bericht über unseren Einsatz von gestern abend und legte auf.

Ich verständigte telefonisch Phil und erledigte Morgentoilette und Frühstück im Kurzverfahren. Durch die Fenster meines Apartments blickte zögernd die Sonne. Nebelschwaden hinderten den Feuerball, Manhattans Häusermeer in freundliches Licht zu tauchen.

Meinen linken Unterarm hatten sie im Bellevue Hospital bandagiert. Aber die Hand war freigeblieben. Ich konnte sie bewegen. Die Schmerzen waren nicht mehr der Rede wert.

Den letzten Schluck aus der Kaffeetasse leerte ich im Vorbeigehen. Ich schnallte die Lederriemen mit dem Schulterholster um, schob die Dienstwaffe hinein und streifte das Jackett über. Die Supermarkttüte, in die ich die Sachen von der ›Jaladhruv‹ gesteckt hatte, vergaß ich nicht. Jemand von unserer Fahrbereitschaft konnte die Sachen im Laufe des Tages zurückbringen.

Ich holte meinen Jaguar aus der Garage und stellte zufrieden fest, daß die Lenkradkurbelei keinerlei Schwierigkeiten machte. An der üblichen Ecke ließ ich Phil einsteigen.

»Seit wann fahren wir auf blauen Dunst los?« Er faltete seine langen Beine in den schmalen Bodenraum des englischen Flitzers.

»Irgendwas hat sich der Chef dabei gedacht«, antwortete ich. »Bist du ein Kind, das Weihnachten erwarten kann?«

Phil blies die Luft durch die Nase.

»Berufliches Interesse und kindliche Ungeduld sind ja wohl so verschieden wie ...«

»Himmel«, unterbrach ich ihn. »Ich denke, du bist mit dem linken Bein zuerst aufgestanden.« Ich griff in meine Jackentasche und hielt ihm die Zigarettenschachtel hin. Zur Besänftigung.

Wir erreichten die 44. Straße West, bevor die morgendliche Rush-hour in vollem Umfang einsetzte. Das Hotel Mansfield war spielend leicht zu finden. Denn die Parkstreifen vor dem Eingang waren mit dem unverkennbaren New Yorker Blau-Weiß von Streifenwagen verziert. Ebenso deutlich waren für Phil und mich das stumpfe Grau und das matte Blau zweier neutraler Dienstlimousinen. Den Kastenwagen des Erkennungsdienstes vermißten wir allerdings.

Ich war gezwungen, in der zweiten Reihe zu parken. Ein hochgewachsener Patrolman der City Police, der vor dem

Hoteleingang postiert war, verlor sein Stirnrunzeln, als er unsere Dienstmarken sah.

»Das ist der kürzeste Weg«, sagte der Beamte und deutete auf die Einfahrt, die rechts aus dem Erdgeschoß des Hotelgebäudes ausgespart war und wie eine Zahnlücke klaffte.

Das benachbarte Bürogebäude gehörte der General Society of Mechanics and Tradesmen. Die ersten Leute strebten eilig mit Aktentaschen dem Eingang entgegen.

Den Hinterhof-Parkplatz hatten unsere Kollegen mit Beschlag belegt. Eine hölzerne Barriere versperrte die Zufahrt. Ein gutes Dutzend Wagen parkte noch in dem düsteren Geviert. Jedes Blechdach war mit einem Nummerntäfelchen der Erkennungsdienstler versehen. Der Mann, der mit einer Dienstkamera Fotos schoß, gehörte indessen nicht zum Erkennungsdienst der City Police.

Sam Steinberg war ein Spurensicherungsspezialist des New Yorker FBI-Distrikts.

Neben ihm schlenderte Dockerful, ein Kollege derselben Abteilung, scheinbar gelangweilt durch die Autoreihen. Phil und ich kannten ihn lange genug, um zu wissen, daß dieser äußerliche Eindruck bei Dockerful stets trog.

Die Männer, die in der Nähe der Holzbarriere standen, beobachteten das Geschehen nicht gerade wohlwollend. Soviel konnten wir in ihren Mienen lesen, denn wir kannten auch sie seit Jahren.

Lieutenant Allan Brigh, stellvertretender Leiter der Mordabteilung Manhattan-Süd, schickte einen Blick zum Himmel, der hoch über uns nur als Quadrat zu sehen war.

»Sieht so aus, als ob der FBI gleich eine Hundertschaft aufmarschieren läßt«, knurrte er, rang sich aber doch ein Lächeln ab und begrüßte uns per Handschlag.

»Nichts ist unangenehmer als das Gefühl, überflüssig zu sein«, fügte Captain Charles Dennison hinzu. Dennison ist Chef der Mordkommission I von Manhattan-Süd. Drei seiner Beamten, die wir nicht namentlich kannten, standen neben ihm.

»Herzliche Begrüßungen am frühen Morgen versüßen

den ganzen Tag«, knurrte Phil. »Ihr könnt euch beruhigen, die Hundertschaft liegt noch in den Betten.«

»Okay«, sagte ich. »Sind wir jetzt sprechbereit?«

»Von uns aus immer«, entgegnete Lieutenant Brigh. »Wir haben die Ungereimtheiten nicht in die Welt gesetzt. Die Sache ist die: Meine Leute ermitteln in einem Fall von Selbstmord, und plötzlich wird eine Staatsaffäre draus. Irgendwie geht mir das gegen den Strich. Springt ein namenloser Junkie oder ein Bahnhofstramp vom Dach, arbeiten wir nach Vorschrift. Sobald es aber jemand aus der Society ist, der die Nase voll hat ...«

»Okay, okay«, sagte ich beschwichtigend. »So was brauchen Sie uns nicht zu erzählen, Brigh. Wir kennen uns lange genug, oder?«

»Schon gut«, brummte er. »Jeder haßt es, sich wie ein Hampelmann zu fühlen. Das ist nicht gegen Sie oder Ihren Kollegen gerichtet, Cotton.«

»Mit wem haben wir es also zu tun?« fragte Phil ungeduldig.

»Aldon Young«, antwortete Captain Dennison. »Das ist der Sohn des stellvertretenden Bezirksbürgermeisters von Richmond. Zeitpunkt gestern abend um halb elf.«

»Wir waren mit allen Tatortermittlungen praktisch fertig«, fügte Lieutenant Brigh hinzu. »Da tauchen die Jungs vom FBI auf, und die ganze Sache wird nochmals von vorn aufgerollt. So, als ob wir Lehrlinge wären, denen man auf die Finger schauen muß. Der Tote liegt im Leichenschauhaus und ist wahrscheinlich längst obduziert worden.«

Phil und ich wechselten einen bedeutungsvollen Blick.

Aldon Young!

Uns wurde einiges klar. Vor allem der Grund für die ungewöhnlich kargen Instruktionen John D. Highs. Wenn dies ein Selbstmord sein sollte, dann sprach zunächst einmal alles dagegen. Selbst dann, wenn die Indizien lückenlos waren.

Phil und ich hatten für den Augenblick damit zu tun, unsere Verblüffung zu unterdrücken. Erstens hatte der

Name Aldon Young eine Art Signalwirkung. Zweitens gab es in Verbindung mit diesem Namen eine FBI-interne Dienstanweisung. Jegliche Erkenntnisse im Zusammenhang mit Aldon Young unterlagen strengster Vertraulichkeit.

John D. High hatte uns davon nicht entbunden. Deshalb mußten wir auch jetzt den Mund halten, obwohl wir uns nicht ganz fair dabei fühlten. Schließlich waren Brigh, Dennison und die anderen Kollegen zuverlässige Beamte, mit denen wir in den zurückliegenden Jahren oft genug zusammengearbeitet hatten.

»Wir brauchen uns nichts vorzuerzählen«, sagte ich ausweichend. »Phil und ich sind hierher geschickt worden, und wir können einen Einsatzbefehl nicht einfach ablehnen. Daß uns diese Sache genauso gegen den Strich geht wie euch, werdet ihr uns wohl abnehmen. Ich meine, wir sollten uns nicht gegenseitig das Leben schwermachen. Die Zeiten, in denen sich City Police und FBI schief angesehen haben, dürften lange vorbei sein.«

Captain Dennison zupfte eine zerknitterte Zigarettenschachtel aus der Tasche und reichte sie herum. Dockerful und Steinberg waren noch beschäftigt. Sie ließen sich bei ihrer Arbeit nicht beirren.

»Wir haben einen Wachmann als Zeugen«, sagte Dennison. »Alles, was vor dem Sturz vom Dach passiert ist, können wir nur rekonstruieren. Das Hotel ist Tag und Nacht geöffnet. Niemand hat Aldon Young hineingehen sehen. Er muß einen günstigen Moment erwischt haben, als sich in der Lobby keine Menschenseele aufgehalten hat.«

»Ist es sicher, daß er auf dem Hoteldach war?« Phil deutete mit einer Kopfbewegung zu den Nachbargebäuden.

»Die Fallrichtung war eindeutig«, erwiderte Dennison. »Er ist auf einen Wagen gestürzt. Wir haben das Auto abschleppen lassen. Unsere Techniker nehmen es auseinander.«

»Young könnte ein Hotelzimmer gehabt haben«, sagte ich. »Vielleicht schon tagelang. Irgendwann hat er sich dann nach oben geschlichen.«

»Haben wir überprüft«, entgegnete Dennison mit einem Kopfschütteln. »Es bleibt nur noch die Möglichkeit, daß er sich bei einem anderen Hotelgast aufgehalten hat. Vorausgesetzt, daß er wirklich schon länger vorher in dem Laden war. Um das herauszukriegen, brauchen wir noch eine Weile.«

»Auf dem Dach gab es also keine Spuren«, folgerte ich, denn die Kollegen hätten es sonst als erstes erwähnt.

»Nichts«, bestätigte Lieutenant Brigh. »Keine letzte Zigarette, die er geraucht hat, und auch kein Abschiedsbrief.«

»In Ordnung«, sagte ich. »Ich denke, wir tauschen alles aus, was wir haben. Uns geht es nicht darum, euch zu bevormunden. Wenn der FBI nur eingeschaltet wurde, weil der Tote einen besonderen Namen hat, dann paßt uns das auch nicht.«

Lieutenant Brigh nickte. »Captain Dennison leitet die Ermittlungen. Halten Sie mit ihm Verbindung, wenn Sie wollen!«

Phil und ich gingen zu Dockerful und Steinberg hinüber. Sam packte seine Kameraausrüstung zusammen.

Dockerful empfing uns mit einem matten Lächeln. »Keine schöne Geschichte, wenn man mit etwas hinter dem Berg halten muß, stimmt's?«

»Dabei wird es nicht lange bleiben«, versicherte ich entschlossen. »Ich denke nicht daran, die Kollegen weiter als dumme Jungen zu behandeln, wenn wir echte Anhaltspunkte haben.«

»Danach sieht es bislang nicht aus«, seufzte Dockerful. »Wir wissen, daß Aldon Young in krumme Geschäfte verwickelt war, und das dürfen wir nicht mal laut sagen. Wir wissen außerdem, daß er gestern abend um halb elf vom Dach des Hotels Mansfield gefallen ist. 25 Stockwerke tief! Mehr beweisen die paar Spuren nicht, die wir haben. Die Wahrscheinlichkeit ist groß, daß wir nie herauskriegen werden, ob es sein eigener Entschluß war, oder ob jemand nachgeholfen hat. Habe ich recht?«

Phil und ich nickten. Dockerful hatte den entscheidenden Punkt an der ganzen Geschichte genannt. Selbstmorde gibt es leider fast jeden Tag – in New York City wie in allen anderen Großstädten dieser Welt. Besonders in New York bieten sich aber die schwindelnd hohen Gebäude für alle an, die ihrem Leben ein Ende machen wollen.

Nicht immer sind die Umstände dabei eindeutig. Ein Sturz vom Dach eines Hochhauses muß nicht in jedem Fall ein Selbstmord sein. Das zu beweisen, ist jedoch so gut wie unmöglich. Denn wer bei einem solchen Sturz nachgeholfen hat, hinterläßt fast niemals Spuren. Wir haben Fälle erlebt, in denen uns der Beweis gelang, daß sich der Mörder und sein Opfer zur selben Zeit auf demselben Dach befanden.

Und wenn dann der Killer kaltlächelnd behauptet hatte, er sei nur deshalb da oben gewesen, weil er den armen Kerl von seinem tragischen Entschluß abbringen wollte, dann waren wir mit unserem Latein jedesmal am Ende gewesen.

Phil und ich verließen den Schauplatz des Geschehens. Über die Einzelheiten würden wir uns mit Dockerful und Sam Steinberg im Office unterhalten. Bei allen offenen Fragen blieb aber der erstaunliche Kern der Sache im Vordergrund.

»Ich glaube nicht an Zufälle«, sagte mein Freund, als wir im Jaguar saßen. »Aber wieso stirbt Aldon Young ausgerechnet an dem Abend, an dem wir einen Einsatz wegen illegaler Einwanderer haben?«

Ich fädelte meinen roten Flitzer in den Stop-And-Go-Verkehr auf der 44. Straße. Wir waren jetzt mitten in der Rush-hour. Bis zur 29. Straße brauchten wir garantiert eine halbe Stunde.

»Es hätte an jedem anderen Abend passieren können«, entgegnete ich. »Und wenn du es genau nimmst, sind wir schon seit zwei Wochen mit der Geschichte befaßt! Von einem Zufall kann also keine Rede sein.«

»Hm.« Phil versank ins Grübeln.

Besagte Geschichte drehte sich um die Illegalen, die immer noch in unser Land strömen. New York City ist ein beliebter Platz dafür, denn an der Wasserfront läßt sich vieles verheimlichen.

Zwischenfälle wie auf der ›Jaladhruv‹ sind die Ausnahme.

Die streng vertraulichen Informationen, die im District Office unter Verschluß gehalten wurden, betrafen erstens Aldon Young und zweitens die Probleme, die wir mit illegalen Einwanderern hatten.

Young war mit seinen 28 Jahren der großspurige Playboytyp aus dem Bilderbuch gewesen. Seine Familie zählte zu den wohlhabendsten auf Staten Island, dem New Yorker Stadtbezirk Richmond. Daß Aldon sich zur Halbwelt hingezogen fühlte, hatte seinen Vater offenbar nie gestört. Erste Hinweise auf den Lebenswandel des Bürgermeistersohnes waren von den politischen Gegnern des alten Young gekommen.

Damals, etwa vor einem Jahr, war Aldon in eine Rauschgiftaffäre verwickelt gewesen. Sie hatten es geschickt in die Boulevardzeitungen lanciert. Young senior hatte den Skandal verkraftet, indem er die richtigen Mittel fand, um die Schreihälse mundtot zu machen. Lediglich unsere Kollegen von der Narcotic Squad hatten sich herzlich wenig beeindrucken lassen und ihre Verbindungsleute für alle Zukunft angewiesen, ein Auge auf Aldon Young zu werfen.

Dabei hatte sich dann gezeigt, daß es von der Halbwelt zur Unterwelt eben nicht viel mehr als ein halber Schritt ist. Hinweise unserer Informanten besagten, daß Aldon sein Geld nicht länger unter die leichten Mädchen in den Nachtklubs streute. Wie es hieß, hatte er einen Weg gefunden, um sein monatliches Taschengeld jetzt gewinnbringend anzulegen. Dabei handelte es sich etwa um die Summe, die fünf durchschnittliche Angestelltenfamilien zusammen in einem Monat zum Leben hatten.

Das Unternehmen, in das der saubere Bürgermeistersohn eingestiegen war, kannten wir noch nicht. Wir wußten so viel, daß er Großabnehmer für gefälschte Aufenthaltsgenehmigungen gewesen war und Küstenmotorschiffe für unergründliche Zwecke gechartert hatte.

Diese Erkenntnisse über Aldon Young standen vor einem

deutlichen Hintergrund allgemeiner Informationen. Da gab es die enorme Zahl von illegalen Einwanderern, die von den Behörden geschnappt wurden. Und es gab eine Dunkelziffer, die 100 Prozent oder mehr betrug.

Das Ganze hatte sich zu einem Puzzlespiel für den FBI entwickelt, als vor etwa vier Wochen ein Frachter im Golf von Mexiko SOS gefunkt hatte. Der halbverrostete Kahn war mit Motorschaden nach Galveston in Texas geschleppt worden. Dort hatte sich bei der Überprüfung durch das Seeamt herausgestellt, daß 90 Prozent der Crew aus Pakistani und Afghanen bestanden. Noch erstaunlicher war die Tatsache gewesen, daß diese Leute allesamt Aufenthaltsgenehmigungen besaßen – ausgestellt von der New Yorker Einwanderungsbehörde. Daß es sich um Fälschungen handelte, war schnell herausgefunden worden.

Vor 14 Tagen hatte uns Washington dann beauftragt, der Einwanderungsbehörde hilfreich zur Seite zu stehen.

Bislang kannten wir nur die Unterwelt-Gerüchte über Illegale, die ebenso schnell verschwanden, wie sie aufgetaucht waren. Doch wie aus heiterem Himmel hatten wir zwei Hinweise, die uns weiterbringen konnten: der tödliche Unfall auf der ›Jaladhrov‹ und Aldon Youngs plötzlicher Tod.

Das Autofahren war an diesem Morgen alles andere als ein Vergnügen. Auf der Fifth Avenue kamen wir nur noch im Schneckentempo voran. Ich quälte den Jaguar zwei Blocks weiter und bog dann nach links in die 42. Straße ab. Etwas zügiger schafften wir es bis zur Park Avenue. Dort sah es auch nicht viel besser aus. Aber wir hielten immerhin mit den Fußgängern Schritt, die sich in südlicher Richtung auf den Bürgersteigen bewegten.

Meine Vorhersage von einer halben Stunde Fahrtzeit wurde überschritten. Als ich vor dem Leichenschauhaus an der East 29th Street endlich eine Parklücke fand, waren seit der Abfahrt an der 44. genau 50 Minuten vergangen.

Beim diensthabenden Sicherheitsbeamten in der Eingangshalle erkundigten wir uns nach dem Weg. Der Beamte telefonierte mit der Verwaltung und schickte uns in den zweiten Stock. Dort befand sich das Büro von Dr. Delburne, der die Obduktion durchgeführt hatte.

Phil schüttelte sich, als wir aus dem Fahrstuhl stiegen. Mir erging es kaum anders. Selbst in den oberen Etagen dieses Gebäudes, in denen sich die Büros der Ärzte und der Verwaltungsmitarbeiter befanden, schien es kühl und unbehaglich zu sein. Vielleicht lag es daran, daß wir das Kellergeschoß mit seinen eisigen Temperaturen und seinen gekachelten Wänden zu genau kannten.

Wir kannten Dr. Delburne von früheren Fällen. Ein erfahrener Gerichtsmediziner, knapp 50 Jahre alt.

Wir brauchten ihm nicht erst zu sagen, was für uns interessant war.

»Der Obduktionsbericht wird gerade geschrieben«, sagte er. »Das Wesentliche kann ich Ihnen aber vorweg erklären. Aldon Young hat eine Reihe von Verletzungen erlitten, von denen jede einzelne allein schon tödlich gewesen wäre. All diese Verletzungen rühren aber von dem Aufprall auf den Wagen her. Der Erkennungsdienst hat mir die ersten Fotos mitgeliefert. Was für Sie, Gentlemen, von Bedeutung sein könnte, sind zwei Dinge. Erstens gibt es da ein paar Flecken auf der linken Brusthälfte des Toten. Leichte Prellungen, eigentlich nicht der Rede wert. Gerade deshalb können sie nicht von dem Sturz herrühren. Das andere sind Stoffasern, die ich unter den Fingernägeln des Mannes gefunden habe. Nach der Laboruntersuchung werden Sie Genaueres darüber wissen.«

Ich holte tief Luft. »Doktor«, sagte ich gedehnt. »Würden Sie die Möglichkeit ausschließen, daß Aldon Young vom Dach des Hotelgebäudes gestoßen wurde?«

Er lächelte kaum merklich. »Nein«, antwortete er dann.

»Diese Flecken, von denen Sie sprachen«, fügte Phil hinzu, »könnten die durch Fausthiebe verursacht worden sein?«

»Auch das ist nicht auszuschließen«, entgegnete Dr. Delburne. »Ebensogut könnte aber auch ein stumpfer Gegenstand die Ursache gewesen sein. Absolut sicher ist nur, daß diese leichten Prellungen ziemlich genau zur selben Zeit entstanden sein müssen wie die tödlichen Verletzungen.«

Wir brauchten keine Fragen mehr zu stellen.

»Warten Sie«, sagte Robert Garry, nahm Messer und Gabel und zertrennte das Steak in zwei Hälften. Das fingerdicke Fleisch war innen zartrosa. Als er mit dem Messerrücken darauf drückte, rann rötlicher Saft heraus. »In Ordnung.«

»Ich wünsche guten Appetit, Sir.« Der Kellner deutete eine Verneigung an und machte kehrt.

Robert Garry prüfte auch das Gemüse und die Kroketten, bevor er begann, sich das Steak schmecken zu lassen. Ed Ziebach und die beiden anderen griffen ebenfalls zu ihren Bestecken.

»Manchmal versuchen sie immer noch, einem Tiefgefrorenes unterzujubeln«, sagte Garry zwischen zwei Bissen. »Diesen Burschen in der Küche muß man ständig klarmachen, daß sie nicht tun können, was sie wollen.«

»Ohne Kontrolle geht es nirgends«, grinste Ed Ziebach, der sich mit einem Mini-Steak auf Toast begnügt hatte. Insgeheim beneidete er Robert Garry, der in sich hineinstopfen konnte, was er wollte, und doch immer der schlanke, smarte Typ blieb. Keine Gewichtsprobleme. Groß, dunkelhaarig und athletisch, sah Garry immer aus, als käme er gerade vom Tennisplatz.

Ziebach schaffte es trotz täglichen Trainings in einem Fitneßcenter nicht, den Bauchansatz wegzukriegen. Er hatte die 40 überschritten, und mit seinem ohnehin untersetzten Körperbau war es schwierig, einem Mann wie Garry nachzueifern. Ziebach betupfte seinen buschigen Schnauzbart mit der Serviette. In Garrys Gegenwart mußte man auf gepflegte Tischmanieren achten. Ziebach konnte sich nicht entsinnen, daß sie sich jemals woanders getroffen hatten als in einem Restaurant.

›Mister Mike's‹ an der West 46th Street war bekannt für seine hervorragenden Steaks. Und mit seinen Nischen hatte der Laden den Vorteil, daß man ungestört und unbedenklich reden konnte.

John Hardee und Seamus Collins stopften ihre Mahlzeit schweigend in sich hinein. Sie waren es gewohnt, nur dann den Mund aufzumachen, wenn sie gefragt wurden. Jedenfalls galt das in Anwesenheit von Robert Garry, den sie immer noch bewundernd ›The Shark‹, den Hai, nannten. Das allerdings nur, wenn er nicht dabei war.

Er ließ sich nicht gern an seine Vergangenheit als Kreditwucherer erinnern, wenn es auch eine verdammt erfolgreiche Zeit gewesen war. Zwischen Hudson River und Coney Island hatte er sich als jener Kredithai einen Namen gemacht, der auch den ärmsten Schluckern dann noch die Wucherzinsen aus der Nase zog, wenn selbst seine hartgesottensten Kollegen schon anfingen, Mitleid zu zeigen. Heute hielt Robert Garry solche Geschäfte für Kleinkram, mit dem er sich nicht mehr abzugeben brauchte.

Als Garry sein Besteck säuberlich auf den Teller legte und zur Zigarette griff, war das gleichbedeutend mit Gesprächserlaubnis.

»Ich will nicht hoffen«, sagte er, »daß wir mit ernsthaften Schwierigkeiten zu rechnen haben. Es gefällt mir ganz und gar nicht, daß dieser Inder festgenommen wurde.« Er bewegte die Zigarette zwischen Daumen und Mittelfinger der rechten Hand und blickte Collins an, wobei er die linke Augenbraue hochzog.

Seamus Collins war ein Ire wie aus dem Bilderbuch. Seine Eltern, vor 30 Jahren eingewandert, hatten ihm rostrote Haare und Sommersprossen vererbt. Unter dem Blick Garrys zog er unwillkürlich den Kopf tiefer.

»Es war ein Unfall«, sagte er gepreßt. »Niemand konnte das voraussehen.«

»Natürlich nicht«, entgegnete Garry mit einem falschen Lächeln. »Aber man kann sich die Leute aussuchen, mit denen man zusammenarbeitet. Und man muß einen Blick dafür haben, ob so ein Strolch zuverlässig ist oder nicht. Dieser ... wie heißt er?«

»Galil Morarjee«, antwortete Collins.

»Okay. Dieser Morarjee muß einen zuverlässigen Eindruck auf dich gemacht haben, Seamus. Sonst hättest du ihn doch bestimmt nicht angeworben, nicht wahr?«

»N-nein, nein.« Collins runzelte verwirrt die Stirn. Er wußte nicht, worauf Garry hinauswollte.

»Und es war nicht so, daß du bei diesen Indern den Eindruck hattest, einer sähe aus wie der andere?«

»Nein, auch das nicht.« Collins begriff überhaupt nichts mehr.

»Gut, sehr gut. Und wann hast du ihn kennengelernt?«

»Das war bei der vorletzten Reise. Ich meine, seine vorletzte Reise nach New York.«

»Da bist du also mit ihm ins Gespräch gekommen?«

»Ja.«

»Aber du hast ihn doch überhaupt nicht verstanden, oder?«

»Ich ... ich weiß nicht ...« Collins hatte immer mehr das Gefühl, einem Verhör unterzogen zu werden.

»Was weißt du nicht?«

»Was Sie meinen.«

»Dann muß ich es dir wohl erklären. Ich meine, ob du jedes Wort verstanden hast, das er sagte. Seine Sprache.«

»Ach so!« Collins lachte, ohne zu wissen, daß seine Erleichterung fehl am Platze war. »Dafür hatten wir ja einen Dolmetscher. Ein anderer Decksmann konnte ein bißchen Englisch.«

»Soso.« Robert Garry drückte die Zigarette im Aschenbecher aus, lehnte sich zurück und faltete die Hände auf der Tischkante. Er sah die beiden anderen Männer an. »Wenn ihr die Geschichte hört ... hättet ihr eine Idee, wie man es besser angestellt hätte?«

Ed Ziebach lächelte nur.

John Hardee, ein mittelblonder Mann mit randloser Brille, räusperte sich.

»Vielleicht hätte man gleich den Burschen nehmen sollen, mit dem man sich sprachlich verständigen konnte.«

Robert Garry zog scheinbar überrascht beide Augenbrauen hoch.

»Eine fabelhafte Idee! Aber es ist wohl nicht so einfach, darauf zu kommen. Für Seamus müssen solche Gedankengänge jedenfalls zu kompliziert gewesen sein.«

Collins wollte aufspringen.

Seine Verwirrung schlug in Wut um. Doch Ed Ziebach hielt ihn an der Schulter fest und drückte ihn auf den gepolsterten Stuhl zurück.

»Kein Geschrei hier«, sagte Ziebach leise und warnend. »So was tut man nicht in einem vornehmen Lokal.«

»Ich bin nicht so blöd, daß ich nicht weiß, ob mit einem Mann was anzufangen ist oder nicht.« Collins preßte die Lippen aufeinander. »Morarjee hat genau kapiert, worauf es ankam. An diesem Unfall im Laderaum waren die Blinden aus Pakistan selbst schuld. Das kann man doch dem Inder nicht in die Schuhe schieben.«

»O doch«, entgegnete Robert Garry geduldig. »Genau das werden unsere Freunde von der Polizei tun. Er hätte ihnen nämlich ein sicheres Versteck zuweisen müssen. Aber vergessen wir das jetzt!« Garry wischte mit der flachen Hand durch die Luft. »Wir werden das Problem aus der Welt schaffen. John, du kümmerst dich ein bißchen darum, wie sich die Dinge mit Morarjee weiterentwickeln.«

»In Ordnung«, sagte Hardee mit ausdrucksloser Miene.

»Über Aldon brauchen wir nicht zu reden, denke ich.« Garry sah Ziebach fragend an.

»Nein, überflüssig.«

»Gut. Dann gehen wir wieder zur Tagesordnung über. Vordringlich sind jetzt unsere neuen Geschäftspartner in Atlantic City. Wie weit sind die Vorbesprechungen gediehen, Ed?«

»Wir können das noch heute erledigen«, antwortete Ziebach, »wenn wir die erste Nachmittagsmaschine nehmen. Die Leute in Atlantic City sind bereit, uns jederzeit zu empfangen. Besser wäre es aber, wenn wir zu zweit fliegen.«

»Richtig.« Garry nickte. »Bei neuen Partnern sollte man immer vorsichtig sein. Du nimmst Seamus mit. Okay?«

»Okay.«

Collins atmete auf. Wenigstens war er für einen anderen Job noch gut. Ein beruhigendes Gefühl.

Robert Garry und Ed Ziebach wechselten einen Blick, dessen Bedeutung nur sie beide kannten.

Nur knapp fünf Minuten brauchte ich vor dem Ferry Terminal am Brooklyn Battery Park zu warten. Dann rollte ich in der Schlange der übrigen Fahrzeuge mit meinem Jaguar in das Autodeck der Fähre ›Gouverneur Herbert H. Lehman‹, eines von einem halben Dutzend Schiffen, die ständig zwischen dem Südzipfel Manhattans und St. George auf Staten Island verkehren.

Die Fährzeit über die Upper Bay dauert nicht mehr als zehn Minuten. Ich nutzte die Pause, um mir auf dem Sonnendeck die Beine zu vertreten und eine Zigarette zu rauchen. Der Nachmittag erfreute New York mit strahlendem Sonnenschein. Auf der weiten Wasserfläche glitzerten die Lichtreflexe, und Überseefrachter schoben sich mit schäumendem Kielwasser der Verrazano Narrows Bridge entgegen, die Brooklyn mit Staten Island verbindet. Trotzdem war für mich die Fähre günstiger, denn auch auf den Expressways kostete der Umweg über South Brooklyn eine gute halbe Stunde.

Ich teilte das Sonnendeck mit einer Gruppe deutscher Touristen die mit japanischen Kameras behängt waren und yardweise Filme auf die nahe Freiheitsstatue verschwendeten. Irgendwann in diesen Wochen fand die Steubenparade in der Fifth Avenue statt.

Regelmäßig gibt es dann in Manhattan eine Invasion von Besuchern aus Old Germany.

Ich versenkte meinen Zigarettenrest in einen mit Sand gefüllten Riesenaschenbecher und kehrte zum Autodeck zurück. Ich hatte es nicht für unbedingt erforderlich gehalten, nach Staten Island zu fahren. Wir waren William C. Young keine Rechenschaft über unser Tun schuldig.

Aber John D. High hatte darauf bestanden, die Formen zu wahren. Wir wollten uns im frühen Stadium unserer Ermittlungen keine Schnitzer leisten, die uns einflußreiche Leute später aufs Butterbrot schmieren konnten. Deshalb konnte ich den Chef verstehen.

Auf Staten Island fuhr ich ein Stück die Bay Street entlang und bog dann in die Brighton Avenue ab. Die Youngs wohnten in West New Brighton, wo sich der Familienbesitz schon seit 150 Jahren befand. Alteingesessene also.

Die Villa war aus dem typischen New Yorker Brownstone gebaut, drei Stockwerke hoch und nicht gerade eine Schönheit. Aber der Garten des Grundstückes an der Bement Avenue machte alles wett. Ein kleiner Park mit eigenem Tennisplatz seitlich der Villa und einem Blumenmeer auf dem Rondell des Vorplatzes.

Ich parkte meinen Flitzer im spätsommerlichen Blütenduft und stieg die Sandsteintreppe zum Eingang empor. Der Mann, der mir öffnete, trug einen eleganten dunkelgrauen Anzug und sah aus wie eine gelungene Mischung aus persönlichem Berater und Bodyguard. Ich wurde durch eine kühle Halle geführt, an deren Wänden die Ölgemälde verblichener Familiengründer hingen. Warten brauchte ich nicht. William C. Young hatte seine Amtsgeschäfte an diesem Tag abgebrochen, um sich ganz dem privaten Leid zu überlassen. Mein Besuch war angekündigt.

Young empfing mich in einem Zimmer, das viel Ähnlichkeit mit der Bibliothek eines englischen Lords hatte. Er war nicht allein. Der zweite Mann stand beim Fenster, dessen wolkige Gardinen das Tageslicht filterten.

Wiliam C. Young wuchtete sich aus einem Ohrensessel hoch, als ich mich vorstellte. Young war ein Klotz von einem Mann, wuchtig, mit kurzgeschorenem Haar und Knollennase. Ich schätzte ihn auf Anfang bis Mitte Sechzig Sein Händedruck war kraftvoll. Sein Gesichtsausdruck ließ nicht erkennen, ob er mehr Trauer oder mehr Wut empfand. Wut auf die Umstände, denen sein Sohn zum Opfer gefallen war?

»Setzen Sie sich!« sagte der stellvertretende Bürgermeister des New Yorker Stadtbezirks Richmond.

Die Aufforderung klang wie ein Befehl. Ich überhörte den Unterton und ließ mich in einem der freien Sessel nieder. Ich warf einen Blick zu dem Mann am Fenster. Ein hagerer Typ mit etwas zu großer Nase und strähnigem, spärlichem Haar. Sein Anzug hatte Sitzfalten. Er musterte mich forschend und unverhohlen, aber weder Young noch er selbst bequemten sich zu einer Vorstellung.

»Ich bin im Auftrag von Mr. John D. High hier«, erklärte ich. »Ich leite die Ermittlungen im Todesfall Ihres Sohnes, Sir. Ich nehme an, auch Ihnen ist an einer baldigen Aufklärung gelegen.«

»Aufklärung?« Young zog die buschigen Augenbrauen zusammen, daß sie einen durchgehenden Strich bildeten. »Es ist schlimm genug, daß der Junge Selbstmord begangen hat. Selbstverständlich trauere ich um ihn. Aber das ändert nichts an meiner Einstellung. Auf solche Art vor den Schwierigkeiten des Lebens zu kneifen ist ein Zeichen von Schwäche. Was wollen Sie also noch darin herumrühren?«

»Wir sind an gewisse Vorschriften gebunden, Sir.«

Young wischte mit der Hand durch die Luft. »Vorschriften, Unsinn. Ich habe mit dem Attorney telefoniert. Er ist bereit, die Leiche freizugeben, damit das Ganze schnell und ohne großes Aufsehen abgewickelt werden kann. Ich will, daß die Bestattung in drei Tagen erfolgt.«

Ich holte Luft. »Die Auskunft des Attorney war voreilig, Sir. Ohne Rücksprache mit dem FBI kann er die Zusage nicht geben. Und eine Rücksprache mit uns hat bisher nicht stattgefunden.«

»Was soll das heißen?« Young sah aus, als wolle er mich auffressen.

»Wir werden einer Freigabe nicht zustimmen, bevor das Ergebnis der Obduktion nicht hundertprozentig abgesichert ist.«

Young schlug auf die Sessellehne. »Das ist doch ...«

»Wenn ich dazu etwas sagen darf ...«, fiel ihm der Mann beim Fenster ins Wort. Er trat auf uns zu. Seine Stimme klang knarrend. »Der FBI muß ja wohl einen Grund für so ein Verhalten haben.«

Ich sah ihn von der Seite an. »Ist es zuviel verlangt, wenn Sie mir Ihren Namen sagen?«

»Keineswegs.« Er lächelte schief. »Alvin Hooker, Privatdetektiv. Ich unterstütze Mr. Young bei der Regelung der Formalitäten.«

»Okay.« Ich nickte. »Bevor wir uns weiter unterhalten, möchte ich Ihre Lizenz sehen.«

»Jetzt reicht es!« William C. Young sprang auf. Seine Augen funkelten mich an. »Der FBI-Chef hätte besser daran getan, mir einen vernünftigen Beamten zu schicken. Das wird noch ein Nachspiel haben, darauf können Sie sich verlassen. Wer gibt Ihnen das Recht, sich hier so aufzuspielen?«

»Er hat das Recht«, wandte Hooker leise ein. »Als Privatdetektiv bin ich verpflichtet, mich jedem Polizeibeamten gegenüber auf dessen Wunsch auszuweisen.«

»Aber doch nicht in meinem Haus!« schnaubte Young. »Noch dazu unter diesen Umständen!«

»Das spielt leider keine Rolle, Sir«, sagte Hooker mit einem bedauernden Lächeln. Er reichte mir seine Legitimation, die in einer Plastikhülle steckte.

Während ich mir das Ding ansah, ließ sich Young wieder in seinen Sessel sinken. Er schüttelte den Kopf und preßte die Fingerspitzen gegeneinander.

Die Lizenz war in Ordnung. Ich gab sie Hooker zurück. »Der Fall Aldon Young«, sagte ich, jetzt ohne Rücksicht auf irgendwelche Gefühle, »ist ein FBI-Fall. Die Gründe dafür werde ich Ihnen nicht nennen, weil es die Ermittlungen beeinträchtigen könnte. Nur soviel, Mr. Young und Mr. Hooker: Sie müssen mit rechtlichen Konsequenzen rechnen, falls Sie in FBI-Ermittlungen eingreifen.«

Young wurde weiß wie eine Wand. »Junger Mann«, sagte er leise und beinahe flüsternd. »Der Ton, den Sie hier anschlagen, kann Sie Ihren Job kosten. Sind Sie sich darüber eigentlich im klaren?«

Ich schüttelte verständnislos den Kopf.

»Sir, so kommen wir nicht weiter. Ich tue nur meine Pflicht. Nicht einmal der Präsident der Vereinigten Staaten hätte das Recht, mich daran zu hindern. Weshalb, in aller Welt, wollen Sie irgendwelche Dinge in Zusammenhang mit Aldons Tod vertuschen?«

Er sah mich entgeistert an. »Vertuschen? Da gibt es nichts zu vertuschen, Mann. Aldon hat Selbstmord begangen. Punktum. Seit wann hat der FBI so riesiges Interesse an einem Selbstmord?«

Ich hatte das Gefühl, daß er es verdammt genau wußte. Trotzdem ließ ich die Katze aus dem Sack.

Was wir brauchten, waren klare Verhältnisse. »Wir haben Grund zu der Annahme, daß es sich nicht um Selbstmord handelt.«

Young reagierte nicht etwa fassungslos. Vielmehr preßte er die Lippen aufeinander, als müsse er seinen emporkochenden Zorn zurückhalten.

»Welche Möglichkeiten bleiben dann noch?« sprang Hooker in die Bresche, bevor Young explodieren konnte. »Ein Unglücksfall? Oder etwa Mord? Das ist doch lächerlich, Mr. Cotton!«

Ich wandte den Kopf und blickte ihn eindringlich an. »Mr. Hooker. Wir beenden unsere Ermittlungen nicht, weil wir sie für lächerlich halten. Wir schließen einen Fall erst dann ab, wenn wir hieb- und stichfeste Beweise haben. Sollte sich dabei die Selbstmordtheorie bestätigen, um so besser.«

»Sie haben also Zweifel?« Hooker kniff die Augen zusammen.

Ich wußte, worauf er hinauswollte. Aber ich ließ mich nicht aufs Glatteis führen. »Das bisherige Obduktionsergebnis läßt Zweifel an der Selbstmordtheorie zu«, sagte ich. »Das ist es.«

»So!« entgegnete Young, und es klang wie ein Peitschenhieb. »Dann wollen wir Ihnen mal das Gegenteil beweisen.«

Er gab Hooker einen Wink. Seine Miene sah dabei fast triumphierend aus.

Der Privatdetektiv griff in die Innentasche seines Jacketts und hielt mir einen Umschlag entgegen. »Hier. Ein Abschiedsbrief. Wir haben damit gerechnet, daß Sie uns mit einer anderen Meinung kommen würden.«

Ich griff in den schon aufgeschlitzten Umschlag. *›An meinen Vater‹* stand in krakeliger Blockschrift außen auf dem Kuvert.

> *»Lieber Dad, wenn Du dies liest, wirst Du keine Gelegenheit haben, noch mit mir zu reden. Ich wende mich auf diesem Wege an Dich, weil ich keine andere Möglichkeit mehr sehe. Das Leben, das ich bislang geführt habe, hat mich nicht weit gebracht. Und das, was Du bei mir Charakterschwäche nennst, war Dir immer ein Dorn im Auge. Es tut mir leid, daß wir uns nie besser verstanden haben. Aber für eine Umkehr ist es jetzt zu spät. Du solltest meine Person und die Erinnerung an mich aus Deinem Bewußtsein streichen. Wahrscheinlich fällt Dir das nicht besonders schwer. Wir werden uns nie wiedersehen.*
>
> *Dein Sohn Aldon.«*

»Wir übergeben Ihnen den Brief als Beweisstück«, sagte Hooker. »Wir haben ein paar Kopien für unseren eigenen Bedarf davon gemacht.«

»Jetzt gibt es ja wohl keine Unklarheiten mehr«, sagte Young barsch. »Nehmen Sie den Schrieb mit und legen Sie ihn Ihrem Chef vor! Er soll mich dann anrufen. Es muß doch mit dem Teufel zugehen, wenn wir die Sache nicht in drei Tagen über die Bühne gekriegt haben.«

Ich nickte nur.

Es hatte keinen Sinn, weiterzureden.

Ich steckte den Brief samt Umschlag in meine Jacke und stand auf. Ein Gespräch mit William C. Young war wie ein Gespräch mit einer Wand. Über seinen persönlichen Werdegang kannte ich nur die paar Einzelheiten, die Mr. High mir genannt hatte.

Youngs Frau war vor fünf oder sechs Jahren gestorben. Seitdem lebte er nur noch für sein politisches Geschäft. Wichtig war nur die Fassade, die er vor der Öffentlichkeit aufgebaut hatte. Und dieser Fassade würde es verdammt abträglich sein, wenn sich herausstellte, daß sein Sohn mit Gangstern Verbindung gehabt hatte und womöglich sogar umgebracht worden war. Young weigerte sich vermutlich, an diese Möglichkeit auch nur zu denken. Die Selbstmordversion war für ihn vor der Öffentlichkeit das kleinere Übel.

Ich ließ den alten Young mit seinem privaten Ermittler allein. Die beiden mußten das Gefühl haben, daß ich klein beigab. Hooker vielleicht nicht. Er war ein gerissener Bursche. Es konnte sein, daß er sich einen Rest von Mißtrauen erhielt.

Statt des Mannes, der wie Bodyguard und Berater zugleich aussah, traf ich in der Halle eine junge Frau. Dunkelhaarig und schlank, karottenfarbige Jeans und karierte Bluse. In ihren Gesichtszügen erkannte ich etwas Ähnlichkeit mit William C. Young. Sie sah sich zögernd um, bevor sie auf mich zutrat.

»Sie sind vom FBI?« flüsterte sie.

Ich nickte. Dann sagte ich leise meinen Namen. Ich spürte, daß sie Grund für ihre Heimlichkeit hatte.

»Ich muß unbedingt mit Ihnen reden, Mr. Cotton. Noch heute! Geht es um sechs? Ich fahre zum Einkaufen nach Manhattan. Aber es muß irgendwo sein, wo man uns nicht zusammen sieht. Sie wissen, worum es geht. Mein Vater will die Wahrheit nicht sehen.« Sie schlug sich die Hand vor den Mund. »Oh, entschuldigen Sie, ich bin Norma, Aldons Schwester.«

»Kennen Sie den Bryant Park?«

»Ja.«

»Vor der Konzertmuschel. Da treffen sich um diese Jahreszeit höchstens romantisch veranlagte Pärchen.«

Ein Lächeln huschte über ihr Gesicht.

»Ich werde da sein, Mr. Cotton.« Sie wandte sich rasch ab und verschwand in einem der angrenzenden Zimmer.

Als ich in den Jaguar stieg, hatte ich das Gefühl, von mehreren Augenpaaren beobachtet zu werden.

»Nicht schlecht«, sagte Seamus Collins anerkennend. »Wirklich nicht schlecht.« Er drehte sich langsam um die eigene Achse und ließ seinen Blick über die Wohnzimmereinrichtung des Penthouse schweifen. Die Aussicht auf die Dächer von Atlantic City war ebenso berauschend wie der Luxus, den sich der Wohnungsinhaber leistete.

»Wir brauchen finanzkräftige Partner«, sagte Ed Ziebach. Er hantierte an der Hausbar und ließ Eiswürfel in zwei Longdrinkgläser fallen. »Leute, die gutes Geld in ein gutes Geschäft investieren und dafür einen anständigen Profit erwarten können.«

Collins nickte bedächtig und verstehend.

»Die Kleine, die in dieser Bude anschafft, muß ein verdammt gutes Geschäft sein. Kriegen wir sie wirklich nicht zu sehen?«

»Nein. Er hat sie absichtlich weggeschickt. Unser Geschäft hat nichts mit dieser Art von Geschäft zu tun.« Ziebach goß Bourbon über die Eiswürfel, die Sprünge bekamen.

»Schade«, sagte Collins. »Ein bißchen was fürs Auge ist nie zu verachten, vor allem aus nächster Nähe nicht.«

Ziebach trug die Longdrinkgläser auf ihn zu und drückte ihm eins in die Hand.

»Schlag dir das aus dem Kopf, Seamus. Wir warten hier auf den Mann, und wenn wir mit ihm einig sind, hauen wir ab. Das Penthouse ist deshalb gut geeignet, weil hier sowieso dauernd Kerle ein und aus gehen.«

Collins ließ den Bourbon in seine Kehle rinnen und bremste die Eiswürfel mit der Oberlippe ab. Er setzte das Glas ab und zündete sich eine Zigarette an.

»Bringt er jemand mit? Ich meine, es ist gut, wenn ich weiß, worauf ich achten muß.«

»Jedenfalls keine von seinen Bienen«, sagte Ziebach grinsend. »Damit brauchst du nicht zu rechnen.«

»Himmel!« Collins blickte zur Decke. »Tu jetzt nicht so, als ob ich dauernd nur an so was denke!«

Ed Ziebach legte ihm die Hand auf die Schulter. Das Grinsen verschwand aus seinen Mundwinkeln. »Mal im Ernst, Seamus. Du hättest dir längst was Festes suchen sollen. Ein Mann, der sich dauernd nur mit Nutten rumtreibt, kommt nie richtig zur Ruhe. So einer sucht immer nach was Neuem und ist nie richtig zufrieden. Das macht dich kribbelig, und irgendwann fängst du an, Fehler zu begehen. Das kommt ganz automatisch, ohne daß du's merkst.«

Collins lief rot an und schluckte. »Du sprichst wohl aus Erfahrung, was?« Er wußte, daß sein Ablenkungsversuch schwach auf den Beinen war.

»Wenn du so willst, meinetwegen.« Ziebach nahm die Hand wieder von Collins Schulter und wanderte bis zum Fenster. Dort blieb er stehen und drehte sich um. Er zeigte mit dem Glas auf den anderen. »Aber das ist lange her, mein Junge. Ich habe meine Erfahrungen gemacht und daraus gelernt. Ein Mann kann nicht sein ganzes Leben lang von einem Rockzipfel zum anderen hecheln. Irgendwann mußt du wissen, wo du hingehörst.«

»Okay, okay.« Collins leerte den Rest in seinem Glas mit einem Zug und knallte es auf den Marmortisch. »Wenn du mir eine Predigt halten willst, kann ich's nicht ändern. Aber jede Medaille hat 'ne Kehrseite, Ed. Daran denke ich andauernd.«

»Weibliche Kehrseiten sind doch was Hübsches, oder nicht?« Ziebach lachte leise und glucksend.

»Verdammt noch mal, du brauchst mich jetzt nicht hochzunehmen! Du weißt genau, was ich meine.«

»Geschenkt, Junge. Ist doch klar. Wenn einer an die falsche gerät, kriegt er nach fünf Jahren den Hintern nicht mehr hoch, marschiert nach zehn Jahren vor den Scheidungsrichter und ist nach fünfzehn Jahren reif für die Entziehungskur.«

»Haargenau.«

»Es gibt aber auch einen Mittelweg.« Ziebach öffnete die Glastür neben dem Fenster, die zum Penthouse-Garten hinausführte. »Ich meine, du suchst dir was Festes und richtest es so ein, daß du jederzeit wieder weg kannst.« Er hielt die Nase nach draußen. »Hm, die Luft in Atlantic City ist auch nicht besser als in New York. Aber es ist kühler geworden.« Ziebach trat ins Freie und schlenderte über die Marmorplatten der Terrasse auf die Blumenrabatten zu, die in flachen, rechteckigen Waschbetonbehältern angelegt waren. Weiter entfernt in der üppig wuchernden Pracht aus Blüten und grünem Buschwerk plätscherte ein Springbrunnen.

Seamus Collins folgte dem Älteren. Zu Ziebach hatte er immer ein gutes Verhältnis gehabt. Die Moralpredigt nahm er ihm nicht krumm. Wenn er ehrlich war, hatte Ed damit ins Schwarze getroffen. Aber wenn das ein Grund dafür sein sollte, daß er sich mit dem Inder einen Schnitzer geleistet hatte ...

»Hör mal, Ed«, sagte er, während er Ziebach nachging. »Ich kaufe dir das ja alles ab. Aber ich schleich' doch nicht auf dem Zahnfleisch durch die Gegend und lasse mich von jedem hergelaufenen Halunken übers Ohr hauen. Das mit Morarjee war ja nun wirklich keine Sache, die man mir ankreiden kann.«

Ed Ziebach ging über einen Plattenweg bis an das brusthohe Eisengeländer, das den Penthouse-Garten begrenzte. Er wandte sich halb um und deutete mit der freien Hand nach unten.

»Hören wir auf damit, Seamus! Hast du das gesehen, als wir reingekommen sind? Auf der anderen Straßenseite gibt's ein indisches Restaurant. Robert hätte nicht daran vorbeigehen können, wette ich.«

»Ich bin noch von heute mittag vollgefressen.« Collins grinste und trat neben Ziebach. Er blickte nach unten. Ed hatte recht. Im Erdgeschoß des Bürohochhauses gegenüber gab es Fenster mit schnörkeligen Schriftzeichen, die wohl indisch waren.

Ed Ziebach stellte sein Glas auf die Betonbrüstung, in die das Eisengeländer eingelassen war. Blitzschnell bückte er sich und packte Collins' Fußgelenke. Ein kurzer, kraftvoller Ruck genügte.

Collins flog über das Geländer hinaus und brachte nicht einmal mehr einen Schrei heraus. Die Überraschung war zu groß. Ziebach glaubte, für einen Sekundenbruchteil noch die Augen des anderen und das wahnsinnige Entsetzen darin gesehen zu haben. Aber das konnte auch Einbildung sein.

Er nahm sein Glas, steckte es in die Jackentasche und lief ins Wohnzimmer, wo er die Glastür schloß und mit seinem Taschentuch alle Fingerabdrücke abwischte. Im Vorbeigehen griff er sich Seamus' leeres Glas vom Marmortisch und verließ das Penthouse. Er verriegelte die Tür und warf den Schlüssel in den Briefkastenschlitz.

Als Ziebach den Fahrstuhl verließ und auf den Bürgersteig hinaustrat, hatte sich bereits eine Menschentraube gebildet. Der Fahrzeugverkehr geriet ins Stocken. Die Leute schrien durcheinander. Jemand hatte sehr schnell die Polizei verständigt, denn nach wenigen Minuten war Sirenengeheul zu hören, das rasch anschwoll.

Ziebach mischte sich für eine Weile unter die Menge. Dann wandte er sich ab. Zwei Häuserblocks weiter betrat er den Torweg zwischen zwei Wohnhäusern und warf die beiden Longdrinkgläser in einen der dort aufgereihten Mülleimer. Er verließ den Torweg, winkte ein Taxi heran und ließ sich zum Flughafen fahren.

Mit zwei Bechern Kaffee aus dem Automaten betrat ich unser gemeinsames Office.

»Deine Nase ist Gold wert«, sagte Phil. »Woher weißt du, daß ich nach einem Kaffee lechze?«

»Weil du ihn zu jeder Tages- und Nachtzeit in dich hineinschüttest.« Ich stieß die Tür mit dem Absatz hinter mir zu und stellte einen Becher auf den Schreibtisch meines Freundes.

»Du hast eine hinreißende Art, dich für nette Worte zu bedanken«, knurrte mein Freund. »Trotzdem vielen Dank.« Dann fluchte er, weil er es zu eilig hatte und sich die Lippen an dem brühheißen Zeug verbrannte.

Ich sichtete den Papierstapel auf meinem Schreibtisch im Schnellverfahren. Nichts Unaufschiebbares. Ich legte den ganzen Stapel in den Korb, der schon überquoll.

»Und?« fragte Phil.

Ich schwang auf dem Stuhl herum, schlug die Beine übereinander und sah ihn an.

»Du weißt genau, was ich meine.«

»Ich habe einen Abschiedsbrief«, sagte ich. »Im übrigen bleibt es bei dem, was ich schon vorher gesagt habe. Die ganze Fahrt nach Staten Island war Verschwendung von Steuergeld.« Ich berichtete in knappen Worten, während mein Freund den Brief Aldon Youngs überflog. Er gab mir das Blatt Papier zurück.

»Meinst du, das sei unter Zwang geschrieben worden?«

»Nicht unbedingt. Möglich ist alles. Aber eins erscheint mir daran wesentlich: Aldon hat mit keinem Wort gesagt, daß er seinem Leben ein Ende machen will.«

Phil zog die Augenbrauen hoch.

»Richtig. Der Brief kann ebensogut bedeuten, daß er sich auf Nimmerwiedersehen ins Ausland absetzen wollte.«

»Richtig. Ob mit oder ohne Brief, wir sind genau da, wo wir vorher waren. Oder hast du etwas Besseres?«

»Nicht viel.« Phil nippte an seinem Kaffeebecher, warf mir eine Zigarette herüber und zündete sich selber eine an. »Ich habe ein paar von unseren zuverlässigeren Quellen angezapft. Die Leute werden ein bißchen herumhorchen. Was ich ihnen bislang über Aldons Hintergrund aus der Nase ziehen konnte, wußten wir schon.«

»Und unser indischer Freund?«

»Schweigt sich aus. Ich werde nachher noch mal versuchen, ein paar Worte mit ihm zu wechseln. Wir haben den Dolmetscher im Haus.«

Ich nickte und warf einen Blick auf meine Armbanduhr.

»Es wird Zeit für meine Verabredung. Wir sehen uns später hier im Office. Okay?« Ich kippte meinen Kaffee hinunter und zerdrückte die Zigarette im Aschenbecher.

»Die Rosinen im Kuchen«, seufzte mein Freund. »Wieso hast du immer diese verdammt gute Nase dafür?«

Ich zog lächelnd die Tür hinter mir zu.

Der Bryant Park liegt an der Avenue of the Americas, zwischen 40. und 42. Straße. Von den Junkie-Treffs bis zur Prostitution gibt es in der 42. Straße alles, was sich ein Freund der Schattenseiten wünschen kann.

Ich stellte meinen Jaguar vor der öffentlichen Bücherei ab, deren Rückseite unmittelbar an den Park grenzt.

Durch den Platanengürtel, der sich um die Bücherei zog, erreichte ich das Parkgelände. Das Halbrund der Konzertmuschel erhob sich mit blättrigem weißem Putz. Ganz unten hatte jemand den Inhalt einer Farbsprühdose darauf verwendet, die Legalisierung von Marihuana zu fordern.

Ich stieg die Treppenstufen hinunter, die von der erhöhten Fläche neben der Konzertmuschel zu dem Platz hinabführten. Ich blieb stehen, warf einen Blick auf meine Armbanduhr und zündete mir eine Zigarette an.

Norma Young tauchte nach zwei oder drei Zügen aus dem Gewühl auf. Sie trug einen leichten Mantel mit schottischem Kiltmuster.

Sie blickte zu mir auf. Sie war einen halben Kopf kleiner als ich, die großen Augen dunkel und vertrauensvoll.

Ich trat meine Zigarette aus. »Tun wir ein bißchen so, als ob wir uns lange kennen.«

Sie zögerte nicht und hakte sich bei mir ein. Wir schlenderten auf die Buden zu, ließen uns im Gedränge treiben und steuerten auf einen Stand zu, wo frische Doughnuts in schäumendem Fett gebacken wurden. Ich kaufte zwei. Trotz des Pergamentpapiers bekamen wir fettige Finger, als wir langsam weitergingen.

»Ich möchte es mit meinem Vater nicht verderben«, sagte

sie. »Ich lebe in seinem Haus, und ich weiß, daß er mich braucht, seit Mom gestorben ist. Wir verstehen uns gut, wissen Sie. Mit Aldon war das anders. Ich habe versucht, eine Art Vermittlerrolle zu spielen, aber es ist mir nie richtig geglückt. Aldon hatte einen Hang zu all den Dingen, die Dad immer verachtet hat. Es ging so weit, daß Dad anfing, sich für seinen eigenen Sohn zu schämen.«

»Deshalb dieses heimliche Treffen? Sie sind anderer Meinung als Ihr Vater, aber er soll es nicht wissen.«

»Ja, deshalb. Was geschehen ist, ist schlimm genug für ihn. Ich verstehe ihn so gut. Aber trotzdem finde ich es ungerecht, wenn er seine Position ausnutzt, um Zusammenhänge zu verschleiern. Ein Normalbürger hätte nicht einmal die Chance dazu.«

»Was wollen Sie mir sagen?«

»Erstens, daß Aldon kein schlechter Mensch war. Er ist in Sachen hineingeschliddert, ohne richtig zu begreifen, was er tat.«

»Ich habe ihn nicht gekannt. Deshalb bin ich frei von Vorurteilen.«

»So habe ich Sie eingeschätzt, Mr. Cotton. Wissen Sie, ich trauere sehr um Aldon. Aber irgendwie hat es mich nicht schockiert, weil ich immer damit gerechnet habe. Wer sich in Gefahr begibt, kommt darin um, nicht wahr? Dad will im Zusammenhang mit Aldons Tod seine eigenen Interessen durchsetzen. Es geht ihm nicht darum, die Hintergründe aufzuklären und die Verantwortlichen zur Rechenschaft zu ziehen. Nein, für ihn ist nur eins wichtig: daß das makellose Bild seiner Persönlichkeit vor der Öffentlichkeit nicht angekratzt wird.«

»Dann glauben Sie, daß Aldon nicht freiwillig mit seinem Leben Schluß gemacht hat?«

Sie sah mich an, beinahe erstaunt. »Haben Sie ernsthaft etwas anderes angenommen?«

»Es gibt einen Abschiedsbrief.«

»Ach, Unsinn. Der Brief ist zwei Wochen alt. Aldon ist seitdem längst wieder zu Hause gewesen, und ich habe mit ihm darüber geredet. Er hatte es sich in den Kopf gesetzt, irgendwo ganz von vorn anzufangen. Phantastereien! Schließlich hat er begriffen, daß man vor seiner Vergangenheit nicht weglaufen kann. Für Dad war dieser lächerliche Brief jetzt natürlich haargenau das Richtige.«

»Also weiter«, bat ich. Ich warf das fettige Pergamentpapier in einen nahen Papierkorb.

»Vielleicht kann ich dazu beitragen, daß Aldons Tod aufgeklärt wird. Daß die Schuldigen vor den Richter kommen. Deshalb bin ich hier, Mr. Cotton. Meiner Meinung nach wäre es Dads Aufgabe, mit Ihnen zusammenzuarbeiten. Ich möchte trotzdem nicht, daß er etwas von unserem Gespräch erfährt. Verstehen Sie das?«

»Sicher. Sie können sich darauf verlassen.«

»Dann ist es gut. Gehen wir ein Stück weiter? Ich habe Ihnen etwas mitgebracht.«

Wir bahnten uns einen Weg durch das Gewühl und erreichten einen Parkweg, der zur 42. Straße führte. Vor einer Bank blieb Norma stehen und zog ein zusammengefaltetes Blatt Papier aus ihrer Handtasche, die sie an einem Schulterriemen trug.

»Stecken Sie es sofort ein!« bat sie. »Sehen Sie es sich später an! Ich kann Ihnen nicht sagen, was es ist. Ich habe nicht die geringste Ahnung. Nur soviel: Es muß etwas sein, das für Aldon wichtig war. Hooker, dieser Privatdetektiv, hat es nicht gefunden, obwohl er Aldons Zimmer umgekrempelt hat. Ich kannte die Verstecke meines Bruders besser.« Sie lächelte kaum erkennbar.

Ich nickte und ließ das Papier in meiner Jacke verschwinden. »Wo haben Sie Ihren Wagen?« fragte ich. »Ich bringe Sie hin.«

»Oh, das ist nicht nötig. Es ist besser, ich gehe allein. Man kann nie wissen, von wem man beobachtet wird. Ich traue keinem, Mr. Cotton. Nicht mehr, seit Aldon tot ist.«

»Rufen Sie mich an, wenn es etwas Wichtiges gibt!« Ich gab ihr die Karte mit meiner dienstlichen und meiner privaten Telefonnummer.

Sie winkte mir zu, wie man einem guten Freund zuwinkt, als sie schon einige Schritte entfernt war. Ich wandte mich ab. Der Lärm des Rummelplatzes schwoll wieder an.

Trotzdem hörte ich die Geräusche, die nicht hierher paßten. Geräusche, die dann entstehen, wenn sich jemand hastig bewegt – scharrende Sohlen auf rauhem Asphalt, klatschende Zweige von Buschwerk.

Ich wirbelte herum.

Norma war verschwunden. Aber sie konnte die 20 Yards entfernte Wegbiegung unmöglich schon erreicht haben.

Ich rannte mit langen Sätzen los. Das Rascheln des Gebüschs wurde deutlicher. Ich glaubte, unterdrückte Schmerzenslaute zu hören. Von rechts. Ohne zu zögern, warf ich mich herum und tauchte in das Buschwerk. Zweige peitschten in mein Gesicht. Dann hatte ich freie Fläche vor mir. Der Grasboden zwischen den Stämmen der Platanen war feucht und glitschig.

Mein Smith & Wesson flog förmlich aus dem Schulterholster. Kalt und schwer ruhte die Waffe in meiner Rechten. Ich verlangsamte mein Tempo nicht einen Sekundenbruchteil lang. Dann sah ich sie.

Zwei Männer. Der eine hielt Norma umklammert, preßte ihr den Mund zu und schleifte sie weg. Sie mußten ihren Wagen irgendwo abgestellt haben, wo sie niemand sah. Der andere war in unmittelbarer Nähe seines Komplizen. Er sah sich ständig sichernd nach allen Seiten um. Er erblickte mich, als ich noch 20 Yards entfernt war.

Der Mann verharrte jäh. Er stieß einen knappen Warnruf aus. Seine Arme flogen hoch. Er hielt eine Automatikpistole im Beidhandanschlag. Die Mündung sah so groß und dunkel aus, daß es Kaliber 45 sein mußte.

Ich stoppte meine Schritte und hatte den Smith & Wesson im selben Moment schußbereit. Eine Pattsituation. Wer die besseren Nerven hatte, siegte. Mit einer Faustfeuerwaffe trifft man aus 20 Yards Entfernung nicht so leicht.

Aber ich durfte die Rechnung nicht ohne Norma machen.

Der andere, der sie umklammert hielt, reagierte geschickt.

Er zog sie hinter einen Baumstamm und rührte sich nicht mehr.

»Die Kanone weg!« rief sein Komplize mit der Automatik. Er war ein breitschultriger Bursche mit dichtem Schnauzbart. »Weg damit, oder dem Girl geht es schlecht!«

Sie hatten Norma beschattet. Keine Frage. Aus einem Grund, den ich nicht kannte, mußten sie wissen, daß Aldons Schwester ihnen gefährlich werden konnte.

Ich reagierte nicht. Schwäche zu zeigen, bedeutete, dem anderen einen zusätz ichen Trumpf in die Hand spielen.

Seine Augen wurden schmaler. Er starrte in die Mündung meines Revolvers. Für mich blieb seine Automatik der Mittelpunkt.

Ich sah Normas Beine, die sich bewegten. Sie wand sich im Griff ihres Bezwingers. Zwar schaffte sie es nicht, sich zu befreien. Aber der Mann brauchte beide Arme und Hände, um sie festzuhalten. Er konnte nicht zu seiner Waffe greifen.

Die Sekunden dehnten sich zu Ewigkeiten. Im Gesicht meines Gegenübers sah ich es zucken. Seine Unsicherheit wuchs. Der Lärm des Rummelplatzes klang gedämpft durch die Parkanlagen.

»Letzte Warnung!« schrie der Mann mit der Automatik. »Ich brauche mich nur umzudrehen, und sie fängt sich eine Kugel!«

»Darauf warte ich«, entgegnete ich kalt. »Du wirst nicht schnell genug sein.«

Seine Mundwinkel zuckten heftiger. Alles in ihm drängte zur Entscheidung. Die Nervenanspannung wurde unerträglich. Ich las den Entschluß im Aufblitzen seiner Augen.

Im selben Moment krachte der Schuß.

Viel zu schnell. Ich reagierte nicht sofort, rechnete in einem jähen Augenblick des Schocks mit dem Einschlag der Kugel. Mein Körper verkrampfte sich in Erwartung des Schmerzes.

Ich brauchte eine Sekunde, um zu begreifen. Kein Mündungsfeuer zuckte aus der schweren Pistole. In der Hand des schnauzbärtigen Mannes flog die Waffe hoch empor, löste sich aus seinen Fingern, als er ins Taumeln geriet. Grenzenloses Entsetzen malte sich in sein Gesicht. Die Kugel hatte seine Nervenfunktion abgeschnitten. Er war nicht einmal mehr fähig gewesen, den Zeigefinger zu krümmen. Langsam, zeitlupenartig, sank er in sich zusammen. Erst jetzt sah ich den Blutfleck auf seiner Jacke.

Ich ruckte halb herum und suchte nach der Ursache, die mir alles aus der Hand gerissen hatte.

Das Geschehen überschlug sich.

Der zweite Mann geriet in Panik. Meine Aufmerksamkeit wurde erneut abgelenkt, als er plötzlich hinter dem Baumstamm auftauchte und davonzurennen begann. Die junge Frau hatte er weggestoßen. Als Geiselnehmer hatte er allein keine Chance mehr, das wußte er.

»Stehenbleiben!« brüllte ich. »Stehenbleiben, oder ...«

Er kam nur zwei Schritte weit. Der Schuß fetzte mir die Worte von den Lippen.

Ich hatte das Gefühl, in einen Abgrund zu versinken.

Der Fliehende wurde von einer unsichtbaren Faust gestoppt, überschlug sich fast und prallte gegen einen Baum, an dem er zu Boden sank.

Langsam drehte ich mich um. Noch immer hielt ich den Smith & Wesson in der Rechten.

Zufrieden lächelnd schlug er die Zweige beiseite und trat auf mich zu.

Alvin Hooker!

Seine Waffe war ein 357er Ruger-Revolver aus vernickeltem Edelstahl. Eine gepflegte und auffällige Waffe, wie sie zu einem Leinwandhelden gepaßt hätte. Er schob den Revolver in ein Gürtelfutteral, das er am Hosenbund auf dem Rücken trug.

»Himmel, das war ja wohl in letzter Minute«, sagte er aufatmend. »Wir müssen uns jetzt um Norma kümmern, denke ich. Sicher hat sie einen Schock erlitten.«

Mir verschlug es die Sprache.

Er lief an mir vorbei auf den Baum zu, hinter dem Norma zu Boden gesunken war. Mir blieb nichts anderes übrig, als mich schleunigst um die beiden Gangster zu kümmern. Reden konnten wir, wenn endgültig keine Gefahr mehr bestand.

Ich beugte mich über den Schnauzbärtigen. Hinter mir hörte ich Hooker beruhigend auf Norma einreden. Er war ganz der Retter in der Not.

Die Kugel hatte den Mann ins Herz getroffen. Kein Arzt der Welt konnte ihm mehr helfen. Ich lief zu dem anderen, der etwa 20 Schritte entfernt lag. Den Revolver hielt ich schußbereit, doch meine Vorsicht war unnötig. Erneut stieg die Wut in mir empor. Ich lief los. Mir wurde nicht bewußt, daß es keine Zuschauer gab. Ich achtete nicht auf die Umgebung. Die Schüsse hatten den Lärm vom Rummelplatz nicht übertönt.

Norma Young lehnte erschöpft am Baum. Ihr Gesicht war blaß. Hooker redete noch immer auf sie ein.

Ich packte ihn an der Schulter und riß ihn herum. Er stürzte fast zu Boden. Mit Mühe bewahrte er sein Gleichgewicht. Im letzten Moment ließ ich meine Rechte sinken. Ich bezwang mich. Ich spürte Normas erschrockenen Blick.

»Cotton«, keuchte er. »Menschenskind, sind Sie verrückt geworden?«

Ich schob meinen Smith & Wesson mit einem Ruck ins Holster. »Das, Hooker«, sagte ich schneidend, »wird noch ein verdammt böses Nachspiel haben. Das war Mord, nichts anderes als eiskalter Mord.«

Er sperrte den Mund auf.

»Ist das Ihr Ernst, Cotton? Menschenskind noch mal, ich bewahre Norma vor dem sicheren Tod und wahrscheinlich auch Sie, und da kommen Sie und werfen mir so was vor? Sind Sie noch ganz bei Trost?«

»Ich habe eine etwas andere Ansicht«, entgegnete ich scharf. »Zumindest den zweiten Mann haben Sie auf dem Gewissen. Es bestand kein Anlaß, ihm in den Rücken zu schießen.«

»Himmel! Glauben Sie, das war Absicht? Ich habe auf seine Beine gezielt.«

»Wenn Sie so schlecht mit der Waffe wären, hätten Sie schon beim ersten Schuß versagt!«

»Mann, begreifen Sie doch endlich ...«

»Schluß jetzt! Es ist nicht mein Job, darüber zu diskutieren. Sie werden sich an den zuständigen Stellen dafür verantworten. Dabei wird dann auch zur Sprache gebracht werden, weshalb Sie Norma verfolgt haben. Und ob Sie möglicherweise gute Gründe dafür hatten, die beiden Gangster für immer zum Schweigen zu bringen.«

Er erbleichte. Seine Überlegenheit verschwand.

»Außerdem ist zu klären, ob Sie unter den gegebenen Umständen Ihre Lizenz noch länger wert sind. Und jetzt rate ich Ihnen dringend, sich nicht vom Fleck zu rühren. Ich muß den Erkennungsdienst verständigen. Sollten Sie verschwunden sein, wenn ich zurückkomme, geben Sie Ihre Lizenz am besten gleich freiwillig ab.«

Hooker schwieg.

Ich wandte mich Norma zu. Der Blick, mit dem sie mich ansah, war voller Erstaunen. Sie würde eine Weile brauchen, bis sie alles verstand. Vielleicht war Hooker überzeugt davon, daß er sich auf den Notwehrparagraphen berufen konnte. Möglich, daß auch Norma sein Verhalten für richtig hielt. Wer sollte es ihr verübeln?

»Bei uns werden keine Todesstrafen mehr vollstreckt«, sagte ich leise. »Deshalb hat niemand das Recht, ein Todesurteil durch die Hintertür vorwegzunehmen. Kein Polizeibeamter und schon gar nicht ein Privatdetektiv. Denken Sie darüber nach, Norma! Ich bin sofort wieder da.«

Ich lief zu meinem Jaguar und verständigte die zuständige Mordkommission der City Police.

Als ich zurückkehrte, war Hooker noch bei Norma. Es war gut für ihn, daß er sich nicht abgesetzt hatte.

»Ich habe doch nur das Beste gewollt«, murmelte er.

»Möglich«, entgegnete ich knapp. »Nur gibt es Gründe dafür, daß ich es Ihnen nicht abkaufen kann.«

Ich wartete, bis die ersten Beamten der Mordkommission eintrafen. Norma Young war nicht in der Lage, zu sprechen.

Vermutlich stand sie unter Schockeinwirkung. Ich veranlaßte, daß sie von einer Ambulanz ins Hospital gebracht wurde. Hooker mußte sich einer Vernehmung unterziehen. Da er eine feste Adresse hatte, blieb er auf freiem Fuß. Bis der Fall geklärt war, durfte er allerdings die Stadt nicht verlassen. Ich nahm an, daß er ohnehin kein Interesse daran hatte.

Die beiden Toten hatten keine Personalpapiere bei sich. Ich war aber sicher, daß wir ihre Fingerprints in unserem Zentralarchiv hatten. Da wir auch keine Kraftfahrzeugzulassung bei ihnen fanden, mußte irgendwo in der Nähe ein gestohlender Wagen stehen.

Ich ließ die Beamten der Mordkommission allein. Hier konnte ich nichts mehr tun.

Es war halb acht, als ich zur Federal Plaza zurückfuhr. Die Sonne mußte schon tief über dem Horizont stehen, denn die Spitzen der Wolkenkratzer glühten dunkelrot, und der Widerschein warf ein unnatürliches Licht bis in die Tiefe der Straßenschluchten.

Bis auf die Dienstfahrzeuge war der Hof unserer Fahrbereitschaft leer. Die meisten Kollegen hatten Feierabend. Ich fuhr mit dem Fahrstuhl hinauf und fand einen Zettel von Phil auf meinem Schreibtisch.

Bitte sofort zum Chef!

Wahrscheinlich hatten sie versucht, mich über Funk zu erreichen, als ich mich im Bryant Park befand.

Ich ging hinüber. Das Vorzimmer war leer. Helen, John D. Highs Sekretärin, hatte bereits Feierabend. Die Stimme, die mir beim Öffnen der Tür entgegendröhnte, erkannte ich auf Anhieb.

»... sage ich es noch einmal unmißverständlich! Ich verlange, daß keinerlei Informationen an die Presse gegeben werden! Ich verlange, daß die Ermittlungen eingestellt werden, denn es handelt sich nachweislich um Selbstmord! Ich werde es nicht hinnehmen, daß die Behörden diesen Fall anders behandeln als jeden anderen Fall von Selbstmord!« Überflüssigerweise schlug William C. Young mit der Faust auf den Tisch. Er schien sich wie zu Hause zu fühlen.

John D. High nickte mir zu, als ich mich neben Phil in den freien Sessel setzte. Das Gesicht des Chefs war wie aus Stein.

Young beachtete mich nicht. Er saß dem Chef gegenüber und betrachtete nur ihn als Gesprächspartner.

»Sie haben es selbst sehr treffend ausgedrückt, Mr. Young«, sagte John D. High eisig. »Es gibt in diesem Fall keine Sonderbehandlung.«

»Sie wissen verdammt genau, was ich meine!« brüllte Young. Er schlug noch einmal mit der Faust auf den Tisch.

John D. High blieb ruhig. »Ich möchte Sie auf eines hinweisen, Sir«, sagte er leise – weder drohend noch gereizt. Doch wie er es sagte, jagte es selbst Phil und mir einen Schauer über den Rücken. »Diesen Ton und diese Lautstärke dulde ich nicht. Ich bitte Sie, das zu berücksichtigen. Andernfalls müßte ich Sie bitten, das FBI-Gebäude auf der Stelle zu verlassen.«

Youngs Unterkiefer klappte herunter. »Sind Sie bei Trost? Sie wollen mir drohen? Mir?«

Der Chef blieb beherrscht. »Noch einmal, Mr. Young: Es gibt keine Sonderbehandlungen.«

»Himmel noch mal«, knurrte Young. »Sind Sie sich eigentlich darüber im klaren, mit wem Sie reden?«

Ich sah es im Gesicht des Chefs, daß er genug hatte. Irgendwann war es auch mit seiner unerschütterlichen Geduld vorbei. Gegen die ewig Gestrigen, die Unverbesserlichen, ist anscheinend doch noch kein Kraut gewachsen.

»Es gibt da eine neue Erkenntnis«, sagte ich. »Wenn ich das kurz erklären darf . . .«

»Bitte, Jerry.« Der Chef nickte.

Youngs Kopf ruckte herum. Er starrte mich an, als wollte er mich verschlingen. Ich stand auf, ging auf ihn zu und blieb vor ihm stehen.

»In vielen Ermittlungsverfahren haben wir es mit einem Tatbestand zu tun, den man als wissentliche Unterdrückung von Erkenntnissen bezeichnet. In unserem Fall betrifft es den sogenannten Abschiedsbrief, den Sie mir gegeben haben, Mr. Young. Fällt Ihnen dazu etwas ein, was Sie uns sagen möchten?«

Auf seiner Stirn entstanden harte Falten. Der Blick, mit dem er mich maß, war vernichtend. Ich war sicher, daß er mich am liebsten mit einem Tritt hinausbefördert hätte wie einen lästigen Untergebenen.

»Was nehmen Sie sich heraus, Mann?« Seine Stimme war tonlos. »Was, in aller Welt, nehmen Sie sich heraus?«

»So kommen wir nicht weiter, Jerry«, sagte der Chef. »Sagen Sie, was es ist.«

»Also gut. Der Abschiedsbrief, den Mr. Young mir gegeben hat, ist als Beweismittel völlig wertlos. Erstens hat Aldon Young darin keine ausdrückliche Selbstmordabsicht geäußert. Zweitens ist der Brief mindestens zwei Wochen alt. Und drittens ist Aldon wieder nach Hause zurückgekehrt, nachdem er den Brief geschrieben hatte.«

William C. Young atmete schwer. Mr. High und Phil sahen mich entgeistert an. Was ich eben vom Stapel gelassen hatte, war in der Tat wie eine Bombe.

»Das ... das ist ungeheuerlich«, keuchte Young. »Wer hat Ihnen das gesagt? Von wem haben Sie diese Verleumdung? Heraus damit!«

Ich schüttelte lächelnd den Kopf. »So nicht, Mr. Young. Ich werde das Gefühl nicht los, daß wir immer mehr Dreck zu sehen bekommen, je mehr wir uns mit der Angelegenheit befassen. Im übrigen sind wir nicht verpflichtet, einen Informanten preiszugeben, solange wir uns im Ermittlungsstadium befinden. Bei der Gerichtsverhandlung sieht es später anders aus.«

»Gerichtsverhandlung?« William C. Young sprang aus seinem Sessel auf. Der Mann vibrierte vor Erregung. »Haben Sie den Verstand verloren? Sind Sie sich nicht darüber im klaren, daß ich Sie fertigmachen werde?« Seine Stimme steigerte sich abermals zum Gebrüll. »Einen hergelaufenen Kerl lasse ich doch nicht ...«

John D. High stand mit einem Ruck auf. Seine Stimme war wie ein Peitschenhieb. »Verlassen Sie mein Büro! Sofort!«

William C. Young zuckte zusammen. Sein Gesicht lief dunkelrot an. Es mußte Jahrzehnte her sein, daß jemand so mit ihm gesprochen hatte.

Daß es ihn auf den Teppich zurückbrachte, war trotzdem nicht anzunehmen.

Ich ging wortlos zur Tür und öffnete sie.

Young riß den Mund auf.

Einen Moment lang sah es aus, als wolle er losbrüllen. Dann, plötzlich, klappte er das Kinn hoch und stampfte wie ein Stier hinaus.

Ich sah ihm nach, bis er das Vorzimmer durchquert hatte und die Tür zum Korridor hinter sich zuschmetterte. Dann schloß auch ich die Chefzimmertür wieder und kehrte zu meinem Sessel zurück.

»Puh«, sagte Phil und blickte den Chef an. »Wissen Sie, daß Sie eben einen Bürgermeister hinausgeworfen haben, Sir?«

»Allerdings«, entgegnete John D. High. »Es ist mir wahrhaftig nicht leichtgefallen. Aber irgendwo gibt es Grenzen.«

»Sein Sohn hat ihm nie viel bedeutet«, sagte ich. »Es geht ihm nur um seine eigenen Interessen.«

»Was ist passiert?« fragte John D. High.

Ich berichtete. Erst über das, was mir Norma Young zu dem Brief erzählt hatte. Dann über das blutige Geschehen im Bryant Park. Abschließend zog ich das Blatt Papier aus der Tasche, das Norma mir gegeben hatte. Bis jetzt hatte ich noch keinen Gedanken daran verschwenden können. Phil und ich gingen zum Schreibtisch des Chefs hinüber, und ich faltete das Papier auseinander. Eine Weile betrachteten wir es schweigend.

Eine Lichtpause. Linien, die mit einem Zeichengerät gezogen waren. Von einem Fachmann. Dazu aber nicht ein einziges Wort erläuternden Textes.

»Es sieht nach einem Grundriß aus«, meinte der Chef. Er

tippte mit dem Zeigefinger auf die Skizze. »Dies hier könnte eine Straße sein. Ebensogut aber auch ein Fluß oder ein Kanal.«

»Und das andere?« Phil sah uns an. »Das Erdgeschoß eines Gebäudes vielleicht?«

»Oder ein Keller«, warf ich ein.

»Ohne Nachforschungen finden wir es nicht heraus«, sagte der Chef. »Hat Norma Young keine Andeutung gemacht, worum es sich handeln könnte?«

»Sie hat selber keine Ahnung«, antwortete ich. »Nur so viel, daß es etwas Wichtiges sein muß. Denn sie hat es gut versteckt in Aldons Zimmer gefunden.«

»Gut«, entschied John D. High. »Lassen Sie die Zeichnung hier! Morgen gebe ich Kopien davon an die Bauämter und die einzelnen Katasterämter der Stadt. Fachleute haben einen anderen Blick für solche Dinge. Im Augenblick hilft es uns nichts, wenn wir uns in die Skizze verbeißen.«

»Was haben wir sonst noch?« fragte ich.

»Das endgültige Obduktionsgutachten liegt inzwischen vor«, erklärte der Chef. »Es bestätigt das, was wir schon vorweg erfahren haben. Neu ist das Ergebnis der Laboruntersuchung. Die Stoffasern, die unter den Fingernägeln des Toten gefunden wurden, bestehen zu 80 Prozent aus Schurwolle und zu 20 Prozent aus Kunstfasern. Stoffe dieser Art werden für alle möglichen Kleidungsstücke verwendet, vom Mantel bis zum Smoking.«

»Also nutzt es uns auch nichts«, zog Phil den vorläufigen Schlußstrich.

Es war halb neun, als Phil und ich in meinen Jaguar stiegen und nach Hause fuhren. Über Manhattan war die Dunkelheit hereingebrochen, und der abendliche Lichterglanz gab der Stadt ein hübsches Aussehen.

Mein Apartment hatte an diesem Abend etwas ungemein Gemütliches. Ich schaltete die Stereoanlage auf dezentes Hintergrundgeplätscher, stieg für zehn Minuten unter die

Dusche, gönnte mir anschließend einen Sandwich und kehrte mit einer Tasse Kaffee in den Livingroom zurück.

Das Telefon summte.

Ich seufzte ergeben und angelte mir den Hörer.

»Cotton.«

»Jerry, entschuldigen Sie, wenn ich Sie noch so spät anrufe. Aber es gibt einiges, was ich Ihnen sagen muß. Ich meine, was ich bisher noch nicht wußte. Bitte, halten Sie mich nicht für verrückt und aufdringlich, aber Sie können sich vorstellen, daß diese furchtbare Geschichte mich auch ziemlich verwirrt hat.«

»Komisch«, sagte ich.

»Was ist komisch?«

»Gerade habe ich an Sie gedacht, Norma.«

»Solche Zufälle gibt es öfter, nicht wahr?«

»Vielleicht ist es mehr als das. Aber egal. Wie geht es Ihnen?«

»Besser, viel besser.«

»Sind Sie zu Hause?«

»Ja. Es ist alles in Ordnung. Ich habe den Schock überstanden. Es war nicht so schlimm.«

»Wahrscheinlich haben Sie mich für einen krummen Hund gehalten.«

»Anfangs ja, ehrlich gesagt. Ich habe nicht begriffen, was überhaupt los war. Können Sie das verstehen?«

»Sicher.«

»Im Hospital haben sie mir ein Beruhigungsmittel gegeben. Ich bin nicht der Typ, der Tabletten schluckt. Aber es hat jedenfalls geholfen, und ich konnte danach klarer sehen. Wenn jeder Polizeibeamte so handeln würde, wie es Hooker getan hat, dann ... dann würde ja jeder Verbrecher praktisch hingerichtet, bevor er überhaupt eine Chance hätte, sich zu verteidigen. Dann könnten ja auch Situationen entstehen, in denen ein Unschuldiger getötet wird. Ich bin sicher, Sie hätten den Mann mit der Pistole kampfunfähig gemacht, bevor er mir etwas anhaben konnte, ohne ihn gleich zu töten.«

»Danke für das nachträgliche Vertrauen, Norma. Ich hätte alles daran gesetzt, es so zu tun.«

»Oh, das weiß ich. Hooker ist für meinen Vater eine Marionette. Er tut das, wofür er bezahlt wird. Dafür habe ich sogar Verständnis. Jedem Mann geht es in seinem Beruf vielleicht ähnlich. Nur, wenn es dazu führt, daß der Betreffende andere Menschen kaltblütig erschießt ...« Sie ließ den Rest des Satzes unausgesprochen. »Weshalb ich Sie anrufe, Jerry: Ich muß unbedingt noch einmal mit Ihnen sprechen. Es hat sich etwas Neues ergeben. Ich kann das nicht am Telefon sagen. Dad ist zwar noch in der Town Hall, aber Sie verstehen ...«

»Natürlich«, sagte ich. »Keinen heimlichen Treffpunkt diesmal, Norma. Die Erfahrungen sind zu schlecht.«

»Aber wir können uns unmöglich hier treffen. Das Haus hat zu viele Augen und Ohren.«

»Sind Sie sicher, daß Sie es mir nicht am Telefon sagen können?«

»Ganz sicher. Seit Hooker hier ist, ist es zu gefährlich.«

»Ist er schon zurück?«

»Noch nicht. Deshalb eilt es. Was halten Sie davon, wenn wir uns hier in der Nähe auf einem Parkplatz treffen? Ich könnte dann zu Ihnen in den Wagen steigen, und wir fahren irgendwohin, wo wir keine Zuschauer und keine Zuhörer haben.«

»Hm. Das ließe sich machen.« Ich warf einen Blick auf die Armbanduhr. Es war kurz nach neun. »Sagen wir, um zehn. Und wo?«

»Da ist ein Parkplatz ganz in der Nähe. An der Forest Avenue. Wenn Sie aus Richtung St. George kommen, an der rechten Seite, zwei Abzweigungen nach der Bement Avenue.«

»Einverstanden. Ich werde um zehn Uhr dort sein. Kommen Sie ein paar Minuten später! Dann gibt es keine riskante Wartezeit.«

»Ja, ich verstehe. Vielen Dank, Jerry.«

Ich legte auf. Um pünktlich zu sein, brauchte ich mich

nicht sehr zu beeilen. Abends um diese Zeit gelangt man zügig nach Downtown. Bis Mitternacht fuhr die Staten-Island-Fähre noch im Pendelverkehr.

Er hatte das Gefühl, Dampf ablassen zu müssen.

Alvin Hooker ließ seinen Camaro mit 30 Meilen pro Stunde über die Verrazano Narrows Bridge rollen. Die Positionslichter der Schiffe sahen aus, als schwebten sie in der Schwärze der Bay. Immer noch vibrierte es in ihm. Er dachte an das Glas Bourbon, das er in sich hineinkippen würde, sobald er die Tür seines Zimmers in der Young-Villa hinter sich zugeschlagen hatte.

Die Stunden bei der Mordkommission der City Police waren eine einzige Erniedrigung gewesen.

Erst hatten sie ihn eine Ewigkeit warten lassen. Dann hatten sie die Vernehmung endlos hinausgezögert. Und sie hatten offenbar verdammt lange nachdenken müssen, ehe sie sich entschlossen, ihn auf freien Fuß zu setzen. Nach seiner Überzeugung war das Ganze die reinste Schikane gewesen. Er konnte sich ein Urteil darüber erlauben, denn er kannte den Dienstbetrieb bei der Polizei.

Ein Lächeln umspielte seine schmalen Lippen. Hooker angelte sich eine Zigarette von der Mittelkonsole und drückte den elektrischen Anzünder.

Damals, vor knapp zehn Jahren, hatte er seine Dienstmarke ohne Groll oder Haß auf irgend jemand abgegeben. Immerhin hatte er es bis zum Lieutenant der Detective Division gebracht. Ohne Nebeneinnahme wäre das Leben damals aber nur ein Witz gewesen. Daß sie es Korruption nannten, hatte ihn nicht gestört. Und als sie ihn feuerten, hatte er eher Erleichterung empfunden. Ihm war damals längst klar gewesen, daß es auf dem freien Markt einfacher war, gutes Geld zu verdienen.

Der Anzünder ließ ein schnappendes Geräusch hören. Hooker zog ihn heraus und zielte mit der Zigarette in die Glutfäden.

Als er den Anzünder wieder an seinen Platz schob, fiel sein Blick in den Spiegel.

Waren die beiden Scheinwerfer schon länger da?

Erneute Wut durchzuckte ihn wie ein Messerstich. Er fühlte sich nicht wie ein Verbrecher, den sie beschatten mußten. Und er war ärgerlich über sich selbst, weil er es nicht sofort bemerkt hatte.

Er gab Gas und beschleunigte auf 50 Meilen. Das Scheinwerferpaar folgte ihm, wie von einem Faden gezogen. Er verringerte das Tempo wieder. Der andere blieb hinter ihm und dachte nicht daran, zu überholen.

Hooker zwang sich zur Ruhe. Er mußte einen klaren Kopf bewahren und sich auf die Lage einstellen.

Die Verrazano Narrows Bridge blieb hinter ihm zurück, und die breiten Fahrspuren gingen in den Staten Island Expressway über. Die Lichter der hügeligen Insel sahen wie funkelnde Diamanten auf einem faltigen schwarzen Samttuch aus.

Niederschmetternd war vor allem, daß sie ihm nicht trauten. Ab jetzt stuften sie ihn als einen Verbrecher ein, zumindest in ihrem Denken. Es hatte ihm nicht das geringste genutzt, daß er für den stellvertretenden Bürgermeister des Stadtbezirks Richmond arbeitete. Hooker war enttäuscht über die sonderbaren Weltanschauungen, die heutzutage offenbar tonangebend waren. Er hatte Norma Young und einen FBI-Mann vor dem möglichen Tod bewahrt, und sie behandelten ihn dafür wie einen Hund. Daß es Cops waren, die ihm folgten, stand für ihn fest.

Nun, sie sollten eine lange Nacht kriegen. Er lächelte wieder.

Er würde genau das tun, was er vorgehabt hatte. Sich in sein Zimmer verkriechen und sich einen guten Schluck genehmigen. Während er es sich gutgehen ließ, konnten sie draußen in ihrer Blechbüchse hocken und die Minuten zählen.

Er fädelte den Camaro in das Verteilersystem vor der Clove Road ein. Die Verfolger gaben sich keine Mühe, ihre

Anwesenheit zu verbergen. Sie hingen dran wie eine Klette.

Eine Viertelstunde später erreichte Hooker die Bement Avenue. Das Scheinwerferpaar wurde kleiner, als er abbremste und im Schrittempo in die Villeneinfahrt fuhr. Ungefähr 150 Yards entfernt blieben sie am Fahrbahnrand zurück.

Gut so. Wenn sie glaubten, daß er in dieser Nacht noch munter werden und auf Achse gehen würde, dann sollten sie eine große Enttäuschung erleben.

Die Außenbeleuchtung der Villa war eingeschaltet. Hooker sah es, ehe er den Vorplatz erreichte. Sekunden später wurde ihm klar, daß es mit dem Verkriechen nichts werden würde.

Er zerknirschte einen Fluch zwischen den Zähnen.

Norma Young stieg aus ihrem zitronengelben Datsun Cherry und war im Begriff, das Garagentor zu schließen. Als sie das Motorengeräusch hörte, zuckte sie zusammen und drehte sich erschrocken um.

Hooker trat auf das Gaspedal. Der Camaro machte einen Satz und kam im nächsten Moment mit kreischenden Reifen vor dem kleinen gelben Flitzer zum Stehen. Hooker drehte den Zündschlüssel nach links und sprang ins Freie. Norma war das schlechte Gewissen in Person. Das sah er auf den ersten Blick. Sie straffte ihre Haltung in dem Versuch, sich etwas Selbstsicherheit zu geben.

»Okay«, sagte er grinsend und blieb vor ihr stehen. »Ein ziemlich später Ausflug, wie?« Er griff in die Jackentasche und klemmte sich eine Zigarette zwischen die Zähne. Das Feuerzeug klickte laut in der Stille.

»Sie haben nicht das Recht, so mit mir zu reden«, sagte Norma standhaft. »Wollen Sie mich etwa zwingen, zu Hause zu bleiben?«

»Über meine Rechte brauchen wir nicht zu diskutieren.« Hooker blies den Rauch in die kühler werdende Abendluft. Nach dem Zirkus bei den Cops hatte er keine Lust, sich von dem Girl abkanzeln zu lassen. Im Gegenteil. Sie sollte merken, daß sie zur Zeit sehr kleine Brötchen zu backen hatte.

»Geben Sie jetzt den Weg frei!« verlangte Norma.

»Sie werden das Grundstück nicht verlassen. Nicht heute abend!«

»Seit wann haben Sie das Recht, mir Anweisungen zu erteilen?«

»Seit heute. Solche Scherereien wie im Bryant Park kann sich Ihr Vater nicht mehr erlauben – nach allem, was passiert ist.«

Norma schüttelte den Kopf. Sie wurde ärgerlich. »Mr. Hooker, Sie glauben doch nicht, daß ich mir das bieten lasse! Ich bin ein erwachsener Mensch und kann tun und lassen, was ich will. Wenn mein Vater mich hier festhalten will, dann soll er es mir selber sagen.«

»Wissen Sie was?« Hooker grinste noch anzüglicher. »Ihr Daddy würde Sie übers Knie legen, wenn Sie so mit ihm reden.«

»Ich warne Sie, Mr. Hooker.« Normas Stimme wurde schneidend. »Geben Sie jetzt den Weg frei, oder ...«

»Oder was?«

»Ich rufe Dad in der Town Hall an. Er wird Ihnen den Marsch blasen, darauf können Sie sich verlassen.«

»Gut«, knurrte er. »Rufen wir ihn an. Er hat noch keine Ahnung, was heute nachmittag passiert ist. Er wird sich freuen, es zu hören. Und noch mehr wird er sich darüber freuen, daß seine feine Tochter losfahren will, um noch mehr Unheil zu stiften. Na los, kommen Sie! Wir rufen ihn an.«

Norma biß sich auf die Unterlippe. Sie hatte sich selber in die Enge getrieben. Es war zum Verrücktwerden. Ausgerechnet jetzt mußte Hooker auftauchen!

»Seien Sie doch vernünftig!« bat sie zahm. »Die ganze Aufregung ist vollkommen überflüssig. Lassen Sie mich jetzt fahren, und wir vergessen alles.«

Hooker lachte glucksend. Er hatte Oberwasser. »Soso! Nein, das schlagen Sie sich besser aus dem Kopf, Kleines! Sie werden mir jetzt sagen, wohin Sie fahren wollten. Sonst kriegen Sie eine Menge Ärger, das kann ich Ihnen garantieren.«

»Es ist nichts, was Sie interessieren könnte.«

»So wie Sie es sagen, klingt es nach dem Gegenteil.« Hooker verlor die Geduld. Das Wortgeplänkel wurde ihm zuviel. Er packte Normas Handgelenk, zog sie zu sich heran. Sie schrie leise auf und wand sich unter seinem stahlharten Griff.

»Lassen Sie mich los! Mein Vater wird ...«

»Nichts wird er!« zischte Hooker. »Ihr Daddy und ich sitzen jetzt in einem Boot, Mädchen. Er verpaßt Ihnen höchstens noch ein paar Ohrfeigen zusätzlich, denn er ist mächtig nervös. Sie werden mir jetzt sagen, was Sie vorhatten, oder ich werde ungemütlich.«

Norma preßte die Lippen aufeinander. Sie wußte, daß Hooker es notfalls aus ihr herausprügeln würde. Und sie hatte die traurige Gewißheit, daß ihr Vater ihn dabei noch unterstützen würde.

»Ich ... ich wollte«, stammelte sie und rang nach Luft.

»Weiter, weiter!« Hooker verstärkte seinen Griff.

Norma stöhnte schmerzerfüllt. »Ich habe eine Verabredung. Bitte ... lassen Sie doch endlich los! Ich ...«

Hooker dachte nicht daran. »Mit wem?« drängte er. »Heraus damit!«

»Mit Mr. Cotton.«

»Aha. Ist ja auch sehr naheliegend. Wann und wo? Los, los, muß ich Ihnen jedes Wort aus der Nase ziehen?«

»Um zehn Uhr. Auf dem Parkplatz an der Forest Avenue.«

»Okay. Sie holen keinen G-man um diese Zeit aus seinem Office, wenn sie nicht einen besonderen Grund haben. Was ist es?«

»Das wissen Sie doch«, ächzte Norma. »Es handelt sich um Aldon.«

»Sicher doch. Wahrscheinlich wollen Sie Cotton erzählen, welche Whiskymarke Aldon bevorzugte. Halten Sie mich nicht für dämlich, Norma! Irgendwas haben Sie. Wie wäre es, wenn ich Ihre Handtasche durchsuche?«

Norma gab auf. Ihr Rest von Widerstand brach zusammen. »Also gut. Ich habe ein Notizbuch von Aldon gefunden. Es geht daraus hervor, daß er diesen sogenannten

Abschiedsbrief aus Angst geschrieben hat. Er fürchtete sich vor irgendwelchen Leuten, die ihn unter Druck setzten. Ich weiß nicht, weshalb, aber sie haben Geld aus ihm herausgepreßt.«

Hooker stieß einen leisen Pfiff aus. Er ließ die junge Frau los. Sie atmete auf, lehnte sich gegen den Wagen und rieb sich das schmerzende Handgelenk.

»Her damit!« forderte der Privatdetektiv. »Ich muß leider gestehen, daß ich sein Zimmer nicht gründlich genug durchsucht habe. Gut, daß Sie mich dabei unterstützt haben.«

Norma öffnete wortlos die Fahrertür, griff nach ihrer Handtasche und nahm das dünne Notizbuch heraus. Sie dachte an die rätselhafte Skizze, von der Hooker zum Glück nichts wußte. Er nahm das Notizbuch, steckte es in die Tasche und warf einen Blick auf seine Armbanduhr. »Okay. Steigen Sie ein! Auf den Beifahrersitz. Wir wollen unseren Freund Cotton nicht zu lange warten lassen.«

Norma starrte ihn entgeistert an. Als sie seine verbissene Miene sah, verzichtete sie auf jeden Einwand. Was Hooker sich in den Kopf gesetzt haben mochte, war unergründlich. Seine Nerven schienen angekratzt zu sein. Es war besser, ihm nicht zu widersprechen. Sie gehorchte.

Hooker zog den Zündschlüssel des Camaro ab und schwang sich hinter das Lenkrad des Datsun. Er setzte den kleinen Wagen bis vor das Garagentor zurück und zog an dem Camaro vorbei. Norma hatte die Hände auf den Knien verkrampft und hielt den Kopf gesenkt.

In der Grundstücksausfahrt stoppte Hooker kurz und fuhr dann wieder an. Als er auf die Bement Avenue hinausbog, war von dem Verfolgerfahrzeug nichts mehr zu sehen. Das Licht der Straßenlampen reichte aus, um darüber jeden Zweifel auszuschließen. Trotzdem wollte das nichts besagen.

Hooker gab Gas, Richtung Forest Avenue. 400 Yards von der Villeneinfahrt entfernt glühten plötzlich wieder die Lichtpunkte eines Scheinwerferpaars im Innenspiegel. Hooker hatte es nicht anders erwartet.

Sie hatten sich in einer Grundstückseinfahrt oder in einem Seitenweg aufgebaut.

Hooker hielt das Tempo. Noch eins ergab sich aus der Tatsache, daß sie ihn auch jetzt verfolgten: Sie kannten Normas Wagen, mußten sich folglich gründliche Informationen über die gesamte Familie Young besorgt haben. Bezog sich ihre Beschattungsaktion nicht nur auf ihn, sondern auch auf Norma? Hatten sie gesehen, daß er mit ihr im Wagen saß?

Er würde die Fragen diesem G-man an den Kopf knallen. Alle! Hooker war entschlossen, für seine Rechte zu kämpfen und klarzustellen, daß er nicht das Schlitzohr war, für das man ihn hielt. Deshalb kam ihm Cotton gerade recht. Mit den Cops konnte man kein vernünftiges Wort reden.

Ein FBI-Beamter war etwas anderes. Die Elite der Nation. Hooker grinste bei dem Gedanken.

Er zog den Datsun in die Einmündung zur Forest Avenue.

»Langsamer«, sagte John Hardee, der auf dem Beifahrersitz saß.

Der Mann, der den Chevrolet Citation lenkte, reagierte sofort. Hardee kannte nur seinen Vornamen Romero. Ein Portorikaner. Einer aus dem Fußvolk, der zu den einwandfrei funktionierenden Befehlsempfängern gehörte. Hardee schätzte Romero vor allem als einen erstklassigen Fahrer. Bei allen anderen Aufgaben mußte man ihm haargenaue Anweisungen geben, wenn es klappen sollte. Hardee betrachtete das nicht unbedingt als einen Nachteil.

Der gelbe Datsun Cherry hatte ein nervös zuckendes Blinklicht. In gut 300 Yards Entfernung scherte der Wagen von der Doppelfahrspur der Forest Avenue aus und rollte in die Abbiegespur zum Parkplatz. Zur Avenue hin war der Parkplatz durch eine Buschgruppe begrenzt, desgleichen zur anderen Seite. Daran schloß sich Brachland an, von Unkraut überwuchert. Wie überall dort in New York, wo sich Grundstücksspekulanten zu keinem Entschluß durchringen können. Nur weiter oben, auf einer der Hügelkuppen, gab es Lichter. Wohnhäuser, vermutete Hardee.

»Anhalten!« sagte er, als der Datsun hinter dem Parkplatzgebüsch verschwunden war. »Scheinwerfer aus!«

Romero brachte den Wagen auf der schmalen Standspur zum Stehen und schaltete die Beleuchtung aus. Lediglich den Motor ließ er im Leerlauf summen.Einen Moment lang überlegte Hardee. Dann faßte er seinen Entschluß. Er nahm das Fernglas aus dem Handschuhfach.

»Schalte die Innenbeleuchtung aus, Romero! Und dann nach rechts aus dem Wagen! Wir sehen uns das aus der Nähe an.«

Der Portorikaner gehorchte wortlos. Hardee stieß die Tür auf und glitt ins Freie. Romero folgte ihm mit katzenhafter Gewandtheit. Im nächsten Moment waren sie von der Dunkelheit im fast mannshoch wuchernden Unkraut verschluckt. Nur jemand, der aus allernächster Nähe hinsah, konnte erkennen, daß in dem kompakten Chevrolet niemand mehr saß.

Hardee und sein Fahrer pirschten sich geräuschlos bis auf 100 Yards an die Nordseite des Parkplatzes heran. Dann fanden sie einen etwas erhöhten Punkt auf einer Bodenwelle. Sie verharrten im Schutz süßlich riechenden Gebüschs. Hardee hob das Fernglas an die Augen, justierte die Optik und spähte sekundenlang hindurch. Dann reichte er Romero das Glas.

»Sieh es dir an, Romero, und sag mir, was du davon hältst!« Hardee rückte seine Brille zurecht, die durch das Fernglas leicht verrutscht war.

Romero blieb für einen Moment stumm. »Keine Ahnung, wer der andere Kerl ist«, murmelte er dann.

»Ich weiß es auch nicht. Was tun sie jetzt?«

»Stehen vor dem Wagen von dem anderen. Himmel, das ist eine irre Kiste! Jaguar! Sieht man selten.«

»Wir brauchen das Mädchen«, sagte Hardee knapp. »Vielleicht ist es jetzt der richtige Moment. Oder machen sie Anstalten weiterzufahren?«

»Noch nicht. Vielleicht ist der Jaguarfahrer ein Cop.«

»Ziemlich unwahrscheinlich. Kein Cop kann sich so einen Wagen leisten. Vielleicht einer aus Youngs Bekanntenkreis, mit dem Hooker verhandeln soll.«

»Es muß ja kein gewöhnlicher Cop sein«, wandte Romero ein. »Die von der Kriminalabteilung verdienen ganz gut.«

»Nicht gut genug für einen Jaguar.« Hardee wischte unwillig mit der Hand durch die Luft, obwohl er Romero nicht sehen konnte. Die Auto-Fachsimpelei des Portorikaners ging ihm gegen den Strich. »Die beiden Kerle interessieren uns nicht. Wir brauchen nur das Mädchen. Und wir erledigen es jetzt.«

»An mir soll's nicht liegen«, entgegnete Romero und gab das Fernglas zurück.

Bis zum Wagen brauchten sie nur zwei, drei Minuten.

»Jerry, es tut mir leid. Ich konnte es nicht verhindern.« Norma stand wie ein Häufchen Elend im schwachen Schein des Standlichts unserer beider Wagen.

Ich schwor mir, daß es die letzte Verabredung dieser Art mit Norma Young sein würde. Alvin Hooker sah mich an. Er grinste schief. Es konnte Unsicherheit sein, aber auch Herausforderung.

»Langsam verliere ich die Geduld mit Ihnen«, sagte ich grob. »Wie oft wollen Sie mir noch in die Quere kommen, Hooker?«

Er schüttelte energisch den Kopf. »Da sind ein paar Dinge, die Sie nicht ganz richtig sehen, Cotton. Erstens tue ich nur meine Pflicht. Sie müssen doch zugeben, daß ich Norma nicht allein losfahren lassen konnte. Schließlich ist sie immer noch gefährdet.«

»Das ist doch ...«, empörte sich Norma.

»Schon gut«, unterbrach ich sie. »Und zweitens?«

»Ja ...« Er zog die Schultern hoch und vergrub die Hände in den Taschen. »Zweitens trifft es sich gut, um die verdammten Cops loszuwerden, die hinter mir her sind. Ich sehe nicht ganz ein, weshalb sie mich wie einen Verbrecher behandeln. Verdunkelungsgefahr oder so was gibt es ja wohl nicht. Wenn Sie fair sind, Cotton, reden Sie mal ein ernstes Wort mit denen.«

Norma sah ihn verblüfft von der Seite an.

Ich runzelte die Stirn. »Sie werden beschattet?«

»Allerdings«, knurrte er. »Und ...«

Weiter gelangte er nicht.

Scheinwerferlicht schwenkte plötzlich in die Parkplatzeinfahrt. Im selben Moment brüllte der dazugehörige Motor auf. Die gleißenden Halogenlichter wuchsen rasend schnell auf uns zu.

Hooker wirbelte erschrocken herum.

Norma schrie auf.

Ich wollte sie packen und sah in diesem Sekundenbruchteil die Einzelheiten wie im zuckend zwischengeschalteten Standfoto eines ablaufenden Films. Ein dunkler Wagen! Vor der serienmäßigen Chromschnauze schützten Stahldrahtgitter die Scheinwerfer! Stoßfänger aus armdickem schwarzem Stahlrohr gaben der Frontpartie der Limousine das Aussehen eines gefährlichen Raubtiers. Ein Chevrolet Citation, umgerüstet für AutoCross oder ähnliche Scherze. Der Fahrer mußte ein Motorsportfan sein. Zum Teufel, welchen Sinn ergab das?

Meine Reaktionsschnelligkeit reichte nicht aus.

Ein ohrenbetäubendes Krachen löschte alle anderen Wahrnehmungen aus.

Der kleine Datsun, vom Anprall getrieben, machte einen jähen Satz nach vorn.

Ich griff ins Leere.

Norma Young wurde vom Kotflügel ihres eigenen Wagens erfaßt und zur Seite geschleudert. Ihr Schrei versiegte in einem dumpfen Laut.

Die Türen des Chevrolet flogen auf.

Reflexartig hatte ich den Smith & Wesson in der Rechten. Aus den Augenwinkeln heraus sah ich, daß Norma gegen meinen Jaguar geworfen worden war und benommen quer über der Motorhaube lag. Ich kreiselte herum und schnellte los, um ihr zu Hilfe zu eilen und mit ihr hinter meinem Flitzer Deckung zu suchen.

Die beiden Männer, die aus dem Chevrolet sprangen, waren wie huschende Schatten.

Und wieder wurde meine Absicht vereitelt. Hooker war schnell, unglaublich schnell. Einen Moment lang hatte ich ihn aus den Augen verloren. Jetzt tauchte er hinter der langen Motorhaube meines Jaguars auf, packte Norma und zog sie zu sich heran.

Nur ein Schritt trennte mich von ihr, als sie wie ein hilfloses Bündel mit Hooker in der Dunkelheit hinter dem Jaguar wegtauchte.

Für einen winzigen Moment verwirrte mich das Geschehen. Ich flankte über den vorderen linken Kotflügel des Jaguars. Mehr im Unterbewußtsein hörte ich hastige Schritte. Hooker und Norma!

Ein Schuß bellte, bevor ich Deckung fand.

Ich spürte einen wilden Schmerz in der linken Schulter, wurde herumgerissen und schlug hart zu Boden. Daß ich mit dem Hinterkopf auf den Asphalt prallte, begriff ich nicht mehr.

Es war wie eine dröhnende Detonation, die meinen Schädel zu zersprengen schien.

Ich versank in bodenlose Schwärze.

Alvin Hooker hatte die junge Frau mit einem brutalen Ruck über die Leitplanke gezogen. Norma schlug der Länge nach ins Gebüsch und hatte Mühe, sich wieder aufzurappeln. Hooker zerrte sie an den Armen hoch und hastete mit ihr weiter. Sie war noch immer benommen, aber sie mußte es schaffen. Sie mußte!

Zweige peitschten ihnen ins Gesicht. Hooker hatte seinen Revolver wieder ins Gürtelfutteral geschoben. Im Augenblick behinderte ihn die Waffe nur. Er wußte nicht, wie nahe ihm die Kerle auf den Fersen waren. Aber es gab keinen

Zweifel daran, daß sie sie nicht einfach laufenlassen würden.

»Komm, Mädchen, komm!« zischte der Privatdetektiv. Er hielt Normas rechten Arm gepackt und zerrte sie immer weiter durch das Gebüsch. Der Boden war uneben. Norma stolperte mehr, als daß sie lief. Dann erreichten sie das Brachland und kamen etwas schneller voran. Das Gelände stieg an. Der Hügel erhob sich schwarz und drohend vor ihnen.

Hooker hörte die Verfolger nicht. Die Geräusche seiner und Normas Schritte waren lauter. Dazu das Keuchen seines eigenen Atems. Das Wissen um die tödliche Gefahr stieg ihm bis in die Kehle und verursachte einen beklemmenden Druck. Er brauchte nur stehenzubleiben, und sie würden in Sekundenschnelle da sein und ihn mit Kugeln vollpumpen.

Aber noch war es die Dunkelheit, die Norma und ihn schützte. Kein Mensch konnte in stockfinsterer Nacht einen gezielten Schuß anbringen.

Siedendheiß war es Alvin Hooker bewußt geworden, daß er einen verhängnisvollen Denkfehler begangen hatte. Nicht Cops hatten ihn beschattet. Die Männer, die ihm jetzt im Nacken saßen, hatten einen anderen Grund. Sie kannten ihn. Wußten, daß er zwei aus ihren Reihen umgelegt hatte.

Mit rasselndem Atem arbeitete sich Hooker weiter voran. Das Gelände stieg jetzt zunehmend an. Norma behinderte ihn. Doch er fühlte sich dem alten Young verpflichtet. William C. Young war einer der wenigen Menschen, die seine Denk- und Arbeitsweise auf Anhieb verstanden hatten. Hooker wußte das zu schätzen. Er wollte Young nicht enttäuschen.

Jäh verhedderte er sich mit dem Fuß. Gestrüpp oder Wurzeln, die aus dem Boden ragten, wer weiß was! Der Schreck fuhr Hooker stechend in die Magengegend, als er nicht sofort loskam. Er stürzte zu Boden und riß Norma ungewollt mit sich. Sie stieß einen Schrei aus, beherrschte sich aber sofort wieder. Ein dorniger Zweig war Hooker quer durch das Gesicht geschrammt. Er spürte warmes Blut, das über seine linke Wange rann. Schmerz empfand er nicht. Dafür rebellierten sein Nerven zu sehr.

Durch den Sturz war es für einen Moment so still, daß er die Verfolger hören konnte – ihre Schritte und ihren keuchenden Atem. Sie mußten nahe sein, höllisch nahe!

Beginnende Panik erfaßte den Privatdetektiv. Er stützte sich mit den Händen ab, schnellte hoch, packte Norma wieder und zerrte sie weiter. Sie würde nicht mehr lange durchhalten. Die Auseinandersetzung mit den verdammten Hunden ließ sich nicht vermeiden. Aber noch konnte er es nicht wagen, sich ihnen entgegenzustellen. Nicht hier, wo es praktisch keine Deckung gab.

Die Steigung nahm jetzt noch mehr zu. Jeder Schritt wurde doppelt anstrengend. Nicht auf Anhieb nahm Hooker die schwache Helligkeit wahr, die ihn und die junge Frau nun erreichte. Zu sehr konzentrierte er sich auf den Boden vor seinen Füßen. Er wollte keinen zweiten Sturz riskieren, der vielleicht das Ende bedeutete.

Erst als Norma an seinem Arm riß und etwas schrie, das er nicht verstand, blickte er auf.

Die Lichter, die sie von der Forest Avenue aus gesehen hatten!

Ein verschachtelter Klotz aus grauem Beton erhob sich über der Hügelkuppe. Die Fensterhöhlen gähnten schwarz und ohne Glas. Baukräne reckten ihre stählernen Gerippe in den Abendhimmel, Lampen tauchten das Gelände in jenes Mindestmaß an Helligkeit, das Dieben von Baumaterial die Arbeit erschweren sollte.

»Schneller«, keuchte Hooker. »Los, Mädchen, schneller!« Schlagartig wurde ihm klar, daß sie vor dem Licht eine prächtige Zielscheibe abgaben.

Er hatte den Gedanken noch nicht zu Ende gebracht, als der erste Schuß bellte.

Norma zuckte zusammen und schrie auf. Einen Atemzug lang glaubte Hooker, die Kugel habe sie getroffen. Aber die junge Frau klammerte sich schutzsuchend an ihn. Hooker empfand einen Hauch von Erleichterung. Er umfaßte sie mit dem linken Arm und schleifte sie mit sich. Er wußte, daß sie sich nicht mehr auf den Beinen halten konnte.

Wieder das trockene Blaffen eines Pistolenschusses!

Hooker spürte Normas erneutes Zusammenzucken hautnah. Doch sie schrie nicht mehr. Das tat ihm wohl. Er konnte sich nicht mehr erinnern, wann er einem Menschen Schutz gegeben hatte. Jetzt erfüllte es ihn mit Stolz, und er spürte eine unerklärliche Art von Gewißheit darüber, daß er die tödliche Gefahr durchstehen würde.

Dem Schuß folgte ein Kommando, ausgespien von einer schneidenden Männerstimme und nur undeutlich zu hören.

Hooker wußte dennoch, was es bedeutete. Er grinste. Der Schütze war zu voreilig gewesen. Für gezieltes Feuern war die Entfernung also noch zu groß.

Ein mehr als mannshoher Zaun aus großmaschigem Stahldraht umgab das Grundstück, und es war nicht anders als bei den meisten Baustellen: Lücken klafften dort, wo der Draht an den Pfählen befestigt war. Immer wieder gab es Strolche, die nachts nach Dingen stöberten, die nicht niet- und nagelfest waren. Der Zaun war nur notdürftig repariert worden.

Hooker bog das Maschengeflecht an einem der Pfosten zur Seite und ließ Norma hindurchschlüpfen. Sofort folgte er ihr, packte sie wieder und zog sie weiter voran. Rechterhand gab es einige Bretterbuden, in denen die Leute vom Bau ihre Pausen verbrachten. Schlechter Schutz gegen stahlummanteltes Blei!

Hooker lief geradeaus. Das Licht einer nahen Lampe fiel in eine Gasse zwischen hochaufragenden Betonwänden. Vielleicht eine Zufahrt zur späteren Tiefgarage. Es spielte keine Rolle. Hooker wußte nur, daß dieser häßliche graue Beton ihm jetzt den besten Schutz bot. Er rannte mit Norma in die Gasse hinein. Feuchtigkeit und der Geruch von Zement und Sand umgaben sie. Auf dem Boden lagen Schalbretter. Sie mußten aufpassen, daß sie nicht stolperten.

Weiter links sah Hooker ein offenes Rechteck, das schwarz klaffte. Eine spätere Tür, die in das Erdgeschoß des terrassenartigen Baukomplexes führen sollte. Er schlüpfte mit dem Mädchen hindurch. Augenblicklich waren sie von Dunkelheit umgeben. Sie waren gezwungen, sich langsamer zu bewegen.

Hooker benutzte die freie Rechte, um sich voranzutasten. Schnell spürte er, daß sie sich in einem Korridor befanden. Es gab weitere Türhöhlen, die in angrenzende Räume führten. Hooker schob Norma in eine dieser Höhlen. Er lehnte sie gegen die kühle Wand.

»Ich bin sofort zurück«, flüsterte er. »Ich muß sehen, daß wir einen Fluchtweg offenhaben.«

Jäh umklammerte die junge Frau seine Arme. Eine heiße Woge durchflutete den Körper des Mannes. Er wünschte sich, daß dieses Gefühl nie weichen möge. Aber da waren die Schritte, jetzt schon deutlicher zu hören. Die Gefahr löschte alle anderen Empfindungen aus. Hooker unterdrückte einen Fluch.

»Keine Angst«, sagte er leise und schob Norma behutsam von sich. Er zog den schweren Revolver und schlich zurück in den Korridor.

Die Türöffnung, durch die sie gekommen waren, zeichnete sich als helles Rechteck ab. Halb zur Seite gewandt, bewegte sich Hooker in die entgegengesetzte Richtung. Wenn die Schweinehunde jetzt auftauchten, gab es ein Magnum-Geschoß zur Begrüßung. Bei dem Gedanken stieß er ein grimmiges Knurren aus. Dann stellte er fest, daß es eine Türöffnung zu einem vorn gelegenen Raum gab. Dort wiederum gähnten leere Fensterhöhlen.

Hooker wirbelte herum. Noch hatte er Zeit, sich für diese bessere Position zu entscheiden. Er hastete zurück, holte Norma und zog sie mit sich in den Raum, den er entdeckt hatte. Er bedeutete ihr, sich auf den Boden zu legen. Geduckt schlich er bis an das glaslose Fenster, kauerte unter dem Sims und spähte vorsichtig hinaus. Das Baustellengelände erschien ihm wie in gleißendes Scheinwerferlicht getaucht. Es lag daran, daß sich seine Augen an die Dunkelheit gewöhnt hatten.

Nichts bewegte sich draußen. Kein Laut war zu hören. Nirgendwo ein Schatten, der von einer menschlichen Gestalt herrührte.

Hookers Magen krampfte sich zusammen. Hatten sie etwa das Gebäude schon erreicht?

Unmöglich! So schnell konnten sie nicht gewesen sein. Wahrscheinlich waren sie irgendwo in Deckung gegangen. Vielleicht hinter den Bretterbuden. Weil sie wußten, daß er jetzt nur darauf wartete, ihnen den passenden Empfang zu bereiten.

Aber die Ungewißheit begann an seinen Nerven zu nagen.

Ich erwachte.

Schlagartig funktionierten meine Sinne wieder, und ebenso plötzlich setzte der Schmerz ein.

Ich schlug die Augen auf. Über mir, weniger als einen Schritt entfernt, glühten die Standlichter meines Jaguars. Der Asphalt strömte Kälte aus. Ich fröstelte. In meinem Kopf dröhnte es. Ich tastete nach der linken Schulter, während ich mich halb aufrichtete. Die Wunde brannte wie Feuer. Ich fühlte das Blut, das den Stoff des Jacketts durchdrungen hatte und noch klebrig war. Den linken Arm, die Hand und die Finger konnte ich bewegen. Immerhin! Eine Fleischwunde, vielleicht nur ein Streifschuß.

Ich stützte mich auf den Jaguar-Kotflügel und rappelte mich vollends auf. Erstaunt stellte ich fest, daß die Fahrzeuge noch da waren. Leer und verlassen. Der Datsun Cherry mit dem eingedrückten Heck und der Chevrolet Citation, dessen mächtige Stoßfänger für dieses raubtierhafte Aussehen sorgten. Die Türen des Chevy standen noch immer offen.

Ich biß die Zähne zusammen, bekämpfte den Schmerz und spürte, daß auch mein Kopf allmählich klarer wurde. Leicht benommen noch ging ich auf den Chevrolet zu. Ich sah mich um. Nirgendwo war eine Menschenseele zu sehen, keine Bewegung, nichts. Was, in aller Welt, hatte sich in der Dunkelheit außerhalb des Parkplatzes abgespielt? Es war mehr ein Instinkt, der mich dazu trieb, den Zündschlüssel des Chevrolet abzuziehen.

Als ich den Schlüssel in die Tasche steckte und mich wieder aus dem Wagen schob, bellte der erste Schuß.

Ich wirbelte herum, griff nach dem Smith & Wesson und kümmerte mich nicht um den Schmerz, der durch die jähe Bewegung noch heftiger durch meine Schulter zuckte.

Ich sah die Lichter auf der Hügelkuppe. Dann die Schatten, die sich vor dem hellen Hintergrund bewegten.

Ich rannte los und sprang über die Leitplanke, die den Parkplatz umsäumte.

Erneut bellte ein Schuß.

Die Schatten, die ich eben noch gesehen hatte, waren verschwunden. Es wurde still, bedrohlich still.

Ich bremste meinen Vorwärtsdrang. Wenn ich eingreifen wollte, dann durfte ich kein Geräusch verursachen. Behutsam und dennoch so zügig wie möglich drang ich durch das hohe Unkraut vor. Die Wunde schien nur mäßig zu bluten. Ich hatte verteufeltes Glück gehabt.

Sekunden und Minuten verrannen. Mit jedem Schritt, den ich zurücklegte, wuchs die Befürchtung in mir, daß augenblicklich die Hölle losbrechen konnte. Wenn es eine Art Katz-und-Maus-Spiel war, das sie in dem halbfertigen Neubau veranstalteten, dann taten sie es auf eine bemerkenswert geräuschlose Weise.

Als ich mich dem windschiefen und löchrigen Bauzaun auf Steinwurfweite genähert hatte, rührte sich noch immer nichts. Ich duckte mich, ging schließlich in die Knie und legte dann die letzten Yards robbend zurück. Eine schweißtreibende Angelegenheit, nicht zuletzt wegen der Schußwunde. Ich kroch auf einen der Pfähle zu, neben dem eine hohe Lücke in den Stahldrahtmaschen klaffte.

Es erschien mir wie ein Wunder, daß ich unbehelligt die Grundstücksgrenze überwand und hinter einem flachen Stapel zementverschmierter Bretter Deckung fand. Vorsichtig spähte ich über die Bretter hinweg. Die Baustelle lag so ruhig und friedlich da, daß ich mir wie ein unerwünschter Eindringling vorkam.

Schüsse setzten mit ohrenbetäubendem Hämmern ein. Querschläger heulten mit schrillen Tönen. Unwillkürlich zog ich den Kopf tiefer. Im selben Moment begriff ich, daß die Kugeln im Inneren des Betonkastens wie in einem Bienenhaus zirpten.

Plötzlich krachte ein Schuß zu meiner Rechten im Freien.

Ich warf mich herum, bis an das Ende des Bretterstapels. Ein zweiter Schuß folgte. Diesmal sah ich das Mündungsfeuer. Der Mann hockte hinter einer Baubude. Die ganze Zeit über mußte er etwas Bestimmtes im Auge gehabt haben, denn andernfalls hätte er mich einfach bemerken müssen.

Ich schob den Dienstrevolver nach vorn.

Beim dritten Mündungsblitz erkannte ich das Ziel. Der Heckenschütze feuerte auf ein Fenster in der kahlen Betonfassade.

Wen wollte er von dort zurücktreiben? Hooker? Wenn es so war, dann hatten sie den Privatdetektiv in die Zange genommen.

An Norma mochte ich nicht denken.

Noch im Nachhall des Schusses brachte ich den Smith & Wesson in Anschlag. Der Querschläger orgelte mit schrillem Klang in den Nachthimmel.

Aus dem Betongebäude waren noch immer trockene, fast dumpf klingende Schüsse zu hören.

Ich behielt die Baubude im Auge. Das heftigere Stechen in meiner linken Schulter kümmerte mich nicht. Es durfte mich nicht kümmern! Wenn es noch eine Chance für Norma Young gab, dann lag sie bei mir.

Abermals zuckte ein Mündungsblitz am Rand des Bretterhäuschens auf.

Ich brauchte die Visierlinie nur wenig zu korrigieren. Sofort zog ich durch. Der 38er ruckte in meinen Fäusten. Er spie sein Blei in die Gegend knapp unter dem Mündungsblitz. Noch im Krachen des Schusses hörte ich einen erstickten Schrei.

Das Feuer im Gebäude war spärlicher und regelmäßig geworden.

Mir blieb keine Zeit, mich um den Mann zu kümmern, den ich wahrscheinlich außer Gefecht gesetzt hatte. Ich kam halb hoch und hastete geduckt voran, jeden Sekundenbruchteil bereit, wieder in Deckung zu gehen. Aber da war kein heißes Blei, das mir von der Baubude her folgte.

Ich schaffte es, mich der kahlen Betonfassade bis auf zehn Yards nähern.

Einem letzten Schuß folgte ein gellender Schrei, der mir durch Mark und Bein ging. Ein Schrei, so voller Entsetzen, daß fast nichts Menschliches mehr darin lag. Im nächsten Moment ein klatschender Aufschlag. Dann Stille.

Ich wollte lossprinten und die letzten Yards überwinden. Aber ich schaffte nur drei oder vier Schritte.

In einer Fensterhöhle des Erdgeschosses war eine plötzliche Bewegung zu erkennen. Im Licht der Außenlampen wurden Einzelheiten deutlich.

Mir gefror das Blut in den Adern.

Der Mann drückte ihr die Pistolenmündung in die rechte Wange. Es war ein niederschmetternder Anblick, wie der häßliche Waffenstahl die zarte Gesichtshaut Normas verzerrte. Sie war bleich wie eine Wand, ihre Augen geweitet. Der Mann, der mit der freien Linken ihren Arm gepackt hielt, war mittelblond und hochgewachsen. Er trug eine randlose Brille.

»Stehenbleiben!« brüllte er. »Die Hände hoch und den Revolver weg!«

Ich gehorchte. Den Smith & Wesson ließ ich in den Sand fallen. Dann faltete ich die Hände über dem Hinterkopf. Ich spürte, wie das schon leicht verkrustete Blut meiner Schulterwunde wieder aufplatzte. Es gab keine Chance. Wenigstens zur Zeit nicht! Jede kleinste unbedachte Bewegung konnte Norma das Leben kosten.

Denn es bedeutete für den Mann kein besonderes Risiko,

sie umzubringen. Er hatte es nicht mit einer Übermacht zu tun. Nirgendwo lagen Scharfschützen, die nur darauf warteten, daß er einen Fehler beging. Um mich auszuschalten, brauchte er im Grunde nicht einmal Norma mehr. Jetzt war er mir auch ohne die Frau als Geisel überlegen.

»Romero!« schrie er. »Wo steckst du, Romero?«

Die Antwort ließ Sekunden auf sich warten. »Hier«, ertönte schließlich eine gequälte Stimme. »Das verdammte Schwein hat mich erwischt.«

Ich sah, wie sich das Gesicht hinter der randlosen Brille verzerrte. Meine Nerven begannen zu vibrieren. Wenn er ein Mann war, der sich von seiner Wut überwältigen ließ, dann würden Norma und ich die nächsten Minuten nicht überleben.

»Rühr dich nicht vom Fleck!« fauchte er mich an. Und dann wieder in die andere Richtung: »Wie sieht es aus, Romero?«

»Okay, ich schaffe es«, antwortete der andere mit deutlichem portorikanischem Akzent. »Ich habe das Ding in den rechten Arm gekriegt. Muß wohl bewußtlos gewesen sein. Aber es geht jetzt.«

»Hast du dein Schießeisen?«

»Ja.«

»Dann nimm es mit! Und beeil dich!«

Statt einer Antwort hörte ich Schritte hinter mir. Dann tauchte er am rechten Rand meines Blickfelds auf. In der Tat ein typischer Portorikaner. Sein rechter Arm hing klaftlos herab. Ein großer Blutfleck auf der Jacke nahm fast die ganze rechte Hälfte seiner Schulter ein. Er hielt seine Automatik in der Linken.

»Ich sollte dir eins über den Schädel geben«, zischte er. »Aber dann müßten wir dich tragen. Und das wäre zu mühsam.« Er schnaufte. »Okay, John! Ich halte ihn in Schach. Du kannst mit der Kleinen kommen.«

Wortlos zog sich der Mann mit Norma Young von der Fensteröffnung zurück.

Ich dachte an Alvin Hooker. Daran, daß er bei der blutigen Auseinandersetzung den Tod gefunden hatte, gab es kaum noch einen Zweifel. Warum aber verpaßten sie mir nicht auch sofort eine Kugel? Hatten sie Skrupel, weil sie nicht wußten, wer ich war, und die möglichen Folgen meines Todes nicht abwägen konnten? Denkbar war es. Vielleicht vermuteten sie, daß ich zu William C. Youngs Honoratioren-Clique gehörte. Eine Verbrecherorganisation, die einen solchen Mann tötete, mußte mit enormen Schwierigkeiten rechnen.

Andererseits war es ebenso möglich, daß sie Hooker aufs Korn genommen hatten, weil er im Bryant Park ihre Komplizen erschossen hatte.

Der Mann mit der randlosen Brille schob Norma ins Freie. Der Anblick der jungen Frau versetzte mir einen Stich. Sie war einer Ohnmacht nahe. Nur mit größter Mühe schien sie sich auf den Beinen zu halten. Ihr Bezwinger dirigierte mich mit einer Handbewegung zur Seite, hob meinen Revolver auf und versenkte ihn in seine Jackentasche.

Ich sah Norma an und nickte ihr zu.

Sie brachten uns zum Parkplatz. Es gab keine Hoffnung auf Flucht. Unverändert standen die Wagen auf der dunklen Asphaltfläche. Kein anderer Wagen hatte hier in der Zwischenzeit gehalten. Romero, der Portorikaner, bewachte uns mit schußbereiter Waffe, während der andere uns fesselte und mich durchsuchte. Natürlich fand er den Zündschlüssel des Chevrolet Citation in meiner Jackentasche und auch den Dienstausweis.

Beim Anblick des Metalladlers zog er die Augenbrauen hoch. Mehr nicht.

Er steckte die ID-Card ein und stieß uns in den Fond des Chevy. Dann verband er Norma und mir die Augen.

Aus dem anschließenden knappen Wortwechsel entnahm ich, daß er seinen Komplizen mit einem Notverband versorgte, bevor sie losfuhren.

Phil Decker schnellte mit einem Ruck aus den tiefsten Träumen hoch. Automatisch schwang er die Beine über die Bettkante hinaus. Erst jetzt begriff er, daß es das Schrillen des Telefons war, das ihn geweckt hatte. Er stieß einen Fluch aus und war noch nicht einmal halb wach, als er den Hörer von der Gabel zog und sich mit einem heiseren Knurrlaut meldete.

»Tut mir leid, mein Junge«, sagte eine hellwache Stimme am anderen Ende der Leitung. Dann eine Pause.

»Wem tut was leid?« krächzte Phil und rieb sich mit der freien Hand den Schlaf aus den Augen.

»Wenn du richtig wach wärst, würdest du meine Stimme erkennen. Ich bin's, Les. Und ich habe dir jetzt genug Zeit gegeben, die Schrecksekunde zu überwinden. Bist du aufnahmebereit?«

Phils Sinne waren auf einen Schlag da. Les Bedell! Nachtbereitschaft. Natürlich! Die giftgrünen Digitalröhren des Radioweckers auf dem Nachttisch zeigten 4.36 Uhr.

»Okay, was gibt es?«

»Nichts Erfreuliches. Ein Motorrad-Cop hat Jerrys Jaguar und einen Datsun Cherry auf einem Parkplatz in Staten Island gefunden. Die Türen beider Wagen standen offen, und die Innenbeleuchtung brannte. Deshalb ist er drauf aufmerksam geworden. Der Japaner gehört übrigens eurer Bürgermeisterstochter Norma Young. Sie und Jerry sind spurlos verschwunden.«

Phil sprang wie elektrisiert auf. Er griff nach dem bereitliegenden Kugelschreiber und ließ sich von Les, der in der FBI-Nachtbereitschaft den Telefondienst erledigte, alle bisher bekannten Einzelheiten geben.

»Laß einen Dienstwagen für mich bereitstellen!« sagte Phil knapp. Seine Müdigkeit war wie weggeblasen.

»George ist frei. Er könnte dich abholen.«

»Nicht nötig. Mit einem Taxi bin ich schneller.«

Er rannte ins Bad, nahm eine Minutendusche und erledigte den Rest seiner Morgentoilette im Handumdrehen. Fünf Minuten später verließ der hochgewachsene G-man das Haus, den trockenen Sandwich noch zwischen den Zähnen.

Ein Taxi erwischt man in Manhattan zu jeder Tages- und Nachtzeit und an jeder Straßenecke. Phil winkte einen alten Checker heran, der träge durch die dämmrige Straße vor seinem Apartmentgebäude rollte.

»Aus dem Bett gefallen?« erkundigte sich der Fahrer mit einem grinsenden Blick in das Gesicht des FBI- Beamten.

»Zu einer schlagfertigen Antwort bin ich noch nicht aufgelegt«, entgegnete Phil und ließ sich auf die Sitzbank im Fond fallen. »Zur Federal Plaza!«

Einen weiteren Wortwechsel gab es nicht. Der Blick des Drivers war respektvoll geworden. Wer zur Federal Plaza wollte, war kein Normalbürger.

Wegen des geringen Straßenverkehrs konnte Phil Decker schon nach einer Viertelstunde einen blaugrauen Dodge aus dem FBI-eigenen Fuhrpark übernehmen. Eine rasche Rückfrage bei Les Bedell ergab, daß aus Staten Island noch keine neuen Erkenntnisse vorlagen.

Die ersten Fährschiffe, die die Angehörigen der Frühaufsteher-Berufe über die Upper Bay nach Manhattan beförderten, waren bereits seit vier Uhr morgens unterwegs. Die Fähre, die den G-man mit seinem Dienstwagen nach Staten Island brachte, war fast leer. Von St. George aus ließ er sich vom örtlichen Revier der City Police durch Funk zu dem Parkplatz an der Forest Avenue leiten.

Die Fahrzeuge standen noch so, wie sie vorgefunden worden waren. Ein Kommando des Erkennungsdienstes hatte das Gelände mit rot-weißen Kunststoffbändern eingegrenzt. Fast ein halbes Dutzend neutrale Limousinen und Streifenwagen waren außerdem aufgefahren. Über dem Brachland, das bis zu einem schmutziggrauen Betonneubau auf der nahen Hügelkuppe anstieg, hingen Nebelschwaden wie schwere Wattebäusche. Beamte in Zivil und in Uniform waren ausgeschwärmt und suchten den Boden zwischen dem hohen Unkraut ab.

Phil hatte die Ahnung, daß es Neuigkeiten geben mußte,

seit er von der Federal Plaza abgefahren war. Ein Sergeant von der Kriminalabteilung der City Police bestätigte es, nachdem er sich ausgewiesen hatte.

»Morrison«, stellte sich der Beamte vor. »Wir haben Blutspuren gefunden, Sir. Dort hinauf!« Er deutete zu dem Betonklotz. »Im Kellergeschoß von dem Kasten liegt ein Toter. Von mehreren Kugeln getroffen und außerdem aus dem Erdgeschoß abgestürzt. Ein Privater. Er hatte seine Lizenz in der Tasche.«

Phil Decker atmete auf.

»Wen finde ich da oben?«

»Lieutenant Gerard, Sir. Leiter unserer Mordkommission.«

Der G-man bedankte sich mit einem Nicken und machte sich an den Aufstieg. Auch das Baustellengelände war bereits von Spurensicherern mit Beschlag belegt. Phil fragte sich durch und fand den Weg in das Kellergeschoß, das später einmal die Tiefgarage aufnehmen sollte. Der Keller glich einer Halle. Eine kleine Fläche war von Standscheinwerfern gleißend hell erleuchtet. Die Männer, die dort beschäftigt waren, redeten nur halblaut. Als sie die Schritte hörten, wandten sie sich um. Einer von ihnen, dunkelhaarig und schlank, ging dem G-man entgegen.

»Lieutenant Gerard?« fragte Phil Decker, während er das Lederetui mit dem Metalladler kurz aufklappte.

Der andere nickte.

»War das Ihr Partner? Der mit dem Jaguar, meine ich.« Gerard hatte den typischen Akzent des Frankokanadiers.

»Ja. Wir arbeiten seit Jahren zusammen.«

Ein Ausdruck des Verstehens lag in den dunklen Augen des Lieutenant. Für einen Moment preßte er die Lippen zu einem Strich zusammen. Jeder Polizeibeamte in den Staaten kennt das Gefühl.

Eingefuchste Zweier-Teams haben sich überall bewährt. Bei der City Police genauso wie beim FBI. Den Freund und Kollegen zu verlieren, bedeutete etwas mehr als nur eine Veränderung im routinemäßigen Dienstablauf. Bis zu dieser

Konsequenz mochte Phil Decker indessen noch nicht denken.

»Tut mir leid«, sagte Gerard leise. »In dem Punkt kann ich Ihnen mit Hinweisen leider noch nicht dienen. Nur soviel: Norma Young ist ebenso verschwunden wie Ihr Kollege. Es ist noch nicht gesagt, daß sie umgebracht wurden. Sonst hätten die Gangster es wahrscheinlich an Ort und Stelle erledigt, wie mit dem da.« Der Lieutenant deutete mit einer Kopfbewegung auf den blutüberströmten und verkrümmten Körper des Toten. Der FBI-Beamte legte dem Kollegen von der City Police die Hand auf die Schulter.

»Was haben Sie bislang?«

»Sein Name ist Alvin Hooker. Kennen Sie ihn?«

»Ja. Er arbeitete für William C. Young.«

»Hmm.« Gerard zog die Augenbrauen hoch. »Ich habe davon gehört, wie der alte Young getobt hat, weil der FBI in seinem Familienleben herumwühlt. Sie und Ihr Kollege waren das also.«

»Richtig. Und weiter?«

Lieutenant Gerard bückte sich und zog eine Plastiktüte aus einem Pappkarton.

»Alles, was Hooker auf dem Leib trug. Dies hier fiel mir besonders auf. Sieht aus wie ein Notizbuch. Ist aber eine Art Tagebuch, das der junge Aldon Young bis kurz vor seinem Tod geführt hat. Stichwortartige Eintragungen, wissen Sie. Kein richtiger Text wie in einem Schnulzenroman. Wollen Sie einen Blick hineinwerfen, bevor die Laborleute es in die Finger kriegen?«

»Nicht nötig. Schicken Sie es mir zur Federal Plaza, wenn die Untersuchung beendet ist! Im Moment würde es am Stand der Dinge nicht viel ändern. Ich brauche dann auch alle anderen erkennungsdienstlichen Unterlagen.«

»Natürlich. Geht in Ordnung. Kann ich sonst noch etwas für Sie tun, Mr. Decker?«

»Halten Sie mich auf dem laufenden, falls sich etwas Neues ergibt. Sie erreichen mich jederzeit über die FBI-Zentrale.«

Phil verabschiedete sich, winkte auch den übrigen Beamten zu und ging zurück zum Parkplatz. Die Erkennungsdienstler und die uniformierten Cops waren noch immer damit beschäftigt, das unkrautüberwucherte Gelände abzusuchen.

»Wir haben noch eine Kleinigkeit«, sagte Sergeant Morrison, als der G-man den Parkplatz erreichte. Er deutete auf das eingedrückte Heck des Datsun Cherry. »Die Kollegen konnten Lacksplitter sichern. Wenn es sich um eine serienmäßige Farbe handelt, kriegen wir das Fabrikat und vielleicht sogar den Fahrzeugtyp heraus.«

»Das ist alles?«

»Besser als nichts, oder?«

»Ja«, sagte Phil Decker und fingerte nach den Schlüsseln für seinen Dienstwagen.

Immer noch vor dem normalen Dienstbeginn traf Decker im Office ein. Den Dienstwagen ließ er zu seiner Verfügung halten. Er bat Ben Harper, den Leiter der Fahrbereitschaft, sich um den Jaguar zu kümmern. Der rote Flitzer mußte über kurz oder lang vom Erkennungsdienst freigegeben werden.

Auf dem Schreibtisch fanden sich lediglich die üblichen Fernschreiben, die die unermüdliche Zentrale in Washington auch während der Nachtstunden ausspie. Fahndungsersuchen, die an sämtliche Field Offices in den Bundesstaaten gingen. Archiv-Informationen über mehrere Leute, die in Zusammenhang mit einem noch ungelösten Erpressungsfall standen. Außerdem eine Mitteilung über den tödlichen Sturz eines Mannes von einem Hochhaus in Atlantic City. Nachrichten dieser Art trafen fast jeden Tag ein, seit es gewisse Vermutungen in Hinblick auf diese Todesart gab. Allen Personen-Infos waren Funkbilder beigefügt.

Phil schob den gesamten Papierstapel beiseite. Im Augenblick interessierten ihn andere Dinge. Die Sorge um seinen Freund und Kollegen stand im Vordergrund aller Überlegungen. Es mußte einen Weg geben, an eine andere Spur heranzukommen. Die Lacksplitter von dem unbekannten Wagen waren nicht mehr wert als die Stecknadel im Heuhaufen.

Er faßte einen schnellen Entschluß. Sehr viele Ansatzpunkte gab es nicht. Phil griff nach dem Notizblock und wählte die Privatnummer des Dolmetschers. Es war ein Inder, der aus New Delhi stammte und als Bankkaufmann in der Auslandsabteilung der Chase Manhattan Bank arbeitete.

Der Mann schreckte ebenso aus dem Schlaf hoch, wie es Phil Decker passiert war. Aber er sagte zu, sich sofort in Marsch zu setzen. Phil rief den diensthabenden Kollegen im Zellentrakt an und ging dann in die Kantine. Ihm blieb eine halbe Stunde Zeit. Sein Magen rebellierte bereits in vernehmlichen Tönen. Im Automaten gab es noch folienverpackte Sandwiches. Auch die Kaffeemaschine war noch nicht leer.

Als der G-man mit dem Fahrstuhl ins Tiefgeschoß fuhr, hatten sie den Matrosen von der ›Jaladhruv‹ bereits in eines der erschreckend kahlen Vernehmungszimmer gesetzt. Der Beamte, der vor der Tür Wache hielt, hatte Ränder unter den Augen. Phil kannte nur wenige Kollegen, für die Nachtdienst jemals zur Gewohnheit wurde.

Der Dolmetscher traf fünf Minuten später ein, ebenfalls mit übernächtigtem Gesicht.

Galil Morarjee, der glücklose Decksmann, hockte auf dem unbequemen Stuhl. Das grelle Lampenlicht ließ seine Hautfarbe kalkig erscheinen. Phil zog sich einen Stuhl heran, zündete eine Zigarette an und wartete, bis auch der Dolmetscher Platz genommen hatte.

»Sagen Sie ihm, daß ich zu Scherzen nicht mehr aufgelegt bin! Die Leute, mit denen er seine krummen Geschäfte gemacht hat, haben vermutlich meinen Kollegen auf dem Gewissen. Es geht nicht mehr um ein paar Dollars, die er sich nebenbei verdient hat. Es geht jetzt um Menschenraub und vielleicht ...« Phil winkte ab. »Wer bei uns in einen solchen Fall verwickelt ist, kann seine Lage nur noch verbessern, indem er redet. Können Sie ihm das erklären?«

Der Dolmetscher, ein Mann von knapp 30 Jahren, nickte ernst.

»Ich arbeite nicht das erste Mal für den FBI, Sir.« Dann wandte er sich dem Decksmann zu und verfiel in den rollenden Hindi-Singsang.

Phil Decker rauchte seine Zigarette und beobachtete dabei die beiden Männer. Er hatte das Gefühl, daß der Bankangestellte – sein Name war Jay Gurdul – in der Muttersprache des Decksmannes etwa doppelt so viele Worte brauchte wie im Englischen. Der Redeschwall schien nicht enden zu wollen.

Mehrmals wiegte Morarjee den Kopf auf den Schultern. Der G-man hatte inzwischen gelernt, daß dies bei den Indern »Ja« bedeutete, nicht etwa das Gegenteil. Als Morarjee antwortete, klang es leise und bedrückt. Die Nacht in der Zelle schien dem Decksmann einiges von seinem Selbstvertrauen geraubt zu haben.

Gurdul, der Dolmetscher, wandte sich schließlich dem FBI-Beamten zu. »Es ist so, Mr. Decker: Er hat inzwischen eingesehen, daß es für ihn besser ist, wenn er sich nicht mehr auf die Hinterbeine stellt. Andererseits hat er eine panische Angst vor den Leuten, mit denen er seinen Vertrag über die blinden Passagiere abgeschlossen hat. Er fürchtet, daß ihn der FBI vor deren Rache nicht schützen kann. Er meint, daß sie ihn in jeden Hafen der Welt verfolgen würden. Und der FBI sei schließlich nur in den Vereinigten Staaten zuständig.«

Phil Decker schüttelte den Kopf. »Er überschätzt das Syndikat. Der Einfluß dieser Verbrecher reicht nicht über unser Land hinaus. Sie können ihm sagen, daß wir bereit wären, ihn bis zum Abschluß der Ermittlungen in Schutzhaft zu nehmen. Das heißt also, bis wir sämtliche Mitglieder des Syndikats aus dem Verkehr gezogen haben.«

Jay Gurdul runzelte die Stirn. »Können Sie diese Gewißheit irgendwie begründen?«

»Wir sind so weit, daß es nicht aus der Luft gegriffen ist. Mehr kann ich dazu nicht sagen.«

Gurdul übersetzte. Morarjees Blick klebte am Gesicht des jungen Bankangestellten. In den Augen des indischen Decksmannes war deutlich zu lesen, daß sein innerer Widerstand zusammengebrochen war. Er fühlte sich mutterseelenallein, ohne Hilfe in einem für ihn fremden Land, dessen Behörden er ausgeliefert war. Und er wußte, daß er konsularische Hilfe nur in formalen Dingen erwarten konnte. Mit mehr konnte er nicht rechnen, angesichts der Sache, in die er sich eingelassen hatte.

»Er möchte Ihnen gern glauben«, sagte Gurdul, nachdem Morarjee geantwortet hatte. »Aber er hält sein Wissen für unbedeutend. Er weiß nicht einmal den Namen der Leute, mit denen er das Geschäft getätigt hat.«

»Aber er muß doch mit irgendeinem gesprochen haben! Wenigstens eine Personenbeschreibung müßte möglich sein. Könnten wir eine Phantomzeichnung anfertigen lassen?«

Gurdul übersetzte wieder. Phil Decker atmete auf, als er sah, daß Morarjee nach einigem Zögern den Kopf hin und her bewegte. Phil stand auf.

»Ich versuche, einen Zeichner aufzutreiben. Können Sie sich noch so lange zu unserer Verfügung halten, Mr. Gurdul?«

»Selbstverständlich, Sir.«

Phil verließ den Vernehmungstrakt. Er hatte Glück. Peiker, der Spezialist für alle grafischen Aufgaben innerhalb des FBI-Dienstbereiches, war bereits in seinem Office eingetroffen.

Phil Decker kehrte in sein eigenes Büro zurück.

Eine halbe Stunde später hatte er die Phantomzeichnung auf dem Tisch.

»Ein Kunstwerk ist es nicht«, sagte Peiker. »Diese Inder stammen aus einer völlig anderen Welt. Sie achten auf ganz andere Dinge, als wir es tun würden.«

Phil antwortete nicht. Er starrte auf das Bild. »Himmel«, murmelte er nachdenkend. »Irgendwo habe ich dieses Gesicht schon mal gesehen. Irgendwo ...« Plötzlich dämmerte es ihm. Er griff nach dem Papierstapel von der letzten Nacht. Blätterte ihn hastig durch.

Das Funkbild aus Washington sprang ihm förmlich ins Gesicht.

Es hing an der Telex-Nachricht über den Todesfall in Atlantic City.

Peiker blickte dem G-man über die Schulter und stieß einen leisen Pfiff aus. »Donnerwetter. Sieht so aus, als ob ich den Kerl verdammt gut getroffen habe.«

»Und ob!« Phil sprang auf, schnappte sich das Telex mit dem Funkbild, ließ Peiker einfach stehen und eilte auf den Korridor hinaus. Erst im Fahrstuhl nahm er sich die Zeit, den Text zu lesen. Der Tote hieß Seamus Collins und stammte aus New York City. Collins war seit seiner Entlassung aus der Armee in verschiedene Delikte verwickelt gewesen wie Rauschgifthandel, Wettbetrug und Erpressung. Lediglich zweimal war er allerdings zu Geldstrafen verurteilt worden.

Jay Gurdul war im Begriff zu gehen. Phil kam rechtzeitig, um ihn noch einmal zurückzuhalten. Morarjee wurde wieder aus seiner Zelle geholt. Phil Decker schob das Funkbild auf den Vernehmungstisch. Die Augen des Inders wurden starr.

»Sein Name ist Seamus Collins«, sagte der G-man schneidend. »Er wurde von seinen eigenen Leuten umgebracht. Es wäre besser für Sie, Morarjee, wenn Sie sich jetzt alles von der Seele reden. Nur dann können wir schneller sein als das Syndikat. Nur dann können wir verhindern, daß es Ihnen an den Kragen geht.«

Gurdul übersetzte hastig.

Der Decksmann wurde aschgrau im Gesicht. Seine Mundwinkel begannen zu zucken.

»Es geht jetzt nur um folgendes«, wandte sich Phil Decker an den Dolmetscher. »Morarjee soll versuchen, sich zu erinnern. Jede Einzelheit ist wichtig. Wann und wo hat er Collins kennengelernt? Kannte er seinen Namen? Waren andere

Leute dabei? Wenn ja – wie sahen sie aus? Oder, noch besser, wie heißen sie?«

Jay Gurdul nickte. Er hatte sich rasche Notizen gemacht und drehte sich zu dem Decksmann um, der noch immer entgeistert auf das Funkbild starrte. Die Art dieser Fotografie in Verbindung mit einem Fernschreiben, verdeutlichte auch einem Mann wie Morarjee, was geschehen sein mußte. Etwas so Schwerwiegendes, daß eine Behördenmaschinerie zu arbeiten begann. Galil Morarjee wußte, daß der FBI-Beamte kein leeres Schauspiel inszenierte.

Jay Gurdul übersetzte die Fragen Phil Deckers Punkt für Punkt. Morarjee sah seinen Landsmann mit großen Augen an. Dann haspelte er etwas hervor.

»Er sagt, seine Angst sei noch größer geworden«, erklärte Gurdul.

Der G-man schmetterte die Faust auf den Tisch. »Verdammt noch mal, er soll sich endlich klar darüber werden, daß er keine große Auswahl hat! Wenn er schweigt, können wir ihn nicht ewig festhalten. Lassen wir ihn frei, muß er damit rechnen, daß irgendwann Collins Bande auf den Plan tritt. Was, in aller Welt, erwartet er denn noch? Daß ihn seine Reederei mit offenen Armen empfängt und ihm die Hand unter den Hintern hält?«

Morarjee war zusammengezuckt.

Jay Gurdul übersetzte noch einmal. Hinter der Stirn des Decksmannes arbeitete es. Sekundenlang, minutenlang. Er verkrampfte die Hände, daß die Fingerknöchel weiß hervortraten.

Dann begann er zu reden. Anfangs stockend, doch zunehmend flüssiger. Es dauerte lange Zeit. Phil Decker zündete sich wieder eine Zigarette an.

»Nach Ihren Maßstäben ist es nicht sehr viel, Mr. Dekker«, sagte Gurdul schließlich. »Aber für Morarjee ist es doch so erheblich, daß er sich von der Rache der Gangster auf ewige Zeiten verfolgt glaubt. Er kannte Collins wirklich nicht mit Namen, erinnert sich aber, daß es wie Seamus geklungen hat, wenn andere ihn anredeten. Für Morarjee ist dieser irische Name fremdartig und schwer aussprechbar. Er hat Collins in einer Kneipe in South Brooklyn getroffen. Wie sollte es auch anders sein? Die Bar liegt an der 39. Straße und heißt Seven Wonders. Wenn sie sich trafen, war Collins meistens allein, einmal aber in Begleitung eines anderen Mannes. Collins redete ihn mit ›John‹ an. Morarjee erinnert sich, daß der Mann irgendwie nicht in die Umgebung paßte. Keiner, der normalerweise eine Hafenkneipe aufsuchen würde. Nach dem Äußeren hätte Morarjee ihn eher für einen Geschäftsmann gehalten – gut gekleidet, blond bis mittelblond und mit randloser Brille. Mehr konnte er dazu leider nicht sagen. Keine weiteren Namen!«

»Versuchen Sie es noch einmal!« drängte Phil Decker.

Es kam nichts weiter dabei heraus. Der G-man begnügte sich mit den Einzelheiten, die trotz allem Gold wert waren. Galil Morarjee mußte in Schutzhaft genommen werden.

Der Raum, in den sie uns stießen, mußte sehr groß und feucht sein. Unsere Schritte hallten wie in einem Gewölbe. Es roch nach Hafenwasser, das neben Schmieröl und Tang noch alle möglichen Abfälle enthält.

Norma war dicht neben mir. Ich spürte ihre Berührung. Wir verharrten unsicher. Sie hatten uns die Augenbinden noch nicht abgenommen. Wir hörten Schritte hinter uns. Es waren jetzt mehrere Männer, die uns folgten, seit wir dieses seltsame Gemäuer erreicht hatten. Sie mußten sich hier getroffen haben. Wir hatten aber bislang kein Wort von ihnen gehört. Sie liebten das Geheimnisvolle, schien mir.

Mehrere Atemzüge lang war es völlig still.

Dann vernahm ich plötzlich ein leises Raunen, das sich rasch verstärkte.

Schlagartig wußte ich Bescheid.

Da waren eine Menge Menschen in diesem Gewölbe oder dieser Halle. Hatte sie der Anblick von Norma und mir schockiert? Oder gab es etwas anderes, das ihnen die Sprache verschlagen hatte?

»Ruhe!« bellte eine Männerstimme, die ich noch nicht gehört hatte. Es handelte sich um keinen der beiden, die uns von Staten Island herübergebracht hatten.

Eine andere Stimme folgte unmittelbar danach. Gleichfalls nur ein Wort, doch in einer anderen Sprache. Ich erinnerte mich an das unerfreuliche Gastspiel auf dem indischen Frachter ›Jaladhruv‹. Diese Sprache ...

Jemand trat auf mich zu. Ich spürte den Atem des Mannes. Er nestelte an meiner Augenbinde und nahm sie ab. Ungewollt kniff ich die Lider zusammen und öffnete sie nur langsam wieder.

Die Helligkeit blendete nicht. Es gab kein elektrisches Licht. Nur ein halbes Dutzend Petroleumlampen.

Die blinkenden Flammen verliehen dem Bild etwas Unwirkliches. Eine Szene, die in ein Schauergemälde gepaßt hätte. Auch Norma war von ihrer Augenbinde befreit worden. Sie stieß einen leisen, erschrockenen Laut aus.

Die Menschen hockten dichtgedrängt. Alte Kisten und zerschlissene Decken boten nur wenig Schutz vor dem feuchtkalten Betonboden. Ausschließlich Männer waren es. 50. Vielleicht sogar 60. Ihre Zahl ließ sich schwer schätzen.

Sie waren in Lumpen gehüllt. Die großen dunklen Augen hatten in ihren ausgemergelten Gesichtern einen fiebrigen Glanz. Dem Aussehen nach stammten alle aus Indien oder Pakistan, möglicherweise auch aus Afghanistan oder einem der benachbarten Länder. Zwischen ihren Kisten und Decken lagen Konserven und Lebensmittelpakete in wirrem Durcheinander. Auch gab es ein paar Spirituskocher, verbeulte Töpfe und Pfannen.

Der Beton war feucht und rissig. Bis in die Mitte der Halle ragte ein rechtwinkliges Becken, das mit düsterem, stinkendem Brackwasser gefüllt war. Das jenseitige Ende der Halle war durch einen Bretterverschlag geschlossen, der bis unmittelbar über die Wasseroberfläche reichte.

Ich wußte, um was es sich handelte. Es war einer der U-Boot-Bunker, die noch aus dem zweiten Weltkrieg stammten. Viele von diesen alten Gemäuern waren längst gesprengt worden. Die Männer, denen wir in die Hände gefallen waren, hatten ein Überbleibsel ausfindig gemacht. Ein perfektes Versteck.

Die Menschen hausten hier wahrscheinlich schon wochenlang. Über die Art und Weise, wie sie die Vereinigten Staaten erreicht hatten, gab es für mich keinen Zweifel. Hätte es den Unglücksfall auf der ›Jaladhruv‹ nicht gegeben, wären drei weitere Männer in dieses Betonverlies gebracht worden.

Die Männer die uns hergebracht hatten, standen links und rechts neben uns. Romero, der Portorikaner, blickte schadenfroh auf meine verkrustete Schulterwunde. Der mit der randlosen Brille hielt einen Verbandskasten in der Hand und bequemte sich schließlich, ihn vor uns auf den Boden zu stellen.

»Nachher«, sagte er, »kannst du deinen G-man ein bißchen verarzten, Mädchen!« Die anderen lachten.

Norma nickte krampfhaft. Aus den Augenwinkeln sah ich, daß sie die Zähne zusammenbiß. Sie hielt sich tapfer.

Da waren drei weitere Männer, die wir noch nicht gesehen hatten. Einer von ihnen kam mir bekannt vor, aber ich war noch nicht so weit, daß ich ihn einordnen konnte. Ein großer, athletisch gebauter Mann, schlank und dunkelhaarig. Er sah aus wie der junge, erfolgreiche Geschäftsmann, der sein tägliches Tennismatch hinter sich hat und noch auf einen Sprung ins Büro schaut, um sich davon zu überzeugen, daß alle seine Leute fleißig für ihn arbeiten.

Der andere war untersetzt und über die Vierzig hinaus. Ein nicht zu übersehender Bauch spannte sein Jackett. Auffällig an ihm war ein buschiger Schnauzbart.

Schließlich noch ein Inder oder Pakistani, gutgekleidet wie seine amerikanischen Begleiter. Er spielte ohne Frage den Übersetzer.

Der große Dunkelhaarige hob die Rechte. Seine Geste hatte etwas Herrisches. Daraus, wie die anderen ihn ansahen, folgerte ich, daß er der Kopf des Unternehmens war. Die Blicke der jammervollen Gestalten an der anderen Seite des Bunkers wanderten von Norma und mir zu ihm. Ich überlegte krampfhaft, wo ich den Mann schon einmal gesehen hatte. Bei einem Gerichtsverfahren? Während einer länger zurückliegenden Ermittlung? Oder nur in einem Aktenauszug? Ich kam nicht darauf. Noch nicht.

»Ich habe euch ein paar Worte zu sagen, meine Freunde!« rief der Dunkelhaarige und ließ dem Inder Zeit, es zu übersetzen. »Es ist uns in letzter Minute gelungen, Gefahren von euch abzuwenden. Ihr habt von dem Zwischenfall auf dem indischen Schiff gehört. Einer eurer Landsleute starb. Zwei weitere werden jetzt von der Einwanderungsbehörde festgehalten und wohl schon bald abgeschoben. Dieser Mann ...«, er zeigte anklagend auf mich, »... vertritt die Interessen all der Leute in unserem Land, die keine Einwanderer mehr haben wollen. Diesem Mann und seiner Freundin wäre es fast geglückt, euch den gesamten Behördenapparat auf den Hals zu hetzen. Wir konnten es gerade noch verhindern, indem wir die beiden überwältigten. Einer meiner Freunde setzte dabei sein Leben aufs Spiel und wurde schwer verwundet.«

Romero, der Portorikaner, trat einen Schritt vor, während der gutgekleidete Inder übersetzte. Die Augen der illegalen Einwanderer richteten sich voller Ehrfurcht auf ihn. Romero trug seinen Notverband wie eine Trophäe.

Unverhohlener Haß zeichnete sich in den Gesichtern der Menschen ab, als sie wieder mich ansahen. Ich konnte nichts dagegen tun. Ich konnte ihnen ja nicht die Wahrheit sagen.

Es war ein niederschmetterndes Gefühl. Diese Leute hatten nicht die geringste Ahnung, daß sie wie Vieh verschachert werden sollten. Den Männern, die den Handel mit ihnen betrieben, vertrauten sie blind. Wahrscheinlich konnte es nicht anders sein. Sie hatten niemanden sonst, an den sie sich klammern konnten.

»Ihr werdet aber nicht mehr lange ausharren müssen«, fuhr der Dunkelhaarige fort, »dann verschaffen wir euch den Arbeitsplatz und die Sicherheit, wie wir es versprochen haben. Es wird nur noch einen oder zwei Tage dauern.

Lediglich um eins muß ich euch bitten: Habt ein waches Auge auf diesen Regierungshandlanger und die Frau, die mit ihm Hand in Hand gearbeitet hat. Wir haben keine andere Möglichkeit, die beiden festzuhalten als hier. Wir müssen sie aber festhalten, denn sonst würden sie alles daransetzen, daß ihr wieder in euer Heimatland abgeschoben werdet. Ich muß mich auf euch verlassen können! Bis wir wegen eurer Arbeitsplätze alles geklärt haben, dürft ihr die beiden nicht aus den Augen lassen. Es liegt in eurem eigenen Interesse. Dieser Mann und diese Frau wollen euch daran hindern, ein besseres Leben in einer besseren Welt zu führen!«

Ein Aufschrei der Entrüstung ging durch die Menge, als der Übersetzer seinen Job erledigt hatte.

Der Dunkelhaarige lächelte selbstsicher. Mich würdigte er keines Blickes. Er spielte seine Rolle vollendet. Die Illegalen mußten ihn förmlich anbeten als einen Mann, der sich ihnen zuliebe sogar mit den übermächtigen amerikanischen Behörden anlegte und dabei auch noch gewann.

Norma konnte sich nicht länger beherrschen. »Sie Schwein!« flüsterte sie. »Sie widerwärtiges Schwein!«

Er wandte sich zu ihr um. Das Grinsen in seinen Mundwinkeln war abfällig. »Warte ab, Mädchen!« zischte er. »Du wirst dir noch wünschen, mir die Füße küssen zu dürfen.«

»Lieber sterbe ich«, versicherte Norma. Ihr Atem ging heftig. Sie hatte Mühe, ihre Nerven unter Kontrolle zu halten. Ich spürte es deutlich.

»Hören Sie auf«, sagte ich, »jedes Wort ist überflüssig, Norma.«

Sie sah mich an. Der Ausdruck in ihren Augen versetzte mir einen Stich.

»Dein FBI-Freund hat es wenigstens erfaßt.« Der Dunkelhaarige grinste. »Du darfst ihm jetzt einen Verband anlegen, Bürgermeistertöchterchen. Vorläufig wollen wir nicht, daß er Schaden erleidet. Bevor man eine Entscheidung trifft, muß man immer erst wissen, wie sich die Dinge entwickeln.«

Nach meinem Geschmack war er ein Mann, der zuviel redete. Und deshalb war er gefährlich. Weil man nicht wußte, was man ihm glauben sollte. Der mit der randlosen Brille löste Normas Fesseln und schob ihr den Verbandskasten zu. Die Männer ließen sie nicht aus den Augen, während sie meine Wunde reinigte und mir einen Notverband anlegte. Wie vermutet, hatte ich großes Glück gehabt. Es war nur ein Streifschuß. Allerdings hatte die Kugel eine beträchtliche Furche gerissen. Norma streifte mir das Jackett wieder über.

»Tut es weh?« fragte sie leise.

»Kein bißchen.« Ich schüttelte den Kopf.

Sie legten ihr wieder die Fesseln an, nahmen den Verbandskasten mit und ließen uns allein, ohne noch ein Wort zu verschwenden. Die Tür, die den Bunker verschloß, war aus rostigem Stahl. Doch die Angeln quietschten nicht. Ich hörte, daß sie draußen ein Vorhängeschloß anbrachten. Ihre Schritte verklangen. Irgendwo klappte eine weitere Tür zu. Es wurde still. Erst jetzt sah ich, daß sie uns eine Decke dagelassen hatten. Wie ein abgenagter Knochen, den man einem Hund hinwirft.

Die Blicke, die auf uns ruhten, waren körperlich fühlbar. Das Schweigen, das diese Blicke begleitete, ließ nicht den geringsten Zweifel offen: Sobald wir auch nur eine falsche Bewegung machten, würden diese Menschen nicht zögern, uns in Stücke zu reißen. Jeder, der ihnen die Hoffnung auf ein neues Leben nahm, war ein Todfeind. Es gab keine Möglichkeit, ihnen zu erklären, daß sich ihr Zorn in falschen Bahnen bewegte.

Norma drängte sich schutzsuchend an mich. Sie zitterte. Es mochte Kälte sein oder Angst. Oder beides zusammen. Ich bemerkte, wie die Blicke der illegalen Einwanderer wacher wurden. Einige begannen zu flüstern.

»Ich habe furchtbare Angst«, hauchte Norma. »Diese Menschen sind völlig verwirrt. Sie wissen nicht, was sie tun. Sie werden wie Raubtiere sein, wenn sie sich auf uns stürzen.«

»Wir dürfen ihnen keinen Grund dafür liefern«, entgegnete ich leise. »Dieser dunkelhaarige Snob hat sich die beste Bewachungsmethode für uns ausgedacht, die es gibt.«

Die Schar war nur 20 Yards von uns entfernt, an der Querwand vor dem Becken. Im Notfall, selbst wenn es uns gelang, die Fesseln abzustreifen, konnten wir es nicht einmal schaffen, uns mit einem Sprung ins Wasser zu retten.

»Es muß dieser Robert sein«, flüsterte Norma.

»Robert? Was meinen Sie?«

»Der, den Aldon in seinem Notizbuch erwähnt hat. Aldon muß zu ihm aufgeblickt haben wie zu einem Idol. Gleichzeitig hatte er aber auch eine höllische Angst vor ihm. Das war es, weshalb ich mich mit Ihnen verabredet hatte, Jerry. Aus Furcht vor diesem Robert und seinen Freunden wollte Aldon verschwinden. Der Abschiedsbrief war keine Selbstmordankündigung.«

»Ich habe es mir gedacht«, murmelte ich gedankenverloren. Der Name Robert klang in mir nach. Jemand, der so heißt, wird meistens Bob genannt. Ist das nicht der Fall, spielt Respekt eine Rolle.

»Wie spät mag es sein?« fragte Norma mit einem zaghaften Seitenblick auf die Menschen, die uns fortwährend beobachteten.

»Es muß früher Morgen sein«, entgegnete ich geistesabwesend. Sie hatten uns einige Zeitlang durch die Gegend gefahren und offenbar lange überlegt, ehe sie sich für dieses Versteck entschieden.

Robert ...

Ich versuchte mich an alle Gerichtsverhandlungen zu erinnern, in denen ich während der vergangenen Jahre als Zeuge aufgetreten war. Ich stellte mir den smarten Burschen vor, wie er auf der Anklagebank wohlklingende Worte von sich gab. Nein, nicht auf der Anklagebank. Im Zeugenstand wie ich.

Plötzlich hatte ich es.

Robert Garry, The Shark! Der Hai!

Es mußte vier oder fünf Jahre her sein. Garry war als

Hauptzeuge gegen einen Kredithai aufgetreten, der damals einen Teil von Brooklyn kontrolliert hatte. Später, so hieß es, hatte Garry eben dieses Gebiet in Brooklyn selbst übernommen. Unsere Verbindungsleute waren überzeugt davon, daß The Shark es von vornherein darauf angelegt hatte, seinen Konkurrenten dem Staatsanwalt ans Messer zu liefern. Niemand hatte es ihm bislang beweisen können. Fest stand nur, daß Garry seither seine Position gefestigt hatte. Gehört hatten wir lange nichts mehr von ihm.

Dafür erlebte ich nun mit höllischer Deutlichkeit, welcher Art von Geschäften sich Robert Garry widmete.

Ich drehte mich um, damit ich die Decke für Norma ausbreiten konnte.

Ein jähes Grollen ließ mich zusammenzucken. Ich erstarrte und wandte mich langsam zur Seite. Norma schlug die flache Hand vor den Mund. Sie brachte keinen Laut hervor.

Drei der zerlumpten Gestalten waren aufgesprungen. Geduckt wie angriffsbereite Raubkatzen verharrten sie noch. Einer von ihnen besaß einen Dolch. Auch alle anderen waren sprungbereit.

Ich schüttelte den Kopf und deutete mit dem Fuß auf die Decke.

Die Anspannung der Männer ließ nach. Langsam, zögernd noch, zogen sie sich zurück.

Mir wurde klar, daß ich nicht das geringste unternehmen konnte, solange Norma und ich von diesen verdammten Fesseln behindert wurden. Und selbst wenn es mir gelang, uns zu befreien, war die Lage immer noch so gut wie aussichtslos. Alles andere war Illusion.

»Denk noch mal scharf nach, Cicero!« Phil Decker trommelte mit dem Kugelschreiber auf die Schreibtischplatte und betrachtete die kahle Wand seines Einsatzquartiers. »Gibt es einen anderen Ort, wo er sich regelmäßig aufhält?«

»Zum Teufel, G-man, sind Sie mit drei Sachen nicht

zufrieden? Ich hab' Sie nun wirklich besser bedient, als Sie erwarten konnten. Warum müßt ihr immer versuchen, einem auch noch das letzte aus der Nase zu ziehen?« Die Stimme des Mannes mit dem klangvollen Spitznamen tönte schnarrend aus dem Telefonhörer.

»Gehört bei uns zum Beruf. Wenn Ihnen noch etwas einfällt, Cicero, rufen Sie sofort an! Die Nummer haben Sie.«

»Okay, okay, G-man. Ihre Worte klingeln mir im Gehörgang.«

Decker legte auf. Er war allein in einem fast leeren Raum. Außer Schreibtisch, Telefon, Stuhl und Funkgerät gab es nur die vier Wände mit einem Fenster zum Hinterhof. Die Cops vom Revier an der Grand Street in Williamsburg, Brooklyn, hatten das Zimmer zur Verfügung gestellt. Die V-Leute im südwestlichen Bereich von Brooklyn waren sofort nach der morgendlichen Vernehmung angespitzt worden.

Cicero war ein unbedeutender kleiner Zuhälter, der gern mit Cops und G-men ein friedliches Nebeneinander pflegte. Er hatte sich an mehrere Besuche in jener Kneipe erinnert, die Galil Morarjee in seiner Eigenschaft als Kontaktmann für die Einschleusung blinder Passagiere aufgesucht hatte. Der Mann mit der randlosen Brille, der wie ein anständiger Geschäftsmann aussah, hieß John Hardee. Kein Unbekannter in einschlägigen Kreisen. Cicero hatte drei Adressen aufgetrieben.

Erstens die Wohnung Hardees am Empire Boulevard in Brownsville, Brooklyn. Zweitens die Wohnung seiner Freundin an der Maurice Avenue in Maspeth, Queens. Drittens das Wettbüro »Chance« an der Myrtle Avenue in Ridgewood, Queens.

Drei Punkte, die Hardee regelmäßig anzusteuern pflegte. Phil Decker hoffte, daß Hardee sich auch an diesem Tag an das Gesetz der Regelmäßigkeit hielt.

Die Überwachungsaktion lief seit zweieinhalb Stunden. Joe Brandenburg und George Baker an Punkt eins. Steve Dillaggio und Zeerookah an Punkt zwei. Fred Nagara und Hyram Wolf an Punkt drei.

Von seinem Einsatzquartier aus konnte Phil Decker jeden der drei Punkte in weniger als einer halben Stunde erreichen. Auf dem Hof des Reviers an der Grand Street stand der rote Jaguar, der von der FBI-Fahrbereitschaft zurückgeholt worden war, nachdem der Erkennungsdienst den Flitzer freigegeben hatte.

Das Lämpchen des Funkgerätes glühte auf. Phil Decker warf einen Blick auf seine Armbanduhr. Es war Zeit für die vereinbarten viertelstündlichen Durchsagen. Doch er täuschte sich.

»Position zwei an Zentrale. Bitte kommen! Over.« Steve Dillaggios Stimme, von atmosphärischen Störungen verzerrt.

»Hier Zentrale. Over.« Phils Sinne schalteten auf Alarm.

»Sieht so aus, als ob er seinen Hafen ansteuert. Beschreibung trifft zu. Was empfiehlt die Einsatzleitung? Over.«

»Abwarten, falls er nicht wieder abdampft. Ich bin unterwegs. Over und Ende.«

Phil Decker schaltete das Funkgerät aus und eilte in den Desk Room der Cops. Er bat den diensthabenden Sergeant, alle weiteren Funkgespräche direkt in den Jaguar geben zu lassen.

»Es ist immer dasselbe mit dir«, sagte John Hardee kopfschüttelnd. »Wenn man nicht dauernd auf dich aufpaßt, verschlampst du total. Deine Bude sieht mal wieder aus, als ob eine Bombe eingeschlagen hätte.« Er streifte das Jackett ab und hängte es mit sichtlichem Widerwillen an einen der Türhaken, die mit Mänteln und Pullovern bis an die Grenze der Belastbarkeit behängt waren.

Brenda Conley fuhr auf dem Bett hoch. Ihr Bademantel klaffte auseinander und ließ vieles erkennen, was Hardee an ihr schätzte.

Sie war umgeben von Illustrierten, Kleidungsstücken vom Vorabend und einem Tablett mit Frühstücksgeschirr. Das schwarze Haar umrahmte ihr hübsches Gesicht mit wirren

Strähnen. Sie benutzte kein Make-up. Auch das bewertete Hardee positiv.

»Und du wirst dich auch nie ändern!« fauchte sie. »Fünf Tage lang läßt du dich nicht blicken. Und dann bist du kaum über die Türschwelle und meckerst schon mit mir herum! Ich weiß nicht, warum ich mir das immer noch gefallen lasse.«

Hardee ging nicht darauf ein. »Kleine Mädchen müssen Ordnung lernen«, sagte er grinsend, während er sich einen Weg durch Stiefel, Schuhe und Handtaschen auf dem Fußboden bahnte. »Du bist ein besonders schwieriger Fall, Kleines. Dir muß man die Ordnung löffelweise eintrichtern. Eine Aufgabe, die mich reizt.«

»Und wenn ich deine Ordnung nicht will?«

»Du willst es nur nicht zugeben.« Er setzte sich neben ihr auf die Bettkante und ließ seine Hand durch die Öffnung ihres Bademantels auf Wanderschaft gehen. »Außer dieser einen schlechten hast du natürlich nur gute Eigenschaften.«

Brendas Zorn verrauchte sekundenschnell. Sie schloß die Augen und begann zu genießen.

»Du verdammtes Miststück«, flüsterte sie. »Du kriegst mich doch immer wieder so weit, daß ich ...«

Ein ohrenbetäubendes Krachen schnitt ihr die Worte ab. Holz zersplitterte wie durch einen Blitzschlag. Hardees Jackett flog inmitten von einem Regen aus Mänteln und Pullovern in den Raum.

Drei Männer folgten.

So rasant, daß John Hardee trotz seiner Schrecksekunde sofort erkannte, woran er war. Für diese Männer war es berufliche Routine, jemand auf derart lautstarke Weise zu besuchen.

Der erste, der die Tür eingerannt hatte, war gezwungen, seinen eigenen Schwung zu bremsen. Vor dem Messingbettgestell tauchte er weg, hinein in das Chaos aus Schuhen und Handtaschen auf dem Fußboden.

Die beiden anderen schwärmten sofort links und rechts aus. Ihre Revolver hielten sie im Beidhandanschlag in die

Richtung, die John Hardee keine Chance mehr ließ. Einer rammte einen Stapel Kartons mit leeren Flaschen, und die klirrende Lawine begrub eine angrenzende Pyramide aus schmutziger Wäsche unter sich. Der andere ließ sich nicht irritieren, als unter seinem Schuhabsatz zwei hüllenlose Langspielplatten zerknackten.

Erst jetzt begann Brenda Conley zu schreien. Sie schrie anhaltend und schrill. Sie krallte sich an Hardees Oberarm fest. Verzweifelt versuchte er, sich loszureißen. Doch es war ohnehin zu spät.

Am Fußende des Betts stand der erste Mann auf. Er war hochgewachsen und breitschultrig, und auch er richtete einen stupsnasigen Smith & Wesson auf Hardee, der noch immer gegen die Umklammerung seines schreienden Girls ankämpfte.

»FBI«, sagte der hochgewachsene Mann mit metallisch klingender Stimme. »John Hardee, Sie sind vorläufig festgenommen!«

Die Worte wirkten wie ein Schock auf Brenda Conley. Sie verstummte schlagartig.

Phil Decker packte den Mann mit der randlosen Brille, bevor der sich von seiner Fassungslosigkeit erholt hatte. Die dunkelhaarige Frau saß wie erstarrt auf dem Bett. Ihr Gesicht war bleich.

Mit einem blitzschnellen Griff beförderte der G-man Hardee zur Wand beim Fenster, wo es einen freien Fleck auf dem Fußboden gab.

»Okay, Freund, du kennst das sicher«, sagte Decker knapp. »Nach vorn beugen, Hände an die Wand!«

John Hardee gehorchte. Angesichts von drei schußbereiten Revolvern und Männern, die damit umzugehen verstanden, gab es für ihn nichts Sinnvolleres zu tun. Phil Decker warf ihm die Arme auf den Rücken und benutzte geschickt die freie Linke, um die stählerne Acht über seinen Handgelenken zuschnappen zu lassen. Er schob den Dienstrevolver ins Holster und tastete den Festgenommenen nach Eisenwaren ab. Eine Automatik kam zum Vorschein. Decker schob sie unter seinen Hosenbund.

»In Ordnung. Umdrehen!«

Hardee befolgte auch diese Anordnung sofort. Schweratmend lehnte er mit dem Rücken an der Wand.

Steve Dillaggio trat näher. Auch er schob seinen Revolver ins Leder.

Zeerookah behielt die Frau im Auge. Von ihr drohte keine Gefahr. Doch allein hysterische Anwandlungen konnten schon genügen, um die Lage unüberschaubar zu machen.

»Himmel noch mal«, keuchte Hardee. »Ich weiß überhaupt nicht, was Sie von mir wollen. Was, zum Teufel ...«

»Wenn Fragen gestellt werden«, unterbrach ihn Phil Decker schneidend, »dann stellen wir sie. Verstanden?«

»In Atlantic City wurde ein gewisser Seamus Collins gefunden«, sagte Steve Dillaggio grob. »Tot! Von einem Hochhaus gestürzt!«

»Wir werden Ihr Alibi für die Tatzeit überprüfen«, fügte Phil hinzu.

»Das gleiche gilt für Aldon Young«, feuerte Dillaggio seine nächsten Worte ab.

»Es sieht verdammt schlecht aus für Sie«, herrschte Decker den Festgenommenen an. »Wir haben ein paar Hinweise, die Ihnen zusetzen werden.«

»Nein, ich ...« Hardee schüttelte verzweifelt den Kopf. »Ihr könnt doch nicht einfach behaupten ...«

»Was sagt Ihnen der Name Galil Morarjee?« fuhr Decker dazwischen.

Hardee erbleichte. Sein Kinn sank kraftlos herab.

»Morarjee hat eine lange Geschichte zu Protokoll gegeben!« bellte Dillaggio. »Und Sie, Hardee, spielen in der Geschichte die Hauptrolle!«

»Nein, verdammt noch mal, nein!«

»Ihre Leute haben Norma Young und einen unserer Kollegen entführt!« brüllte Decker in scheinbar unkontrollierter Wut. »Glauben Sie, irgend jemand von uns versteht da noch

Spaß? Sind Sie zu weltfremd, um zu begreifen, was auf Kidnapping steht?«

»Selbst wenn wir das aus dem Spiel lassen«, sagte Dillaggio und gab sich, als beruhige er sich ein wenig, »es bleiben die Morde an Aldon Young und Seamus Collins. Morarjees Aussage reicht für einen Haftbefehl, den wir Ihnen noch heute vorlegen werden, Hardee.«

»Richtig«, knurrte Phil Decker. »Und vor Gericht werden Sie nicht viel besser aussehen.«

»Verdammt noch mal, das könnt ihr nicht mit mir machen!« heulte Hardee. »Ihr könnt mir doch nichts in die Schuhe schieben, was ich nicht ...«

»Wer schiebt Ihnen etwas in die Schuhe?« Decker lächelte. »Wir haben eine eindeutige Aussage. Das ist alles.«

»Nein!« schrie Hardee mit sich überschlagender Stimme. »Dieser Inder lügt! Für die Höhenkur war immer nur einer zuständig, und das ...« Er unterbrach sich jäh und biß sich auf die Unterlippe.

Phil Decker und Steve Dillaggio wechselten einen Blick.

»Höhenkur«, wiederholte Steve gedehnt. »Ein mächtig feines Wort für eine so niederträchtige Behandlung.«

»Damit hätten wir es dann«, sagte Phil. »Aldon Youngs Tod war kein Selbstmord, sondern Mord. Das gilt auch für Seamus Collins. Unser Freund Hardee hat es zugegeben. Verständlich, daß er es auf einen anderen abzuwälzen versucht.«

»Das stimmt nicht!« schrie Hardee.

»Ach, nein?« Decker zog die Augenbrauen hoch. »Vor Gericht müssen Sie dann widerlegen, was Morarjee über seine Treffen mit Collins und Ihnen gesagt hat.«

»Der weiß überhaupt nichts, der Hund!«

»Irrtum«, korrigierte Dillaggio. »Sie wissen nichts von dem, was Collins dem Inder alles erzählt hat. Collins hatte ein bißchen Angst vor seinen eigenen Leuten, genau wie Aldon Young.«

Hardees Mundwinkel begannen zu zucken. In seinen Augen flackerte das Licht der Verzweiflung.

Phil Decker erkannte, daß sie kurz vor dem Ziel waren.

»Ein Mann muß den richtigen Zeitpunkt für eine Entscheidung erkennen können«, sagte er ruhig. »Sie stecken bis zum Hals im Dreck, Hardee. Das beste ist immer, wenn man sich selbst herauszieht, denn andere tun es garantiert nicht. Und jemand, der in einem Fall von Kidnapping mit uns zusammenarbeitet, hat vor Gericht noch immer ein offenes Ohr gefunden.«

Hardees Augen wurden groß und richteten sich auf den hochgewachsenen FBI-Beamten.

»Was ... wie ...«, stotterte er, »wie meinen Sie das?«

»So, wie ich es gesagt habe. Geben Sie uns nur den kleinen Finger, und wir werden Sie mit der ganzen Hand herausziehen.«

Hardees Brustkorb hob und senkte sich unter heftigen Atemzügen. Minutenlang war ihm deutlich anzusehen, wie es hinter seiner Stirn arbeitete.

»Es ist wahr«, keuchte er dann, »Aldon Young und auch unser eigener Mann Collins wurden vom Dach gestoßen. Aber das war nicht ich! Wirklich nicht. Das hat immer Ed Ziebach erledigt.«

»Endlich ein Name.« Steve Dillaggio lächelte. »Damit haben Sie einen Riesenschritt nach vorn getan, Hardee. Jetzt den nächsten Schritt! Wo werden Norma Young und unser Kollege festgehalten?«

John Hardee atmete tief durch.

»Ich kann es Ihnen beschreiben«, murmelte er kaum hörbar.

Robert Garry hatte den Fuß schon auf dem Bremspedal. Urplötzlich wechselte er zum Gas und trat es bis zum Bodenblech durch. Der Mercedes 450 SLC schoß mit einem Satz wie eine Rakete davon.

Ed Ziebach wurde in die Rückenpolster des Beifahrersitzes gepreßt. »He, Mann! Was für eine Art von Raserei hat dich gepackt?«

Garry antwortete nicht sofort. Er überholte einen Lieferwagen, dessen Fahrer nach einer Parklücke Ausschau hielt. Erst als er sich vor den Wagen gesetzt hatte, ging Garry mit der Geschwindigkeit zurück. Er deutete mit dem Daumen über die Schulter.

»Ist dir nichts aufgefallen?«

»Nein«, gestand Ziebach.

Robert Garry zog das weiße Mercedes-Coupe nach rechts in eine Seitenstraße und stoppte vor einem schmutziggrauen Mietshaus. Auf dem Bürgersteig lärmten Halbwüchsige, die sich darin übten, Karate-Helden aus fernöstlichen Leinwanddramen zu imitieren.

»Da waren zwei Wagen«, sagte Garry und schob seinen Ellenbogen auf die Rückenlehne des Sitzes. »Und zwar ziemlich genau vor der Wohnung von seinem Girl.«

»Die ganze Maurice Avenue steht voll von Autos«, entgegnete Ziebach stirnrunzelnd.

Garry lächelte überlegen.

»Sieh dir die Gegend an, Ed! Alles dreckig und verkommen. Auch die Wagen. Die beiden, die ich meine, sahen anders aus. Gepflegt. Wie neu. Die Leute, die hier wohnen, können sich so was nicht leisten. Ein roter Jaguar und ein hellgrauer Dodge. Klingelt es bei dir?«

»Himmel noch mal«, murmelte Ziebach bestürzt. »Du meinst . . .«

»Genau das. Wenn mich nicht alles täuscht, hat der liebe John das Gegenteil von dem erreicht, was sein Job war. Er hat es nicht geschafft, den Inder aufs Abstellgleis zu schieben. Statt dessen haben die Greifer ihn ins Visier genommen.« Garry zündete sich eine Zigarette an. »Ed, du siehst jetzt nach, was los ist! Wir brauchen Gewißheit. Nimm dir ein Taxi und komm so schnell wie möglich nach Bay Ridge!«

»In Ordnung.« Ed Ziebach nickte und stieg aus. Er war kein Mann, der überflüssige Fragen stellte. Vor allem diese Eigenschaft schätzte Garry an ihm.

Während er den Bürgersteig entlang zur Straßenecke ging, hörte er den satt brummenden Motor des Sportwagens, als Robert Garry davonrauschte. Ziebach drehte sich nicht um. Die Halbwüchsigen, die vor den Hauseingängen lungerten, betrachteten ihn mit ausdruckslosen Augen. Was sie empfanden, ließ sich an ihren Gesichtern nicht ablesen. Trotzdem spürte Ziebach das, was Garry sofort aufgefallen war. Selbst er, nur mit einem einfachen Straßenanzug bekleidet, wirkte in dieser Gegend so fehl am Platze wie jemand, der sich nach einer Galavorstellung im Theater in eine Imbißbude verirrt.

Er erreichte die Einmündung, überquerte die Avenue und wartete auf der anderen Seite zwischen zwei parkenden Wagen, bis er ein Taxi entdeckte, das auf seinen Wink sofort ausscherte und stoppte. Ziebach stieg ein.

Der Fahrer, ein Farbiger, drehte sich kaugummikauend zu ihm um. »Wohin?«

Ziebach schob eine Zehn-Dollar-Note durch den Kassierschlitz nach vorn. »Ich habe ein Problem mit meinem Girl«, sagte er, »und ein Privatdetektiv ist mir zu teuer. Fahren Sie ein bißchen langsam! Ich zeige Ihnen das Haus. Okay?«

Der Driver ließ den Geldschein in seiner Jacke verschwinden und grinste. Er nickte nur und wandte sich nach vorn.

Der Driver ließ seine gelbe Limousine dicht an den parkenden Wagen entlangrollen. Das laute Ticken des Taxameters war selbst durch die Sicherheitsscheibe zu hören, die Fahrer und Fahrgast voneinander trennte.

Ed Ziebach beugte sich vor. Insgeheim bewunderte er Robert Garry, der immer wieder einen untrüglichen Riecher hatte. Natürlich spielte Menschenkenntnis dabei eine große Rolle, und die hatte Garry zweifellos in seiner Zeit als Kredithai gewonnen. Er hatte geahnt, wie John Hardee sich verhalten würde, sobald man ihm die Zügel etwas lockerte.

Hardee war ein zuverlässiger Mann. Einer, der jeden Auftrag zur Zufriedenheit erledigte. Aber Hardee war auch ein Mann, der seine straffe Selbstdisziplin erträglich machte, indem er sich kleine Schwächen leistete. Diese Schlampe aus der Maurice Avenue war eine solche Schwäche. Hardee fühlte sich auf unerklärliche Weise zu ihr hingezogen.

Immerhin hatte Garry geradezu gewittert, daß Hardee es nach der Anspannung der letzten Tage nicht lassen konnte, die freien Minuten zu nutzen, um zu dem Girl ins Bett zu hüpfen. Garry war entschlossen gewesen, ihm eine Lektion zu erteilen, indem er ihn am Kragen packte und ihn herauszog. Und nun dies!

»Langsamer«, sagte Ziebach durch den Sprechschlitz.

Der Fahrer nahm Gas weg.

Die beiden Wagen stachen jetzt auch Ziebach ins Auge. Er war ärgerlich, weil er es nicht ebenfalls sofort bemerkt hatte. Der Driver musterte ihn durch den Innenspiegel.

»Ist es da drüben, Mister? Soll ich anhalten?«

»Nein, nein. Erst mal langsam weiter.« Ziebach drehte sich zur Seite, während sie vorbeirollten. Dann spähte er durch die Heckscheibe.

Trotz seiner Vorahnung erschrak er unwillkürlich.

Vier Männer und eine Frau traten aus dem Haus auf den Bürgersteig. Sie hatten es sehr eilig, in den roten Jaguar und den hellgrauen Dodge zu steigen. Hardee hatten sie in die Mitte genommen, wie jemand, der beim Gehen gestützt werden mußte. Ziebach wunderte sich nicht, daß sie auch das Girl mitnahmen. Sie wollten vermeiden, daß die Kleine Neuigkeiten weitergab.

Von welchem Verein die drei gutgekleideten Männer stammten, war für Ed Ziebach nicht schwer zu erraten. Solchen Leuten sah er den Job an der Nasenspitze an. »Schneller!« sagte er. »Weg hier!«

Der Fahrer gab schweigend Gas. Ziebach dirigierte ihn in Richtung Bay Ridge im Südwesten von Brooklyn. Die Zeit wurde knapp. Aber wie er Garry kannte, hatte der bereits seine Vorbereitungen getroffen.

Was sich da eben vor dem Hauseingang an der Maurice Avenue abgespielt hatte, war für Ed Ziebach wie ein Tritt in die Magengrube gewesen.

»Es klingt jetzt vielleicht lächerlich«, flüsterte Norma, die auf der Decke kauerte und die Knie bis an das Kinn gezogen hatte. »Aber ich habe furchtbaren Hunger.«

Ich schüttelte den Kopf.

»Das ist ganz und gar nicht lächerlich. Der Hunger wird uns beiden noch viel mehr zu schaffen machen. Wie wäre es mit einer Zigarette?«

»Danke, nein«, entgegnete sie matt. »Ich mag nicht mehr. Meine Kehle ist so furchtbar trocken. Ob das von der Angst kommt?«

»Möglich.« Ich zog die Schultern hoch. »Dann geben Sie mir eine, okay?«

Mit etwas Mühe griff Norma nach der Zigarettenschachtel, die hinter ihrem Rücken lag. Ich beugte mich zur Seite und fischte die vorletzte mit den Lippen heraus. Norma hatte es inzwischen auch gelernt, die Finger trotz der Fesseln geschickt genug zu bewegen, um das Feuerzeug aufflammen zu lassen. Ich richtete mich wieder auf und inhalierte den Rauch. Bislang hatten wir auf diese Weise unser Hungergefühl einigermaßen gedämpft. Die Einwanderer hatten uns wie lauernde Wölfe beobachtet, als es Norma gelungen war, Zigaretten und Feuerzeug aus meiner Jackentasche zu ziehen. Seither waren sie sichtlich ruhiger geworden, und sie hatten sich auch daran gewöhnt, daß Norma und ich miteinander redeten. Anfangs hatte ich damit gerechnet, daß sie uns die Zigarettenpackung wegnehmen würden.

Aber sie waren selbst recht gut versorgt. Garry hatte einiges herangeschafft, um sie während ihres halbfreiwilligen Zwangsaufenthaltes bei Laune zu halten. Ihm lag nichts daran, daß sie auf verrückte Ideen verfielen und womöglich versuchten, sich auf eigene Faust in den Staaten durchzuschlagen.

Die Petroleumlampen brannten noch immer. Im Bunker herrschte jetzt ein trübes Zwielicht. Durch die Bretter, die das Gemäuer zur Wasserseite hin abschirmten, fiel Helligkeit in dünnen Streifen. Es war also Tag. So viel wußten wir.

Doch ebenso wie Norma hatte auch ich mein Zeitgefühl fast völlig verloren. Ein Gedanke keimte in mir auf.

»Norma«, sagte ich leise. »Wenn ich die Leute da drüben bitte ... Vielleicht geben sie Ihnen etwas zu essen. Mir scheint, die haben noch genug Vorräte.«

Sie sah mich mit großen Augen an. »Ich weiß nicht, Jerry. Diese Menschen hassen uns, und sie werden doch nicht ...« Sie brach ab.

Auch ich hatte die Geräusche gehört. Schritte. Eine Tür wurde zugeschlagen. Dann war es wieder still. Ich glaubte, schwaches Stimmengemurmel zu hören, war mir aber nicht sicher.

Auch die Illegalen starrten zu der Tür, die in den Bunker führte. In ihren ausgemergelten Gesichtern lag Hoffnung. Wie oft mochten sie in den vergangenen Tagen und Wochen dieses Gefühl gehabt haben, wenn Garry oder seine Leute auftauchten? Doch andererseits legten sie eine unerschütterliche Ruhe an den Tag, die mir wirklichkeitsfremd erschien. Wieder mußte ich daran denken, daß es eine andere Welt war, aus der sie kamen.

Ich horchte angestrengt.

»Was ist es?« hauchte Norma.

»Jemand ist nebenan«, flüsterte ich zurück. »Da muß es einen Vorraum geben.«

Wir verharrten schweigend. Auch von den Einwanderern war kein Laut zu hören. Ihre Blicke bewegten sich zwischen uns und der verschlossenen Tür hin und her.

Wieviel Zeit auf diese lähmende Weise verstrich, mochte ich nicht zu sagen. Irgendwann spie ich den Zigarettenrest aus, als sich die Glut meinen Lippen näherte.

Plötzlich war erneut das Zuschlagen einer Tür zu hören. Kurz darauf lautere Stimmen. Worte konnte ich dennoch nicht verstehen. Das Gespräch konnte nur wenige Minuten gedauert haben. Denn kurz darauf flog die Tür zu unserem Bunker auf. Ein hörbares Aufatmen ging durch die Reihen der Ausländer.

Robert Garry hatte es eilig. Ich sah es an seinem gehetzten

Gesichtsausdruck. Sein Gefolge bestand aus dem Schnauzbärtigen, dem Portorikaner und dem gutgekleideten Inder.

»Wir haben eine gute Nachricht für euch!« rief Garry. »Eure Wartezeit ist noch heute zu Ende. Vorher müssen wir nur diese beiden da an einen anderen sicheren Ort schaffen.« Er deutete mit einer abfälligen Handbewegung auf Norma und mich und ließ dem Übersetzer Zeit für seinen Job. »Anschließend können wir alles Weitere ungestört abwickeln.«

Ich sah, wie die Augen der Menschen zu leuchten begannen, als Garrys indischer Gefolgsmann übersetzt hatte. Beifallsrufe wurden laut. Einige klatschten in die Hände. Garry hob beschwichtigend die Hände und lächelte gönnerhaft. Er gab dem Puertorikaner und dem Schnauzbärtigen einen Wink.

»Hoch mit euch!« kommandierte der Mann mit dem buschigen Haarwuchs über der Oberlippe.

Ich gehorchte und half auch Norma beim Aufstehen. Robert Garry winkte den Illegalen noch einmal aufmunternd zu, als seine Männer uns hinausbugsierten. Der Vorraum war kahler als unsere Vernehmungszellen im Keller des FBI-Gebäudes. Auch hier gab es kein elektrisches Licht. Eine Petroleumfunzel blakte unter der schmutziggrauen Betondecke.

Robert Garry baute sich vor uns auf und verschränkte die Arme vor der Brust. In seinen Mundwinkeln lag kein Grinsen mehr. Es war eher Wut, die in der Tiefe seiner Pupillen glomm.

»Wir sind gezwungen, unsere Pläne zu ändern«, sagte er. »Die Gründe dafür werde ich euch nicht auf die Nase binden. Tatsache ist, daß ihr beide für mich ein höllischer Klotz am Bein geworden seid. Für solche Leute haben wir schon immer ein besonderes Rezept gehabt.« Er grinste nun doch wieder. Ein heimtückisches Grinsen. »Ed Ziebach, mein zuverlässigster Mitarbeiter, hat das Verfahren entwickelt und auch den Namen dafür gefunden. Die Höhenkur! Wer die einmal mitgemacht hat, ist für alle Zeiten kuriert.«

Auch die anderen bedachten uns jetzt mit höhnisch herablassenden Blicken.

Mir fiel es wie Schuppen von den Augen. Die Höhenkur! Der Gedanke an Aldon Young durchzuckte mich.

»In eurem Fall«, fuhr Garry fort, »wird es eine ganz außergewöhnliche Sache. Eure Höhenkur wird so ablaufen, daß hinterher nicht so viel von euch übrigbleibt.« Er schnippte mit Daumen und Zeigefinger.

Die anderen lachten glucksend.

»Eine saubere Sache«, sagte Garry salbungsvoll. »Sie spielt sich für euch beide nicht acht Fuß unter der Erde, sondern nahe beim Himmel ab. Vielleicht hört ihr sogar die Engel singen.«

Das Gelächter der Männer steigerte sich zum Grölen. Garry brachte sie mit einer herrischen Handbewegung zur Ruhe. Aus den Augenwinkeln heraus sah ich, daß Norma wachsbleich geworden war.

»Drohungen haben mich schon immer sehr beeindruckt«, erklärte ich ruhig. »Auch Ihre Ansprache, Garry, hat mich zutiefst erschüttert.«

Er zog die Augenbrauen hoch. »Interessant. Sie kennen mich also. Da sehen Sie, daß ich berühmter bin als Sie, Cotton. Wenn Sie nicht Ihren Dienstadler bei sich gehabt hätten, wüßten wir nicht, wer Sie sind. Und spotten können Sie ruhig noch bis zur letzten Minute. Möglich, daß es auch Galgenhumor ist, was Sie so von sich geben. Ich habe jedenfalls keine Zeit, mir das anzuhören.«

Er drehte sich um und ließ uns stehen. Ziebach und der Portorikaner nahmen Norma und mich in die Mitte. Tageslicht blendete uns, als Garry die Tür nach draußen aufstieß.

Viel von der Umgebung konnten wir nicht sehen. Es gab ein windschiefes Vordach aus morschen Brettern, von denen einige herabhingen und nur noch vom letzten Nagel gehalten wurden. Ein Zaun, der nicht viel besser aussah, schirmte die Vorderseite des Bunkers ab. Ursprünglich hatte dieser Zaun sicherlich den Zweck gehabt, daß Unbefugte das Gelände nicht betreten sollten.

Herumliegende Abfälle und Gerümpel zeigten, daß das Gegenteil der Fall war. Nur in den Bunker selbst konnte niemand mehr eindringen. Ziebach ließ ein Vorhängeschloß einrasten, dessen mächtiger Bügel gegen Bolzenschneider und ähnliche Scherze gesichert war.

Zwei Fahrzeuge standen unter dem Dach. Ein weißes Mercedes-Coupé und ein bulliger Dodge Ramcharger. Der schwere Geländewagen hatte einen geschlossenen Heckaufbau in glänzendem Schwarz. Die übrige Karosserie war silbergrau-metallic lackiert und mit einigen Zierstreifen versehen.

Der gutgekleidete Inder übernahm auf Anweisung Garrys den Mercedes und fuhr als erster los. Während sie uns in den Heckraum des Ramcharger drängten, hatte ich noch einen Moment Zeit, mich auf die Geräusche in der Umgebung zu konzentrieren. Das typische Hintergrundrauschen des Verkehrslärms klang fast überall gleich.

Was sich jedoch herausschälte, waren ähnliche Laute, wie ich sie von dem Besuch auf der ›Jaladhruv‹ an den Brooklyn-Piers kannte. Kreischendes Ladegeschirr, Kräne, Hupzeichen und heisere Typhone. Der ausgediente U-Boot-Bunker befand sich in Hafennähe, möglicherweise in Brooklyn. Ich prägte mir die Tatsache ein, obwohl es nicht sicher war, daß ich dieses Wissen noch jemals verwerten konnte.

In unmittelbarer Nähe des Bunkers – soviel konnte ich noch feststellen – hielt sich jedenfalls keine Menschenseele auf.

Ziebach schlug die Hecktür zu. Norma und ich mußten auf dem Bodenteppich hocken. Von den Sitzen trennte uns ein Metallgitter, wie es Hundebesitzer für den Transport ihrer Vierbeiner benutzen. Romero hatte sich auf der hinteren Sitzbank niedergelassen und zeigte mir grinsend seine Automatik. Für einen Moment schob er den Lauf durch eine der Gittermaschen und ließ mich in die großkalibrige Mündung blicken. Dann zog er die Waffe wieder zurück.

Garry saß bereits auf dem Beifahrersitz. Ziebach wuchtete

sich hinter das Lenkrad. Der Motor sprang mit dumpfem Dröhnen an.

Viel konnte ich durch die Windschutzscheibe von unserer Umwelt nicht erkennen. Romero versperrte mir überdies mit seinen breiten Schultern den größten Teil des Blickfeldes. Hauptsächlich war es der wolkenverhangene Himmel, den ich zu sehen bekam. Dann hin und wieder die oberen Stockwerke von Gebäuden.

Aber schon bald nachdem wir das Bunkergelände verlassen hatten, bemerkte ich, daß Ziebach hauptsächlich Schnellstraßen benutzte und offensichtlich dünner besiedelte Gegenden in oder um New York ansteuerte. Da gab es nichts, woran ich mich mit meinem schräg nach oben gerichteten Blickwinkel orientieren konnte. Sie hatten es sich also leisten können, uns die Augen nicht zu verbinden.

Ich versuchte, mein Zeitgefühl wieder einigermaßen in Ordnung zu bringen. Romero war ein starker Raucher. Zwischen den einzelnen Zigaretten legte er nur kurze Pausen ein.

Es gab mir einen kleinen Anhaltspunkt.

Die Fahrt dauerte eine bis eineinhalb Stunden.

Dann rollte der Ramcharger mit nachlassender Geschwindigkeit von einer Asphaltstraße auf unbefestigten Boden. Die Federung mußte heftige Stöße schlucken, und Ziebach schaltete den Vierradantrieb ein.

Der Wagen stoppte. Durch die Windschutzscheibe sah ich eine einsame Baumkrone, sonst nichts. Eine Platane. Ziebach und Garry stiegen aus, ohne Norma und mich eines Blickes zu würdigen. Romero grinste uns an und ließ mich noch einmal in die Mündung seiner Automatik sehen.

»Wir lassen euch beiden Hübschen jetzt allein. Macht euch ein paar schöne Stunden ... soweit ihr das hinkriegt.« Er kicherte. »Vielleicht wird's auch nur eine halbe Stunde. Ein festes Programm können wir euch leider nicht bieten.«

Er wandte sich ab und verriegelte die Türen des Wagens von außen.

Norma und ich blieben stumm. Unsere Lage war nicht

besser geworden. Normas Nerven waren überbelastet, und das Hungergefühl machte ihr stark zu schaffen. Ich mußte sie in meinen Überlegungen als einen Risikofaktor berücksichtigen. Daß ich einen Befreiungsversuch unternehmen mußte, stand gleichfalls fest.

Wann, wo und wie – das war eine Frage, die ich noch nicht zu lösen vermochte.

Phil Decker ließ den Jaguar bereits vom Hof der FBI-Fahrbereitschaft auf das Tor zurollen. Im Innenspiegel sah er den grauen Dienstwagen, ebenfalls abfahrbereit. Zeerookah trommelte ungeduldig mit den Fingern auf das Lenkrad.

Steve Dillaggio kam mit langen Sätzen aus dem Hofeingang des District Office. Er lief an Zeerys Wagen vorbei und schlug dabei mit der flachen Hand auf das Dach der Limousine.

Phil trat auf die Bremse und kurbelte das Seitenfenster herunter. Dillaggio beugte sich zu ihm hinunter.

»Ich bin aufgehalten worden«, sagte er mit verhaltenem Lächeln. »Eine dringende Nachricht vom Bauamt. Sie haben endlich herausgefunden, was Aldon Youngs Skizze zu bedeuten hat.«

Phil hob den Kopf. »Ein alter U-Boot-Bunker bei der Bay Ridge Station in Brooklyn. Richtig?«

»Hundertprozentig. Hardee hat die Wahrheit gesagt.«

Phil Decker stieß den Daumen der linken Hand empor und ließ den Jaguar wieder anrollen. Dillaggio lief zurück und schwang sich neben Zeerookah auf den Beifahrersitz der Dienstlimousine.

Auf dem Weg in Richtung South Brooklyn klärte Decker die letzten Einzelheiten per Funk. Vom zuständigen Revier der City Police in Bay Ridge waren auf Anordnung des FBI 20 Beamte in Uniform und in Zivil abkommandiert worden, um das Gelände des ausgedienten U-Boot-Bunkers zu umstellen.

Noch befanden sich die Männer in Bereitschaftsstellung.

Sie hatten den Absperrungsring nicht zugezogen. Der Polizeikreuzer ›Talkowsky‹ befand sich bereits in der Nähe der Brooklyn-Piers, um nötigenfalls innerhalb von Minuten die Wasserseite des alten Bunkers abzuriegeln.

Der Vormittagsverkehr in Manhattan und Brooklyn war erträglich. G-man Decker und seine beiden Kollegen kamen zügig voran.

Die Einwanderungsbehörde war ebenfalls unterrichtet worden. Außerdem bereitete sich ein Spurensicherungskommando des zuständigen Erkennungsdienstes von South Brooklyn auf den Einsatz vor. Die Beamten der City Police waren mit Magnum-Revolvern, Gewehren mit Zielfernrohr und Maschinenpistolen ausgerüstet.

Im Kofferraum des roten Jaguars und der grauen FBI-Dienstlimousine lagen je eine Thompson, bekannt als ›Tommygun‹. Phil Decker und die beiden Kollegen hatten ihre Revolver 38 Special gegen Smith & Wessons des Kalibers 357 Magnum ausgetauscht.

Zwei Straßenzüge nördlich der Bay Ridge Station trafen die G-men mit einem Einsatzwagen der City Police zusammen. Die uniformierten Cops und ihre zivilen Kollegen hatten erste Beobachtungen aufgenommen und festgestellt, daß sich außerhalb des Bunkers keine Menschenseele blicken ließ.

»Fangen wir an?« fragte Lieutenant Griffith, der den Einsatz der Cops leitete. »Meine Männer sind mit Walkie-talkies ausgerüstet. Wenn Sie wollen, haben wir den Ring in zwei Minuten dicht.« Griffith war ein breitschultriger Mittvierziger mit kantigem Gesicht, das unbändige Energie ausstrahlte.

»Einverstanden«, sagte Phil Decker.

Griffith beugte sich in seinen Dienstwagen, zog das Funkmikro heraus und gab das Startsignal. Er warf einen Blick auf seine Armbanduhr und nickte den drei FBI-Beamten zu. Decker, Dillaggio und Zeerookah hatten sich anhand eines Lageplans mit den Örtlichkeiten vertraut gemacht. Das Bunkergelände befand sich südlich der Bay Ridge Station, eines

Güterbahnhofs, der die Piers bediente. Zwischen Bahnhof und Bunker gab es eine Reihe ausgedienter Lagerhallen, in denen sich außer Ratten und gelegentlichen Tramps keine Lebewesen aufhielten.

Die FBI-Beamten warteten eine Minute. Dann jagten sie los. Die Straße führte über ein Gewirr von Eisenbahnschienen. Rechterhand rangierten Dieselloks offene und geschlossene Waggons. Im Hintergrund war die Skyline von Manhattan Downtown schemenhaft im Dunst zu erkennen.

Die rostigen Wellblechhallen schoben sich ins Blickfeld. In einer unkrautüberwucherten Einfahrt stand ein verlassener Streifenwagen. Von den Beamten war nichts zu sehen. Sie hatten sich in dem unüberschaubaren Gebiet geschickt verteilt.

Phil Decker sah das halbverwitterte Schild, das Unbefugte mit müdem Nachdruck davor warnte, staatseigenes Gelände zu betreten. Der G-man zog den Jaguar nach rechts und nahm Gas weg. Die weite Betonfläche des Grundstücks war noch gut erhalten. Aus den Rissen wuchs Unkraut, und das Wurzelwerk leistete einen unaufhaltsamen Beitrag zum weiteren Verfall. Im Innenspiegel sah Decker, daß Zeerookah mit dem Dienstwagen sofort nach links wegscherte.

Er hielt mit dem Jaguar geradewegs auf den windschiefen Bretterzaun zu. Unmittelbar davor stoppte er, schnellte federnd ins Freie und nahm vorübergehend Deckung hinter dem Jaguar-Heck. Der schwere Smith & Wesson lag wie von selbst in seiner Rechten.

Zeerookah hatte den Dienstwagen am südlichen Ende des Zauns zum Stehen gebracht. Die Wagentüren flogen auf, und im nächsten Moment waren Zeery und Dillaggio im Schutz des Zauns in Stellung gegangen.

Phil Decker drang weiter vor. Unter dem Vordach verharrte er sekundenlang. Blitzschnell erfaßte er die Lage. Außer Gerümpel und Unrat gab es buchstäblich nichts. Dann sah er das Vorhängeschloß. Es war nagelneu und bildete einen deutlichen Gegensatz zu der rostigen Stahltür. Der G-man gab seinen beiden Kollegen ein Handzeichen.

Sie folgten ihm und blieben beiderseits der Bunkertür, während Phil Decker zum Jaguar zurücklief und Funkverbindung mit Lieutenant Griffith aufnahm.

»Lassen Sie Ihre Leute anmarschieren, Lieutenant! Wir brauchen jemanden, der ein Vorhängeschloß aufbrechen kann.«

»Das haben wir sofort«, antwortete Griffith mit kratzender Funkstimme.

Fünf Minuten später hatten die Beamten das Gelände durchkämmt und den Bunker erreicht. Die Männer blieben außerhalb des Zaunes, damit etwa vorhandene Spuren nicht zerstört wurden. Ein uniformierter Cop öffnete das Schloß mit einem Spezialwerkzeug.

Phil Decker, Steve Dillaggio, Zeerookah und Lieutenant Griffith betraten den Bunker mit der gebotenen Vorsicht. Sie durchquerten den Vorraum und öffneten die zweite Tür, die unverschlossen war.

Der Anblick traf sie wie ein Schlag.

Die ausgemergelten Gestalten kauerten starr vor Schreck in einem Durcheinander von Kisten und Konserven. Der Schein der blakenden Petroleumlampen tat ein übriges, um die Szenerie unwillkürlich und unbegreiflich erscheinen zu lassen.

»Ich werde verrückt«, murmelte Lieutenant Griffith entgeistert. »Das sieht aus wie ein Flüchtlingslager.«

Die FBI-Beamten nickten nur. Nach der ersten Überraschung stand für sie eine andere Feststellung im Vordergrund. Ihr Kollege Jerry Cotton und Norma Young waren verschwunden. Aber da gab es eine Decke und eine Ansammlung von Zigarettenstummeln.

»Wir brauchen die Spurensicherer«, entschied Phil Decker. »Jetzt sofort!«

Lieutenant Griffith lief hinaus, um das Notwendige zu veranlassen.

Die illegalen Einwanderer leisteten keinen Widerstand. Sie hatten es verlernt, sich gegen etwas aufzulehnen, das ihr persönliches Schicksal betraf. Und sie begriffen nur wenig von dem, was sich um sie herum abspielte. Lediglich eines verstanden sie: Der Traum vom neuen Leben im goldenen Amerika war ausgeträumt. Der Mann, der ihnen das Blaue vom Himmel herunter versprochen hatte, war verschwunden und hatte sie im Stich gelassen.

Die FBI-Beamten versuchten vergeblich, sich mit ihnen zu verständigen. Sie überließen es den Cops, die Leute zu bewachen, bis die zuständigen Beamten von der Einwanderungsbehörde eintrafen.

Draußen hatten die Spezialisten des Spurensicherungskommandos bereits mit ihrer Arbeit begonnen. Der überdachte Vorplatz des Bunkers wurde Inch für Inch durchsucht. Eine Aufgabe, die Stunden oder sogar Tage in Anspruch nehmen konnte.

Phil Decker nutzte die Zeit, um über Funk einen Zwischenbericht an John D. High durchzugeben. Eine Vermißtenmeldung mit den Personenbeschreibungen von Norma Young und Jerry Cotton war mittlerweile an alle Polizeidienststellen in New York und an alle FBI-Büros in den Staaten weitergeleitet worden.

Um William C. Young war es erstaunlich still geworden. Es gab keinen Druck mehr, den Young durch seine Beziehungen auf den New Yorker FBI-Chef auszuüben versuchte. Und auf die Nachricht vom Verschwinden seiner Tochter, so berichtete John D. High, hatte Young lediglich mit der väterlich besorgten Bitte reagiert, alles für ihre Rettung zu tun.

Zwei Beamte der Einwanderungsbehörde trafen auf dem Bunkergelände ein. Sie hatten Jay Gurdul mitgebracht, den nebenberuflichen Dolmetscher.

»Für den Rest des Tages wird mein Chef mich wohl abschreiben müssen«, sagte er lächelnd, als er die FBI-Beamten sah.

Decker schilderte ihm in knappen Worten die möglichen Zusammenhänge. »Uns interessiert vor allem, ob und wie lange Norma Young und unser Kollege hier festgehalten wurden«, fügte er hinzu. »Außerdem natürlich Personenbeschreibungen von anderen Leuten, die hier waren.«

Gurdul nickte. Die Spurensicherer schleusten ihn und die beiden Männer vom Immigration Office durch die aufgestellten Zahlenschilder, die die Position von Fundstücken auf Fotos festhielten.

Die auferzwungene Tatenlosigkeit zerrte an den Nerven der FBI-Beamten. Dahinter stand die zermürbende Gewißheit, daß jede Minute, die ergebnislos verstrich, für Norma Young und Jerry Cotton die Lage nur verschlechterte.

Kurze Zeit später meldete sich der Leiter des Spurensicherungskommandos mit ersten Erkenntnissen.

»Wir haben eine Menge Zeug gefunden, das von allen möglichen Leuten stammen kann. Zigaretten- und Zigarillo-Reste, Streichholzhefte, ein leeres Einwegfeuerzeug, leere Bierdosen, alte Zeitungen und so weiter und so weiter. Interessant erscheint mir, daß es mehrere Reifenspuren gibt, und zwar Abdrücke von normalen Gürtelreifen. Außerdem haben wir einen, der nur ein einziges Mal auftaucht. Ein Geländereifen. Das Profil hat sich im Papierbrei von aufgeweichten Zeitungen und in übelriechenden Hinterlassenschaften abgedrückt. Wir kriegen einen rundum perfekten Gipsabdruck davon.«

»Immerhin etwas«, sagte Phil Decker. »Wie lange brauchen Sie?«

»Ich denke, ich kann Ihnen in einer Stunde schon das Reifenfabrikat sagen.«

Der Beamte zog sich zurück. Zwei seiner Männer verließen das Gelände mit den ersten wichtigen Beweisstücken. Die übrigen Spurensicherer setzten ihre Arbeit fort.

Jay Gurdul und die beiden Beamten vom Einwanderungsbüro verließen den Bunker. Gurdul berichtete, was die Inder und Pakistani über den Aufenthalt von Norma Young und Jerry Cotton gesagt hatten.

»Keiner konnte eine genaue Zeitangabe machen«, fügte er hinzu. »Aber aus ihren Äußerungen könnte man schließen, daß die Gefangenen mindestens vor drei oder vier Stunden abtransportiert worden sind. Jerry Cotton hat eine leichte

Verletzung an der Schulter. Die junge Frau durfte ihm unter Aufsicht der Gangster einen Verband anlegen. Mehr habe ich leider nicht für Sie, bis auf die Personenbeschreibungen.« Gurdul riß einige Blätter von seinem Notizblock und reichte sie dem G-man.

»Danke«, murmelte Phil Decker. Die Sorge um den Freund und Kollegen drückte auf seine Stimmung.

»Gib her! Ich erledige das«, sagte Steve Dillaggio und nahm ihm die Zettel aus der Hand. Dillaggio ging zum Dienstwagen und begann, die Personenbeschreibungen mit Funk an die FBI-Zentrale durchzugeben.

»Wir lassen die Leute mit einem Bus abtransportieren«, erklärte einer der beiden Beamten vom Einwanderungsbüro und deutete mit dem Daumen auf den Bunker. »Können Sie die Bewachung so lange noch aufrechterhalten?«

»Sicher«, sagte Phil. »Übrigens: Wie geht es Ihrem Kollegen Escalante?«

»Besser. Wir haben gehört, daß er morgen oder übermorgen aus dem Hospital entlassen werden soll.«

Phil Decker lächelte.

»Mir will das alles nicht in den Kopf«, sagte der andere Mann vom Immigration Office. »Weshalb lassen sich diese Menschen wie Vieh einsperren? Sie müssen doch gemerkt haben, daß da etwas nicht mit rechten Dingen zugeht. So naiv können die doch gar nicht sein, oder?«

»Es steckt etwas mehr dahinter«, entgegnete Decker. »Wir ermitteln schon seit einiger Zeit in dieser Sache. Bislang gab es nur ungenaue Erkenntnisse darüber, daß irgendwo an der Ostküste eine Organisation arbeitet, die illegale Einwanderer auf dunklen Wegen weiterverschachert.«

»Etwa als billige Arbeitskräfte?«

»Mehr als das«, meldete sich Zeerookah zu Wort. »Fast ein Rückfall in die Sklaverei. Können Sie sich vorstellen, was diesen armen Kerlen blüht, wenn sie beispielsweise an eine Billigflaggen-Reederei vermittelt werden?«

»Ungefähr«, sagte der Beamte. »Da schuften sie für ein Ei und ein Butterbrot im Maschinenraum und können nicht aufmucken. Weil sie jederzeit damit rechnen müssen, daß sie den Behörden ausgeliefert werden. Ein teuflischer Menschenhandel ist das.«

Jay Gurdul und seine beiden Begleiter fuhren ab. Kurze Zeit später rollte der angekündigte Bus an. Unter Aufsicht der Cops bestiegen die Einwanderer das Fahrzeug. Zum ersten Mal seit einer kleinen Ewigkeit sahen sie das Tageslicht wieder. Wie ein Geschenk des Himmels konnte es ihnen trotzdem nicht vorkommen. Sie waren vorprogrammiert auf die Rückkehr in eine Heimat, die sie eigentlich nie wiedersehen wollten.

Phil Decker und seine beiden Kollegen verließen das Bunkergelände ebenfalls, nachdem sich herausstellte, daß die Spurensicherer mit weiteren bedeutungsvollen Funden nicht rechneten.

Die G-men fuhren zum Revier der City Police, wo sie von Lieutenant Griffith in Empfang genommen wurden.

»Unsere Jungs von der Spurensicherung haben phantastische Arbeit geleistet«, sagte Griffith. »Folgendes zu diesem besagten Reifenabdruck: Das Profil stammt von einem Geländereifen, der den hübschen Markennamen Arrow trägt. Interessant daran ist, daß mit diesem Fabrikat nur Neufahrzeuge ausgerüstet werden, und zwar die Typen Ramcharger von Dodge. Ist das etwas oder nicht?« Griffith konnte seinen Stolz nicht verbergen.

Die FBI-Beamten verloren keine Zeit. Zwei Minuten später lief die erforderliche Funkdurchsage. Im FBI-Office an der Federal Plaza wurde die Telexnachricht formuliert, die wiederum an alle Dienststellen ging.

Bis zum Einbruch der Dunkelheit ließen sie uns in dem engen Heckraum des Dodge Ramcharger ausharren. Manchmal hatten wir ihre Stimmen schwach und undeutlich gehört. Die Wände, hinter denen sie sich die Zeit vertrieben, mußten dünn sein. Und irgendwann, vor Stunden schon, hatten sie sich von einer unerwartet freundlichen

Seite gezeigt. Da brachte Romero einen Pappteller mit Sandwiches, den er zwischen Norma und mir auf den Bodenteppich stellte. So viel Entgegenkommen, uns die Fesseln zu lösen, zeigte er indessen nicht. Aber Norma und ich hatten es geschafft, uns mit den auf den Rücken gefesselten Händen mit Zigaretten zu versorgen. Also gelang es uns auch, uns auf diese verkrampfte Art und Weise gegenseitig zu füttern.

Der Lichtschein, der seit Dunkelwerden herübergefallen war, erlosch. Sosehr ich mich auch gereckt hatte, es war mir nicht gelungen, herauszufinden, in welcher Art von Behausung sich Garry und sein Partner aufgehalten hatten. Als sie jetzt in den Wagen stiegen, flammte die Innenbeleuchtung auf. Vorsicht schienen sie nicht nötig zu haben. Wir befanden uns offenbar in einer Gegend, in der es keine unerwünschten Beobachter gab.

Die Fahrt dauerte nicht lange. Romero rauchte nur eine Zigarette. Dann blieb ihm keine Zeit mehr, einen zweiten Glimmstengel anzustecken.

Bevor sie uns ins Freie ließen, legten sie uns Augenbinden an. Es war kühl, und die Luftfeuchtigkeit drang einem bis auf die Knochen. Wir befanden uns irgendwo am Wasser. Meine Vermutung bestätigte sich kurz darauf, als sie uns etwa 20 Schritte weit geführt hatten. Wir erreichten Holzboden, der unter unseren Füßen schwankte.

Ein Bootsanleger.

»Vorsicht jetzt«, sagte Romero, und ich konnte mir vorstellen, wie er grinste. »Wir wollen nicht, daß ihr beiden Hübschen zu guter Letzt noch in den Bach fallt.«

Mehrere Hände waren zur Stelle, als sie erst Norma und dann mich in ein Boot führten. Garry und Ziebach hatten seit der Abfahrt kein einziges Wort geredet. Norma und ich hockten nebeneinander auf der Ducht. Das Poltern von Riemen war zu hören, und das Eintauchen der Blätter. Zwei Mann ruderten, so vermutete ich, und der dritte hielt uns in Schach.

Der Ort, an den sie uns brachten, war entweder nur über

das Wasser zu erreichen, oder es handelte sich um die unauffälligste Art der Annäherung. Auf jeden Fall hatte Garry gute Vorbereitungen getroffen. Ein Motorbot benutzten sie wohl deshalb nicht, weil der Lärm sie verraten hätte. Also mußte es in Hörweite Menschen geben.

»Ich will euch nicht ganz im ungewissen lassen«, klang Robert Garrys Stimme plötzlich aus der totalen Dunkelheit, die uns umgab. »Ihr sollt wenigstens wissen, welche Art von Höhenkur euch bevorsteht.«

Ein unterdrücktes Glucksen ertönte. Ich wußte, daß es Romero war, der nicht an sich halten konnte.

»Wir nähern uns einem Gebäude, das morgen früh abgebrochen werden soll«, fuhr Garry fort. »Es ist ein sechsgeschossiges Haus, in dem bis vor einem halben Jahr die Wasser- und Schiffahrtsverwaltung von East Rockaway untergebracht war. Ein alter Kasten, schon vor der Jahrhundertwende gebaut. Jetzt machen sie das Ding dem Erdboden gleich, damit ein neuer Wohnturm entstehen kann. Das Ganze wird dann später ein großes Wohn- und Geschäftszentrum. Keiner der Leute, die dann mal da drin leben, wird wissen, daß seine Bleibe auf den staubfeinen Teilen eines FBI-Agenten und einer Bürgermeisterstochter steht. Könnt ihr euch vorstellen, warum das so sein wird?«

Wieder kicherte der Portorikaner.

»Keine Frage«, entgegnete ich mit erzwungener Ruhe. »Das Gebäude wird wahrscheinlich gesprengt. Und weil es sich um eure bewährte Höhenkur handelt, werden wir uns zum Zeitpunkt der Sprengung auf dem Dach oder im obersten Stockwerk befinden.«

Norma stieß einen Laut des Entsetzens aus. Ich spürte, daß sie zu zittern begann. Aber ich konnte ihr nicht helfen. Nicht jetzt.

»Kluges Kerlchen!« lobte Garry mich mit salbungsvollem Ton. »Die Häuser in der Umgebung sind übrigens schon geräumt. Auch die Sprenglöcher haben sie schon gebohrt. Aber die Ladungen bringen sie erst morgen früh an. Dann wird auch erst abgesperrt. Auf jeden Fall braucht ihr euch keine Hoffnungen zu machen, daß ihr durch Lärm irgend jemanden alarmieren könntet.«

Robert Garry hatte unsere Spezial-Höhenkur in der Tat perfekt geplant.

Sie holten die Riemen ein. Dann stieß das Dollbord des Bootes gegen einen steinernen Anleger. Der Untergrund, über den sie uns führten, bestand aus Beton oder Stein und war glitschig. Minutenlang mußten wir stehenbleiben. Ich hörte, daß einer der drei Männer an einem Schloß hantierte.

»Geschafft«, sagte er.

Es war Ziebachs Stimme.

Sie brachten Norma und mich in einen muffig riechenden Korridor und drückten die Tür zu. Licht flammte auf. Wir sahen die Helligkeit durch unsere Augenbinden. Dann nahmen sie uns die Lappen ab. Ich kniff für einen Moment die Lider zu. Als ich sie wieder öffnete, sah ich Ziebach vor mir, der eine Taschenlampe hielt. Neben mir war Norma. Romero und Garry folgten uns in eine Halle, von deren Wänden die Holztäfelung abmontiert worden war. Wo sich die Haupteingangstür befunden haben mußte, war jetzt ein rohgezimmerter Bretterverhau. Wahrscheinlich hatten sie alle brauchbaren Bestandteile des Hauses an Leute verkauft, die ihren persönlichen Wohnstil durch möglichst viele altertümliche Dinge darstellen.

»Der Fahrstuhl funktioniert leider nicht mehr«, sagte Romero feixend. »Sie haben den Strom abgeschaltet. Ihr werdet schon die Beine benutzen müssen.«

Der Treppenaufgang, der sich um den Fahrstuhlschacht nach oben schraubte, war schmal und nur für den Notfall gebaut. Wieder ging Ziebach mit der Taschenlampe voraus.

Norma war gleich hinter mir. Romero und Garry folgten. Der Lichtkegel der Taschenlampe glitt über Wände, die zur Hälfte aus bloßgelegtem Rauhputz und zur anderen Hälfte aus schmutzigen und zerrissenen Tapeten bestanden. In einer rechtwinkligen Biegung der Treppe stieß ich Norma kaum merklich an. Keiner der Männer bekam es mit. Aber an Normas Blick sah ich, daß sie verstanden hatte. Es war das Zeichen, das wir vereinbart hatten. Ich mußte es riskieren, bevor es zu spät war.

Ich erlaubte mir einen vorsichtigen Blick zurück und stellte fest, daß Romero seine Automatik gezogen hatte. Das erschwerte die Sache höllisch. Es kam auf den richtigen Moment an. Ich wartete bis zum vierten Stockwerk. Sie waren jetzt schon alle ein wenig außer Atem.

Vor mir umrundete Ziebach eine der vielen rechtwinkligen Treppenbiegungen. Ich beschleunigte meine Schritte und stieß einen leisen Zischlaut aus. Norma mußte jetzt reagieren. Sie mußte das einzig Richtige tun und sich in die Mauerecke drängen.

Blitzartig warf ich mich nach vorn. Mit dem Kopf stieß ich in Ziebacks Kniekehlen und kam im nächsten Moment mit dem Oberkörper hoch.

Der Ruck genügte. Ziebach brüllte vor Schreck und vor Wut zugleich los. Er segelte rücklings über mich hinweg abwärts. Romero direkt entgegen, der in diesem Augenblick die Treppenbiegung erreichte.

Ich konnte meinen eigenen Fall nicht aufhalten. Aber es gelang mir, mich so weit herumzuwerfen, daß ich mit der gesunden Schulter auf die Treppenstufen schlug.

Romero stieß einen gurgelnden Laut aus.

Ich sah nicht mehr, was geschah. Nur ein Menschenknäuel! Aber Norma hatte es geschafft, sich in die Ecke zu drücken. Ich sah es, als ich mich herumwarf und hochzukommen versuchte.

Ein Schuß krachte dumpf.

Mir gefror das Blut in den Adern.

Norma schlug die Hände vor das Gesicht und schrie gellend. Ihr Schrei schien nicht enden zu wollen.

Das Poltern verstärkte sich. Ich vermochte nicht zu erkennen, wer die Treppe hinunterstürzte.

Norma schrie noch immer.

Ich schaffte es nicht, mich rechtzeitig aufzurichten.

Im nächsten Moment schnellte eine Gestalt um die Ecke des Fahrstuhlschachts herum auf mich zu.

Ed Ziebach!

Ich glaubte zu träumen.

Sein Gesicht war weiß und vor Wut zu einer Fratze verzerrt.

Die Fesseln behinderten mich zu sehr. Ich sah noch, daß Ziebach jetzt in der Linken die Taschenlampe und in der Rechten eine Waffe hielt. Der brünierte Stahl verursachte einen flirrenden Reflex, als er zuschlug.

Normas Schrei begleitete mich auf dem schnellen Weg in die Bewußtlosigkeit.

Ich hörte mich selbst krächzen.

Meine Atemwege waren blockiert. Ich begann zu husten, und meine Sinne kehrten zurück. Der Schmerz setzte hämmernd unter der Schädeldecke ein. Dann ließ der Hustenreiz nach, und ich konnte einigermaßen frei atmen. Als ich mühsam die Augen öffnete, änderte sich nichts. Es blieb dunkel. Der Geruch von Maschinenöl stieg mir in die Nase.

Ich versuchte, mich zu bewegen. Ohne Erfolg. Ich hockte auf einem kalten Boden aus Beton oder Stahl oder wer weiß was. Etwas drückte auf meinen Oberkörper. Ich begriff, daß es Stricke waren, mit denen sie mich festgebunden hatten. Auch die Fußgelenke waren zusammengeschnürt. Lediglich die Beine konnte ich anwinkeln. Ein schwacher Trost.

»Jerry?«

Normas Stimme war nur ein Hauch. Schlagartig setzte meine Erinnerung ein.

»Ja«, krächzte ich und kniff die Augen zusammen, denn der Schmerz in meinem Kopf tobte maßlos.

»Sind Sie in Ordnung, Jerry?«

»Besser könnte es nicht gehen.«

»Hören Sie auf mit den Witzen! Ich habe schließlich gesehen, was passiert ist.«

»Also gut. Dann sagen Sie mir, was ich nicht mitgekriegt habe, Norma. Ich nehme an, Sie können auch nicht mehr als den kleinen Finger bewegen.«

Ich hörte, wie sie tief durchatmete.

»Wir haben keine Chance mehr, Jerry. Es ist aus. Aber ich habe mich mit dem Gedanken abgefunden. Sie brauchen nicht zu befürchten, daß ich einen Schreikrampf kriege oder so etwas.«

»Schreien Sie, wenn es Ihnen hilft, Norma! Vielleicht hört uns sogar jemand.«

»Nein, nein, das ist aussichtslos. Wir befinden uns in einem Stahlkasten auf dem Dach des Hauses. Direkt neben uns sind die Zahnräder, auf denen die Drahtseile vom Fahrstuhl laufen.«

»Und der Schacht?« fragte ich gespannt. Ein wenig vergaß ich die Schmerzen.

»Den sieht man nicht. Die Drahtseile laufen durch Löcher im Boden.«

Ich hob die gefesselten Beine und ließ sie fallen. Meine Schuhabsätze verursachten einen hohlen Klang.

»Wir sitzen auf einer Stahlplatte, nicht wahr?«

»Ich glaube, ja«, antwortete Norma leise. »Bevor Sie weiterfragen, Jerry: Es gibt keine Tür oder so etwas. Bevor sie uns hier hineinschoben, haben sie eine Platte losgeschraubt. Und anschließend haben sie die Platte wieder festgeschraubt. Es ist also völlig unmöglich ...« Ihre Stimme erstickte. Sie begann zu schluchzen.

Ich spürte, daß sie es nicht durchstehen würde. Das Gefühl, wie eine Maus gefangen zu sein, war unerträglich. Es spannte auch meine Nerven zum Zerreißen.

Ich mußte es schaffen, die Fesseln loszuwerden! Koste es, was es wolle. Es war die einzige Möglichkeit, die mir blieb. Ob es uns weiterhalf, stand noch in den Sternen. Daß wir uns aus dem zugeschraubten Stahlkasten befreien konnten, schien in der Tat völlig ausgeschlossen.

Robert Garry hatte gewußt, was er tat.

»Was ist auf der Treppe passiert?« fragte ich. Ich wollte Normas Gedanken in eine andere Richtung lenken.

»Es ... es war furchtbar«, sagte sie stockend. »Ziebach stürzte direkt auf den Puertorikaner, und der hatte ja die

Pistole in der Hand. Der Schuß muß sich bei dem Aufprall gelöst haben, ohne daß er es wollte. Und die Pistole hat sich wahrscheinlich so unglücklich gedreht, daß Romero selbst getroffen wurde. Garry konnte sich am Geländer festhalten und noch verhindern, daß Ziebach weiterfiel. Romero ist die Treppe hinuntergerollt. Er muß schon tot gewesen sein, als er unten ankam. Dann haben Garry und Ziebach uns hier heraufgebracht.«

»Hmm«, brummte ich.

Anschließend hatten sie wahrscheinlich Romeros Leiche fortgeschafft und ins Wasser versenkt. Denn das Innere des Gebäudes würde vor der Sprengung noch einmal überprüft werden. Der Sprengmeister und seine Leute mußten zumindest damit rechnen, daß sich Obdachlose nachts hierher verirrten. Ein Türschloß ist kein Hindernis für Leute, die ein geeignetes Nachtquartier wittern und kein besseres Dach über dem Kopf haben.

»Können wir denn nicht irgend etwas tun, Jerry?« Normas Stimme war voller Verzweiflung.

»Viel ist es nicht. Aber ich werde es versuchen. Haben Sie gesehen, wie Ziebach und Garry mich gefesselt haben?«

»Ziebach hat das gemacht. Er hat Ihnen einen Strick um den Oberkörper gewickelt und Sie an einem Rohr festgebunden. Was für ein Rohr das ist, konnte ich so schnell nicht erkennen.«

Ich preßte meinen Rücken dagegen und stellte fest, daß Normas Beobachtung stimmte. Das Rohr war etwa armdick. Vielleicht gehörte es zu einem Belüftungssystem und reichte aus dem Fahrstuhlschacht durch das Stahlgehäuse nach oben.

»Haben sie die Fesseln an den Handgelenken erneuert?« fragte ich.

»Nein, ich glaube nicht.« Norma zögerte. »Nein, ganz bestimmt nicht. Ziebach hat Ihnen noch die Füße gefesselt und sich danach gleich mit mir beschäftigt.«

»Was haben sie mit Ihnen gemacht, Norma?«

»Ich bin an einem dieser Zahnräder festgebunden. Das

Schlimmste ist das Gefühl, daß sich dieser Fahrstuhl vielleicht doch noch einmal in Bewegung setzen könnte.«

»Unsinn«, beruhigte ich sie. »In diesem Haus funktioniert nichts mehr. Vielleicht wurde die Fahrstuhlkabine sogar herausmontiert. Möglich, daß sich auch dafür ein Liebhaber gefunden hat.« Ich räusperte mich, um den Hustenreiz zu unterdrücken, der von neuem in meiner Kehle aufstieg. »Ich will jetzt versuchen, die Handfesseln loszuwerden. Wenn Ihnen nach Reden zumute ist, Norma, dann reden Sie! Aber stören Sie sich nicht daran, wenn ich eine Weile nichts von mir gebe.«

»Es ist schon gut, Jerry. Ich bete, daß Sie es schaffen.«

Sie war den Tränen nahe. Ich hörte es deutlich, und in meinem Hals bildete sich ein Kloß.

Ich begann die Finger zu bewegen. In meinem Leben war ich oft genug gefesselt gewesen, um auch diesmal zu erkennen, ob mein Versuch einen Sinn hatte.

Meine Finger hatten Spielraum. Nur sehr wenig. Doch es reichte, um sie rhythmisch voneinander wegzubewegen. Ich wußte, daß es Stunden dauern konnte, bis eventuell ein Erfolg zu verzeichnen war. Aber bis zum Morgengrauen hatte ich Zeit. Eine unendlich lange Zeit.

Ich hielt nicht inne. Sehr bald würden meine Handgelenke zu schmerzen beginnen. Doch auch das mußte ich ertragen. Die Fesseln bestanden aus dünnen Strängen, vielleicht eine Wäscheleine oder ähnliches. Ich spürte, daß das Material nachzugeben begann. Also handelte es sich um eine Naturfaser, nicht um Kunststoff. Leider kam ich mit den Fingern nicht heran. Die einzige Hoffnung lag deshalb in diesen Dehnungsversuchen.

Norma verhielt sich erstaunlich ruhig. Doch an ihrem heftigen Atem hörte ich, wie sehr ihre Nerven in Aufruhr waren.

Die Zeit schien stillzustehen. Die totale Finsternis, in der wir uns befanden, trug zu diesem Gefühl bei.

Ich wußte nicht, wie lange ich schon meine Fingerübungen vollführt hatte. Als ich die Finger nach innen bog, gelang es mir plötzlich, eine Seilwindung mit dem Zeigefinger zu erfassen. Einen Moment lang verharrte ich überrascht. Es erschien mir wie ein rascher Erfolg. Doch dann sagte ich mir, daß vielleicht schon eine Stunde oder mehr verstrichen war.

Ich arbeitete weiter und spürte, wie Schweißperlen auf meiner Stirn entstanden. Das Hämmern in meinem Schädel war noch immer da. Aber es ließ sich jetzt ertragen. Nach einer Weile gelang es mir, auch den anderen Zeigefinger unter die Seilwindung zu schieben. Der Rest war abermals mühevoll und schweißtreibend und schien Ewigkeiten zu dauern. Über meinen Handflächen spannte sich der Strick erneut. Einen Augenblick dachte ich, ich würde es nun doch nicht mehr schaffen. Doch ich hielt nicht inne.

Plötzlich fiel die Seilwindung über meine Finger weg.

Beinah hätte ich einen Triumphschrei ausgestoßen. Aber ich bremste mich. Es war ein Kinderspiel, jetzt die restlichen Handfesseln zu lockern und abzustreifen. In meinen Handgelenken setzte ein Prickeln und Stechen wie von tausend Nadeln ein. Ich bewegte die Arme vor und zurück und rieb die Hände.

»Das Schwierigste ist geschafft, Norma.«

»Ist das wahr?« hauchte sie. »Ist das wirklich wahr?«

»Ja, ich habe die Hände frei. Bleiben Sie ganz ruhig. Irgendwie werden wir aus diesem verdammten Käfig herauskommen.«

Norma schwieg. Was sie brauchte, war Zuversicht. Allzu große Hoffnungen hatte ich aber nicht. Der Stahlkasten, in dem wir uns befanden, war wie ein Sarg. Nicht acht Fuß tief unter der Erde, sondern nahe beim Himmel. Robert Garry hatte sein Versprechen erfüllt.

Die Blutzirkulation in meinen Armen normalisierte sich rasch. Ich begann, die Stricke abzutasten, die sie mir über den Oberkörper geschlungen hatten. Den Knoten fand ich an meiner linken Brustseite. Alles Weitere war schnell erledigt. Ich löste den Knoten, zog die Stricke weg und warf sie beiseite. Die Fußfesseln waren kein großes Problem mehr.

Wieder dieses nadelfeine Stechen, dort, wo die Fesseln eingeschnürt hatten. Ich verharrte einen Moment. Dann richtete ich mich auf, tastete mit den Händen nach oben und erreichte den rostigen Stahl. Ich konnte mich nur gebückt bewegen. Unser Käfig war nicht mehr als fünf Fuß hoch.

»Jerry!« rief Norma freudig erregt. Sie hörte meine Schritte. »Sind Sie ... ganz frei?«

»Und ob«, versicherte ich. »Jetzt muß ich nur noch Sie finden.«

»Ich bin direkt vor Ihnen. Nur zwei Schritte geradeaus.«

Ich ging in die Hocke, erreichte zuerst ihre Fußfesseln und löste sie. Dann nahm ich ihr den Strick ab, mit dem man sie an das Zahnrad gebunden hatte. Auch die Handfesseln waren schnell geschafft. Norma sank mir in die Arme. Minutenlang brachten wir beide kein Wort hervor.

»Noch haben wir nicht viel gewonnen«, sagte ich dann. »Ruhen Sie sich aus, Norma! Ich werde unseren Stahlkasten ein bißchen untersuchen.«

»Ja, natürlich«, entgegnete sie leise. »Jerry?«

»Ja?«

»Sind Sie überhaupt nicht nervös? Haben Sie keine Angst?«

»Ich kann es mir nicht leisten, daran zu denken«, entgegnete ich. »In meinem Beruf gibt es solche Situationen öfter. Wenn man anfängt, sich zu bemitleiden, ist es aus.«

»Ja, das verstehe ich. Trotzdem ... ich könnte niemals so ruhig und überlegt bleiben.«

Ich begann unser stählernes Verlies systematisch zu erforschen. Die beiden Zahnräder waren voller Schmierfett, teilweise bereits hart und verkrustet. Es gab nichts daran, was sich bewegen oder lockern ließ. Die Tatsache, daß die Stahlseile straff gespannt waren, zeigte an, daß ich mich geirrt hatte. Die Fahrstuhlkabine befand sich noch im Schacht. Es hatte sich niemand gefunden, der seine Wohnung oder seinen Garten damit zu dekorieren gedachte.

Ich kroch weiter und stellte fest, daß der gesamte Stahlkasten etwa zehn mal zehn Fuß groß war. Am jenseitigen

Ende, hinter den Zahnrädern, gab es mehrere Rohre, ähnlich dem, an das ich gefesselt gewesen war. Ich tastete jedes einzelne Rohr ab. Eins davon ragte nur bis zur Hüfthöhe aus dem Stahlboden hervor, und es ließ sich bewegen – nur minimal hin und her, doch es bewegte sich. Die Oberfläche des Rohrs war rauh. Gußeisen!

Ich überlegte nicht lange, legte mich auf den Rücken und tastete mit dem rechten Schuh nach dem Rohr. Dann trat ich mit aller Kraft zu. Beim vierten Versuch klappte es. Das Rohr brach ab und fiel mit vernehmlichem Scheppern auf den Stahlboden. Ich richtete mich wieder auf, tastete umher, fand es und nahm es wie einen Schatz an mich.

»Was ist das, Jerry?« fragte Norma mit zitternder Stimme.

Ich erklärte es ihr.

»Wir können jetzt nur noch abwarten«, fügte ich hinzu. »Wenn das Sprengkommando anrückt, müssen wir zumindest die Motorengeräusche hören. Außerdem werden Leute das Haus betreten, um die Sprengladungen anzubringen. Das ist unsere Chance. Sie werden uns hören.«

»Warum können sie das Haus nicht normal abbrechen? Warum muß es denn unbedingt gesprengt werden?«

»Weil es in bestimmten Fällen weniger kostet und außerdem einfacher ist. Der Sprengmeister kann das Ganze so genau berechnen, daß nicht ein Ziegelstein außerhalb der Grundstücksgrenze herunterfällt. Versuchen Sie jetzt, ein bißchen zu schlafen!«

»Ich weiß nicht, ob ich das schaffe.«

Ich setzte mich neben Norma, und sie drängte sich dicht an mich. Wir wärmten uns gegenseitig, denn es wurde verteufelt kalt in der luftigen Höhe. Wenigstens schützte uns der Stahlkasten vor dem Wind.

Ich begann mich auf die Geräusche zu konzentrieren, die aus der Umgebung herrührten. Da war jenes ferne Rauschen des Straßenverkehrs, der auch nachts nie abriß. New York City war nicht weit. Es war immerhin zu hören.

Dann das Singen des Windes, begleitet von vereinzelten heiseren Typhonklängen der Schiffe. Vermutlich lag Nebel über der Atlantikküste und den binnenländischen Wasserstraßen in und um New York. Doch ich hörte keine Geräusche aus unmittelbarer Nähe. Wahrscheinlich gab es keine Wohnhäuser. Wir befanden uns in East Rockaway, soviel hatte Garry immerhin verraten. Also schon im Nassau County und in Atlantiknähe.

Norma blieb still, und irgendwann in diesen endlos langen Minuten und Stunden spürte ich ihren Kopf an meiner Schulter. Sie war eingeschlafen. Die Erschöpfung war stärker als die Angst. Auch ich döste mehrmals ein. Doch immer wieder schreckte ich auf. Ich zwang mich, wach zu bleiben.

Unser Leben hing davon ab.

Eine Ewigkeit verging.

Motorenlärm riß mich aus meiner stummen Bewegungslosigkeit. Auch Norma war sofort wach. Sie hielt den Atem an.

Fahrzeuge rangierten. Ich hörte das Nageln eines Dieselmotors. Andere Motoren heulten im Rückwärtsgang und erstarben dann. Männerstimmen ertönten mit knappen Kommandos.

Ich packte das gußeiserne Rohr, das neben mir lag. Kroch auf die Zahnräder zu und schlug dagegen. Dreimal kurz, dreimal lang, dreimal kurz. Dann eine Pause. Und wieder von neuem.

S – O – S. Save Our Souls – Rettet unsere Seelen!

Die Männer dort unten waren Techniker. Sie mußten das Morsealphabet kennen. Zumindest hörten sie die dröhnenden Schläge von Eisen auf Eisen, die durch den Fahrstuhlschacht hallten.

Mehr als ein dutzendmal gab ich das Zeichen. Dann hielt ich inne.

Alle Motoren waren verstummt. Aber noch immer hörte ich Stimmen, aufgeregter jetzt. Mein Herzschlag beschleunigte sich. Waren sie bereits auf uns aufmerksam geworden? Klangen nicht schon Schritte durch das Gebäude?

Ich fuhr fort, hob das Eisenrohr von neuem und schlug im SOS-Rhythmus gegen das Zahnrad.

Jemand schrie etwas. So nahe, daß ich ungewollt zusammenzuckte. Der letzte Schlag verhallte. Ich ließ das Rohr sinken.

Wieder die Stimme.

»Ist da jemand? Melden Sie sich! Wo sind Sie?«

Es war ein Gefühl, als würden wir von Zentnerlasten befreit.

»Hier!« brüllte ich. »Auf dem Dach! Im Fahrstuhlaufbau! Hören Sie mich?«

»Wir hören Sie!« schrie der Mann zurück. »Wir kommen!«

»Warten Sie!« brüllte ich zurück. »Bringen Sie einen Schraubenschlüssel mit und kriechen Sie über das Dach! Sie dürfen nicht gesehen werden!«

»Warum nicht, zum Teufel?«

»Man hat uns eingesperrt. Wir sollten in die Luft gejagt werden.«

»In Ordnung, wir machen es so, wie Sie sagen. Nur einen Moment noch.«

Norma stieß einen Seufzer tiefer Erleichterung aus. Ich nahm sie in die Arme. Schweigend warteten wir. Es dauerte nur wenige Minuten. Dann hörten wir polternde Schritte aus dem Treppenhaus. Etwas klirrte. Ein Werkzeugkasten, den sie auf das Dach wuchteten. Schnarrende Geräusche folgten. Stimmengemurmel. Zwei Männer waren es. Sie hielten sich an meine Bitte und machten sich flach. Sie probierten einige Schlüssel aus, bis sie den richtigen gefunden hatten.

In der Seitenwand unseres stählernen Höhen-Sarges entstand ein Quadrat aus scharfgezeichneten hellen Linien. Kurz darauf lösten sie die Platte endgültig, und das trübe Licht des nebligen Morgens erschien uns als gleißende Helligkeit.

Die beiden Männer trugen hellblaue Overalls. Ungläubig sahen sie Norma und mich an, als wir auf das Dach krochen.

»Ich bin FBI-Agent«, sagte ich. »Jerry Cotton. Alles Weitere erfahren Sie später. Erst mal müssen wir vom Dach weg.«

Im Treppenhaus des obersten Stockwerks reichten Norma und ich den Männern die Hände.

»Keine Dankeszeremonie«, sagte der eine, ein rothaariger Hüne. »Seien Sie froh, daß wir Sie gehört haben!« Ein Brustschild auf seinem Overall machte ihn als Sprengmeister erkenntlich. Er hieß Norman B. Grant.

»Können Sie die Sprengung zum vorgesehenen Zeitpunkt einhalten?« fragte ich, während wir nach unten eilten.

»Sicher«, antwortete Grant. »Wir haben genügend Spielraum. In der Umgebung braucht niemand evakuiert zu werden. Da sind nur ein paar alte Schuppen und Betriebsgebäude. Das ganze Gelände ist von der Wasser- und Schifffahrtsverwaltung an einen Privatunternehmer verkauft worden.«

»Haben Sie ein Funkgerät? Oder Telefon?«

»Ein paar Cops sind mit ihrem Streifenwagen da. Das wachsame Behördenauge darf ja wohl nicht fehlen.«

Zwei Minuten später saßen Norma und ich im Radio Car der uniformierten Kollegen, und die eingeschaltete Standheizung tat uns beiden gut. Die Funkverbindung mit dem FBI-Distriktgebäude hatte ich in Sekundenschnelle.

»Jerry, Sie?« ertönte Myrnas rauchige Altstimme voller Unglauben aus der Funkzentrale.

»Ich bin es«, entgegnete ich hastig. »Die Zeit ist knapp, Myrna. Können Sie Phil auftreiben?«

»Er ist im Office.«

»Okay. Dann schnell!«

Es knackte aus dem Lautsprecher. Als Phil sich meldete und meine Stimme hörte, sah ich ihn deutlich vor mir, wie er fast vom Stuhl kippte. Aber er hatte seine Verblüffung schnell überwunden. Wir hatten keine Zeit zu verlieren. In knappen Worten schilderte ich den Sachverhalt.

»Himmel«, sagte mein Freund und Kollege. »Und wir können nichts tun, als herumsitzen und warten, bis die Cops einen vermutlich fabrikneuen Dodge Ramcharger aufgestöbert haben, in dem drei Kerle namens Garry, Ziebach und Romero durch die Gegend kurven.«

»Es wird ganz schnell gehen«, antwortete ich. »Ihr könnt die Suche eingrenzen. In dem Ramcharger haben sie uns hergebracht. Moment ...« Ich wandte mich an den Cop, der hinter dem Lenkrad saß. »Wo sind wir hier?«

»East Rockaway, Hewlett Harbor, Sir. Ehemalige Wasser- und Schiffahrtsverwaltung.«

Ich gab die Position an Phil weiter. »Die Fahrt hat 15 bis 20 Minuten gedauert«, fügte ich hinzu. »Vorher waren wir auf dem Grundstück, auf dem vermutlich ein flaches Gebäude steht. Und in der Nähe scheint es keine Nachbarn zu haben. Ich nehme an, daß Garry und Ziebach von dort die Sprengung beobachten. Auf Romero braucht ihr nicht zu achten.« Ich erklärte die Zusammenhänge in Stichworten. »Woher hast du übrigens den Namen?«

»Wir haben John Hardee«, antwortete Phil. »Ein Komplize von Garry. Seine Angaben decken sich mit den Personenbeschreibungen, die wir von den Leuten im Bunker bekommen haben.«

»Dann ist ja fast alles geklärt.«

»Richtig.«

»Sag mir Bescheid, sobald ihr sie habt! Over und Ende.«

»Ende.«

Ich klinkte das Funkmikro in die Halterung und wandte mich erneut an den uniformierten Kollegen.

»Würden Sie einen Ambulanzwagen rufen?«

»Selbstverständlich, Sir.«

Norma bemerkte den Blick, mit dem ich dem Cop bedeutete, wer gemeint war. »Das ist nicht nötig!« protestierte sie. »Ich kann doch jetzt nicht einfach verschwinden. Es geht mir doch gut.«

»Den Schock merken Sie selber gar nicht«, sagte ich ruhig. »Es muß sein, Norma. Ich besuche Sie im Hospital, wenn alles vorbei ist, und dann bringe ich Sie nach Hause. Okay?«

In ihren Augen entstand ein Glänzen. Sie nickte und widersprach nicht mehr. Wir begaben uns in den Sicherheitsbereich, weit außerhalb der Betriebsanlagen mit dem alten sechsgeschossigen Dienstgebäude. Ich blieb im Streifenwagen, nachdem Norma mit der Ambulanz abgefahren war.

Robert Garry stand in der Dachluke der Anglerhütte.

Der kleine Raum unter ihm war von aromatischem Kaffeeduft erfüllt. Das Kaminfeuer prasselte. Eier und Speck, von Ed Ziebach in die Pfanne geschlagen, brutzelten verführerisch.

»Ein gemütlicher Morgen für eine Himmelfahrt«, sagte Garry gutgelaunt.

»Ich weiß nicht, woher du deinen Humor nimmst«, sagte Ziebach und nahm die Pfanne vom Elektroherd. »Ist dir klar, daß wir New York nicht wiedersehen?«

»Natürlich«, antwortete Garry, ohne das Fernglas abzusetzen. »Junge, man muß sich den Gegebenheiten anpassen. Und jedes Geschäft trägt ein Risiko in sich. Du weißt, daß ich das von vornherein einkalkuliert habe. Die Möglichkeit inbegriffen, daß wir uns Knall auf Fall absetzen müssen.«

»El Salvador sagt mir überhaupt nichts.«

»Ein nettes Land. Da werden wir mit offenen Armen empfangen. Da sind wir wer, sag' ich dir. Das Kapital, das ich da unten schon angelegt habe, ist nicht von Pappe. Wenn wir ankommen, sind wir bereits Großgrundbesitzer.«

»Okay, okay. Ich hoffe, daß alle deine Vorhersagen stimmen.« Ed Ziebach trug die Pfanne auf den Tisch. »Was siehst du?«

»Immer dasselbe. Einen alten Backsteinkasten, der die längste Zeit ein Backsteinkasten gewesen ist. Sonst nichts.« Garry drehte am Fernglas. Über Baumkronen und Gebüsch in der Umgebung sah er nur die oberen drei Stockwerke des zur Sprengung vorbereiteten Gebäudes. Die Entfernung betrug in Luftlinie drei Meilen.

Der Nebel war nicht stark genug, um die Konturen zu verwischen.

»Noch eine Minute, wenn meine Uhr stimmt«, sagte Ziebach.

Garry warf einen Blick auf seine Armbanduhr und nickte. Er hob das Fernglas wieder an die Augen. Es geschah in dem Moment, als der klotzige Backsteinbau von der Optik eingefangen wurde.

Ein dumpfer, harter Schlag. Es schien, als erzittere auch der Erdboden unter der Anglerhütte.

Dach und Mauern des Gebäudes an der Hewlett Bay sackten plötzlich senkrecht nach unten weg. Eine trübgraue Wolke aus Rauch und Staub stieg auf.

Robert Garry hielt den Atem an.

Die Sekunden vertickten träge und zähflüssig, bis die Wolke verflogen war. Dort, wo eben noch das Haus emporragte, war Leere. Nur der trübe Horizont.

»Das waren einmal ein FBI-Mann und sein Mädchen«, murmelte Garry.

»Alles okay?« fragte Ziebach gespannt.

»Alles okay«, antwortete Garry zufrieden. »Jetzt das Frühstück! Mann, ich habe einen Bärenhunger!« Er wandte sich um und wollte die Trittleiter hinabsteigen.

Das Motorengeräusch, irgendwo in der Nähe, war nur ein Summen.

Garry erstarrte mitten in der Bewegung. Er spähte über das schwarze Dach des Dodge Ramcharger hinweg. Es gab nur den einen Weg, der zur Hütte führte. Beiderseits Buschreihen und dahinter nichts als feuchtes Marschland an einem der zahlreichen Wasserarme der Hewlett Bay.

Das Motorsummen verstärkte sich.

»He, was ist?« rief Ziebach. »Willst du die Spiegeleier kalt werden lassen?«

Robert Garry antwortete nicht. Ihm war, als lege sich eine eiserne Klammer um sein Herz.

Blau-weißer Karosserielack schob sich um die Wegbiegung. Stoppte. Dann heulte der Rückwärtsgang. Das Blau-Weiß war verschwunden.

Garry sprang von der Trittleiter. Das Fernglas ließ er achtlos fallen. Es polterte auf den Boden. Mit einem Satz war er bei der Kommode, wo seine Automatikpistole lag.

Ziebach, der am Tisch saß, ließ die Gabel sinken, von der Eigelb troff.

»Bist du verrückt geworden?«

Garry wirbelte herum und stieß das gefüllte Magazin mit einem Ruck in das Griffstück der Waffe.

»Sie haben uns!« schrie er. »Verdammt noch mal, sie haben uns! Nimm gefälligst dein Schießeisen, damit wir ihnen einen heißen Empfang bereiten!«

»Nun mal sachte.« Ed Ziebach richtete sich auf. »Was ist los, zum Teufel?«

Garry hastete zum Fenster, preßte sich neben dem Rahmen an die Wand und lugte vorsichtig ins Freie.

»Da war ein Streifenwagen auf dem Weg«, sagte er keuchend. »Und er ist sofort wieder zurück. Irgendwas ist schiefgelaufen. Sie wissen, daß wir hier sind. Und jetzt sitzen wir in der Klemme. Mann, begreifst du das nicht?«

Ziebach grinste abfällig. Dies war sein Zeitpunkt, um Oberwasser zu gewinnen. Er griff demonstrativ nach seiner Waffe, überprüfte die Ladung und versenkte die Automatik wieder ins Leder.

»Du hast nur deine Geschäfte im Kopf gehabt, Robert. Hättest du dich ein bißchen mehr mit der Praxis befaßt, würdest du jetzt nicht durchdrehen. Also mal ganz ruhig! Ein Streifenwagen, sagst du? Nur einer?«

»Was denn sonst? Da ist nur der eine Weg, Menschenskind, und zwei Wagen können nicht nebeneinander fahren. Vielleicht haben sie uns schon umstellt!«

Ziebach schüttelte verständnislos den Kopf.

»Wenn du jetzt die Nerven verlierst, kannst du gleich einpacken. Haben wir einen Geländewagen oder nicht?«

»Ja, schon. Aber. . .«

»Kein Aber. Wir sehen nach, was los ist. Und wenn es sein muß, verschwinden wir quer durchs Gelände. Das mit den Cops bedeutet vielleicht überhaupt nichts. Auf ihren Streifenfahrten kontrollieren sie die Wochenendhäuser regelmäßig, weil so viel geklaut wird. Sie haben nur mal eben um die Ecke gelinst und gesehen, daß alles in Ordnung ist. Schließlich ist die Bude ja auf deinen Namen eingetragen, und mit dem Ramcharger sind wir auch nicht zum ersten Mal hier.«

»Ja, ich weiß nicht.« Garry wiegte den Kopf. »Es wäre gut, wenn du recht hast. Aber ...«

»Mann, hör endlich auf! Wir machen es so, wie ich es gesagt habe. Außerdem liegt im Wagen noch die Kugelspritze. So schwach auf der Brust sind wir auch nicht.«

Ed Ziebach warf seine Jacke über und ging zur Tür. In seinen Bewegungen lag energische Entschlossenheit, die auch auf Robert Garry abfärbte. Sie stiegen in den Ramcharger. Garry klappte den Bodenteppich im Heckraum auf und nahm die Maschinenpistole aus der Aussparung, die sie paßgenau für die Waffe in das Blech gesägt hatten. Er kehrte auf den Beifahrersitz zurück.

»Okay. Dann zeig mir, daß es so funktioniert, wie du es vorhast.«

»Worauf du dich verlassen kannst«, entgegnete Ziebach grinsend.

Er ließ den Motor an, schaltete den Vierradantrieb ein und rangierte den schweren Geländewagen auf dem Hüttenvorplatz hin und her, bis die wuchtige Motorhaube zum Weg zeigte.

Im Zehn-Meilen-Zuckeltrab lenkte Ziebach den Ramcharger durch die unebenen Spurfurchen. Robert Garrys Haltung versteifte sich, als sie die Biegung erreichten. Ziebach blieb völlig ruhig. Er genoß es, seine Überlegenheit deutlich zu zeigen.

Zwei Sekunden später konnte auch er nicht verhindern, daß er zusammenzuckte.

In 50 Yards Entfernung war der Weg versperrt. Der Streifenwagen stand schräg. Die Cops standen links und rechts vom Wagen. Der auf der rechten Seite griff sofort zum Funkgerät, und der andere hob eine Haltekelle hoch.

Ed Ziebach trat auf die Bremse.

Garry ließ einen wütenden Knurrlaut hören, kurbelte die Seitenscheibe herunter und stieß die Mpi nach draußen.

»Hör auf!« brüllte Ziebach. »Bist du verrückt?«

Der Beamte mit der Kelle wollte sich fallen lassen.

Garry war schneller.

Seine Maschinenpistole hämmerte los. Sie spie eine Serie von bläulich-weißen Mündungsblitzen aus. Die Projektile durchschlugen die offene Fahrertür des Radio Car, wanderten höher und rüttelten den Körper des Beamten durch, ehe er Deckung finden konnte.

Der zweite Cop ließ das Funkmikro fallen, zog den Dienstrevolver und warf sich zu Boden.

Ed Ziebach gab Gas, riß das Lenkrad nach links. Der Motor brüllte auf. Mit Urgewalt brach der hochbeinige Wagen durch die Büsche, rumpelte die flache Böschung hinunter und erreichte den weichen Boden der angrenzenden Sumpfwiese.

Garrys zweite MPi-Garbe wanderte in den dunstigen Morgenhimmel. Bellende Schüsse folgten dem Ramcharger. Eine Kugel aus dem Dienstrevolver des Cops durchbohrte den Heckaufbau. Dann war es still.

Robert Garry sicherte die MPi und zog die Waffe zum Fenster herein. Seine Miene war grimmig und siegesgewiß. Das Erfolgserlebnis machte ihn sicherer. Ziebach ließ den Ramcharger mit geringer Drehzahl durch das hohe Sumpfgras rollen. Er wußte, daß der Boden weich und tückisch war. Aber gut 200 Yards weiter gab es eine Anhöhe, die in festeres Gelände überging.

»Das war ein Fehler«, sagte Ziebach, ohne den Blick zur Seite zu wenden. »Es war nicht notwendig, den Cop umzulegen.«

»Hör auf mit der Besserwisserei!« zischte Garry. »Ich weiß selber, was ich zu tun habe.«

»Okay, okay. Du wirst sehen . . .«

Ziebach verschluckte seine Worte. Er reagierte zu spät. Der Ramcharger tauchte mit den Vorderrädern in eine Bodenmulde, und durch den jähen Ruck gab Ziebach ungewollt Gas. Die plötzliche Beschleunigung wirkte sich verhängnisvoll aus.

Die Vorderräder gruben sich in Sekundenschnelle in den schwammigen Untergrund. Die noch zupackenden Hinterräder drängten nach und schoben die ballige Schnauze des Wagens schräg in den Boden.

Fluchend legte Ziebach den Rückwärtsgang ein. Ungewollt gab er auch diesmal zuviel Gas. Der Ramcharger verlor seine Schräglage und sank auch mit den Hinterrädern bis über die Achse ein.

»Raus hier!« schrie Garry. »Zurück zur Hütte! Jetzt wird gemacht, was ich sage!«

Ziebach hatte keine Einwendungen mehr. Gemeinsam rannten sie los. Den Cop, der in der Lücke im Gebüsch auftauchte, trieb Garry mit einer MPi-Garbe zurück.

Sie schafften es bis zur Hütte.

Der Cop, der mich im Streifenwagen von Hewlett Harbor herübergebracht hatte, stoppte hinter dem querstehenden Radio Car. Als ich den reglosen Körper des uniformierten Beamten neben der offenen Fahrertür sah, mußte ich mich zusammennehmen, um nicht vor Wut aufzuschreien. Ich stieß die Tür auf und schnellte ins Freie.

»Sir!« rief der Beamte. »Sie wollen doch nicht etwa allein drauflos? Ihre Kollegen werden jeden Moment hier sein, und dann ...«

Was er noch hinter mir herrief, hörte ich nicht. Der zweite Cop, der neben dem querstehenden Radio Car in Deckung gegangen war, richtete sich auf, als ich auf ihn zulief.

»Geben Sie mir Ihre Waffe«, sagte ich, »und Reservemunition!« Er wußte, daß ich FBI-Beamter war. Trotzdem starrte er mich entgeistert an.

»Sir, wollen Sie wirklich ...«

»Die Waffe!« unterbrach ich ihn. »Sie können den Revolver von Ihrem Kollegen nehmen.«

Er tat, was ich verlangte. In meinem Gesichtsausdruck

mußte etwas gewesen sein, was ihm sagte, daß jede Widerrede sinnlos war. Sein Revolver war ein 357er Magnum mit vier Zoll langem Lauf. Er löste den Lederstreifen vom Koppel. Zwölf Schlaufen mit zwölf Patronen befanden sich an dem Streifen.

Ich steckte ihn in die Tasche und rannte los. Immerhin war mein rechter Arm okay. Um einen Magnum-Revolver zu bändigen, braucht man alle Muskelkraft. Mein Alleingang mochte riskant sein. Aber bis die anderen eintrafen, waren Garry und Ziebach möglicherweise verschwunden. Ich hatte über Funk mitbekommen, was sich abgespielt hatte.

An der Wegbiegung verlangsamte ich meine Schritte. Ich hielt mich hart am Rand des Gebüschs. Vorsichtig brachte ich die Biegung hinter mich. Meine Muskeln waren angespannt, jeden Moment bereit, zu reagieren.

Mit einem schnellen Blick erfaßte ich die Lage. Innerhalb von einem Sekundenbruchteil.

Die Hütte mit der noch spaltbreit offenen Eingangstür. Rechts daneben das kleine Fenster. Ein Schatten bewegte sich hinter der Scheibe.

Ich schnellte zur Seite weg. Keine Sekunde zu spät!

Eine Maschinenpistole hämmerte los.

Die Zweige des Buschwerks schlugen über mir zusammen. Meine Schulterwunde brach auf und begann höllisch zu stechen. Als ich mich abrollte, sah ich durch das Gebüsch, wie die Projektile den Boden des Weges pflügten und kleine Dreckfontänen hochrissen.

Ich kam im Sumpfgras auf die Beine und biß die Zähne zusammen.

Die Maschinenpistole stockte und hämmerte von neuem. Vom Weg wanderten die Geschosse zu meiner Seite und rasten mit häßlichem Prasseln durch das Gebüsch.

Ich sprintete los, geduckt und hakenschlagend. Ließ die gefährliche Geschoßbahn hinter mir zurück, denn der Schießer in der Hütte hatte mich nicht im Blickfeld.

Das MPi-Gehämmer brach ab.

Ich rannte weiter. Etwa zehn Yards vor der Hütte endete

die Buschreihe. Ich mußte die Seitenwand erreichen. Dort stand nur die einsame Platane, die ich schon aus dem Ramcharger heraus gesehen hatte.

Ich schlug einen Bogen nach links, um mich aus dem Schußfeld der Maschinenpistole herauszuhalten. Die Buschreihe wich zurück. Aus den Augenwinkeln heraus sah ich einen Moment lang die Fassade der Hütte. Der MPi--Schießer hatte keine Chance, mich zu erwischen. Dazu mußte er sich schon verrenken. Geduckt hastete ich in großem Bogen weiter, jeden Augenblick bereit, mich lang hinzuwerfen.

Doch ich schaffte es nicht.

Da war eine plötzliche Bewegung, von der Rückseite des flachen Häuschens her. Mein Blick erfaßte die Gestalt, die hervorschnellte.

In dem Moment, in dem ich den Mündungsblitz aufzucken sah, ging ich mit einem flachen Satz in die Waagrechte.

Die Automatik bellte trocken.

Ich glaubte, den sengenden Hauch des Projektils zu spüren

Einen Yard schlidderte ich über den feuchten Boden, hatte beide Arme vorgereckt, den Smith & Wesson schon im Anschlag. Blitzschnell rollte ich mich nach links ab.

Wieder bellte die Automatik.

Klatschend schlug die Kugel an der Stelle in die Erde, an der ich eben noch gelegen hatte.

Ich beendete meine Abrollbewegung abrupt. Durch das lichte Gras erfaßte ich das Ziel. Anvisieren und durchziehen waren eine fließende Bewegung, die keine Zehntelsekunde erforderte. Der Magnum-Revolver wummerte und bäumte sich in meinen Fäusten auf.

Noch einmal bellte die Automatik des anderen, aber in den trockenen Klang des Schusses mischte sich sein Schrei. Die Kugel jagte dem trüben Morgenhimmel entgegen, als er die Arme hochriß und hintenüber kippte. Sein Schrei war verstummt, bevor er auf den Boden schlug.

Trotzdem wahrte ich meine dienstlich einstudierte Vorsicht, als ich hochkam und mich schräg von hinten der Hütte näherte.

Der Mann, der mich mit der Automatik empfangen hatte, war Ed Ziebach. Seine Waffe lag drei Schritte von ihm entfernt, und er rührte sich nicht mehr. Ich sah seine gebrochenen Augen. Doch ich empfand kein Mitleid.

Die Hintertür der Hütte war nur angelehnt. Im Vorbeilaufen packte ich Ziebachs Automatik, sprintete noch ein Stück weiter und schleuderte die schwere Pistole gegen das Türblatt. Im selben Moment warf ich mich zu Boden.

Polternd flog die Tür unter dem Anprall auf.

Ein Wutgeschrei gellte. Die Maschinenpistole hämmerte und jagte ihren Bleischwarm in Brusthöhe durch den offenen Türrahmen. Die Geschosse orgelten hoch über mich hinweg.

Ich hatte den 357er Magnum längst im Anschlag. Dreimal, viermal hintereinander zog ich durch, und der Klang der hart ruckenden Waffe vereinte sich zu einem urwelthaften Donnern. Ich fächerte die Kugeln dicht über die Türschwelle hinweg.

Jäh brach das Rattern der MPi ab. Ein erstickter Schmerzenslaut zeigte mir an, daß meine Rechnung aufgegangen war. Ich verschwendete keine Sekunde, sprang auf und stürmte nach bester schulmäßiger Art in den Raum.

Garrys Beine waren zusammengeknickt. Er hockte mit schmerzverzerrtem Gesicht unter dem Fenster. Die MPi hatte er aus den Händen verloren. Verzweifelt versuchte er, seine Automatik herauszureißen.

Er schaffte es noch, die Waffe aus dem Leder zu bringen.

Ich trat sie ihm mit der Fußspitze weg.

Er schrie auf, als hätte ich ihm den Todesstoß versetzt. Schrill und mit sich überschlagender Stimme.

Ich kümmerte mich nicht um ihn, schob den Revolver unter den Hosenbund und sammelte die Automatik und die MPi auf. Dann ließ ich Garry in der Hütte allein und ging hinaus, mit den Waffen beladen.

Noch bevor ich die Grundstücksgrenze erreicht hatte, tauchte eine Schar von Männern in der Wegbiegung auf. Sie rannten mir entgegen. Männer in Uniform und in Zivil. Ich ließ Garrys Waffen fallen und deutete mit dem Daumen über die Schulter. Plötzlich fühlte ich mich unendlich müde.

Die Uniformierten liefen an mir vorbei.

Phil, mein Freund und Kollege, blieb stehen. Auch Steve und Zeery. Kopfschüttelnd sahen sie mich an, und doch konnten sie ihre Freude nicht verbergen.

»Man muß dich nur einmal allein lassen, und schon leistest du dir den größten Wahnsinn«, sagte Phil.

Aber er lächelte dazu und klopfte mir auf die Schulter.

Ich versetzte ihm einen freundschaftlichen Boxhieb in die Seite.

Damit war alles gesagt.

ENDE

Band 31 916

Jerry Cotton

Der Mann, der mich kaufen wollte

Vier gegen New York

Das Mörder-Col-

Der Mann, der mich kaufen wollte
Er liebte seine Pferde und seine Tochter. In welcher Reihenfolge, wußte er selber nicht. Als ich am Tatort eintraf, wartete dort der Mann, der mich kaufen wollte...

Vier gegen New York
Als seine Nichte Maxine spurlos verschwand, brach Lord Ben mit seiner Frau, dem Verlobten Maxines und einem windigen Privatdetektiv zu einem aussichtslosen Kampf auf: Vier gegen New York...

Das Mörder-College
Unbekannte Gangster entführten die Braut unseres Kollegen Steve Dillaggio. Für Phil und mich war es Ehrensache, Sandra zu retten. Da stießen wir auf eine neue Waffe der Mafia: das Mörder-College...

BASTEI LÜBBE